BASTEI LÜBBE TASCHENBUCH

Weitere Titel des Autors:

Der Meister der Türme

MARTIN ALEXANDER

DIE CHIMÄRE
SILBEN DER MACHT

ROMAN

BASTEI LÜBBE TASCHENBUCH

BASTEI LÜBBE TASCHENBUCH
Band 20825

MIX
Papier aus verantwortungsvollen Quellen
FSC® C083411

Dieser Titel ist auch als E-Book erschienen

Originalausgabe

Textredaktion: Sabine Biskup, Köln
Kartenillustration: Markus Weber, Guter Punkt, München
Titelillustration: © Camille Kuo
Umschlaggestaltung: Guter Punkt, München
Satz: two-up, Düsseldorf
Gesetzt aus der Linux Libertine
Druck und Verarbeitung: CPI books GmbH, Leck – Germany
Printed in Germany
ISBN 978-3-404-20825-8

1 3 5 7 6 4 2

Sie finden uns im Internet unter www.luebbe.de
Bitte beachten Sie auch: www.lesejury.de

Für Rebecca

PROLOG

EIN URTEIL IM DUNKELN

FESTE EULENSTEIN, PURPURSONNE,
IM JAHR 7 NACH DEM UNTERGANG

»Ezra Biestweib, geboren in Märesch am Fuße des Tahlat!«, hallte Berolfs Stimme durch das Verlies. »Ist das Euer Name?«

Aus der Dunkelheit kam keine Antwort. Daraufhin trat der Kommandant der Feste Eulenstein näher an die schmale Grube heran. Für einen Mann seines Ranges waren seine Schritte bemerkenswert zögerlich. Die beiden anderen Anwesenden, sein Adjutant Fenthaim und der klumpfüßige Kerkermeister, rührten sich indes nicht vom Fleck. Fast hatte es den Anschein, sie fürchteten sich davor, dass etwas aus dem schwarzen Loch herausspringen könnte. Dabei war es von außen betrachtet nichts Besonderes; wie jede andere Zelle stank es nach Pisse und Dreck.

Berolf blieb stehen und zog die Handschuhe aus. Feine Eiskristalle rieselten zu Boden, als er sie in den Gürtel steckte. Grimmig schnaubend rieb er sich die Finger. Für gewöhnlich mied er den Kerker, aber an einem Purpurwintertag wie diesem war es der wärmste Ort in der ganzen Festung. Hinter ihm röchelte der Schließer in kurzen Atemzügen. Die jahrelange Arbeit in dem feuchten Gewölbe hatte auf der Lunge des Mannes Spuren hinterlassen. Nur ab und zu wurde das nasse Keuchen von dem Knistern der Schriftrolle unterbrochen, die sein Adjutant nervös umklammerte.

Das Geräusch erinnerte Berolf an seine Pflicht. Es war so weit. Er glättete seinen Waffenrock und fuhr nachdenklich über die Fibel, die seinen Mantel zusammenhielt. Seine Fingerspitzen prickelten bei der Berührung des kalten Metalls. Die schwertförmige Eisenspange war das Abzeichen seines Standes. Er war ein Ritter der Langen Wacht, einer der zwölf Orden, die im Erbfolgekrieg für Haus Steinershag gekämpft, doch verloren hatten. Als Ordensritter war er ein treuer Diener Herzfeldens und, seit die Fürsten Frieden geschlossen hatten, auch ein Untertan des Voxanten von Oktanien – gezwungenermaßen.

Voxant! Wenn Berolf diesen Titel schon hörte, kam ihm die Galle hoch. *Verfluchte Æstaryaner!* Wie konnte man nur auf die Idee kommen, seinen Herrscher zu *wählen*? Das wäre gerade so, als würde man sich seine Eltern aussuchen. Nein, ein König war von höheren Mächten auserkoren, geweiht im Lichte des Sonnenvaters. Früher hatte es eine kaiserliche Familie gegeben, imperiale Dynastien. Doch mit Kendorian V. hatte das Geschlecht derer von Venizar seinen letzten Erben verloren, und das Royum war untergegangen. Ertrunken in Blut und Stahl und Intrigen.

Noch einmal berührte Berolf die eiserne Spange. Dann richtete er sich zu seiner vollen Größe von fast drei Ellen auf. Was er nun tun musste, war nichts weiter als eine Amtshandlung. Doch weder in Kriegs- noch in Friedenszeiten hatte er diesen Teil seiner Pflicht genossen. Er hatte nie Gefallen daran gefunden, mit Worten zu töten. Ein Stück Stahl in den Leib eines Mannes zu bohren und ihm beim Sterben in die Augen zu blicken war blutiger, aber wenigstens ehrlich.

Und in diesem Fall handelte es sich noch nicht einmal um einen Mann, sondern um ein Weibsbild. Hätte sich das dumme Ding nicht anderswo aufgreifen lassen können? Warum ausgerechnet hier, in seinem Revier, mitten im Nirgendwo?

»Hatte die Frau irgendetwas von Belang bei sich?«, fragte Berolf unwirsch.

»Nur diese beiden Klingen.« Sein Adjutant Fenthaim deutete auf eine Streckbank, auf der ein Messer und ein Kurzschwert mit einem obszönen Griffstück lagen. Das Heft hatte die Form einer Harpyie mit prallen Brüsten. »Ach ja, und das hier«, fügte er hinzu und reichte dem Kommandanten ein klebriges Fläschchen.

Berolf roch an der kleinen Flasche und stellte sie angewidert beiseite. »Igitt, was ist das?«

»Granatapfelsirup«, antwortete Fenthaim stolz. »Der Onkel meiner Verlobten hat eine Plantage, unten im Land der Dreizehnten Stunde. Letztes Jahr hat er uns eine ganze Kiste geschickt. Sehr gut für Soßen, vor allem zu Wild.«

»Wo steckt eigentlich der Denunziant?«, fragte Berolf. Er war nicht hier unten, um sich Familiengeschichten anzuhören oder Rezepte auszutauschen. Angestrengt starrte er in die finstere Grube, ohne auch nur das Geringste zu erkennen.

»Als ich ihn heute Morgen befragen wollte, war er nicht mehr in der Burgschenke«, erwiderte Fenthaim kleinlaut. »Er ist über Nacht verschwunden, Herr Kommandant. Spurlos.«

»Wie kann er spurlos verschwunden sein? War das Tor nicht geschlossen und bewacht?«

»Doch, Herr Kommandant«, gab Fenthaim zu und blickte zu Boden. »Er muss es auf anderem Weg aus der Festung geschafft haben. Und er hat noch nicht einmal das Kopfgeld eingestrichen«, ergänzte er nach einer kurzen Weile. »Aber bei dem Schneegestöber da draußen wird er bestimmt nicht weit kommen. Weiß der Aschenmann, was ihn geritten hat.«

»Tausend Gulden, was für ein Narr«, murmelte der Kerkermeister und gab dabei ein merkwürdiges Gurgeln von sich.

Berolf war sich nicht sicher, ob der Klumpfuß lachte oder hustete. Er hoffte nur, dass was auch immer er hatte, nicht ansteckend war.

»Warum sollten wir so einem dahergelaufenen Kerl überhaupt Glauben schenken, wenn er nicht mal den Mumm hat auszusagen?« Der Zweifel in Berolfs Stimme war nicht zu überhören.

»Das Siegel des Steckbriefs ist echt, Herr Kommandant. Und

die Frau … Ihr hättet sie sehen sollen, als die Soldaten sie festgenommen haben.«

Ein Knurren unterbrach Fenthaims Ausführungen. Es kam aus der Grube, kurz und kehlig. Und so leise das Geräusch auch war, es ging den Männern durch Mark und Bein.

Auf einen Schlag waren Berolfs Bedenken ausgelöscht. Mit einer knappen Geste winkte er seinen Adjutanten heran. »Reicht mir den Steckbrief, Fenthaim. Und *du*«, fuhr er an den Kerkermeister gewandt fort, »leuchte hinab! Ich will diesem Biestweib in die Augen sehen, wenn ich das Urteil verlese.«

Fenthaim zauderte für einen Moment, aber schließlich siegte sein Pflichtbewusstsein. Gehorsam trat er vor und reichte dem Kommandanten die Schriftrolle. Scheinbar gleichgültig schlurfte auch der alte Schließer heran, doch die Fackel in seiner Hand zitterte.

»So pass doch auf«, fuhr ihn Berolf an, »oder willst du mir die Haare ansengen?«

Der Kerkermeister senkte die Flamme, und zum ersten Mal fiel Licht in die Grube. Das Loch war weder besonders breit noch lang, dafür aber fast viereinhalb Schritt tief. Rostige Eisendornen zierten den Rand, und ein schmieriger Film überzog die Felswände. Der Ölstein, auf dem große Teile der Feste standen, war so glitschig, dass er selbst für geschickte Kletterer unbezwingbar war.

Von hier oben wirkte das Weib alles andere als Furcht einflößend. Zusammengekauert hockte sie auf dem blanken Stein. Vollkommen nackt. Mit spitzen Schultern und sehnigem Leib. Berolfs Blick wanderte über den Boden, die ölig glänzende Wand hinauf, zurück zu dem Schriftstück, das er in Händen hielt. Er hatte noch nicht zu lesen begonnen, da überkam ihn plötzlich ein kalter Schauer, das ungute Gefühl, gerade etwas übersehen zu haben …

»Leuchte noch mal nach unten«, drängte er den Kerkermeister. »Na los, mach schon!«

Erneut tanzte das Licht der Fackel über den Felsboden. Und dann sah er es: Gleich zu Füßen der Frau lagen tote Ratten – sieben an der Zahl. Ihre Kadaver bildeten einen fein säuberlich angeordneten Kreis. Berolf zog sich der Magen zusammen, und das nicht nur wegen der unheiligen Ziffer. Um die Tiere mit bloßer Hand zu fangen, musste man schnell sein. Fast unmenschlich schnell. Schon der kleinste Lichtschimmer genügte für gewöhnlich, damit die scheuen Nager Reißaus nahmen.

Als ob sie seine Unruhe spürte, legte die Frau den Kopf in den Nacken und starrte ihn an. Ihre Augen glommen in einem blassen Gelb. Berolf musste sich zusammenreißen, um nicht zurückzuweichen. Doch er hielt ihrem Blick stand. Von so einem Biestweib würde er sich nicht ins Knochental jagen lassen! Er atmete zweimal tief durch, dann hatte er sich wieder gefasst – schneller als seine Begleiter. Selbst der hartgesottene Kerkermeister wirkte mit einem Mal wie ein junges Bübchen. Um ihn zu beruhigen, legte Berolf die Hand auf seine Schulter und wartete bis das Flackern der Fackel nachließ.

Dann rollte er das brüchige Pergament in seinen Händen auseinander und überflog den Inhalt. Die stümperhafte Kohlezeichnung hatte nur grobe Ähnlichkeit mit dem Weib in der Grube. Der Steckbrief war bereits vor einigen Jahren in Bardenfeld ausgestellt worden, von einem gewissen Freiherrn Rychart von Markensil, der sich als letzten Statthalter des Fürsten von Athanor bezeichnete. Es gab viele Legenden, die sich um den Fall des Hauses Thelius rankten. Das Schwefelfürstengeschlecht war kurz nach dem Erbfolgekrieg ausgestorben. Es hieß, alle Mitglieder der Familie seien am Blauen Samt erstickt, dem geheimnisvollen Gift, dessen Rezeptur nur sie selbst gekannt hatten.

Berolf vertrieb die Gedanken mit einem lauten Räuspern und begann, den Steckbrief zu verlesen: »Im Namen von Fürst Vaaran aus dem Hause E'Kyl, Voxant von Oktanien, Einiger des zerfallenen Reiches und einzig wahrer Herrscher unter den

Sechs Sonnen, wird hiermit befohlen, das Biestweib Ezra aus dem Weiler Märesch im Fürstentum Rukkenschwing festzuhalten und der Obrigkeit zu übergeben. Die Schandgeburt des Teebauern Dokar und seiner zweiten Frau Hialda hat sich unzähliger Verbrechen und Missetaten schuldig gemacht: der Unzucht mit Vertretern der Sonnenkirche, der Rädelsführerschaft beim Chimären-Aufstand von Aschenbelt, des dutzendfachen Kinderraubes und des Mordes an Fürst Emerald Thelius von Athanor sowie der allgemeinen Mordlust und Niedertracht. Zu bestrafen ist sie mit dem Tode.« Berolf hielt inne und rollte das Pergament zusammen. Dann reckte er es wie ein Zepter in die Höhe und verkündete mit fester Stimme das Urteil: »Ezra Biestweib, am nächsten Morgen bei Aufgang der Purpursonne werdet Ihr hängen! Ein letzter Wunsch wird Euch nicht gewä…«

»Halt!«, schallte es plötzlich durch das Gewölbe.

Berolf fuhr herum. Fenthaim und der Kerkermeister ebenso. Es war Bruder Ukaris, der die Urteilsverkündung störte. Der Sonnenpriester der Feste Eulenstein torkelte hastig auf sie zu. Dabei gab er ein groteskes Bild ab: Seine dürren Storchenbeine ragten unter der viel zu kurzen Kutte hervor, und die bunte Kordel schleifte ungebunden über den Boden. Hatte man nicht schon am schwankenden Gang erkannt, dass Ukaris, wie so oft, betrunken war, so hatte man nun, als er näher kam, Gewissheit. Der Kirchenmann stank nach Wein, und sein Gewand war ebenso rotfleckig wie seine Wangen.

Berolf kniff die Augen zusammen, was ihn noch bedrohlicher wirken ließ. Dies schien den Priester jedoch nicht zu beeindrucken, denn er machte keine Anstalten umzukehren.

Fenthaim warf ihm einen tadelnden Blick zu. »Geht zurück in Eure Kapelle und kümmert Euch um Eure Belange!«

»Soll er ruhig näher kommen«, witzelte der Kerkermeister. »Wenn er in die Grube fällt, hätte der Mundschenk eine Plage weniger.«

Berolf tat so, als hätte er die Respektlosigkeit überhört. Trotz all seiner Verfehlungen war Bruder Ukaris immer noch ein Priester der Sonnenkirche, der einzigen Instanz in Royum, die die zerstrittenen Fürstentümer im Glauben verband. »Sagt, was Ihr zu sagen habt, Hochwürden. Und schreit es nicht gleich durch die ganze Festung.«

»Verzeiht, Herr Kommandant«, lallte Ukaris. »Aber diese Sache ist durchaus mein Belang.«

Berolf machte ein ungläubiges Gesicht.

»Das Weib darf nicht gehenkt werden«, fuhr der Priester eindringlich fort. »Es muss auf dem Scheiterhaufen brennen, geläutert durch Flammen!«

»Und was verleitet Euch zu diesem ... *Urteil?*«

»Ihr denkt wohl, ich bin nicht ganz bei Sinnen«, schnaubte der Priester. »Ist Euch an dem Steckbrief denn nichts aufgefallen?«

Berolf wendete das Pergament und warf seinem Adjutanten einen fragenden Blick zu. Der zuckte jedoch nur ratlos mit den Schultern.

»Das Siegelwachs«, erklärte Ukaris schließlich, »es ist in den Farben der Sechs Sonnen gehalten. Das bedeutet, nur ein Sonnenrichter darf die Todesstrafe ausführen. Sonst wird der Geist des Weibes keine Ruhe finden und uns heimsuchen.«

»Bei dem Schneesturm erreichen uns noch nicht einmal Boten oder Jäger auf Burg Eulenstein«, protestierte Fenthaim. »Wie sollen wir da einen Sonnenrichter herholen?«

»Dann muss die Hinrichtung eben bis zur Schneeschmelze aufgeschoben werden«, erwiderte der Priester ungerührt.

Berolf knirschte mit den Zähnen. »Das Urteil ist verkündet. Man sollte niemanden länger als eine Nacht auf seinen Tod warten lassen.«

Ukaris sah ihn mit dem Anflug eines Lächelns an. »Der Tod kann warten, mein guter Herr Kommandant, das Leben nicht.«

1

ZU GAST BEI EINEM MENSCHENFRESSER

17 JAHRE SPÄTER

UNTER DEM EWIGEN BERG, JUNGE BLUTSONNE,

JAHR 24 N.D.U.

Unter dem Berg in Nebenstollen 719 herrschte absolute Finsternis. Doch das störte die beiden kleinen Gestalten nicht. Sie kannten sich hier aus wie in ihrer Westentasche, auch wenn sie ein solches Kleidungsstück gar nicht besaßen. Šurr und Ekšamad waren Enthüller. Sie gehörten der Kaste der Kristallgremlins an, deren Aufgabe es seit jeher war, die Marmorchroniken freizulegen – Inschriften, die der Sonnenvater zu Anbeginn der Zeit in den Fels des Ewigen Berges gebrannt hatte. Die Tafeln enthielten das tagtägliche Schicksal jeder beseelten Kreatur mit Ausnahme der Enthüller selbst. Ohne ihre nimmermüde Arbeit bliebe die Welt stehen. Aber wehe, wenn sie einmal zu schnell gruben. Dann kam es an der Oberfläche zu den fürchterlichsten Katastrophen: Saurer Regen ertränkte Mensch und Vieh, und Zeitenstürme verwüsteten das Land.

Heute waren die beiden Gremlins jedoch nicht im Dienst. Sie waren auf eigene Faust unterwegs, und davon sollte besser niemand etwas mitbekommen – vor allem nicht die Zänker, die im Namen der Sonnenkirche durch die Gänge schlichen und nach faulenzenden Enthüllern Ausschau hielten. Mit ihren *wizkirglani*, von den Menschen nur abfällig Hackstöcke genannt, tasteten sich Šurr und Ekšamad klopfend durch die unterirdische Schwärze. An ihrem Kopfende verfügten die knapp einen Schritt langen Eisenstäbe über einen gehärteten

Dorn, der einen spitzen Winkel bildete. Der *wizkirglan* war das Insigne der Enthüller. Darüber hinaus diente er als Spitzhacke, Stemmeisen und zur Not auch als Waffe gegen Felsenwürmer und anderes Geschmeiß. Im Augenblick nutzten die beiden ihre Hackstöcke jedoch lediglich als Schrittzähler.

Klick, klack. Klick, klack.

Langsam, aber sicher näherten sie sich ihrem Ziel. 2096 Schritte in den Stollen hinein und dann an der linken Wand klopfen. So hatte die Anweisung ihres mysteriösen Auftraggebers gelautet. Wenn der Ewige Berg tatsächlich ein Herz hatte, dann war man hier wohl am weitesten davon entfernt.

»2011«, krächzte Šurr.

Ekšamad antwortete mit einem nasalen »2012«. Dann griff er in seinen Beutel, holte etwas Leuchtsand hervor und warf ihn zu Boden. Zischend glühten die Körner auf und verblassten sogleich wieder, doch das kurze Gleißen machte die Augen der Gremlins so empfindlich, dass sie noch für gut hundert Schritte in der Dunkelheit sehen konnten.

Die beiden Enthüller hätten unterschiedlicher kaum sein können. Zwar waren ihnen die katzenhaften Gesichtszüge, die graufleckige Haut und die vierfingrigen Hände gemein, doch damit endete ihre Ähnlichkeit auch schon. Ekšamad war von ungewöhnlich hohem Wuchs, und seine Stimme schnarrte nur so leicht, dass er im Halbdunkel glatt als ein zu kurz geratener Mensch durchgehen konnte. Sein Mund war nicht mehr als ein schmaler Schlitz, und seine Fledermausohren wurden von schwarzen Haarbüscheln geziert. Šurr hingegen ging gebeugt, und das nicht wegen seines hohen Alters, sondern wegen eines Stapels dünner Marmortafeln, die er auf den Rücken geschnallt trug. Auch er wies für einen Gremlin eine Besonderheit auf – seine Ohren waren gänzlich unbehaart.

»Die Dinger sind verflucht schwer«, schimpfte er und leckte sich über die bräunlich verfärbten Lippen. Dann griff er nach einem Fläschchen, das in seinem Gürtel steckte.

»Ich hätte dir geholfen, aber du wolltest ja nicht«, entgegnete Ekšamad beleidigt.

»Zu zweit tragen sich die Platten noch bescheidener«, schnaufte Šurr und stapfte weiter. »Vor allem in dem Gang hier.« Ohne anzuhalten hatte er die Phiole geöffnet und einen Schluck von der klebrig braunen Flüssigkeit genommen. Mit einem wohligen Seufzer verstaute er die Flasche wieder und beschleunigte seinen Schritt.

Klick, klack. Klick, klack.

Die Wände des schmalen Tunnels waren mit Schicksalszeichen übersät. Hinter ihnen verbargen sich die Geschichten von Bettlern und Königen. Die geschwungenen Glyphen ergaben die aberwitzigsten Muster, die förmlich zu tanzen begannen, wenn man sie zu lange anstarrte. Wo eine Inschrift aufhörte und die nächste begann, war für ein ungeübtes Auge kaum festzustellen.

»Ich sage dir, Ekš: Schritt 2096 ist entweder die alte Jungfer, die ihren Hefeteig zweimal ansetzen musste, weil er beim ersten Mal nicht aufgegangen ist, oder der Hirte, dem eine Ziege in sein bestes Stück gebissen hat, als er hinter einem Busch pinkeln war.«

»Tja, das Schicksal hält nicht für jeden etwas Großes bereit«, erwiderte Ekšamad trocken. »Aber ich glaube, du hast unrecht. Bei Schritt 2096 müsste der fette Oger auf uns warten, der an einem Taubenknochen erstickt ist.«

»Kann auch sein«, murrte Šurr. »Wir werden ohnehin nie erfahren, was davor oder danach in ihren Leben geschehen ist. Oder hast du je von einem Gremlin gehört, der mehrere Tafeln derselben Person enthüllt hätte?«

Ekšamad schwieg. Sie kannten beide die Antwort.

»Und genau das ist unsere Chance«, stellte Šurr schließlich fest.

»Ich weiß nicht«, murmelte Ekš und zuckte die Schultern. »Mir ist die Sache nicht ganz geheuer.«

»Hast du dich denn nie gefragt, warum unsere Schicksale die einzigen sind, die nicht an den Felswänden stehen?« Šurr fuchtelte wild mit dem Hackstock herum, um seine Ausführung zu untermalen. »So hält man uns hier unten gefangen! Für die da oben existieren wir gar nicht. Verstehst du nicht? Wir müssen unser Schicksal selbst in die Hand nehmen! Wenn wir ein ganzes Menschenleben offenlegen, dann wären wir sicher die ersten Enthüller, die in den Marmorchroniken erwähnt werden. Und dann, mein Lieber, können wir den Berg als freie Gremlins verlassen.«

»Was sollen wir denn da draußen?«, gab Ekš zu bedenken. »Dieses Royum klingt wie eine feindliche Welt. Seuchen, Kriege und, nicht zu vergessen, Ziegen, die sich von Weichteilen ernähren.«

»Freiheit! Wie wär's denn damit?«, entgegnete Šurr energisch. »Oder habe ich mich so sehr in dir getäuscht? Ich dachte, du wärst anders als die anderen. Ich dachte, du bist einer, der auch über den Tunnelrand hinausblickt. Sonst hätte ich dich gar nicht unter meine Fittiche genommen. Willst du etwa dein ganzes Leben hier unten verbringen? Tagein, tagaus Steine klopfen und die Schicksale von irgendwelchen Fremden freilegen?«

»N-Nein«, stotterte Ekšamad. »Aber woher willst du wissen, dass es auf diese Weise wirklich klappt? Dass dann unser Schicksal plötzlich in den Chroniken steht?«

»Weil ich es weiß, darum!«, blaffte Šurr ihn an.

Ekšamad blieb stehen. »Und das soll mich überzeugen? Du behauptest einfach, wir wären unser eigener Herr, wenn wir das ganze Schicksal einer einzelnen Person enthüllen?«

»Ja«, antwortete Šurr knapp.

Ekš schlug die Hände über dem Kopf zusammen. »Bei den Sechs Sonnen, was macht dich nur so sicher?«

»Meine Liebe«, murmelte Šurr vor sich hin.

»Deine Liebe?«

Der alte Gremlin nickte kaum merklich.

Ekš sah ihn entgeistert an. »Ich wusste gar nicht, dass du eine Liebste hast … oder … hattest?«

»Hat es dich nie gewundert, dass ein Gremlin meines Alters nie den Bund eingegangen ist?«

»Na ja, ich dachte halt immer, du wärst ein komischer Kauz«, gab Ekšamad offen zu.

»Danke für die Blumen«, ätzte Šurr, doch schon im nächsten Augenblick hatte seine Stimme einen sanfteren Ton angenommen. »Meine süße Oglo hatte immer davon geträumt, einmal ein ganzes Menschenleben zu enthüllen – von der Wiege bis zum Sterbebett. Sie hat geglaubt, danach könnte sie frei unter den Sechs Sonnen wandeln … Jahrzehnte ist das her … Hab sie nie für voll genommen, es als Träumerei abgetan … Und eines Tages war sie weg …«

»Weil sie ein Schicksal entschlüsselt hat?«, platzte es aus Ekš heraus.

»Davon gehe ich aus.«

»Oder, weil ihr etwas zugestoßen ist?«

»Dann hätte ich sie gefunden«, erwiderte Šurr. »Ich habe sie sonatelang gesucht.«

Daran wagte Ekš nicht zu zweifeln. Schweigend trotteten sie weiter durch den Stollen, vorbei an unzähligen Schicksalen, die in den Fels des Berges gebrannt waren.

Klick, klack.

Klick, klack.

Nachdenklich fuhr Ekš mit der Hand über das Gestein. Er spürte die Inschriften unter seinen Fingern entlanggleiten. Viele davon hatte er selbst freigelegt – Ausschnitte aus den Leben der verschiedensten Leute. *Die Bäckerin … der Ziegenhirte … der Oger!*

»So, da wären wir«, flüsterte er und deutete auf die verschlungenen Inschriften zu seiner Linken. »Und übrigens hatte ich recht: Es *ist* der verfressene Oger.«

»Na, dann klopf mal«, sagte Šurr und lachte heiser. »Wollen wir nur hoffen, dass uns nicht der Menschenfresser höchstpersönlich aufmacht.«

»Ein Oger wäre mir allemal lieber, als dieses Tauscherpack. Kaum zu glauben, dass du mit einer von ihnen ins Geschäft gekommen bist. Was die Menschen über uns denken müssen, wenn sie nur mit *der* Sorte Gremlins zu tun haben?«

»Das kann uns doch egal sein, Ekš. Also los, klopf schon an«, forderte Šurr seinen jüngeren Freund zum zweiten Mal auf. »Ich kann die Platten nicht ewig halten.«

Doch Ekšamad zögerte. »Was wir hier vorhaben«, raunte er, »verstößt so ziemlich gegen jede Regel, die es im Ewigen Berg gibt.« Dann tippte er auf seinen Außendaumen und begann aufzuzählen: »Punkt eins: Wenn wir die Schicksalstafeln für Gold verkaufen, sind wir keinen Deut besser als unsere Tauscher-Vettern.«

»Ach was, mach dir keinen Kopf«, schnurrte Šurr. »Nur, weil die Sonnenkirche den Handel mit den Platten verbietet? Die feinen Herren machen doch selbst die Hand auf, wenn der Preis stimmt. Sonne predigen und im Schatten faulenzen, darin waren die Pfaffen schon immer gut.«

Sogleich schnellten Ekšamads Zeige- und Ringfinger in die Höhe. »Punkt zwei und drei: Wer soll denn unsere Arbeit erledigen, wenn wir unserer *eigenen* Suche nachgehen?«, fragte er naserümpfend – gerade so, als ob der Gedanke, etwas für sich selbst zu tun, unanständig wäre. »Und vor allem: Was, wenn uns die Zänker erwischen?«

»Genau dafür brauchen wir ja das Gold«, ächzte Šurr unter der Last der Platten. »Um unseren Ersatz zu bezahlen und um die Aufpasser zu bestechen, damit sie uns nicht auf die Pelle rücken.«

Ekš kaute auf seiner ledrigen Unterlippe. Er war nicht glücklich, denn ihm gingen langsam die Argumente aus, die gegen ihr – besonders für Kristallgremlins – geradezu verboten selbstsüchtiges Unterfangen sprachen. Schließlich hob er zaghaft den Innendaumen. Er war am Ende seiner Aufzählung angekommen. »Außerdem kann ich mir nicht vorstellen, dass der Geheimgang wirklich hier liegt. Sicher haben sich die Tauscher bei ihren Berechnungen vertan. Was verstehen die schon vom Bergbau?«

»Mehr als du denkst«, schnaufte Šurr, der kurz davor war, die Geduld zu verlieren. »Aber wir werden es nur herausfinden, wenn du auch endlich klopfst! Und kein falsches Wort an unseren Auftraggeber«, fügte er zischend hinzu. »Für ihn soll es so aussehen, als ob wir nur an Gold interessiert wären.«

Ekšamad nickte resigniert. Dann tippte er mit dem Hackstock gegen die Wand. Obwohl er den Kopf des *wizkirglan* vorsichtshalber mit einem Tuch umwickelt hatte, dröhnte es laut durch den Tunnel. Für einen Moment beschlich ihn das Gefühl, der Berg wolle sie verraten. Was, wenn die Zänker unbestechlich waren? Mit den Tafeln weit ab von ihrer Ausgrabungsstätte erwischt zu werden, wäre schon schlimm genug; doch wenn herauskäme, dass sie mit Tauschern gemeinsame Sache machten, dann würde man sie lebendig einmauern. So verlangte es der Kodex der Sonnenwächter: Keine Tafel – egal, ob bereits ausgegraben oder noch verhüllt – durfte den Ewigen Berg verlassen.

Erschrocken hüpfte er zurück, als plötzlich Stein auf Stein knirschte. Die Platte mit der Oger-Inschrift schwang langsam auf und gab den Blick in einen finsteren Geheimgang frei. Der Menschenfresser hatte zum Essen geladen …

Ekš sah Šurr fragend an. »Und jetzt?«

»Gehen wir hinein«, keuchte der alte Enthüller und stolperte auf die Öffnung im Fels zu.

»Warte, ich nehme dir die Tafeln ab«, rief ihm Ekšamad hinterher.

»Zum letzten Mal: Du sollst mir nicht helfen! Du brauchst deinen Rücken noch ein Weilchen länger als ich.« Wie um sich selbst Lügen zu strafen, ächzte Šurr unter dem Gewicht der Platten laut auf.

Ekšamad schüttelte den Kopf. »Warum er mich überhaupt mitgenommen hat, ist mir ein Rätsel«, grummelte er leise vor sich hin.

Er hatte sich gerade dazu durchgerungen, seinem Freund in den Tunnel zu folgen, als ihm – wie aus dem Nichts – eine zierliche Gestalt den Weg versperrte. Verdutzt starrte Ekš in das Gesicht einer Gremlin-Frau. Den weinroten Haaren nach, die ihre Ohrspitzen zierten, gehörte sie zum Tauschervolk.

»Und wen haben wir hierrr?«, schnurrte sie mit einem selbstzufriedenen Lächeln auf den Lippen.

Ekš trat einen Schritt zurück. Doch was er als Nächstes sah, beunruhigte ihn noch mehr. In ihrer linken Hand hielt die Tauscherin eine Kerze, die so weit heruntergebrannt war, dass sich das Wachs wie ein Mantel um ihre Finger legte. Ihre Rechte ruhte indes auf dem Knauf eines breiten Stoßdolchs. Mit ihr war sicher nicht gut Raupen pulen, dachte Ekš. Das Herz pochte ihm bis zum Hals. Von den zwielichtigen Tauschern hatte er bislang nur in den Marmorchroniken gelesen. Und dennoch, stellte er verwirrt fest, fühlte er sich gar nicht so unwohl in der Gegenwart dieser Gremlin-Frau. Unauffällig schnuppernd sog er ihren Duft ein. Ein Geruch von zertretenen Käfern stieg ihm in die Nase. Herrlich, geradezu betörend nussig!

»Kann er sprechen?«, neckte sie ihn und tippte mit den Fingernägeln auf ihre Klinge.

»Ja-a!«, brachte Ekš mit Mühe hervor und deutete auf Šurr, der sich bereits durch den schmalen Gang zwängte. »Ich gehöre zu ihm.«

»Ich kann mich nicht erinnern, dass Herr Šurr einen Begleiter angekündigt hätte«, bemerkte die Tauscherin argwöhnisch. »Aber wenn du schon mal dabei bist, hättest du ihm wenigstens beim Tragen helfen können.«

Ekšamad holte schon Luft, doch noch bevor er sich erklären

konnte, machte die Tauscherin auf dem Absatz kehrt. Leichtfüßig tänzelte sie an Šurr vorbei und drang tiefer in den Tunnel vor. »Folgt mir«, trieb sie die beiden Enthüller an. »Meister Sunay wird sich freuen, Euch kennenzulernen.«

»Aber was ist mit der Tür?«, wollte Ekšamad wissen.

»Die schließt von selbst«, rief sie ihm über die Schulter zu und eilte weiter.

Die Gremlins hatten erst wenige Schritte zurückgelegt, da hörten sie hinter sich in der Tat ein steinernes Knirschen. Was Geheimtüren betraf, waren die Tauscher offensichtlich geschickter, als Ekš es ihnen zugetraut hatte. Ob es noch weitere verborgene Zugänge gab? Hoffentlich nicht! Nicht auszumalen, wenn sich noch mehr von diesen Gaunern im Ewigen Berg herumtrieben.

Vorsichtig folgten sie dem verwinkelten Gang, der nur spärlich durch das Kerzenlicht erhellt wurde. Vor allem Šurr hatte dabei seine liebe Mühe. So kunstfertig er die Tafeln auch auf dem Rücken balancierte, stieß er dennoch bei jedem zweiten Schritt an die Wände. Und dann kippte er plötzlich zur Seite und war verschwunden! Nur ein lautes Poltern war zu hören, als die Platten zu Boden fielen.

»Šurr!« Ekšamads Stimme überschlug sich vor Sorge.

»Alles in Ordnung!«, erklang postwendend die Antwort, wenn auch etwas gedämpft.

Ein paar Schritte weiter sah Ekš, was passiert war: Šurr war in eine Vertiefung in der Wand gestolpert und hatte sich in einer grauen Decke verfangen, die der Nische als Vorhang gedient haben musste. Eine Strohmatte und eine Schale mit Essensresten deuteten darauf hin, dass die Ecke als Schlafplatz oder Wachtposten genutzt worden war.

»Ts, ts, ts«, hisste die Tauscherin kopfschüttelnd. »Einen Sonat lang habe ich hier auf euch gewartet und bin fast versauert. Aber bitte sehr, die Herren Enthüller, machen Sie es sich ruhig bequem, der eine liegt ja schon! Wenn's recht ist, werde ich jetzt Meister Sunay holen.« Sie funkelte sie aus purpurnen Augen an und fügte, nicht ohne Genugtuung, hinzu: »Allerdings kann *das* auch ein bisschen dauern.«

Keine drei Atemzüge später war sie samt Kerze verschwunden. In der Dunkelheit hörte Ekšamad, wie sich Šurr wild strampelnd von der Decke befreite. Dann herrschte Stille. Bedrückende Stille. Sie waren noch immer tief unter der Erde. Trotzdem war ihm sofort klar, dass sie sich nicht mehr im Ewigen Berg befanden. Der Fels fühlte sich anders an – poröser, leichter. Fast meinte er zu spüren, wie sich diese Leichtigkeit auf ihn übertrug. Aus Angst, er könnte davonschweben, griff er nach den Marmortafeln. Seine Hände suchten Halt und fanden Šurrs Finger, die sich ebenfalls um eine der Platten krampften. Ihm schien es ähnlich zu ergehen.

»Es ist so still hier«, flüsterte er in die Dunkelheit.

»Jetzt nicht mehr«, schnarrte Šurr abweisend, »du redest ja.«

Ekš war sich sicher, dass der alte Gremlin verschnaufen wollte, aber es gab eine Frage, die ihm einfach zu sehr auf der Zunge brannte. »Das Fräulein ... Wie heißt sie denn?«

»Fräulein?«, schnaubte Šurr amüsiert. »Das Fräulein ist eine Tauscherin, und wie sie heißt, weiß ich nicht. Vorgestellt hat sie sich mir als Inǰi.«

»Inǰi«, flüsterte Ekšamad und seufzte selig.

»Du hast wohl zu viel am Salzstein geleckt«, grunzte Šurr ihn an. »Halt ja deine sechs Sinne beisammen. Du wirst sie noch brauchen.«

»Natürlich«, versicherte Ekš ihm rasch. »Bei solch unflätigen Wesen muss man auf der Hut sein!«

»Gut, dass du das auch so siehst. Und jetzt gönn einem alten Enthüller mal eine Pause.«

Eine gefühlte Ewigkeit später sahen sie ein unstetes Licht auf sich zukommen. Inǰi war zurückgekehrt. Mit einer ungeduldigen Handbewegung bedeutete sie ihnen, ihr zu folgen. Ekš griff nach einer der Schicksalstafeln, doch Šurrs Hackstock sauste auf seine Finger herab.

»Au!«, entfuhr es dem jungen Enthüller. »Ich wollte nur helfen.«

Der ältere Gremlin schüttelte jedoch tadelnd den Kopf. Dann stemmte er die Platten in die Höhe und lud sie sich umständlich auf den Rücken.

»Na los!«, zischte er. »Hinterher!«

Und so folgten sie Inǰi – brav wie zwei kleine Entlein. Nach einer Weile machte der grob behauene Gang einen Knick nach links. Šurr musste sich ständig vorsehen, nicht mit den Tafeln gegen die niedrigen Balken zu stoßen. So notdürftig, wie der Stollen angelegt war, glich es ohnehin einem Wunder, dass er noch nicht eingestürzt war. Als sich der Tunnel abermals nach links wand, rechneten die beiden Enthüller schon damit, wieder im Ewigen Berg anzukommen, doch stattdessen standen sie plötzlich vor einer Tür. Ihr Holz war so frisch, dass sie sogar noch die Sägespäne riechen konnten. Beiläufig wischte Ekš über die raue Oberfläche und leckte sich die Finger ab. *Köstlich!* Es wollte ihm nicht in den Kopf, dass die Menschen Bäcker bestraften, die ihr Brot mit Sägemehl streckten. *Was für Banausen!*

Es knallte laut, als Inǰi mit ihrer beringten Hand an der Tür klopfte. Obwohl niemand antwortete, trat sie ein. Šurr und Ekšamad verschlug es die Sprache. Vor ihnen lag der behaglichste Raum, den sie je gesehen hatten. Für menschliche Maßstäbe mochte die Einrichtung der Kammer geschmacklos erscheinen; für die beiden Gremlins war es jedoch ein Paradies an Formen und Farben. An den Wänden hingen verblasste Teppiche und schüttere Tierfelle. Von der Decke baumelten Gebinde aus Federn, und überall waren dicke Talgkerzen aufgestellt, die wie missgebildete Kinder aussahen. In einer Ecke stapelten sich Kisten mit Grubenwerkzeug und allerlei nützlichem Gerümpel; in einer anderen befand sich eine gemütlich anmutende Pritsche aus schwarz-weißem Holz. Aus einem undichten Fass trat eine zähe Flüssigkeit aus, und in der Mitte der Kammer plätscherte ein bläulich schimmernder Salzkristallbrunnen. Daneben stand ein ausgestopfter Sumpfdrachen. Das Untier war viel zu klein, um bedrohlich zu wirken, aber seine Krallen waren schneckenförmig gebogen, als ob sie immer noch wüchsen. Auf dem flachen Rücken seines sechsbeinigen Leibes lag die Schicksalstafel, die Šurr schon vor einiger Zeit abgeliefert hatte. Nur von ihrem Auftraggeber selbst fehlte jede Spur.

»Kommt rein«, forderte Inǰi sie beiläufig auf, während sie sich die Hände in dem Salzbrunnen wusch. »Meister Sunay wird bald hier sein.«

Staunend folgten sie ihrer Einladung. Šurr stöhnte erleichtert, sichtlich froh darüber, die Platten endlich ablegen zu können. Sie hatten noch nicht annähernd alle Einzelheiten des Raumes in sich aufgesogen, da wurde einer der Wandteppiche – darauf eine düstere Turmruine – beiseitegeschoben, und Sunay stolperte herein. Sein Atem ging stoßweise. Über Tage musste gerade ein wahrer Wolkenbruch niedergehen, denn sein nachtblauer Mantel tropfte ohne Unterlass. Dennoch machte der Mann keine Anstalten, sich des nassen Stoffes zu entledigen, und auch mit Begrüßungen hielt er sich nicht auf.

»Nicht mal ein ganzer Sonat und ihr habt schon die nächste Tafel gefunden?«, keuchte er ungläubig.

»Eine?«, schnaubte Šurr und machte eine wegwerfende Handbewegung. »Ein halbes Dutzend haben wir dabei.«

»Die zeitlich auch noch sehr dicht beisammenliegen«, ergänzte Ekšamad stolz.

»Das ist mit Gold kaum aufzuwiegen«, befand Sunay und zog sich die Kapuze noch tiefer ins Gesicht. »Wie habt ihr das bloß angestellt?«

»Nun«, erwiderte Šurr zufrieden, »das muss leider unser Berufsgeheimnis bleiben. Sonst wären wir unser Gold nicht wert.«

Sunay nickte anerkennend. Dann begab er sich zu den Tafeln und ging in die Hocke. »Mit welcher fange ich an?«, fragte er die Enthüller.

Šurr deutete schweigend auf die oberste Platte. Sofort griff Sunay nach ihr und betrachtete sie im blauen Licht des Salzbrunnens.

Es war höchst erstaunlich, dass er die Inschrift entziffern konnte, dachte Ekšamad. Dazu gehörte nicht nur das Wissen um die alten Zeichen, sondern auch ein starker Wille. Andernfalls konnten einem die Glyphen die Sinne vernebeln, oder sie fingen den Verstand ein und gaben ihn nie wieder frei. Ihr Auftraggeber war in der Tat kein gewöhnlicher Mann. Anscheinend wusste er ihnen Wissen zu entlocken.

»Ja, das sind die richtigen Tafeln«, hauchte er schließlich erleichtert.

Ekšamad musterte den Mann voller Neugier. Er versuchte, einen Blick unter seine Kapuze zu erhaschen, doch alles, was er erkennen konnte, war eine blasse Nasenspitze. Das Gesicht blieb in Schatten verborgen. Ein leises Räuspern riss ihn aus seinen Beobachtungen.

»Meister Sunay, da ist noch etwas«, begann Šurr vorsichtig. »Ihr sagtet, Ihr wollt möglichst alles über diese Frau erfahren.«

»Hm.«

»Diese Platten hier ausfindig zu machen, war schwer genug«, erklärte Šurr mit ruhiger Stimme. »Aber weitere zu finden ... Das ist wie eine Nadel in allen Heuhaufen Royums zu suchen. Das Labyrinth unter dem Ewigen Berg ist weitläufiger als alle Fleete und Reichsstraßen zusammen. Und die Tafeln sind beileibe nicht in der richtigen Reihenfolge in den Fels gebrannt – weder alphabetisch noch chronologisch. Ihr müsst wissen, die Marmorchroniken kennen keine Ordnung außer ihre eigene.«

Šurr gab einen erschreckend guten Tauscher ab, musste Ekš anerkennen. Für einen Augenblick war er sich jedoch nicht sicher, ob ihr Auftraggeber ihm überhaupt zugehört hatte. Doch dann wandte sich Sunay zu ihnen um.

»Glaubt mir, wenn ich könnte, würde ich selbst in die Stollen kriechen und jeden einzelnen verfluchten Stein umdrehen. Nur sind wir Menschen nicht dafür gemacht, die Last des Berges zu ertragen.«

Sunay ließ seine Worte verklingen, während er abwesend mit einem Samtbeutel spielte, der an einer Kette um seinen Hals hing. Plötzlich meinte Ekš, in der Ferne ein sanftes Rauschen zu vernehmen – wie von einem Ozean. Eine seltsame Sehnsucht ergriff Besitz von seinem Herzen ... das Gefühl hielt kurz an ... und war schlagartig vorüber. Sunay hatte das Beutelchen in seiner Faust verschwinden lassen, und das Rauschen war wieder erstorben.

»Also, wie viel mehr Gold wollt Ihr?«, fragte er schließlich.

»Kein Gold«, erwiderte Šurr und hob beschwichtigend die Hände. »Zumindest nicht viel. Wir würden gerne Abschriften von den Tafeln anfertigen und sie in dem Geheimgang lagern.«

»Abschriften?« In Sunays Stimme lag mehr Erschöpfung als Argwohn. »Ich weiß zwar nicht, was ihr damit anfangen wollt, aber da ihr sie ohnehin gelesen habt, soll es mir egal sein. Ob ihr die Abschriften hier verstecken dürft, müsst ihr allerdings mit Inǰi besprechen. Sie und ihre Leute haben den Stollen gegraben.«

Ekš und Šurr warfen sich verzagte Blicke zu. Das hatte ihnen gerade noch gefehlt – mit der Tauscherin Geschäfte machen zu müssen. Die Gremlin-Frau schnurrte indes zufrieden.

»Ein Jammer, dass eure Schicksale nicht in den Marmorchroniken stehen. Das wäre wirklich ein Moment für die Ewigkeit: Zwei schüchterne Kristall-Männlein bitten eine Tauscherin um einen Gefallen.«

Šurr knurrte vor sich hin, und Ekš hätte ihr am liebsten eine schlagfertige Antwort um die Ohren gehauen, doch ihm fiel beim besten Willen keine ein. Sunay hatte sich indessen längst von ihnen abgewandt. Er kniete in der Pfütze, die sein triefender Mantel hinterlassen hatte, und war vollkommen in die Bruchstücke der Schicksalstafeln vertieft, die ihm die Geschichte einer ganz besonderen jungen Frau enthüllten …

2

SPUREN IM SAND

23 JAHRE ZUVOR

TAHLAT-GEBIRGE, JUNGE GOLDSONNE, JAHR 1 N.D.U.

Gegen Ende Ondril, wenn die Junge Goldsonne zu verblassen begann und der letzte Schnee auf den Gipfeln längst geschmolzen und in reißenden Bächen in die Täler geflossen war, dann waren die Höhenpässe des Tahlat ein todbringender Landstrich – karger als die Große Salzmeerwüste und staubiger als die Hochebene von A'Un. Ezra wusste das. Sie war hier aufgewachsen, zwischen steilen Felsen und rostbraunen Flechten. *Märesch*, dachte sie zähneknirschend. Siebzehn Sonnenläufe hatte sie in der Einsamkeit dieses rukkenschwingschen Bergdorfes verbracht, bis die bewaffneten Männer gekommen waren, um sie zu holen. Bereitwillig hatte der Dorfälteste sie ausgeliefert. Ezra wusste nicht, wer sie waren oder wer sie geschickt hatte, aber sie hatten nichts Gutes mit ihr vorgehabt. Das hatten sie ihr nicht sagen müssen, das hatte sie ihnen angesehen. Und nun lag sie hier, blutend und allein. Ihr Tod würde nicht der einer leichtsinnigen Wanderin sein, die zu wenig Wasser in ihren Trinkschlauch gefüllt hatte. Sie würde verbrennen oder verbluten. Je nachdem, ob sie es in den Schatten schaffte oder nicht. Sie wollte sich aufsetzen, doch ihre Glieder waren bleiern schwer. Reglos blieb sie im Staub der Bergstraße liegen.

Ein leichter Wind wehte über den Pass und spielte in ihren sandblonden Haaren. Und mit einem Mal roch sie goldgelbe Sommerwiesen, hörte Bienen summen, wie sie träge über einem Meer von Disteln und Mohnblumen schwebten. Die Erinnerung an unbeschwerte Tage, von denen es früher endlos viele und in letzter Zeit zu wenige gegeben hatte, wurde lebendig. Doch sie hielt nicht lange an, Ezras Schädel brummte einfach zu sehr. Sie fasste sich an die Schläfe und betrachtete ihre Hand. Blut klebte an ihren Fingern. Was sollte es sein: Verbrennen oder Verbluten?

Ezra erhob sich ... aber ihr Körper blieb zurück, und mit ihm die Schmerzen. Alles war plötzlich ganz leicht. Sie spürte, wie sie sich – ohne es zu wollen – von sich selbst entfernte, beinahe so, als ob sie schwebte. Erschrocken blickte sie zurück. Seltsam gekrümmt lag sie am Straßenrand, die Stirn glatt, die Haut an den Wangen rosig. Die weit auseinanderstehenden Augen waren aufgerissen, doch sie starrten ins Leere und das goldgelbe Funkeln in ihnen war erloschen. Über ihrer linken Braue klaffte eine Wunde, ihr Haar war blutbenetzt. Ein einfaches Hirtenkleid bedeckte ihren drahtigen Leib und die langen Glieder. Der Stoff war besudelt und zerrissen – nicht erst seit heute. Ein tiefer Schnitt verlief längs über ihren rechten Schenkel, und ein Bolzen steckte ihr mitten in der Brust. Ihre rechte Faust hatte sie um ein scharfes Messer geballt – eine Klinge, wie sie zum Häuten von Tieren benutzt wurde.

Indes hielt Ezra auf eine Höhle hinter einem Felsen zu, wie magisch angezogen von der erlösenden Dunkelheit. Ein toter Mann lehnte am Eingang. Seine Kehle war aufgeschlitzt. Eine Armbrust lag neben ihm auf dem Weg. Aus dem Augenwinkel sah sie die leblosen Körper von zwei weiteren Männern und einem Hund. Irgendwo in der Ferne brüllte ein verängstigtes Maultier. Was war hier geschehen? Sie versuchte sich zu erinnern, doch die Bilder zogen nur wie Fetzen an ihr vorüber. Die Männer hatten sie bedrängt und sie fesseln wollen. Sie hatte sich gewehrt. Einem der Kerle hatte sie ein Messer aus dem Gürtel gerissen, und dann war alles ganz schnell gegangen. Das Ergebnis sah sie zu ihren Füßen. Ihr wurde schwindlig. Alles um sie herum begann zu verschwimmen, und plötzlich bemerkte sie, dass der Felsen und die Höhle hinter ihr lagen. Ezra schwebte wieder über ihrem leblosen Körper. Sie hatte sich im Kreis bewegt, sie war zurückgekommen. *Verbrennen oder Verbluten?*, hallte es in ihrem Kopf. Dann wurde es dunkel um sie.

Ezra erwachte zu dem Quietschen von Wagenrädern. Das Geräusch war noch weit entfernt, doch es kam näher. Sie hörte keinen Hufschlag und auch keine Stimmen. Ein einzelner Wanderer also mit einem Handkarren, vermutete sie. Sie sandte ein Stoßgebet zum Sonnenvater, dass der Reisende ihr wohlgesonnen sein würde. Denn Fremden durfte man nicht trauen. Das hatte ihre Mutter ihr eingebläut. Da sie nur Zugezogene waren, hatte das sogar für die Dorfbewohner gegolten und auch für ihren eigenen Stiefvater. *Der Allsehende habe ihn selig.*

Mühsam hob Ezra den Kopf, und kurz darauf sah sie, wie ein dürrer Mann um die Wegbiegung gestapft kam. Leicht gebeugt zog er einen Wagen hinter sich her, auf dessen Ladefläche Krüge, Kisten und Körbe vor sich hin rumpelten. Zum Schutz gegen die Goldsonne hatte er sich ein Stück Stoff um den Kopf gebunden. Das Tuch war ihm so tief in die Stirn gerutscht, dass es sogar eins seiner Augen bedeckte. Dies schien ihn jedoch nicht weiter zu stören. Der Fremde hatte den Blick zu Boden gerichtet. Anscheinend suchte er nach einem möglichst ebenen Weg für den Karren. Als er die Toten endlich bemerkte, war er kaum mehr als zwölf Schritte von ihnen entfernt. Abrupt blieb er stehen. Die Krüge auf dem Wagen schepperten noch einmal, dann herrschte Stille. Unsicher sah sich der Mann um.

Erst jetzt bemerkte Ezra, dass das Tuch in Wahrheit als Augenklappe diente. Der Fremde war einäugig. Mit seiner Hakennase und dem dünnen Haarkranz sah er aus wie ein Geier, der nach Kadavern Ausschau hielt. Nachdem er sich sicher schien, allein zu sein, kam er vorsichtig näher und ging auf den ersten Toten zu. Ezra kniff die Augen zusammen und blieb ruhig liegen; sie hielt es für klüger, sich totzustellen, bis sie abwägen konnte, ob er mit den anderen Kerlen unter einer Decke steckte. Im Zweifelsfall ließ sie ihn lieber seines Weges ziehen … Verstohlen beobachtete sie den Mann dabei, wie er sich bückte und dem Toten ein loses Blatt aus dem Hosenbund zog. Eilig überflog er das Papier, nur um es gleich darauf zu zerreißen und die Schnipsel in den Wind zu werfen. Ein paar blieben zu Ezras Linken liegen.

Der Fremde hatte sich inzwischen darangemacht, den Geldbeutel vom Gürtel des Mannes zu lösen. Prüfend wog er ihn in der Hand, dann fischte er zwei Münzen heraus und drückte sie ihm auf die geschlossenen Lider. Herzlos schien der Mann also nicht zu sein, dachte Ezra. Gleiches wiederholte er bei den beiden anderen Toten – jedoch nicht ohne anschließend die Säckel in einer seiner Taschen verschwinden zu lassen. Als Letztes kam er zu ihr.

Gerade noch rechtzeitig schloss Ezra die Augen. Sie hatte keine Geldkatze, also konnte sie für ihn auch nicht von Interesse sein. Zumindest hoffte sie, dass er nur auf Gold aus war. Sie hörte, wie er sich zu ihr hinabbeugte. Bitterer Atem schlug ihr entgegen – nicht unangenehm, eher wie Kräutertee, der zu lange gezogen hatte.

»Armes Ding«, flüsterte er und strich ihr sanft über das Haar. Doch plötzlich wich er zurück. »Beim Sonnenvater, sie atmet noch!«

Mit letzter Kraft fuhr Ezra hoch und drückte dem Fremden das Messer an die Kehle. »Lass mich ja in Ruhe«, fauchte sie.

»Na … natürlich«, stammelte er. »Ich wollte nur nach dir sehen … ich kann dich in dein Dorf zurückbringen.«

»Nein!«, brüllte Ezra mit rauer Kehle. Blut sickerte aus ihrer Pfeilwunde. »Bloß nicht zurück! Die haben mich verkauft!« Sie wollte ihn von sich stoßen, doch ihre Kräfte verließen sie. Ihr Arm sank schlaff zu Boden, und das Messer glitt ihr aus der Hand.

»Schon gut«, beruhigte der Mann sie und rieb sich den Hals. »Verkauft? An Kopfgeldjäger? Du wirst doch nichts ausgefressen haben, oder?«

Ezra schüttelte langsam den Kopf. Obwohl sie unendlich müde war, traute sie sich nicht, den Mann aus den Augen zu lassen. Zumindest schien er ihr den Wutausbruch nicht übel zu nehmen, denn er legte die Stirn in Falten und beäugte ihre Verletzungen mit sorgenvoller Miene. »Hier kannst du jedenfalls nicht bleiben. Lass mich dich wenigstens mit zum Goldenen Greif nehmen. Das ist ein Gasthof, keine drei Stunden von hier.«

Jetzt, da sie ihn aus der Nähe betrachten konnte, schätzte Ezra ihn kaum älter als dreißig Sonnenläufe. Wortlos legte sie sich wieder zu Boden. Der Fremde stand derweil auf und ging zu seinem Karren. Er schien irgendetwas zu suchen, denn sie hörte, wie er in den Säcken und Körben herumwühlte.

»Ich müsste dir eigentlich den Pfeil rausziehen«, rief er ihr zu. »Aber das will ich nicht hier auf der Straße machen, sonst blutest du mir noch zu Tode.«

Kurz darauf kam er zurück. Ezras Augen weiteten sich. Er hielt ein Wurzelmännchen in der Hand – eine Alraune. Sie hatte ihre Mutter einmal darüber reden hören ... im Flüsterton. Gleich darauf hatte sie sich bekreist, denn dieser Pflanze bedienten sich angeblich nur Hexen und Vetteln, um ihr Teufelswerk zu vollbringen. Der Fremde hockte sich in aller Seelenruhe neben sie.

»Was hast du vor?«

»Dir das Leben retten«, erklärte er beiläufig und schnappte sich das Messer, das sie fallen gelassen hatte. Mit ruhiger Hand schnitze er eine Kerbe in Kopf, Brust und Schenkel des Wurzelmännchens – genau dort, wo auch Ezras Wunden waren. Dann zog er eine Nadel aus seinem Kragen und stach sich in die Fingerkuppe, bis sein Lebenssaft hellrot hervorquoll. Tropfen für Tropfen füllte er die Löcher der Alraune. Schließlich lutschte er das Blut von seinem Finger ab und drückte Ezra die Wurzel in die Hand.

»Halt sie gut fest«, empfahl er ihr. »So es die barmherzige

Kordelia will, wird sie deine Schmerzen lindern und die Blutungen stoppen.«

»Ich habe keine Schmerzen«, zischte Ezra widerspenstig und warf die Wurzel beiseite.

Ungerührt hob der Fremde die Alraune auf und pustete Staub und Dreck von ihr ab. »Es interessiert mich nicht, wen diese Männer gesucht haben«, sagte er. »Aber ich denke, es ist besser, wenn es nach einem Überfall aussieht.« Er musterte Ezra mit einem scheuen Lächeln. »Jeder hat eine zweite Chance verdient, meinst du nicht auch? Die Alraune ebenso wie du.« Dann erhob er sich, legte die Wurzel auf ihre Brust und ging.

Ezra hatte keine Kraft mehr, sich zu wehren, und ließ die Alraune, wo sie war. Schon nach wenigen Herzschlägen fühlte sie sich seltsam benommen – benommen, aber wohl.

»Ich … ich heiße übrigens Odo«, drang die Stimme des Fremden zu ihr herüber. »Ich bin Färber … Färber und Apotheker … aus Bendrahim.«

Bendrahim – Fürstenstadt von Rukkenschwing. Allein beim Klang dieses Namens schossen ihr kindliche Bilder durch den Kopf. Überfüllte Gassen, Mitternachtsmärkte und Sandsteintürme, die bis in die Wolken reichten. Und über allem kreisten riesige Adler. Ihre Schatten tauchten ganze Stadtviertel in Dunkelheit, so erzählten es sich die Hirten in ihrem Dorf.

Ezra drehte den Kopf zur Seite. Stumm beobachtete sie, wie Odo den Toten die Stiefel auszog, ihnen die Waffen abnahm und alles auf einem Haufen zusammentrug. Als er damit fertig war, wickelte er die Sachen in einen Mantel und verstaute sie auf seinem Karren. Zuletzt griff er sich die Armbrust, lud sie mit zitternden Armen durch und verpasste den Leichen Bolzen um Bolzen. Nun sah es tatsächlich wie ein Raubüberfall aus.

»Die Männer müssen einen Esel dabeigehabt haben«, meinte Odo schließlich. Suchend blickte er sich um. »Ich glaube, ich habe vorhin einen gehört. Mal schauen, ob ich ihn finden kann. Ich bin gleich wieder da.«

Ezra erwiderte nichts und lauschte nur, wie er sich entfernte. Das Echo seiner Schritte hallte durch die Schlucht, immer leiser, bis es schließlich vom Rhythmus ihres Herzschlags übertönt wurde. Noch immer verspürte sie keinen Schmerz, aber das Blut rauschte so laut in ihren Ohren, dass ihr übel wurde. Ächzend bewegte sie den Arm und griff in ihre Schürzentasche. Ihre Finger suchten und fanden eine leicht geöffnete Muschel. Die Meeresfrucht lag angenehm kühl in ihrer Hand. Der Anhänger war ein Andenken. Behutsam fuhr sie mit dem Daumen über den scharfkantigen Spalt und fast meinte sie, die Stimme ihrer Mutter zu hören.

Es ist nur eine alte Muschel, Ezra. Aber wer weiß, vielleicht hat sie vor langer Zeit einmal eine Perle geboren.

Ezra musste lächeln. Es war ein trauriges Lächeln. Im letzten Sommer war ihre Mutter gestorben – die Pocken hatten sie geholt. Nun ruhte sie unter einem Haufen Steine, in einem Dorf, in dem sie sich nie zu Hause gefühlt hatte, begraben neben einem Mann, den sie nie geliebt hatte. Ihre Heimat war das Meer gewesen. Ezra hatte es nie zu Gesicht bekommen. Manchmal träumte sie aber von endlosen Weiten, wo Himmel und Wasser am Horizont zu verschmelzen schienen.

Das Geräusch von Schritten riss sie aus ihren Gedanken. Odo war zurückgekommen. Schweiß stand ihm auf der Stirn, und seine Nasenflügel bebten vor Anstrengung. In der Hand hielt er jedoch triumphierend die Zügel eines Maultiers.

»So wird es einfacher für uns. Warte, ich helfe dir rauf.«

»Nicht«, hauchte Ezra matt.

Doch zu spät. Odo war bereits in die Knie gegangen und hatte sie gepackt, um sie auf das Muli zu hieven. Das Tier schnaubte unruhig und machte einen Satz nach vorn. Mit einem »Brr« versuchte Odo es zu beruhigen, doch je näher er mit Ezra kam, desto wilder keilte es aus. Frustriert gab er auf.

»Verdammtes Vieh«, ächzte er und trat eine Staubwolke in Richtung des Tiers.

Ezra bekam kaum noch mit, wie er sie keuchend zu seinem Karren schleifte und auf die Ladefläche hievte. Nachdem er sie zwischen Krügen und Säcken abgelegt hatte, setzten sie sich in Bewegung. Langsam polterte der Wagen durch das trockene Bergland. Das störrische Grautier folgte kurz dahinter. Zwei Füße, zwei Räder und vier Hufe … Schritt für Schritt über die staubige Straße.

*

Ezra wachte auf. Unter ihrem Rücken knarzte der Karren. Die Räder des klapprigen Gefährts knirschten unermüdlich über den steinigen Weg und wirbelten Staub auf, der mit ihrem Schweiß vermengt einen rauen Film auf ihrer Haut bildete. Die Anspannung war von ihr abgefallen und hatte einem dumpfen Schmerz Platz gemacht. Bei jeder Unebenheit spürte sie ein Stechen in der Seite. Kein Wunder. Dort steckte immer noch der Bolzen, den der Kopfgeldjäger auf sie abgefeuert hatte. Sie versuchte, ihren Körper zwischen den Kisten zu verkeilen, die rings um sie herumstanden – immer in Erwartung der nächsten Erschütterung. Schon bald brannten ihre Muskeln.

Die Anstrengung kostete sie so viel Kraft, dass sie erst nach einer Weile bemerkte, dass Odo zu ihr sprach. Beruhigend redete er auf sie ein, und das, obwohl sie die Augen fest geschlossen hatte. Vorsichtig blinzelnd öffnete sie die Lider. Die Abenddämmerung hatte bereits eingesetzt. Der Himmel über ihr schimmerte trübe. Die Wolken zogen in dünnen Fetzen vorüber, zu dünn, als dass sie auf Regen hoffen ließen. Aber warum gingen sie der Sonne entgegen? Brachte er sie doch ins Dorf zurück? Aus dem Augenwinkel konnte Ezra Odos Rücken erahnen. Tief nach vorn gebeugt zog er den Karren.

»Des Pflanzers Pech ist des Färbers Glück«, schnaufte er halblaut vor sich hin. »Ich komme gerade von der Velchior-Plantage … Vermutlich hast du nie von ihnen gehört, aber den

Velchiors gehört ein gutes Stück Land zwischen den Bergen und dem Koin. Für Flachlandbauern hatten sie in den letzten Jahren ziemlich viel Glück. Keine Überschwemmungen, keine Plünderungen. Diese Saison hat es sie dafür umso übler erwischt. Ein Großteil der Saat war von Läusen befallen – nicht von den gewöhnlichen, sondern von Purpurläusen. Die sind besonders hartnäckig. Wenn einer wie ich auftaucht, der mit den Schädlingen etwas anfangen kann, dann kriegen die Bauern wenigstens noch ein paar Taler für die toten Pflanzen.«

Odo hielt für einen Augenblick inne und wuchtete den Karren über eine Bodenwelle. Gerade noch rechtzeitig spannte Ezra die Muskeln an, um den Stoß abzumildern. Schon mit dem nächsten Atemzug redete Odo weiter – ohne Punkt und Komma. Ob er sie in Sicherheit wiegen wollte? Ezra spähte durch halb geöffnete Lider gen Himmel und blickte in das Licht von zwei Sonnen. Das war unmöglich. Ihre Augen mussten ihr einen Streich spielen. Gingen sie nun zurück oder nicht?

»Und die Tagelöhner sind auch froh, wenn sie sich ein paar Münzen dazuverdienen können«, bemerkte Odo in nachdenklichem Ton. »Gibt ja kaum noch welche. Viel zu viele sind im Krieg geblieben. Waren fast nur Witwen und Waisen, die mir dieses Jahr geholfen haben – der Sonnenvater stehe ihnen bei. Bei der Arbeit kann ich jede Hand gebrauchen. Die Pflanzen müssen mit einem Brennnesselsud benetzt werden, und anschließend kämmt man die Läuse vorsichtig von Stängeln und Blättern. Das ist äußerst mühselig. Und es muss rasch geschehen, denn nur wenn die Läuse gerade Eier legen, strahlen sie in dem kräftigen Rot, das wir Färber verwenden können. Und wenn sie dann nicht schnell genug eingelegt werden, war alles umsonst – am besten benutzt man Haselnussöl, das ist zwar nicht billig, aber farbneutral. Daheim in Bendrahim, fülle ich das Öl dann in Flaschen ab und lasse es in der Gold- oder Blutsonne reifen, je nach gewünschtem Farbton. Für ein sanftes Rotbraun sollte man am besten gar kein Licht heranlassen …«

Ezra hob den Kopf und blickte sich um. Der Karren polterte plötzlich lauter, und die Felsen zogen rascher an ihr vorüber. Sie fuhren bergab, stellte sie benommen, aber erleichtert fest, weg vom Dorf. Odo schien sein Wort zu halten. Doch auf ihr Bauchgefühl wollte sie sich diesmal nicht verlassen. Ihr Instinkt hatte sie auch nicht vor den Kopfgeldjägern gewarnt. Ezra hatte keine Ahnung, was die Männer genau von ihr gewollt hatten. Sie hatten auf den Dorfältesten eingeredet und mit irgendwelchen Papieren herumgewedelt. Und ohne zu zögern hatte er sie an die Fremden ausgeliefert.

Die Dörfler hatten sie seit dem Tod ihrer Mutter gemieden. Nicht, dass sie vorher viel mit ihr gesprochen hätten. Ezra war zwar hier geboren, doch sie blieb eine Fremde, die Tochter einer Zugezogenen. Als kleines Mädchen hatte sie mit den anderen Kindern herumgetollt. Beim Fangen und Verstecken war sie stets die Flinkste gewesen. Wie eine Bergziege war sie von Fels zu Fels gesprungen; stundenlang hatte sie reglos im Gebüsch liegen können, ohne dass die anderen sie jemals fanden. Aber als die Zeit gekommen war, auf den Feldern auszuhelfen oder ein Handwerk zu erlernen, da hatte man sie übergangen. Sie sei frei von Talenten, hatten die anderen behauptet. Die Suppen, die sie kochte, seien zu salzig und die Säume, die sie nähte, zu schief. Zugegebenermaßen liefen ihr selbst die trägsten Schafe davon, wenn sie sie hüten sollte. Oft verschlief Ezra den ganzen Tag und kam erst zur Dämmerung heraus, vor allem im Sommer. Sie liebte es, dann durch die Gegend zu streifen, ohne Ziel und ohne Pflichten. Die Leute hatten sie einen Faulpelz geschimpft und sich dennoch um sie gekümmert, nachdem ihre Mutter gestorben war – freilich nicht aus Nächstenliebe. Es war die Art ängstlicher Fürsorge, die man einem bissigen Hofhund entgegenbrachte. Frühmorgens hatten sie ihr Essensreste vor die Tür geworfen: trockenes Brot, kalte Grütze und manchmal auch einen braunen Apfel. Zu wenig zum Leben, zu viel zum Sterben. Mit knurrendem Magen war sie deshalb Nacht für Nacht in die Felsenkeller der Bauern eingestiegen und hatte sich an ihren Vorräten satt gegessen. Die Dörfler mussten es wissen oder zumindest ahnen, aber des Diebstahls hatte man sie nie bezichtigt.

Waren die Kopfgeldjäger etwa gekommen, um sie deswegen festzunehmen? Vielleicht war es so, dachte Ezra. Sie hatte davon gehört, dass man Dieben in Bendrahim die Hand abhackte. Und unterstanden die Dörfer des Tahlat nicht dem Fürsten von Rukkenschwing? Odo kam aus der Fürstenstadt, schoss es ihr plötzlich durch den Kopf. Ezra wollte keine Hand verlieren, nicht mal einen Finger! Noch einmal würde sie nicht zu spät handeln. Sie musste fliehen. Muskel für Muskel löste sie die Anspannung und bereute es sogleich. Die nächste Unebenheit ließ den Karren holpern und versetzte ihr einen schmerzhaften Stoß. Blut quoll aus der Wunde in ihrer Brust. Sie konnte spüren, wie das hölzerne Geschoss gegen ihre Knochen rieb. Doch sie biss die Zähne zusammen. Odo sollte sie nicht hören.

»Für das Schwarz-Rot, mit dem die Handelsprinzen von Suu die Schleier ihrer Leibgarde färben lassen, müssen die Läuse mindestens zwölf Jahre eingelegt werden«, gab er schnaubend von sich.

Gut, er war immer noch in seine Litanei über sein Handwerk vertieft. Ezra wartete bis zum nächsten Schlagloch. Dann nutzte sie die Erschütterung und ließ sich lautlos vom Karren in den Straßenstaub gleiten – den linken Arm zum Schutze ausgestreckt, um nicht auf dem Bolzen zu landen.

Trotz aller Vorsicht schoss ihr ein brennender Schmerz durch den Leib. Sie spürte Blut an ihrer Wade hinabrinnen. Der lange Schnitt an ihrem Schenkel musste wieder aufgeplatzt sein. Aus Reflex umgriff sie mit beiden Händen ihr Bein … und rammte sich dabei den Bolzen nur umso tiefer ins Fleisch. Ihr wurde übel vor Schmerzen. Grelle Flecken tanzten vor ihren Augen, als hätte sie zu lange in die Sonne gestarrt. Doch sie blieb bei Bewusstsein.

Hinter sich hörte sie einen entsetzten Aufschrei. »Oh verdammt!« Odo ließ den Karren stehen und kam herbeigelaufen. »Verzeih mir! Ich habe nicht aufgepasst. Dieser verdammte Weg ist einfach zu holprig!«

Das Gleißen über ihr wurde zu einem erträglichen Grau, in dessen Mitte sich der Schemen von Odos Körper abzeichnete. Sie spürte ein Kitzeln an den Füßen. *Verfluchter Esel!* Das Vieh nagte doch tatsächlich an ihren Strohschuhen.

»Sch, sch! Verschwinde!«, scheuchte Odo das Tier davon. Dann wandte er sich eilig Ezra zu. »Halt still! Ich muss deinen Schenkel abbinden, sonst verblutest du.«

Verbluten, dachte Ezra gleichgültig, damit hatte sie schon vor Stunden gerechnet. Sie blickte an sich herab. Tatsächlich strömte wieder mehr Blut aus ihren Wunden. Wie durch einen roten Schleier konnte sie erkennen, dass Odo sich die Augenbinde abnahm und dahinter eine wulstige Narbe zum Vorschein kam. Das Tuch wie eine Schlinge haltend, beugte er sich über sie. Wollte er sie nun fesseln, so wie die Kopfgeldjäger? Ansatzlos schlug sie nach ihm. Ihre Finger hinterließen rote Striemen auf seiner Wange.

Odo wich zurück, mehr vor Schreck als Schmerz, und starrte sie fassungslos an. »Mädchen, du bist im Fieberwahn. Du stirbst, wenn du dir nicht helfen lässt.«

Ezra versuchte zurückzuweichen und bleckte die Zähne. Was sollte sie tun? Alles um sie begann sich zu drehen. Sie war wütend. Auf die Dörfler, die Kopfgeldjäger und auf diesen Odo, auch wenn sie nicht wusste warum. »Nicht! Nicht zurück!«, fauchte sie mit letzter Kraft und brach zusammen.

»Nein, nicht zurück«, wiederholte Odo beruhigend und fing sie auf. »Das habe ich doch versprochen.«

Ezra hing hilflos in seinen Armen. Der raue Stoff seines Mantels rieb über ihre Haut wie Katzenzungen. Ein süßlicher Duft ging von ihm aus, der sie an Salbei erinnerte. Sie blickte auf und versuchte, in seinen Augen zu lesen – das eine graublau, das andere eine sternförmige Narbe. Falls er log, so konnte sie es nicht erkennen.

Behutsam lehnte er sie an einen Felsen und kniete sich neben sie. Dann schlang er das Tuch um ihren Schenkel und zurrte es fest, bis es tief ins Fleisch schnitt. Kraftlos ließ sie ihn gewähren. Ihr ganzes Bein pochte, aber die Blutung war auf einen Schlag versiegt.

»Gut«, seufzte er. »Und jetzt zum Bolzen, bevor er dir in die Lunge sticht.« Mit diesen Worten drehte er sich um und ging zum Wagen. Er fluchte leise vor sich hin. Obwohl er ihr den Rücken zugekehrt hatte, konnte Ezra jedes seiner Worte klar und deutlich verstehen, beinahe so, als ob er ihr ins Ohr flüsterte. »Widerborstiges Ding. Der ganze Hokuspokus mit der Alraune war umsonst. Ein Wunder, dass sie überhaupt noch lebt ...«

Es kümmerte Ezra nicht, was er dachte, und außerdem war *widerborstiges Ding* bei Weitem nicht das Schlimmste, was Leute über sie gesagt hatten.

Als Odo zurückkam, hielt er einen großen Krug in der Hand. »Ich hätte lieber bis zum Gasthof gewartet, aber wie es aussieht, bleibt uns keine Wahl. Der Pfeil muss raus, und die Wunde muss ausgebrannt werden«, erklärte er nüchtern und deutete auf das irdene Gefäß. »Brennnesselgeist, hoch konzentriert.«

Dann ging er in die Hocke und riss den Stoff ihres Kleides rund um den Bolzen auf.

»Hier«, sagte er und reichte ihr den Zipfel ihrer Schürze. »Da solltest du draufbeißen. Es wird wehtun.«

Ezra schüttelte störrisch den Kopf. Sie dachte nicht im Traum daran, auf dem dreckigen Stofffetzen herumzukauen.

»Wie du meinst, dann atme wenigstens aus, wenn ich es dir sage. Auf drei. Eins ... Zwei ... Drei!«

Ezra schnaufte zischend aus, und Odo zog den Bolzen mit einem Ruck aus ihrer Seite. Sie hatte das Gefühl, die Eingeweide würden ihr aus dem Leib gerissen, doch nur ein Stöhnen kam ihr über die Lippen. Ihre Muskeln zitterten, ihre Kiefer mahlten. Wie in Trance blickte sie an sich hinunter. Blut schäumte aus dem Loch in ihrer Brust. Der Bolzen lag nun neben ihr im Dreck, Fetzen ihres Fleisches hatten sich in den Widerhaken verfangen.

Eilig kippte Odo den Brennnesselgeist auf die Wunde. Den Rest goss er über den offenen Schenkel. Für einen Atemzug war die Flüssigkeit angenehm kühl, doch dann begann sie zu brennen wie Feuer. Dampf stieg auf. Ezras Haut färbte sich scharlachrot, bis sich kleine Bläschen bildeten und das wunde Fleisch verklebten. Mit einem Ächzen sank Ezra zurück. Die Blutungen waren endgültig gestoppt. Odo lehnte sich vor, um ihr eine Hand auf die Stirn zu legen, doch das Funkeln in ihren Augen ließ ihn zurückzucken.

»Gut, du bist bei Bewusstsein«, murmelte er und stand auf. »Ich werde jetzt den Karren ein wenig frei räumen, damit du mehr Platz hast. Und dann gehen wir weiter. Bis zum Goldenen Greifen ist es nicht mehr weit.«

Ezra beobachtete, wie er scheinbar wahllos Kisten und Körbe öffnete, hineinschaute und kopfschüttelnd wieder schloss. »Die brauche ich … Und die auch … Was lasse ich nur hier?«

Odo rieb sich grübelnd das Kinn. Nach einer halben Ewigkeit lud er schließlich ein Ölfass vom Wagen und rollte es hinter einen Felsen. »Das kann ich morgen noch holen«, brummte er, »falls es bis dahin niemand entdeckt hat.«

Dann nahm er den Umhang, in den er die Waffen und Stiefel der Kopfgeldjäger gewickelt hatte, und ging geradewegs auf eine Felsspalte zu, die sich abseits des Weges auftat.

»Nicht!«, rief Ezra ihm zu.

Doch Odo reagierte nicht. Der Wind, nicht mehr als ein laues Lüftchen, verschluckte ihre zittrige Stimme. Darum raffte sie sich auf und versuchte, ihm hinterherzuhinken – ihr linkes Bein noch taub vom Brennnesselgeist. Verschwommen sah sie, wie Odo schon dabei war, die Waffen in den Abgrund zu schleudern. Gerade wollte er ein Kurzschwert entsorgen, dessen Griffstück einer barbusigen, geflügelten Frau nachempfunden war.

»Nicht!«, schrie sie diesmal aus voller Lunge.

Odo fuhr erschrocken herum. »Du solltest doch liegen bleiben!«

Ezra streckte fordernd die Hand aus. »Gib mir das Schwert!«

Stirnrunzelnd senkte Odo den Blick. »Jemand könnte es wiedererkennen. Warum nimmst du nicht eins, das weniger auffällig ist?« Er deutete auf den Haufen zu seinen Füßen. Dort türmten sich schwere Stiefel, Rüstzeug und die verschiedensten Waffen auf.

»Nein, ich will das da! Damit hat er mir das Bein aufgeschlitzt.«

Odo zuckte mit den Schultern und reichte ihr das Kurzschwert mit dem Heft voran. Ezra lächelte grimmig. Die unterarmlange Klinge lag gut in ihrer Hand, und – wichtiger noch – Odo hatte getan, was sie verlangt hatte. Sie war daran gewöhnt, dass die Leute Angst vor ihr hatten. Und es ersparte ihr in der Regel all das, was im Leben unangenehm war: unnötige Fragen und Streitigkeiten.

»Und wenn du schon dabei bist«, forderte sie ihn kühl auf, »dann gib mir auch das Messer, das du mir vorhin weggenommen hast.«

Odo musterte sie staunend. Doch dann zog er die Klinge aus dem Ärmel und händigte sie ihr aus. »Dafür, dass du so viel Blut verloren hast, geht es dir schon wieder recht gut, will ich meinen.«

Ezra wollte ihn in dem Glauben lassen. Deshalb drehte sie sich um und humpelte wortlos zum Wagen zurück. Sie brauchte Ruhe. Sollte er sich die Hände schmutzig machen und den Rest des Krempels entsorgen.

3

HUNDE, DIE BELLEN …

TAHLAT-GEBIRGE, JUNGE GOLDSONNE, JAHR 1 N.D.U.

Es war bereits dunkel, als sie wieder aufbrachen. Nur ab und an brach Sternenlicht durch die Wolkendecke und verwandelte die undurchdringliche Schwärze in ein nächtliches Blau. Einzig eine kleine Blechlaterne, die vorne am Karren baumelte, leuchtete ihnen den Weg – und das mehr schlecht als recht, wenn man danach ging, wie oft Odo stolperte. Wenigstens war es ohne das Ölfass und den Krempel der Kopfgeldjäger nun etwas bequemer auf dem Wagen. Ezra hatte sich in eine Decke gehüllt und döste vor sich hin. Ihr Schenkel und ihr Brustkorb taten immer noch weh. In einer kühlen Nacht wie dieser war ihr der brennende Schmerz jedoch willkommen.

Versonnen fuhr sie mit der Hand über das Kurzschwert – ihr kostbarster Besitz, auch wenn sie keine Ahnung hatte, wie man damit umging. Ihre Finger zeichneten das Griffstück nach. Nur die klauenbewehrten Füße und die Brüste der Figur bestanden aus blankem Metall. Der Leib war mit Leder umwickelt, und die Schwingen bildeten eine prachtvolle Parierstange.

Ezra horchte auf. Das Rauschen des Windes veränderte sich. Wo er zuvor noch durch karge Schluchten gepfiffen hatte, raschelten nun Blätter. Der Duft von Pinien lag in der Luft. Wie es schien, näherten sie sich dem Fuß des Gebirges. Ein paar Schritte später gesellte sich noch ein weiteres Geräusch zum Konzert der Bäume hinzu: der Klang von Stimmen.

»Stimmen«, krächzte Ezra, »ich höre Stimmen.«

»Kein Wunder«, entgegnete Odo. »Das Gasthaus ist hinter der nächsten Wegbiegung, auch wenn sich die noch ein ganzes

Stück zieht … Du hast übrigens gute Ohren, ich kann nämlich noch nichts hören.«

Ein gleichgültiges »Hm« war alles, was Ezra über die Lippen brachte.

»Du wirst sehen, es wird dir gefallen im Goldenen Greifen. Weiche Betten und der köstlichste Rosentee, den du je getrunken hast. Die junge Mirryl führt den Gasthof mit ihren Söhnen. Eine mutige Frau«, erzählte Odo, doch die Bewunderung in seiner Stimme schlug sogleich in Bedauern um. »Ihr Mann ist im Krieg geblieben – wie so viele andere. Aber wenigstens hat sie Fang und Bann, die auf sie aufpassen. Das erste Mal, als ich die beiden Hunde gesehen habe, hätte ich mir beinahe ins Hemd gemacht. Die sind größer als so mancher Esel.«

Wie zur Antwort erklang ein heiseres »Iah« aus der Dunkelheit von ihrem störrischen Begleiter.

»Aber jetzt, da ich ihre Vorliebe für Geräuchertes kenne, fressen sie mir aus der Hand. Ich gehöre so gut wie zum Rudel«, sagte Odo und lachte. »Am liebsten mögen sie es, wenn …«

»Warum hast du keine Frau, wenn es so viele Witwen gibt?«, unterbrach Ezra ihn.

»Äh, wer sagt dir, dass ich nicht verheiratet bin?«

»Mein Gefühl.«

»Na ja«, stammelte er irritiert, »dann hat dein Gefühl zufällig recht … Es hat sich nie ergeben … Ich bin viel unterwegs. Und ich finde ein anständiger Mann lässt sein Weib nicht allein zu Hause.«

»Achtung!«, schrie Ezra plötzlich. »Ein Graben!«

»Unfug, hier gibt es keinen Gra…«, wollte Odo entgegnen, doch dann blieb er wie angewurzelt stehen. »Bei allen Sechs Sonnen! Da ist ja wirklich ein Graben – quer über die Straße.«

»Sag ich doch.«

»Wie hast du das Loch nur sehen können? Bei der Finsternis?«

»Ich habe halt hingeguckt«, erwiderte Ezra ausdruckslos.

Darauf nahm Odo die Funzel vom Wagen und leuchtete den Weg ab. Der schmale Graben kreuzte tatsächlich die ganze Straße. »Kaum einen Schritt tief«, bemerkte er in ihre Richtung. »Aber es hätte gereicht, dass ich mir die Haxen breche.«

»Soll das ein Streich sein?«

»Ein Streich?«, wiederholte Odo Ezras Frage und schritt den Graben ab. »Sicher nicht. Die ganze Erde auszuheben, macht viel zu viel Arbeit für einen Scherz, und einen schlechten dazu. Das sieht mir eher nach einer Wegsperre aus, einer verlassenen Zollstation, um genau zu sein.«

Das flackernde Licht der Laterne fiel auf ein Zelt am Straßenrand. Die Plane war zurückgeschlagen und gab den Blick auf zwei große Schilde frei, die an einem Tisch lehnten. Auf dem Holz war ein zähnefletschender Hundekopf abgebildet.

»Eisenhunde«, raunte Odo angewidert. »Was die hier noch treiben? Der Krieg ist doch schon seit fast einem Jahr vorbei.«

»Was sind Eisenhunde?«, fragte Ezra, die sich mittlerweile im Wagen aufgerichtet hatte.

»Der übelste Haufen Söldner, den du je gesehen hast. Die Kompanie kommt aus Hohenbaldacht. Man nennt sie auch die Fesselschnitter, weil sie ihren Kriegshunden Harnische mit Klingen anlegen und sie dann zwischen die feindlichen Reiter hetzen.«

»Bah«, entfuhr es Ezra empört, doch sogleich verspürte sie einen Stich in der Seite. Der Brennnesselgeist mochte die Wunden geschlossen haben, aber die inneren Verletzungen waren noch lange nicht geheilt.

»Ja, das sind keine angenehmen Zeitgenossen. Aber wie dem auch sei: Wir müssen auf die andere Seite. Du brauchst nämlich ein Bett und etwas Warmes zu trinken und jede Menge Ruhe.«

Insgeheim stimmte Ezra ihm zu, nur zugeben wollte sie es nicht. Odo betrat derweil das Zelt und nahm die beiden Schilde unter den Arm. Dann legte er sie über den Graben, stellte sich darauf und wippte vorsichtig. Das Holz knirschte, aber es hielt.

»Das sollte reichen«, murmelte er zuversichtlich und zog den Karren über den provisorischen Steg.

Es dauerte nicht lange, da durchquerten sie einen Olivenhain. Laub und herabgefallene Zweige knackten unter den Wagenrädern. Ezra spürte ihren Magen knurren. Sie hatte ganz verdrängt, wie hungrig sie eigentlich war, und das Geräusch erinnerte sie daran, wie gerne sie Hühnerknochen zerbiss und auslutschte. *Eine anständige Mahlzeit würde jetzt nicht schaden.*

Als sie die Baumgruppe hinter sich ließen, kam endlich der Gasthof in Sicht. Ezra staunte. Mit seinen zwei Geschossen war das Sandsteingebäude das größte Bauwerk, das sie je gesehen hatte. Doch das Haus war bei Weitem nicht das Auffälligste. Auf dem Platz davor steckten überall Fackeln im Boden und warfen ein feuriges Licht auf die Szene, die sich dort abspielte. Wenigstens zwei Dutzend Männer drängten sich um einen großen Zwinger und grölten. Immer wieder wurde ihr Gebrüll von einem wilden Knurren und Jaulen unterbrochen. Vom Karren aus konnte Ezra nicht erkennen, was sich dort zutrug, aber sie hatte vor, es herauszufinden.

»Der arme Fang«, keuchte Odo und stellte den Wagen neben einer Statue ab, die sie zuvor gar nicht bemerkt hatte. Für einen Augenblick war Ezra von dem hölzernen Standbild abgelenkt. Es stellte einen Ritter dar, der auf einem geflügelten Löwen ritt, nur dass seine Lanze und eine Schwinge abgebrochen waren. An dem Sockel waren zahlreiche Aushänge befestigt. Sie zeigten allesamt Bilder von Frauen – merkwürdig deformierten Frauen. Einige hatten gespaltene Zungen und spitze Eckzähne, anderen wuchsen Hörner aus Stirn und Kiefer, und wieder andere standen auf Hufen anstelle von Füßen. Odo hatte kurz innegehalten, um die Anschläge zu studieren. Schließlich riss er einen von ihnen ab und stopfe ihn in seinen Mantel. Seltsam, dachte Ezra, auf den ersten Blick schien darauf nur eine ganz gewöhnliche Frau abgebildet gewesen zu sein.

Ein schrilles Winseln riss sie aus ihren Gedanken. *Der Zwinger!* Ezra streckte kurz die Glieder, dann erhob sie sich und hüpfte von der Ladefläche, geschmeidig wie eine Katze. Sie ignorierte ihr brennendes Bein und auch das Stechen in der Brust. Unbeirrt hielt sie auf die johlende Meute zu.

Die Kerle dort waren bis an die Zähne bewaffnet. Knüppel, Äxte und Messer steckten in ihren Gürteln und sogar das ein oder andere Feuereisen. Auf ihren Westen prangte das Wappen mit dem zähnefletschenden Hundekopf. Doch niemand schenkte ihr Beachtung. Die meisten Männer hatten ihr ohnehin den Rücken zugewandt. Mit geballten Fäusten stießen sie laute Anfeuerungen aus.

»Beiß ihn!«

»Zerfleisch ihn!«

»Schlitz ihn auf!«

Für einen Moment tat sich eine Lücke zwischen den Männern auf, sodass Ezra einen Blick auf das erhaschen konnte, was sich dort abspielte. Im Innern des Zwingers kämpften zwei Hunde, doch es war ein ungleicher Kampf. Der eine war ein langbeiniger Wolfshund. Er war beinahe doppelt so groß wie sein Gegner, ein bulliger Terrier, aber sein graues Fell war bereits blutgetränkt. Angewidert und gleichzeitig fasziniert stellte Ezra fest, dass das kleinere Tier ein Halsband trug, das mit spitzen Dornen besetzt war. *Daher die vielen Wunden.* Der große Graue wollte sich mit eingezogenem Schwanz zurückziehen, doch die Männer stachen mit Spießen nach ihm, um ihn wieder anzutreiben. Schon setzte der Terrier zum Sprung an, als er plötzlich Sitz machte und zu heulen begann. Auch der Wolfshund reckte seine Schnauze in den Himmel, schnüffelte und zog schließlich knurrend die Lefzen hoch. Offensichtlich hatten die Hunde die Lust am Kämpfen verloren.

»He, was soll das!«, riefen die Zuschauer den beiden Spießträgern zu. »Macht, dass sie weiterkämpfen!«

»Ich will mein Geld zurück!«, schrie einer.

»Und ich erhöhe!«, brüllte ein anderer. »Fünfundzwanzig auf unseren Köter.«

»Dafür ist es zu spät. Es ist schon Blut geflossen.«

Ein einziger Mann schien in dem Chaos Ruhe zu bewahren. Er stand auf der gegenüberliegenden Seite des Zwingers auf ein mannshohes Schwert gelehnt. Mit zusammengekniffenen Augen musterte er Ezra. Mehrere Herzschläge verstrichen so, bis ihr schließlich mulmig wurde und sie den Blick abwandte. Als sie wieder aufschaute, war der Mann in dem Durcheinander verschwunden.

Ezra zuckte vor Schreck zusammen, als sie jemand an der Schulter packte. Sie wirbelte herum, die Hand auf dem Schwertknauf – doch es war Odo, der hinter ihr stand und ein ernstes Gesicht machte.

»Lass uns verschwinden. Es wird nicht lange dauern, bis sie merken, dass du für die Unruhe verantwortlich bist.«

»Ich?« Ezra zog fragend die Brauen hoch.

Doch Odo reagierte nicht. »Komm, Mirryl hat eine kleine Kammer für uns.« Mit diesen Worten zog er sie hinter sich her, weg von dem Zwinger und der tobenden Meute. Sie hatten das Gasthaus beinahe umrundet, als die Hunde wieder zu kämpfen anfingen. Die Männer jubelten, und das blutige Schauspiel nahm seinen Lauf.

»Hier entlang«, flüsterte ihnen ein junger Bursche zu, der an der Ecke auf sie gewartet hatte.

»Gut dich zu sehen, Ghal«, begrüßte Odo den Jüngling und fuhr ihm durchs krause Haar.

Ghal nickte grimmig. Dann schlich er zurück in den Schatten und führte sie an der Rückseite des Hauses entlang. An einer schmalen Tür machte er Halt und drückte mit der Schulter dagegen. Quietschend gab sie nach.

»Da hoch«, sagte er und deutete eine steile Stiege hinauf. »Bis ganz nach oben.«

Ezra und Odo ließen sich nicht lange bitten. Sie klommen

die Stufen empor, während Ghal die Tür von innen verriegelte. Oben auf dem kerzenerhellten Treppenabsatz erwartete sie Mirryl. Die stämmige Frau wirkte erschöpft und empfing sie dennoch mit einem warmen Lächeln.

»Ihr seid wie immer willkommen, Herr Ondorian«, sagte sie. »Ich wünschte nur, die Zeiten wären andere.«

»Ich auch«, erwiderte Odo betrübt. »Eine Schande, was die Unholde dem armen Fang antun.«

»Ich werde ihnen im Schlaf die Kehlen aufschlitzen«, schimpfte Ghal, der ihnen die Treppe hinauf gefolgt war.

»Sei still«, fuhr ihm Mirryl über den Mund. »Nicht alle sind so betrunken, dass sie nichts mehr mitbekommen.«

Ghal funkelte seine Mutter trotzig an. Sie wollte ihn beruhigen und an sich drücken, doch er wand sich aus ihrem Griff und blieb mit verschränkten Armen auf der obersten Stufe stehen.

Zwischen ihr und der Wirtin lagen nicht allzu viele Jahre, vermutete Ezra. Aber das von Sorgenfalten zerfurchte Gesicht ließ Mirryl eher wie ihre Mutter als eine ältere Schwester aussehen. Als wollte sie ihre Gedanken bestätigen, wandte sich die Frau in mütterlichem Ton an sie: »Und wie heißt *du*, mein armes Kind?«

Odo sah sie mindestens ebenso neugierig an wie die Wirtin und ihr Sohn, denn bei allem Gerede hatte er sie nie nach ihrem Namen gefragt. Für einen Augenblick überlegte Ezra, ob sie ihnen einen Bären aufbinden sollte, doch sie entschied sich dagegen. Im Lügen war sie nie besonders gut gewesen. »Ezra«, sagte sie deshalb kurz.

»Ein schöner Name«, erwiderte Mirryl und nickte aufmunternd. »Mit Odo hast du's gut getroffen. Er wird dir ein treusorgender Mann sein, da bin ich mir sicher. Welche Waise oder Witwe wünschte sich in diesen Zeiten keinen Odo, nicht wahr? In welchem Dorf warst du noch gleich auf Brautschau?«

»Ähm«, stammelte Odo, »sie ist …«

»Noch ganz mitgenommen von der Reise durch die Berge«,

unterbrach ihn Mirryl. »Das sehe ich auch. Wo ist eigentlich deine Augenbinde? Ohne habe ich dich noch nie gesehen. Ist Euch unterwegs etwas zugestoßen? Seid Ihr überfallen worden?« Besorgt blickte sie abwechselnd Odo und Ezra an, die beide den Kopf schüttelten.

»Ach, was frage ich euch Löcher in den Bauch! Ruht euch erst einmal aus. Ihr könnt in der Kammer der Buben schlafen«, erklärte Mirryl und führte sie nach nebenan. In der winzigen Dachstube fanden gerade einmal ein Tisch und zwei Holzbetten Platz – eines davon offensichtlich unbenutzt.

Odo sah die Wirtin sorgenvoll an. »Der ... Kleine?«

»Dälek? Ich habe ihn zu meiner Schwester nach Wadima geschickt.«

»Ah«, schnaufte Odo erleichtert. »Und was ist mit Euch?«

»Der Krieg hat mir schon meinen Mann geraubt, und den Jungen ihren Vater. Ich lasse nicht zu, dass er uns auch noch das Heim nimmt!«

»Aber ist es nicht zu gefährlich mit den Eisenhunden hier?«, fragte Odo, während er aus dem Dachfenster in den Hof spähte. »Es macht nicht den Anschein, als wären sie auf dem Durchmarsch; sieht eher aus, als hätten sie sich eingenistet.«

»Ja, die Brut hat sich hier breitgemacht.« Mirryls Unterlippe bebte vor Wut, als sie die Worte ausspuckte. »Erst haben sie Wegzoll verlangt und mir die Gäste vergrault, und jetzt fressen sie auch noch meine letzten Vorräte auf.«

»Aber warum sind die Eisenhunde überhaupt noch hier, und nicht in Hohenbaldacht? Der Friedensvertrag ist doch schon lange unterzeichnet.«

»Sie sitzen fest. In der letzten Schlacht auf dem Roten Kamm haben sie den Sohn von Belas Kavaki erschlagen. Und das verzeiht ihnen der Washir nicht, schließlich war er sein einziges Kind. Er hat alle Straßen ins Tal abgeriegelt und geschworen, nur ihre Köpfe zurück in die Heimat zu schicken.«

»Ich verstehe«, murmelte Odo und blickte betreten zu Boden. »Es ist mir peinlich, ein Landsmann von solchen Barbaren zu sein.«

»Aber nicht doch, Herr Ondorian«, beruhigte ihn die Wirtin. »Ihr seid aus einem ganz anderen Holz geschnitzt. Halunken gibt es hüben wie drüben. Aber jetzt haben wir genug über betrübliche Dinge gesprochen. Ghal, bring unseren Gästen eine Schüssel Wasser nach oben, damit sie sich frisch machen können. Und lass dich nicht bei irgendwelchen Dummheiten erwischen, hörst du?«

»Nein«, maulte Ghal, während er Ezra schüchtern aus dem Augenwinkel musterte. Als sie seinen Blick erwiderte, machte er blitzschnell kehrt und flitzte die Treppe hinunter.

»So nehmt doch Platz«, forderte Mirryl sie auf. »Ich werde Euch gleich etwas Schinken und Oliven bringen. Und ein paar saubere Kleider«, fügte sie mit einem kritischen Blick hinzu.

Ezra setzte sich hastig auf einen Hocker, in der Hoffnung, dass sie so zeitiger zu ihrer Mahlzeit käme. Aus Oliven machte sie sich nichts, aber bei dem Gedanken an einen saftigen Schinken lief ihr das Wasser im Munde zusammen.

»Nehmt zum Dank den Esel«, bot Odo der Wirtin an. »Ihr habt sicher mehr Verwendung für ihn als ich. Und zur Not könnt Ihr ihn immer noch schlachten.«

Mirryl wollte protestieren, doch Odo kam ihr zuvor. »Keine Widerrede!«, sagte er und legte seine Hand auf die ihre. »Dieses Mal nicht.«

Die Witwe nickte betreten, als sie die Tür hinter sich ins Schloss zog. Kurze Zeit später drang ein klägliches Winseln vom Hof herauf. Dann herrschte Stille. Fang hatte seinen letzten Kampf verloren.

*

Ezra saß auf dem Bett und wusste nichts mit sich anzufangen. Sie war müde, aber wollte nicht schlafen, neugierig, aber traute sich nicht, Fragen zu stellen. Gedankenverloren saugte sie an einem Stück Schinken, das ihr noch zwischen den Zähnen hing. Ihre Finger fuhren derweil über den Schwertknauf, der wie eine Puppe in ihrem Schoß lag, immer und immer wieder. Schließlich obsiegte ihre Neugier.

»Der Steckbrief ... Was stand da eigentlich drauf?«

Odo blickte von seinem Teebecher auf. »Steckbrief?«, fragte er und kratzte sich an der Stirn, als müsste er überlegen, was sie meinte. »Ach, du meinst den Aushang, der unten am Sockel hing. Nichts ... Nichts stand da drauf ... Nichts Besonderes.«

»Er sah ähnlich aus wie der von den Kopfgeldjägern. Der, den du zerrissen hast«, entgegnete Ezra und holte die Schnipsel aus ihrer Schürze hervor, die sie heimlich von der Straße aufgelesen hatte.

Fein säuberlich breitete sie die Papierfetzen auf dem Tisch aus und fügte sie zu einem Briefbogen zusammen. Im Kerzenschein war das Abbild einer kräftigen jungen Frau zu erkennen, ohne besondere Gesichtszüge oder Merkmale. Darunter standen ein paar Zeilen, die sie jedoch nicht zu entziffern vermochte, denn Lesen und Schreiben hatte sie nie gelernt.

»Lies mir vor, was da steht!«, verlangte sie mit fester Stimme.

Ihren Blick meidend, beugte Odo sich vor und überflog das Schriftstück. »Hm ... Dass eine Frau gesucht wird ... Ein Biestweib ... Ein Biestweib, das nicht wie eins aussieht.«

Ezra runzelte die Stirn und dachte an die anderen Aushänge, die sie gesehen hatte, an die Frauen mit den Schlangenzungen und den Bocksbeinen.

»Das auf dem Bild könnte jede Frau sein«, bemerkte sie schließlich.

»Hm, wohl wahr«, pflichtete Odo ihr zögerlich bei.

»Aber?« Ezra starrte ihn herausfordernd an.

»Aber das würde ich lieber an einem anderen Ort bereden. An einem sichereren Ort. Hab Geduld bis wir in Bendrahim sind. Und nun lass uns schlafen. Wir können ein bisschen Ruhe brauchen.« Mit diesen Worten legte er sich aufs Bett und drehte ihr den Rücken zu.

Für einen Herzschlag spürte Ezra, wie ihre Finger nach dem Schwertgriff zuckten und die Waffe greifen wollten. Warum nur hatten diese verdammten Kopfgeldjäger sie aus ihrem Leben gerissen? Und mit welchem Recht schwieg Odo? Am liebsten wollte sie die Antwort aus ihm herausprügeln. Sie wollte endlich wissen, was hier los war! Doch bevor die Wut in ihr sie überwältigen konnte, atmete sie langsam aus und lehnte sich zurück. Eine ganze Weile saß sie rastlos auf dem Bett und beobachtete, wie sich das Sternenlicht, das durch das Fenster fiel, in der Klinge brach und helle Muster an die Decke warf. Irgendwann – viel, viel später – glitt sie in einen traumlosen Schlaf.

Ezra erinnerte sich nicht daran, aufgewacht zu sein, aber sie saß kerzengerade im Bett. Licht schimmerte unter der Tür hindurch. Draußen knarzten leise die Stufen. Irgendetwas schabte an der Wand entlang – immer im Takt der Schritte. Dann Stille und ein kurzes Klopfen.

»Was gibt's denn, Mirryl?«, murmelte Odo verschlafen und rollte sich auf die Seite.

»Das ist nicht Mirryl«, hauchte Ezra ihm zu.

»Nicht?« Verschlafen rieb er sich das Auge.

Wieder klopfte es an der Tür. Dieses Mal fester, fordernder.

»Wer ist da?«, fragte Odo nun wacher.

»Mein Name würde Euch nicht weiterhelfen«, erklang es gedämpft. »Aber um der Höflichkeit Genüge zu tun: Ardebal Crent, zweiter Hauptmann der Eisenhunde.«

Das schabende Geräusch, dachte Ezra. Das konnte nur der Mann mit dem Zweihänder sein. Er war auch der einzige, der sie beim Zwinger bemerkt hatte.

»Lasst mich ein!«, zischte er. »Nur auf ein kurzes Wort. Es ist zu Eurem eigenen Wohl.«

Odo stand auf und ging zur Tür. »Seid Ihr allein?«

»Ja.«

Darauf schob er den Riegel beiseite und öffnete die Tür. Im Treppenhaus wartete in der Tat der Söldner, der Ezra vorhin angestarrt hatte. Sein riesiges Schwert trug er über der Schulter und in seinem Gürtel steckte ein Wurfbeil. Im Schein der Kerze, die er in Händen hielt, wirkte sein Gesicht gespenstisch schmal. Die Lippen fest zusammengepresst, inspizierte er die Kammer und trat ein.

Ezra hatte sich inzwischen auf den Bettrand gehockt. Aufmerksam verfolgte sie jede seiner Bewegungen. Ihre Hände ruhten auf den Griffen von Schwert und Messer, die sie unter der Decke verborgen hielt.

Der Mann räusperte sich. »Ich bitte meine späte Störung zu entschuldigen, Herr Ondorian«, sagte er mit heiserer Stimme. »Und es tut mir leid, wenn ich Eure Frau in Angst versetzt habe.«

Nein, nicht in Angst, dachte Ezra und spannte die Muskeln an, in Alarmbereitschaft! Sie hatte noch nie mit einem Schwert gekämpft, aber sollte er auch nur eine falsche Bewegung machen, würde sie sich auf ihn stürzen und zustechen.

»Ich komme nur, um Euch einen gut gemeinten Rat auszusprechen«, erklärte Crent. »Eine Warnung, wenn man so will.«

Mit einem dezenten Nicken bedeutete Odo ihm fortzufahren.

»Seit unser Hauptmann gefallen ist, ist die Bande ein schwer zu zähmender Haufen. Auf mich hören sie nur noch, wenn ich sage, was sie hören wollen«, gestand er mit einem bitteren Lächeln. »Heute Nacht hatten meine Mannen ihren Durst schon gestillt. Mit Wein und Hundeblut. Aber schon morgen wird ihnen der Sinn nach einer anderen Ablenkung stehen.« Während er die letzten Worte gesprochen hatte, war Ardebal Crents Blick hinüber zu Ezra gewandert. »Verzeiht mein Ambrosisch, Herr Ondorian, aber in den Händen der Soldaten wäre sie nur ein Stück Fleisch. Im Gegensatz dazu ist es dem Köter noch gut ergangen.«

Odo schluckte, sichtlich betroffen. »Aber sie ist mit mir hier. Sicher würden sie es nicht wagen, ihr etwas anzutun.«

Crent schnaubte verächtlich. »Wie wollt Ihr sie aufhalten, wenn ich das schon nicht kann? Und mit Verlaub, wie ein Mann des Schwertes seht Ihr mir nicht gerade aus.«

»Nein, das Schwert ist nicht meine Waffe«, räumte Odo ein. »Also, was empfehlt Ihr?«

Ezra spürte Angst und Wut in sich aufkeimen. Ihre Unterlippe bebte. Sie wollte schreien, doch sie beherrschte sich und hielt den Mund. Schließlich war sie daran gewöhnt, dass man über sie sprach und nicht mit ihr.

»Mein Rat ist einfach: Brecht im Morgengrauen auf und eilt Euch, bevor sich die Männer an das hübsche Gesicht Eurer Frau erinnern.«

Odo rieb sich nervös die leere Augenhöhle. »Habt Dank für die Warnung«, sagte er schließlich. »Aber das war doch nicht Euer eigentliches Anliegen, oder?«

Crent atmete tief durch. »Glaubt mir, die meisten meiner Leute waren mal feine Burschen. Ein oder zwei Feldzüge machen aus Jungen richtige Männer, aber zehn Jahre Krieg verwandeln sie in Tiere. Morden und Plündern ist alles, was sie noch kennen.« Er machte eine Pause und fuhr sich mit den Fingern durchs fettige Haar. Dann blickte er sie eindringlich, fast verzweifelt an. »Wir sitzen hier fest, fern der Heimat, und ein Ende ist nicht in Sicht. Herr Ondorian, Ihr stammt auch aus Hohenbaldacht, wenn ich nicht irre. Darum bitte ich Euch von Landsmann zu Landsmann: Meine Männer sind kriegsmüde. Sie wollen heim und ich auch. Ihr reist doch gen Westen, nach Bendrahim, nicht wahr?«

Odo nickte.

Darauf wanderte Crents Hand über den Gürtel in Richtung Axt. Ezra sprang auf und sah ... wie er nach seinem Geldbeutel griff. Sie entspannte sich, doch die Männer starrten sie verdutzt an. Mit einem Satz war sie von der Bettkante aus mitten im

Raum gelandet. Für ein paar Herzschläge herrschte betretenes Schweigen. Dann warf Crent das Beutelchen auf den Tisch, wo es klirrend liegen blieb.

»Seid bitte so gut und schickt mir einen Boten, wenn die Straße ins Tal frei von den Truppen des Washirs ist. Das Geld könnt ihr behalten. Bei den Sechs Sonnen, habe ich Euer Wort?«

»Ja«, antwortete Odo, ohne zu zögern.

Mit einer knappen Verbeugung verabschiedete sich der Söldner von Odo. Für Ezra hatte er jedoch nur einen abschätzigen Blick übrig.

Als die Tür hinter ihm ins Schloss fiel, rutschte die Decke von Ezras Schultern. Breitbeinig stand sie da, mit dem Kurzschwert in der Linken und dem Messer in der Rechten. Sie bebte vor Zorn.

»Warum hast du versprochen ihm zu helfen? Der Kerl ist ein Schwein! Ich glaub ihm nicht, dass er seine Leute nicht im Griff hat. Er hat Mirryls Gasthof besetzt, und Fang hat er auch töten lassen, nur damit seine Männer ihren Spaß haben.«

»Ja, ich weiß. Nur hätte ich ihm das schlecht ins Gesicht sagen können.« Odo schüttelte den Kopf und stieß einen Seufzer aus. »Zum Glück ist die Decke erst jetzt heruntergerutscht.« Dann trat er ans Fenster und blickte hinaus. »Und wie er schon sagte: Ich bin kein Mann des Schwertes. Ich regele die Dinge auf meine Weise. Du wirst schon sehen …«

*

Früh am nächsten Morgen brachen sie auf – ohne den Esel, aber dafür mit neuen Gewändern. Ezra versank geradezu in einem von Mirryls abgetragenen Kleidern. Der Leinenstoff war so weit, dass sie ihn mit zwei Gürteln bändigen musste. Nur unter Protest hatte sie darauf verzichtet, ihre Klinge anzulegen. Bewaffnete Frauen seien nicht nur in Rukkenschwing ein ungewöhnlicher Anblick, hatte Odo sie ermahnt. Und wenn sie eines nicht wollten, dann war es Auffallen. Zähneknirschend hatte sie Kurzschwert und Messer in ihren alten Fetzen gewickelt, den sie seitdem hütete wie ihren Augenapfel. Ezra wusste nicht einmal, warum sie sich von dem blanken Stahl so angezogen fühlte. Ob sie unbewusst einen Blutschwur eingegangen war? Mit dem Kurzschwert war sie zum ersten Mal in ihrem Leben ernsthaft verletzt worden, und mit dem Messer hatte sie einen Mann getö… Ezra schüttelte sich, und die Bilder des letzten Tages verschwammen vor ihrem inneren Auge.

Ein letztes Mal blickte sie sich um und nickte Mirryl und Ghal zum Abschied zu. Im Schatten der Greifenstatue lagen ein paar Eisenhunde auf dem Boden und schnarchten. Offensichtlich hatten sie es gestern Nacht nicht mehr in den Schlafsaal geschafft. Im einsetzenden Morgengrauen fiel ihr auf, dass das Reiterstandbild mit einer matten, bröckeligen Goldschicht überzogen war. Sie hatte sich schon gewundert, warum das Gasthaus der Goldene Greif hieß.

Odo stand mit seinem Karren neben ihr und war damit beschäftigt, sich ein frisches Tuch um Stirn und Auge zu binden. Mirryl hatte es ihm zum Abschied geschenkt. Der helle Stoff war mit Pfauen, Fasanen und anderen farbenprächtigen Vögeln bestickt. *Ein Hochzeitsschal, wie interessant!* Anscheinend hatte die Wirtin mehr für Odo übrig, als der wusste oder wahrhaben wollte. Als er den Knoten endlich festgezogen hatte, marschierten sie los. Ezra hatte sich entschieden das erste Stück des Weges zu gehen, nachdem Odo ihre Verbände gewechselt und zufrieden genickt hatte. Ihre Haut war zwar gerötet und von nassen Bläschen überzogen, aber die Wunden hatten nicht nachgeblutet.

Mit der aufgehenden Goldsonne im Rücken stiegen sie hinab in die Ebene. Ihr Aufbruch erfüllte Ezra plötzlich mit Zuversicht. Voll Übermut hüpfte sie alle paar Schritte auf den Wagen, nur um kurz darauf wieder abzusteigen.

Sichtlich genervt grummelte Odo vor sich hin: »So sehr können die Blessuren ja nicht mehr wehtun. Und überhaupt: Bist du ein Spielkind oder eine erwachsene Frau?«

Als er schließlich in ein grimmiges Schweigen verfiel, verging ihr die Lust an der Alberei, und so stieg sie vom Wagen, obwohl die Wunden immer noch schmerzten.

Je weiter sie vorankamen, desto häufiger durchquerten sie vertrocknete Olivenhaine. Immer wieder sahen sie ausgebrannte Höfe am Wegesrand, und Kadaver von Rindern und Ziegen.

»Nichts als verbrannte Erde. Die Eisenhunde haben ganze Arbeit geleistet«, bemerkte Odo wütend und ging weiter. Für den Rest des Tages hingen sie beide ihren Gedanken nach.

Gegen Abend führte sie ihre Reise in ein enges Tal – der einzige Weg hinab in die Ebene. Am Ausgang der Schlucht hatten Soldaten Stellung bezogen. Ezra ließ den Blick schweifen. Die zerklüfteten Hänge boten ausreichend Versteckmöglichkeiten für Späher. Zweifellos war ihre Ankunft längst bemerkt worden. Wie um ihre Vermutung zu bestätigen, blitzten plötzlich Lichter zwischen den Felsen auf.

»Sie geben Signale«, stellte Odo beunruhigt fest. »Wir sollten uns auf einige Fragen gefasst machen. Denk dran«, sagte er und tippte sich gegen den Hochzeitsschal, den er um die Stirn gebunden hatte, »wir sind ein frisch vermähltes Ehepaar auf der Reise nach Bendrahim.«

Ezra nickte und folgte ihm. Unter ihrem Kleid spürte sie, wie Blut in dünnen Bahnen an ihrem Schenkel hinunterrann. Der lange Marsch hatte die Wunde wieder aufreißen lassen. Doch ohne eine Miene zu verziehen trottete sie weiter neben dem Karren her, bis sie das kleine Militärlager erreichten. Rund um eine bronzen-blaue Standarte waren mehrere Zelte aufgestellt.

»Der vierflügelige Rukk«, raunte Odo ihr zu und deutete in Richtung der Flagge. »Das ist das Wappen der Kwashirdai, der Haustruppe von Belas Kavaki.«

Ezra betrachtete die Soldaten aus dem Augenwinkel. Wie es

schien, nahmen sie kaum Notiz von ihnen. Die meisten saßen vor ihren Zelten und tranken Tee oder spielten Karten. Ihre Sturmhauben hatten sie abgelegt, doch Kriegsgabeln und Feuerrohre standen griffbereit in der Nähe. Plötzlich musste Ezra anfangen zu kichern.

»Reiß dich zusammen!«, raunte Odo ihr zu.

»Wie denn? Mit den Kinnbärten sehen sie aus wie Ziegenböcke, denen man die Hörner gestutzt hat.«

Der Anflug eines Lächelns umspielte Odos Lippen, aber dann senkte er den Blick zu Boden und ging ruhigen Schrittes weiter. Als sie die Zelte passierten, machte ein Speerträger Anstalten, ihnen den Weg zu versperren, doch sein Kamerad hielt ihn auf.

»Ach lass sie!«, scherzte er. »Die sind frisch vermählt. Oder kannst du einen Brautschal nicht mehr von einem Kriegsbanner unterscheiden?«

Der eifrige Soldat warf ihnen einen feindseligen Blick nach. »Einfach widerlich, diese alten Säcke aus Bendrahim. Ist schon der Zehnte, der sich so ein junges Ding aus den verbrannten Dörfern geangelt hat.«

Odo atmete hörbar erleichtert aus, als die Männer endlich außer Sichtweite waren. Sie konnten sich wirklich bei Mirryl für das feine Tuch bedanken, dachte Ezra, falls sie die Wirtin je wiedersahen. Mit einem Stöhnen ließ sie sich auf dem Karren nieder. Im Augenblick zog sie die holprige Fahrt jedem weiteren Schritt vor. Während sie den Verband um ihren Schenkel wieder festzog, ließ sie den Blick über die karge Berglandschaft schweifen. Sie hatten den Tahlat hinter sich gelassen. Für einen Moment verspürte Ezra einen Anflug von Wehmut, doch sie hatte nicht das Gefühl, dass sie ihr Dorf je vermissen würde.

Im nächsten Gasthof kehrten sie ein. Der Wirt, ein missmutiger Fettsack, gab ihnen das kleinste Zimmer zu einem völlig unverschämten Preis, den Odo jedoch klaglos zahlte, zu müde, um zu feilschen. Lustlos schlürften sie von einer dünnen Hammelsuppe. Dann gingen sie zu Bett. Gleich am nächsten Morgen sandte Odo einen Boten zurück in die Berge. Die Nachricht, die er ihm anvertraute, bestand nur aus vier Worten: *Der Weg ist frei!* Ezra betrachtete ihn nachdenklich und grinste. Odo mochte kein Schwert führen können, aber gefährlich war er allemal. Das würden die Eisenhunde schon sehr bald zu spüren bekommen.

4

EINSAM WÄHRT AM LÄNGSTEN

BENDRAHIM, JUNGE GOLDSONNE/HELLSONNE,
JAHR 1 N.D.U.

Ein trockener Wind fegte über die Steppe. Die Marktflecken und Handelsposten, an denen Ezra und Odo vorüberzogen, waren nicht mehr als winzige Inseln in einem Meer aus rauschendem goldgelben Gras. Allein das Massiv des Tahlat gebot der schier endlosen Ebene Einhalt, es war ihr stummer Wegweiser. Schroff und düster ragte das Gebirge im Osten auf. Die Gipfel streckten sich nach den Wolken, als wollten sie ihnen wenigstens ein paar Tropfen aus dem nebligem Leib wringen, und erreichten sie doch nie. Nach Tagen auf dem ruckeligen Karren schmerzten Ezras Knochen und Muskeln. Gerne hätte sie sich die Beine vertreten, aber die Wunde an ihrem Schenkel brannte so sehr, dass sie nur wenige Schritte am Stück zu gehen vermochte. Eingepfercht zwischen Kisten und Körben saß sie auf der Ladefläche des Handwagens und starrte an Odo vorbei in die Ferne.

»Wir sind bald da«, schnaufte er und wischte sich den Schweiß von der Stirn. »Siehst du die Vögel kreisen?«

Ezra kniff die Augen zusammen und suchte den Himmel ab. Von der inzwischen fast weißgoldenen Sonne geblendet, konnte sie ein paar fliegende Schemen am Horizont ausmachen.

»Sind das Geier oder Adler?«

»Goldadler will ich doch hoffen. Sie nisten in den Bergen rund um Bendrahim«, erklärte Odo. »Der Legende nach soll es der Stadt gut ergehen, solange man sie tagsüber am Himmel sehen kann.«

»Ich hätte nicht gedacht, dass du abergläubisch bist«, entgegnete Ezra trocken. »Und was ist das da hinten für ein schwarzes Land?«

»Das?«, erwiderte Odo amüsiert. »Das ist kein Schwarz, das ist Grün. Die Quellauen sind der fruchtbarste Landstrich in ganz Rukkenschwing. Sag bloß, du hast noch nie von den Dreizehn Quellen gehört, die aus dem Mirdaï entspringen? Die Gründerfamilien leiten bis heute ihren Herrschaftsanspruch von ihnen ab. Natürlich sind einige Quellen längst versiegt – nicht besonders gut für die Reputation der jeweiligen Familie, wie du dir denken kannst –, aber die meisten sprudeln noch. Die Bachläufe bilden die Grenzen zwischen den Bezirken Bendrahims. Ich wohne im Vierten Bezirk, das ist das Viertel der Familie Atekal.«

Als sie näher kamen, trug eine Bö den Geruch von Wasser herüber, und Ezra sah, wie sich die dunklen Flecken tatsächlich in ein saftiges Grün verwandelten. Immer wieder wurden die Wiesen von breiten Ackerflächen unterbrochen, die sich halbkreisförmig um die Stadt am Fuße des Mirdaï legten. Überall waren Menschen bei der Feldarbeit zu sehen. Inzwischen waren sie auch nah genug, dass sie einzelne Häuser ausmachen konnte, die sich in den Fels des Berges schmiegten. Erst auf den zweiten Blick bemerkte sie, dass der gesamte Westhang bebaut war. Aus der Ferne waren die Gebäude gut getarnt, denn ihre Mauern und Dächer waren aus dem gleichen Stein wie der Berg selbst. Nur die Kuppel des einen oder anderen Sonnentempels blitzte kristallen zwischen den Häusern auf. Rund um Bendrahim spannten sich zwei Schutzwälle – das Gelände dazwischen war ein reines Geröllfeld, ohne erkennbare Zufahrtsstraßen oder Wege. Wie man in die Stadt gelangte, war ihr ein Rätsel. Die Tore der inneren Mauer wurden zudem von massiven Wehrtürmen flankiert, und hinter ihren Zinnen lauerten mächtige Katapulte, einige davon rußgeschwärzt. Auch Bendrahim hatte der Krieg nicht verschont.

Ezra war so fasziniert, dass sie völlig überrascht war, als sie sich plötzlich vor der äußeren Mauer befanden. Ein Wachsoldat beobachtete hoch zu Ross, wie Dutzende Kinder aus dem Tor geströmt kamen. Mit Krügen und Körben beladen, machten sie sich auf den Weg, um den Feldarbeitern ihre Brotzeit zu bringen. Das Pferd wieherte nervös und tänzelte rückwärts, als sich Odo mit dem Karren näherte. Der Wächter beugte sich vor, um es zu beruhigen. Aber allem Flüstern und Streicheln zum Trotz, hatte er es erst wieder unter Kontrolle, nachdem sie das Tor durchschritten hatten.

Kurz hinter der Mauer hörte die Straße plötzlich auf und verschwand im Berg. Es gab keinen Weg über das Geröllfeld, erkannte Ezra, nur einen darunter hindurch. Vor ihnen gähnte eine riesige Tunnelöffnung, die sie an das Maul eines Ungetüms erinnerte – mit einem Fallgitter statt Zähnen. Der unterirdische Weg war gepflastert und breit genug, dass zwei Karren einander passieren konnten.

Polternd fuhren sie auf den Tunnel zu, doch Ezras Blick galt allein dem Geröllfeld. Die Fläche zwischen dem äußeren und inneren Schutzwall war mit spitzen Steinen gepflastert. Bei dem Versuch sie zu überqueren, hätte man sich selbst mit dem festesten Schuhwerk die Fußsohlen aufgeschlitzt. Inmitten des steinigen Geländes standen zahlreiche Galgen. Die meisten waren nichts weiter als stumm drohende Wächter, aber an anderen baumelten nackte Frauenleiber. Einige waren aufgedunsen und von Fliegen übersät, andere waren frischer. Ihre Füße waren blutverschmiert und offen bis auf die Knochen. *Ob man sie über die Steine getrieben hat?* Allen Leichen war gemein, dass sie missgebildet waren, so wie die Biestweiber auf den Steckbriefen.

Einige Kinder hatten ihre Körbe abgestellt und bestaunten die Toten in einer Mischung aus Furcht und Ekel. Ein Bengel hatte sich mit breiten Beinen am Wegesrand aufgebaut und wog prüfend einen Stein in der Hand. Sein Gesicht war hassverzerrt.

»Wetten, dass ich die mit dem Ziegenkopf treffe?«, rief er und holte aus. Mit einem satten Klatschgeräusch traf der Stein die Frau und ließ sie baumeln. Keinen Atemzug später hatte der Junge seine Faust schon um einen neuen Stein geballt.

»Oh, die war doch viel zu nah«, zeterte ein Mädchen. »Versuch's mal mit der mit dem Wolfsgesicht. Die triffst du bestimmt nicht.«

»Wetten doch!«

»Und ich wette, dass ihr gleich sehr viel Ärger kriegt, wenn ihr die Knechte noch länger auf ihr Mittagessen warten lasst«, unterbrach Odo die Kinder und warf ihnen einen strengen Blick mit seinem einen Auge zu.

Schleunigst schnappten sich die Kleinen ihre Körbe, purzelten übereinander und rannten davon. Auch der vorlaute Bengel ließ den Stein fallen und folgte ihnen, so schnell er konnte. »He, wartet auf mich, ihr Feiglinge!«

Odo sah ihnen hinterher und schüttelte den Kopf. »Kinder!«

Dann gingen sie weiter, hinein in den Tunnel, der sie feucht und kühl begrüßte. Lampen, wie von Riesenhand geschaffen, hingen an schweren Ketten von der Decke und sorgten für ein schummriges Licht. In einer Rinne in der Mitte des Weges plätscherte Wasser leise vor sich hin. Erst hier im Halbdunkel traute sich Ezra wieder richtig Luft zu holen, und mit dem ersten Atemzug fiel auch die Beklemmung wie ein düsterer Tagtraum von ihr ab. Ihr Herz raste, und für eine ganze Weile pochte es lauter als das Echo von Odos Schritten.

Ihr Puls hatte sich gerade wieder beruhigt, als bereits das Ende des unterirdischen Weges in Sicht kam. Schon ein gutes Stück bevor sie ins Freie traten, konnte sie die Stadt hören und riechen. Ein vielstimmiges Murmeln wurde immer wieder von spitzen Schreien unterbrochen, und in den süßlichen Dunst von Fäulnis und Verwesung mischte sich ein brennender Uringeruch. Nie zuvor hatte Ezra einen derartigen Gestank in der Nase gehabt oder so viele Menschen durcheinanderreden hören. Als sie schließlich den Schutz des Tunnels verließen, brach die Stadt über sie herein – mit Häuserschluchten und tausend Stimmen.

Überall verhärmte Gesichter und zerschlissene Kleider. Kinder zupften mit dürren Händchen an Odos Mantel, und entstellte Veteranen streckten ihnen leere Schalen entgegen.

»Almosen!«

»Ein Almosen!«

»Nur ein kleines Almosen!«

»Habt Erbarmen, Herr. Ein Almosen für mich und meine Kinder!«

Hier bettelten mehr Menschen auf der Straße, als in ihrem ganzen Dorf lebten, dachte Ezra erschrocken.

»Schert euch davon!«, fluchte Odo und versuchte sich die Bettler vom Leib zu halten.

Zornige Schreie waren die Antwort. Die Lahmen fuchtelten wild mit ihren Stöcken, und einige Kinder bespritzten sie mit Wasser aus dem schmutzigen Rinnsal.

»Weg!«, fauchte Ezra und funkelte sie an. Für einen Augenblick wichen die Bettler ängstlich zurück, aber dann drängten sie erneut auf sie ein, wütender als zuvor. Ihre Gesichter verwandelten sich plötzlich in tierische Fratzen. Wie eine Meute aus knurrenden Hunden und zischenden Gänsen umkreisten sie den Karren. Die Häuser um sie herum begannen zu wanken. Und dann stürzte der Himmel auf sie herab.

*

Ezra wachte auf, doch die Welt drehte sich um sie, als sie die Augen aufschlug. Erst nach einigen Atemzügen wurde ihr klar, dass sie sich in einem Raum befand. Grelles Licht brach durch eine Luke herein und zeichnete alles in Schwarz und Weiß. Die Hellsonne war da! Wie lange hatte sie nur geschlafen? Ezra schloss kurz die Lider, atmete tief durch und öffnete sie wieder. Ihre Augen brannten von der Helligkeit, aber ihr war nicht mehr schwindelig. Sie lag in einem Federbett, direkt unter einer Dachschräge, und es roch nach Blumen.

Die Kammer war klein. Neben dem Bett hatten nur ein Waschtisch und eine Kommode Platz. Die einzige Tür war geschlossen. Auf einem Hocker neben dem Bett lag, fein säuberlich gefaltet, ein weinrotes Kleidchen; zwei Riemensandalen standen darunter, gleich neben einem Nachttopf. Vorsichtig stützte Ezra sich auf die Ellenbogen und richtete sich auf.

Nachdem sie sich den Schlaf aus den Augen gerieben hatte, entdeckte sie ihre Muschel sowie das Schwert und das Messer auf der Kommode. Daneben stand eine Vase mit Heckenrosen, die gerade erst aufgeblüht waren.

Für ein paar Herzschläge verharrte sie in dieser Stellung und lauschte. Hinter der schmalen Holztür war alles ruhig, nur draußen auf der Straße waren Menschen zu hören – rufend, lachend, bei der Arbeit. Noch einmal atmete Ezra tief durch. Dann holte sie Schwung und setzte sich auf die Bettkante.

Aus Reflex kratzte sie sich an der Stirn, bis plötzlich Schorf abfiel. Ihre Kopfwunde war verheilt, stellte sie verblüfft fest. Voller Neugier blickte sie an sich herab. Sie trug ein weites Nachthemd, aber keinen Verband mehr darunter. Zunächst ganz sachte, dann immer fester betastete sie ihre Seite. Ein Lächeln huschte über ihre Lippen. Die Stelle, an der sie der Bolzen durchbohrt hatte, tat nicht mehr weh. Sie entschied, dass es Zeit war aufzustehen. Also erhob sie sich und belastete prüfend ihr verletztes Bein. Fuß und Schenkel prickelten leicht, aber ihr Stand war fest. Sie konnte stehen … und sie konnte gehen!

Mit nur zwei Schritten erreichte sie die Tür und öffnete sie leise. Das Zimmer dahinter war größer als ihre Kammer, aber auch stickiger, denn die beiden Dachluken waren geschlossen. In der Mitte des Raums stand ein gedeckter Tisch mit zwei Stühlen, und an den Wänden lehnten windschiefe Regale. Es glich einem Wunder, dass sie nicht unter der Last der Bücher,

Tiegel und Töpfe zusammenkrachten. Und überall hingen Stofffetzen in den verschiedensten Rottönen – wohl die Ergebnisse Odos Färberkunst. Blutrot und Braunrot an der Decke, Weinrot und Scharlachrot an den Wänden, Goldrot und Feuerrot in den Regalen. Auch ein kleiner Holzofen befand sich hier, der im Winter für Wärme sorgte. Direkt daneben stand eine schmale Pritsche, die anscheinend als Nachtlager diente, wenn Ezra das Kissen und die zusammengerollte Decke richtig deutete. Von Odo jedoch fehlte jede Spur. Etwas versteckt, zwischen zwei Regalen, entdeckte sie eine schwere Holztür – der Ausgang. Auf dem Weg dorthin schlenderte Ezra an dem Esstisch vorbei und machte kurz halt, um sich zu stärken. Mit einer lässigen Handbewegung verscheuchte sie die Fliegen von einem großen Steinkrug und nahm einen Schluck von der Ziegenmilch. Die gefüllten Teigtaschen und die Schale mit den Pistazien ließ sie jedoch stehen. Kein Fleisch, stellte sie enttäuscht fest.

Mit dem Krug in der Hand ging sie zur Tür und drückte die Klinke. *Verschlossen, verdammt!* Ärgerlich trat sie dagegen. Einmal, zweimal, dreimal – bis ihr der Fuß wehtat. Doch das Holz gab nicht nach. Voller Zorn schleuderte sie den Krug gegen die Tür und beobachtete, wie die Milch in weißen Rinnsalen an ihr hinablief. Was fiel Odo ein, sie hier einzusperren?

Frustriert nahm sie eine Handvoll Pistazien, ging zurück in ihre Kammer und warf sich aufs Bett. Für eine Weile starrte sie Löcher in die Decke und wippte nervös mit den Füßen. Dabei streichelte sie geistesabwesend das Kleid, das neben ihr auf dem Hocker lag. Der Stoff war angenehm weich unter ihren Fingerspitzen. Als sie merkte, was sie tat, zog sie die Hand zurück, als hätte sie in heißes Fett gefasst. Odo mochte sie zwar eingesperrt haben, aber kaufen würde er sie nicht können, weder mit Blumen noch mit schönen Kleidern!

Wieder starrte sie an die Decke. Dieses Mal folgte ihr Blick der Maserung des Holzes und versuchte, Bilder und Muster in ihr zu entdecken. Vor ihrem inneren Auge formten sich Figuren – ein paar verkrüppelte Bäume, ein Schakal, ein bärtiges Gesicht –, und aus ihnen spann Ezra eine Geschichte. Genau so hatte sie auch die meisten Tage in der Hütte in ihrem Dorf verbracht. Nur die Bilder, die ihr Gesellschaft geleistet hatten, waren andere gewesen.

Während sie dalag, von den Pistazien knabberte und den Schakal auf seiner Reise durch den Geisterwald begleitete, erklang irgendwo über den Dächern von Bendrahim eine einsame Fiedel. Die Melodie war traurig und doch wunderschön. Für einen Moment schloss Ezra die Augen und vergaß den Schakal und den bärtigen Mann. Gleich würde sie aufstehen und aus dem Fenster gucken, um zu sehen, wo die Musik herkam, dachte sie und gähnte, aber für jetzt war sie zu müde.

*

Ezra fuhr hoch. Es war Abend. Das Licht sickerte in sanftem Grau durch die Dachluke und nahm den Schatten des Tages ihre Schärfe. Sie hörte Schritte. Dielen knarzten, Angeln quietschten. Jemand betrat die Wohnung. Dann ein Klirren und gedämpftes Fluchen. Ezra schlich auf Zehenspitzen zur Tür und spähte durch den Spalt in die angrenzende Wohnstube. Der Geruch von gewürztem Fleisch lag in der Luft und auf dem Boden hockte Odo – damit beschäftigt, die Scherben des Milchkrugs zusammenzukehren. Als er wieder aufstand, trafen sich ihre Blicke. Für einen Wimpernschlag wirkte er erschrocken, doch dann lächelte er sie an.

»Keine Angst, das ist kein Blut«, sagte er und wendete seine Hände so, dass sie sie sehen konnte. Die Finger waren dunkel verfärbt. »Wenn man mit Purpurläusen hantiert, helfen auch die besten Handschuhe nichts.«

Ezra blieb im Türrahmen stehen und starrte ihn wortlos an.

»Schön, dass du wach bist«, sagte Odo schließlich und legte die Scherben beiseite.

»Ja, ich bin wach«, erwiderte sie tonlos.

»Du hast sicher Hunger. Ich habe Lammbällchen mit Limonen mitgebracht.« Er deutete auf einen kleinen Topf, der auf dem Tisch vor sich hin dampfte. »Ovasz' Garküche ist die beste im ganzen Viertel.«

Das gekochte Lamm roch so lecker, dass Ezra für einen Augenblick vergaß, wie wütend sie auf Odo war. Doch dann erinnerte sie sich und platzte heraus: »Warum war die Tür zu? Warum hast du mich eingesperrt?«

»Zu deiner Sicherheit, während ich in der Färberei bin«, erwiderte Odo und hob beschwichtigend die Hände. »Selbst für jemanden, der nicht so ist wie du, ist es viel zu gefährlich, allein in der Stadt herumzuwandern.«

»Nicht so wie ich?«, zischte Ezra. »Was soll das heißen?«

»Du hast ja selbst gesehen, was am Tor passiert ist«, entgegnete Odo.

»Die Häuser ... Sie haben gewankt«, hauchte sie nachdenklich. »Sind sie eingestürzt?«

»Die Häuser?« Odo musterte sie aus zusammengekniffenen Augen. »Nein, die stehen noch. Du hast halluziniert. Nach der Reise warst du am Ende deiner Kräfte. Und überhaupt – es ist ein Wunder, dass du jetzt vor mir stehst, als wäre nichts geschehen. Du solltest dich wirklich schonen. Hier setz dich hin«, sagte er und rückte ihr einen Stuhl zurecht.

»Warum?«, fragte sie misstrauisch. »Was hast du mit mir vor?«

»Bei allen Sechs Sonnen, was soll ich denn mit dir vorhaben?«

»Keine Ahnung, sag du es mir!«

Odo zuckte ratlos mit den Schultern. »Was sind denn *deine* Pläne?«

Ezra ging auf ihn zu, blieb aber hinter dem Stuhl stehen und stützte sich auf die Lehne. »Ich habe nie irgendetwas gewollt«, antwortete sie schließlich.

»Das ist das Traurigste, was ich seit Langem gehört habe«, sagte Odo, während er zwei Teller aus dem Regal nahm.

»Vielleicht bin ich ja der traurigste Mensch, dem du seit Langem begegnet bist«, erwiderte Ezra, mehr trotzig als traurig.

»Vielleicht«, seufzte er und begann damit, das Essen aufzutun. »Allerdings bezweifle ich das. Ich bin in den letzten Jahren ganz schön herumgekommen und habe viele schlimme Dinge gesehen. Aber darum geht es jetzt nicht.« Er stellte einen Teller an ihren Platz. »Na los, setz dich und iss ein paar Bissen«, meinte er in versöhnlichem Ton. »Es ist wirklich köstlich. Und wer weiß – vielleicht reicht es ja, um das unglücklichste Fräulein in ganz Rukkenschwing zum Lächeln zu bringen.«

Ezra verzog keine Miene. Stattdessen legte sie ihre Muschel auf den Tisch, die sie bislang in der Hand verborgen hatte, und schob sie zu Odo hinüber. Dann setzte sie sich und begann sich den Mund vollzustopfen.

»Was ist das?«

»Eine Muschel«, antwortete sie schmatzend.

»Das sehe ich. Aber was soll ich damit?«

»Nimm sie als Bezahlung. Meine Mutter hat sie mir mal gegeben.«

»Dann solltest du sie unbedingt behalten«, erwiderte Odo.

»Aber ich will dich bezahlen, dafür, dass du mir geholfen hast«, sagte Ezra und schlang den nächsten Bissen herunter. Das Essen war wirklich so köstlich, wie Odo es angepriesen hatte. Leicht säuerlich und doch herzhaft. Die gekochten Limonen und das zarte Fleisch zerfielen ihr auf der Zunge. Es war einer der seltenen Augenblicke, in denen sie ihre Umgebung vollkommen vergaß. Nur an Odos Blick erkannte sie, dass er etwas gesagt haben musste.

»Was?«, fragte sie mit vollem Mund.

»Ich habe gesagt, so viel Geld hast du gar nicht, um mich für alles zu bezahlen. Dann müsste da schon eine Perle drin sein.« Mit einem Lächeln tippte er auf die Muschel.

»Vielleicht war mal eine drin«, sagte Ezra und sah ihn herausfordernd an.

»Hm, und was brächte mir das?«

»Was ist denn wertvoller?«, konterte sie. »Die schöne Robe oder der Schneider, der sie genäht hat?«

»Oh, das sind ja ganz neue Seiten. Philosophieren wir nun?« Odo zog belustigt die Augenbrauen hoch. »Aber ich verstehe, worauf du hinauswillst, nur glaube ich nicht, dass in dieser Muschel jemals wieder Perlen wachsen werden.«

»Wer sagt das?«

»Nun, zum einen ich … Und noch ein paar andere Männer, die wesentlich weiser sind.« Er nahm die Muschel und drückte sie ihr in die Hand. »Außerdem denke ich wirklich, du solltest sie behalten. Vielleicht als Talisman. Du kannst Glück gebrauchen.«

»Warum? Warum soll ich Glück brauchen?«, wollte Ezra wissen, während sie sich satt zurücklehnte. »Außerdem hast du mir immer noch nicht meine Frage beantwortet: Was meintest du vorhin mit *jemand wie ich*?«

Odo atmete tief durch. »Ahnst du es wirklich nicht?«

»Was?«

»Warum die Kopfgeldjäger hinter dir her waren? Warum sie ausgerechnet dich wollten?« Odo stockte für einen Moment, dann musterte er sie misstrauisch. »Wer sind eigentlich deine Eltern?«

»Meine Mutter kam aus dem Süden, vom Rand der Großen Salzmeerwüste. Meinen leiblichen Vater habe ich nie kennengelernt.«

»Hm, das könnte passen«, fuhr Odo murmelnd fort. »Du bist Halbwaise, kannst im Dunkeln sehen und springst sogar schwer verletzt noch weiter als jeder Gaukler. Hunde knurren dich an, Pferde scheuen, und selbst Kinder haben irgendwie Angst vor dir. Und dann dieser Steckbrief – ein Biestweib, das nicht wie eines aussieht. Ich denke, du bist kein …«

»Kein *was?*«, fauchte Ezra und blickte ihn lauernd an.

»Kein Mensch«, beendete Odo seinen Gedanken.

Für mehrere Atemzüge herrschte angespannte Stille im Raum. Ezra konnte ihren Herzschlag hören, spürte, wie das Blut durch ihre Adern rauschte. Sie wollte Odos letzte Worte ungeschehen machen, und doch beschlich sie die dunkle Gewissheit, dass er recht haben könnte. Sie hatte sich schon immer anders gefühlt ... Aber: *ein Biestweib?*

Ihre Wut entlud sich roh und plötzlich. In einer fließenden Bewegung sprang sie auf und fegte das Geschirr vom Tisch. »Ich will dein Essen nicht!«, brüllte sie zornig. Dann stürmte sie in die inzwischen dunkle Kammer und schmiss die Tür hinter sich zu. »Und deine Kleider will ich auch nicht!«, schrie sie mit bebender Stimme und trat den Schemel um, auf dem die weinrote Robe lag. Erschöpft ließ sich Ezra zu Boden fallen. Sie zitterte am ganzen Leib, und das Blut rauschte ihr in den Ohren.

Schritte näherten sich der Tür, doch Odo war klug genug, nicht einzutreten. Zum Glück, schoss es Ezra durch den Kopf, denn sie wusste nicht, was sie ihm angetan hätte. Sie kannte sich selbst nicht mehr, so rasend, wie sie gerade war.

»Dort draußen ist es zu gefährlich für dich«, hörte sie ihn schließlich in sanftem Ton sagen. »Seit dem Kriegsende sind die Leute auf Hexenjagd. Ich will nicht, dass dir etwas zustößt. Ich weiß, wie das ist ...«

»Gar nichts weißt du«, entgegnete sie, allerdings wesentlich leiser, als sie vorgehabt hatte. Das Wort Biestweib hallte immer wieder durch ihre Gedanken ...

Ezra wartete, bis sie hörte, wie Odo sich entfernte und in der Stube aufzuräumen begann. Dann raffte sie sich auf und legte sich aufs Bett. Für einen Moment hoffte sie auf das liebliche Geigenspiel, dem sie am Tage gelauscht hatte. Aber es erklang keine Melodie, um sie in den Schlaf zu wiegen. In der Ferne grollte Donner. Ein Gewitter zog auf, und mit jedem

Blitz meinte sie Bilder von Klauen und Tierfratzen vor sich aufleuchten zu sehen. In der Dunkelheit betastete Ezra ihr Gesicht, nur um sich zu vergewissern, dass ihre keine Hauer oder Hörner wuchsen. Nein, sie konnte unmöglich ein Biestweib sein, dachte sie und schlief schließlich doch ein.

5

Über den Dächern und in den Gassen

BENDRAHIM, HELLSONNE, JAHR 1 N.D.U.

Ezra schlief unruhig. Geplagt von düsteren Träumen, wälzte sie sich in ihrem Bett. Doch wenn sie aufwachte, waren ihre Traumgeister schon längst hinter einem grauen Schleier verschwunden. Jedes Mal raste ihr Herz wie wild und beruhigte sich erst wieder, nachdem sie ein paar Schritte in der Kammer auf und ab gegangen war. Schon bald wusste sie ganz genau, welche Dielen knarzten.

Als sie das vierte oder fünfte Mal erwachte, stellte sie fest, dass sie die Finger um die Griffe ihrer Klingen gekrallt hatte. Es war so stickig in der Kammer, dass sie die Dachluke aufreißen musste, um sich den Nachtwind um die Nase wehen zu lassen. Für eine ganze Weile verharrte sie so, auf den Zehenspitzen stehend, und starrte hinauf in den Sternenhimmel. Die Stadt kannte keine Ruhe. Irgendwo war immer ein Schimpfen oder Grölen, ein Poltern oder Klirren zu vernehmen. Nur in der Stube nebenan herrschte gespenstische Stille. Kein Schnarchen, kein Herumwälzen drang an ihr Ohr. Ob Odo gegangen war? Nein, das hätte sie gehört – davon war Ezra überzeugt. Sicher schlummerte er tief und fest. Das war die Gelegenheit, seine Sachen nach dem Schlüssel zu durchsuchen!

Auf leisen Sohlen schlich sie in die Wohnstube, wo Odo auf der Pritsche lag und schlief. Noch bevor sie seine Taschen durchwühlen konnte, wurde sie von einem Duft gelockt, bei dem ihr unwillkürlich der Magen knurrte. Traumwandlerisch sicher stieg sie in der Dunkelheit über eine Scherbe hinweg, die beim Auffegen liegen geblieben war. Am Topf angekommen, schob sie den Deckel beiseite und angelte sich zwei Fleischbällchen heraus. Dann huschte sie zurück in ihre Kammer, hockte sich aufs Bett und knabberte genüsslich an dem Lammfleisch. Sie hatte noch mehr als genug Zeit, befand sie. Und außerdem musste sie sich erst überlegen, wohin sie gehen sollte. Eine Reise oder Flucht wollte schließlich gut geplant sein.

*

Ein gleißender Sonnenstrahl drang durch die Luke, die sie über Nacht offen gelassen hatte, und schien ihr ins Gesicht. Ezra verfluchte die Hellsonne! Ein paar Mal wälzte sie sich hin und her, zog die Decke über den Kopf und konnte doch weder Dunkelheit noch Schlaf finden. Nebenan war Odo bereits zugange, offensichtlich darum bemüht, leise zu sein. Ohne Erfolg. Nach einer ganzen Weile des Rumorens klappte die Tür zu, und es war endlich ruhig. Odo hatte die Wohnung verlassen.

Ezra blieb noch einen Moment liegen, dann stand sie auf und ging in die Stube. Auf dem Tisch warteten frische Ziegenmilch und ein trockener Fladen auf sie. Den Krug leerte sie in einem Zug, doch das Brot rührte sie nicht an. Nur um sich zu vergewissern, zog sie an der Wohnungstür. Verschlossen, genau wie sie gedacht hatte. Auf dem Weg zurück in die Kammer streifte sie ihr Nachthemd ab und warf es aufs Bett. Für einen Augenblick spielte sie mit dem Gedanken, das weinrote Kleid anzuprobieren. Doch dann schüttelte sie den Kopf und griff zu dem Leinenkleid, das Mirryl ihr vermacht hatte. Was für ein alberner Gedanke. Hübsche Kleidchen waren für Prinzessinnen oder andere Mädchen aus gutem Hause. Und außerdem hatte sie sich geschworen, keine Geschenke von Odo anzunehmen.

Sie wollte gerade die Gürtel anlegen, als ihr Blick auf die Kommode fiel. Ihre Muschel lag noch an Ort und Stelle, gleich neben der Blumenvase. Aber wo war ihr Messer? Und wo das Kurzschwert? Hastig sprang sie vor und riss die Schubladen auf. Leer! Sie bückte sich, um unter der Kommode nachzusehen, doch auch dort keine Spur von den Klingen. Odo musste sie gestohlen haben! Anscheinend hatte sie fester geschlafen, als sie gedacht hatte.

Fuchsteufelswild raste sie in die Stube. Zuerst durchwühlte sie sein Bett und seine Truhe. Dann rannte sie von einem Regal zum nächsten und fegte sämtliches Zeug aus den Fächern. Bücher und Stoffe zerrissen, Gläser klirrten, aber die Waffen blieben unauffindbar. Wenn er zurückkam, würde sie ihm das eine Auge auskratzen, das er noch hatte!

In ihrem Wutrausch hatte sie nicht einmal bemerkt, dass das Kleid wie ein nasser Sack an ihr heruntergerutscht war. Splitternackt stand sie inmitten des Chaos, das sie angerichtet hatte. Mit einem Ruck zog sie den weiten Stoff wieder hoch und schnürte sich die Gürtel um den Leib – so eng, dass ihr beinahe die Luft wegblieb. Doch das war ihr egal. Wild schnaubend lief sie um den Tisch herum, eine Runde nach der anderen. Wie lange müsste sie wohl warten, bis Odo wiederkam und sie ihren Zorn an ihm auslassen konnte? Stunden, dachte sie frustriert, Stunden der Untätigkeit. Sie setzte sich auf einen Stuhl, lockerte die Gürtel wieder und versuchte, sich zu beruhigen. Doch keine drei Atemzüge später sprang sie auf, setzte sich auf den anderen Stuhl und begann, mit den Fingern auf der Tischplatte zu trommeln.

Zu ihrer Überraschung mischte sich der sanfte Klang einer Fiedel unter ihr Stakkato. Sie ließ die Hände ruhen und lauschte. Kein Zweifel, es war der Geigenspieler von gestern Abend. Er spielte eine andere Melodie, aber die Klangfarbe war dieselbe. Ezra huschte zum Dachfenster und streckte den Kopf hinaus. Der Wind, der durch die verwinkelten Gassen pfiff, machte es schwierig, die Musik zu verorten. Kam sie von gegenüber oder sogar aus demselben Haus?

Um sich besser umsehen zu können, stellte sie den Hocker unter die Luke und stieg hinauf. Im Vorübergehen griff sie nach

Odos Abendkleid und wollte es schon aus dem Fenster schmeißen, als ihr eine bessere Idee in den Sinn kam. Sie könnte es in der Stadt verkaufen! Bestimmt brächte der feine Zwirn ein hübsches Sümmchen ein. Vielleicht sogar eine ganze Silbermünze? Und etwas Geld wäre ihr bei ihrer Flucht sicher nützlich.

Eilig stopfte sie die Robe unter ihr Kleid, die Sandalen ließ sie jedoch stehen. Schuhe konnte sie beim Klettern nicht gebrauchen. Dann hängte sie sich die Muschel um den Hals und schwang sich durch die Luke aufs Dach.

»Autsch!«, entfuhr es ihr.

Die Ziegel brannten unter ihren nackten Füßen, denn die Hellsonne hatte sie aufgeheizt. Ezra tänzelte von einem Bein aufs andere, bis sich ihre Sohlen an die Hitze gewöhnt hatten. Für einen Wimpernschlag schwankte sie, dann fand sie Halt auf dem Schrägdach. Die Häuserschlucht war so eng, dass sie nicht bis zum Boden der Gasse sehen konnte. Nur anhand des gegenüberliegenden Gebäudes vermochte sie abzuschätzen, dass das Haus drei Geschosse hatte. Wohl zu hoch für einen Sprung, oder doch nicht? Sie erwog, bis zum Rand zu kriechen und hinunterzulinsen, aber viele der äußeren Ziegel waren bereits brüchig, und einige fehlten ganz.

Also die andere Richtung! Flach aufs Dach gedrückt, robbte sie hinauf bis zum First. Oben angekommen, richtete sie sich auf und balancierte los. Bis zum Nachbarhaus waren es zwanzig Schritte, und sie genoss jeden einzelnen davon. Der Wind wühlte in ihrem Haar, und Vögel zwitscherten ihr aufgeregt zu. Für ein paar Augenblicke fühlte sie sich unbekümmert und frei – wie damals, wenn sie im Dorf mit den anderen Kindern gespielt hatte.

Doch der Moment war viel zu schnell vorüber. Schon stand sie am Giebel des Hauses und blickte hinab auf einen Dachgarten, dessen flache Mauern mit Ranken überwuchert waren. Ein Blaufink hatte sich verflogen und saß in dem dornigen Gestrüpp fest; einige Drosseln waren bereits auf den langen

Stacheln aufgespießt worden. Der kleine Vogel schlug panisch mit den Flügeln und verfing sich nur noch mehr in dem Dornenlabyrinth. Fasziniert beobachtete Ezra seinen Todeskampf, als plötzlich wieder die Melodie einsetzte. Geradezu zärtlich drangen die Streichtöne an ihr Ohr. Die Musik kam aus einer offenen Luke in der Mitte des Dachgartens. Seltsam, es schien gerade so, als ob ihr Klang die Vögel anlockte?

Ohne nachzudenken, sprang Ezra hinunter … fiel fünf Schritt tief … und landete sicher auf allen vieren. Für einige Atemzüge verharrte sie in dieser Pose, aus Angst, sie könnte den Fiedler gestört haben. Doch als der weiter sein Lied spielte, schlich sie über die Terrasse zur Dachluke hin und spähte hinein.

Die Kammer unter ihr roch nach ungeleertem Nachttopf. Auf einem Tisch sah sie Tauben und Sperlinge um Brotkrumen streiten. Der Boden war weiß gesprenkelt von ihrem Kot, und in einer Ecke türmten sich Decken zu einer Bettstatt auf. Inmitten des Durcheinanders wiegte sich ein alter Mann hin und her, in seinen Händen eine Fiedel. Sein dünnes Haar war ganz zerzaust, der Schädel darunter rot gebrannt von der Sonne. Wären die Stoppeln in seinem Gesicht länger gewesen, hätte er Ezra vielleicht an das bärtige Gesicht erinnert, das sie in der Maserung an der Holzdecke gesehen hatte. So aber war er nur ein betagter Musikant. In gleichmäßigen Zügen ließ er den Bogen über die Saiten fahren. Nur die Finger seiner Linken flitzten über den Hals der Geige, und mit jedem Griff entlockte er ihr neue, noch unglaublichere Klänge. Die Melodie setzte zu immer neuen Höhen an, und der alte Mann wiegte seinen Körper im Takt dazu – beinahe so, als wollte er die Töne auf ihrer Reise begleiten. Ganz ohne Vorwarnung, setzte er den Bogen plötzlich ab und ließ die letzte Harmonie verklingen. Die Tauben gurrten, und die Spatzen schimpften, doch er verbeugte sich in aller Ruhe vor seinem gefiederten Publikum.

»Vielen Dank, vielen Dank!«, krächzte er. »Und nur kein Neid, eure Kunst werde ich nie erlangen.« Der alte Mann schürzte die Lippen und gab einen kläglichen Pfiff von sich. »Hört ihr? Kein Grund zur Sorge. Jeder so, wie er kann.« Unsicher um sich tastend, legte er die Geige auf den Tisch. Dann öffnete er ein hölzernes Kästchen und griff hinein. »Hier, meine kleinen Freunde, lasst's euch schmecken!«

Mit Schwung warf er eine Handvoll Körner in den Raum und verlor dabei fast das Gleichgewicht. Die Vögel flogen auf und stürzten sich auf die Mahlzeit. Der alte Mann wischte sich indes die Hände an seinem Nachthemd ab und streckte sich. Dabei legte er den Kopf in den Nacken und sah zu ihr auf. Ezra schreckte kurz zurück, doch da erkannte sie, dass seine Augen trüb waren. Der Alte war blind.

Erst ein Einäugiger und nun ein Blinder, dachte sie mit einem spöttischen Lächeln. Sie hatte genug gesehen. Lautlos trat sie von der Luke zurück und ging zu einem Stück Mauer, das weniger stark überwuchert war als der Rest. Vorsichtig beugte sie sich vor und blickte in den Innenhof. Der Duft von frisch gebackenem Brot stieg ihr in die Nase.

Direkt an der Hauswand unter ihr stand ein Wagen, auf dem mehrere Säcke Mehl gestapelt waren. Ein kräftiger Bursche schleppte sie ins Gebäude. Jedes Mal, wenn er die Tür öffnete, drang ein Hitzeschwall heraus, den sie bis nach oben auf den Dachgarten spürte. Als er mit dem nächsten Sack auf der Schulter im Haus verschwunden war, stieg Ezra über die Mauer und ließ sich auf den Wagen fallen. Mit einem dumpfen Aufprall landete sie auf den weichen Säcken. Rings um sie herum staubte Mehl auf. Sie hielt sich die Hände vors Gesicht, doch zu spät! Sie musste niesen. *Schnell jetzt!* Sie wollte verschwunden sein, bevor der Bäckerbursche zurückkam. Eilig rollte sie sich vom Stapel und rannte durchs Tor hinaus in die Gasse.

Die Luft zwischen den Häusern war warm und stickig, kein Wind ging. Ezra wünschte sich zurück aufs Dach, wo sie einen Überblick hatte und frei atmen konnte. Wohin sollte sie sich jetzt nur wenden? Sie klopfte sich das Mehl ab und lief kurz entschlossen nach links, bis sie zu einer Kreuzung kam. Hier blieb sie kurz stehen.

Menschen eilten von hier nach dort, bogen ab oder gingen stur geradeaus, ohne sie eines Blickes zu würdigen. Um sie herum drängten sich Frauen mit Wasserkrügen auf den Köpfen. Kinder jagten Katzen oder Reifen hinterher, und ein fetter Wachmann, der seinen Knüppel gelangweilt von einer Hand in die andere wandern ließ, trottete an ihr vorüber. Immer wieder musste sie Eseltreibern ausweichen oder dem Inhalt von Nachttöpfen, der auf die Straße geschüttet wurde. Was hatte Odo da gefaselt?, fragte sie sich. Die Stadt sei zu gefährlich – von wegen. Alles Panikmache, um sie davon abzuhalten, das Haus zu verlassen.

Nach einer Weile gelangte sie an ein eingefasstes Bachbett. Nur ein schmutziges Rinnsal füllte die schmale Rinne. Wenn sie Odo richtig verstanden hatte, begann hinter jedem Wasserlauf ein neues Viertel. Sie machte einen Schritt auf die andere Seite und fühlte sich fast so, als wäre sie ihrem einäugigen Wärter schon entkommen. Irgendwo in der Ferne brüllten Männer aus vollem Halse. Vermutlich Marktschreier, die ihre Waren anpriesen. Ein paar Mal hatte sie geglaubt, hinter der nächsten Biegung den Basar vorzufinden. Doch jedes Mal hatte ihr der Klang in den verwinkelten Gassen einen Streich gespielt, und sie war nur auf einen Brunnen oder einen Treppenaufgang gestoßen.

Plötzlich zuckte sie zusammen. Aus dem Augenwinkel hatte sie eine schnelle Bewegung wahrgenommen. Zwei Personen hatten sich in einen dunklen Hauseingang zurückgezogen. Ein Mann und eine Frau. Ezra schlich hinterher, um sie besser beobachten zu können. Das junge Paar küsste sich lang und innig. Neugierig sah sie ihnen dabei zu, wie sie sich vergnügten. Der Mann flüsterte der Frau etwas ins Ohr, was ihr ein Kichern entlockte. Dann wanderte seine Hand unter ihren Rock. Ein leises Stöhnen war die Antwort. Rasch brachte er sie mit seinen

Lippen zum Schweigen. Ein warmes Kribbeln durchlief Ezra. Sie konnte die Nähe zwischen den beiden sehen, hören und riechen. Wie sich das wohl anfühlte?

»Nicht«, flüsterte die junge Frau.

Doch der Mann machte keine Anstalten, von ihr abzulassen.

»Nicht, Ewil, das reicht!«, hauchte sie diesmal vehementer und schob ihn von sich weg.

Ewil machte einen Schritt zurück, sein Kopf war hochrot angelaufen. Die Frau richtete indes verlegen ihren Rock. Als sie aufsah, bemerkte sie Ezra. Ihre Blicke trafen sich für einen Moment. Finster starrte sie sie an, dann hob sie den gelb lackierten Tonkrug auf, den sie neben sich abgestellt hatte, und verschwand in der Gasse.

Das war die Gelegenheit, um das Kleid loszuwerden, schoss es Ezra in den Kopf. Also zog sie die feine Robe hervor, nahm ihren Mut zusammen und ging auf den Mann zu, der immer noch im Hauseingang stand. »Möchtet Ihr vielleicht ein Kleid kaufen?«

Ewil drehte sich zu ihr um, doch ohne sie oder das Kleid eines Blickes zu würdigen, stürmte er an ihr vorbei. Verdattert sah Ezra ihm hinterher.

»Was hast du da zu verkaufen, Kind?«, fragte eine hagere Dame, die gerade die Straße entlangkam.

»Das Kleid hier«, sagte Ezra und hielt die Robe hoch. »Es würde gut zu Euren braunen Haaren passen ... Vielleicht für einen festlichen Anlass?«

Die Frau legte die Stirn in Falten und beäugte Ezra mit wachsendem Misstrauen. »Wo hast du Lumpensammlerin einen solch feinen Zwirn überhaupt her? Wohl gestohlen, was?«

Ezra schüttelte den Kopf und versuchte sich an einem Lächeln, doch es geriet wohl nicht sehr überzeugend. »Ich lasse es Euch für einen Taler«, schlug sie hastig vor.

»Dreistes Stück!«, rief die Dame und machte eine scheuchende Handbewegung. »Na los, verschwinde, und sei froh, dass ich nicht die Wache rufe!«

Ezra hatte keine Hoffnung, sie umzustimmen. Sie machte ein paar zögerliche Schritte rückwärts, die Frau im Auge behaltend. Dann drehte sie sich um und lief eilig davon.

Ihr Weg führte sie stetig bergab, näher zum Stadttor, wie sie am Strom der Menschen erkannte. Auf ihre Umgebung hatte sie dabei kaum mehr geachtet. Andernfalls wäre ihr aufgefallen, dass es sich um keine besonders gute Gegend handelte. Häuser wie Leute machten einen heruntergekommenen Eindruck. Erst in einer ruhigen Sackgasse hielt sie an, um zu verschnaufen. Sie war gerade dabei, sich die rote Robe wieder unter das Kleid zu stopfen, als ein leiser Pfiff sie aufschrecken ließ.

»Was haben wir denn da? Ein hübsches Kleidchen unter einem alten Sack. Das Teil ist doch viel zu schön, um als Unterwäsche zu dienen.«

Eine breitschultrige Frau war hinter ihr in die Gasse getreten. Das verfilzte Haar hing ihr in Strähnen ins Gesicht – ein Gesicht, das Ezra verwirrte. Zum einen war es viel jünger, als die dunkle Stimme vermuten ließ, und zum anderen fanden sich unter der mehrfach gebrochenen Nase sinnlich volle Lippen. An ihrem Rockzipfel hing ein mausgesichtiges Mädchen, und zu ihrer Linken und Rechten hatten sich zwei weitere schmutzstarrende Gestalten aufgebaut, die sich so ähnlich sahen, dass sie Schwestern sein mussten.

Ezra spannte die Muskeln an. Sie spürte Gefahr, wenn sie im Anflug war, und konnte die Feindseligkeit, die von der Mädchenbande ausging, förmlich riechen.

»Wer bist du, und was machst du hier?«, knurrte die Fremde.

»Das geht dich gar nichts an!«, zischte Ezra zurück.

»Und ob mich das was angeht!«, schimpfte sie und kam drohend auf sie zu. »Du bist hier in meinem Viertel, verstanden?«

Ezra wich zur Seite aus, auf den Ballen wippend, jederzeit bereit loszuspringen.

»Kennst du mich etwa nicht?« Das große Mädchen funkelte sie böse an. Dann zog sie hoch und spuckte ihr vor die Füße.

Ezra atmete tief ein. Der Geruch von Hass und Wut lag in der Luft. Die Fremde würde zuschlagen, egal, was sie tat oder sagte. Mit dem Rücken zur Wand sah sie sich um. Es gab weder Türen noch Tore in der Sackgasse, zumindest keine, die offen standen. Wenn sie nur etwas Anlauf hätte, könnte sie auf das Dach des Schuppens am Ende der Straße springen, doch den Weg dorthin hatten sie ihr abgeschnitten.

»Bist wohl stumm geworden, dumme Schlampe«, spottete das grobschlächtige Mädchen. »Damit du's weißt: Ich bin Gevta, und das hier wird der schlimmste Tag deines Lebens!«

Mit einem Kopfnicken bedeutete sie den beiden Schwestern anzugreifen. Gleichzeitig packten sie Ezra an den Schultern und drückten sie gegen die Hauswand. Sie versuchte, sich loszureißen, mal den linken und mal den rechten Arm zu befreien, doch die beiden Straßenmädchen ließen nicht locker. Schließlich warf Ezra sich mit ihrem ganzen Gewicht gegen die beiden und hatte sie fast abgeschüttelt, als ihr die Kleine mit voller Wucht auf den Fuß trat. Schmerz durchfuhr sie. Sterne tanzten für einen Moment vor ihren Augen.

Nur verschwommen sah sie, wie Gevta näher kam. Ansatzlos schlug die Anführerin ihr in die Magengrube – so fest, dass sie würgen musste. Die Ziegenmilch schmeckte bitter in ihrem Mund. Ezra spürte, wie ihr die Mädchen die Robe unter dem Kleid hervorziehen wollten, doch sie krallte sich daran fest. Sie zerrten und zurrten … Hin und her … Bis sie nur noch Fetzen in Händen hielten. In dem Moment ließ Ezra los und schnellte mit der Stirn vor. Mit voller Wucht traf sie Gevta mitten im Gesicht. Knochen knackten, Blut spritzte. Ein spitzer Schrei ertönte.

»Aaah! Die Schlampe hat mir die Nase gebrochen!«

Ezra nutzte den Überraschungsmoment und befreite sich mit einem Ruck aus dem Haltegriff.

»Ratte, schnapp dir die Kette«, schrie Gevta. Ihre Stimme

klang dumpf hinter der vorgehaltenen Hand. Blut sickerte durch ihre Finger.

Ezra hatte gerade einen Satz nach vorn gemacht, als das rattengesichtige Mädchen nach dem Lederband griff. Und mehr musste sie auch nicht tun. Ezras schwungvolle Bewegung reichte aus. Die Schnur spannte sich um ihren Hals, schnitt ein und zerriss. Sie zögerte für einen Herzschlag und überlegte, sich die Muschel zurückzuholen, doch die Schwestern hatten sich bereits mit Steinen bewaffnet und warfen nach ihr. Einer traf sie in die Seite und trieb ihr die Luft aus den Lungen. Das war das Zeichen zur Flucht. Ezra machte ein paar schnelle Schritte, sprang hoch und landete auf dem Dach des Schuppens – nicht sonderlich elegant, aber so, dass sie sich abrollen konnte und außer Sicht der Mädchenbande war.

»Komm zurück, du Fotze, ich steche dich ab!«, brüllte Gevta ihr hinterher. Andere, weit wildere Flüche folgten.

Ezra ließ die wütende Meute hinter sich und balancierte über eine schmale Mauer bis zu einer brüchigen Hauswand. Ohne auch nur einen Stein loszutreten, kletterte sie drei Geschosse empor und war einmal mehr über den Dächern der Stadt. Der Wind hatte sie wieder und auch die Hellsonne, die nur Schwarz und Weiß kannte und nichts dazwischen.

Ezra eilte weiter und weiter. Sie balancierte über Firste und Simse – und egal, wie schmal sie auch waren, sie verlor kein einziges Mal das Gleichgewicht. Sie erklomm Ruinen und sprang von Dach zu Dach, als hätte sie nie etwas anderes in ihrem Leben getan. Und das Beste daran war: Sie war außerhalb der Sicht der Menschen. Hier oben scherte sich niemand um sie, außer ein paar Krähen und Tauben. Odo hatte recht gehabt, gestand sie sich grimmig ein, die Stadt *war* gefährlich. Mit einem Messer in der Hand hätte sie sich zu verteidigen gewusst, aber vielleicht war es sogar besser, dass sie die Klingen nicht dabeigehabt hatte. Wer weiß, was sie Gevta, Ratte und den anderen dann angetan hätte? Trotzdem war sie fest entschlossen, sich ihre Waffen zurückzuholen, wenn Odo am Abend von der Arbeit kam.

Nach einer ganzen Weile – sie wusste nicht, über wie viele Gassen sie schon gesprungen war – blickte sie an sich herab und stellte erschrocken fest, dass ihr Kleid blutverschmiert war. Es dauerte einen Moment, bis sie realisierte, dass es diesmal nicht ihr eigenes Blut war, sondern das von Gevta und ihrer gebrochenen Nase. Sie verlangsamte ihren Schritt.

Hin und wieder sah sie Schatten über die Dächer huschen. Dann blickte sie nach oben, wo am blauen Himmel riesige Flügelpaare zu erkennen waren. Die Adler von Rukkenschwing! Es war mitten am Tag, und die Sonne brannte. Wenigstens stand sie hoch genug, dass sie nicht blendete. Ezras Kehle war inzwischen wie ausgetrocknet. Wenn es eines gab, das sie hier oben nicht finden würde, dann war es Wasser.

In der Ferne vernahm sie plötzlich Klänge, wie von einem Geigenspiel. Anscheinend war sie instinktiv in die richtige Richtung gelaufen, zurück zu Odos Haus. Tatsächlich, schon stieg ihr der Duft der Bäckerei aus dem Nachbarhaus in die Nase. Und dort konnte sie auch den Dachgarten erkennen, nur dass sie sich ihm dieses Mal von der anderen Seite näherte.

Beim Runterklettern holte sie sich ein paar Kratzer an den Dornen, die die Terrasse umrankten. Doch das schmerzte viel weniger als der Verlust ihrer Muschelkette. Eigentlich wollte sie umgehend die Mauer zu Odos Kammer erklimmen, doch irgendetwas zog sie zu der offenen Dachluke hin ... Der alte Musikant war immer noch in sein Spiel versunken – eine düstere und behäbige Melodie. Eine einzelne Taube flatterte an Ezra vorbei und landete gurrend auf dem Tisch.

»Da bist du ja wieder, mein Täubchen«, sagte der Alte und legte Fiedel und Bogen beiseite. »Hat dir mein Spiel so gut gefallen, dass du zurückgekommen bist?«

Kinder und alte Leute redeten wohl oft mit Tieren, dachte Ezra. Aber im Grunde war sie kaum besser, denn sie sprach sogar mit Tieren aus Holz, wenn ihr der Tag wieder einmal lang wurde. Sie wollte sich gerade zurückziehen und den alten Kerl mit der Taube allein lassen, als er abermals das Wort ergriff. »Dich da oben meine ich, Mädchen. Ja, dich, mein großes Vögelchen ohne Flügel.«

»Mich?«, fragte Ezra verwirrt. »Aber wie kannst du mich sehen? Du bist blind.« Taktgefühl war noch nie ihre Stärke gewesen.

»Wohl beobachtet. Aber meine Ohren reisen mit meinen Melodien, und sehen tue ich hiermit«, erwiderte der Alte und deutete mit den Händen auf seinen Körper, »mit meiner Haut. Glaubst du, ich habe nicht mitbekommen, dass *du* mir in der Sonne gestanden hast und nicht ein paar Wolken. Der Schatten verrät uns mehr über jemanden als der, der ihn wirft. Aber sag, mein Kind, wo kommst du her und was treibst du da oben?«

Ezra überlegte einen Moment und entschied sich für die Wahrheit. »Ich habe Eurem Geigenspiel gelauscht, ich wohne nebenan.«

»Wohl erst seit Kurzem. Bei Odo, dem jungen Zauberer, vermute ich.«

»Jung würde ich nicht gerade sagen, er hat bestimmt schon mehr als dreißig Hellsonnen gesehen, und …«, sie stockte. »Ein Zauberer sagst du? Nein, du musst dich irren, er ist Färber.«

»Ja, ja. Zum Geldverdienen färbt er Stoffe«, sagte er und winkte ab. »Aber ein Zauberer war und ist er.«

Ezra schüttelte den Kopf. Sie wollte nicht glauben, was der Alte ihr da erzählte. Sicher, Odo hantierte mit Alraunen und Brennnesselgeist herum, aber einen Zauberer hatte sie sich anders vorgestellt. In eine Samtrobe gehüllt mit Widderkappe und geflochtenem Bart – irgendwie stattlicher und würdevoller. Natürlich hatte sie noch nie einen Mann der arkanen Zunft gesehen, um ihre Vorstellung an der Wirklichkeit zu überprüfen. Einige sollten jedoch als Zeichen ihres Standes eine goldene

Hand tragen und andere ein Auge aus Kristall. *Auge aus Kristall, vielleicht …*

»Ich muss los«, rief sie gehetzt.

»Ja, geh nur heim. Aber komm bald einmal wieder und steh mir in der Sonne, Täubchen. Du weißt ja, der Schatten verrät uns mehr als der, der ihn wirft.«

Ezra zitterte am ganzen Leib, als sie die Mauer zu Odos Haus erklomm. Der Saum ihres Kleides blieb in den Dornenranken hängen. Ungeduldig riss sie ihn los, was selbst in dem groben Stoff ein Loch hinterließ. Als sie über den First balancierte, rasten ihr die Gedanken nur so durch den Kopf. *Die Leute sind auf Hexenjagd*, hatte Odo sie gewarnt. *Ich will nicht, dass dir etwas zustößt, ich weiß, wie das ist.* Wieso hatte er ihr nicht gesagt, dass er ein Zauberer war? Ezra blickte gen Himmel. Die Sonne stand nicht mehr im Zenit. Es war weit nach Mittag. Wenn sie Glück hatte, war Odo schon von der Arbeit zurückgekehrt und sie könnte ihn zur Rede stellen. Sie atmete noch einmal tief durch, dann rutschte sie auf den Ziegeln zum Fenster hinunter und kletterte leise in ihre Kammer.

Auf den ersten Blick wirkte alles so, wie sie es zurückgelassen hatte. Die Tür zur Stube war nur angelehnt. Es roch nach Essen. Etwas klapperte im Nebenraum, dann plätscherte Wasser. Ezra trat ein und sah, wie Odo sich das Gesicht und die Hände wusch. Als er sie hörte, trocknete er sich ab und drehte sich zu ihr um.

»Ich habe mir Sorgen um dich gemacht. Wo warst du?« Seine vorwurfsvolle Miene verwandelte sich sogleich in Sorge. »Was ist passiert? Du blutest ja!«

Ezra machte eine wegwerfende Handbewegung. »Das ist nicht mein Blut.«

»Wessen dann?«

»Von irgendeinem Mädchen.«

»Einem Mädchen?«

»Ja, sie hat angefangen, und sie war nicht allein.«

»Aha«, sagte er und reichte ihr den Lappen, »dann wasch dich wenigstens ab.«

Ezra tunkte den Lappen in die Schüssel und fuhr sich kurz übers Gesicht. Sie wollte Odo nicht aus den Augen lassen.

»Hast du Hunger? Ich habe gefüllte Teigtaschen mitgebracht, mit Berglauch und Innereien.«

Ezra schüttelte den Kopf, auch wenn ihr Magenknurren sie verriet. Ihre Kehle war trocken und ihre Stimme ganz rau, als sie sprach: »Rück endlich raus mit der Sprache: Was bin ich?«

Odo stutzte. »Woher soll ich das wissen?«

»Weil du es selbst gesagt hast – ich bin kein Mensch!«, platzte es aus Ezra heraus. »Was völliger Blödsinn ist, denn ich sehe aus wie eine ganz normale Frau.«

»Ich … habe keine Ahnung«, entgegnete er zögerlich.

»Eine dämliche Ausrede für einen Zauberer! Ihr wisst doch sonst immer alles!«

Odo wurde mit einem Mal ganz blass. Er setzte sich und krallte sich mit den Fingern an der Tischkante fest. Sie spürte und roch seine Angst.

»Wie kommst du denn darauf?«, fragte er schließlich.

»Ist doch egal«, polterte sie. »Also, habe ich recht?«

»Nein, du hast nicht recht. Zumindest … nicht ganz. Ich war einmal ein Lehrling des Ersten Turms«, erklärte er mit einem grimmigen Lächeln. »Magiker bin ich jedoch nie geworden. Ich habe die Prüfung nicht bestanden, aber das Pfand haben sie behalten.« Odo deutete auf seine leere Augenhöhle. Dann wandte er sich ab.

»Also weißt du Dinge, die andere nicht wissen«, mutmaßte Ezra.

»Ja, manches vielleicht.«

»Also auch, was ich bin?«

Odo schwieg einen Moment.

»Nun, ich habe einen Verdacht«, sagte er endlich und räusperte sich. »Du bist … eine Chimäre.«

»Eine was?«

»Ein Biestweib«, erläuterte Odo ruhig. »Chimäre ist der Fachbegriff.«

»Nein.« Ezra schüttelte erschöpft den Kopf. Der Tag in der Stadt hatte sie zumindest vorübergehend auf andere Gedanken gebracht, doch jetzt zog sich alles in ihrem Magen zusammen. »Das kann doch nicht sein! Ich sehe aus wie eine ganz normale Frau. Ich habe keine Hufe oder Hörner und auch kein Fell und keine Federn.«

»Das stimmt«, pflichtete Odo ihr bei. »Und deswegen habe ich auch gezögert, aber wie ich schon sagte, du hast etwas Besonderes an dir – viele Besonderheiten, um genau zu sein, das war es, was ich dir gestern zu erklären versuchte. Du verspürst kaum Schmerzen, siehst bei finsterster Nacht und springst weit wie ein Berglöwe. Und dann deine impulsive Art, Tiere scheuen vor dir zurück. Verzeih, wenn ich es so sage, aber all das deutet auf Raubtierblut hin. Aus Sicht eines Magikers bist du die Krönung der arkanen Schöpfung! Ein Weib fürs Auge, aber ausgestattet mit all den Eigenschaften einer wilden Bestie. Und außerdem«, fügte er mit ernster Miene hinzu, »prangte das Sechs-Sonnen-Siegel auf dem Steckbrief. ›Wildes Mädchen aus Märesch‹ stand unter dem Bild. Die Sonnenwächter stellen diese Urkunden für gewöhnlich nicht umsonst aus.«

Die Sonnenkirche war also hinter ihr her. Ezra wrang den Lappen aus, den sie noch immer in Händen hielt, so als würde sie einem Hühnchen die Gurgel umdrehen. Sie hatte Mühe, nicht loszubrüllen. »Und wie soll ich bitte … entstanden sein?«

»Schwer zu sagen. Soweit ich weiß, hatte nur der Dritte Turm seine Finger im Spiel, was die Chimären angeht. Die Magiker haben überall Leibeigene gekauft, um an ihnen Versuche durchzuführen … abscheuliche Rituale. Die Frauen, die überlebt haben, wurden mit ihren frisch geborenen Töchtern in die Gemeinden zurückgeschickt. Dort haben sie gelebt, Schimpf und Schande ausgesetzt, bis sich die Mädchen in der Pubertät zu verändern begannen. Dann wurden die armen Wesen in den Turm zurückgeholt, um sie zu Kriegsbestien auszubilden.«

Diese Wutausbrüche, schoss es Ezra durch den Kopf, die hatte sie tatsächlich erst seit ihrer Jugend.

»Aber eine Chimäre ohne tierische Merkmale zu erschaffen«, fuhr Odo fort und zuckte die Achseln, »das scheint mir unmöglich. Es sei denn ... die Drei Türme hätten zusammengearbeitet, sodass sich die Kräfte des Geistes, der Elemente und des Fleisches in dir verbunden haben. Nur so kann es gewesen sein. Dann hättest du drei Schöpfer, nicht einen.«

»Ich will keine *drei* Schöpfer, ich will nicht mal einen! Ich will einfach nur *ich* sein. Ein Mädchen, eine Frau.« Ezra warf den Lappen in die Schüssel, dass das Wasser aufspritzte.

»Ich fürchte, das ist unmöglich«, sagte Odo und wischte sich die Tropfen aus dem Gesicht.

»Aber du bist ein Zauberer!«, schrie Ezra. Verzweifelt packte sie ihn am Kragen und schüttelte ihn. »Nimm diesen Fluch von mir! Verwandle mich in einen normalen Menschen!«

Odo lachte nur bitter auf. »Magie ist mehr als ein artig aufgesagtes Abrakadabra oder dreimal schwarzer Kater, viel komplexer und doch ... ganz einfach.« Während er sprach, befreite er sich sanft aus Ezras Griff. »Es gäbe einen Weg, deinen Zustand zu ändern, denn er ist einem Fluch tatsächlich nicht unähnlich. Doch das ist nicht leichtfertig getan.«

Ezra hielt den Atem an. Sie spürte Hoffnung in sich aufkeimen.

»In den letzten Silben, die die Lippen des Zauberers verlassen, der dich verwünscht hat, liegt die Macht, deinen Fluch zu brechen. Es müssen keine Sätze oder Worte sein. Ein Seufzer reicht vollkommen aus, solange du diejenige bist, die ihn vernimmt.«

»Also muss ich nur meine Schöpfer finden und sie töten?« Ezra starrte ihn wild entschlossen an.

»Nur?« Odo schüttelte den Kopf. »Ich sagte, es *gäbe* einen Weg, nicht: Es *gibt.* Die Sache ist aussichtslos. Wenn deine Schöpfer nicht schon längst auf dem Scheiterhaufen verbrannt sind, dann sind sie auf der Flucht vor den Sonnenwächtern, wie alle Magiker, die nicht begnadigt worden sind. Außerdem ist es unmöglich herauszufinden, welche drei Männer dich überhaupt erschaffen haben. Soweit ich weiß, sind die heikelsten Aufzeichnungen der Drei Türme verschwunden. Gewiss kein Zufall.« Odo warf ihr einen eindringlichen Blick zu. »Wenn dich die Sonnenwächter nicht finden sollen, wirst du lernen müssen, so zu leben, wie du bist. Ohne aufzufallen.«

Ezra stieß Odo voller Wut von sich, rannte zurück in ihre Kammer und warf die Tür hinter sich zu. Der verdammte Kerl, wie stellte er sich das vor? Wie sollte sie mit ihrem Temperament, ihren Fähigkeiten leben, ohne bemerkt zu werden? Und dann waren da noch die Kopfgeldjäger mit ihren Bluthunden. Wenn man sie einmal aufgespürt hatte, würde man sie auch wieder finden ...

Erst jetzt fiel ihr auf, dass sie von Odo noch ihre Waffen fordern wollte, doch erst musste sie sich beruhigen. Vor Zorn bebend, setzte sie sich aufs Bett und spürte etwas Hartes unter sich. Sie schlug die Decke beiseite. Dort lagen die Klingen, gehüllt in frisch gefettete Scheiden. Das Leder fühlte sich warm an, als hätte es lange in der Sonne gelegen. Es war sandgelb wie ihr Haar, gänzlich unverziert, aber glatt und passgenau. In einer gleitenden Bewegung zog sie das Schwert heraus und betrachtete es versonnen. Odo hatte sie nicht bestohlen ... er hatte ihr ein Geschenk gemacht.

»Ich dachte, dir gefällt das Kleid nicht, und aus Blumen scheinst du dir ja auch nichts zu machen.«

Ezra stellte verblüfft fest, dass Odo im Türrahmen stand. Sie hatte ihn gar nicht kommen hören, so eingenommen war sie von dem blanken Stück Stahl gewesen.

»Die habe ich für dich anfertigen lassen«, gestand er und

sah sie erwartungsvoll an. »Wenn du die Klingen schon ständig bei dir tragen möchtest, dann solltest du dich wenigstens nicht selbst an ihnen schneiden, oder?«

6

KATZ UND MAUS UND EIN STELLDICHEIN

BENDRAHIM, ALTE GOLDSONNE, JAHR 1 N.D.U.

Ein guter Sonat war vergangen, seit Odo ihr die Scheiden geschenkt hatte. Ezra hatte sie angenommen, entgegen ihres Vorsatzes, sich nicht kaufen zu lassen. Diese eine kleine Ausnahme hatte sie sich gestattet. Was war schon dabei? Er hatte keine Gegenleistung verlangt. Im Gegenteil, er gewährte ihr weiterhin Unterschlupf und verköstigte sie. Manchmal, wenn sie döste, glaubte sie, seine Blicke zu spüren. Doch er berührte sie nie. Er begnügte sich damit, sie zu betrachten – verstohlen, aber freundlich. Und er redete mit ihr. Meist sprach er über ernste Dinge, von denen sie noch nie gehört hatte und die sie ebenso schnell wieder vergaß.

Alles in allem hatte sie die letzten Tage genossen. Sie hatte lange geschlafen, nach dem Aufstehen einen Krug Ziegenmilch getrunken und war dann über die Dächer von Bendrahim spaziert, um die Stadt aus der Vogelperspektive zu erkunden. Dabei hatte sie Odo versprechen müssen, nicht mehr in die Gassen hinabzusteigen und höchstens das Messer mitzunehmen – zur Selbstverteidigung. Um ehrlich zu sein, wäre ihr das Kurzschwert bei all der Kletterei ohnehin nur im Weg gewesen.

»Mein Fenster steht immer für dich offen«, hatte Odo an jenem Morgen schmunzelnd zu ihr gesagt und die Tür hinter sich abgeschlossen. Jedes Mal, wenn er sich in der Frühe auf den Weg zur Arbeit machte, verabschiedete er sich mit demselben Satz von ihr, und bislang war sie jeden Abend durch die Dachluke zurückgekehrt.

Es war früh am Morgen. Ezra zog ihr Kleid über den Kopf. Odo hatte es dunkelrot gefärbt, um die Blutflecken zu übertönen, und außerdem hatte er es enger nähen lassen. Mittlerweile reichte sogar ein Gürtel, um es in Form zu bringen. Mit dem Milchkrug in der Hand saß Ezra auf dem Bett und wartete auf den Klang des Geigenspiels. Die Musik aus dem Nachbarhaus war für sie zum allmorgendlichen Signal geworden, um in die Stadt aufzubrechen. Als die Melodie endlich einsetzte, stand sie auf und steckte das Messer in den Gürtel. Dann schwang sie sich durch die Luke aufs Dach und kletterte hinauf zum First. Dort streckte sie sich und begrüßte den Tag mit einem Gähnen.

Auch wenn der Hochsommer vorüber war, hatten die Sonnenstrahlen kaum an Wärme verloren. Das nun goldene Licht brannte jedoch weniger in den Augen als die Hellsonne, und es blich die Farben nicht mehr so sehr aus. Mit einem Mal waren die Gesichter der Menschen wieder rosig und ihre Kleider wieder bunt, genau wie die Fassaden der Häuser. Keine glich der nächsten, stellte Ezra fest, überwältigt von so viel Farbenpracht.

In ihrem Bergdorf hatte es nur Gelb und Rot gegeben – gelb wie die trockenen Felder und rot wie der feine Sand, der sich hartnäckig in allen Ritzen der Hütten festsetzte. Nichtsdestotrotz hatte sie den Spätsommer immer geliebt. Wenn Ende Trîn das Vieh ins Tal getrieben und die Ernte eingefahren wurde, saßen Hirten und Bauern gemeinsam am Lagerfeuer und tranken. Ezra hatte sich dann abseits in der Dunkelheit versteckt und ihnen dabei zugesehen, wie sie sangen, tanzten und lachten. Nie hatte sie sich lebendiger gefühlt als in jenen Nächten, auch wenn sie nur allein hinter einer Hecke gehockt hatte.

Die Melodie klang heute ein wenig schief, fand Ezra, auch wenn sie nicht sonderlich viel von Musik verstand. Während sie sich die Haare zum Zopf band, überlegte sie, ob sie dem alten Fiedler einen Besuch abstatten sollte. Sie war schon länger nicht mehr bei ihm gewesen. Eigentlich hatte sie ihm sagen wollen, dass sich die Vögel in den Dornenranken des Dachgartens aufspießten. Aber sie hatte es nicht übers Herz gebracht. Außerdem hatte er die letzten Male einen ziemlich verwirrten Eindruck auf sie gemacht. Vor ein paar Tagen erst hatte er sie für seine Mutter gehalten.

Ezra blickte gen Himmel. Die Goldsonne stand schon recht hoch. Sie war spät dran und wollte ihn nicht in seinem Spiel unterbrechen. Der Besuch musste also warten. Trotzdem schlich sie kurz an die Luke heran und spähte hinunter in die Kammer. Der Alte gab ein sonderbares Bild ab. Die Hose hatte er nicht etwa angezogen, sondern lediglich um die Hüften gebunden. Die Beine waren dabei so verknotet, dass der Latz zwar sein Gemächt bedeckte, aber das faltige Hinterteil vollkommen nackt war. Und nun sah sie auch, woher die schrägen Töne rührten: Der Alte hielt den Bogen falsch herum, an der Spitze und nicht am Griff. Ein Wunder, dass die Geräusche, die er der Geige entlockte, überhaupt nach Musik klangen.

»Das ist eine gute Übung«, faselte er vor sich hin, ohne den Bogen abzusetzen. »Ein jeder kann das Schwert am Hefte packen, aber nur ein Meister an der Klinge.«

Wie so oft wusste Ezra nicht, ob er Selbstgespräche führte oder ob er sie meinte. Dabei hatte sie sich bemüht, keinen Schatten zu werfen. Er konnte sie also unmöglich bemerkt haben. Ebenso leise, wie sie gekommen war, zog sie sich zurück. Sie musste weiter. Wie jeden Morgen. Sie hatte eine Verabredung, auch wenn sie nicht eingeladen war.

Ezra ließ den Dachgarten hinter sich. Sie kletterte an den Dornenranken hoch, balancierte über eine brüchige Tempelkuppel und sprang über eine Gasse, bis sie dort angelangt war, wohin ihr erster Ausflug in die Stadt sie verschlagen hatte. Flugs ließ sie sich auf einen breiten Sims hinunter und spähte auf die andere Straßenseite. Sie waren bereits da. In dem dunklen Hauseingang waren die beiden Schemen nur zu erahnen. Eng umschlungen standen sie da, mitten in der Stadt und doch abseits des morgendlichen Trubels. Sie hörte ein Schmatzen und ein leises Stöhnen. Bald schon würde es lauter werden, wie immer. Doch das wurde es nicht, nicht an diesem Morgen.

Ewil ließ von seiner Geliebten ab und trat einen Schritt hinaus in die Gasse. Selbst hinter den schwarzen Haaren und dem dichten Bart konnte Ezra die Sorgenfalten auf seinem Bübchengesicht erkennen. »Ach, Laïva …«, hörte sie ihn murmeln.

»Was ist?«, fragte sie besorgt und zog sich das Kleid wieder über die breiten Hüften.

Ewil schüttelte nur den Kopf.

Ezra jedoch war enttäuscht. Und wütend. Eine seltsame Hitze strömte durch ihren Leib und das, obwohl sie im Schatten hockte. Sie war nicht hier, um die beiden reden zu hören.

»Sag schon«, hakte Laïva nach. »Irgendetwas geht dir doch durch den Kopf.«

»Nichts«, grummelte er und wandte sich ab.

»Nichts? Du bist ein schlechter Lügner, Ewil. Also, raus mit der Sprache!«

»Es sind Soldtage«, platzte es aus ihm heraus. »Einige Kompanien sind in der Stadt … und ich überlege, mich werben zu lassen.«

»Was?«, fuhr Laïva ihn an. »Ich dachte, wir hätten darüber gesprochen!«

Ewil zuckte bloß mit den Schultern.

»Du wärst für lange Zeit weg! Wer weiß, auf welche Schlachtfelder sie dich schicken?«

»Es ist Frieden«, versuchte er seine Geliebte zu beruhigen. »Schon vergessen, meine Rose?«

»Ja, ja, bis es wieder losgeht! Und wenn schon. Was soll das überhaupt heißen: Frieden? Es treiben noch genug Räuberbanden ihr Unwesen … Und Biestweiber!«

Ewil musste schmunzeln. »Du wirst doch nicht auf Frauen eifersüchtig sein, die mehr Haare auf dem Rücken haben als dein Vater?«

»Lass meinen Vater aus dem Spiel!«

»Nein, das werde ich nicht, denn um ihn geht es hier! Du bist die Tochter des Hauptmanns, und ich, ich bin ein einfacher Gardist. Wie soll ich um deine Hand anhalten, ohne Geld? Willst du noch zehn Jahre warten? Mit einem einzigen Feldzug hätte ich genug Silber für die Hochzeit zusammen ... Und für ein kleines Häuschen obendrein.«

»Du weißt, was mein Vater von Söldnern hält«, erwiderte sie mit verkniffener Miene.

»Ich weiß auch, was er von Silber hält. Seine Wache läuft wie geschmiert, im wahrsten Sinne des Wortes.«

Klatsch! Laïva hatte ihm eine saftige Ohrfeige verpasst. Dann drehte sie sich um und stürmte davon.

Ezra schnaufte durch. Sie war eigentlich gekommen, um etwas anderes zu sehen, aber dieser Streit hatte es in sich gehabt – war fast leidenschaftlicher als das Liebesspiel der beiden. Sie lehnte sich gegen die Häuserwand und schloss die Augen. Das alte Gemäuer war kühl in ihrem Rücken. Unten in der Gasse hingegen konnte sie Ewils Hitze förmlich spüren. Was, wenn sie zu ihm hinunterkletterte, ihm ein Lächeln schenkte? Dann ... Sie musste grinsen. Für einen Augenblick sah sie sich an seiner Seite, in seinen Armen, und fühlte plötzlich einen kalten Schauer. Irritiert schlug sie die Augen auf. Zwei riesige Adler kreisten über ihr am Himmel. Ihre Schwingen tauchten den ganzen Straßenzug in Schatten. *Rukken!* Sie mussten aus den Bergen gekommen sein. Ehrfürchtig verfolgte Ezra ihren Flug. Die beiden Vögel segelten höher und höher, bis sie die Sonne wieder freigaben.

Als sie das nächste Mal hinunter in die Gasse spähte, war Wachtmeister Ewil bereits aufgebrochen. Gerade noch sah sie ihn, wie er seine Uniform ordnete und um die Ecke bog. Ezra setzte sich auf den Sims und ließ die Beine baumeln. Ihr war langweilig. Sie hatte keinen Plan – weder für diesen noch für einen der kommenden Tage. Ob sie dem alten Fiedler doch einen Besuch abstatten sollte? Für eine Weile beobachtete sie ein paar Kinder dabei, wie sie bunte Steine möglichst nah an eine Mauer warfen. Sie zankten sich gerade lauthals, wer gewonnen hatte, da kam ein Jüngling die Gasse entlanggestiefelt und trat die Steine einfach beiseite. Die Kinder sprangen wütend auf und wollten sich schon beschweren, als sie – und auch Ezra – erkannten, wer der Bursche war: Gevta!

Die junge Frau trug ihr Haar nun raspelkurz. Ohne ihre verfilzten Locken hatte Ezra sie kaum erkannt. Sie hatte sie des Öfteren in den Gassen herumstreunen sehen, stets umringt von ihrer Mädchenbande. Andernfalls hätte sie sich ihre Muschelkette schon längst zurückgeholt. Aber nun stand die Sache auf einem anderen Blatt. Kurze Haare und allein – was hatte sie nur vor? Es gab nur einen Weg, das herauszufinden.

Ezra sprang auf und balancierte den Sims entlang bis zur nächsten Kreuzung. Gevta ging weiter geradeaus, doch Ezra musste anhalten. Die Gasse war zu breit für einen Sprung. Ein Bach floss in ihrer Mitte. Dahinter begann das Neunte Viertel, wenn sie sich nicht irrte.

Prüfend taxierte sie die Fassade unter sich. Es ging höchstens acht Schritt in die Tiefe, und außerdem gab es genügend Vorsprünge, die Halt boten. Fast im toten Winkel, am Fuße des Gebäudes, sah sie eine kleine Gestalt entlanghuschen. Kein Zweifel, es war Ratte, das dürre Mädchen aus Gevtas Bande. Das miese Stück, das ihr die Muschelkette abgerissen hatte. Aber warum schlich sie ihrer Anführerin hinterher?

Ezra dachte nicht lange nach. Sie kletterte an einem Wasserspeier herunter, ließ sich auf das Vordach hinab und sprang von dort auf die Straße. All das in weniger als drei Atemzügen. Zwei alte Weiber, die gerade noch vor sich hin geschnattert hatten, starrten sie völlig verdutzt an. Ezra schenkte ihnen keine Beachtung. Stattdessen spähte sie suchend die Straße hinunter. Das Bachbett, das den Weg kreuzte, war anderthalb Manneslängen breit, auch wenn es nicht annähernd so viel Wasser führte. Ratte hatte gerade die schmucklose Brücke überquert, und Gevta war am Ende der Straße kaum noch auszumachen. Das große Straßenmädchen machte lange Schritte. Anscheinend hatte sie es eilig.

Die Straßen waren nicht sonderlich belebt, denn die Markthallen und Basare waren heute geschlossen. Wie jeden Tag schufteten die meisten Leute auf den Feldern vor der Stadt oder wuschen ihre Wäsche in den Bergbächen. Ezra folgte den Mädchen lässigen Schrittes. Sie hatte keine Angst, bemerkt zu werden, denn Ratte verschwendete keinen Blick nach hinten, und Gevta war schon viel zu weit voraus. Wie es schien, hielten sie auf den Schwertmarkt zu. Auf dem Platz gab es zwar keine Schwerter zu kaufen, aber die Söldner hatten dort ihr Zunfthaus. Kurz bevor sie den Marktplatz erreichten, bog Gevta in eine Seitengasse. Ratte huschte ihr flink hinterher.

Als Ezra um die Ecke bog, war die Gasse menschenleer. Von irgendwo waren gedämpfte Stimmen zu vernehmen, die wild diskutierten. Pfeifenrauch drang aus einigen Fenstern auf die Straße. Sie wollte gerade näher herangehen, um zu erlauschen, was geredet wurde, als sie ein leises Schnaufen vernahm. Unter einer hölzernen Außentreppe stand Ratte auf den Zehenspitzen und starrte gebannt in eines der verqualmten Fenster.

Ezra musste sich noch nicht einmal anstrengen. Sie schlich sich an, machte einen Satz und packte Ratte am Schopf. Das Mädchen fing an zu zappeln und zu quieken, aber sie hatte ihr die Hand bereits auf den Mund gepresst. Das dürre Ding stank nach Fusel, und ihre Kleider waren starr vor Schmutz. Wo nahm sie nur die Kraft her? Sie trat und schlug um sich. Immer weiter und immer heftiger, bis Ezra sie kaum noch halten konnte. Mit einem kurzen Stoß schlug sie Rattes Kopf gegen die Wand, und das Mädchen sackte benommen zusammen. Blut strömte aus einer Wunde an der Stirn.

Ezra blickte kurz über die Schulter, um sich zu vergewissern, dass sie allein in der Gasse waren. Dann schleifte sie Ratte in einen Torbogen gegenüber und warf sie zu Boden. Nach ein paar Atemzügen begann sie sich stöhnend zu regen. Ezra drückte ihr einen Fuß auf die flache Brust und zog ihr Messer. Für einen Moment sah die Kleine erschrocken aus, doch dann verhärtete sich ihre Miene.

»Was will Gevta hier?«, fragte Ezra ruhig.

»Du bist tot! So was von tot, wenn sie rauskommt.«

»Von wo rauskommt?«

»Geht dich nichts an«, zischelte Ratte und wollte sich befreien.

Ezra ließ sich fallen und zwang sie nieder. »Dich anscheinend auch nicht«, knurrte sie, »sonst wärst du ihr nicht hinterhergeschlichen.« Sie klemmte Rattes Arme unter den Knien fest und beugte sich zu ihr vor. »Wenn du meine Fragen nicht verstehst, dann brauchst du ja deine Lauscher nicht«, drohte Ezra und ritzte sie leicht hinter dem Ohr. »Also, wo ist sie?«

Ratte keuchte panisch. Rotz lief ihr aus der Nase in den Mund. »Sie ist ... im Feigenbaum ... will sich verdingen.«

»Als Söldner?«

Ratte nickte.

»Aber sie ist ein Mädel ...«

»Das härter zuschlägt als die meisten Jungs!«, erwiderte die Kleine trotzig.

Ezra überlegte. Sie kannte sich nicht aus, aber sie hatte noch nie davon gehört, dass eine Kompanie auch Frauen aufnahm. Deshalb wohl die kurzen Haare. Anscheinend versuchte Gevta, als Bursche durchzugehen.

»Bei welcher Truppe will sie anheuern?«

»Weiß nicht«, schniefte Ratte. »Aber ich will mit ihr mit. Sie soll mich nicht alleinlassen!«

»Eine halbe Portion wie dich können die sicher nicht gebrauchen.«

Ratte fletschte zur Antwort nur die schiefen Zähne und zischte.

Draußen in der Gasse wurden die Stimmen indessen lauter. »Komm heute Abend wieder, Junge«, sagte ein Mann. »Dann ist der Daum da und wird entscheiden.«

Der Daum? Wer oder was sollte das denn sein?

»In Ordnung«, ertönte eine heisere Stimme. »Ich werde zum Sonnenuntergang wieder hier sein.«

»Und lass dir einen Bart wachsen, Bürschchen! Sonst könnte man noch meinen, du wärst kein Milchbubi, sondern ein Milchmädchen.«

Nur einen winzigen Augenblick war Ezra abgelenkt. Ratte nutzte die Gelegenheit. Wie ein Aal flutschte sie unter ihren Knien weg.

»Gev…«, wollte sie rufen, aber Ezra war schneller. Sie wollte ihr den Mund zuhalten. Doch ohne dass sie es wollte, schoss ihre Messerhand vor. Keinen Wimpernschlag später steckte die Klinge in Rattes Kehle. Sie gurgelte und spuckte Blut, starrte Ezra mit weit aufgerissenen Augen an – nicht schmerzverzerrt, nicht wütend, einfach nur überrascht. Es dauerte keine drei Herzschläge, dann hörte sie auf zu zucken und lag still da.

Auf der Hauptstraße zog eine Kompanie im Gleichschritt vorbei. Die schweren Stiefel stampften im Takt zu den Trommeln. Bei dem Lärm konnte sie niemand gehört haben. Doch der Gedanke verschaffte ihr keine Erleichterung. Wie hatte das nur geschehen können? Ezra blickte auf ihre Hand, die plötzlich so schwer und taub war, als gehörte sie nicht zu ihr. *Du bist so was von tot!*, höhnte Rattes Stimme verzerrt in ihren Ohren.

Ezra sprang auf und trat einen Schritt zurück. Tot machte ihr das Mädchen mehr Angst als lebendig. Sie rieb die Hand an ihrem Kleid, bis kribbelnd Leben in ihre Finger zurückkehrte. Dann linste sie um die Ecke. Gevta war an der Kreuzung stehen geblieben und ließ die Kompanie vorbeimarschieren. Fast sehnsüchtig blickte sie den Söldnern hinterher. Als der Zug vorüber war, bog sie auf die breite Straße ab und verschwand in die entgegengesetzte Richtung – ohne zu wissen, dass nur einen Katzensprung entfernt, ihre Kameradin im eigenen Blut lag.

Ezra atmete tief durch, bevor sie das Messer aus Rattes Kehle zog. Ein leises Zischen ertönte, als die letzte Luft aus ihren Lungen wich. Dann wischte sie die Klinge an einem Kleiderfetzen ab und steckte sie ein. Noch einmal vergewisserte sie sich, dass Rattes Hals nackt und ihre Taschen leer waren. Sicher hatte Gevta die Muschelkette für sich beansprucht.

Ezra stand nicht der Sinn nach weiteren Begegnungen. Also schlich sie schnell auf den Innenhof, kletterte an einer Hauswand hoch und stahl sich über die Dächer davon. Sie fühlte sich etwas wackelig auf den Beinen, aber sie stürzte nicht ab. Heute Abend würde sie zurückkehren und Gevta belauern, und wenn es nur wegen einer Muschel war – dem letzten Andenken an ihre Mutter.

*

Ein leiser Wind pfiff durch die baufällige Kuppel. Ezra hatte den verlassenen Tempel ihrer Kammer vorgezogen, um die Stunden bis zum Abend totzuschlagen. Sie hatte sich nicht danach gefühlt zu reden – weder mit dem alten Geiger noch mit Odo, der ihr sicher irgendwelche neunmalklugen Fragen gestellt hätte. Selbst dösen konnte sie nicht mehr länger, obwohl ihr das sonst nie schwerfiel. Ein paar Mal noch wälzte sie sich auf dem Steinboden hin und her, dann stand sie auf und räkelte sich. Ihre plötzlichen Bewegungen scheuchten ein paar Tauben auf, die ihr gurrend Gesellschaft geleistet hatten. Den ganzen Nachmittag über hatte sie kaum ein Auge zugetan, und wenn doch, dann hatte sie unruhig geträumt. Sie war dankbar dafür, dass sie sich nicht an die Träume erinnern konnte. Ihr schossen schon genug düstere Gedanken durch den Kopf. Der traurigste war, dass niemand Ratte vermissen würde, vermutlich noch nicht einmal Gevta.

Die letzten Sonnenstrahlen brachen durch das löchrige Tempeldach, als Ezra die Innenwand erklomm. Sie kam schnell voran, denn das üppige Relief aus Rukken und Greifen bot ihr genügend Griffmöglichkeiten. Es waren nur noch ein paar Armlängen bis ganz nach oben. Gerade hatte sie nach einer Adlerschwinge gegriffen, da knirschte es unter ihren Fingern, und der Flügel brach ab. Rudernd suchte sie Halt, doch ihr Fuß rutschte weg, und sie stürzte in die Tiefe.

Sie fiel lautlos, den Blick starr nach oben gerichtet. Über ihr die bunte Kuppel. Sechs gemalte Sonnen in einem Himmel aus Stein. Und plötzlich Stein unter ihr. Der Boden! Sie musste sich im Flug gedreht haben – unbewusst. Gerade noch rechtzeitig streckte sie ihre Glieder von sich und federte den Aufprall ab. Einen Moment lang dachte sie, ihre Knochen würden bersten und sich in ihren Leib bohren, doch dann spürte sie, wie Luft in ihre Lungen strömte. Sie lebte … und war unverletzt! Ihre Gelenke pochten zwar schmerzhaft und ihre Arme und Beine waren taub, aber schon wenige Atemzüge später begannen sie wieder zu kribbeln. Ezra massierte kurz ihre Knöchel und stand auf. Das Tempeltor war von außen verriegelt. Es gab keinen anderen Weg, sie *musste* die Wand erklimmen. Sie legte den Kopf in den Nacken und starrte hinauf zur Decke, zwölf Schritt über ihr. Dieses Mal wählte sie ihre Strecke mit mehr Bedacht und kletterte langsamer als zuvor. Erst nach einer gefühlten Ewigkeit – ihre Muskeln zitterten bereits vor Anstrengung – zog sie sich durch einen breiten Spalt aufs Dach des Tempels.

Ezra schlug den gleichen Weg ein, den sie gekommen war. Im Schutz der Dämmerung huschte sie von Giebel zu Giebel und sprang über schmale Gassen. Als sie an den Bach gelangte, musste sie wieder an der Fassade hinunterklettern und die Brücke überqueren. Feldarbeiter kamen ihr mit gesenkten Köpfen entgegen. Schweigend schlurften sie heimwärts. In den Stuben der Leute leuchteten nach und nach die Lampen auf. Der Geruch von Bohnen und frittiertem Huhn drang in dichten

Schwaden auf die Straße. Knurrend erinnerte sie ihr Magen daran, dass sie seit heute Morgen nichts gegessen hatte.

Kurz bevor sie den Schwertmarkt erreichte, bog Ezra in das Gässchen hinter dem Wirtshaus. Das Herz schlug ihr bis zum Hals. Was, wenn Ratte noch dort lag? Sollte sie im Torbogen nachsehen? Mit zitternden Knien schlich sie zu dem Durchgang und lugte um die Ecke. Fast erleichtert stellte sie fest, dass nur noch eine dunkle Lache davon zeugte, dass das Straßenmädchen vor wenigen Stunden hier gelegen hatte. Aber wo war sie jetzt? Ob Leichensammler ihren Leib zum Totenacker gebracht hatten, oder ...?

Ezra führte den Gedanken lieber nicht zu Ende. Stattdessen fragte sie sich, warum Gevta unbedingt in einer Kompanie aufgenommen werden wollte. War es das Geld wirklich wert, sich den Schädel zu rasieren und Befehle erteilen zu lassen? Und wenn die Söldner erst herausfanden, dass sie eine Frau war, würde sie bestimmt als Trosshure enden. Kopfschüttelnd kauerte Ezra sich unter den Stufen der Außentreppe zusammen, genau dort, wo sich Ratte heute Vormittag versteckt hatte.

Sie wartete eine Weile, bis sie endlich Männer in kleinen Gruppen die Hauptstraße entlangwandern sah. Drahtige Burschen mit fleckigen Bärten und waffenstarrende Kerle mit breitbeinigem Gang – die einen zu jung, um im Krieg gewesen zu sein, die anderen so hartgesotten, als kannten sie nichts anderes als Mord und Totschlag. Die meisten gingen weiter zum Marktplatz und betraten anscheinend den Feigenbaum über den Vordereingang, denn der Lärmpegel in der Gaststube stieg stetig an. Nur eine Handvoll Leute verirrte sich in die Gasse und schlüpfte durch die Hintertür in die Taverne. Und eine von ihnen war tatsächlich Gevta! Sie hatte eine Filzkappe tief in die Stirn gezogen und sich die Wangen mit Ruß bemalt, wohl um im Halbdunkel des Schankraums einen Bartwuchs vorzutäuschen.

Für einen Augenblick erwog Ezra, ihr ins Gasthaus zu folgen. Wie sonst sollte sie erfahren, was dort drinnen vor sich ging? Aber als einzige Frau wäre sie aufgefallen, und so wie die Männer aussahen, wäre sie gut damit bedient, wenn sie sie einfach nur rausschmissen. Also harrte sie in ihrem Versteck aus. Weder Musik noch übermäßig lautes Gegröle drang aus dem Schankraum. Für einen Abend im Wirtshaus ging es äußerst friedlich zu. Nur ab und zu wurde eine Stimme etwas lauter und rief Namen auf oder brachte Störenfriede zum Schweigen. In der Taverne schienen tatsächlich Söldner geworben zu werden, nur für welchen Krieg? Herrschte nicht erst seit Kurzem Frieden und hatten sich nicht die meisten Kompanien aufgelöst? Zumindest hatte Odo ihr das erzählt.

Plötzlich wurde es lauter. Die Hintertür flog auf, und ein Mann kam herausgetorkelt. Der ungewaschene Kerl drehte sich einmal um die eigene Achse und reckte die Faust in Richtung Wirtshaus. Als er das Maul aufmachte, entblößte er eine breite Zahnlücke. »Staubklingen, haha, dass ich nicht lache! Ein Haufen æstaryanischer Schwuchteln seid ihr! Heuert Weiber an, weil ihr zu feige seid, selbst zu kämpfen!«

Er erinnerte Ezra an die Trunkenbolde in ihrem Dorf, die ihre Frauen schlugen, wenn sie zu viel gesoffen hatten. Umständlich zog er sein Krummschwert aus dem Gürtel und schwang es wild durch die Luft. Ezra wandte sich angewidert ab. Der Kerl dünstete aus jeder Pore Niedertracht aus.

»Mann, war die hässlich!«, schimpfte er vor sich hin, als er davonstolperte. »Die hätt' ich noch nicht mal mit 'nem Sack überm Kopf genommen.«

In Ezra zog sich alles zusammen. Anscheinend war Gevta aufgeflogen ... Sie hätte nie geglaubt, dass sie sich jemals um sie sorgen würde, doch wenn die Männer dort alle solche Schweine waren, dann stand es nicht gut um sie.

Die Nacht schritt voran, und so langsam wurde es ungemütlich in ihrem Versteck unter der Treppe. Immer wieder rieb sie sich die Arme, um sich warmzuhalten. Der Geräuschpegel in der Taverne hatte bereits deutlich abgenommen. Allmählich wurde Ezra unruhig. Sie schlich unter eines der Fenster. Durch das milchige Glas war lediglich zu erkennen, dass die Gaststube nicht mehr ganz voll war, aber Gevta war bislang nicht wieder aufgetaucht. Ob sie durch den Haupteingang gegangen war?

Völlig unverhofft wurde die Hintertür geöffnet, und zwei Männer traten ins Freie. Gerade noch rechtzeitig sprang Ezra wieder in ihr Versteck. Die beiden Krieger sahen anders aus als die anderen, die sie heute Abend gesehen hatte. Sie waren eindeutig fremd hier. Ihre helle Haut war von der Sonne gerötet, und ihre Gesichter waren glatt rasiert. Nur ihre Augenlider waren in finsterem Schwarz geschminkt. Die grauen Mäntel waren abgetragen, aber sauber. Darunter hatte jeder von ihnen eine lange Klinge um die Hüfte gegürtet. Der Ältere von beiden war groß und breitschultrig; der Jüngere – wohl immer noch doppelt so alt wie Ezra – hatte Lachfalten um Mund und Augen.

Es klackte dumpf, als sie ihre Humpen auf dem Fenstersims abstellten. Dann ließen sie die Hosen runter und begannen zu strullen. Dampf stieg von ihrer warmen Pisse auf. Unwillkürlich musste Ezra feststellen, dass es herb, aber nicht bitter roch – markant, aber nicht stinkend. Einfach … männlich.

»Ah«, stöhnte der Jüngere erleichtert, »das war nötig!«

»Hm«, brummte der Ältere, und es klang so tief, wie es der Umfang seines Brustkorbs vermuten ließ.

»Was für ein Haufen von Taugenichtsen und Tagedieben«, lachte der Jüngere, während er seinen Hosenlatz wieder zuknöpfte. »Was meinst du, Espen, waren welche für uns dabei?«

»Pah«, entgegnete der Große und nahm einen kräftigen Zug aus seinem Humpen. »Vor einem Jahr hätte ich dich für die Frage ausgelacht, aber heute lache ich nur, weil ich nicht weinen will. Dass sich jetzt sogar schon ein verkleidetes Weibsbild vorstellt … nicht zu fassen. Aber wer weiß, vielleicht gibt der Daum ein paar von ihnen eine Chance. Um ehrlich zu sein, habe ich keine Ahnung, was in seinem Schädel vorgeht. Garandee ist nicht mehr derselbe, seit Xaven und Yander nicht mehr bei uns sind. Er gibt sich die Schuld an dem verdammten Unglück. Der Allsehende stehe ihnen bei.«

Die beiden Krieger bekreisten sich und schwiegen. Ezra zog sich indes tiefer in den Schatten der Treppe zurück und hielt die Luft an, aus Angst sie könnten sie atmen hören.

»Ich hoffe, dass er keinen von den Wichsern nimmt«, sagte Espen schließlich und rülpste in seine Faust hinein.

»Ich fürchte, den Luxus haben wir nicht«, entgegnete sein Kamerad kopfschüttelnd. »Wir genießen seit dem Krieg nicht gerade den besten Ruf. Oder warum glaubst du, findet die Prüfung morgen heimlich im Zerbrochenen Garten statt und nicht auf dem Exerzierplatz?«

»Und ich sage: Wir bleiben besser zu dritt!«

»Aber was ist eine Hand mit drei Fingern schon wert? Wir brauchen zwei Neue.«

»Verdammt noch mal!«, wetterte Espen. »Hast du überhaupt keine Ehre? Wir sind Staubklingen! Wir waren mal die Garde der Drei Türme.«

»Ja, genau«, unkte der jüngere Krieger. »Und wir können froh sein, dass wir dafür nicht auf der schwarzen Liste der Sonnenwächter stehen, so wie unsere ehemaligen Schützlinge.«

Espen packte seinen Kameraden an der Schulter. »Du kannst einen Schatten ja wohl schlecht für seine Bewegungen verantwortlich machen. Aber nun komm, wir gehen rein und hören uns an, was Garandee zu sagen hat. Denn wenn wir hier draußen noch lange rumquatschen, verpasse ich dir noch eine für deine Blödheit.«

Ihre Schützlinge, dachte Ezra aufgeregt. Ob sie damit die Magiker der Drei Türme meinten? Sie konnte die beiden schlecht fragen, aber Odo wusste sicher mehr darüber. Staubklingen – den Namen würde sie sich merken.

Die zwei Krieger gingen indes wieder in die Taverne und ließen Ezra allein in der Gasse zurück. Sie wartete kurz, rutschte ungeduldig hin und her. Dann wagte sie sich unter der Treppe hervor und inspizierte die Stelle, an der sich die Männer erleichtert hatten. Vor allem der Duft des Jüngeren benebelte sie. Geradezu verlockend. Sie ging in die Hocke und sog die Luft ein. Es brannte in ihrer Nase, doch ein wohliger Schauer lief ihr über den Rücken. Von sich selbst angeekelt, fuhr sie hoch und bemerkte, dass noch ein Humpen auf dem Fenstersims stand. Keinen Herzschlag später knarzte es zu ihrer Rechten, und der namenlose Krieger stand in der Tür. Überrascht blickte er sie an.

Ezra sah sich unsicher um. Verstecken oder davonrennen – beides schien ihr gleichermaßen zwecklos. Nur was sollte sie tun? Aus Reflex griff sie nach dem Humpen und nahm einen Schluck. Brennend bahnte sich der Feigenwein seinen Weg von ihrem Rachen hinab in den Magen. So selten wie sie trank, stieg ihr der schwere Tropfen sofort zu Kopf. Ihre Unsicherheit begann zu bröckeln. Noch einmal nippte sie von dem Feigenwein. Dieses Mal langsamer, ohne die Augen von dem Mann abzuwenden.

»Eine Weindiebin?«, fragte er und zog die Brauen in gespielter Entrüstung hoch. »Was macht man mit denen nur hier in Bendrahim?«

»Komm und finde es heraus«, hörte Ezra sich selbst sagen, mit einem Hauch in der Stimme, den sie nicht von sich kannte. Dann prostete sie ihm zu und ging rückwärts, bis sie in dem Torbogen verschwand. Der Krieger folgte ihr grinsend. Noch bevor er ganz heran war, ließ sie den Weinkrug fallen und zog ihn an sich. Er war kaum größer als sie, aber sein Körper war hart, voller Muskeln und Sehnen. Sein Kinn rieb rau über ihre Wangen, als er sie küsste, und sein Geruch war aufregend herb. Wie von Sinnen schob Ezra ihr Kleid hoch und führte seine Hand in ihren Schritt. Sie konnte keinen Atemzug lang stillhalten. Hastig wandte sie ihm den Rücken zu, beugte sich vor … und sah die Lache – Rattes Blut auf dem Straßenpflaster. Tief in ihrer Magengrube spürte sie plötzlich einen eisigen Klumpen, der langsam und bitter in ihr aufstieg. Sie kämpfte dagegen an, sich zu übergeben. Das alles war falsch! Sie richtete sich auf und schob den Mann von sich. Verwirrt starrte er sie an. Dann sagte er etwas, lächelte freundlich. Doch das Blut rauschte so laut in ihren Ohren, dass sie nichts verstand. Sie schämte sich. Und während Ezra ihr Kleid richtete, zog sie sich zurück in den Hinterhof und floh in die Nacht.

7

MIT STAUB UND SCHWERT

BENDRAHIM, ALTE GOLDSONNE, JAHR 1 N.D.U.

Ezra konnte sich nicht mehr daran erinnern, wie sie zurückgekommen war. Aber sie saß hier, auf dem Giebel von Odos Haus, und blickte hinab auf den dornenumrankten Dachgarten. Sie konnte noch nicht schlafen. Besser gesagt, sie *wollte* nicht; ganz wie ein bockiges Kind, das Angst hatte, etwas Aufregendes zu verpassen.

Sie wartete auf den Sonnenaufgang, in der Hoffnung das gelbrote Licht könnte die Geschehnisse des letzten Tages auslöschen. Natürlich würde nichts dergleichen geschehen. Wann immer sie an den fremden Krieger dachte, verspürte sie ein flaues Gefühl in ihrem Unterleib ... und kurz darauf Übelkeit, wenn sich Rattes Gesicht in ihr Bewusstsein drängte. *Du bist eine Mörderin*, flüsterte eine Stimme in ihrem Hinterkopf.

Im Nachbarhaus wurden die ersten Feuer entzündet. Sie hörte, wie die Männer in der Backstube mit ihrem Tagewerk begannen, und schon kurze Zeit später erfüllte der Geruch von frischem Sesambrot den Hof. Erst jetzt fiel ihr auf, wie dunkel die Nacht heute war. Die Wolken standen so dicht, dass kein Sternenlicht hindurchdrang. In der Finsternis war Ezra nicht mehr als eine schwarze Silhouette, kaum sichtbar und ohne Schatten. Sie ließ ihren Blick über den Dachgarten schweifen. Bis der Fiedler zu spielen anfing, würden noch einige Stunden vergehen. Bei dem Gedanken an den Alten nagte irgendetwas an ihr. Was war es noch gleich, das er immer wieder sagte? *Der Schatten verrät uns mehr als der, der ihn wirft.* Sie zuckte zusammen. Hatten sich die beiden Krieger nicht auch als Schatten bezeichnet, als Schatten der Magiker? Ezra brauchte Antworten; und wenn Odo nur halb so schlau war, wie er tat, dann würde sie sie von ihm auch bekommen.

Als sie durch die Dachluke in ihre Kammer stieg, sah sie Licht unter dem Türspalt durchscheinen. Umso besser, er war bereits wach. Ohne anzuklopfen trat sie in die Stube. Odo saß zusammengesackt am Küchentisch, vor sich einen Krug und eine flackernde Kerze. Sein Auge war klein, der Ring darunter tief und dunkel.

»Da bist du«, stellte er fest und lächelte matt. Es lag kein Vorwurf in seiner Stimme, eher Traurigkeit. Oder Erleichterung? Ezra war sich nicht sicher, aber genau genommen war es ihr gleichgültig. Sie hatte andere Dinge im Sinn.

»Ja«, sagte sie und setzte sich zu ihm, »da bin ich. Und du … bist anscheinend auch schon wach.«

Odo verzog kurz das Gesicht zu einer Grimasse, dann zuckte er gleichgültig mit den Schultern und stand auf.

»Ach«, stöhnte er, »was soll's. Jetzt lohnt es sich auch nicht mehr, sich hinzulegen. Möchtest du auch einen Tee?«

Mit seinem schütteren Haar sah er im Schein der Kerze fast so alt aus, wie er sich gerade anhörte, fand Ezra. Leicht gebeugt schlurfte er zum Ofen und legte ein paar Holzscheite nach.

»Ich muss dich was fragen«, sagte sie bestimmt, während er den Kessel aufsetzte.

Odo reagierte jedoch nicht. Seelenruhig stellte er zwei Becher und ein Körbchen honiggetränkter Datteln auf den Tisch. Dann atmete er tief durch und warf ihr einen eindringlichen Blick zu.

»Ich dachte, du würdest nicht wiederkommen. Ist es dir nicht in den Sinn gekommen, dass ich mir Sorgen machen könnte?«

»Sorgen?« Ezra sah ihn verständnislos an.

»Ja, Sorgen. Die macht man sich, wenn man nicht weiß, wo gewisse Leute abgeblieben sind oder wie es ihnen geht …«

»Aber doch nur unter Familie und Freunden«, entgegnete

sie, und begriff erst im nächsten Moment, wie taktlos das geklungen haben musste. War Odo ihr nicht ein guter Freund gewesen und hatte sie stets umsorgt?

»Na ja«, grummelte sie rasch und fuhr sich nervös durchs Haar. »Jetzt bin ich ja hier.«

Odo nickte, während er die Teeblätter im Mörser zu zerkleinern begann. Er schien das Mahlen und Knirschen zu genießen, denn er ließ sich Zeit dabei. Viel zu viel Zeit für Ezras Geschmack.

Unterdessen pflückte sie den letzten Zipfel einer Knoblauchwurst von einem Deckenbalken über ihr und begann darauf herumzukauen. Nach dem dritten Bissen verlor sie jedoch die Geduld.

»Wer sind die Staubklingen?«, fragte sie unvermittelt und sah Odo gespannt an.

Er legte den Stößel beiseite und musste sich an der Tischkante festhalten, damit seine Hände nicht zitterten. Und jetzt, da sie ihn genauer musterte, verstand sie. Sein Auge war rot, und die Wangen waren fleckig. Die Ruhe, die er ausstrahlte, die Langsamkeit seiner Bewegungen. Er war betrunken! Der Geschmack des Feigenweins auf ihrem Gaumen musste wohl seine Ausdünstungen übertönt haben. Sie dachte kurz darüber nach, sich schlafen zu legen und ihn morgen mit ihren Fragen zu löchern. Aber eigentlich konnte es keinen besseren Zeitpunkt geben. Wenn er jetzt nicht redete, wann dann?

»Die Staubklingen …«, wiederholte Odo etwas zu laut. Dabei rollte sein Auge für einen Moment nach hinten, als ob er in seinem Schädel nach Antworten suchte. »Die Staubklingen sind die Leibgarde der Drei Türme«, begann er schließlich mit seiner Erklärung. »Gut vierhundert Jahre ist es jetzt her, während der ersten Hexenverfolgung. Damals waren viele Magiker von ihren eigenen Wachen verraten worden. Die Sonnenkirche hatte nämlich ein Kopfgeld auf sie ausgesetzt. Doch das ließen sich die Zauberer nicht gefallen. Trebain der Blaue war damals Meister der Türme. Er war ein schlauer Mann, nicht nur in Fragen der Magie. Überall dort, wo die Türme Ländereien hatten, erließ er verarmten Rittern die Schulden. Und die, die im Kerker saßen, begnadigte er. Um sich ihre Treue zu sichern, vermachte Trebain ihnen eine Festung – Burg Staubfall. Kein besonders gastlicher Ort. Na ja, auf jeden Fall ging aus diesem Ritterhaufen die erste Generation des Ordens hervor. Trebainsritter nannten sie sich. Doch der Meister der Türme verbat sich jeden Personenkult, und so tauften sie sich in Staubklingen um. Wegen des Rituals. Die Neuen müssen ihre Schwerter nämlich im Staubfluss weihen.«

Der Kessel begann zu pfeifen. Ezra schüttete das Teepulver in die Becher, und Odo, der inzwischen aufgestanden war, goss das kochende Wasser auf. Für einen Augenblick verfolgten sie gebannt, wie es gluckerte und schwarz-grün schäumte. Ein erfrischend bitterer Geruch stieg auf.

Odo lachte. »Manche behaupteten bald, die Staubklingen hätten selbst Zauberkräfte. Kein Wunder, so viel Zeit wie sie mit den Magikern verbrachten, da kamen natürlich Gerüchte auf. Aber das ist blanker Unsinn. Die Staubklingen waren seit jeher nur die treue Garde der Magiker – nicht mehr und nicht weniger.«

Ezras Augen wurden größer. »Erzähl weiter«, drängte sie Odo, doch der ließ in aller Ruhe eine Dattel in den Becher plumpsen und nippte vorsichtig von dem dampfenden Tee.

»Da gibt es sonst nicht viel zu erzählen«, fuhr er fort. »Jeder wichtige Magiker hatte eine eigene Leibgarde: fünf Staubklingen beziehungsweise eine *Hand*, so nannten sie sich. Ihr Sitz ist heute aber nicht mehr Burg Staubfall. Sie wurden schon während des Krieges enteignet und in eine Kaserne in Oriza umquartiert. Direkt am Fuß der Drei Türme, auch wenn sie nicht mehr in Diensten der Magiker stehen. Sie sind jetzt Leibwächter, verdingen sich an den Meistbietenden, wie gemeine Söldner eben.«

Der Tee schien seine Geister geweckt zu haben. Wacher als zuvor blickte er Ezra an. »Wie kommst du gerade jetzt darauf?«

»Sie sind in der Stadt.«

»Die Staubklingen – in Bendrahim?« Odo klang skeptisch. »Wie viele?«

»Weiß nicht«, murmelte Ezra und pustete sich eine Strähne aus der Stirn. »Drei, glaube ich.«

»Hm, das ist ungewöhnlich. Normalerweise besteht eine Hand aus fünf Männern.«

»Deshalb suchen sie ja auch Neue.«

»Ach so ist das«, sagte Odo und schenkte sich Tee nach. »Nimm nur von den Datteln.« Er selbst steckte sich zwei von den klebrigen Früchten in den Mund und tat so, als wäre das Thema damit für ihn erledigt.

Für Ezra jedoch nicht. Allerdings wusste sie inzwischen auch, dass Odo Wert auf Tischmanieren legte. Ungeduldig trommelte sie mit den Fingern auf den Tisch und wartete, bis er die Datteln gekaut und heruntergeschluckt hatte.

»Führen die Staubklingen denn Buch?«, fragte sie schließlich.

»Buch führen?« Odo warf ihr einen belustigten Blick zu. »Die Staubklingen sind keine Kaufleute und auch keine Chronisten.«

Ezra hatte nicht den blassesten Schimmer, was Chronisten sein sollten, aber das war ihr auch einerlei. Sie wollte auf etwas ganz anderes hinaus. »Die Männer sahen recht schlau aus ... Und ordentlich gekleidet. Ganz anders als die anderen Krieger. Schreiben sie denn nicht auf, was sie so machen?«

»Was sie *so machen*? Du bist vielleicht gut«, sagte er grinsend und hob sogleich beschwichtigend die Hand. »Nun schau mich nicht so böse an, Ezra. Du musst zugeben, dass die Idee putzig ist. Fünf Waffenknechte sitzen abends am Lagerfeuer und schreiben auf, wen sie am Tag umgelegt haben. Aber ja, ich glaube sogar, dass sie so etwas wie Einsatzprotokolle führen, mehr oder weniger gewissenhaft. Zumindest gibt es in jeder Hand auch einen Schreiber, der für den Schriftverkehr zuständig ist und für …« Odo stutzte. »Jetzt verstehe ich, worauf du hinauswillst!«

»Ganz genau!« Ezra sprang auf und marschierte aufgeregt durch den Raum. »Vielleicht können die Staubklingen mir sagen, welche drei Zauberer sich vor meiner Geburt häufiger getroffen haben? Für geheime Rituale, zum Beispiel. Und vielleicht gibt es sogar Aufzeichnungen, dann könnte ich herausfinden, wer meine Schöpfer sind!«

»Nur werden sie dir das nie verraten«, entgegnete Odo. »Verschwiegenheit ist eine ihrer größten Tugenden. Sonst wären sie nicht die Leibgarde der Drei Türme gewesen.«

»Aber sie haben es aufgeschrieben …«

»Wahrscheinlich schon … nur bewahren sie diese Protokolle bestimmt gut gesichert in ihrem Ordenshaus auf, damit sie nicht irgendwelchen dahergelaufenen Leuten in die Hände fallen.« Eine ungewöhnliche Schärfe lag auf einmal in seiner Stimme. »Ein netter Gedanke, aber vergiss ihn!«

Ezra spürte eine kochende Wut in sich aufsteigen. Sie ballte die Fäuste, knirschte mit den Zähnen. Und schließlich brüllte sie es heraus: »Du bist immer nur dagegen! Dies geht nicht, und das geht nicht. Alles ist unmöglich. Willst du etwa, dass ich so bleibe? Ein Untier, blutrünstig und unberechenbar?«

Beim Schreien waren ihr Tränen in die Augen geschossen.

»Nein, das bist du nicht«, sagte Odo sanft. »Du bist ein wunderbares Wesen. Einzigartig! Und du wirst lernen, damit umzugehen. Schau, wie gut es mit uns beiden klappt. Meinst du, ich würde ein Monster unter meinem Dach wohnen lassen?«

Für einen Moment, nicht mehr als einen Atemzug, fühlte Ezra fast so etwas wie Geborgenheit. Sie konnte sich nicht erinnern, wann jemand das letzte Mal so nett zu ihr gesprochen hatte. Sie war kurz davor, in Odos Arme zu fallen und ihm von Ratte zu erzählen. Bei dem Gedanken an das tote Straßenmädchen quollen noch mehr Tränen hervor. Aber nein, Fremden durfte man nicht trauen. Das hatte ihre Mutter ihr beigebracht. Ezra wandte sich ab und starrte die Wand an. Die Bücher in den Regalen verschwommen vor ihren Augen. Dann wischte sie sich über die Wange und wirbelte herum.

»Ich werde mich reinschleichen!«, erklärte sie fest entschlossen.

»Bei den Staubklingen? Als Außenstehende? Unmög…«, Odo brach mitten im Wort ab.

»Und wenn ich keine Außenstehende wäre?« Ezra sah ihn herausfordernd an.

»Kannst du mir verraten, wie du das anstellen willst?«

»Ich habe doch gesagt, dass sie neue Krieger suchen. Morgen Vormittag findet eine Aufnahmeprüfung statt.«

»Ich glaube kaum, dass sie in Rukkenschwing rekrutieren dürfen«, gab Odo zu bedenken. »Zurzeit ist hier nämlich alles verboten, was auch nur im Entferntesten nach den Drei Türmen riecht.«

»Deswegen treffen sie sich auch heimlich, im Zerbrochenen Garten.«

Odo lehnte sich über den Tisch zu ihr hinüber. »Ezra, ich sage das nicht, um dich zu ärgern, aber ganz egal, wo sie neue Rekruten anwerben: Frauen werden sie nicht aufnehmen!«

»Aber sie haben eine eingeladen.«

»Dich?«

»Nein«, entgegnete sie trotzig, »aber ich werde trotzdem hingehen!«

Odo atmete tief durch. Er schien seine nächsten Worte vorsichtig abzuwägen. »Versteh mich nicht falsch«, sagte er schließlich, »meine vier Wände sollen kein Gefängnis sein. Aber ist es nicht besser, ein Leben im sicheren Versteck zu führen, als gar nicht zu leben? Sich im Schatten der Drei Türme aufzuhalten, bringt Unglück. Nicht erst seit diesen Zeiten«, fügte er mit tonloser Stimme an und starrte ins Leere.

»Du hast leicht reden«, hielt Ezra dagegen, auch wenn es sie wunderte, dass Odo plötzlich so abergläubisch war. »Du gehst jeden Tag zum Bäcker, auf den Markt, in die Färberei. Du bist unter Menschen. Und alles, was ich tun kann, ist, den anderen dabei zuzuschauen, wie sie ihr Leben leben.« Sie schwieg. Doch dann trat ein entschlossenes Funkeln in ihre Augen. »Nein, ich bin kein Feigling, und ich habe es satt, mich zu verstecken. Ich will mein eigenes Leben!«

Traurig lächelnd nickte Odo. »Vielleicht bin ich ein Feigling, wenn ich so denke. Aber letzten Endes wollen wir alle dasselbe – unser Leben leben. Nur haben wir unterschiedliche Vorstellungen davon, wie es scheint. Tu, was du tun musst. Meine Tür steht immer offen für dich.«

Ezra wollte ihm ins Gesicht sehen, ihm stumm ihren Dank ausdrücken, aber Odo hatte den Blick starr nach unten gerichtet. Das machte es einfacher für sie. Auf leisen Sohlen schlich sie zurück in ihre Kammer. Sie musste ausgeschlafen sein, wenn sie morgen bei der Prüfung eine Chance haben wollte – und dort ungeladen auftauchte.

*

Ezra wanderte durch ein Trümmerfeld. Es war ein heißer Tag, und die Luft um sie herum flimmerte von der Hitze. Das Elfte Viertel zu finden, war nicht schwer gewesen. Der Stadtteil im Süden von Bendrahim war vor Jahren bei einem Erdbeben zerstört und nie wieder aufgebaut worden. Die Leute aus den Nachbarvierteln hatten die Ruinen ausgeschlachtet und sich vor allem an Quadern und Dachziegeln als Baumaterial bedient.

Anfangs hatten nur die Grundmauern der Stadtpaläste von der einstigen Pracht dieses Stadtteils gekündet, doch je weiter Ezra vordrang, desto häufiger kam sie an fast intakten Fassaden vorbei. Gerne hätte sie sich einen Überblick von oben verschafft, doch sie traute den Säulen und Wänden nicht. Bestimmt würden sie einstürzen, wenn sie versuchte, an ihnen emporzuklettern.

Ezra folgte einer breiten Straße. Es war still hier. Totenstill. Schon nach ein paar Kreuzungen hatten die Häusergerippe den Lärm der Stadt verschluckt. Ab und an musste sie über einen Felsquader klettern oder sich durch einen schmalen Spalt quetschen. Gerade hatte sie sich unter einer umgestürzten Säule hindurchgeduckt, als sie eine glitzernde Fassade vor sich aufragen sah. Ein türkis-goldenes Mosaik zierte die Häuserwand, in deren Mitte sich ein hohes Tor befand. Für einen Moment vergaß Ezra zu atmen, solche Angst hatte sie, das zarte Gebilde könnte einstürzen. Dann holte sie tief Luft. Dahinter sollte sich der Zerbrochene Garten befinden. Sie hatte die Mädchen aus Gevtas Bande darüber reden hören. Als Mutprobe hatten sie ein paar Jungs, die ihnen unter den Rock wollten, in den Garten geschickt, um ihnen Blumen zu holen. Nur wie sollte dort etwas wachsen? Staub und Stein war alles, was es hier gab.

Ezra horchte auf, als sie hinter sich das Echo von Schritten vernahm. Irgendjemand stöhnte, während er sich durch dieselbe Engstelle zwängte wie sie noch ein paar Augenblicke zuvor. Sie zog sich in den Schatten einer Mauer zurück und beobachtete die umgestürzte Säule. Ein junger Mann kam dort zum Vorschein. Ezra atmete erleichtert aus. Es war Ewil. Sein schwarzer Bart war voller Sand, und seine Haare klebten schweißnass an der Stirn. Kein Wunder, dass er so schnaufte, denn er trug einen starren Waffenrock. An seiner Seite baumelte ein Dröm – ein Schwert, wie es in Rukkenschwing üblich war, knapp einen Schritt lang, mit breit zulaufender Klinge. Offenbar war auch er auf dem Weg zu der Prüfung.

»Ewil«, wollte sie ihm zurufen, doch sie hielt sich zurück. Ihre Bekanntschaft war einseitig, ermahnte sie sich, auch wenn sie einige seiner intimsten Momente geteilt hatten. Also schwieg sie und ließ den jungen Gardisten passieren. Als er die prunkvolle Fassade erreicht hatte, schlich sie ihm hinterher.

Der untere Bereich des Gemäuers war gelb und bröckelig, viele Mosaiksteine waren bereits herausgebrochen. Sie sah, wie Ewil durch den spitzen Torbogen ging, und folgte ihm heimlich. Das Dach und die Seitenmauern der Vorhalle fehlten, der Boden war von Geröll bedeckt. In einem länglichen Becken hatte sich Regenwasser gesammelt. Ein fetter Sandfrosch sprang vom Rand in das trübe Nass, als er sie kommen hörte. Sie ließen das Bassin hinter sich, und nachdem sie ein paar Felsbrocken umrundet hatten, gelangten sie an einen freien Platz: der Zerbrochene Garten.

In dem weiten Rund wuchsen die seltsamsten Büsche und Bäume, die Ezra je gesehen hatte. Einige von ihnen waren unter Schichten von Schutt halb begraben, doch über anderen lag nur ein dünner Staubfilm. Weder Wind noch Wetter hatten den Schmutz wieder abgewaschen. Umso merkwürdiger kam es ihr vor, dass die Pflanzen noch Blätter und Blüten trugen. Ein riesiger Blütenkelch hing sogar direkt über ihrem Kopf. Aus dem Augenwinkel sah sie, dass die Oberseite violett war, das Innere jedoch wie Perlmutt schimmerte. In der Mitte des Gartens wanden sich drei ineinander verflochtene Stämme gen Himmel, ohne Äste oder Zweige. Irritiert stellte sie fest, dass von den Pflanzen weder Blütenduft noch Fäulnisgeruch ausgingen. Und als sie im Vorübergehen, die Finger über das Blätterwerk streichen ließ, begriff sie auch, warum: Sämtliche Büsche und Bäume waren aus lackiertem Stein.

Doch Ezra hatte keine Zeit, die fein gearbeiteten Skulpturen zu bewundern. Auf der anderen Seite des Platzes standen sich bereits sechs Bewaffnete gegenüber. Sie hatten unter weit ausladenden Tannenzweigen Schutz vor der Sonne gefunden. Die ihr zugewandten Männer erkannte sie sofort. Es waren die fremden Krieger mit den hellen Haaren und den geschwärzten Augen. Alle drei trugen staubgraue Mäntel. Darunter lugten schlanke Schwerter hervor. Zwischen Espen, dem Hünen, und seinem ewig lächelnden Kameraden saß ein unheimlicher

Mann auf einer Reisetruhe. Das musste ihr Anführer Garandee sein. Sein Gesicht glich einer Landkarte, durchzogen von blassen Narben und Falten. Egal, wie lange ihm die Sonne ins Gesicht schien, dachte Ezra, die Furchen würden nie wieder Farbe annehmen. Mit strengem Blick musterte er die Prüflinge, die sich vor ihm aufgestellt hatten.

Dem Aussehen nach handelte es sich um Männer aus der Gegend. Sie hatten dunkles Haar und olivfarbene Haut. Zwei von ihnen waren noch Jünglinge, die unterschiedlicher nicht hätten sein können. Der eine war ein Schlaks, mit nichts als einem schartigen Messer an der Seite, der andere ein feiner Bursche, der viel zu schmächtig für den Bronzepanzer war, in dem er steckte. Der Letzte schien ein Veteran zu sein. Sein dünner Schnauz und seine Schläfen waren bereits ergraut, und das Leder am Griff seines Dróms abgenutzt. Wenn sie das Zeichen auf seinem Schild – drei sich schüttelnde Handpaare – richtig deutete, dann war er ein Ordensritter des Heiligen Imanuel.

Ewil stellte sich neben die drei Kandidaten und verbeugte sich vor den Staubklingen. Ezra zögerte einen Augenblick. Ob der blonde Krieger von gestern Nacht sie wieder erkennen würde? Sie hoffte nicht. Immerhin war es schummrig in der Gasse gewesen, und sie wusste, wie schlecht die meisten Menschen in der Dunkelheit sahen. Bei dem Gedanken warf sie ihre Scham über Bord und eilte Ewil nach. Angespannt nahm sie den Platz zu seiner Rechten ein. Sie spürte die Blicke der Männer auf sich ruhen. Die beiden Jünglinge staunten mit offenen Mündern.

Espen starrte sie ausdruckslos an. Sein jüngerer Kamerad lächelte jedoch, zuerst überrascht, dann hintergründig. *Verflucht, er hat mich erkannt!* Garandee erhob sich indessen langsam von der Truhe und kniff die Augen zusammen, so sehr, dass sie zu zwei weiteren Schlitzen in seinem zerfurchten Gesicht verkamen.

»Habe ich gestern etwa so viel getrunken, dass ich mich nicht mal mehr an ein einziges Weibsgesicht erinnern kann?«, fragte er laut in die Runde.

»Nein«, brummte Espen mit verschränkten Armen.

Garandees Miene verfinsterte sich. »Zumindest waren es genug Becher, dass ich mich von dir und Valerian dazu habe breitschlagen lassen, eine Frau zur Prüfung einzuladen. Dieses Weibsstück war es jedoch nicht! Es sei denn, sie ist eine Hexe und hat sich über Nacht verwandelt, oder sie hat uns ihre hübsche Schwester geschickt. Beides unwahrscheinlich. Also sprich, Mädchen: Wie heißt du und was willst du hier?«

Ezra redete nicht gerne, erst recht nicht vor so vielen Fremden. Sie schluckte und fuhr sich nervös mit der Zunge über die Lippen, doch ihr Mund blieb trocken.

»Ezra«, krächzte sie schließlich mit rauer Stimme. »Ich will mich bei Euch verdingen, Daum Garandee!«

Eisiges Schweigen war die Antwort. Hoffentlich hatte sie ihn richtig angesprochen. Auch wenn es merkwürdig klang – Daum war doch sein Titel, oder nicht? Ihre Nervosität zerfraß sie von innen. Sie wollte rennen, springen, brüllen – irgendetwas *tun*, nur nicht still herumstehen.

Valerian – so der Name des weißblonden Kriegers – hatte schließlich Erbarmen mit ihr und durchbrach die Stille mit einem Scherz. »Immerhin scheint sie trinkfest zu sein, wenn ich ihre Stimme so höre.«

Espen schüttelte den Kopf. »Geh, Mädchen!«, sagte er in herablassendem Ton. »Das hier ist nichts für Püppchen wie dich.«

Ezra wollte ihn wütend anfunkeln, doch er hatte sich schon wieder an die anderen Prüflinge gewandt, die vor ihm strammstanden. Bei dem Anblick überfiel sie ein Gedanke: Wo steckte eigentlich Gevta? Nicht, dass sie das Straßenmädchen vermisst hätte, aber seltsam war es schon, dass sie noch nicht aufgetaucht war.

»Vielleicht sollten wir ihr eine Chance geben«, warf Valerian ein. »Ich habe sie … nun ja … sagen wir, kämpfen sehen. Sie entbehrt nicht einer gewissen Wildheit.«

Espen warf seinem Kameraden einen warnenden Blick zu, doch ihr Anführer fragte nur knapp: »Hat sie ein Schwert mitgebracht?«

»Jawohl, Daum Garandee!«, rief Ezra aus vollem Hals und hatte die Klinge schneller in der Hand, als sie ihren Ausruf beendet hatte.

»Ein Katzbalger?« Garandee musterte sie, dieses Mal mit einer Portion Neugierde. »Eine kurze, aber gute Klinge.«

»Bestimmt nur auf dem Schlachtfeld geplündert«, merkte Espen säuerlich an und machte eine wegwerfende Handbewegung.

»Und wenn schon«, entgegnete Valerian. »Wenn sie damit umgehen kann.«

»Schon gut, schon gut«, verkündete Garandee mit erhobener Hand. »Soll sie's versuchen. Und wenn's nur ist, damit ich meine Ruhe vor dir habe.«

Plötzlich waren Schritte und ein lautes Keuchen zu hören. Alle Mann drehten sich gleichzeitig um. Gevta kam durch den steinernen Garten gehetzt, die Lederkappe schief auf dem Kopf und eine Eisenstange in der Faust. Eilig stellte sie sich in der Reihe auf und verbeugte sich so ungeschickt, dass ihre Kopfbedeckung beinahe vollends herunterrutschte.

»Verzeihung«, schnaufte sie und setzte zu einer Erklärung an. »Ich … ich bin …«

»Zu spät!«, knurrte Espen. »Du kannst wieder gehen.«

Gevta entgleisten die Gesichtszüge. Für einen Moment dachte Ezra, sie würde anfangen zu fluchen, denn darin war sie ausgesprochen gut. Doch in ihre Augen traten, kaum sichtbar, Tränen, die sie rasch wieder wegblinzelte.

Valerian beugte sich zu Espen und Garandee hinüber und flüsterte ihnen etwas zu. Ezra spitzte die Ohren. Wenn sie richtig hörte, dann ging es um die Prüfung, um gerade und ungerade Zahlen.

»In Ordnung«, grummelte Espen schließlich. »Du kannst bleiben. Aber nur, weil wir sonst ein Mann zu wenig wären!«

Gevta nickte eifrig und versuchte, sich unauffällig die Augen abzuwischen. Dabei bemerkte sie, dass Ezra neben ihr stand, und hielt abrupt inne. Wütend legte sie die Stirn in Falten und warf ihr einen herausfordernden Blick zu. Ezra ging jedoch nicht darauf ein. Stattdessen versuchte sie, den Ausführungen der Staubklingen zu folgen.

Espen hatte damit begonnen, vor den Kandidaten auf und ab zu schreiten. »Die Staubklingen sind keine gewöhnliche Söldnerkompanie«, tönte er. »Wir kämpfen nie auf offenem Feld und nie in geschlossenen Verbänden! Unsere Einheit ist *die Hand*, und die besteht aus fünf Männern – vier Fingern und einem Daum, unserem Anführer. Ja, ja, schmunzelt ruhig! Meinetwegen nennt ihn Däumling, solange er es nicht hört. Und vor allem vergesst eins nicht: Der Daumen ist der wichtigste Teil der Hand. Verliert einen Finger und ihr könnt weiterkämpfen, verliert den Daumen – und der Kampf ist vorbei!« Mit gezückter Klinge ging er auf die Anwärter zu. »Zieh dein Schwert!«, forderte er den Jüngling in dem Bronzepanzer auf, »und jetzt halte es fest, ohne den Daumen, um den Griff zu legen.«

Der Bursche hatte den Befehl gerade erst mühsam ausgeführt, als Espen ihm die Klinge spielerisch leicht aus der Hand schlug. »Seht ihr?«

»Ja!«, antworteten sie im Chor.

»Gut!«, brüllte er über den Platz. »Dann kommen wir jetzt dazu, was ihr sein müsst, wenn ihr Staubklingen werden wollt: schlau, wachsam, schnell und gnadenlos! All das zum Schutz des euch anvertrauten Lebens, denn das wird in Zukunft eure Aufgabe sein – gemeinsam alle Gefahren von eurem Schützling abzuwehren oder, besser noch, sie schon im Vorfeld auszuschalten.«

Espen verlangsamte seinen Schritt. Im Vorübergehen sah er jedem von ihnen tief in die Augen. Die beiden Jungen senkten die Köpfe. Gevta, Ewil und der Ritter hielten seinem Blick stand. Ezra starrte zurück. Mit Genugtuung stellte sie fest, dass er seine Augen schneller von ihr löste, als von den anderen.

Er räusperte sich und wischte sich den Schweiß von der Stirn. »Um herauszufinden, ob von euch überhaupt jemand geeignet ist, müsst ihr eine Prüfung bestehen. Ihr werdet sie zu zweit ablegen, und nur das Zweiergespann, das die Aufgabe am besten meistert, hat Aussicht darauf, von uns aufgenommen zu werden!« Er deutete auf Ewil und den gerüsteten Jüngling. »Du und du«, sagte er. Dann zeigte er auf den Ritter und den Schlaks, und schließlich kam er zu Gevta und Ezra. »Und ihr beiden Hübschen«, raunte er grinsend.

Valerian folgte ihm auf dem Fuß und verteilte farbige Bänder an die Kandidaten. Rote an das erste Paar, gelbe an das zweite und je ein weißes an Ezra und Gevta. »Steckt sie in eure Gürtel«, erklärte er.

»Aber ...«, protestierten die Mädchen gleichzeitig.

»Was?«, knurrte Espen und fuhr herum.

»Nicht mit der!«, zischte Ezra und deutete mit dem Finger auf Gevta.

»Dann kannst du nach Hause gehen«, erwiderte Espen gleichgültig. »Und du dann übrigens auch, falls du nicht aufhörst zu grinsen«, fügte er an Gevta gewandt hinzu. »Also, zum letzten Mal: Wenn ihr euch den Staubklingen anschließt, dann lasst ihr alles andere hinter euch. Streitigkeiten, Liebschaften, Verpflichtungen. Euer alter Gestank wird nicht nur abgewaschen, wie beim heiligen Sonneneid, er wird abgeschmirgelt – bis aufs rohe Fleisch, bis auf den blanken Knochen. Habt ihr verstanden?«

Widerwillig nickten sie.

»Also«, verkündete er, »beginnen wir mit der Prüfung! Als Staubklingen ist es eure Aufgabe, eure Auftraggeber zu beschützen. Unter allen Umständen, wie widrig sie auch sein mögen. Und um zu überprüfen, ob ihr dem gewachsen seid, geben wir euch folgende Aufgabe …«

Er deutete hinter sie, wo Valerian dabei war, mit dem Fuß einen weiten Kreis in den Sand zu ziehen. Im Zentrum des Zirkels stand der dreistämmige Baum, um ihn herum zahlreiche Pflanzenskulpturen. Wie im ganzen Garten war der Boden auch hier von Geröll übersät.

»Stellt euch vor, ihr müsst euren Schützling aus einem brennenden Haus retten. Überall Rauch und Flammen. Jeder Schritt könnte euer letzter sein. Damit ihr euch besser in diese Situation hineinversetzen könnt, werden wir euch zwei Dinge nehmen: euer Augenlicht und euren Atem.«

Ein aufgeregtes Murmeln setzte ein, doch Espen brachte die Anwärter mit einem strengen Blick zum Schweigen. »Es gibt keinen Grund zur Unruhe. Solange ihr das macht, was ich euch sage, kann euch nichts geschehen. Die Paare stellen sich am Rande des Kreises auf, einander gegenüber. Dann verbinden wir euch die Augen und flößen euch einen Trank ein, der euch langsam die Luft nimmt. Mit dem Gegentrank in der Hand lauft ihr zum Baum und sucht euren Partner. Dabei dürft ihr euch gegenseitig bemerkbar machen, wenn ihr den Atem entbehren könnt. Ruft einfach die Farbe eures Bandes – rot, gelb oder weiß. Erst wenn ihr euch gefunden habt, dürft ihr die Augenbinden abnehmen und die Gegentränke austauschen und trinken. Anschließend zieht ihr mich, euren Schützling, unter diesem Stein hier vor, während ihr gleichzeitig einen Angreifer abwehrt.«

An dieser Stelle zog Valerian sein Langschwert und deutete eine Verbeugung an. Espen ließ sich von der schauspielerischen Einlage seines Kameraden nicht stören. Mit unbewegter Miene führte er seine Erklärung fort: »Nur das erste Paar, das sich findet, darf sich auch an der Rettung versuchen. Ansonsten gibt es nur zwei Regeln: Wer stürzt scheidet aus, und wer von seinem eigenen Fläschchen trinkt ebenfalls. Verstanden?«

Ein Zischeln lenkte Ezra ab. »Na, du Flittchen, wie bist du denn hierhergekommen?«, raunte Gevta ihr zu.

Ezra schenkte ihr nur ein kaltes Lächeln.

»Denkst du, ich hab nicht gemerkt, wie dich der Schönling angafft? Der hat bestimmt schon mehr von dir gesehen, als dein falsches Grinsen!«

Ezras Nackenhaare stellten sich auf. Ob Gevta irgendetwas wusste? Dabei konnte sie unmöglich mitbekommen haben, was gestern Nacht zwischen ihr und Valerian passiert war. Am liebsten wollte sie der dummen Kuh das Maul stopfen, aber sie musste sich zusammenreißen, bis sie diese verdammte Prüfung bestanden hatten – und das gemeinsam. Auf das Straßenmädchen angewiesen zu sein, behagte ihr gar nicht.

»He, ihr zwei Grazien, habt ihr alles verstanden?« Espen war zwischen sie getreten und sah sie prüfend an.

»Ja!«, antworteten Gevta und Ezra, ohne die Blicke voneinander zu nehmen.

»Gut, dann geht auf eure Positionen«, brummte Espen und schob sie in Richtung des Zirkels.

Ezra stellte sich neben eine umgefallene Sonnenblume, deren Stiel voller Dornen war. Zu ihrer Linken traten die beiden jüngeren Prüflinge so unruhig von einem Bein aufs andere, als müssten sie dringend mal austreten. Der alte Recke hatte die Augen geschlossen und schien leise zu beten. Ewil lächelte ihr aufmunternd zu, wenn auch etwas gequält. Auch Gevta hatte inzwischen Aufstellung genommen. Betont gelassen stand sie Ezra gegenüber und spuckte vor sich in den Sand.

Valerian hatte derweil die große Truhe geöffnet und einen Stapel schwarzer Tücher herausgeholt. Angefangen bei den Jünglingen schritt er den Kreis ab und verband jedem Prüfling mit einem davon die Augen. Schweigend beobachtete Garandee das Prozedere. Um sich zu beruhigen, summte Ezra leise vor sich hin. Ein Lied, das sie den alten Fiedler hatte spielen hören, war ihr plötzlich in den Sinn gekommen. Mit der Melodie auf den Lippen, ließ sie den Blick über das Gelände schweifen und versuchte, sich jeden Stein, jedes Hindernis einzuprägen. Zuletzt kam Valerian auch zu ihr. Langsam trat er hinter sie und legte ihr das Tuch um die Augen. Mit sanften Händen strich er den Stoff glatt, dann zog er fest zu und band einen Knoten. Sie konnte ihn riechen. So wie gestern Nacht in der Gasse. Sein Duft war frisch und herb, doch dieses Mal löste er kein Verlangen in ihr aus.

Nun, da es finster um sie war, musste Ezra sich auf ihr Gehör verlassen. Sie atmete ruhig ein und aus. Der Sand unter Valerians Füßen knirschte verräterisch, als er sich von ihr entfernte. Kurz darauf hörte sie ein gedämpftes Klirren, dann herrschte Stille. Eine Ewigkeit verstrich, bis er zu ihr zurückkam. »Hier«, flüsterte er und drückte ihr zwei Phiolen in die Hände. »Halt sie gut fest.«

Die Fläschchen schienen gleich groß zu sein. Die eine war kühl, die andere so warm, als hätte sie in der Sonne gelegen.

»Auf mein Kommando trinkt ihr die rechte Flasche aus«, brüllte Espen heiser. »Das ist die warme, für alle die schwer von Begriff sind. Und dann macht ihr euch auf die Suche. Also: Trinkt und los!«

Ezra riss den Korken mit den Zähnen aus der wärmeren Flasche und stürzte die Flüssigkeit runter. Zuerst spürte sie eine angenehme Hitze in Hals und Rachen, aber dann musste sie würgen und bekam keine Luft mehr. Ein Anflug von Panik überkam sie. Am liebsten hätte sie gleich den Gegentrank eingenommen, doch nach ein paar Herzschlägen hatte sie sich wieder gefasst.

Dann schlich sie los, das Schwert als Blindenstock vor sich her schwenkend. Sie hielt sich leicht nach links, um einen Geröllhaufen zu umgehen. Aus der gleichen Richtung hörte sie den schlaksigen Burschen rufen. »Gelb ... Gelb«, krächzte er. Die Antwort von der anderen Seite fiel wesentlich schwächer aus. Anscheinend war der ältere Recke schlauer und schonte seine

Luftreserven. Der Jüngling mit dem Bronzepanzer musste erst gar nicht rufen. Seine Rüstung schepperte laut genug, um ihn auch so ausfindig zu machen. Gevta ließ indes nichts von sich hören, und Ezra tat es ihr gleich. Sie wollte möglichst schnell zur Mitte des Kreises gelangen, zu dem dreistämmigen Baum.

Sie tastete sich gerade an einem großen pilzähnlichen Objekt entlang, als sie zu ihrer Linken ein metallisches Scheppern und dann einen überraschten Aufschrei vernahm. Ein dumpfer Aufprall folgte und kurz darauf ein zweiter.

»Gelb und Rot, nur noch eine Phiole!«, verkündete Espen mit fester Stimme.

Wenn ihre Ohren sie nicht täuschten, mussten die beiden Jünglinge ineinandergerannt sein. Ezra umfasste ihr Fläschchen noch fester und ging weiter. Es konnten nicht mehr viele Schritte bis zum Baum sein. Doch schon im nächsten Moment hörte sie jemanden auf sich zu stapfen. So schwerfällig wie der Gang war, konnte es nur der Ritter sein. Flugs wich sie zurück und ging in die Hocke. Ihr linkes Bein streckte sie jedoch aus, direkt in den Laufweg des alten Recken. Gleich darauf spürte sie seinen Stiefel gegen ihre Wade treten, hörte ihn stolpern und dann fluchend und rasselnd zu Boden gehen. Im selben Moment klirrte auch das Fläschchen, als es auf einem Stein zerbrach.

»Gelb scheidet aus!«, rief Espen so laut, dass es quer über den Platz schallte.

Ezra hatte keine Zeit zu verlieren. Sie versuchte, das Brennen in ihrer Brust zu ignorieren, und stand wieder auf. Bei dem Zusammenstoß hatte sie jedoch die Orientierung verloren. Wo war der Baum, und wo war ihre Partnerin? Sie drehte den Kopf nach links und rechts, und lauschte nach Schritten. Da! Ein leises Schaben. Das musste Gevta sein, so still und heimlich bewegte sich nur ein Straßenmädchen. Ezra musste sich beeilen, denn sie hatte kaum noch Luft in den Lungen. Mit einem Satz schnellte sie vor. Volles Risiko. Jeder Busch, jeder Fels, jedes noch so kleine Hindernis könnte sie zu Fall bringen und ihr den letzten Atem rauben. Doch sie landete sicher und bekam eine schlanke Gestalt zu fassen. »Weiß«, hauchte sie.

Und »Weiß« war auch die gekeuchte Antwort.

Ezra riss sich das Tuch herunter. Hastig drückte sie Gevta ihre Flasche in die Hand. Das Mädchen trank die Phiole in einem Zug leer und stöhnte erleichtert auf. Einen schrecklichen Augenblick lang dachte Ezra, Gevta würde sie ersticken lassen, aber dann hielt diese ihr den Gegentrank hin.

»Hier, nimm das«, raunte sie und ließ das Fläschchen ohne Vorwarnung los.

Ezras Hand schoss vor. Gerade noch so konnte sie die Phiole auffangen, bevor sie am Boden zerschellte. Mit zittrigen Fingern entkorkte sie das Gefäß und führte es hastig an die Lippen. Schon mit dem ersten Schluck drang frische Luft in ihre Lungen. Der süßeste Geschmack, den sie sich vorstellen konnte! Heftig schnaufend, aber glücklich lehnte sie sich zurück.

Valerian klatschte aufmunternd. Selbst Garandee hatte sich aus dem Schatten der Tanne herausgewagt, um sie besser beobachten zu können. Espen jedoch, der sich für seine Opferrolle bereits halb unter den Felsen geschoben hatte, trieb sie weiter an. »Na los! Keine Müdigkeit vorschützen, oder wollt ihr mich hier verbrennen lassen?«

Auf dem Weg zu ihm kamen Ezra und Gevta an den gescheiterten Prüflingen vorbei. Die vier Männer schnappten erschöpft nach Luft. Ewil blickte jedoch auf und nickte Ezra anerkennend zu. Das kleine Zeichen gab ihr Zuversicht. Im Laufschritt band sie sich den Rock hoch. Sie brauchte Beinfreiheit für das, was jetzt kam.

Kurz bevor sie Espen und den Felsen erreicht hatten, trat Valerian ihnen in den Weg. Er hatte sein Langschwert gezückt, doch seine Lippen umspielte wie immer ein Lächeln.

»Keine Söldnerprüfung ohne Kampf«, trällerte er fröhlich und ließ die Klinge zischend durch die Luft fahren.

Aus Reflex lächelte Ezra zurück. Das ständige Grinsen war ein Trick, schoss es ihr plötzlich durch den Kopf, um den Gegner zu verunsichern. Aber nicht mit ihr!

»Hilf du Espen!«, rief sie Gevta zu. »Ich kümmere mich um den da.«

Das Straßenmädchen warf ihr einen finsteren Blick zu, aber gehorchte. In weitem Bogen machte Gevta sich auf den Weg. Die falsche Schlange sollte froh sein, fand Ezra. In einem echten Zweikampf hätte sie mit ihrer Eisenstange nämlich keine Chance.

Ohne dass sie es gemerkt hatte, hatte Ezra Katzbalger und Messer gezogen. Sie spürte nicht einmal das Gewicht der beiden Klingen. Der Stahl fühlte sich wie eine natürliche Verlängerung ihres Arms an.

Valerian hatte sich breit vor ihr aufgebaut, doch als sie näher kam, ging er in Fechthaltung und bot ihr nur noch seine Flanke. Und immer noch dieses verdammte Lächeln auf seinen Lippen. Langsam machte er sie wahnsinnig ...

»Sieh ihm nicht in die Augen!«, hauchte Ewil hinter ihr. »Der Blick der Staubklingen versteinert.«

Ezra hatte keine Zeit für Aberglauben. Im hohen Bogen sprang sie vor und ließ ihre Klingen runtersausen. Valerian wich aus, gerade noch rechtzeitig. Offenbar hatte er nicht mit so einem weiten Satz gerechnet.

Doch schon im nächsten Moment hatte er sich gefasst und setzte zum Gegenangriff an – das Schwert in beiden Händen. Seinen ersten Hieb parierte Ezra. Ein Fehler. Die Wucht ließ ihre Knochen vibrieren und betäubte ihre Finger. Unter den nächsten Attacken tauchte sie hinweg. Sie rollte zur Seite und wich zurück. Schlag um Schlag trieb er sie vor sich her, quer durch den Zerbrochenen Garten. Staub wirbelte auf, dort, wo sie fochten. Allmählich ging Ezra die Puste aus, doch Valerian wirbelte sein Schwert immer noch umher, als wäre es bloß ein dünner Holzstock.

»Wenn ihr mich hier nicht langsam rausholt, dann verbrenne ich!«, beschwerte sich Espen lauthals.

Ezra warf einen Blick zu Gevta hinüber, die sich verzweifelt gegen den Felsen stemmte und gleichzeitig an Espen zerrte. Ohne Erfolg. Der massige Krieger bewegte sich kein Stück.

»Vielleicht kann ich jetzt mein Schwert in dich stecken?«, neckte Valerian sie und holte erneut zum Schlag aus.

Blitzschnell duckte Ezra sich hinter eine Skulptur, die der Krieger mit einem Hieb zerteilte. Steinsplitter flogen ihr um die Ohren. Sie waren fast in der Mitte des Gartens angekommen. Das war ihre Chance. Ezra rannte los. Valerian folgte ihr dicht auf den Fersen. Kurz vor dem dreistämmigen Baum sprang sie hoch und stieß sich mit den Füßen von ihm ab. Mit einem Rückwärtssalto segelte sie durch die Luft und landete direkt hinter ihrem Verfolger. Dann setzte sie ihm das Messer an die Kehle und deutete einen Schnitt an. »Tot!«, hauchte sie.

Valerian ließ das Schwert fallen und warf sich theatralisch zu Boden. Selbst im gespielten Tod verließ das Schmunzeln nicht seine Lippen.

Ezra wandte sich von ihm ab. Jetzt musste es schnell gehen! Eilig spurtete sie zu Gevta hinüber und schubste sie zur Seite. Dann packte sie Espen an den Handgelenken und zog ihn unter dem Felsen hervor. Gevta wollte mit anpacken, doch sie schlug ihre Arme beiseite.

»Das schaff ich besser allein«, zischte sie und schleifte ihn bis zu der großen Truhe.

Plötzlich traf sie ein stumpfer Hieb von hinten, der ihr die Luft aus den Lungen trieb. Und kurz darauf ein zweiter, der ihr die Beine wegfegte.

Mit einem Schrei ging sie zu Boden und rollte sich auf die Seite. »Hey, was soll das?«

Über ihr – die Sonne im Rücken – stand Daum Garandee und musterte sie abschätzig. »Du warst unaufmerksam! Deine Aufgabe war es, den Angreifer abzuwehren.«

»Aber ich habe ihn besiegt!«, protestierte Ezra.

»Wer sagt denn, dass es nur einen Angreifer gibt?«

»Ihr selbst habt das gesagt ... Ich meine, Espen und Valerian.«

»Traue nie dem, was dir gesagt wird, sondern nur dem, was du selbst siehst und hörst!« Garandee warf ihr einen strengen Blick zu. »Und arbeite mit deinen Kameraden zusammen. Wenn du dich daran hältst, wirst du lange leben.«

Ezra stand nicht der Sinn nach Lebensweisheiten. Sie rieb sich das schmerzende Schienbein und erwiderte grollend: »Ich wollte ihr doch nur helfen.«

»Indem du sie wegstößt?« Garandee schüttelte den Kopf. »Die Finger einer Hand greifen gemeinsam zu, nicht einzeln.«

Daraufhin reichte er ihr die Hand und zog sie zu sich hoch. Zum ersten Mal konnte Ezra ihm aus nächster Nähe ins Gesicht sehen. Seine winzigen Augen strahlten in einem eisigen Blau, und die Narbenwülste auf seinen Wangen glänzten feucht. In den Falten hatte sich eine milchig-kristalline Flüssigkeit abgesondert, aber das Merkwürdigste war: Er roch irgendwie salzig. Und dann traf die Erkenntnis Ezra wie ein Blitz. Garandee war kein Mensch, er war ein Salzmann! Sie hatte noch nie jemanden seines Volkes zu Gesicht bekommen, zumindest nicht ohne Schleier. Ihre Mutter hatte ihr von den Salzleuten erzählt – den weisen Wanderern, denen selbst die Hellsonne über der Großen Salzmeerwüste nichts anhaben konnte.

Garandee ließ sie los und klopfte den Staub von ihrer Schulter. »Der Allsehende möge es mir verzeihen«, verkündete er laut und deutlich, »dass ich unter euch Unfähigen, die Ungehorsamste auswählen muss, doch sie ist die Einzige, die wenigstens halbwegs etwas taugt.«

Valerian räusperte sich und trat heran. »Daum, wenn ich darauf hinweisen darf, wir brauchen *zwei* Neue für unsere Hand ... Und das weiße Paar hat gewonnen.«

»Ich weiß«, erwiderte Garandee nüchtern. »Nehmt noch

den Mann mit dem schwarzen Fell im Gesicht. Allerdings erst, wenn er sich rasiert hat.«

»Ihr habt zwei Tage Zeit, euch zu erholen und eure Angelegenheiten zu regeln«, fuhr er an Ezra und Ewil gewandt fort. »Am dritten Morgen brechen wir zu unserem Ordenshaus in Oriza auf. Dann werden wir sehen, ob noch etwas Vernünftiges aus euch wird.«

»Das könnt Ihr nicht machen!«, protestierte Gevta wütend. »Ich hatte auch ein weißes Band, ich habe zusammen mit ihr gewonnen!«

»Du bist zu schwach«, entgegnete Garandee und wandte sich zum Gehen. »Du kannst nicht mal einen Mann unter einem Felsen hervorziehen.«

»Aber …«, wollte Gevta nachsetzen, doch Espen verbaute ihr den Weg und schüttelte den Kopf. Damit war die Diskussion beendet.

In seiner Montur wog der große Söldner fast so viel wie ein halber Ochse, dachte Ezra. Kaum eine Frau hätte ihn auch nur einen Schritt weit bewegen können. Sie allerdings hatte es geschafft. Ob die Staubklingen Verdacht schöpften, dass mit ihr etwas nicht stimmte, dass sie ein Biestweib war?

Ein lautes Scheppern riss sie aus ihren Gedanken. Gevta hatte ihre Eisenstange weggeschleudert und stapfte wütend davon. Im Vorbeigehen rempelte sie Ezra an, doch die reagierte blitzschnell. Intuitiv streckte sie den Arm aus und riss das Lederband von Gevtas Hals – die Muschelkette ihrer Mutter.

Gevta fuhr herum und glotzte sie an, aber anscheinend war sämtliche Streitlust in ihr erloschen.

»Das hässliche Ding kannste behalten«, schnarrte sie und ging weiter. Und das waren die letzten Worte, die Ezra sie sagen hörte.

Ein paar Atemzüge später folgte sie dem Straßenmädchen, jedoch mit wesentlich besserer Laune. Als sie durch den spitzen Torbogen trat, sah sie eine verhüllte Gestalt zwischen den

Ruinen. Für einen Augenblick dachte sie, Gevta wollte ihr auflauern. Ihre Hände wanderten bereits zu den Klingen, da sandte ihr der Wind ein Zeichen. Mit der Brise wehte ein Duft von bitterem Tee zu ihr herüber, und unter der Kapuze erkannte sie Odos Gesichtszüge. Zum ersten Mal seit Langem hatte er Mirryls Hochzeitsschal wieder umgebunden, um damit sein blindes Auge zu bedecken.

»Was machst du hier?«, fragte Ezra, unfähig sich dabei ein Lächeln zu verkneifen.

»Auf dich warten, was sonst?«

»Aber warum?«

»Nun zum einen, um dich zu beglückwünschen …«

»Hast du etwa zugesehen?«

»Nein«, erwiderte Odo kopfschüttelnd. »Aber ich wusste, dass du es schaffst. Mit deiner wilden Entschlossenheit.«

Ihre anfängliche Freude schlug mit einem Mal in Misstrauen um. »Und was sonst noch?«, hakte sie nach und musterte ihn mit stechendem Blick. »Da ist doch noch etwas!«

»Ja«, entgegnete er freimütig. »Etwas, an das du anscheinend nicht gedacht hast.«

»Und das wäre?«

»Wer soll denn bitte die ganzen Protokolle der Staubklingen lesen? *Du?*«

Zuerst verspürte Ezra einen Anflug von Wut, doch dann machte sich Erleichterung in ihr breit, als sie begriff, dass er sich nicht lustig über sie machte, sondern ihr seine Hilfe anbot.

Für einige Atemzüge standen sie sich schweigend gegenüber, bis Odo seinen Plan laut aussprach: »Ich komme natürlich mit dir!«

8

VON ZAUBERERN UND ZÄNKERN

23 JAHRE SPÄTER
UNTER DEM EWIGEN BERG, JUNGE BLUTSONNE,
JAHR 24 N.D.U.

Sunay zitterte in seinem klammen Mantel. Er schien jedoch gar nicht zu merken, dass er fror, so vertieft war er in das Studium der Schicksalstafeln. Die eine Hand hatte er fest um das Beutelchen geschlossen, das um seinen Hals hing; mit den Fingern der anderen Hand fuhr er über die Symbole der sechsten und letzten Platte. Dabei bewegten sich seine Lippen stumm, so wie in den Stunden zuvor. Ekšamad hatte ihn fasziniert beobachtet. Der junge Enthüller konnte es kaum fassen. Ihr Auftraggeber war fast genauso schnell wie er beim Entziffern der verworrenen Zeichen.

»Das kann doch nicht mit rechten Dingen zugehen«, murmelte Ekš zum wiederholten Male vor sich hin. »Was meinst du, Šurr, ob er ein Zauberer ist?«

Der ältere Gremlin reagierte nicht. Er lehnte an einem Wandteppich und schlief.

»Hey«, zischte Ekš, doch Šurr schnarchte ungerührt weiter.

»Gönn deinem alten Herrn doch mal ein Päuschen«, trällerte Inǰi quer durch die Höhle. »Schließlich muss er sich von der ganzen Schlepperei erholen.«

»Zum letzten Mal«, erwiderte Ekš gereizt, »er *wollte* nicht, dass ich ihm mit den Platten helfe. Und außerdem ist er nicht *mein* alter Herr.«

Weder Sunay noch Šurr schien das Geplärre der Gremlin-Frau zu stören. Und genau genommen klang ihre Stimme auch gar nicht so schrill, befand Ekš und warf ihr einen schüchternen Blick zu. Inji saß entspannt auf einer Kiste und badete ihr Füße in dem Salzbrunnen. Im bläulichen Kristalllicht leuchteten ihre Ohrpuschel in einem unbeschreiblichen Violett. Die Tauscherin bemerkte seinen Blick und leider auch, dass er auffällig hastig wieder wegsah.

»Hm«, seufzte sie und räkelte genüsslich die Zehen. »Warum kommst du nicht rüber und genehmigst dir auch ein Bad? Danach fühlt es sich an, als würde man über einen Teppich aus Ameisen laufen, so herrlich kribbeln die Füße.«

»Danke, nein«, nuschelte Ekšamad und winkte ab. »Ich möchte dir nicht den Platz wegnehmen.«

»Tust du doch gar nicht«, antwortete sie fröhlich und rutschte ein Stück auf der Kiste zur Seite. Dann klopfte sie auf den frei gewordenen Platz und lächelte ihm aufmunternd zu.

Ekšamad spürte, wie er rot anlief. Es sich in einer fremden Behausung einfach so gemütlich zu machen, erschien ihm unhöflich – die Einladung der Tauscherin auszuschlagen jedoch ebenso. Hilfesuchend blickte er zu Šurr hinüber, doch der schlief immer noch tief und fest.

»Ich beiße nicht«, neckte Inji ihn. »Versprochen.«

»Das habe ich auch nicht geglaubt«, entgegnete er mürrisch und schlurfte wie eine flügellahme Fledermaus zu ihr hinüber. Dann setzte er sich neben sie auf die Kiste, so nah am Rand, dass er gerade nicht herunterfiel, und tauchte seine Füße in das gluckernde Salzwasser.

»Oh«, entfuhr es ihm überrascht. Das Prickeln an den Füßen war wirklich angenehm.

»Na, habe ich zu viel versprochen?«

»Nein«, murmelte Ekš verlegen. Jetzt, wo er bei ihr saß, fragte er sich, worüber er mit ihr reden sollte. Doch diese Sorge nahm Inji ihm ab. Sie entpuppte sich als wahres Plappermaul.

»Also, das Becken hier war meine Bedingung an Meister

Sunay. Gold und Silber sind schön und gut, aber man sollte sich auch wohlfühlen, dort wo man arbeitet. Findest du nicht? Hier unter der Erde ist es ja sonst ganz schön trostlos …« Sie verstummte und sah ihn mitleidig an. »Wie macht ihr das nur? Die ganze Schufterei, und das immer unter Tage? Kein Wind, der euch ins Ohr säuselt, keine Sonne, die euch in der Nase kitzelt.«

Ekšamad sah etwas ratlos zu ihr hinüber. Er wusste nicht, warum er deswegen traurig sein sollte – zumal es oberirdisch ganz schön nass zu sein schien, wenn man sich den Mantel von Sunay so ansah. Vor allem fiel ihm jedoch auf, dass Inǰi nicht nur herrlich nach zertretenen Käfern roch, sondern auch nach einer Note von Moostau. Ihre spitzen Zähnchen erstrahlten im reinsten Gelb, als sie ihn mit einem Grinsen ansah. Ekš konnte nicht anders und lächelte zurück.

Inǰi legte den Kopf schief und blickte ihn forschend an. »Du willst es mir wohl nicht verraten?«

»Verraten?«, fragte er verdattert. »Was meinst du?«

»Hast du mir denn gar nicht zugehört?« Sie setzte eine beleidigte Miene auf.

»Doch, doch. Natürlich!«, beschwichtigte er. Und das stimmte auch – er hatte ihr sprichwörtlich an den Lippen gehangen, nur gehört hatte er anscheinend nicht alles.

»Na dann, wie meistert ihr es – das unterirdische Leben?«

»Oh, keine Ahnung. Wir arbeiten viel. Da bleibt ohnehin wenig Zeit für Müßiggang. Aber ich dachte, ihr Tauscher wohnt auch unterirdisch?«

»Ja, das tun wir. Meistens in den Kellern der Menschenhäuser. Aber die Sechs Sonnen würde niemand von uns missen wollen. Das Silberweiß der Hellsonne, das fast schon in den Augen brennt … Das warme Gelb der beiden Goldsonnen … Das saftige Rot der Blutsonnen, da bekomme ich immer Hunger auf Kirschen … Und vor allem das düstere Violett der Purpursonne, wenn ihr Schein nur nicht so bitterkalt wäre.«

»Ja, das klingt schön …« Ekšamad seufzte und stellte sich vor, wie er mit Inǰi die überirdische Welt erkundete.

»Ah, da rührt sich wer«, stellte sie laut fest und unterbrach seine Tagträume. Sunay hatte sich von den Tafeln gelöst und streckte sich ächzend. Flugs zog Inǰi die Füße aus dem Brunnen, leckte sie ab und tippelte zu ihrem Auftraggeber hinüber.

Auch Ekšamad sprang auf und watschelte zu Šurr, um ihn zu wecken. Dabei hinterließ er eine feuchte Tropfspur auf dem Höhlenboden. Er rüttelte sanft an der Schulter seines Freundes, und als das nichts half, tippte er ihm energisch in die Seite.

Šurr schreckte auf. »Wie? Was? Was ist los?«

»Herr Sunay ist fertig mit dem Studium der Tafeln.«

»Hervorragend«, meinte Šurr und gähnte. »Dann können wir ja endlich die weitere Vorgehensweise besprechen. Und sag mal: Habe ich eigentlich lange geschlafen?«

»Nein«, log Ekš und schüttelte vehement den Kopf. Sein Gespräch mit Inǰi verschwieg er lieber. Er wusste ja, was Šurr von den Tauschern hielt. Und er selbst ja eigentlich auch. *Halunken in Spelunken*, so hieß es im Volksmund. Aber Inǰi schien aus einem anderen Holz geschnitzt zu sein.

Noch ehe er seinen Gedanken zu Ende gebracht hatte, lag ihm Šurr bereits in den Ohren: »Trockne dir gefälligst die Füße ab! Ts, nasse Füße bei Verhandlungen … Das gehört sich nicht.«

Ekš tupfte rasch die letzten Wassertropfen von den Zehen, dann stiefelte er seinem Freund hinterher.

»Mein guter Herr Sunay«, schnurrte Šurr, »haben sie sich von Zustand und Echtheit der Tafeln ein Bild gemacht?«

»Oh, das habe ich schon auf den ersten Blick«, kam die Antwort aus den Tiefen der dunklen Kapuze. »Wirklich, sehr schön. Nur schildern sie nicht ganz den Zeitraum, den ich mir erhofft hatte. Ich hatte eher an die Ereignisse rund um den Kerker und die geplante Hinrichtung gedacht.«

»Tja«, grummelte Šurr, »das ist nun mal nicht so einfach, wie Sie sich das vorstellen, Herr Sunay.«

»Das haben Sie bereits hinlänglich erklärt, und ich bin Ihnen dankbar für Ihre Mühe …«

»Aber?«

»Kein Aber. Gute Arbeit. Machen Sie weiter. Der Preis pro Platte bleibt der gleiche?«

Šurr nickte zustimmend und wandte sich schon zum Gehen. Doch Ekš brannte eine ganz bestimmte Frage einfach zu sehr auf der Zunge.

»Herr Sunay, warum sind Sie eigentlich so fasziniert von Ezra? Kannten Sie sie?«

Ekš konnte nur erahnen, was sich unter der Kapuze abspielte. Fast meinte er zu spüren, wie der Mann ihn voller Zorn anstarrte.

»Das nächste Mal«, sagte er mit kalter Stimme, »übergebt die Platten einfach an meine Helferin.« Dann schlug er den Gobelin beiseite und verließ die Höhle durch die gleiche Öffnung, durch die er gekommen war.

Inǰi begleitete sie auf dem Rückweg noch ein Stück. Keiner von ihnen redete. Dafür war die Stimmung zu gedrückt. An der Stelle, wo der Stichtunnel in den Stollen mündete, verabschiedete sie sich mit einem Nicken und überließ ihnen die Honigwachskerze, die sie in der klebrigen Hand gehalten hatte. Erst als sich die Geheimtür knirschend hinter ihnen geschlossen hatte und sie wieder unter sich waren, knuffte Šurr Ekšamad in die Seite.

»Bist du von allen guten Geistern verlassen? Deine Fragerei hätte uns den Auftrag kosten können!«

»Ja, ja. Hast ja recht«, versuchte Ekš ihn zu besänftigen.

»Natürlich habe ich recht! Wir brauchen das Geld, um die Zänker und die Sonnenwächter zu bestechen. Sonst können wir unsere Suche gleich einstellen.«

Der alte Gremlin war äußerst schlecht gelaunt, wie man an seinen zuckenden Ohren erkennen konnte. Zugegebenermaßen hatte er auch allen Grund dazu. Trotzdem, Ekšamad mochte es nicht, wenn man ihn wie einen kleinen Jungen behandelte. Schließlich war er seit mehr als 12 Jahren bei den Enthüllern. Er musterte Šurr aus dem Augenwinkel.

»Bist du denn gar nicht neugierig?«, hakte er schließlich nach.

»Worauf?«

»Na, warum dieser Sunay – wenn das überhaupt sein Name ist – so viel über Ezra wissen will?«

Šurr blieb stehen und zog das silberne Fläschchen aus dem Gürtel. »Ach, weißt du«, er nahm einen Schluck von dem klebrigen Zeug, »wenn ich mir über alles den Kopf zerbräche, dann …«

»Pst!«, unterbrach Ekšamad ihn. »Was war das?«

»Ich hab nichts gehört.«

»Da! Schon wieder!«

Dieses Mal war in der Tat ein deutliches Klacken zu vernehmen, wie von eisenbeschlagenen Krallen auf Stein.

»Zänker«, hauchte Ekš. »Hinter uns.«

»Und vor uns«, raunte Šurr zurück, denn das Klacken kam nun auch aus der anderen Richtung.

Das Geräusch war so leise, dass die Verursacher noch ein ganzes Stück entfernt sein mussten – ein paar Tunnelbiegungen allemal. Doch zu dem Klacken gesellte sich schon bald ein schwacher Lichtschimmer hinzu.

»Was jetzt?«, hauchte Ekš. »Sie werden uns erwischen! Wir sind hier viel zu weit weg von unserer Ader. Aber wir könnten sie bestechen, nicht wahr, Šurr?«

»Nein«, antwortete der alte Gremlin trocken.

»Was? Warum nicht? Ich dachte dafür haben wir das Gold, oder hast du etwa keine Münzen dabei?«

»Doch«, erklärte Šurr, »aber heute hält Keřek mit seinen Leuten Wache.«

Ekšamad ließ beinahe seinen Hackstock fallen, so sehr erschrak er. Schlangenhals-Keřek war der gefährlichste Gremlin, den man sich vorstellen konnte. Und der gemeinste obendrein. »Wir sind geliefert … Wir sind geliefert«, flüsterte er voller Panik. »Wenn Keřek uns hier erwischt, werden wir eingemauert!«

»Sei kein Narr«, fuhr Šurr ihn an. »Er kann uns nichts vorwerfen außer Streunerei.«

»Bei seinem Draht zu den Sonnenwächtern reicht das allemal aus, um uns zu bestrafen.«

»Hysterie hilft uns auch nicht weiter. Denk lieber nach: Bei welchem Schritt sind wir?«

»1017 oder 1016.«

»Sehr gut!«, sagte Šurr mit einem Strahlen im Gesicht.

»Was soll denn daran gut sein? Ist doch egal, bei welchem Schritt wir gefasst werden.«

»Kaum wird es aufregend, schon rutscht dir das Herz in die Hose«, kicherte Šurr. »Und der Verstand anscheinend gleich mit. Alle 333 Schritte gibt es eine Notrutsche in der Stollenwand. Und drei Mal 333 sind …«

»999!«, rief Ekš. »Dann nichts wie los!«

Hastig rannten sie den Gang hinunter, der zunehmend heller wurde. Ihre Verfolger rückten näher. Von beiden Seiten.

»Da hinten ist der Spalt.« Šurr deutete auf einen dunklen Fleck zu ihrer Linken.

Die Schatten ihrer Verfolger wurden bereits an die Wand geworfen – unstet und verzerrt vom Fackellicht. Und da reckte auch schon einer seinen wurmartigen Hals um die Ecke – Keřek!

»Hey, ihr zwei! Stehen geblieben!« Er brachte sein *skriit* in Anschlag. Für einen Schuss mit dem Spinnenrohr war er jedoch noch zu weit entfernt.

Ekš sprang mit Anlauf in den Spalt hinein, und Šurr folgte ihm dicht auf den Fersen. Sie landeten hart auf den Hintern, auf einer steinernen Bahn, stießen sich ab und rutschten los. Oben im Tunnel ertönte ein schriller Pfiff. Ob die Zänker ihnen folgen würden?

Schon nach wenigen Augenblicken verlangsamte sich ihre Rutschfahrt. Dichte Moosballen, die in der Rinne wuchsen, bremsten sie, und über ihren Köpfen verliefen zwei lange Leinen, an denen man sich festhalten konnte. Sie waren an einer Gabelung angelangt. Links ging es eher sanft und rechts eher steil bergab.

»Wo lang jetzt?«, drängte Ekš.

»Nach rechts, den schnelleren Weg.« Šurr platzierte sein Fläschchen am Übergang zum linken Tunnel, sodass es so aussah, als hätte er es beim Rutschen verloren. »Mal sehen, ob sie darauf reinfallen. Wenn nicht, wäre ich echt sauer. Ist nämlich ein verdammt guter Saft. Und jetzt blas die Kerze aus!«

In tiefster Finsternis schossen sie die rechte Rinne hinab. Es war eine holprige Rutschpartie, denn der Stein war nicht überall so glatt poliert wie beim Einstieg. Immer schneller ging es hinunter in die Tiefe, bis Ekšamad der Hintern brannte. Ein paar Bodenwellen später spürte er plötzlich, wie sich Šurrs Füße in seinen Rücken bohrten. Sie wurden langsamer, denn sie bogen in einen Kreisel ein, der sich wand wie ein Schneckenhaus. Ekš wurde ganz übel von den engen Schleifen. Er wusste genau, warum er die Notrutschen sonst mied. Noch einmal sausten sie um eine steile Kurve, dann plumpsten sie – ohne Vorwarnung – durch ein Loch in der Wand. Ekš landete auf hartem Stein, Šurr dafür umso weicher, nämlich mitten auf seinem Bauch.

»Uff«, stöhnte er, als Šurr von ihm runterrollte und aufstand. Er selbst blieb noch ein Weilchen liegen. So recht traute er seinen Beinen noch nicht. Er musste erst mal den verflixten Drehwurm loswerden.

Ein leises Zischen ertönte, als Šurr eine Prise Leuchtsand auf den Boden warf. Nur für einen Wimpernschlag wurde es gleißend hell, doch das Nachglühen nistete sich in ihren Augen ein, sodass sie für eine Weile in der Dunkelheit sehen konnten. Sie befanden sich in einem schmalen, verwinkelten Gang, der dem Stollen ähnelte, aus dem sie geflohen waren – mit einem Unterschied: Hier gab es noch rohen Fels an den Wänden, Stellen, an denen noch keine Inschriften freigelegt worden waren.

»Oh, ein frischer Stollen«, stellte Ekš überrascht fest, während er sich auf die Ellenbogen stützte und den Gang inspizierte. Er richtete seine schwarzpinseligen Ohren in Richtung der Rutsche und lauschte angestrengt. Kein Quietschen und kein Poltern ertönte aus dem Tunnel. Erleichtert atmete er aus. Anscheinend hatte Šurrs Trick funktioniert.

»Und, was nun?«

»Zurück an die Arbeit«, antwortete Šurr. »Wir dürfen uns nichts anmerken lassen.«

»Nein, ich meine bezüglich Ezra und ihrer Schicksalstafeln. Wie gehen wir vor? Hast du schon einen Plan? Wir sollten schnell nachliefern, finde ich.«

Šurr kniff die Augen zu dünnen Schlitzen zusammen und musterte ihn argwöhnisch. »Ich wundere mich, wo auf einmal dein Tatendrang herkommt.«

»Wenn ich gar nichts sage oder alles schwarzsehe, ist es dir auch nicht recht«, brummte Ekšamad beleidigt, darum bemüht, seine eigentliche Motivation zu überspielen – er wollte Inji wiedersehen.

»Ist ja nicht so, dass ich mich nicht freue, Junge«, erwiderte Šurr in versöhnlichem Ton und zupfte ihm fast zärtlich am Backenbart. »Dein Enthusiasmus ist eben etwas ungewohnt. Um ehrlich zu sein, hatte ich schon damit gerechnet, dass unsere kleine Flucht samt Rutschpartie dir den letzten Zahn gezogen hat. Aber, um auf deine Frage zurückzukommen, wo wir jetzt weitersuchen sollen … Da halte ich mich an eine Weisheit meiner Ur-Großtante Elümli: Man soll immer da zuerst nachsehen, wo man etwas als Letztes vermutet!«

»Nichts gegen deine Tante, aber einen größeren Quatsch habe ich selten gehört!«

Šurr zuckte gleichgültig mit den Schultern. »Nimm mein Saftfläschchen zum Beispiel. Würdest du je auf die Idee kommen, dass es mitten auf einer Rutsche zwischen Nebenstollen 719 und diesem Gang hier liegt?«

»Nein, natürlich nicht. Aber es gibt tausend andere Plätze, an denen man deine Flasche genauso wenig vermuten würde.«

»So, meinst du«, erwiderte Šurr mit einem hintergründigen Grinsen und klopfte mit seinem *wizkirglan* gegen die Tunnelwand. An just der Stelle schimmerte ein silbern glänzendes Symbol, und das Zeichen war kein Geringeres als das von Ezra, dem Biestweib.

Ekšamad fiel die Kinnlade runter. »Was ... Wie ... Wie hast du die Tafel gefunden?«

»Das hast du doch gesehen! Ich habe einfach da gesucht, wo man sie am wenigsten vermutet.«

Und da dämmerte es Ekš mit einem Mal. »Du Schuft hast gewusst, dass die Platte hier ist!«

»Ja, natürlich, was denkst du denn?«, gab Šurr zu und hatte Mühe, ein Lachen zu unterdrücken. »Gerutscht wären wir sowieso. Nur mit Keřek und seinen Zänkern im Rücken hat es doch viel mehr Spaß gemacht. Oder nicht?«

Ekšamad drehte sich beleidigt weg. Am liebsten würde er mit dem alten Chaoten nie wieder reden – er mit seiner ständigen Geheimniskrämerei.

»Ach, Ekšilein, nimm mir meinen Scherz nicht krumm! Und außerdem habe ich dich nicht angelogen: Die Weisheit stammt tatsächlich von meiner Ur-Großtante, und die meisten Sachen, die ihr Mann verlegt hat, hat sie so auch wiedergefunden.«

»Denkst du, ich bin wegen deiner blöden Tante sauer? Es geht hier um Vertrauen. Wenn wir schon gemeinsam die Regeln des Ewigen Berges brechen, dann ist es das Mindeste, dass wir ehrlich zueinander sind!«

»Hast ja recht, hast ja recht«, versuchte Šurr ihn zu beruhigen. »Es ist nur ... Diese Tafel ist etwas ganz Besonderes. Sie berichtet von genau dem Ereignis, das unser Auftraggeber sucht. Hier steht, was mit Ezra im Kerker geschehen ist.«

Mit einem Schlag wurde Ekš Wut durch Neugier verdrängt. Doch noch bevor er an die Wand herantreten konnte, um die Tafel zu entziffern, versperrte Šurr ihm den Weg.

»Ich glaube, dass das keine gute Idee ist«, sagte der alte Gremlin mit ernster Miene.

»Warum?«, schnauzte Ekš zurück. »Willst du weiter deine Geheimniskrämerei betreiben?«

»Nein. Aber wir dürfen Sunay diese Tafel erst ganz am Schluss übergeben. Sonst braucht er uns nicht mehr. Bis dahin müssen wir ihn mit anderen Geschichten aus Ezras Leben füttern, damit sein Gold weiterfließt und wir genügend Zeit für unsere eigene Suche haben.«

»Schön und gut, aber warum darf ich den Inhalt nicht erfahren?«

»Weil du weder Sunay noch Inǰi gegenüber irgendwelche Andeutungen machen darfst. Noch nicht mal aus Versehen.«

»Wenn du mich für so dumm hältst, warum führst du mich dann überhaupt hierher?«

»Falls mir etwas zustoßen sollte«, antwortete Šurr in verschwörerischem Tonfall, »weißt du nun, wo sich der entscheidende Mosaikstein von Ezras Schicksal verbirgt.«

Ekšamad musterte seinen Freund genau. Er vermisste das freche Funkeln, das sonst immer in seinen Augen lag. Der unerschütterliche Šurr schien tatsächlich besorgt zu sein. Und als er den Arm um Ekš legte und sie gemeinsam den Stollen hinaufschlenderten, war der Streit schon fast wieder vergessen.

»Übrigens, was all die anderen Tafeln betrifft, die wir davor noch finden müssen ... da würde ich vorschlagen, dass wir uns nach deiner Methode richten. Du hast mir doch neulich irgendetwas von Sonnenkonstellationen erzählt.«

»Ja, das stimmt«, erwiderte Ekš geschmeichelt, denn sonst hatte Šurr für gewöhnlich keinen Sinn für diesen *Kopfkram*, wie er seine Gedankenspiele abfällig nannte. »Ich habe die Theorie zwar noch nie getestet, aber ich glaube, es gibt einen

Zusammenhang zwischen Sonnenkonstellation, Geburtsort und Individuum – eine Art Verhältnisdreieck. Daraus lässt sich wahrscheinlich die Lage einer bestimmten Inschrift, bis auf den genauen Stollen und die genaue Schrittzahl, ableiten.«

»Na, das hört sich doch vielversprechend an!«, sagte Šurr zufrieden, und er sollte Recht behalten. Ezras nächste Schicksalstafeln warteten schon auf sie. Und auf Sunay.

9

REDEN IST SILBER, REITEN IST GOLD

23 JAHRE ZUVOR

BENDRAHIM, ALTE GOLDSONNE, JAHR 1 N.D.U.

Mit jedem Schritt, den sie machte, wurde Ezra langsamer. Dabei hatte die Reise noch nicht einmal begonnen. Sie konnte die Pferde bereits hören, bevor sie sie sah. Durch das vereinzelte Wiehern in der Stille wirkten die Ruinen des Elften Viertels noch ausgestorbener. Die Männer warteten vor der türkis-goldenen Fassade des Zerbrochenen Gartens. Sie saßen bereits in den Sätteln, nur einer war noch leer – und der war für sie bestimmt.

Garandee, Espen und Valerian trugen die grauen Mäntel der Staubklingen. Ewil, den jungen Gardisten, erkannte sie erst auf den zweiten Blick, denn sein Gesicht war glatt rasiert. Aller Augen ruhten auf ihr, bis auf die von Daum Garandee. Nach Salzmann-Art hatte er sein Gesicht für die Reise hinter einem Schleier verborgen und starrte stumm in den Himmel. Die Blicke der anderen waren alles andere als freundlich. Doch es waren nicht die Reiter, vor denen ihr bange war, es waren ihre Rösser. Ezra schickte ein Stoßgebet zur heiligen Kordelia. Sie hoffte inständig, dass Odos Wundermittel wirkte.

»Da ist ja unsere Prinzessin«, brummte Espen. »Das nächste Mal bist du pünktlich, oder wir reiten ohne dich los.«

Ezra hasste es eigentlich, wenn ihr jemand Vorschriften machten. Bisher hatte sie die Dinge immer genau so getan, wie sie es für richtig hielt. Aber davon würde sie sich in den kommenden Sonaten verabschieden müssen. Dass der Drill der Staubklingen hart werden würde, daran hegte sie keinen Zweifel. Dafür würde Espen schon sorgen. Doch wenn sie in das Archiv der Klingen gelangen wollte, würde sie die Ausbildung durchstehen müssen. Also biss sie die Zähne zusammen und murmelte eine Entschuldigung.

Langsam näherte sie sich dem Pferd. Würde es sie aufsitzen lassen? Odo hatte behauptet, dass es Ezras Körpergeruch war, vor dem die Tiere scheuten. Solange sie ihn überdeckte, würde alles gut gehen. Doch so fein ihre Nase auch war, ihren eigenen Duft konnte sie nicht wittern, um das zu überprüfen. Sie musste sich auf das klebrige Zeug verlassen, das sie sich unter die Achseln, zwischen die Zehen und sogar in den Haaransatz geschmiert hatte: Granatapfelsirup. Odo hatte ihr einen großen Tiegel davon mitgegeben, denn er konnte nicht gemeinsam mit ihr reisen. Bereits gestern war er mit einer Karawane gen Westen aufgebrochen und würde, so alles gut verlief, trotzdem erst nach ihr in Oriza ankommen. Verdammt noch mal, warum war die Reise nur zu weit, um sie zu Fuß zurückzulegen?

Nervös fuhr Ezra sich mit der Hand durchs Haar. So klebrig und rot wie die Finger danach waren, musste ihr sandblonder Schopf schon vollkommen verfärbt sein. Wenigstens kam von den Männern keine blöde Bemerkung. Die Fliegen hingegen schienen das Zeug zu lieben. Ganz egal, wie viele sie erschlug, es schwirrten immer neue um ihren Schädel. Hoffentlich würden die Pferde den Duft genauso mögen.

Ezra hielt den Atem an, als sie die letzten Schritte auf das Tier zuging. Direkt neben dem Pferd, einem grauen Schimmel, blieb sie stehen. Sein Widerrist war mindestens ebenso hoch wie Ezra groß war. Das Tier blieb ruhig. *Immerhin, kein schlechtes Zeichen!* Langsam setzte sie einen Fuß in den Steigbügel. Dann legte sie die Hände auf den Sattel und schwang sich hoch. Wie ein nasser Sack landete sie im Sattel. Alle Eleganz, mit der sie sonst über Dächer stolzierte und über Gassen sprang, war mit einem Schlag verschwunden. Glücklicherweise schenkten ihr die Männer keine Beachtung und ritten los. Trotzdem, sie war oben, jubelte Ezra im Stillen. Aber ihre Freude währte nur kurz, denn ihr Pferd rührte sich nicht vom Fleck. Der Schimmel knabberte genüsslich an einem Strauch, und Ezra hatte nicht die leiseste Ahnung, wie sie ihn in Bewegung bringen sollte.

Ewil, der das Packpferd führte, zügelte sein Ross und sah sie verwundert an. Es dauerte einen Augenblick, doch dann begriff er.

»Noch nie auf einem Pferd gesessen?«, fragte er, als die anderen schon außer Hörweite waren.

Ezra schüttelte den Kopf.

»Hm, verstehe. Dann tritt der alten Dame mal sanft in die Flanken und lass die Zügel locker. Den Rest macht sie schon alleine. Pferde sind Herdentiere.«

Mit einem dankbaren Lächeln folgte sie seinen Anweisungen. Und tatsächlich, die Stute setzte sich in Bewegung. Schon bald hatten sie zu den anderen aufgeschlossen und ritten auf verborgenen Pfaden aus der Stadt.

Am Ende dieses Tages – wie auch am Ende aller folgenden – fragte sich Ezra, warum sie überhaupt ritten. So viel mehr könnten ihre Füße kaum schmerzen, als es ihre Schenkel und ihr Hintern nach jedem Ritt taten. Dass Ewil und sie obendrein auch noch die lästigsten Tätigkeiten aufgebrummt bekamen, machte die Reise nicht angenehmer. Sie mussten die Pferde versorgen, die Zelte aufbauen, Wasser holen und Feuerholz sammeln. Und das an jedem Abend.

»Die drei Herren könnten uns wenigstens mal helfen«, zischte Ezra Ewil zu, nachdem sie ihren Lagerplatz in einem Zypressenhain aufgeschlagen hatten. »Immerhin haben wir schon gekocht, und die ganze andere Arbeit haben wir auch erledigt.«

Gemeinsam schrubbten sie die Töpfe sauber, während die drei Staubklingen gemütlich beisammensaßen und Pfeife rauchten.

»Ach, mach dir nichts draus«, sagte Ewil gleichmütig. »Die testen uns nur. Wollen sehen, wie belastbar wir sind. Bei mir in der Garde musste ich das am Anfang auch machen, nur für zehnmal so viel Leute. Lehrjahre sind eben keine Herrenjahre. Und außerdem gibt's hier ordentlich Kohle.«

»Dass ich nicht lache!« Ezra starrte grimmig zu den grau gewandeten Kriegern hinüber. Und es dauerte nicht lange, da bemerkte Valerian ihren Blick. Wie immer lag der Anflug eines Lächelns auf seinen Lippen.

»Komm schon, mach weiter mit der Arbeit«, raunte Ewil. »Versprochen, du gewöhnst dich bald dran.«

Du gewöhnst dich daran – Ezra wusste nicht, wie oft sie das Leute hatte sagen hören. Ihre Mutter, Odo und all die anderen. Sie wusste auch nicht, ob sie es mehr hasste, wenn sie falsch lagen oder wenn sie recht behielten. Schließlich hatte sie sich tatsächlich an die Einsamkeit in ihrem Dorf gewöhnt – daran, dass die Leute sie mieden. Und in Bendrahim war es nicht anders gewesen.

Bei dem Gedanken stieg ein Zorn in ihr auf, den sie so nicht erwartet hatte. Mit unverwandter Wut starrte sie Valerian an, während Ewil emsig weiterschrubbte. Fast hatte sie das Gefühl, ihre Augäpfel müssten platzen, so sehr brannten sie in ihren Augenhöhlen. Für einige Atemzüge erwiderte der Söldner ihren Blick, bis er schließlich aufstand und zu ihnen herübergeschlendert kam.

»Leg den Topf beiseite und komm mit!«, befahl Valerian ihr und ging dann weiter zu einer Stelle, wo die Bäume etwas dichter standen.

Ezra wischte sich die Hände an der Hose ab, die ihr die Staubklingen gegeben hatten, und folgte ihm.

Als sie den kleinen Hain erreicht hatten, drehte Valerian sich um und stellte sich mit verschränkten Armen vor sie.

»Was gibt's?«, fragte Ezra, ohne ihn anzusehen.

»Das wollte ich eigentlich dich fragen. Seit wir aufgebrochen sind, machst du ein Gesicht wie sieben Tage Regenwetter. Und das, obwohl du aus freien Stücken bei uns bist.«

Reite du mal den ganzen Tag mit verklebten Kleidern und Haaren durch die Gegend, wollte sie ihm entgegenschleudern, doch sie biss sich auf die Zunge. »Ich habe mich für die Staubklingen gemeldet«, sagte sie schließlich betont ruhig, »und nicht für den Küchendienst.«

»Dabei könnte dir ein bisschen Übung in der Küche gar nicht schaden. Bisher wusste ich nämlich nicht, dass Salzbohnenbrei ein Gericht ist.«

Ezra musste unwillkürlich grinsen.

»So gefällst du mir schon besser«, meinte Valerian und zwinkerte ihr zu. »Mit Espen und Garandee habe ich nämlich schon genug Miesepeter an meiner Seite. Aber nun mal im Ernst – wenn du nicht rausfliegen willst, reiß dich zusammen. Zu spät kommen, widerwillig arbeiten und dann auch noch schlecht kochen ... Das geht nicht. Mit dem Waffendrill wirst du dich bis Oriza gedulden müssen. Bis dahin streng dich an! Espen ist ein guter Lehrmeister. Hart, aber gerecht. Und übrigens«, fügte er hinzu und tippte sich an den Haaransatz, »du hast da was Rotes.«

Ezra gab nur ein leises Knurren zur Antwort, doch Valerian hatte sich bereits zum Gehen gewandt.

»Da ist noch was«, rief sie ihm hinterher.

»Was denn?«

»Wegen neulich Nacht ...«

»Längst vergessen«, erwiderte er prompt und winkte mit einem Lächeln ab. »Mit Kameraden fange ich doch nichts an.«

»Und die anderen?«, hakte sie nach.

»Die wissen nichts.«

»Ich frage nur, weil Gevta ... Sie hat etwas geahnt.«

»Keine Sorge«, entgegnete Valerian. »Garandee hat für so was kein Auge. Dem würde es noch nicht mal auffallen, wenn dir die Brüste raushängen ... Nicht, dass sie hängen würden ... Und Espen, der lässt sich lieber von Jungs massieren. Also, entspann dich und mach einfach, was der Große dir sagt, dann wird schon alles gut gehen. Die Reise ist nämlich gar nichts gegen die Prüfungen, die dich noch erwarten.«

»Ich bin nicht gut in Geduldspielen«, erklärte Ezra. »Und außerdem dachte ich, dass Garandee hier die Befehle gibt und nicht Espen. Er ist doch der Daum.«

»Ja, aber du hast noch nicht einmal die Erste Staubung erhalten, und solange betrachtet er dich auch nicht als Teil seiner Hand«, antwortete Valerian mit einem Schmunzeln und wandte sich zum Gehen.

Heilige Scheiße – wie kann er nur immerzu lächeln? Er musste doch schon Muskelkater im ganzen Gesicht haben.

Als Ezra zurück ins Lager kam, war die Arbeit schon getan. Pfannen und Töpfe blitzten rotgolden in der Abendsonne, wie sie es vermutlich schon seit Jahren nicht mehr getan hatten, und Ewil saß vor ihrem Zelt und kaute zufrieden auf einem Grashalm. Als er sie erblickte, trat jedoch ein besorgter Ausdruck auf sein Gesicht.

»Und? Wie ist es gelaufen? Hat er dir eine Strafe aufgebrummt?«

»Ach, Ewil, nicht jeder steht so unter dem Pantoffel wie du bei Laïva«, erwiderte sie gereizt.

Ewil stutzte. »Woher weißt du, wie meine Verlobte heißt?«

»Du wirst es mir gesagt haben.«

»Nein.« Er grübelte einen Moment. »Ich glaube nicht.«

»Dann war es eben Espen oder Valerian.«

»Ganz bestimmt nicht. Weil ich ihnen nicht verraten habe, dass ich verlobt bin. Sie wollen ungebundene Männer. Bei den Staubklingen ist man nicht einfach so. Weißt du das etwa nicht? Man verpflichtet sich auf Lebenszeit, wenigstens aber auf sieben Jahre.«

»Sieben Jahre.« Ezra warf ihm einen mitleidigen Blick zu. »Glaubst du wirklich, dass deine Verlobte so lange auf dich wartet?«

Sie wartete nicht auf Ewils Antwort und trat an ihm vorbei

ins Zelt. Die Plane hatte im Wind zu flattern begonnen, und auch die Bäume bogen sich. Ein Sturm schien aufzuziehen. Schon als sie sich hinlegte, bereute sie ihre hämischen Worte. Schließlich war Ewil kein übler Kerl. Er hatte ihr mit dem Pferd geholfen und auch den Küchendienst übernommen. *Sieben Jahre*, hallte es in ihrem Kopf. Sie hatte nicht vor, so lange bei den Klingen zu bleiben. Sobald sie die Archive der Kompanie durchsucht und herausgefunden hatte, wer ihre Schöpfer waren, würde sie ihnen den Rücken kehren. Ewil hingegen schien eine treue Seele zu sein. Ezra seufzte und mühte sich noch ein versöhnliches »Gute Nacht« ab. Dann rollte sie sich in ihrer Decke ein und versuchte zu schlafen.

»Nacht«, kam die einsilbige Antwort von draußen. Ewil hatte die erste Wache übernommen – freiwillig.

Als sie später in der Nacht wach wurde, war der Wind abgeflaut, und ein leichter Nieselregen hatte eingesetzt. Ezra fror und zog die Decke enger um sich. Neben ihr atmete Ewil gleichmäßig ein und aus. Der Gardist schlief tief und fest.

Draußen hörte sie das Knacken und Zischen des Lagerfeuers und ebenso die Stimmen von Espen und Valerian. Die Männer unterhielten sich leise. Ezra strengte ihr Gehör an. Sie brauchte eine Weile, bis sie die Stimmen vom sanften Trommeln des Regens trennen konnte. Doch dann verstand sie sie klar und deutlich.

»Du hast sie nicht mit Absicht gewinnen lassen«, brummte Espen. »Oder?«

»War das so deutlich zu sehen?«, erwiderte Valerian. Selbst durch die Zeltbahnen meinte Ezra ein Grinsen aus seiner Antwort herauszuhören.

»Nein«, beruhigte Espen ihn. »So wie du immer strahlst, sieht ohnehin alles, was du tust, so aus, als wäre es nur ein Spaß für dich. Ich bin mir noch nicht mal sicher, ob Garandee es bemerkt hat. Wer weiß, wo er wieder mit seinen Gedanken war. Seine lichten Momente werden immer seltener seit er um Xaven und Yander trauert. Dabei ist die Trauerzeit eigentlich längst vorüber – eine Sonne, 61 Tage.«

»Vorsicht«, hauchte Valerian. »Er bekommt mehr mit, als wir glauben. Salzleute trauern eben anders. Sie ziehen sich in sich zurück, scheinen ganz weit weg zu sein ... Und sind trotzdem da ... Als hätten sie zwei Köpfe. Heißt ja nicht umsonst: *Wenn du zwei Freunde brauchst, aber nur Geld für ein Bier hast, dann lad einen Salzmann ein.*«

»Ja, ja. Es ist nur so, dass ich gerne wissen würde, was Garandee von ihr hält. Du musst schon zugeben, sie ist sonderbar. So wie sie bei eurem Duell herumgesprungen ist. Fast wie eine Gauklerin.«

»Und ich finde es sonderbar, dass du dir darüber den Kopf zerbrichst«, witzelte Valerian. »Schließlich gilt doch für jeden bei uns Staubklingen die gleiche Maxime: *Es ist egal, was war; es zählt nur, was ist.*«

»Na klar«, grollte Espen und stand ächzend auf. »Das musstest du ja sagen, du alter Gauner! Manchmal glaube ich immer noch, dass es ein Fehler war, dass Garandee dich damals aus dem Kerker freigekauft hat. Und jetzt entschuldige mich, ich muss pinkeln.«

Interessant, dachte Ezra müde. Dass Valerian eine zwielichtige Vergangenheit hatte, hatte sie irgendwie geahnt. Doch dass sein griesgrämiger Kamerad auch menschliche Regungen zeigte, davon war sie überrascht – und Neugier war anscheinend eine davon.

*

ORIZA, JUNGE BLUTSONNE, JAHR 1 N.D.U.

Am Ende der Reise kam es Ezra so vor, als hätte sie nur ein paar Mal die Augen geschlossen. Mit jedem Blinzeln hatte sich das Licht verändert und die vorüberziehende Landschaft in ein anderes Gewand gehüllt. Noch unter der Goldsonne waren sie in Bendrahim aufgebrochen und durch weite Steppen gezogen. Doch schon bald hatte das Gestirn in einem flammenden Rot geglüht und die Auen zwischen Herz- und Eichenwald in eine leuchtende Herbstlandschaft verwandelt. Kurz vor ihrer Ankunft in Oriza hatten sich dann erste purpurne Strahlen in den Schein der Blutsonne gemischt.

Das kalte Licht kroch Ezra unter die Haut und ließ sie bis auf die Knochen frieren. Ihr Atem kondensierte zu dünnen Schwaden und verschwand in den Staubwolken, die die Pferde aufwirbelten. Die Hochebene von A'Un war wirklich eine unwirtliche Gegend. Sie würde froh sein, wenn sie die graue Einöde hinter sich gelassen hatten und sie sich im Ordenshaus vor dem Kamin aufwärmen konnte. Vorher würde sie jedoch ein Bad nehmen. An und für sich hatte sie nichts für Planschereien übrig, doch so wie ihr ganzer Leib klebte, wäre ein Zuber voll Wasser die reinste Wohltat. Ihre Sirupvorräte waren bereits vor einigen Tagen zur Neige gegangen. Aber wie es schien, hatte sich Grauchen – so hatte Ewil Ezras Stute getauft – an ihren Geruch gewöhnt.

Wo Odo jetzt wohl steckte? Ezra sah sich um. Doch so sehr sie ihre Augen auch anstrengte, sie erspähte keine Karawane am Horizont. Immer wieder nickte sie ein und wachte ein paar Atemzüge später wieder auf. Wenn sie eines unterwegs gelernt hatte, dann war es, im Sattel zu dösen. Irgendwann musste sie ja den verpassten Schlaf nachholen. Die Nächte waren für ihren Geschmack nämlich viel zu kurz, und tagsüber war keine Zeit für ein anständiges Nickerchen.

Sie zuckte zusammen und fuhr im Sattel hoch. Ewil hatte sein Pferd mit einem lauten Schnalzen zu ihr hinübergelenkt und deutete nach Westen.

»Sieh nur«, raunte er ehrfürchtig, »die Türme!«

Ezra kniff die Augen zusammen und schaute in die Richtung,

in die er zeigte. Hinter einem breiten Fluss ragten drei sechseckige Bauwerke in den Himmel. Ihr heller Stein war in der Abenddämmerung blutrot angelaufen, nur der Sockel des einen war vollkommen schwarz.

»Das muss der Dritte Turm sein«, mutmaßte Ewil. »Der, den sie versucht haben, zu schleifen.«

»Es *ist* der Dritte Turm«, bestätigte Espen mit ernster Miene. »Lasst ihn euch eine Warnung sein!«

Er sagte nicht wovor, und Ezra fragte ihn auch nicht danach. Für sie war das geschwärzte Fundament Mahnung genug. Etwas anderes als Feuer hielt die Sonnenkirche für sie auch nicht bereit, so viel stand fest.

Keines der umliegenden Gebäude war auch nur annähernd so massiv wie die Drei Türme – noch nicht einmal der Palast des Voxanten, von dessen Anhöhe aus man die ganze Stadt überblicken konnte. Von den Häusern bis zu den Resten der alten Stadtmauer war Oriza aus hellem Granit errichtet. Selbst die Platten, mit denen die Straßen gepflastert waren, funkelten silberweiß vor Quarzstaub.

»Es ist so …«

»… hell!«, vollendete Ewil ihren Satz.

»Oriza ist die Sternenstadt«, sagte Espen leise, sodass es fast ein wenig ehrfürchtig klang.

»Ihr beiden«, fragte Ezra, »du und Valerian, ihr stammt von hier, nicht wahr?«

Espen nickte.

Sie durchquerten ein lichtes Wäldchen, bis sie zu einer Brücke kamen, die über den Fluss führte. Nachdem sie sie überquert hatten, stiegen sie von ihren Pferden und führten die Tiere durch die geraden Gassen der Altstadt. Ezra staunte über die reichen Auslagen der Händler und darüber, wie sauber die Straßen waren. Überhaupt schien hier alles seinen geordneten Gang zu gehen. Die Menschen waren ordentlich gekleidet und ausgesprochen höflich. Fast jeder, dem sie begegneten, grüßte sie. Selbst Espen machte zur Abwechslung ein freundliches Gesicht.

Nur eines kam Ezra seltsam vor. Die Fassaden der meisten Häuser wirkten irgendwie demoliert. Es dauerte eine Weile, bis sie begriff, woher der Eindruck kam. Dort, wo einst Wasserspeier auf den Mauervorsprüngen gesessen hatten, waren nur noch steinerne Stümpfe zu sehen.

Valerian bemerkte ihren verwunderten Blick und gesellte sich zu ihr. »Die Wasserspeier sind letztes Jahr allesamt abgeschlagen worden«, erklärte er. »Bis auf die, die geflohen sind.«

»Geflohen?«, fragten Ezra und Ewil wie aus einem Mund.

»Ganz genau. Einige von ihnen waren nämlich Gargylen, Geschöpfe des Dritten Turms. Seine Augen und Ohren sozusagen. Die Gargylen haben den Magikern geholfen, als die Fürsten und die Sonnenwächter gegen sie vorgingen. Und manchmal fliegen nachts immer noch welche durch die Straßen. Also seht euch vor! Sonst klauen sie euch noch eure hübschen Näschen ... Oder andere Körperteile«, fügte er mit einem Grinsen in Ewils Richtung hinzu.

Passend zu dieser unheimlichen Anekdote, tauchten sie in die langen Schatten der Türme ein, denn das Quartier der Staubklingen lag am Fuße der Akademie. Doch es war angenehm, dem kalten Licht für einen Moment zu entkommen. Wie jedes Jahr um diese Zeit musste sich Ezra erst daran gewöhnen, dass es im Halbdunkel wärmer war als im Schein der Purpursonne.

Das Ordenshaus war ein unauffälliges Eckgebäude, eingeschlossen in einen Häuserblock aus grauem Stein. Nur in einem einzigen Fenster brannte Licht, die anderen waren abgedunkelt oder mit Brettern vernagelt. Die Staubklingen schienen nicht mehr besonders zahlreich zu sein.

Das Hoftor befand sich direkt an der Ecke des Hauses. Das Symbol der Drei Türme – Auge, Hand und Herz – musste einst als Relief über dem Eingang geprangt haben, heute war es fast bis zur Unkenntlichkeit abgeschliffen. Ihre ehemalige Verbindung zu den Zauberern konnten die Klingen nur schwerlich leugnen.

Im Gänsemarsch führten sie ihre Pferde durch den schmalen Durchgang. Ezra mochte das klackende Geräusch der Hufe, es hatte etwas Beruhigendes und klang nach Ankunft. Gleich wären sie da. Sie freute sich schon auf ein richtiges Bett, egal, ob aus Stroh oder Federn. Umso enttäuschter war sie, als sie plötzlich anhielten.

»Daum Garandee! Espen, Valerian!«, grüßte sie ein kleiner dicklicher Mann, der auf den Stufen zu einer Kellertür hockte.

»Gut, dich zu sehen, Pasqiit«, erwiderte Valerian den Gruß. Garandee und Espen nickten nur.

»Heil wieder hier, und dann auch noch mit Verstärkung. Sieht so aus als wären euch zwei Finger nachgewachsen.«

Pasqiit stand auf, nahm das Schwert, das an der Tür gelehnt hatte, und richtete seinen grauen Mantel. Währenddessen klebten seine Augen förmlich an Ezra. Er musterte sie, doch verzog keine Miene. Sein Blick glitt an ihrem Umhang und den weiten Hosen hinunter bis zu den Stiefeln. Trotz der dicken Kluft schien ihm zu gefallen, was er sah, denn sie konnte seine Erregung riechen.

»So sieht's aus«, entgegnete Valerian, während er sich unauffällig zwischen sie und Pasqiit schob. »Und du? Warum bewachst du das Tor zur Hölle? Sitzt Guille mal wieder im Karzer?«

»Ja, du weißt ja, eine verschlossene Tür hält den schlimmen Finger nicht auf. Er säuft und zockt immer noch wie das blühende Leben. Nur diesmal hat er verloren, und weil er die Strafe nicht zahlen konnte, muss er im Loch übernachten.«

Die Männer lachten kurz, dann verabschiedeten sie sich, und ihre Gruppe setzte ihren Weg fort. Aus dem Augenwinkel sah Ezra, dass Pasqiit sich über die Halbglatze strich und ihr lüstern hinterherblickte – anders als Ewil oder Valerian es taten, wenn sie glaubten, sie bemerke es nicht.

»Ich mag ihn nicht«, sagte Ezra mit rauer Stimme.

»Wieso? Er wirkte doch ganz heiter«, meinte Ewil schulterzuckend. »Ein bisschen unscheinbar vielleicht …«

»Unterschätzt ihn nicht«, warf Espen ein. »Er zieht sein Schwert schneller als jeder andere von uns. Und jetzt lasst uns absatteln.«

»Müssen wir denn nirgendwo vorstellig werden?«, fragte Ewil.

»Wir Staubklingen haben keinen Kommandanten, wenn du das meinst. Eine Hand ist so viel wert wie die andere.«

Ezra gefiel das Konzept. Je weniger Leute es gab, die ihr Anweisungen geben konnten, desto besser. Ein Espen reichte ihr. Ewil hingegen schien sich daran erst noch gewöhnen zu müssen. Oft genug stand er einfach nur herum und wartete auf Befehle – ohne sie wirkte er ganz verloren.

War Ezra die Front des Ordenshauses schon trist vorgekommen, so war die Rückseite noch viel bedrückender. Nirgendwo schienen Lichter, und nirgendwo wuchsen Pflanzen. Das Grau der massiven Steinquader war die einzige Farbe. Die Leute, die hier wohnten, mussten sich wie Gefangene fühlen, schoss es ihr durch den Kopf.

Die beiden Flügel des Hauses bildeten zusammen mit dem lang gezogenen Stall einen dreieckigen Hof. Ezra staunte. Hier war Platz für an die hundert Pferde. Doch aus dem flachen Gebäudeteil drang weder Schnauben noch Wiehern.

Nachdem sie die Tiere in den Stall gebracht hatten, führte Espen sie in den linken Flügel des Hauses, hinauf ins erste Stockwerk. Das Treppenhaus und die Gänge gähnten vor Leere. Wie es schien, waren sie die einzigen in diesem Teil des Gebäudes. Am Ende eines langen Flurs lag ihre gemeinsame Stube. Ganz offensichtlich waren Garandee und seine Leute lange nicht hier gewesen, denn über den Möbeln lag eine feine Staubschicht. Es gab vier einfache Betten, vier Hocker und vier Truhen, dazu eine Speisekammer und eine Feuerstelle. Insgesamt eine kümmerliche Ausstattung, aber es war trocken und würde sicher auch bald warm werden, wenn sie den Kamin erst einmal in Gang gebracht hätten. Garandee verschwand wortlos durch einen Durchlass in einen abgetrennten Bereich des Raums.

»Wie in einem Fäustling«, witzelte Valerian. »Der Daumen hat sein eigenes Abteil.«

Entgegen seiner Gewohnheit bei jedem von Valerians schlechten Scherzen lauthals loszuprusten, lachte Ewil nur müde auf.

»Schlaft euch nun aus!«, riet Espen ihnen. »Ab morgen weht ein anderer Wind. Dann steht der erste Drill an … und die Waffenwahl.«

»Na endlich«, murmelte Ezra und warf sich auf das Bett in der hintersten Ecke des Zimmers. Eigentlich hatte sie noch baden wollen, erinnerte sie sich, aber die Matratze ließ sie nicht mehr los.

10

FÜNF FINGER, EINE HAND

ORIZA, PURPURSONNE, JAHR 1 N.D.U.

Als das Purpurlicht kalt in ihre Stube drang, war Ezra schon längst auf den Beinen. Die ganze Nacht über hatte sie kaum ein Auge zugetan. Unruhig hatte sie sich in ihrem Bett gewälzt, bis sie ihre Schlafstatt schließlich auf den Boden vor dem Kamin verlegt hatte.

Jetzt stand sie am Fenster zum Hof. Durch den dünnen Schlitz beobachtete sie, wie die Staubklingen im Morgengrauen trainierten. Ein buckliger Kerl beaufsichtigte drei Männer beim Waffendrill, ein vierter war damit beschäftigt, Wasser aus einem Brunnen zu schöpfen und eimerweise ins Haus zu schleppen.

»Attacke!«, brüllte der Bucklige.

Auf sein Kommando zogen die drei Krieger ihre Klingen und griffen an – zwei gegen einen. Nach einem kurzen heftigen Schlagabtausch steckten sie ihre Schwerter zurück in die Scheiden und stellten sich wieder in einem Dreieck auf.

»Attacke! ... Attacke! ... Attacke!«, gellte es wieder und wieder über den Hof.

Und jedes Mal griffen die Männer zu ihren Waffen, immer ein anderer musste sich der Überzahl erwehren. Inzwischen dampfte die Luft rund um ihre aufgeheizten Leiber.

Ezra erkannte Pasqiit unter den Kämpfenden. Tatsächlich zog der kleine Krieger seine Klinge schnell wie der Blitz. So untersetzt, wie er war, hatte sie ihm das nicht zugetraut. Einmal war seine Schwertspitze an der Kehle eines Kameraden, noch bevor der seine Waffe überhaupt gezogen hatte.

Valerian trat hinter ihr ans Fenster. Ezra brauchte sich nicht umzudrehen, um zu wissen, dass er es war. Sein Geruch verriet ihn – und *den* mochte sie weit mehr als seine Art zu grinsen.

»Das ist die Hand von Daum Pergoul«, sagte er und klang spöttisch. »Wie immer als Erste auf dem Platz. Und wie es aussieht, ist Guilles Arrest beendet. Na, wenigstens kriegt der alte Sack so genug Wasser, um sich den Buckel zu waschen. Oder wäscht sich der alte Buckel den Sack?«

Ezra konnte hören, wie sich Ewil vor Lachen an seinem Frühstück verschluckte.

Espen schien die Witzelei hingegen ganz und gar nicht zu gefallen. Er legte den Kohlestift beiseite, mit dem er sich die Augen nachgezogen hatte, und tadelte sie mit Grabesstimme: »An eurer Stelle wäre ich nicht so respektlos. Schließlich ist Pergoul der verdienteste Krieger unseres Ordens. Er hat Meister Toz'Vian und seinen Gefolgsleuten bei der Flucht aus dem Dritten Turm geholfen. Sonst hätten sie nie den Aschenbelt erreicht. Ich brauche euch ja wohl nicht zu sagen, was mit den Magikern passiert wäre, wenn sie den Sonnenwächtern in die Hände gefallen wären.« Um seine Worte zu unterstreichen, griff er den Schürhaken und stocherte im Kamin, bis das Feuer hell aufloderte.

»Wie viele Hände haben die Staubklingen eigentlich noch?«, fragte Ezra, um das Thema zu wechseln.

»Da wären Pergouls Hand, die von Gliv, die von Wailanth … Und wir.« Espens Gesicht leuchtete feuerrot, als er mit versteinerter Miene in die Flammen starrte. »Ein erbärmlicher Rest. Vier von ehemals vierzig.« Dann hatte er sich wieder gefasst und stand auf. »Wenn Pergoul mit seinen Männern fertig ist, beginnen wir mit dem Drill. Ich erwarte euch unten im Hof. Seid pünktlich, und bringt eure Waffen mit!«

»Warte, Espen, ich komme gleich mit!«, rief Ewil ihm hinterher und warf sich im Gehen den Mantel über.

Auch Ezra wollte nach ihrem Umhang und den Klingen greifen, doch Valerian hielt sie fest. Für mehrere Atemzüge sah er sie schweigend an. Erst als Espens und Ewils Schritte im Flur verhallt waren, ließ er sie los.

»Eine Sache noch«, sagte er mit ernstem Unterton. »Die anderen Hände wissen, dass Garandee oft ungewöhnliche Wege beschreitet. Aber dass er eine Frau anwirbt, damit haben sie bestimmt nicht gerechnet. Sie werden es dir nicht leichtmachen. Vor allem nicht Arschlöcher wie Pasqiit. Und ich kann nicht immer da sein, um …«

»Soll das eine Warnung sein?«, unterbrach Ezra ihn ungeduldig. »Falls ja, ich brauche deine Hilfe nicht. Ich kann allein auf mich aufpassen!«

»Genau davor habe ich Angst«, erwiderte Valerian mit einem bitteren Lächeln. »Davor, dass es mit dir durchgeht. Lass dich nicht reizen, das ist mein Rat an dich.« Er deutete auf den Topf. »Und jetzt iss etwas. Du wirst heute viel Kraft brauchen. Espen wird euch ganz schön hart rannehmen.«

Ezra verzog missmutig das Gesicht. Doch Valerian hatte recht, sie musste sich stärken. Also schnappte sie sich den Topf von der Feuerstelle und schob sich ein paar Löffel von der zähen Grütze in den Mund. Damit der Brei nicht wieder hochkam, spülte sie ihn mit einem kräftigen Schluck Kräuterwasser hinunter. Espen schwor auf das bittere Zeug, das er jeden Morgen aus Blättern, Gräsern und Beeren zusammenbraute. Sie wusste zwar nicht, was er sich davon versprach, aber wenigstens war es schmackhafter als der Haferschleim.

»Gutes Essen gibt es nur für echte Staubklingen«, erklärte Valerian grinsend und biss in eine Räucherwurst, die er aus seiner Manteltasche hervorgezaubert hatte.

Dann stolzierte er aus dem Raum. Ezra folgte ihm schlecht gelaunt und mit einem lauten Glucksen im Magen. Eines Tages, schwor sie sich, würde sie ihm das Grinsen wirklich aus dem Gesicht kratzen.

Als sie den Innenhof betraten, hatte die Hand von Daum

Pergoul ihre Übung gerade beendet. Abgekämpft schleppten sich die Krieger hinter ihrem buckligen Anführer her, zurück ins Haus. Nur Guille war weiter damit beschäftigt, Wasser zu schöpfen. Er war ein langer Kerl. Weit vorgebeugt schleppte er zwei Eimer, die ihm bei jedem Schritt gegen die Beine stießen und überschwappten. Sein Zopf hatte sich aufgelöst, und die schwarze Schminke unter seinen Augen war verlaufen. Als er an ihnen vorbeistolperte, pustete er sich eine Strähne aus dem Gesicht.

»Nur noch fünf«, keuchte er. »Aber eher schleppe ich noch mal fünfzig, bevor ich mich von Espen drillen lasse!«

»Ihr habt ihn gehört!«, rief Espen mit grimmigem Stolz. »Heute erwartet euch die Hölle, Männer!«

Er hielt irritiert inne, als sein Blick auf Ezra fiel. Dann nickte er kurz, wie um sich selbst zu bestätigen, und fuhr fort: »Also, Männer, legt eure Waffen hier auf der Bank ab! Wir beginnen mit einer Trockenübung.«

Auf der Holzbank lagen bereits zwei schmucklose Schwerter – lang und schlank, so wie sie von den Staubklingen geführt wurden. Ewil zog seinen Dròm aus der Scheide und legte ihn daneben. Ezra tat das Gleiche mit ihrem Katzbalger und dem Jagdmesser.

»Der Hof misst an seiner breitesten Stelle 53 Schritte«, erklärte Espen. »Das werdet ihr heute noch oft genug abzählen können, wenn ihr ihn auf und ab rennt. Aber eins nach dem anderen. Stellt euch nun einander gegenüber auf. Jeder an einem Ende des Hofs. Los, das muss schneller gehen! Wir sind hier nicht bei der Stadtwache, verdammt noch mal, wir sind bei den Staubklingen!«

Ewil rannte los, wie vom Skorpion gestochen. Ezra hingegen fiel nur in einen lustlosen Trab. Sie hatte sich die Übung wahrlich anders vorgestellt. Andererseits, was sollte man von einem Kerl wie Espen auch sonst erwarten als dumpfen Drill?

»Stellt euch mit dem Rücken zur Mauer. So, dass ihr sie gerade nicht berühren könnt, wenn ihr mit dem Arm nach hinten reicht. Ja, genau so«, rief er zufrieden, »genau so bleibt ihr stehen!«

»Und dann?«, fragte Ezra, denn sie hatte nicht die geringste Ahnung, was das Ganze sollte.

Ihre Stimme verhallte im Innenhof, Espen schwieg. Wie versteinert stand der Krieger da. Ein ungutes Gefühl beschlich sie. Hatte sie etwas falsch gemacht? Selbst aus fünfzig Schritt Entfernung konnte sie sehen, wie Ewil alarmiert die Augen aufriss. Valerian hingegen war die Ruhe selbst. Er saß auf der Bank und grinste breit. Für einige Atemzüge herrschte eisige Stille.

»Ich kann mich nicht erinnern, dir das Wort erteilt zu haben!«, brüllte Espen sie schließlich an. »Aber um deine Neugierde zu befriedigen: Ihr bleibt solange da stehen, bis einer von euch nicht mehr stehen kann. Dann beginnt ihr zu laufen. Nicht gehen! Laufen! Hin und her, quer über den Hof. Und wenn ihr nicht mehr laufen könnt, dann stellt ihr euch wieder hin, und zwar so lange, bis ihr nicht mehr stehen könnt. Und wer nicht mehr still stehen kann, muss wieder laufen. Ich denke, ihr habt das Spiel verstanden, oder? Gemeinsam stehen, gemeinsam gehen! Fünf Finger, eine Hand!« Espen wandte den Kopf langsam von links nach rechts und sah sie streng an. »Jetzt hättet ihr sprechen dürfen!«

»Ja, wir haben verstanden!«, riefen Ewil und Ezra wie aus einem Mund.

»Gut! Dann stillgestanden und los geht's!«

Ezra stellte die Füße zusammen und blieb wie angewurzelt stehen. Um ehrlich zu sein, wusste sie nicht, was daran schwer sein sollte. Regungslos zu verharren war schon als Kind eine ihrer leichtesten Übungen gewesen. Und es sah ganz so aus, als ob sich ihre jahrelang geübte Faulheit jetzt auszahlte. Sie kniff die Augen zusammen und konzentrierte sich nur auf den einen Punkt vor sich, dort, wo Ewil stand. Dabei verlangsamte sie ihren Atem, bis sich ihre Brust kaum noch hob und senkte.

Und mit jedem Atemzug wurde sie ruhiger und ruhiger. Nichts würde sie jetzt noch aus der Balance bringen, nichts, außer einer plötzlichen Bewegung am Ende des Tunnels. Und sie verweilte für lange Zeit an diesem dunklen Ort.

Nur ihre Ohren verrieten Ezra, was um sie herum geschah. Das Säuseln des Windes und den fernen Lärm der Stadt blendete sie aus. Wie Espen quer über den Hof schritt, hörte sie hingegen klar und deutlich. Mal war das Echo seiner Stiefel näher und mal ferner. Sie wusste nicht, wie lange sie schon still gestanden hatte, als sie plötzlich seinen Atem auf ihrem Gesicht spürte. Er beugte sich zu ihr hinunter und starrte in ihre Augenschlitze.

»Nicht schlafen!«, murrte er.

»Das tue ich nicht«, entgegnete Ezra ruhig, überrascht von ihrer eigenen Gelassenheit.

Anscheinend zufrieden mit der Antwort, kehrte Espen ihr den Rücken zu und wanderte weiter über den Hof. Das kurze Gespräch hatte jedoch ausgereicht, um sie aus ihrem Dämmerzustand zu holen. Und mit einem Mal spürte sie auch die Kälte. Ein leichtes Frösteln überkam sie. Dabei hatte sie Glück, denn sie stand auf der Schattenseite. Ewil hingegen musste es mitten im kalten Purpurlicht aushalten.

Ezra blinzelte und schaute zu ihm hinüber. Sie konnte sehen, wie er zitterte und heimlich versuchte, sich Arme und Schenkel warm zu reiben. Doch ohne Erfolg.

»Hier wird nicht herumgezappelt!«, brüllte Espen und klatschte in die Hände. »Wer zappelt, kann auch laufen! Los, los!«

Ezra seufzte innerlich. Das hatte sie befürchtet. Ewil lief los, und sie musste es ihm gleichtun. Ihre Beine waren eingeschlafen, und sie hatte keine Zeit sich zu strecken. Die ersten Schritte stolperte sie mehr, als dass sie rannte.

»Los! Schneller!«, trieb Espen sie lautstark an.

Während sie auf Ewil zuhielt, konnte sie sehen, wie blass und durchgefroren er war. Anscheinend hatten sie länger strammgestanden, als sie gedacht hatte. Im Laufen warf sie einen kurzen Blick nach oben, und tatsächlich: Die Sonne stand bereits im Zenit. Sie müssten nur noch den Nachmittag überstehen. Doch das war leichter gesagt als getan.

Als sich auf dem Rückweg ihre Wege kreuzten, raunte Ezra Ewil zu: »Nächstes Mal bin ich auf der Sonnenseite.«

Ewil lächelte – gequält, aber dankbar.

»Hier wird nicht gequatscht!«, brüllte Espen. »Stehen oder Gehen ist alles, was ihr zu tun habt! Und legt einen Zahn zu ... Anscheinend seid ihr nicht ausgelastet!«

Ewil und Ezra rannten weiter. Quer über den Hof. Hin und her zwischen den Flügeln des tristen Quartiers. Ihr Atem kondensierte purpur-grau vor ihren aufgerissenen Mündern. Ezra spürte, wie sich ihre harten Muskeln erwärmten, aber nicht genug. Mit jedem Schritt fuhr ihr ein stumpfer Schmerz ins Bein. Auffordernd sah sie Ewil an, als sie sich das nächste Mal in der Mitte des Platzes trafen.

»Nächste Runde ... Stopp«, keuchte sie.

Ewil nickte.

Ezra musste sich nicht anstrengen, um ihre Erschöpfung vorzutäuschen. Zum Ende der nächsten Bahn fiel sie in einen langsamen Trott und blieb vor der Häuserwand stehen – mitten im Schein der Purpursonne.

Erst jetzt, wo sie stehen geblieben war, spürte sie, wie die Luft frostig in ihren Lungen brannte. Sie atmete flach, um die Kälte herauszuhalten. Abermals schloss sie die Augen und versuchte sich, begleitet von einem tiefen Summen, in sich selbst zurückzuziehen. Doch sie fand keine Ruhe. Die Purpurstrahlen schnitten tief in ihr Fleisch und rissen sie mit eisigen Klauen aus ihrer Trance, noch bevor sie ganz in sie eingetaucht war. Sie biss die Zähne zusammen, aber schon bald fuhr ein heftiger Schauer durch ihren Körper. Als sie aufblickte, sah sie erleichtert, dass Ewil ihr ein Zeichen gab. Es war ihr egal, ob er ihr helfen wollte oder ob ihn der Frost trieb. Alles war besser, als in der kalten Sonne zu stehen. Gemeinsam liefen sie los.

»Bewegt eure Ärsche!«, peitschte Espen sie an. »Ich kann euch ja beim Laufen die Schuhe besohlen!«

Ezra legte einen Zahn zu. Doch mit jedem Schritt fiel es ihr schwerer, den stechenden Schmerz in Brust und Schenkeln zu ignorieren. Immer wieder blickte sie sehnsüchtig gen Himmel, nur um festzustellen, wie elendig langsam die Purpurscheibe über den Himmel kroch. Wie konnte das sein? Am Anfang war die Zeit doch geradezu verflogen? Sie versuchte sich zu erinnern, wie oft sie schon gerannt waren, als sie wieder einmal losliefen. Ewils Gesicht war mittlerweile leichenblass und seine Lippen blau gefroren. Er torkelte mehr, als dass er ging.

Ezra fühlte sich nicht viel besser. Als sie sich umdrehte, um die nächste Bahn zu laufen, spürte sie, wie es dunkel um sie wurde. Doch sie lief weiter. Mit geschlossenen Augen versuchte sie den Schwindel auszublenden. Sie musste keine Angst haben gegen die Mauer zu laufen. Die 53 Schritte hatte sie oft genug abgezählt, so wie Espen es prophezeit hatte. Ezra zählte im Geiste mit. *25, 26, 27* … Eigentlich hätte sie jetzt schon Ewils Schritte oder wenigstens seinen Atem hören müssen, doch da war nichts außer ihrem eigenen Keuchen. *45, 46, 47* … Gleich hatte sie den Platz überquert, gleich würde sie wenden.

»Ezra«, drang eine ferne Stimme an ihr Ohr. Immer wieder: »Ezra, Ezra, Ezra.«

Nein, es waren Schreie. »EZRA!«

Sie riss die Augen auf und wirbelte herum. Für einen Moment strauchelte sie und hatte Schwierigkeiten, sich zu orientieren. Dann sah sie Valerian. Er stand in der Mitte des Platzes und brüllte ihr hinterher. Neben ihm war Espen in die Hocke gegangen und kümmerte sich um Ewil, der bibbernd auf dem Boden lag.

»Ezra, komm her!«, rief Valerian abermals.

Sie nickte mechanisch. Erst als sie bei ihnen ankam, merkte

sie, wie wackelig sie auf den Beinen war. Wie kalter Stahl schnitt ihr die Luft in Rachen und Lunge. Am liebsten hätte sie aufgehört zu atmen.

Valerian flößte Ewil derweil etwas Branntwein ein. Sofort erwachten dessen Lebensgeister und er schüttelte sich, gepackt von einem heftigen Husten.

Dann reichte Valerian das Fläschchen an sie weiter. »Trink davon, es wärmt.«

Ezras Hände zitterten. Sie hatte Angst, die kleine Flasche fallen zu lassen, doch sie brachte sie an ihre Lippen und schaffte es, einen kräftigen Schluck zu nehmen. Die Flüssigkeit brannte angenehm in ihrer Kehle, und Wärme breitete sich in Leib und Gliedern aus. Für einen kurzen Augenblick wurde ihr schwindelig, dann war sie vollkommen klar.

»Schnell, komm her«, trieb Valerian sie an. »Schnapswärme hält nicht lange vor, aber für die nächste Aufgabe sollte es reichen.«

Noch eine Aufgabe?, kreischte eine Stimme in ihrem Kopf, aber sie folgte Valerian zu der Bank.

»Ihr habt euch tapfer geschlagen«, bemerkte Espen trocken. »Und euch gut abgestimmt. Es ist an der Zeit, dass wir morgen mit dem ernsten Teil beginnen. Also, wählt eure Waffen.«

Der große Krieger blickte sie auffordernd an und deutete auf die Bank, auf der die beiden Langschwerter, der Dröm sowie Ezras kurze Klingen lagen.

»Du zuerst«, sagte er zu Ewil.

Der ehemalige Gardist schien immer noch leicht benommen zu sein. Taumelnd wollte er nach seiner alten Waffe greifen, doch Valerian räusperte sich und deutete mit einem Nicken in Richtung der Langschwerter. Ewil verstand den Hinweis und nahm sich eine der schlanken Klingen.

Espen nickte anerkennend. Dann wandte er sich an Ezra: »Gut, und jetzt du. Triff deine Wahl!«

Sie blickte von Espen zu Valerian, der jedoch keinerlei Andeutungen machte. Dann beugte sie sich vor und griff ihr Schwert und das Jagdmesser. Wie immer beruhigte es sie, das Heft mit der geflügelten Frau zu umfassen.

»Das sind nicht die Waffen einer Staubklinge«, rügte Espen sie. »Das sind Waffen von Straßenräubern und Messerstechern.«

»Aber es sind meine Waffen«, entgegnete Ezra entschlossen.

»Leg sie zurück!«

»Aber …«, wollte sie protestieren, doch Espen brachte sie mit einem finsteren Blick zum Schweigen.

»Leg! Sie! Zurück!«, knurrte er.

Ezra zögerte einen Augenblick, doch dann tat sie, wie geheißen. Anschließend trat sie einen Schritt zurück und verschränkte die Arme trotzig vor der Brust.

»Komm schon, Espen«, witzelte Valerian. »Wir sind doch keine Zeremonialgarde mehr. Jeder sollte mit der Waffe kämpfen, die ihm liegt. Und wenn es ein Katzbalger mit Harpyiengriff ist … Sei's drum.«

Espen ignorierte seinen Kameraden, ohne mit der Wimper zu zucken.

»Schließe mit deiner Vergangenheit ab und triff die richtige Wahl, wenn du eine Staubklinge werden willst«, ermahnte er Ezra und hob den Arm. »Aber nicht mehr heute. Wir machen morgen weiter. Dann beginnt die Übung für dich von vorn. Stehen und Gehen. Jeden Tag von Sonnenauf- bis Sonnenuntergang. Bis du zur Besinnung gekommen bist.« Er wandte sich Ewil zu. »Und solange gilt das Gleiche auch für dich: Fünf Finger, eine Hand!«

*

Am Abend herrschte gedrückte Stimmung auf der Stube. Selbst Valerians Grinsen fiel schmaler aus als gewöhnlich. Schweigend hockten sie zusammen und löffelten die Frühstücksgrütze mit Stockbrot aus dem Topf. Das Zeug war noch genauso pappig wie am Morgen, aber wenigstens schmeckte es jetzt besser. Valerian hatte nämlich eine ordentliche Portion Zwiebeln und Speck hineingeschnitten, bevor er den Brei aufgewärmt hatte.

Ob Ewil immer noch glaubte, dass ihn die Staubklingen mit Silber und Gold überhäufen würden? Eine triste Behausung und magere Speisen war alles, was sie bisher bekommen hatten. Die Realität musste selbst einem Naivling wie ihm die Augen öffnen. Aber wahrscheinlich glaubte er immer noch, dass die Hand irgendwo einen Schatz vergraben hatte.

Als sie mit dem Essen fertig waren, stand Espen auf und brachte ein Schälchen Grütze nach nebenan. Garandee hatte den ganzen Tag damit zugebracht, die Pferde zu versorgen, und auch am Abend war er lieber für sich geblieben. Schon auf der Reise hierher hatte er Ewil und sie gemieden und kaum ein Wort mit ihnen gewechselt. Warum nur? Zum Glück ging Ewil wohl dieselbe Frage durch den Kopf, und er hatte – im Gegensatz zu ihr – keine Bedenken, sie zu stellen.

»Warum war der Daum eigentlich heute nicht bei der Übung dabei?«, fragte er kauend.

»Wer sagt, dass er nicht dabei war?«, entgegnete Valerian mit einem vielsagenden Lächeln, und sein Blick wanderte hinüber zu dem schmalen Hoffenster. »Er will sich nur nicht zu sehr an euch gewöhnen, bevor ihr nicht die Erste Staubung erhalten habt. Das ist alles. Salzleute trauern nämlich lange um verlorene Gefährten.«

»Ja, scheint so«, nuschelte Ewil mit vollem Mund. »Was ist eigentlich mit euren beiden Kameraden passiert?«

»Sch!«, machte Valerian hastig, und diesmal war das Lächeln für einen Herzschlag aus seinem Gesicht verschwunden.

Espen kam zurück, aber er setzte sich nicht zu ihnen, sondern legte sich direkt auf sein Bett.

»Ihr solltet auch schlafen«, brummte er mit geschlossenen

Augen. »Morgen wird es nicht leichter. Deine Entscheidung, Ezra – Stehen oder Gehen.«

Ewil stand auf und humpelte zu seinem Nachtlager. »Ich kann kaum noch laufen«, stöhnte er und musste dann selbst darüber lachen. »Nicht mal liegen kann ich, ohne dass es wehtut.«

Auch ihre Knochen schmerzten, dachte Ezra, nur machte sie nicht so ein Gewese darum. In eine Decke gehüllt saß sie vor dem Kamin und ließ sich den Rücken wärmen. Hitze war die beste Medizin.

»Ich hoffe, wir treffen morgen *alle* die richtige Wahl«, sagte Ewil und gähnte. Dabei streichelte er das Langschwert an seiner Seite und sah Ezra eindringlich an.

Genervt schaute sie weg. Sie hatte sich für ihre Klingen entschieden und sie würde es wieder tun, auch wenn das nicht besonders schlau war. Schließlich musste sie das Archiv der Staubklingen finden, bevor Espen noch auf die Idee kam, sie rauszuschmeißen. Und Odo musste sie auch aufspüren. Wer sonst sollte die Protokolle für sie durchlesen?

»Gehst du nicht schlafen?«, fragte Valerian, während er sich die Stiefel auszog.

Ezra schüttelte den Kopf. »Ich bleibe noch ein bisschen am Feuer.«

»Na dann, gute Nacht«, raunte Valerian und rollte sich auf die Seite.

»Gute Nacht«, flüsterte Ezra zurück.

Die trockene Luft vor dem Kamin machte sie schläfrig. Für eine Weile dämmerte sie vor sich hin und saugte schmatzend an einem Fetzen Speck, der ihr noch zwischen den Zähnen hing. Wenn es eins gab, auf das sie sich verlassen konnte, dann war es ihr leichter Schlaf. Sie würde lange vor Morgengrauen wach sein und hätte genügend Zeit für ihre Suche. Und mit diesem Gedanken schlief sie ein.

Ein sanftes Zischen ließ Ezra hochfahren. Der letzte Holzscheit im Kamin war erloschen. Um sie herum war es dunkel geworden, und der Geruch von kaltem Rauch lag in der Luft. Draußen regnete es. Für einen Augenblick wusste sie tatsächlich nicht, wo sie war. In ihrem Dorf? Bei Odo in Bendrahim?

Doch dann hatten sich ihre Augen an die Finsternis gewöhnt, und sie erkannte die Stube der Hand. Die drei Männer lagen in ihren Betten. Espen schnarchte leise, und auch Ewil atmete tief ein und aus. Nur Valerian schien wach zu sein. Nein, korrigierte sie sich, er redete im Schlaf. Er summte ein altes Söldnerlied.

Vorsicht ist des Feigen Ausflucht,
Lutschbonbon des Keuschen Unzucht.
Nixen gehen nicht durchs Feuer,
Kinder fürchten Ungeheuer.
Doch ich bin ein ganzer Mann,
seht nur, was ich alles kann:
Huren, Saufen, Raufen, Zocken,
Singen, Springen und Frohlocken!

Ezra musste lächeln. Zusammen mit Espens Schnarchen ergab das Lied eine lustige Melodie. Selbst wenn Valerian träumte, hatte er immer noch das letzte Wort.

Beim Versuch aufzustehen, verzog sie das Gesicht. Ein Krampf war ihr ins Bein gefahren. Sie streckte ihre Wade und wartete, bis der Schmerz nachließ. Dann schlich sie, halb hinkend, aus dem Zimmer.

Gut, dachte Ezra und atmete erleichterte aus, als sie die Tür hinter sich schloss. Sie war unbemerkt geblieben. Bloß, wo sollte sie mit ihrer Suche beginnen? Sie hatte keine Ahnung, wo man Schriften am besten lagerte oder wie viel Platz man dafür brauchte. Also würde ihr nichts anderes übrig bleiben, als das ganze Gebäude zu erkunden. Wenigstens musste sie nicht mit unliebsamen Begegnungen rechnen. Schließlich war es mitten in der Nacht, und außer ihr waren nur neun Männer in dem Haus – fünf von ihnen sogar im anderen Flügel.

Leise schlich Ezra den Flur hinunter und öffnete eine Tür nach der anderen. Doch alles, was sie vorfand, waren unbewohnte Stuben. Wie ihre eigene Unterkunft auch bestanden sie aus einem Hauptraum mit Kamin und einer separaten Kammer für den Daum.

Ezra näherte sich dem Ende des Ganges, und so langsam beschlich sie ein ungutes Gefühl. Sie hatte weder Garandee noch Espen oder Valerian auf der Reise schreiben sehen. Ob die Sturmklingen überhaupt noch Protokolle führten? Und was, wenn sie ihre Aufzeichnungen vernichtet hatten? Ezra verdrängte diese Gedanken und sah nach oben an die Decke. Über ihrem Kopf befand sich eine Luke. Vielleicht bewahrten sie die Schriften auf dem Dachboden auf?

Kurzerhand griff sie nach einer Leiter, die neben ihr an der Wand lehnte, und stellte sie unter die Falltür. Vorsichtig rüttelte sie an dem wackligen Ding, und erst als sie sicher war, dass sie fest stand, stieg sie empor. Plötzlich hörte sie ein Poltern über sich. Jemand war auf dem Dachboden! Sie sollte umkehren, sich wieder ins Bett legen … Doch schon im nächsten Augenblick ertappte sie sich dabei, wie sie die Luke einen Spaltbreit öffnete und neugierig hindurchspähte.

Ein Luftzug wehte ihr ins Gesicht. Irgendwo klapperte ein Fenster. Es war kühl und feucht auf dem Dachboden, aber dafür heller als unten im Flur. An mehreren Stellen drang Sternenlicht durch das löchrige Dach. Ezra wartete auf der obersten Sprosse und lauschte. Außer dem Trommeln und Tropfen des Regens war nichts zu hören. Ob sie sich getäuscht hatte?

Sie stieß die Luke weit auf und kletterte hindurch. Überall um sie herum standen Körbe, die meisten bis zum Rand mit grauen Stoffballen gefüllt. Zerbrochene Panzer und geborstene Klingen lehnten an den Wänden, einige Rüstungsteile waren quer über den Boden verstreut. Wahrscheinlich hatte in dem Durcheinander nur eine Ratte einen Schild umgestoßen.

Ezra wollte gerade wieder gehen, als ihr Blick auf einen seltsam drapierten Mantel fiel. Das Kleidungsstück lag in einer Ecke unter einer Dachschräge. So ausgebeult wie der graue Stoff war, schien er etwas sehr Klobiges zu verdecken. Sie zog den Kopf ein und ging näher heran. Mit einem Ruck riss sie den Mantel beiseite. Darunter stand eine Skulptur, die ihr bis knapp übers Knie reichte. Sie war aus massivem Stein und stellte einen bulligen Hund dar, mit flacher Schnauze und angelegten Flügeln. Das Maul war weit aufgerissen, und die Zunge hing zwischen den Zähnen heraus. Der flache Sockel, auf dem das Fabeltier saß, war grob behauen – so als wäre die Statue von irgendwo abgeschlagen worden.

Das war ein Wasserspeier, schoss es Ezra durch den Kopf. Und hier stimmte irgendetwas nicht. Die Skulptur war feucht, und auf dem Boden vor ihr hatte sich eine kleine Pfütze gebildet. Ezras Augen wanderten nach oben. Das Dach war an dieser Stelle absolut dicht. Alarmiert wich sie zurück. Zu spät!

Die Gargyle sprang sie an und warf sie um wie einen Zinnsoldaten. Ezra bekam keine Luft mehr. Das Ding auf ihrer Brust wog mindestens drei Zentner. Sie versuchte, sich zu befreien, schlug und trat um sich, aber ihre Hiebe prallten wirkungslos an dem Stein ab. Für etliche Herzschläge blieb die Gargyle auf ihr hocken, knirschte mit den Kiefern und beschnupperte sie. Dann plötzlich stieß sie sich von ihr ab und flog schwerfällig davon. Ein paar Ziegel krachten herunter, als sie durch ein zu schmales Loch in der Decke brach. Mit heftigen Flügelschlägen stieg sie in den Nachthimmel auf. Dann war sie verschwunden.

Keuchend rang Ezra nach Atem. Das Blut raste durch ihre Adern, und sie zitterte am ganzen Leib. Dennoch war sie eher begeistert als verängstigt. Sie hatte eine leibhaftige Gargyle gesehen! Ein Wesen, das es eigentlich nicht mehr geben durfte –

ein Wesen so wie sie. Hatte die Gargyle sie deshalb verschont? Weil sie gerochen hatte, dass Ezra auch ein Geschöpf der Drei Türme war?

Als Ezra sich von dem Schreck erholt hatte, kletterte sie die Leiter hinunter und schob den Riegel wieder vor die Klappe. Ob die Staubklingen wussten, was sich auf ihrem Dachboden versteckte? Wohl kaum. Vielleicht sollte sie das Fabeltier besänftigen und ihm ein Opfer darbringen? So wie es die Leute im Dorf mit ihr gemacht hatten, dachte Ezra verbittert. Allein deswegen hatte man sie doch nach dem Tod ihrer Mutter mit Essen versorgt – um sie zu besänftigen.

Sie eilte den Flur entlang und schlich zurück in die Stube. Die Männer schliefen immer noch tief und fest. Valerian hatte sogar das Singen eingestellt. Ohne zu zögern, trat sie an sein Lager und nahm den Mantel vom Haken über seinem Bett. Er war überraschend schwer. Vorsichtig durchsuchte sie die Innentaschen. Sie konnte einen Flachmann, einen Schlüssel, zwei Messer und eine Handvoll Münzen ertasten. In der fünften Tasche wurde sie endlich fündig. Sie zog eine lange Räucherwurst heraus und steckte sie in ihren Ärmel. Den Mantel hängte sie zurück an den Haken. Anschließend ging sie auf Zehenspitzen zu Espens Nachttisch, nahm den Krug, der darauf stand, und goss etwas von dem Kräuterwasser in eine Schale. Sie fuhr zusammen, als Valerian das Plätschern mit einem Summen erwiderte.

»Huren, Saufen, Raufen, Zocken«, murmelte er vor sich hin. Dann kicherte er dümmlich, wälzte sich im Bett herum und drehte ihr den Rücken zu.

Ezra wartete ein paar Atemzüge ab, bevor sie das Zimmer wieder verließ. Mitsamt Schälchen und Wurst huschte sie über den Gang und erklomm die Leiter zum Boden, ohne auch nur einen einzigen Tropfen zu verschütten. Unter der Luke hielt sie inne und lauschte. Als alles still war, öffnete sie sie und krabbelte hindurch. Wie es schien, war die Gargyle immer noch ausgeflogen. Rasch stellte sie die Schale an der Stelle ab, wo der Wasserspeier gesessen hatte. Zu guter Letzt kramte sie das Würstchen hervor und legte es feierlich daneben. Sie hatte keine Ahnung, ob Wesen aus Stein überhaupt aßen oder tranken. Aber vielleicht würde die Gargyle ihre freundliche Geste verstehen, das war es, was zählte.

Zufrieden mit ihren Opfergaben kletterte Ezra hinunter und stellte die Leiter wieder beiseite. Dabei warf sie einen kurzen Blick aus dem Fenster. Es war immer noch mitten in der Nacht, also genügend Zeit um den Rest des Hauses zu durchsuchen. Sie hatte gerade die Tür zum Treppenhaus aufgestoßen, als sie ein Flüstern hinter sich hörte.

»Ezra?«, hallte es über den Flur.

Abrupt hielt sie an. Es war Ewil. Was wollte der nur hier?

»Ezra, bist du das?« fragte er etwas lauter.

»Ja«, antwortete sie, bevor er noch das ganze Haus aufweckte.

Unbeholfen näherte er sich in der Dunkelheit und blieb ein paar Schritte vor ihr stehen. »Du solltest nicht gehen. Du schaffst das, ich weiß es!«

»Du denkst, ich will abhauen?«

»Das ist doch keine Schande«, entgegnete Ewil ruhig. »Nach der ganzen Quälerei. Espen war ziemlich hart zu dir …«

»Nur um dich zu beruhigen: Ich war nur spazieren. Ich konnte nicht schlafen und habe mir ein bisschen die Beine vertreten.« Ob er ihr die Lüge abnahm? Denn wenn sie ehrlich war, schrie ihr ganzer Körper nach einem weichen Bett. Nur zu gut, dass er ihr das im Dunkeln nicht ansehen konnte. »Aber ich denke, jetzt kann ich schlafen«, sagte sie deshalb schnell, bevor er noch weitere Fragen stellen konnte.

Ewil nickte. »Gut, dann …«

»Gehen wir schlafen«, beendete Ezra den Satz.

»Aber jeder für sich«, versuchte er sich nach Valerians Art an einem schlüpfrigen Witz.

Ezra rollte kurz mit den Augen, aber dann lächelte sie. »Sicher! Was hast du denn gedacht?«

Schweigend gingen sie zurück Richtung Stube. Doch kurz bevor sie eintraten, hielt Ewil die Klinke fest und räusperte sich. »Ich will nur, dass du weißt, dass ich dir deine Entscheidung nicht übel nehmen werde. Auch wenn sich meine Knochen freuen würden, wenn du morgen eine Waffenwahl triffst, die Espen besser gefällt.«

Sie wusste nicht, was sie darauf antworten sollte, und klopfte ihm auf den Rücken. Ewil war wirklich ein netter Kerl – fast zu nett, für ihren Geschmack. Dann öffneten sie die Tür und schlüpften leise in ihre Betten. Und erst jetzt, als sie still dalag, spürte Ezra, wie sehr ihre Rippen schmerzten. Die Gargyle war wirklich schwer gewesen.

11

VON MÄUSEN UND SALZMENSCHEN

ORIZA, PURPURSONNE, JAHR 1 N.D.U.

»Wer hat meine Teeschale genommen?«

Espens Frage hing bleischwer im Raum. Ewil und Ezra löffelten stumm ihr Grütze, während Valerian sich den Mantel überwarf. Draußen graute bereits der Morgen. Das hieß, ihre Übung würde bald beginnen. Nein, das sinnlose Strammstehen und Herumrennen, korrigierte sich Ezra.

»Und wer hat von meinem Würstchen genascht?«, protestierte Valerian grinsend, während er seinen Mantel abtastete.

»Spar dir deine Zoten!«, ranzte Espen ihn an.

»Aber nein«, protestierte Valerian, »das war kein Witz. Aber wenn ich mir deine Plauze so ansehe, dann willst du bestimmt nur davon ablenken, dass *du* die Wurst gemopst hast …«

Während die beiden miteinander stritten, sah Ewil von seinem Frühstück auf und warf Ezra einen fragenden Blick zu. Zur Antwort zuckte sie mit den Schultern und versuchte, eine ahnungslose Miene aufzusetzen. Sicher hatte Ewil bei der Wache in Bendrahim gelernt, es Leuten anzusehen, wenn sie logen. Deshalb senkte sie lieber rasch den Kopf und schaufelte ihren Brei mit doppelter Geschwindigkeit in sich hinein. Sie hoffte inständig, dass sie das eklige Zeug auch bei sich behalten würde.

Espen und Valerian zankten immer noch, als Garandee wie ein Geist in die Stube geschwebt kam. Und wie ein Geist sah er auch aus. Sein von Wülsten übersätes Gesicht war noch blasser als sonst, und die schwarz umrahmten Augen wirkten leblos.

»Gestern Nacht hat es einen ganz schönen Krach gegeben«, verkündete er mit dünner Stimme. »Oben auf dem Dach, glaube ich. Habt ihr das auch gehört?«

»Es hat ziemlich stark gestürmt«, meinte Espen. »Und es schüttet immer noch.«

»Nein, es klang nicht nach Regen. Eher nach ...« Garandee brach mitten im Satz ab. »Ist Wailanth mit seiner Hand eigentlich schon wieder zurückgekehrt?«

»Nein«, schaltete Valerian sich ein. »Sie sind immer noch im Einsatz. Auf geheimer Mission in Athanor. Mehr konnte mir Pergoul auch nicht sagen.«

»Hm«, brummte Garandee abwesend. »Wie dem auch sei. Findet heraus, woher dieser Lärm kam.«

»Ich werde gleich mal auf dem Dachboden nachsehen«, antwortete Espen und ging Richtung Tür.

Ezra sprang auf. »Ich glaube, das ist nicht nötig«, rief sie hastig. »Wenn ihr gestern Nacht ein Scheppern gehört habt, dann bin wohl ich die Schuldige.«

Garandee machte einen Schritt auf sie zu und musterte sie aus zusammengekniffenen Augen. Ezra schluckte. Sie konnte sich einfach nicht an den Anblick gewöhnen, wenn sie ihm von Angesicht zu Angesicht gegenüberstand. Wangen, Stirn und Kinn sahen aus, als wären sie mit einer schartigen Klinge bearbeitet worden. Und die milchige Flüssigkeit, die aus den Wülsten austrat, erinnerte sie an Eiter. Es gab wenig Dinge, vor denen Ezra sich ekelte – sie hatte in Schweineställen geschlafen und sich von Abfällen ernährt –, aber in diesem Fall musste sie den Blick abwenden. Allein der unterschwellige Salzgeruch, den Garandee verströmte, entspannte sie.

»*Ich* habe mir deine Schüssel geborgt, Espen«, murmelte sie. »Und danach wollte ich sie mit Regenwasser ausspülen und dir zurückgeben. Deshalb habe ich sie aus dem Fenster gehalten und ... da ist sie mir runtergefallen.«

»Gut«, hauchte Garandee anscheinend zufrieden. »Dann

wäre die Sache geklärt. Wir sehen uns erst heute Abend wieder. Ich habe noch etwas zu erledigen.«

Als die Tür hinter ihm zugefallen war, schüttelte Espen ungläubig den Kopf. Doch anstatt des erwarteten Donnerwetters, sagte er nur: »Ein Schälchen mehr, ein Schälchen weniger. Wir müssen ohnehin zum Markt und ein paar Dinge einkaufen.«

»Ich will mitkommen«, platzte es aus Ezra heraus. Das war *die* Gelegenheit, um nach Odo Ausschau zu halten.

»Nein!«, entgegnete Espen barsch. »Solange ihr gedrillt werdet, bleibt ihr im Quartier. Ihr habt Ausgangssperre bis zum letzten Purpurtag. Und jetzt beeilt euch, die Sonne scheint schon fast in den Hof.«

Grimmig stapfte Ezra ihm hinterher. Sechzig Tage in dem alten Gemäuer waren keine guten Aussichten. Wie sollte sie Odo nur finden, wenn sie das Haus nicht verlassen durfte? Sie musste sich etwas einfallen lassen.

Valerian ging neben ihr die Treppe hinunter und grinste breit. Mit den schwarz geschminkten Augen sah er aus wie ein böser Narr.

Ezra funkelte ihn wütend an. »Was ist?«

»Ich hab nichts gesagt.«

»Genauso wie gestern. Du hättest mir bei der Waffenwahl wenigstens einen Fingerzeig geben können. Ewil hast du ja auch geholfen.«

Valerian sah sie prüfend an. »Hätte das deine Entscheidung etwa beeinflusst?«

»Nein!«

»Also, warum hätte ich es dann tun sollen?«

Dieses selbstgefällige Grinsen regte Ezra auf! Sie blieb stehen, um in Ruhe durchzuatmen. Doch im nächsten Augenblick spürte sie, wie ihr jemand an den Hintern grapschte.

»Morgen, Kleine«, raunte Pasquiit ihr im Vorübergehen ins Ohr und schenkte ihr ein dreckiges Grinsen.

Hart und ansatzlos schlug Ezra zu, mitten in Pasquiits Magengrube. Er taumelte und griff nach seinem Schwert, doch er schaffte es nicht, die Klinge mehr als eine Handbreit aus der Scheide zu ziehen, schon war Ezra heran. Sie packte ihn im Nacken und drückte ihn mit dem Gesicht gegen die Wand.

»Na, wie gefällt dir das?«, fauchte sie, während sich ihre Finger in seinen Hals bohrten.

Pasqiit schnaufte und schlug hilflos nach hinten. Ezra war überrascht von ihrer eigenen Kraft. Aber es gefiel ihr ... Und seine Gegenwehr reizte sie nur noch mehr. Bei jedem Zappeln drückte sie noch ein bisschen fester zu.

»Genug!«, hallte Espens Stimme durch das Treppenhaus. »Lass ihn los! Sofort!«

Sie spürte, wie Ewil und Valerian sie von hinten packten und von Pasqiit wegzerrten. Ihre Nägel hinterließen rote Striemen auf seiner Haut.

»Bist du verrückt, Weib?«, fluchte Pasqiit und griff sich an den Hals. »Ich blute!«

Ezra konnte seine Wut riechen, und darunter verbarg sich noch ein viel süßerer Duft: Angst! Am liebsten hätte sie ihn erneut angesprungen, aber Ewil und Valerian hatten sie immer noch fest im Griff.

Und das ist gut so, hörte sie ihre eigene Stimme in ihrem Kopf flüstern. *Dieses Mal* hätte er sein Schwert längst in der Hand, bevor du bei ihm wärst.

»Daum Garandee wird davon hören!«, keifte Pasqiit und spuckte vor ihr auf den Boden.

»Ja«, erwiderte Espen ruhig, »das wird er. Aber von mir. Und bis er zurück ist, sperrt sie in den Karzer.«

»Du hast es gehört«, seufzte Valerian und schob Ezra vor sich her. »Kann ich dich jetzt loslassen, ohne dass du jemanden umbringst?«

Ezra nickte. Auf einen Schlag fühlte sie sich erschöpft und jeder Kampfgeist in ihr war erloschen. Sie wollte tief Luft holen, doch ihre Rippen taten immer noch weh. Im Karzer, dachte sie niedergeschlagen, war sie noch weiter weg von ihrem Ziel, als hier oben unter Hausarrest. Ewil und Valerian führten sie durch den strömenden Regen über den Hof, vorbei an den Kriegern von Pergouls Hand. Die Männer folgten ihr mit finsteren Blicken, bis sie durch den Torbogen verschwunden war. Mit hängenden Schultern schlurfte sie die kurze Treppe zum Keller hinunter.

»Wie lange muss ich hier drinbleiben?«, fragte sie teilnahmslos.

Valerian zuckte mit den Achseln. »Das wird Garandees Entscheidung sein. Also mindestens, bis er heute Abend zurückkommt. Ich bringe dir später etwas zu essen und trinken.«

Mit diesen Worten schob er die Tür hinter ihr zu, und das Letzte, was sie sah, war Ewils mitleidiger Blick. Ein lautes Klacken ertönte, als der Schlüssel ins Schloss gesteckt und zweimal umgedreht wurde. Dann war sie allein.

Es roch muffig. Ezra hatte nichts anderes erwartet. Wenigstens war es hier wärmer als draußen. Durch eine Reihe schmaler Oberlichter drang etwas Licht ins Dunkel, grau gefiltert durch Spinnweben, die in der Zugluft zitterten. Gleich neben der Tür lag eine Strohmatte und darauf eine löchrige Decke. Ihr Gefängnis war kein Kerker, sondern ein Weinkeller, stellte sie überrascht fest. Unzählige Fässer standen an den Wänden und bildeten eine lange Gasse. Die Holzdeckel waren mit blasser Kreide beschriftet – wahrscheinlich Jahreszahlen. Im Vorbeilaufen klopfte Ezra an einigen von ihnen. Alle klangen leer. Nachdem sie einmal auf und ab gegangen war, legte sie sich auf die Matte und machte die Augen zu. Dösen konnte sie immer.

Einige Stunden dämmerte sie so vor sich hin, ohne wirklich zu schlafen oder auch nur einen klaren Gedanken fassen zu können. Pläne schmieden war nicht ihre Stärke, stellte Ezra wieder einmal verbittert fest. Sie lebte lieber im Moment und ergriff Gelegenheiten beim Schopfe, wenn sie sich ergaben. Doch dieser Tag bot nicht allzu viele davon.

Gegen Mittag brachte Valerian ihr, wie versprochen, das Essen – einen Teller lauwarmer Grütze und einen Becher Wasser.

»Wenn du den ausgetrunken hast«, sagte er nüchtern, »kannst du dich darein erleichtern.«

Bevor sie ihm eine schnippische Antwort geben konnte, zog er grinsend eine Räucherwurst aus dem Ärmel und drückte sie ihr in die Hand.

»Die magst du doch, oder nicht?«

Ezra starrte ihn an und schwieg.

Valerian atmete seufzend aus. »Weißt du, genau hiervor wollte ich dich bewahren. Dein ganzes Talent ist nichts wert, wenn du dich nicht im Griff hast. Eines Tages wirst du in einem richtigen Kerker landen, und dann wird dein Richter nicht Garandee sein.«

Ezra starrte ihn einfach nur weiter an. Sie mochte es, Leuten mit ihrem Blick Unbehagen zu bereiten. Schon als kleines Mädchen hatte sie so Kinder und Erwachsene auf Abstand gehalten.

»Gut«, sagte er schließlich und stand auf. »Dann bis heute Abend. Und wenn du meinen Rat schon nicht annimmst, dann hoffentlich den von Garandee.«

Ezra knirschte mit den Zähnen. Sie wollte nicht, dass Valerian dachte, er könnte sich mit einer Wurst und ein paar klugen Sprüchen ihr Wohlwollen sichern. Andererseits war sie vielleicht auf sein Wohlwollen angewiesen.

»Danke«, murmelte sie, als er die Tür schon fast geschlossen hatte. Für einen Moment ließ er sie einen Spaltbreit offen stehen, dann zog er sie hinter sich ins Schloss.

Ihr Blick fiel auf den Teller mit der Grütze. Naserümpfend schob sie ihn beiseite. Die Wurst brach sie jedoch in zwei Teile. Den einen Zipfel steckte sie in ihre Manteltasche, am anderen begann sie genüsslich zu kauen. Wohl von dem Fettgeruch angelockt, lugte eine Maus aus einem der Fässer hervor und piepste aufgeregt. Kurz darauf steckte ein zweites neugieriges

Mäuschen seinen Kopf aus demselben Loch. In den winzigen Pfoten hielt es ein Stück Papier und knabberte daran. *Papier in einem Weinfass?*

Ezra sprang auf und rannte zu dem Fass hinüber. Die Mäuse nahmen sofort Reißaus. Mit zwei Fingern griff sie in das runde Loch hinein und zog an dem Deckel. Einmal … zweimal … dreimal zerrte sie mit aller Kraft. Beim vierten Mal kam ihr der Deckel entgegen und mit ihm purzelten dutzende Schriftrollen heraus. Wie es aussah, hatte sie das Archiv gefunden.

*

Als Valerian sie aus dem Keller holte, war die Sonne bereits untergegangen. Beim Gang über den Innenhof wunderte Ezra sich nicht zum ersten Mal, dass weder durch das Tor noch über die Dächer der übliche Stadtlärm drang. Schon auf dem Weg zum Quartier der Staubklingen war ihr aufgefallen, wie ruhig die Gegend war. Keine Fuhrwerke ratterten, keine Menschen krakelten. Prüfend sog sie die kalte Nachtluft ein. Nein, sie konnte nicht einmal den Geruch von Kaminfeuern wittern. Die Gegend rund um die Drei Türme schien vollkommen ausgestorben zu sein.

Espen nahm sie am Eingang zum Treppenhaus in Empfang.

»Garandee will dich sehen«, sagte er mit ernster Miene. »Und er ist nicht erfreut. Du weißt ja, wie ungern er mit Leuten redet, die nicht Teil seiner Hand sind. Es sei denn, es handelt sich um Auftraggeber.«

Ezra hatte keine Angst vor dem Salzmann – eigentlich. Aber so wie die beiden Krieger sie flankierten und die Stufen hinaufführten, kam sie sich vor, als wäre sie auf dem Weg zum Richtblock. Mit jedem Schritt wurde das Gefühl in ihrem Magen flauer und flauer. Vielleicht hätte sie doch von der Grütze essen sollen. Nun ja, die Mäuse würden sich über das üppige Mahl freuen, wenn sie sich aus ihrem Versteck trauten.

Ewil saß auf seinem Bett, als sie die Stube betraten. Den rechten Arm hatte er in einen Eimer mit Eiswasser getaucht. Er zog ihn heraus, und sie sah, dass seine Hand rot und geschwollen war, die Haut an den Fingern eingerissen. Offensichtlich hatte er einen anstrengenden Tag mit dem Schwert hinter sich. Mit einer kurzen Handbewegung bedeutete Espen ihm, den Raum zu verlassen.

Ewil nickte Ezra aufmunternd zu, als er an ihr vorbeiging. Seine Lippen bewegten sich lautlos. *Viel Glück*, glaubte sie von ihnen abzulesen.

Während sie mit Valerian in der Stube wartete, schlüpfte Espen durch den schmalen Durchgang nach nebenan. Kurz darauf kehrte er mit dem Daum zurück. Vier Schritte vor ihr blieb der Salzmann stehen. Er musterte sie ausdruckslos. Seine Arme hingen unbewegt an den Seiten hinunter – so weit, dass die Fingerspitzen bis zu den Knien reichten. Mit einem Schwert in der Hand musste er eine wahnsinnige Reichweite haben, dachte Ezra beeindruckt. Zuvor war ihr das nie aufgefallen. Wie immer umgab Garandee eine leichte Salzbrise. Genauso hatte ihre Muschel früher auch gerochen, bevor der Duft verblasst war und mit ihm die Erinnerung an ihre Mutter.

»Was soll ich nur mit dir machen?«, fragte er mit leiser Stimme. »Dein Verhalten zwingt mich einzuschreiten, noch bevor du die Erste Staubung erhalten hast. Streng genommen bist du nicht Teil meiner Hand. Aber du wohnst unter unserem Dach und hast dich an unsere Regeln zu halten. Und einen Mann aus den eigenen Reihen anzugreifen, ist ein schweres Vergehen.«

Garandee kehrte ihr den Rücken zu und blickte aus dem Fenster. »Daum Pergoul fordert, dass ich dich auf der Stelle fortschicke. Er meint, du hättest bewiesen, dass Frauen den Anstrengungen und Herausforderungen der Staubklingen nicht gewachsen sind. Nur ist es nicht an ihm, das zu verlangen; und auch nicht an mir, ihm das zu verwehren. Dazu braucht es einen Rat der Däume, also mindestens drei. Und das heißt wohl warten …«

Garandee drehte sich wieder zu ihr um und sah sie auffordernd an. »Vielleicht kannst *du* mir sagen, was ich mit dir anfangen soll?«

Ezra war sprachlos. Sie hatte nicht die geringste Ahnung, was sie sagen sollte. Wollte er, dass sie von alleine ging?

»Ähm, ich weiß nicht«, stammelte sie.

»Wenn ich vielleicht einspringen darf?«, warf Valerian, wie immer grinsend, ein. »Pasqiit hat sie provoziert.«

»Und das ist genau der Moment, in dem sie hätte beweisen können, dass sie eine von uns ist«, fuhr Espen barsch dazwischen. »Weib hin oder her … Sie hätte die Nerven bewahren müssen. Wer braucht schon einen Leibwächter, der bei dem geringsten Anlass die Ruhe verliert.«

Valerian hob die Augenbrauen und wusste darauf nichts zu erwidern. Für einen Moment herrschte Schweigen.

»Pasqiit hat mich … betatscht«, sagte Ezra schließlich im Flüsterton. »Und als ich mich gewehrt habe, wollte er sein Schwert ziehen. Nur deshalb habe ich ihn angegriffen.«

Espen lachte amüsiert auf. »Glaub mir, Kleine, wenn er seine Klinge hätte ziehen wollen, dann hättest du es nicht einmal gemerkt bis sie dir in den Eingeweiden steckt. Niemand zieht sein Schwert schneller als er.«

Außer mir, dachte Ezra, doch Valerian nickte bekräftigend. Garandee starrte sie aus seinen eisblauen Augen an. Völlig versteinert stand er da. Ezra hatte plötzlich das Gefühl, als würde er ihre Gedanken lesen.

»Espen, Valerian«, forderte er die anderen auf, »seid so gut und lasst uns allein.«

Ezra glaubte aus einer Starre zu erwachen und nicht zu wissen, wie ihr geschah. *Allein mit Garandee* … Sie blickte den beiden Kriegern wehmütig hinterher, als sie den Raum verließen.

»Was weißt du von Zauberei?«, fragte Garandee, sobald sie allein waren, und stellte den linken Fuß auf einen Schemel.

Die Frage traf sie vollkommen unvorbereitet. Nervös leckte Ezra sich über die Lippen. Ihre Kehle kratzte, als sie antwortete: »Sie wird hier an den Drei Türmen gelehrt. Und jeder, der die geheime Kunst ausübt und nicht ein Zeichen der Magiker trägt, tut Unrecht.«

»Ja«, stimmte er ihr zu. »So reden die Leute dieser Tage, und so lautet auch das Gesetz des Voxanten. Aber es war mein Volk, das den Menschen einst die Augen für die Zauberei geöffnet hat. Lange Zeit wirkten sie die arkanen Kräfte gleichberechtigt, bauten die Türme Seite an Seite.«

Als Kind hatte Ezra die Märchen von zaubernden Salzleuten geliebt, die sich in Wasser- und Salzsäulen zu verwandeln vermochten, aber sie hatte nie davon gehört, dass sie die ersten Lehrmeister der Magiker waren.

»Und weißt du, wie viele Salzmänner heute noch im Dienst der Drei Türme stehen?«

»Nein.«

»Keine«, erwiderte er nüchtern. »Genauso viele wie Frauen. Gemäß den Bestimmungen der Drei Türme sind sie von der Zauberei ausgeschlossen. Dabei ist es unmöglich, die Magie irgendwelchen Regeln zu unterwerfen. Sie ist ständig im Fluss – ein Ganzes, das Körper, Geist und Seele vereint und mit der Umwelt verbindet. Die Magiker haben sie künstlich in drei Teile zerstückelt: Die Magie des Ersten Turmes, die sich mit den Gedanken und Wahrnehmungen aller Wesen beschäftigt ... Die Magie des Zweiten Turmes, die sich mit allem Dinglichen befasst ... Und zuletzt die Magie des Dritten Turmes, die darauf aus ist, Leben zu vernichten, zu verlängern und ... zu erschaffen.«

Bei den letzten Worten war Garandees Stimme leiser geworden. Abwartend sah er sie an, dabei tappte er mit dem Fuß auf den Schemel. Ob er wusste, was sie war?

»Also … kannst du zaubern?«, versuchte sie so beiläufig wie möglich zu fragen.

Sein fast lippenloser Mund verzerrte sich zu einem Lächeln. »Ich bin besser im Schminken«, entgegnete er und blinzelte ihr mit seinen geschwärzten Augen zu.

Ezra wurde nicht schlau aus ihm. Wollte er sie einschüchtern, indem er vorgab, zaubern zu können?

»Aber nun zurück zu dir«, sagte Garandee langsam und rieb sich das Kinn. »Hast du vorhin die Wahrheit gesprochen? Ich glaube dir, dass Pasquiit dich belästigt hat, aber wollte er wirklich seine Waffe ziehen?«

»Ja«, sagte Ezra, »ich musste mich verteidigen.«

»Mit einer erstaunlichen Geschwindigkeit, wie ich hörte«, murmelte Garandee, und in genau diesem Moment wanderte seine Hand in Richtung Schulter, dorthin, wo der Griff seines Schwerts aufragte. Schon hatte er das Heft fest umschlossen.

Ezra schnellte vor. Doch Garandee trat ihr den Schemel entgegen. Mit einem Satz sprang sie über den kleinen Hocker und fiel ihm in den Arm, bevor er die Klinge ziehen konnte.

Er ließ den Schwertgriff los und schob sie sanft von sich. »Aufschlussreich«, murmelte er. »Äußerst aufschlussreich. Du bist tatsächlich so schnell, wie die anderen sagen. Intuitiv und zwanghaft. Wie eine Katze, die dem Wollknäuel nicht widerstehen kann.«

Ezra schlug das Herz bis zum Hals, während Garandee in aller Ruhe den Schemel aufhob und darauf Platz nahm. Angespannt wartete sie, bis er sich endlich räusperte und weitersprach: »Du bleibst bei uns bis Gliv oder Wailanth zurückgekehrt sind und wir gemeinsam ein Urteil fällen. Und jetzt hol die anderen herein. Es ist Zeit fürs Abendbrot.«

»Ja«, sagte Ezra erleichtert und öffnete die Tür.

Als Erstes stürmte Espen herein. Und ehe sie sich versah, hatte er ihr den Waffengurt mit ihrem Messer und dem Katzbalger in die Hand gedrückt. »Glaub ja nicht, dass ich damit deine

Dickköpfigkeit belohne«, knurrte er. »Ich will nur endlich mit dem verdammten Waffendrill anfangen.«

»Ach«, scherzte Valerian, während er Espen auf die Schulter klopfte. »Im tiefsten Innern seines Herzens bewundert er dich für deine Hartnäckigkeit. Nicht wahr, mein bärbeißiger Freund?«

12

AUGE UM AUGE

ORIZA, PURPURSONNE, JAHR 1 N.D.U.

Die Tage vergingen, ohne dass Ezra von Odo hörte. Und da sie nicht wusste, wo sie nach ihm suchen sollte, begann sie, sich auf ihre täglichen Drillübungen zu konzentrieren. Schon bald badete auch sie ihre geschwollenen Hände in Eiswasser, genau wie Ewil.

Espen scheuchte sie täglich von früh bis spät über den Hof, bis ihnen die Zungen zum Hals raushingen. Er mäkelte immer noch an Ezras Waffenwahl. Doch spätestens seit Valerian scherzte, dass ein Langschwert viel zu schwer für ein Mädchen sei, schien er sich damit abgefunden zu haben. Espens Blick entging nichts. Er achtete auf die kleinsten Details – auf ihre Fußstellung, bevor sie zuschlugen, ihre Atmung, während sie zuschlugen und abermals ihre Fußstellung, nachdem sie zugeschlagen hatten. Sicher war nur eins: Abend für Abend fielen sie erschöpft ins Bett.

Davor saßen sie jedoch noch oft in der Stube beisammen und erzählten sich vor dem Kamin Geschichten. Valerian verköstigte sie aus seinem schier unerschöpflichen Vorrat an Rauchwürsten – wie sich später herausstellte, hatte er eine Liebschaft mit einer Metzgerstochter –, und Ewil und Espen erwiesen sich als passable Sänger. Selbst Garandee gesellte sich manchmal für ein halbes Stündchen zu ihnen, auch wenn er nur stumm dasaß. An ganz besonders kalten Abenden spendierte er ihnen ein Schlückchen von seinem guten Kaktusschnaps. Langsam, bemerkte Ezra, fand sie tatsächlich Gefallen an der Vorstellung, eine von ihnen zu werden.

Es waren nur noch wenige Tage bis zum Sonnenwechsel. Erste rote Strahlen hatten sich bereits unter das kalte Purpurlicht gemischt, als Espen eines späten Abends noch die Klingen mit ihr kreuzte.

»Nicht so tief in die Hocke«, korrigiert er sie. »Mehr seitlich ... Gewicht auf den hinteren Fuß ... Und Ausfall!«

Ezra sprang auf Kommando los. Mit dem Katzbalger tippte sie von unten gegen Espens Schwertspitze, sodass sein Waffenarm für einen Herzschlag hochfuhr. Zeit genug! Flink tauchte sie unter seiner Klinge hinweg und täuschte mit dem Messer einen Stoß in seine Achselhöhle an. Zufrieden grinsend blieb sie stehen. Doch ihr Triumph war nur von kurzer Dauer.

»Verfluchte Sonnenscheiße!«, rief Espen und lief rot an. »Über fünfzig Tage Drill, und du machst immer noch nicht, was ich dir sage. Ich will klare Abläufe sehen! Vorderbein vor, Hinterbein gestreckt, mit deiner Klinge sauber die des Gegners binden und dann zustoßen. Ist das so schwer? Stattdessen springst du herum wie ein betrunkener Seemann!«

Er schüttelte den Kopf. Doch dann schlug er ihr plötzlich mit dem Schwertknauf gegen den Schädel – nicht so stark, dass sie blutete, aber kräftig genug, dass sie für einen Augenblick Sterne sah.

»Au!«, fauchte Ezra. »Das war unfair!«

»Nein, das war ein Treffer«, erwiderte Espen trocken.

»Aber du warst bereits tot!«

»Nicht, wenn ich ein Herzfelder Ritter wäre, der ein Kettengeflecht zwischen Brust- und Schulterplatten trägt«, sagte er und schlug sich dabei gegen den Panzer, dass es schepperte. »Oder stell dir vor, ein weiterer Kämpfer hätte sich von hinten an dich herangeschlichen.«

»Niemals! Den hätte ich gehört.«

»Ach ja?«, erwiderte Valerian amüsiert. Er stand direkt hinter ihr.

Verdammt, fluchte Ezra innerlich, Espen hatte sie abgelenkt.

Trotzdem hätte sie Valerian hören müssen. Augen nach vorn, Ohren nach hinten – daran würde sie in Zukunft denken.

»Zum Glück bin ich nur mit Papier bewaffnet und nicht mit Stahl. Auch wenn das manchmal besser schneidet, als so manche Klinge.« Valerian spielte mit einer Schriftrolle, deren Siegel bereits gebrochen war. »Eine Nachricht von Gliv«, sagte er und wurde plötzlich ernst. »Er will mit seiner Hand am dritten Blutsonnentag hier eintreffen ... Spätestens.«

Mit einem Schlag zog sich alles in Ezra zusammen. Wie ein gehetztes Tier blickte sie von Espen zu Valerian und wieder zurück. »Heißt das, dann wird über mich entschieden?«

Valerian nickte.

»Für heute haben wir genug geübt «, sagte Espen in versöhnlichem Ton. »Komm, wir gehen nach oben.«

An diesem Abend wollte Ezra keinen Gefallen an dem gemütlichen Beisammensein finden. Die Lieder klangen traurig, und selbst die Wurst schmeckte fade. Einen Teil ihrer Portion ließ sie heimlich in ihrem Mantel verschwinden. Immerhin hatte sie noch ihren nächtlichen Gang zu erledigen.

Wortlos zog sie sich zurück und legte sich schlafen. Wenn man sie entließ, bevor Odo auftauchte, wäre alles umsonst gewesen. Wer sonst sollte die Schriften entziffern, die sie entdeckt hatte, und ihr helfen herauszufinden, wer ihre Schöpfer waren? Sie selbst? Ein schlechter Witz!

Wütend krallten sich ihre Finger in die Bettdecke. In ihrem Dorf hatte es niemanden gegeben, der ihr das Lesen hätte beibringen können oder wollen. Und jetzt damit anzufangen, war mehr als zu spät. Wie auch immer sie es wendete, die Zeit lief ihr davon. Fast hoffte Ezra, einfach nur bei den Staubklingen bleiben zu können – ohne dass sich irgendetwas änderte. Sie könnte ihre Suche aufgeben. *Warum auch nicht?* Im Halbschlaf drehte sie sich auf die Seite und blickte blinzelnd in den Kamin. Das Feuer war schon fast heruntergebrannt. Noch ein letztes Mal flammte es auf, bevor es verglühte. *Darum!*, dachte sie.

Weil so, wie sie war, nur der Scheiterhaufen auf sie wartete, und auch auf die, die ihr halfen.

Als sie mitten in der Nacht erwachte, stand sie leise auf. Auf Zehenspitzen huschte sie zu Valerians Bett hinüber. Für einen Moment verweilte sie dort und lauschte seinen Atemzügen, bis sie sich sicher war, dass er fest schlief. Dann tastete sie seinen Mantel ab. Der Kellerschlüssel war immer noch in derselben Tasche. Sie dachte kurz darüber nach, ihn zu stehlen. Nur was sollte sie mit ihm anfangen? Ohne Odo nutzte ihr der Zugang zu den Schriftrollen gar nichts, und das Risiko, dass Valerian den Schlüssel vermissen würde, war zu groß.

Ohne Schlüssel schlich sie also aus der Stube, huschte über den Flur und hinauf zum Dachboden. Die hinterste Ecke war noch immer verwaist. Seit ihrer ersten Begegnung hatte Ezra die Gargyle nie wieder gesehen. Dennoch brachte sie ihr jede Nacht etwas von ihrem Essen. Heute sogar mehr als sonst, stellte sie plötzlich mit Blick auf das Würstchen fest. Jede Nacht, wenn sie herkam, war das Essen vom Vorabend verschwunden. Vielleicht hatten es nur Ratten stibitzt, doch Ezra zog es vor, daran zu glauben, dass die Gargyle immer noch hier hauste. Wie ein Götzenopfer legte sie die Kräuterwurst auf dem Boden in der Ecke ab.

Ein heftiges Heulen ließ sie aufschrecken. Doch es war nur der Wind über den Dächern und nicht das magische Wesen. Ezra starrte hinauf zu dem Loch, das die Gargyle neulich bei ihrer Flucht hinterlassen hatte. Die Nacht war sternenklar, ein verlockender Anblick.

Eigentlich war Ezra müde, wie jeden Abend nach dem harten Drill, doch sie war schon so lange nicht mehr über die Dächer spaziert. Das letzte Mal, als sie bei Odo in Bendrahim gewesen war. Sie vermisste es – diese Freiheit und das Gefühl von Weite. Sie wollte von Giebel zu Giebel springen oder hin und wieder einfach nur dasitzen und in die Fenster der Leute spähen, sie beim Abendessen, Nähen oder Geschichtenerzählen beobachten – beim ganz normalen Leben. Etwas, das sie selbst nicht kannte und vielleicht nie erfahren würde. Es sei denn, es gelang ihr, ihre Schöpfer zu finden und ihren Fluch zu brechen. Der Gedanke machte ihr gleichermaßen Mut und Angst, denn dafür müsste sie noch einmal dem Raubtier in sich die Kontrolle überlassen und ihren Schöpfern das Leben nehmen.

Ezra nahm ein paar Schritte Anlauf und sprang durch das Loch in der Decke. Sanft abfedernd, nahezu lautlos landete sie auf dem Dach. Die Ziegel waren von der Purpursonne vereist, sodass sie ein Stück hinunterrutschte. Hastig streckte sie die Arme aus und hielt sich an zwei vorstehenden Ziegelsteinen fest. Der eine löste sich, fiel in die Tiefe und kam klirrend am Boden auf, doch der andere hielt. Vorsichtig kroch sie weiter das Dach hinauf, das nur zur Hofseite hin abfiel. An einem Schornstein schließlich fand sie Halt.

Die Gassen unter ihr waren geradezu hell erleuchtet. Erst auf den zweiten Blick wurde ihr klar, dass dort unten keine einzige Laterne brannte. Es war das Granitpflaster, das sternengleich funkelte. Zu ihrer Linken ragten die Drei Türme drohend in den Nachthimmel. In zweien sah sie vereinzelte Lichter, der dritte jedoch war pechschwarz. Die Gebäude in der Umgebung schienen genauso verwaist zu sein, denn auch ihre Fenster waren unbeleuchtet.

Ezra musste den Blick schweifen lassen, ehe sie – zwei bis drei Straßenzüge weiter – die ersten bewohnten Häuser ausmachen konnte. Während sie sich umsah, nahm sie aus dem Augenwinkel plötzlich ein Flattern wahr. Aus einem Fenster im Haus gegenüber wehte eine längliche Fahne. Nein, keine Fahne, korrigierte sie sich, sondern ein Schal war dort festgebunden. Sie kniff die Augen zusammen und glaubte, im hellen Schimmer der Straße ein Vogelmuster auf dem Tuch zu erkennen. Ihr Herz begann schneller zu schlagen ... Die Fahne sah aus wie der Hochzeitsschal, den Odo von Mirryl geschenkt bekommen hatte!

Vorsichtig balancierte sie bis zum Rand des Daches und blickte hinunter. Die Gasse war zu breit, um ohne Anlauf auf die andere Seite zu springen. Andererseits war das Haus nicht annähernd so hoch wie die Tempelkuppel, von der sie in Bendrahim gestürzt war. Es ging höchstens sieben oder acht Schritt nach unten. Ezra ging in die Knie und hockte sich möglichst nah an den Rand. Ihr Puls raste. Sie wollte springen … Sie würde springen … Und sie sprang. Mit ausgestreckten Gliedern segelte sie in die Tiefe und bereitete sich auf den Aufprall vor. Sie landete hart auf allen vieren, rollte sich ab, um den Stoß abzufedern, und kam in einer kauernden Haltung zum Stillstand. Ihr Herz schlug ihr immer noch bis zum Hals – doch anscheinend hatte sie sich nichts gebrochen. Oh, wie sie *das* vermisst hatte!

Mit einem verwegenen Lächeln auf den Lippen richtete sie sich auf und schlich zum Nachbarhaus hinüber. Sie hielt nach einer günstige Stelle Ausschau, an der sie die Fassade erklimmen könnte, denn die Vordertür war mit Brettern vernagelt. Andererseits gab es sicher auch einen bequemeren Einstieg – einen Hintereingang oder ein offenes Fenster im Erdgeschoss vielleicht. Sie hatte gerade die Häuserecke umrundet, als sie direkt über sich einen roten Stofffetzen sah, der an einen Fensterladen genagelt worden war. Ezra streckte sich und riss ihn herunter. Etwas Weiches und Körniges war darin eingenäht. Prüfend hielt sie sich das Beutelchen unter die Nase und roch daran. Es duftete nach Kräutertee. Ihr Herz machte wieder einen Satz. Das hier war ein Wegweiser. Odo war hier!

Sie lief die Straße hinunter und hielt nach weiteren Zeichen Ausschau. Dort, schräg gegenüber, war das nächste Stück Stoff an einen Fensterladen genagelt. Sie folgte der Spur aus roten Stofffetzen, bis sie zwei Häuserblöcke und eine Ecke später in einen Teil von Oriza kam, in dem Fenster erleuchtet waren und Schornsteine rauchten. Sie musste nicht lange weitergehen, denn an der nächsten Tür war schon ein rotes Band um die Klinke gebunden.

Ezra legte den Kopf in den Nacken und sah nach oben. Über dem Eingang hing ein buntes Eisenschild in Form einer Pfeife. Wo ihre Leseschwäche sie im Stich ließ, half ihr ihre Nase weiter. Unter der Türschwelle drang der Geruch von Bratenfett, Weingeist und Pfeifenrauch hervor. Ein Gasthaus, dachte sie, das hier musste ein Gasthaus sein. Es war spät, aber im Erdgeschoss brannte noch Licht. Ezra atmete einmal tief durch, dann drückte sie die Klinke herunter und trat ein.

Ein kristallenes Windspiel klirrte sanft, als sie die Tür öffnete. Sie blickte sich um. Keiner der runden Tische war besetzt, und auch die meisten Lampen waren schon gelöscht worden. In dem offenen Kamin in der Mitte des Raums knisterte jedoch noch ein Feuerchen. Ezra rieb sich die Hände. Draußen hatte sie gar nicht gemerkt, wie sehr sie gefroren hatte. Doch jetzt kribbelten ihr die Finger, und sie war froh, dass die Gaststube gut geheizt war.

Der Wirt, ein dünner Mann mit schlohweißem Haar, hatte ihr den Rücken zugekehrt und war damit beschäftigt, die Stube auszufegen.

»Wärmt Euch erst gar nicht auf«, murrte er im typisch æstaryanischen Singsang, sodass sein Rausschmiss geradezu höflich klang. »Wir haben geschlossen.« Als Ezra keine Anstalten machte zu gehen, drehte er sich um und zog überrascht die Brauen hoch, beinahe so, als hätte er sie erkannt, aber nicht mit ihr gerechnet. »Ah, wenn das so ist«, krächzte er und deutete hinter den Kamin. »Ihr werdet erwartet.«

Ezra umrundete die Feuerstelle. An dem Tisch hinter dem Kamin saß ein Mann und schlief. Sein Kinn war auf die Brust gesunken, doch sie musste nur sein schütteres Haar und die Höckernase sehen, um zu wissen, wen sie vor sich hatte.

»Odo Ondorian, Färber aus Bendrahim!«, rief sie.

»Genau der«, murmelte er verschlafen und rieb sich das Gesicht. »Geboren in Grendl … Verstümmelt in Oriza.«

Verstümmelt? Für einen Augenblick hielt Ezra inne. Odo

hatte nie darüber gesprochen, was genau damals bei seiner Prüfung geschehen war ... Mit einem verlegenen Lächeln stand er auf. Ezra ging mit offenen Armen auf ihn zu, doch er blieb stocksteif stehen. Das ließ sie innehalten und die Begrüßung etwas unbeholfen ausfallen. Schließlich klopfte er ihr zweimal auf den Oberarm, und der peinliche Moment war vorüber.

»Schau an ...«, sagte er und musterte sie, bis ihm einzufallen schien, dass er vielleicht noch mehr sagen sollte. »Schau an ... Schau an.«

Ezra schüttelte grinsend den Kopf. »Wie lange bist du schon hier?«

»Ein paar Tage – fünfzehn, glaube ich.«

»Fünfzehn?«, entfuhr es ihr. »Aber warum hast du dich nicht früher gemeldet?«

»Wie denn?«, entgegnete Odo achselzuckend. »Ich konnte dir ja schlecht einen Brief schreiben. Und einem Laufburschen wollte ich mich nicht anvertrauen. Traut sich ohnehin kaum jemand in den Schatten der Türme.«

Ezra nickte. Langsam verstand sie. Odo wäre nicht an sie herangekommen, ohne die Staubklingen stutzig zu machen, und sie selbst hatte das Gebäude während des Drills nicht verlassen.

»Ich hatte natürlich gehofft, dass du den Schal etwas früher bemerkst«, sagte er leise. »Schließlich habe ich ihn absichtlich in die Nähe des Staubklingen-Quartiers gehängt – direkt vor deine Nase.«

Ezra meinte, so etwas wie Unmut aus Odos Stimme herauszuhören. »Ich war heute Nacht zum ersten Mal auf dem Dach«, entschuldigte sie sich. »Vorher war ich einfach zu geschafft. Die Übungen sind wahnsinnig anstrengend. Espen scheucht uns den ganzen Tag hin und her. Sieh nur.« Zum Beweis streckte sie die Hände aus und zeigte ihm die Schwielen.

»Als wir uns das erste Mal begegnet sind, hast du schlechter ausgesehen.«

»Stimmt«, räumte Ezra schmunzelnd ein. Ihre Begegnung in

den Bergen kam ihr vor wie aus einem anderen Leben, dabei waren nur wenige Sonnenzyklen vergangen. »Dein Granatapfelsirup hat übrigens gut geholfen. Das Pferd hat gespurt – meistens zumindest. Nur glaube ich, dass ich nie wieder einen Granatapfel essen kann. Mir wird schon schlecht, wenn ich einen rieche.«

Hinter ihnen klapperte es, als der Wirt die letzten Krüge abräumte. Langsam schlurfte er von Tisch zu Tisch.

»Verriegeln Sie die Tür, wenn Sie die junge Dame rausgelassen haben«, rief er Odo zu. Dann murmelte er ein »Gute Nacht« und verschwand durch die Küche.

»Ich kann nicht lange bleiben«, flüsterte Ezra. »Ich musste mich davonschleichen. Und wenn sie mitkriegen, dass ich nicht da bin, werfen sie mich vielleicht raus. Wir haben nämlich Ausgangssperre, die ganze Purpursonne lang.«

»Teilt ihr euch denn eine Stube?«, fragte Odo.

»Ja, natürlich. Was dachtest du denn?«

»Hm«, machte er und lehnte sich mit verschränkten Armen zurück.

Ezra zwinkerte ihm zu. »Keine Sorge, die drei wissen sich zu benehmen – zumindest einigermaßen. Espen und Ewil veranstalten jede Nacht ein Wettschnarchen, und Valerians Dauergrinsen geht mir mächtig auf den Geist. Er denkt, er sei der Schönste und könnte jede haben. Aber ansonsten verstehen wir uns gut. Ich glaube wirklich, dass sie mich akzeptieren.«

Odos Miene verfinsterte sich. »Dir scheint es ja ganz prächtig bei den Herren zu gefallen.« Er griff nach seinem Krug, stellte fest, dass er leer war, und starrte mürrisch hinein.

»Meinst du der Becher wird voller, wenn du reinstierst?«, witzelte Ezra und erwischte sich bei dem Gedanken, dass dies ein Scherz war, den Valerian gemacht hätte. »Hör zu, es tut mir leid, dass du so lange auf mich warten musstest. Aber jetzt weiß ich ja, wo ich dich finden kann. Für heute sollte ich besser gehen. Ich schlage vor, wir sehen uns morgen wieder.« Sie stand auf und lehnte sich noch mal über den Tisch zu ihm hinüber. »Ach, und übrigens: Ich habe das Archiv der Staubklingen gefunden. Du wirst nicht glauben, wo sie ihre Aufzeichnungen aufbewahren – in Weinfässern!«

Endlich blickte Odo auf. Sein Auge funkelte mit einem Mal vor Neugier. »Das ist eine gute Neuigkeit«, raunte er. »Dann kann die Suche nach deinen Schöpfern also weitergehen. Darum bin ich schließlich hier ... Um dir zu helfen, dich von deinen Dämonen zu befreien. Wenn du das immer noch willst?«

Ezra nickte eifrig, auch wenn sie für einen Moment traurig wurde. Sie mochte Garandee und seine Männer, konnte sich sogar vorstellen, mit ihnen umherzuziehen, wenn alles vorüber war. Nur hätten sie für eine gewöhnliche Frau, die nicht so focht und raufte wie sie, wohl keine Verwendung.

»Gut«, meinte Odo grimmig. »Dann ist es wohl auch an der Zeit, dass ich mich meinen Dämonen stelle.«

»Wie? Was meinst du?«

»Alles zu seiner Zeit, Ezra. Denn davon hast du heute Nacht nicht besonders viel, wie du selbst gesagt hast. Nur so viel vorweg, deine Schöpfer sind mächtige Zauberer. Wenn wir ihnen die Stirn bieten wollen, dann muss ich vorher noch etwas holen – etwas, das uns helfen kann, sie zu finden –, und dabei brauche ich deine Unterstützung.«

Ezra sah ihn ratlos an. »Ich habe meine Schwerter nicht dabei.«

»Nein, nicht heute«, erwiderte er mit einer beschwichtigenden Geste. »Und es sind auch nicht deine Schwerter, die ich brauchen werde. Ich brauche *dich.* Deine Erscheinung. Deine moralische Unterstützung, wenn du es so nennen willst. Meinst du, du könntest übermorgen nach Sonnenuntergang wieder hier sein?«

»Hm, das könnte schwer werden. Das ist der letzte Purpurtag, das Ende unseres Drills. Da feiern die Staubklingen ihr

Blutfest.« Für eine Weile kaute Ezra nachdenklich auf ihrer Unterlippe, dann fügte sie entschlossen hinzu. »Aber mir wird schon etwas einfallen. Ich werde hier sein!«

*

»Bist du sicher, dass du nicht mitkommen willst?« Valerian trommelte ungeduldig mit den Fingern gegen den Türrahmen, in dem Ewil und er bereits seit geraumer Zeit standen und warteten.

Espen hatte ihre Übungen heute früher beendet. Wie immer war er unzufrieden mit ihnen gewesen. Ewils Schwünge waren ihm nach wie vor zu schlampig und Ezras Attacken zu überhastet. Es war ständig dieselbe Leier, mit der er ihr im Ohr lag. *Einen Gegner schaltest du spielend aus, aber dann? Nimm die verdammten Scheuklappen ab, Kindchen! Das echte Leben besteht nicht aus Zweikämpfen!* Trotzdem hatte Ezra keine Bedenken, dass Ewil und sie in ein paar Tagen die Erste Staubung erhalten würden – die Weihung ihres Leibes. Dann wären sie endlich ein Teil von Garandees Hand. Doch erst mit der Zweiten Staubung – der Waffenweihe – würden sie vollwertige Mitglieder werden.

Noch einmal versuchte Valerian es mit Charme. Er zwinkerte, lächelte und sprach mit seiner tiefsten Stimme. »Komm schon, ein Sonat voller Entbehrungen ist vorüber. Du hast dich gut geschlagen. Belohne dich! Pergoul hat uns alle zum Blutfest eingeladen, auch dich. Und außerdem gibt Garandee genügend Kaktusschnaps aus, dass einem der ganze Körper von innen und außen sticht. Und ein paar Mädchen werden bestimmt auch da sein ... Wenn die dich mehr interessieren als wir.« Zu den letzten Worten setzte er eine gekränkte Miene auf.

»Falls es wegen Paqiit ist«, scherzte Ewil und deutete einen Kehlenschnitt an. »Um den kümmern wir uns.«

Ezra schüttelte abermals den Kopf. »Geht nur und habt Spaß,

aber nicht zu viel! Ich werde mich ausruhen, mir steckt der Drill in den Knochen.«

»Nun gut, wie es der Dame beliebt«, lenkte Valerian ein und machte eine übertrieben tiefe Verbeugung.

Dann liefen er und Ewil laut krakeelend den Gang hinunter, und einmal mehr fühlte Ezra sich wie die Verantwortungsbewussteste unter ihnen und nicht wie die Jüngste.

Der Allsehende hatte es gut mit ihr gemeint, dachte sie, als sie nach einer Weile ihren Mantel anzog. Am letzten Tag des jährlichen Purpur-Drills hatte die dienstälteste Staubklinge das Blutfest auszurichten, und das war Pergoul. Jeder wusste, dass Ezras Anwesenheit nicht erwünscht war, aber niemand sprach es aus. Nicht zu gehen, war daher die beste Entscheidung gewesen. Für alle Beteiligten. Die Männer wollten unter sich sein und einen feuchtfröhlichen Abend verbringen, und Ezra kam die Gelegenheit gerade recht, sich unbemerkt davonstehlen zu können.

Ihre Klingen bräuchte sie heute nicht, hatte Odo behauptet. Doch es fiel ihr schwer, sich von Schwert und Messer zu trennen. Zu sehr hatte sie sich an das Gewicht in ihren Händen gewöhnt. Ezra warf dem Waffengurt einen letzten wehmütigen Blick zu. Dann kehrte sie der Stube den Rücken und schlich sich über das Dach hinaus.

*

Es war noch früh am Abend, als Ezra das Gasthaus Zur Bunten Pfeife betrat. Überall flackerten Kerzen, und die Tische waren voll besetzt. Für einen Augenblick fühlte sie sich überfordert. Nach all den Tagen in dem verwaisten Ordenshaus kam ihr das lebendige Treiben geradezu unwirklich vor. Statt Schwertern schepperten hier Humpen, und anstelle von Espens heiserem Gebrüll wurde gesungen, gelacht und geprostet.

Sie hielt nach Odo Ausschau, doch konnte ihn nirgends entdecken. Zusammen mit dem Pfeifenrauch und dem Schweißgestank ergab das Stimmengewirr ein schier undurchdringliches Dickicht.

Schließlich erblickte sie wenigstens den Wirt, doch der war schwer beschäftigt. Zwischen vier Krügen hindurch, die er gerade vor sich her balancierte, nickte er in Richtung Kellertreppe und rief ihr irgendetwas zu, aber alles, was sie bei dem Lärm verstand, war »unten«. Daraufhin schlängelte sie sich durch die Menge und ging die steinernen Stufen hinunter.

Sie musste den Kopf einziehen, um nicht gegen die Lampe zu stoßen, die dicht unter der flachen Decke hing. Unten angekommen, fand Ezra sich vor zwei Türen wieder. Sie öffnete die rechte. Der Raum war dunkel, aber es roch nach Schmalz und Zwiebeln. Odo würde wohl kaum in der Vorratskammer auf sie warten.

Also schloss sie die Tür wieder und ging geradeaus durch den anderen Durchgang. Sie hatte das Gefühl, in eine Wand zu laufen. Ein dichter Dunst hing in der Luft, der Duft von Kräuterölen stieg ihr in die Nase. Vor allem war es jedoch heiß und feucht. Odo stand vor einem brodelnden Kessel und rührte mit einem langen Stab darin herum.

»Ah, da bist du«, sagte er und winkte sie heran. Seine Stimme klang dumpf in dem Nebel der Waschküche. »Hilf mir bitte mal, das Wasser in den Zuber zu schütten.«

Ohne ihre Antwort abzuwarten, drückte er Ezra einen Lappen in die Hand. Anschließend nahmen sie gemeinsam den Kessel von der Feuerstelle und schleppten ihn zu einem großen Badezuber.

»Was soll das werden?«, stöhnte Ezra.

»Ein Bad natürlich. Achtung, auf drei. Eins, zwei, drei!«

Sie hoben den Kessel hoch und gossen den dampfenden Inhalt zu dem Wasser, das sich bereits im Zuber befand. Dann stellte Odo den leeren Kessel beiseite und trocknete sich die Hände an einem Lappen ab.

»Kamille und Ringelblume für die Haut«, erklärte er zufrieden. »Und ein wenig Lavendel zur Erfrischung. Ich denke, das hast du dir verdient.«

Ezra war vollkommen perplex.

Odo bemerkte ihren Blick und konnte sich ein Schmunzeln nicht verkneifen. »Ich gehe natürlich raus, während du badest«, versicherte er.

Wasser war nicht gerade Ezras liebstes Element, aber das Bad roch wirklich einladend. Ihre Muskeln und Knochen würden es ihr sicher danken, und ihre rauen Hände ebenso.

»Ich habe dir auch etwas anderes zum Anziehen hingelegt. Natürlich nur, wenn es dir gefällt.« Odo deutete auf einen Hocker, auf dem ein rotes Kleid und ein fellbesetzter Mantel samt Handschuhen lagen.

Jetzt wurde Ezra misstrauisch. »Was soll das Ganze?«

»Ähm, nun ja …«, druckste er, ohne ihr in die Augen zu sehen. »Wir gehen zu meinen Eltern.«

Ezra stemmte die Hände in die Hüften. »Deine Eltern? Sie leben hier in Oriza?«

»Ja, in einem kleinen Anwesen in Westward.«

»Das hast du mir nie erzählt.«

»Weil es da nicht viel zu erzählen gibt.«

»Und warum soll ich das hier tragen?«, fragte sie, während sie den schimmernden Stoff durch die Finger gleiten ließ. Das Kleid war aus feinster Seide – glatt und weich zugleich, dünn und doch warm.

Odo blickte zu Boden. »Es war nur eine Idee … damit sie sehen, dass ich es zu etwas gebracht habe. Aber wie gesagt, du musst es nicht tragen. Ruf mich einfach, wenn du fertig bist.« Im Türrahmen blieb er stehen und sah sie noch mal an. »Du kommst doch mit, oder?«

»Darauf kannst du Gift nehmen!«

*

»Und?« Ezra sah Odo abwartend an. »Ist es dem Herrn recht so?«

Odo war sprachlos. Er hatte ein gutes Auge gehabt. Das Kleid saß wie angegossen. Selbst Ezras knabenhafter Figur verlieh es weibliche Kurven. Sie hatte zuerst nicht vorgehabt, es anzuziehen, aber das warme Bad hatte ihre Meinung geändert. Wenn sie schon einmal richtig sauber war, dann wollte sie sich nicht gleich wieder in ihre schmutzige Söldnerkluft zwängen.

»Nur damit eins klar ist«, verkündete sie mit erhobenem Zeigefinger. »Ich trage das Kleid nicht wegen dir, und ich behalte es auch nicht. Verstanden?«

Odo nickte. »Natürlich, ganz wie du willst.«

Während sie sich unterhielten, hatten sie das Gasthaus verlassen. Einige Männer hatten ihr neugierig hinterhergeschaut, aber frisch gebadet und gekleidet wie sie war, hatte wohl kaum jemand das drahtige Mädchen von vorher in ihr erkannt.

Ein kalter Wind blies, als sie durch die nächtlichen Straßen liefen, und drang durch den seidenen Stoff, egal, wie eng sie den Mantel zuzog. Ezra wusste schon, warum sie robuste Beinkleider bevorzugte. Sie war immer noch fasziniert davon, wie hell die Stadt nachts war. Die Granitplatten schimmerten wie gefrorener Schnee, nur das knirschende Geräusch unter ihren Schuhen blieb aus. Selbst die kürzesten Sackgassen waren strahlend weiß gepflastert.

Odo schlug ein ordentliches Tempo an. Ihre Schritte hallten laut in den Häuserschluchten. Er schien ungeduldig zu sein, aber auf seinem Gesicht zeichnete sich keinerlei Vorfreude ab. Ezra glaubte, dass er sie aus der Stadt herausführte. Doch ohne Wasserspeier und Fresken ähnelten sich die Gebäude so sehr, dass sie sie kaum zu unterscheiden vermochte.

»Was ist dein Vater eigentlich von Beruf, wenn du ihn mit einer jungen Frau in einer roten Seidenrobe beeindrucken willst?« Ezra sah ihn neugierig an. »Kuppler oder Tuchhändler?«

»Weder noch«, schnaubte Odo. »Er ist ein Magiker. Ein *Mann der Drei Türme*, wie er zu sagen pflegt. Als wären die drei Steinhaufen seine Familie. Aber genug, ich will nicht mehr über ihn reden als nötig … Und am liebsten auch nicht mit ihm«, fügte er zähneknirschend hinzu.

Ezra stutzte. »Und wie willst du mich ihm vorstellen? Als deine Versprochene oder dein Eheweib?«

Odo zuckte mit den Schultern.

»Oh, beim Allsehenden«, entfuhr es ihr. »Das hast du wirklich vor, nicht wahr? Ohne mich! Wenn du dich schon als Emporkömmling ausgibst, dann richtig! Sag ihnen, ich bin deine Mätresse. Ich meine, sieh dir das Kleid an. Etwas anderes werden deine Eltern sowieso nicht denken.«

Odo schluckte. »Aber, das würden meine Eltern niemals gutheißen.«

»Und das spielt eine Rolle für dich? Mit Verlaub, dieser Besuch scheint mir kein Freundschaftsbesuch zu sein.«

Er widersprach ihr nicht und blickte resigniert drein. Für eine Weile liefen sie schweigend nebeneinander her. Ezra sah sich ungeduldig um. Die Wege waren immer noch hell gepflastert, aber die Häuser bildeten keine Straßenzüge mehr, sondern standen frei, mit kleinen Vorgärten. Sie befanden sich tatsächlich am Stadtrand.

»Wann sind wir eigentlich da?«

»Übernächste Gasse rechts«, brummelte Odo und ging weiter.

Wenig später standen sie vor dem Anwesen der Familie Ondorian. Ezra betrachtete das Haus. Im Vergleich zu den anderen Gebäuden der Stadt war es nichts Besonderes, und doch war es größer als das Gemeindehaus in ihrem Dorf. Mit seinen dicken Quadern war es besser befestigt als so manches Fort in den Bergen von Rukkenschwing. Vielleicht war der Stein etwas grauer und das Fensterglas etwas trüber als in den Nachbarhäusern, dachte sie auf den zweiten Blick. Im Parterre war es stockfinster, nur im Obergeschoss brannte Licht.

Nachdem Odo eine Zeit lang vor dem Eingang gestanden hatte, atmete er tief durch und stieg die Stufen empor. Noch einmal zögerte er. Geradezu gebannt starrte er auf den Türklopfer, einen einäugigen Eulenkopf. Schließlich strich er seinen Mantel glatt und lächelte ihr matt zu. Dann legte er seine Finger um den abgegriffenen Messingring und klopfte dreimal an.

Nichts geschah.

»Vielleicht haben sie es nicht gehört?«

Odo schüttelte den Kopf. »Nein, der gute Gomis wird nur eine Weile brauchen. Er war schon damals ein Greis.«

»Ihr habt Hausdiener?«

»Nur zwei«, antwortete er leise und winkte ab, als ob das nichts Besonderes wäre.

»Da!«, flüsterte Ezra und knuffte ihm in die Seite. »Licht!«

In der Tat schimmerte es hell unter der Tür hindurch, und kurz darauf konnten sie hören, wie sie von innen entriegelt wurde.

Der Mann, der ihnen öffnete, mochte um die sechzig Jahre alt sein, aber er war mit Sicherheit kein Greis. Er stand aufrecht und trug einen eleganten, wenn auch an den Ellenbogen leicht abgewetzten Hausmantel. Seine Gesichtszüge waren markant und das weiße Haar kurz geschoren. Er versprühte eine gewisse Dominanz, fand Ezra, und das machte ihn trotz seines Alters durchaus attraktiv. Am auffälligsten war jedoch der Kristall, der in seiner linken Augenhöhle blitzte. Der Mann war Magiker und konnte niemand anderes sein als Odos Vater.

Er warf Ezra ein höfliches Lächeln zu, dann glitten seine Augen an ihrem Hals hinab und verweilten kurz auf ihrem Busen. Nach einem Atemzug löste er den Blick und wandte sich seinem Sohn zu. Mit eisiger Miene musterte er ihn.

»Wo … Wo ist Gomis?«, fragte Odo.

»Tot, was glaubst du denn? Der Gute war über neunzig. Doch schön zu hören, dass dich das Schicksal unserer Dienerschaft mehr kümmert als das deiner eigenen Familie.« In seiner Stimme lag ein beißender Unterton. »Zu seinem Begräbnis kommst du allerdings ein paar Jahre zu spät. Aber kommt doch herein. Man soll nicht behaupten, dass man im Hause Ondorian keine Gastfreundschaft mehr kennt.«

Mit einer Kerze in der Hand ging Odos Vater voran. Zögerlich traten sie ein. Das Haus wirkte irgendwie düster, und das nicht, weil es dunkel war. Ezra musste unwillkürlich hüsteln, so staubig und trocken war die Luft. An den Wänden hingen zahlreiche Lauten, Mandolinen und andere Zupfinstrumente. Ein Windstoß fegte herein und entlockte ihnen ein sphärisches Säuseln. Ezra beendete das unheimliche Konzert, indem sie die Tür hinter sich zuzog.

Gemeinsam folgten sie Odos Vater. Er führte sie durch einen Empfangssaal mit breiter Treppe in das angrenzende Esszimmer. Dort entzündete er zwei Öllampen und deutete auf einen ovalen Tisch, um den sechs gepolsterte Stühle herumstanden.

»Bitte, setzt euch.«

Er rückte Ezra einen Stuhl zurecht und wartete, bis auch Odo sich gesetzt hatte. Dann umrundete er den Tisch und nahm gegenüber von ihnen Platz.

»Ich fürchte, wir haben schon gegessen, aber kann ich euch etwas zu trinken anbieten?«

Ezra fuhr heimlich mit den Fingern über die Armlehne und wischte eine dicke Staubschicht weg. *Hier* war schon lange nicht mehr getrunken oder gegessen worden.

Odo schüttelte den Kopf. »Danke, nein.«

»Gut, dann habe ich meiner Pflicht als Gastgeber Genüge getan«, erwiderte sein Vater und lehnte sich mit einem selbstgefälligen Lächeln zurück. »Magst du mich denn nicht mit deiner reizenden Begleitung bekannt machen?«

»Das ist Ezra, meine ...«

»Freundin für einsame Stunden«, half sie ihm aus und versuchte sich an einem kecken Augenaufschlag.

»Sehr erfreut, Otar Ondorian«, stellte sich Odos Vater vor, er verströmte einen Hauch von Moschus. »Vater dieses Taugenichtses …«

»Oh, das würde ich nicht sagen«, raunte Ezra. »Mir taugt er sehr wohl.«

Otar verzog die Mundwinkel, doch sein eisiger Blick galt allein seinem Sohn. »Du hast ganz schön Nerven, hier aufzutauchen. Glaub ja nicht, dass ich Rücksicht auf dich nehme, nur, weil du deine Gespielin mitgebracht hast. Als deine Mutter davon hörte, dass du in der Stadt bist, hat sie wieder einen Schwächeanfall erlitten. Es hat lange gedauert, bis sie sich von dem ersten erholt hat, und trotzdem ist sie nicht mehr dieselbe.«

»Das ist fünfzehn Jahre her«, erwiderte Odo leise.

»Und wenn es fünfzig wären!«, rief sein Vater und schlug mit der Faust auf den Tisch. »Du hast ihr das Herz gebrochen. Also, warum bist du hier?«

»Ist sie oben? Ich möchte sie sehen.«

»Auf keinen Fall«, entgegnete Otar streng. »Sie schläft schon. Sie ist völlig erschöpft. Und du solltest dankbar sein, dass sie dich nicht mit dieser reizenden Dame sieht. Sonst würde sie auf der Stelle der Schlag treffen.«

Ezra wand sich auf ihrem Stuhl. Ein ehrlicher Schlagabtausch mit blankem Stahl war ihr allemal lieber als ein Wortgefecht. Am liebsten würde sie gehen, doch Odo war ja nicht ohne Grund hierhergekommen.

»Ich denke nicht, dass *ich* es war, der ihr Herz gebrochen hat«, sagte er schließlich mit bebender Stimme.

»Wie kannst du es wagen?« Erbost sprang Otar auf und begann, im Speisezimmer auf und ab zu laufen. »Bist du nur gekommen, um mir Beleidigungen an den Kopf zu werfen? Die Verantwortung für deine Taten hast du ja schon immer gern von dir geschoben. Hat er Euch verraten, warum er die Aufnahmeprüfung der Drei Türme nicht bestanden hat?«

Otar fixierte Ezra, aber er gab ihr keine Zeit zu antworten.

»Weil er sich die Nacht davor lieber hat volllaufen lassen, anstatt zu lernen wie jeder ernsthafte Anwärter!«

»Ja, ich habe getrunken«, gab Odo zu. Seine Stimme klang plötzlich ganz dünn. »Aber nur, weil ich Angst hatte … Angst, deinen Ansprüchen nicht zu genügen.«

»Angst haben nur die Schwachen«, erwiderte sein Vater kalt. »Und wenn du zu schwach bist, dann hast du es nicht verdient, ein Magiker der Drei Türme zu sein.«

»Ich habe nur eine einzige Aufgabe nicht bestanden«, schnaufte Odo. »Eine … verdammte … Aufgabe!«

Otar blieb mitten im Raum stehen. »Stümper können wir bei den Drei Türmen nicht gebrauchen. Dafür birgt die Zauberei zu viele Risiken. Und auch wenn du es nicht hören magst, als Vorsitzender des Prüfungskomitees habe ich nur nach den Statuten gehandelt.«

Odo sah ihn mit steinerner Miene an. »Du hast deinem eigenen Sohn das Auge herausschneiden lassen.«

Ezra klappte der Kiefer herunter. Er hatte *was* getan? Ihr Stiefvater hatte ihr ja auch die eine oder andere Tracht Prügel verabreicht, aber das war geradezu bestialisch …

»Das ist die vorgesehene Strafe für misslungene Aufnahmeprüfungen«, verkündete Otar mit verschränkten Armen. »Eine wichtige und richtige Abschreckung. Sonst käme noch jeder dahergelaufene Heckenzauberer nach Oriza, um die arkane Kunst zu erlernen. Sei froh, dass du dich beim Ersten Turm beworben hast, sonst hättest du eine Hand oder dein Herz verloren. Und jetzt geh, bevor deine Mutter aufwacht!«

»Nicht ohne mein Auge«, verlangte Odo vollkommen ruhig.

»Bist du wahnsinnig?« Otar sah seinen Sohn mit unverhohlenem Hass an. »Mit welchem Recht wagst du es, mich danach zu fragen? Du hast die Prüfung nicht bestanden. Du bist kein Mann der Drei Türme und wirst es auch niemals sein!«

»Bring mir das Auge«, zischte Odo, »oder ich werde den

Sonnenwächtern berichten, dass du an Blutzaubern und Menschenopfern beteiligt warst.«

»Pah, eine haltlose Lüge! Du weißt, dass nichts davon wahr ist. Ich bin ein geschätztes Mitglied des Ersten Turms. Mein Name wurde vom Rat der Fürsten reingewaschen. Und überhaupt, warum sollten sie einem dahergelaufenen Färber und Tuchhändler glauben? Du überschätzt dich.«

»Und du dich!«, entgegnete Odo und stützte sich mit beiden Fäusten auf den Tisch. »Die Drei Türme sind nicht mehr allmächtig. Sie bröckeln! Einer ist schon gefallen. Die Zeiten haben sich geändert. Du wirst sehen: Einem geläuterten Zauberlehrling, der einen ehrlichen Beruf ausübt, wird man mehr Glauben schenken als einem Magiker!«

Otar lachte. »Glaubst du, damit kannst du mir Angst machen?«

Es war egal, was er glaubte. Ezra konnte Otars Angst riechen. Odo hatte ihn da, wo er ihn haben wollte. *Jetzt nicht nachlassen*, dachte sie und nickte ihm bestärkend zu.

Unnachgiebig starrten sich Vater und Sohn an. Keiner wollte den Blick abwenden. Otars Kristallauge funkelte feurig im Schein der Lampen. Doch Odo hielt stand, bis das Funkeln letztlich erlosch.

»Wartet!«, befahl Otar endlich und kehrte ihnen ruckartig den Rücken zu. Dann verließ er das Speisezimmer und eilte die Treppen hinauf.

Ezra wollte Odo beglückwünschen, ihn umarmen oder irgendetwas sagen, aber er war so in sich gekehrt, dass er nichts um sich herum mitzubekommen schien.

Als Otar zurückkam, hatte er ein weißes Holzkästchen dabei. Kommentarlos drückte er es Odo in die Hand. Der öffnete es sogleich und betrachtete das Kristallauge, das darin auf einem Samtkissen ruhte. Zufrieden klappte er das Kistchen wieder zu.

»Und jetzt verschwinde!«, raunte Otar mit hassverzerrtem Gesicht. »Ich will dich hier nie wiedersehen.«

»Glaub mir, es gibt keinen Wunsch, den ich dir lieber erfülle«, erwiderte Odo und stapfte aus dem Haus.

Ezra schaute sich noch ein letztes Mal um. Oben auf dem Treppenabsatz sah sie Odos Mutter in einem dünnen Nachthemd stehen. Sie war hager und leichenblass. Das wirre Haar um ihren Kopf glich einem Vogelnest, und ihre trüben Augen waren die Eier. Ihr Blick war leer. Ihre ganze Gestalt wirkte krumm und verwachsen. *Leidgebeugt*, dachte Ezra. Sie würde Odo nichts davon sagen. Er sollte seine Mutter so in Erinnerung behalten, wie er sie früher gekannt hatte.

Sie waren schon ein gutes Stück vom Haus seiner Eltern entfernt, als Ezra sich endlich traute, zu sprechen. »Also, das ist es, was du holen wolltest?«

Odo blickte gedankenverloren auf das weiße Kästchen in seinen Händen. »Ja … Das und meine Selbstachtung.«

»Und wie kann uns das Zauberauge helfen?«, fragte Ezra und sah ihn neugierig an.

»Zauberauge«, wiederholte Odo schmunzelnd. »Ein passender Name. Nun, ich werde es benutzen. Andernfalls bräuchte ich Sonate, um das Archiv zu durchforsten. Das heißt allerdings auch, dass ich ein paar Gesetze brechen muss.«

Ezra winkte ab. »Das ist mir egal. Mein ganzes Leben ist ein einziger Gesetzesbruch. Nur mit den Staubklingen darf ich es mir noch nicht verscherzen. Es ist spät, und ich will zurück sein, bevor sie wieder nüchtern sind und merken, dass ich weg bin. Und wegen der Protokolle – ich könnte dir morgen um Mitternacht das Tor aufmachen, was meinst du?«

»In Ordnung«, erwiderte Odo mit einem verschwörerischen Augenzwinkern. »Heute Nacht meine Dämonen und morgen die deinen!«

»Gut, dann bis morgen«, rief sie überschwänglich und drückte ihm einen Kuss auf die Wange. Dann nahm sie die Beine in die Hand und rannte die Gasse hinunter, ohne sich umzudrehen. Sie eilte auf dem kürzesten Weg zur Unterkunft zurück, in

Richtung der Drei Türme, die man von fast jedem Punkt in der Stadt aus sehen konnte.

Kurz vor ihrer Ankunft am Ordenshaus fiel ihr auf, dass sie das rote Kleid noch trug. Sie könnte es auf dem Dachboden verstecken und in ihre Ersatzkluft schlüpfen. Nur würde die Kletterpartie in der feinen Robe nicht einfach werden. Sie überlegte gerade, ob sie die Fassade lieber erklimmen oder bis zum ersten Sims hinaufspringen sollte, als das Tor aufgestoßen wurde.

Pasqiit kam herausgetorkelt, sein Waffengurt mit dem Schwert hing lose über der Schulter. Er fummelte an seinem Hosenstall herum. Anscheinend wollte er sich erleichtern. Ezra fluchte innerlich – sie stand mitten auf der Straße. Sie war zwar schnell, aber in Luft auflösen konnte sie sich nicht. Einen Augenblick hoffte sie, dass er zu betrunken war, um sie zu bemerken, doch die Hoffnung war vergebens.

»He, Schätzchen!«, rief er mit schwerer Zunge. »Wolltest du zu mir?« Erst nachdem er den Satz beendet hatte, erkannte er sie. Mit weit aufgerissenen Augen stierte er Ezra an. »Was machst *du* denn hier? In *dem* Fummel?«

Ezra schwieg. Was hätte sie auch sagen sollen?

»Unsere Gesellschaft ist dir wohl nicht fein genug. Oder warst du dir was dazuverdienen?« Schwankend kam er auf sie zu. Er roch, als hätte er in Garandees Kaktusschnaps gebadet. »Na, komm schon her, Kleine. Eine Hand wäscht die andere. Und wenn du ein bisschen nett zu mir bist, dann kann ich auch den Mund halten.«

Ezra machte ein paar halbherzige Schritte zurück. Selbst wenn sie wegrannte, würde es nichts ändern. Pasqiit hatte sie vor den Mauern gesehen, und das während der Ausgangssperre.

»Los, komm her! Ich tu dir auch nicht weh. Höchstens ein bisschen.« Mit einem Schwung zog er den Gürtel aus seiner Hose und ließ das Leder in seine Hand klatschen.

Ezra pochte das Herz bis zum Hals. »Ich will dir nichts tun«, warnte sie ihn ruhig und eindringlich.

»Wer hat denn hier von Wollen gesprochen?«, lallte er. »Nicht wollen macht doch manchmal viel mehr Spaß! Und jetzt auf die Knie, sonst bekommst du den Gürtel zu spüren.«

Ezra ging nicht auf die Knie, aber sie wich auch nicht weiter zurück. Sie blieb einfach stehen, wie ein Tier, das nicht ahnte, was gleich geschehen würde.

Pasqiit holte aus und schlug ihr mit dem Gürtel ins Gesicht. Ihre Wange glühte, doch ihre Augen ebenfalls. Goldgelb loderten sie in der Dunkelheit. Er schien es zu bemerken und hielt für einen Moment inne. Doch er war zu besoffen, um sich zu fürchten.

»Ah, das gefällt dir, was?« Pasqiit verzog die Mundwinkel zu einem fiesen Grinsen. »Hättest du früher was gesagt, hätten wir jede Menge Spaß haben können.«

Sie durfte sich nicht wehren. *Nicht wehren*, redete sie sich immer wieder ein. Sonst wäre alles umsonst gewesen. Dann würde Garandee von ihrem nächtlichen Ausflug erfahren und sie mit Sicherheit davonjagen. Dennoch konnte sie nicht verhindern, dass das Blut wie wild in ihren Adern schäumte. Vor sich sah sie nur noch einen roten Tunnel, und am Ende des Tunnels leuchtete der Griff von Pasqiits Schwert. Eine schnelle Bewegung und sie hätte die Klinge in der Hand, und dann konnte es nur noch eins geben: Sie würde ihn töten.

Den nächsten Hieb mit dem Gürtel spürte Ezra schon nicht mehr. Sie bemerkte auch nicht, dass der Stoff ihres Kleides zerriss. Für sie gab es nur noch ihre Hand und Pasqiits Schwert. Verschwommen nahm sie wahr, wie er die Arme nach ihr ausstreckte. Das war der Moment, auf den sie gewartet hatte. *Tu es nicht!*, kreischte eine Stimme in ihrem Kopf. Und mit dem Kreischen hörte sie auf einmal ein Sausen, das durch die Luft schnitt. Instinktiv sprang sie zurück und sah, wie Pasqiit von einem mächtigen Steinblock getroffen wurde und zu Boden ging.

Gebannt starrte Ezra auf den reglosen Mann hinab. Es war

kein Felsen, unter dem er begraben lag, auf ihm hockte die Gargyle. Fast meinte Ezra, ein Lächeln in dem steinernen Hundegesicht zu erkennen. Drei Atemzüge später erhob sich der Wasserspeier mit knirschenden Flügelschlägen in die Lüfte und flog schwerfällig davon. Wie es schien, hatten sich ihre Opfergaben bezahlt gemacht.

Ezra stieg über den leblosen Pasqiit hinweg. Dabei achtete sie darauf, nicht in die Blutlache zu treten, die sich rasch um seinen Schädel herum ausbreitete. Sie wollte keine Spuren hinterlassen. Was mit Pasqiit geschah, war ihr egal, sie hatte kein Mitleid mit dem Mistkerl. So konnte sie sich wenigstens auf sein Schweigen verlassen. Ohne zu zögern, schlüpfte sie durch das offene Tor und schlich sich unbemerkt auf ihr Zimmer.

13

ENTDECKUNGEN

ORIZA, ALTE BLUTSONNE, JAHR 1 N.D.U.

»Ezra ... Ezra«, flüsterte ihr jemand ins Ohr und rüttelte sanft an ihrer Schulter. »Wach auf.«

Sie schlug die Augen auf. Ewil stand an ihrem Bett und machte eine sorgenvolle Miene. Im Schein der Laterne wirkte sein Gesicht rot und aufgedunsen. Er roch, als hätte er in einem Brandweinfass gebadet, was vermutlich nicht allzu weit von der Wahrheit entfernt war.

»Was ist denn?«, murmelte sie verschlafen. »Es ist doch noch dunkel.«

»Pasqiit wurde niedergeschlagen.«

Ezra setzte sich auf und gähnte. Für ein paar Stunden hatte sie den Vorfall tatsächlich verdrängt. »Pasqiit wurde erschlagen?«, fragte sie und versuchte, überrascht zu klingen.

»Nein«, erwiderte Ewil und bekreiste sich. »Nur niedergeschlagen, er lebt noch.«

»Was?«, entfuhr es ihr entsetzt. Mit einem Schlag war sie hellwach. »Von wem? Was sagt er?«

»Erst mal gar nichts. Er ist noch bewusstlos. Aber Garandee meint, er könnte es schaffen. Oh Mann, ich sage dir, jemand hat ihm ordentlich eins über den Schädel gegeben. So viel Blut habe ich selten gesehen.«

Langsam sank Ezra in die Federn zurück und schnaufte tief durch. Sie war noch nicht verraten worden.

»Ich hätte nicht gedacht, dass dich das so mitnimmt«, stellte Ewil erstaunt fest. »Eigentlich kannst du ihn doch gar nicht leiden.«

An jedem anderen Tag hätte sie Ewil dafür gewürgt, dass er glaubte, sie hätte Mitleid mit dem Widerling. Aber heute kam es ihr zupass, denn sie war eine schlechte Schauspielerin.

»Ich finde es nur unheimlich, dass jemand einfach so ins Quartier eindringt und einen von uns angreift«, erklärte sie ruhig.

»Er wurde vor der Tür gefunden«, flüsterte Ewil. »Ich glaube, es hat einen Streit gegeben. Valerian und er waren schon den ganzen Abend aneinandergeraten. Erst beim Würfeln und später dann, als der Schnaps so richtig geflossen ist. Es ging um dich.«

»Um mich?«

»Ja.«

»Aber wieso?«

»Na ja«, druckste Ewil herum, »Pasqiit hat ein paar unschöne Sachen gesagt.«

Jetzt war ihre Neugierde endgültig geweckt. »Was denn?«, wollte sie wissen. »Was hat er gesagt?«

»Dass du ein Zwitterwesen bist.«

Ezra stockte der Atem. »Wie kommt er denn auf so einen Schwachsinn?«, raunte sie.

»Keine Ahnung.« Ewil hob abwehrend die Arme. »Aber Valerian hat ihm ganz schön die Meinung gegeigt. Er wäre ihm sogar beinahe an den Kragen gegangen. Und ich habe denen auch gesagt, dass das nicht stimmt, dass dir … nichts zwischen den Beinen baumelt.«

Die Vorstellung brachte Ezra zum Lachen. »Und woher willst du das so genau wissen?«

»Ich? … Äh … Na ja«, stotterte er. »Bei der Morgenwäsche vielleicht oder …«

»Lass gut sein«, meinte Ezra und winkte ab. »Wo sind eigentlich die anderen?«

»Garandee kümmert sich um Pasqiit, und Espen bringt Valerian in den Karzer.«

»In den Karzer? Warum das denn?«

»Weil sie glauben, dass er der Angreifer war. Schließlich ist er Pasqiit hinterhergerannt, als er Pinkeln gegangen ist. Jetzt hat er erst mal Zeit, seinen Rausch auszuschlafen. Sie wollen ihn so lange schmoren lassen, bis Pasqiit wieder bei Bewusstsein ist, und dann wollen sie beide befragen.«

»Verdammt!«, platzte es aus Ezra heraus.

»Das kannst du laut sagen«, seufzte Ewil, obwohl er mit Sicherheit nicht das Gleiche wie sie meinte.

Solange Valerian im Karzer saß, konnten Odo und Ezra heute Nacht nicht das Archiv durchforsten. Andererseits konnten sie auch nicht länger warten, denn wenn Pasqiit aufwachte, war Ezra geliefert.

»Was hast du eigentlich mit deiner Wange gemacht?«, fragte Ewil.

»Ach das«, murmelte Ezra und fuhr sich über die Stelle, wo Pasqiits Gürtel einen Striemen hinterlassen hatte. »Das ist gar nichts. Ich bin gegen eine Tür gelaufen.«

»Aha«, sagte Ewil und nickte. Er schien ihr die Ausrede abzukaufen. Vielleicht war er aber auch nur zu verkatert, um nachzuhaken.

Der erste Blutsonnentag war in der Tat ein blutiger Tag, dachte Ezra, und einer zum Heulen.

*

Bis zum Abend war Pasqiit nur einmal kurz zu Bewusstsein gekommen. Er hatte nicht geredet, sondern war nur versorgt und mit etwas Suppe gefüttert worden. Das hatte Garandee berichtet. Der Salzmann war ein ausgezeichneter Feldscher und hatte sich auf Bitten von Pergoul des Schwerverletzten angenommen.

Espen war so schlecht gelaunt, dass er sogar den Drill ausfallen ließ, und das, obwohl er für den ersten Blutsonnentag ohnehin nur eine halbe Übungseinheit vorgesehen hatte. Es machte ihm sichtlich zu schaffen, dass Valerian unter Verdacht stand. Obwohl sich die beiden oft in den Haaren lagen, war der ständig grinsende Söldner doch sein engster Freund und Kamerad.

Auch Ezra drückte die Stimmung aufs Gemüt. Den ganzen Vormittag wanderte sie die Flure auf und ab und grübelte darüber nach, wie sie ungestört mit Odo in den Keller gelangen könnte. Den Rest des Tages verbrachte sie mit weiteren unangenehmen Dingen. Sie nähte einen abgerissenen Knopf an ihren Ersatzmantel. Dabei brachte sie es fertig, sich siebenmal mit der Nadel in den Daumen zu stechen – öfter als sie in allen Übungskämpfen getroffen worden war. Sie ging sogar in den Stall, nur um sich zu vergewissern, dass die Pferde ohne Granatapfelsirup immer noch vor ihr scheuten. Und letztendlich überredete sie gar Ewil dazu, ihr beizubringen, wie man ihren Namen schrieb. Nun stand *Ezra* in krakeligen Buchstaben auf jedem verstaubten Fenster des ersten Stocks. Erst kurz vor Sonnenuntergang, als die Grundzüge eines Plans in ihr zu reifen begannen, meldete sich ihr schlechtes Gewissen – schließlich saß Valerian unschuldig im Karzer, und das wegen ihr.

Ezra war froh, als der blutrote Feuerball pünktlich zur elften Stunde verblasste. Schweigend zogen sie sich auf ihre Stube zurück und legten sich zur Ruhe. So unruhig wie ihr Schlaf war, würde sie mindestens zwei- oder dreimal vor Mitternacht wach werden. Als sie das erste Mal erwachte, grummelte es laut in ihrer Magengegend, aber nicht vor Hunger. Irgendetwas nagte an ihr. Sie hatte ein ungutes Gefühl, eine Ahnung, dass etwas nicht stimmte. Beunruhigt setzte sie sich auf und sah sich im Zimmer um. Wie fast jede Nacht schnarchten Ewil und Espen um die Wette. Garandee war kurz nach Sonnenuntergang gekommen und hatte sich in sein Nebenzimmer zurückgezogen. Bis auf Valerian waren alle da. Bis auf Valerian und seinen Mantel … *Verflucht!* Wo war nun der Kellerschlüssel?

Ezra stand auf und streckte sich. Sie hatte die Hoffnung, dass

Espen den Schlüssel an sich genommen hatte. Vollkommen geräuschlos schlich sie zu seinem Lager hinüber.

Sein Mantel lag auf dem Hocker neben dem Bett. Er hatte ihn jedoch nicht wie sonst üblich ordentlich gefaltet, sondern einfach nur zusammengeknüllt. Er schnaufte, grunzte und sägte, was das Zeug hielt. Ezra hatte Angst, dass er jeden Moment von seinem eigenen Schnarchen aufwachte. Hastig nahm sie seinen Mantel an sich, doch sie erwischte den Saum und nicht den Kragen. In der Finsternis sah sie etwas Metallisches aufblitzen. Der Schlüssel lugte aus der Tasche … und fiel heraus. Ezras Hand schnellte vor. Ihre Finger schnappten zu und hielten den schweren Eisenschlüssel fest – keinen Daumenbreit über dem Boden.

Erleichtert atmete sie aus und huschte mit ihrer Beute zurück ins Bett. Sie döste noch eine Weile, bis ihr ihre innere Uhr sagte, dass Mitternacht nahte und es Zeit war aufzubrechen. Leise packte sie ihre wenige Habe zusammen und legte die Waffen an. Mittlerweile kannte sie jede knarzende Diele in der Kammer und wusste, welche sie zu meiden hatte, als sie auf Zehenspitzen zur Tür schlich. Mit einem stummen Gruß verabschiedete sie sich von Ewil und Espen. Dann öffnete sie die Tür und stahl sich davon.

Als sie unten beim Tor ankam, stemmte sie den Balken hoch und spähte hinaus in die Gasse. In einem Hauseingang auf der gegenüberliegenden Straßenseite konnte sie eine Bewegung ausmachen. Die Gestalt, die sich dort zu verstecken versuchte, stellte sich so umständlich an, dass es nur Odo sein konnte. Ezra machte einen Schritt auf die Straße und winkte ihn zu sich heran. Schnaufend kam er zu ihr herübergelaufen.

»Hallo«, japste er so laut, dass sein Keuchen durch den Hof hallte.

»Pst!«, rügte Ezra ihn und rümpfte die Nase. Wie hatte er sie bei der Kondition damals nur mit dem Karren durchs Gebirge ziehen können? Sie ertappte sich dabei, wie sie an ihm schnupperte. Doch ihre Nase verriet ihr, dass es nur die Aufregung war, die seinen Puls in die Höhe jagte.

»Ich habe zwei gute Nachrichten und eine schlechte«, raunte sie ihm zu. Dabei zeigte sie zu den Stufen, die zur eisenbeschlagenen Tür des Karzers hinunterführten. »Die guten sind, dass der Eingang zum Keller gleich hier im Torbogen ist und dass ich den Schlüssel habe.«

»Und die schlechte?«

»Jemand sitzt im Karzer«, flüsterte sie. »Valerian, ich habe dir von ihm erzählt.«

»Ja«, sagte Odo und runzelte die Stirn. »Der lächelnde Schönling. Und was machen wir jetzt?«

»Wir gehen rein und reden mit ihm.«

»Mit ihm reden?«, zischte er. »Bis du wahnsinnig?«

Ezra überging den Einwand. »Sie haben ihn eingesperrt, weil sie glauben, dass er einen Kameraden im Suff erschlagen wollte.«

Dabei behielt sie für sich, dass es bei dem betreffenden Streit, um sie gegangen war. Bei Dingen, die *sie* betrafen, war Odo in letzter Zeit nämlich ziemlich empfindlich.

»Na, das wird ja immer besser«, raunte er. »Wir können uns doch nicht zu einem Mörder in den Kerker gesellen.«

»Er war es ja nicht«, erwiderte Ezra. »Und außerdem lebt Pasqiit noch. Er ist nicht tot, nur bewusstlos.«

»*Natürlich* war er es nicht«, sagte Odo mit einem verächtlichen Unterton. »Weil er der unwiderstehliche Valerian ist.«

»Nein«, knurrte Ezra und boxte ihm gegen die Brust, »weil es eine Gargyle war! Ich habe sie selbst gesehen, als ich gestern Nacht nach Hause gekommen bin.«

»Eine Gargyle?« Odo rieb sich den Brustkorb. »Das kann nicht sein. Die Wasserspeier sind in der ganzen Stadt zerstört worden.«

»Anscheinend nicht alle«, erwiderte sie.

»Ja, anscheinend nicht alle«, wiederholte Odo nachdenklich. »Nur, warum sollte Valerian uns nicht einfach verpfeifen, wenn wir das Archiv durchsuchen?«

»Weil ich ihm helfen werde, aus dem Karzer rauszukommen«, entgegnete Ezra, fest von ihrem Plan überzeugt. »Aber natürlich nur, wenn er uns in Ruhe suchen lässt. Ich werde ihm sagen, dass ich es war, die Pasqiit von hinten mit einem Stein niedergeschlagen hat, weil er mich belästigt hat. Und er soll behaupten, er hätte es gesehen. Die Geschichte mit der Gargyle würde eh keiner glauben.«

»Da hast du recht«, pflichtete Odo ihr bei.

»Und wenn ich heute bei Nacht und Nebel verschwinde«, fuhr Ezra fort, »dann wirkt das wie mein Schuldeingeständnis, und sie werden Valerian freilassen, egal, ob Pasqiit gesund wird oder nicht!«

»Verstehe«, sagte Odo. »Das klingt schlüssig. Doch was meinst du, dieser Valerian, wird er mitspielen?«

»Das werden wir gleich herausfinden«, antwortete sie und streichelte den Knauf ihres Kurzschwerts. »Ansonsten gibt es andere Mittel und Wege ...«

Odo verzog keine Miene und nickte grimmig. Dann gingen sie gemeinsam die Treppe hinunter, und Ezra schloss die Tür zum Karzer auf.

»Wird auch Zeit«, brummte Valerian schlaftrunken. »Ich dachte schon, ihr wollt mich hier unten verrecken lass...« Mitten im Satz brach er ab. Er kniff die Augen zusammen und blinzelte sie gegen das Licht der Lampe an, die am Eingang hing. »Was machst *du* denn hier?«, fragte er irritiert, dann warf er Odo einen misstrauischen Blick zu. »Und wer ist das?«

»Ein Freund«, erwiderte Ezra, während sie die Tür hinter sich zuzog und wieder abschloss. »Und wir sind hier, um dir zu helfen.«

»Vergiss es«, schnauzte er sie an und winkte ab. »Ich haue nicht ab. Ich werde die Sache klären. Notfalls per Duell. Wie geht es Pasqiit?«

»Er lebt, aber er ist immer noch bewusstlos«, antwortete Ezra. »Haben dich Pergoul und Garandee denn noch gar nicht befragt?«

»Ich glaube schon«, murmelte er. »Gestern Nacht. Aber da war ich noch so stramm, dass ich nur irgendeinen Schwachsinn erzählt habe – von wegen *geschieht ihm recht* oder so.«

»Das war nicht sehr schlau«, entgegnete Ezra kopfschüttelnd. »Du und dein Mundwerk.«

»Mit einer Flasche Kaktusschnaps intus, ist *schlau* sein auch nicht gerade meine Stärke«, witzelte Valerian und tippte sich gegen die Schläfe. »Aber was will dein buckliger Freund eigentlich hier?«

»Ich bin nicht bucklig«, erwiderte Odo barsch. »Die Decken sind nur zu niedrig.«

»Meinetwegen«, sagte Valerian und machte eine abfällige Geste. »Also, was ist hier los?«

»Odo ist ein alter Freund«, erklärte Ezra mit ruhiger Stimme und klopfte gegen eines der Fässer. »Er hilft mir, hier drinnen etwas zu finden.«

»Wenn ich etwas suchen würde«, scherzte Valerian, »würde ich keinen Einäugigen um Hilfe bitten.«

»Halt einfach mal die Klappe!«, zischte Ezra und schlug noch einmal gegen das Fass – dieses Mal so heftig, dass es im Kellergewölbe dröhnte. Aus blassgelben Augen funkelte sie ihn an. »Ich bin hier, um dir einen Handel vorzuschlagen.«

Valerian hob beschwichtigend die Hände, grinste und schien abzuwarten.

»Wenn du uns bis morgen früh in Ruhe eure Schriften durchsuchen lässt«, erklärte Ezra, »dann helfe ich dir hier rauszukommen.«

»Das sagtest du bereits«, erwiderte er. »Nur, wie willst du das anstellen?«

»Wenn Pergoul und Garandee dich das nächste Mal befragen, dann sag ihnen, dass du gesehen hast, wie *ich* Pasqiit mit einem Stein niedergeschlagen habe, als er zudringlich wurde.«

»Verdammtes Drecksschwein«, fluchte Valerian. »Hab ich's mir doch gedacht. Aber warum sagst du es ihnen nicht selbst?«

»Weil ich morgen nicht mehr hier sein werde«, antwortete Ezra. Ihre Stimme hallte kalt von den steinernen Wänden wider. »Verdächtige auf der Flucht. Sie werden nicht anders können, als dir zu glauben.«

Valerian musterte sie eine Weile, wie sie zwischen den Fässern hin und her schlenderte. Schließlich nickte er. »Na gut, ich bin dabei. Seht euch ruhig um. Außer den alten Papieren gibt es hier unten eh nichts zu holen.«

Ezra drehte sich um und musterte in abwägend. In seiner Stimme hatte Gleichgültigkeit gelegen, doch in seinen Augen sah sie die stumme Erkenntnis, dass sie ein Schwert trug und er nicht. Sie würde wachsam bleiben.

Odo hatte indessen die Laterne vom Haken genommen und war ihr gefolgt. »Das sind ganz schön viele Fässer«, flüsterte er ihr zu. »Zum Glück stehen Jahreszahlen auf den Deckeln. Wie alt bist du eigentlich?«

»Ich …«, begann Ezra und stockte. »Ich weiß nicht genau. Siebzehn, glaube ich, oder achtzehn. Oder schon zwanzig?«

»Hm, na gut«, meinte Odo und rieb sich das Kinn. »Dann nähern wir uns der Sache mal anders. Was ist das Erste, woran du dich erinnern kannst?«

»Meine Mutter hat mir abends immer Lieder vorgesungen, wenn ich Bauchschmerzen hatte.«

»Nein, das meine ich nicht«, entgegnete Odo. »Ich meine, große Ereignisse. Dürren, Kriege. Irgendetwas in der Art. Kannst du dich nur an die Regentschaft von Kaiser Kendorian erinnern oder auch noch an die von seinem Vater?«

Ezra machte ein ratloses Gesicht. »Bei uns im Dorf waren Könige nicht mehr als Märchengestalten. Wir haben ja noch nicht mal unseren Washir zu Gesicht bekommen.«

»Ich habe keine Ahnung, was das hier werden soll«, rief Valerian aus dem Hintergrund, »aber sie hat Narben in den Achselhöhlen.«

»Was?«, fragten Odo und Ezra wie aus einem Mund.

»Ich sagte, sie hat Narben in den Achselhöhlen.«

»Ah«, sagte Odo mit einem wissenden Lächeln. »Jetzt verstehe ich, worauf er hinauswill. Die Marde! In welchem Jahr hat sie noch mal so schlimm gewütet?«

»980, nach alter Zeit«, antwortete Valerian. »Also vor 17 Jahren. Fast alle Kleinkinder sind damals daran erkrankt, und viele sind gestorben. Auch meine kleine Schwester.«

»Das tut mir leid«, sagte Odo. »Aber habt vielen Dank für Eure Hilfe. Das heißt, wir müssen nur die Fässer ab dem Jahr 979 und früher durchsuchen.«

»Nur!«, lachte Valerian. »Ihr seid mir ein paar Scherzkekse. Wisst ihr, wie viele Protokolle in jedem Fass stecken? 40 Hände, 366 Tage im Jahr. Da kommt ganz schön was zusammen.«

»Lach ruhig«, fuhr Ezra ihn an. »Du wirst schon sehen, wie schnell Odo sie gefunden hat.«

»Wollen wir hoffen, dass du recht behältst«, raunte Odo ihr zu. »Ich denke, wir fangen am besten mit dem Jahr 979 an.«

»Wenn es den Herrschaften nichts ausmacht«, murrte Valerian, »lege ich mich wieder aufs Ohr und sehe mir das Ganze von hier hinten an.«

Doch Odo schenkte ihm keine Beachtung mehr. Er stellte die Lampe neben sich auf den Boden und hockte sich im Schneidersitz vor das Fass mit der Zahl 979. Dann griff er sich ins Revers und holte das weiße Kästchen hervor. Er öffnete es und nahm einen augengroßen Kristall heraus. Zweimal hauchte er auf die klare Kugel, bevor er die Finger um sie schloss, als wolle er sie anwärmen. Nach sieben Atemzügen öffnete er die Faust und klemmte sich den Kristall in seine leere Augenhöhle.

»Du kannst jetzt anfangen«, forderte er Ezra auf. »Es wäre gut, wenn du mir die Dokumente aufgefaltet reichst.«

Sie setzte ihren Dolch an und hebelte den Deckel vom Fass. Wie neulich kamen ihr unzählige Briefe und Schriftstücke entgegen. Die meisten von ihnen waren feucht und fleckig, die Tinte auf ihnen blass; andere waren von Mäusen angeknabbert worden. Ob überhaupt noch etwas zu entziffern war? Doch Ezra hatte keine Zeit, sich darüber den Kopf zu zerbrechen. Sie hatte alle Hände voll zu tun, die Papierflut zu bändigen.

Odo hatte begonnen, leise vor sich hin zu murmeln. Eine sanfte Brise schien seinen Worten zu folgen. Der Luftzug ließ die Papiere zu seinen Füßen rascheln, erfasste die Spinnweben an der Decke und verschwand mit einem Säuseln durch die schlitzförmigen Oberlichter. Ezra war so damit beschäftigt, die Schriftstücke aufzufalten, dass sie erst nach einer Weile bemerkte, wie eisig es geworden war. Es war auch schon vorher kühl im Keller gewesen, aber nun bildete ihr Atem dünne Schwaden vor ihrem Mund. Sie spürte, wie der schwere Stoff ihres Mantels starr und steif vor Kälte wurde. Mit tauben Fingerspitzen fummelte sie an den Papieren herum. Sie kam kaum noch hinterher, sie Odo anzureichen, so schnell überflog er die Dokumente.

Sein Murmeln war inzwischen in ein monotones Summen übergegangen – so dachte sie. Doch als Ezra einen Moment innehielt und ihn beäugte, lief ihr ein heißkalter Schauer über den Rücken. Odo summte nicht, er las laut vor. Seine Lippen und Mundwinkel zuckten so schnell wie die Flügel einer Fliege, während sein leuchtendes Auge über die Zeilen flog. Das Unheimlichste war jedoch seine Stimme. Spitz und hell stieß sie aus der Tiefe seines Leibes hervor, als hätte er ein Kind verschlungen. Der Papierberg wuchs indes an, wurde höher und höher.

Ezra hörte Schritte hinter sich. Valerian kam auf sie zu, die Decke eng um seine Schultern geschlungen.

»Ich habe mir doch gedacht, dass ich ihn kenne«, flüsterte er. »Damals hatte er noch beide Augen. Er war ein Zauberlehrling der Drei Türme. Ach, was mache ich nur hier …«

Während er redete, ging er neben ihr auf die Knie und half ihr dabei, die Schriftstücke auseinanderzufalten. Gemeinsam konnten sie schließlich mit Odos Tempo mithalten.

Das Lesen schien ihn auszulaugen. Er zitterte am ganzen Leib, trotz des dicken Mantels, den er trug. Seine Nase und Wangen waren rot angelaufen, als er das letzte Schreiben endlich beiseitelegte.

»Und?« Ezra sah ihn mit großen Augen an. Auch sie zitterte, doch mehr vor Aufregung als Kälte.

Odo schüttelte den Kopf. »Nichts.«

Ezra hatte das Gefühl, ein Eiszapfen würde ihr in die Brust gerammt werden. War das schon das Ende ihrer Suche? »Such weiter«, hauchte sie. »Vielleicht war es das falsche Jahr!«

»Eigentlich kann es mir egal sein«, mischte sich da Valerian ein, »aber als Staubklinge habe ich genügend Magiker zaubern sehen, um zu wissen, was Seelenfrost ist. Und du brauchst mit Sicherheit eine Pause, um dich aufzuwärmen.«

»Er hat recht«, pflichtete Odo ihm mit dünner Stimme bei. »Nur, wenn wir eines nicht haben, dann ist es Zeit.« Durch die Oberlichter war bereits ein erster rötlicher Schimmer zu erahnen. »Öffnet bitte das nächste Fass, das mit der Zahl 978.«

Ezra rieb sich kurz die Hände, um ihre Finger zu wärmen. Dann machte sie sich daran, den Deckel aufzuhebeln.

»Wahnsinn, das ist Wahnsinn«, murmelte Valerian kopfschüttelnd, während er die alten Papiere in das erste Fass zurückstopfte.

Odo bibberte immer stärker. Seine Lippen waren inzwischen blau angelaufen. Raureif hatte sich auf seine Kleidung gelegt. Einmal sah Ezra, wie er seine Hände um das Glas der Laterne schloss und für mehrere Atemzüge dort beließ, ohne zurückzuzucken. Das verstörende Murmeln riss indes nie ab.

Während sie ein Dokument nach dem anderen auffalteten, fiel Ezra auf, dass Odo dieses Mal ein paar Blätter beiseitelegte. Der Stapel war nicht mehr als ein paar Dutzend Seiten stark, aber es reichte aus, um ihr Herz höher schlagen zu lassen. Ob das die Protokolle waren, in denen ihre Schöpfer erwähnt wurden?

»Und diesmal?«, bedrängte sie Odo, als er erschöpft nach vorne sank.

»Ich b-bin mir nicht sicher«, antwortete er zitternd. »Es ist ja nur festgehalten, wer sich wann wohin begeben hat. Die Gründe werden nie genannt. Ein mehrfaches Treffen zwischen drei Magikern hat es in keinem der beiden Jahre gegeben.« Odo hustete und wischte sich den gefrorenen Rotz von der Nase. »Zwei haben sich aber erstaunlich oft miteinander getroffen. Mindestens dreißigmal: Peyslin, aus dem Zirkel der Zwölf des Zweiten Turms, und Xharril, der stellvertretende Meister des Dritten Turms. Aber ich bin mir sicher, dass es eigentlich drei sein müssen. Ohne den Ersten Turm wäre es ... wärst du ... nicht möglich gewesen.«

»Zwei Magiker sind besser als keine«, sagte Ezra bestimmt. Ihr Jagdinstinkt hatte sich gemeldet und mit ihm ihre Zuversicht. »Das ist doch eine erste Spur, nicht wahr? Kennst du die beiden?«

»Von diesem Peyslin habe ich noch nie gehört«, antwortete Odo, »aber Xharril ist ein übler Zeitgenosse. Er hat Kranke aus dem Narrenturm freigekauft. Nur hat man die armen Seelen danach nie wiedergesehen. Soweit ich weiß, ist er nach Kriegsende mit Meister Toz'Vian in den Aschenbelt geflohen und lebt seitdem dort im Exil in der Wüste. Aber da fällt mir noch etwas ein ... Herr Valerian, wen haben die Staubklingen früher eigentlich genau bewacht? Doch nicht alle Magiker, oder?«

»Nein, natürlich nicht«, nuschelte Valerian, der auf einem Strohhalm kaute. »Nur die Meister der Türme und die Mitglieder der Inneren Zirkel. Vierzig Männer insgesamt.«

Odo nahm Ezra beiseite und flüsterte ihr ins Ohr: »Dein dritter Schöpfer könnte ein einfacher Zauberer gewesen sein – talentiert, aber ohne besonderen Rang.«

»Ich will euch ja nicht drängen«, rief Valerian ihnen zu, »aber ihr solltet jetzt wirklich gehen. Wenn ich hier mit euch gesehen werde, dann war dein hübscher Plan nämlich umsonst, Ezra. Nur eine Frage hätte ich noch«, sagte er und deutete mit dem Zeigefinger auf sie. »Wenn Garandee durch Pasqiits Augen in die Vergangenheit blicken würde ... Was würde er dann wirklich sehen?«

Sie sah ihn überrascht an. »Kann er das denn?«

Valerian sagte nichts. Er schenkte ihr nur sein breites selbstgefälliges Grinsen.

»Er würde *mich* sehen, und wie er von einem Stein erschlagen wurde«, antwortete sie schließlich ohne zu lügen. Letztlich war eine Gargyle nichts anderes als ein lebendiger Stein. »Aber jetzt müssen wir los!« Sie nickte Odo zu. »Auf in den Aschenbelt!«

Der ehemalige Zauberlehrling erhob sich. Langsam, schwankend. Für einen Moment stützte er sich auf den Schenkeln ab. Dann folgte er ihr wackligen Schrittes.

»Gute Reise«, rief Valerian ihnen zum Abschied zu. »Ich weiß zwar nicht, warum euch die zwei Magiker interessieren. Allerdings würde ich nicht gleich in den Aschenbelt rennen, wenn ich ihr wäre. Nicht solange einer der beiden vor der Haustür auf euch wartet. Und wer weiß, wie lange er noch zu leben hat?«

Ezra und Odo blieben wie vom Donner gerührt stehen und drehten sich zu ihm um.

»Ja, genau«, lachte Valerian. »Peyslin sitzt im Kerker des Voxanten. Und wenn ihr mich fragt, zu Recht. Der Kerl hat etliche Frauen verstümmelt, nur um ein paar Biestweiber zu erschaffen.«

»Das verstehe ich nicht«, sagte Odo verwundert. »Er war doch ein Mann des Zweiten Turms. Wurden die Chimären nicht im Dritten Turm geschaffen?«

»Stimmt«, erwiderte Valerian bitter grinsend. »Aber er war

sehr begabt mit der Knochensäge, und in seiner goldenen Hand steckte ziemlich viel Kraft. Außerdem war seine Birne schon ganz weich vom vielen K'vizzt. Er war ein braver Junge. Hat immer das gemacht, was die Hand von ihm verlangte, die ihn mit dem Zeug gefüttert hat. Ich würde zu gern wissen, wie er es ohne sein Gift im Kerker aushält.«

Odo schwieg betreten. Ezra jedoch spürte eine kalte Wut in sich aufsteigen. Ihr wurde schlecht bei dem Gedanken, dass die Hände dieses abartigen Mannes sie erschaffen hatten. Sie wusste nur eins: Es würde ihr eine Freude sein, ihn in Stücke zu schneiden und langsam ausbluten zu lassen. Peyslins Tod war der erste Schritt zu ihrer Befreiung. Und die anderen beiden Magiker würden folgen.

»Wenn ihr wirklich in den Kerker wollt«, riet Valerian ihnen, »dann wendet euch an Xaven. Sagt ihm, *ich* schicke euch. Damit ist seine Schuld abgegolten.«

Ezra horchte auf, als sie den Namen hörte. »Hast du gerade Xaven gesagt? Der aus eurer Hand?«

Valerian nickte.

»Aber ich dachte, er und Yander wären tot.«

»Yander schon«, entgegnete Valerian tonlos. »Xaven nicht. Er steht jetzt im Sold des Voxanten, gehört zu seiner Wachmannschaft.«

Ezra trat näher an Valerian heran und blieb dicht vor ihm stehen, Nasenspitze an Nasenspitze. Wie immer, roch er leicht herb und einladend. Er atmete entspannt, vollkommen ruhig. Sie hatte nicht den Eindruck, dass er sie hinters Licht führen wollte, aber trauen wollte sie ihm auch nicht. Sie machte einen Schritt zurück, um ihn besser mustern zu können.

»Warum hilfst du uns?«

»Die meisten Staubklingen weinen der Zeit nach, als wir noch die Garde der Türme waren. Ich nicht. Bevor ich so einem verkommenen Haufen diene, bin ich lieber mein eigener Herr.« Er atmete in einem Stoß aus. Dann entspannten sich seine Gesichtszüge, und er fuhr schmunzelnd fort: »Außerdem bin ich ein Spieler, der es liebt zu gewinnen. Und ich habe *gegen* dich gewettet.«

»Was?« Ezra starrte ihn verständnislos an. Sie hatte keine Ahnung, wovon er sprach.

»Espen war überzeugt davon, dass du bis zur Ersten Staubung durchhältst. Er hat große Stücke auf dich gehalten, weißt du? Weil du deinen eigenen Kopf hast und nicht aufs Gold aus bist. Mich hat das ja eher stutzig gemacht. Da musste ich einfach dagegenhalten.« Er warf ihr einen belustigten Blick zu. »Überrascht?«

Sein Grinsen war wie ein Schlag in die Magengrube. Es machte Ezra traurig, dass sie sich so in Espen getäuscht hatte. Sie hätte nie gedacht, dass der grummelige Söldner auf ihrer Seite gewesen war.

Sie blitzte Valerian finster an. »Danke für alles!«, zischte sie, sodass es eher nach einer Drohung als nach Dankbarkeit klang.

»Gern geschehen, und lebe wohl!« Er deutete eine Verbeugung an. »Doch wenn du Xaven siehst, versuch's mit einem Lächeln. Sonst glaubt er dir nicht, dass du von mir kommst.«

Ezra schwirrte der Kopf von all dem, was sie erfahren hatte, aber sie musste sich zusammenreißen. Odo brauchte ihre Hilfe. Er war so wackelig auf den Beinen, dass sie ihn stützen musste, als sie die Kellertreppe hochgingen. Sein Arm, der über ihrer Schulter lag, war kalt wie der eines Toten. Als sie durch den Torbogen ins Freie traten, stand die Morgensonne bereits am Horizont und färbte die Straße in ein blutiges Rot. Hoffentlich würde sie seine Glieder wärmen.

14

DIE ERSTE SILBE

ORIZA, ALTE BLUTSONNE, JAHR 1 N.D.U.

Ezra beugte sich über ihren kugelrunden Bauch und wimmerte. Wenn es so weit wäre, würde sie allerdings kein Kind, sondern ein rotes Seidenkleid gebären. Odo hatte gemeint, eine werdende Mutter würde man eher vorlassen. Er selbst mimte passend dazu ihren besorgten Großvater. Schon am Morgen hatte er sich mit ranzigem Fett eingerieben und ein blasses Pulver darübergestreut. Kurz darauf war die Schmiere getrocknet und hatte sich in eine zweite Haut verwandelt, die so altersfleckig und spröde aussah wie die eines echten Greises. Immerhin hatten sie es in diesem Aufzug schon durch das äußere Tor bis in die Wachstube der fürstlichen Festung geschafft.

Dort saßen sie allerdings seit einer geschlagenen Stunde, ohne dass sie Xaven zu sehen bekommen hätten. Und dabei hatte Odo ausdrücklich nach ihm verlangt. Mittlerweile war es früh am Abend. Der Saal – so konnte man die von verzierten Säulen getragene Wachstube wohl getrost nennen – war überlaufen von Bittstellern und Störenfrieden aller Art. Immer wieder eskortierten die Gardisten mit ihren spitzen Sturmhauben neue Gefangene herein – darunter besoffene Raufbolde ebenso wie fanatische Sonnenprediger, die sich mit glühenden Kohlen verstümmelt hatten. Andere Weißhauben rückten im Gleichschritt zum nächsten Patrouillengang aus. Ezra fragte sich jedes Mal, wie es die Männer mit ihren geradezu lächerlich hohen Helmen schafften, nicht am Türrahmen hängen zu bleiben.

Sie saßen auf einer äußerst schmalen und unbequemen Bank und warteten. Wahrscheinlich hofften die Weißhauben, dass den meisten Bittstellern die Lust verging, ihr Anliegen vorzutragen, wenn es nur ungemütlich genug war. Neben ihnen hockte ein altes Weib mit verfilzten grauschwarzen Haaren. Die knielange Mähne verbarg ihr halbes Gesicht und schien ein unheimliches Eigenleben zu haben. Ab und zu bewegten sich einzelne Strähnen, obwohl die Frau still dasaß. Jeden, der an ihr vorbeikam, verfluchte sie. Sie ließ sich auch nicht davon entmutigen, dass niemand sie beachtete. Ganz im Gegenteil – sie ersann immer neue Flüche.

Gegenüber diskutierte seit geraumer Zeit ein Gremlin mit einem Gardisten. Das kleine Kerlchen war in einen moosgrünen Frack gezwängt, dessen viel zu lange Ärmel hochgekrempelt waren. In die aufgesetzte Brusttasche war mit goldenem Faden ein Hirschkäfer gestickt. Aufgeregt zwirbelte er an seinem linken Ohrpinsel, während er dem mehrere Köpfe größeren Mann eine Dragone unter die Nase hielt.

»Schleifen und Feilschen sind zwei grundverschiedene Dinge«, meckerte er. »Ja, ich bin ein Feilscher, und Feilschen gehört nun mal zum Geschäft des Kaufmanns wie das Kristalldach auf den Sonnentempel. Aber nur, weil die beiden Worte sich aus den gleichen Buchstaben zusammensetzen, heißt das nicht, dass ich Münzen schleife! Ich bin ein ehrbarer Geschäftsmann und im Übrigen ein glühender Verehrer des Voxanten.«

»Das ist schön für Euch«, erwiderte der Gardist, »aber trotzdem haben sich verschiedene Bürger darüber beschwert, dass die Münzen, die Ihr herausgebt, zu leicht sind.«

»Oh«, grunzte der Gremlin laut. »Eine gemeine Lüge! Wenn das wahr ist, sollen mir auf der Stelle die Ohren abfallen. Ich wiege jedes einzelne Geldstück ab, das ich herausgebe. Jedes einzelne! Selbst die Kupfernen.«

»Ich werde morgen Mittag einen meiner Männer vorbeischicken, der Eure Waage und die Gewichte überprüft. Bis dahin belege ich Euch mit einem Handelsverbot.«

Der Gremlin warf wütend seinen Frack zu Boden und trampelte darauf herum. »Was für ein Unrecht! Das hat man nun davon, wenn man der Stadt sein halbes Vermögen spendet.«

»Wenn das Euer halbes Vermögen war«, entgegnete der Gardist trocken, »dann laufen Eure Geschäfte wahrlich schlecht.«

Ezra konnte das Theater nicht länger mitanhören. Sie sprang auf und tigerte über den Gang, doch Odo warf ihr einen mahnenden Blick zu. Es dauerte einen Moment bis sie verstand, worauf er hinauswollte. Flugs stemmte sie die Hände in den Rücken, so wie es Hochschwangere zu tun pflegen, und verlangsamte ihren Schritt. Sie erschrak, als die Alte vor ihr auf den Boden spuckte und zu brüllen begann.

»Verflucht sei die Frucht deines Leibes! Faulen und rotten soll sie in deinem Bauch! Niemals wirst du ein Kind gebären!«

Ein Gardist kam herbeigeeilt und schlug ihr mit dem Handrücken ins Gesicht. Die Alte sank halb wimmernd, halb kichernd zurück auf ihren Platz.

»Ruhe jetzt!«, brüllte der Soldat. »Wenn ich dich noch einmal höre, landest du in der finstersten Zelle – ohne Wasser und ohne Brot!« Dann nahm er seinen weißen Zierhelm ab und deutete eine Verbeugung in Richtung Ezra an. »Verzeiht, junge Frau, ich hoffe Ihr habt Euch nicht zu sehr erschreckt.«

Ohne ihre Antwort abzuwarten, machte er auf dem Absatz kehrt und ging zurück auf seinen Posten.

Im selben Moment bahnte sich eine ältere Weißhaube den Weg durch die Menge. Der Gardist hielt geradewegs auf sie zu. Er stakste mehr, als dass er marschierte, beinahe so, als hätte er keine Kniescheiben. In seiner Hand hielt er einen Krug, und für einen Moment glaubte Ezra, er sei betrunken. Doch als er näher kam, erkannte sie, warum er sich so ungelenk bewegte. Seine Haut an Hals und Wangen war vernarbt, das Fleisch seines Gesichts zu seltsamen Formen verschmolzen. Auch über seine Hände zogen sich rotweiße Striemen. Das waren keine Verbrennungen sondern Verätzungen, und anscheinend bedeckten sie seinen ganzen Körper. Der Helm samt Nasen- und Nackenschutz ersparte ihr den unverhüllten Anblick. Ohne sie zu beachten, schritt der entstellte Mann an ihr vorbei. Vor Odo blieb er stehen.

»Ihr wolltet mich sprechen?« Seine Stimme klang heiser, so als wären auch seine Stimmbänder versehrt.

Odo nickte und deutete auf Ezra. »Es geht um meine Enkelin.«

Der Mann drehte sich zu ihr um. Seine Haut spannte sich zwischen Kinn und Kehle, durchzogen von wulstigen Narben. Jedes einzelne Wort musste ihm Schmerzen bereiten, doch sie musste mit ihm reden.

»Seid Ihr Xaven?«

Er nahm einen Schluck von dem klebrigen Zeug aus seinem Becher. Es roch süßlich, nach karamellisierten Zwiebeln und Olivenöl. »Wer will das wissen?«, fragte er barsch.

»Ich heiße Ezra. Ich bin eine Weile mit Euren Gefährten gereist, mit Garandee und seinen Männern.«

Xaven musterte sie aus kalten Augen. Ihr Grau erinnerte sie an den Granit, mit dem die Straßen der Stadt gepflastert waren. Sie waren das Einzige an ihm, was unversehrt geblieben war, und in sie schien er seine ganze Kraft zu legen. Sein Blick ruhte starr auf ihrem Gesicht, und doch hatte sie das Gefühl, er durchdringe sie. Er blinzelte nicht, kein einziges Mal.

Ezra hielt sein Starren nicht länger aus und blickte zur Seite. »Valerian meinte, Ihr würdet mir helfen«, sagte sie leise.

»Warum sollte ich das? Hat er dir das Balg angedreht?«

»Nein ... Das ist ...«

»Ist mir auch egal«, schnaubte er. »Verschwinde!«

Ezra wollte ihn schon packen und schütteln, doch stattdessen tat sie, wozu Valerian ihr geraten hatte: Sie lächelte. »Er sagt, dass Ihr ihm noch etwas schuldet.«

Noch einmal musterte Xaven sie. Dieses Mal schwang in seinem Blick etwas anderes mit – eine Mischung aus Hass und

Hoffnung. »Aber dann sind wir quitt«, keuchte er und hustete. »Dann bin ich frei!«

»Ja«, erwiderte Ezra. »Das hat Valerian gesagt.«

Er trank noch einen Schluck. Dann trocknete er sich mit dem Ärmel den Mund ab. »Gut. Worum geht's?«

»Ich muss zu jemandem, der im Kerker sitzt«, erklärte sie. »Der Mann heißt Peyslin. Er ist Magiker des Zweiten Turms.«

»Nicht so laut!«, zischte Xaven und sah sich beunruhigt um. Dazu musste er seinen ganzen Körper drehen, denn sein Hals war zu steif dafür. In der Wachstube ging es immer noch drunter und drüber. Die Alte brabbelte, der Gremlin zeterte, und die Wachen versuchten, für Ordnung zu sorgen. Nachdem er sich davon überzeugt hatte, dass sich niemand für ihr Gespräch interessierte, wandte er sich wieder ihr zu und trat näher.

»Magiker sitzen im Bleikeller«, flüsterte er. »Dort reinkommen? So gut wie unmöglich.«

»So gut wie? Also gibt es einen Weg?«

Xavens Blick glitt an ihr hinunter und verweilte auf ihrem Bauch. Er schien nachzudenken. »Viele Wachtposten«, murmelte er schließlich. »Nicht nur vom Voxanten. Kann dich reinbringen. Rauskommen musst du selber.«

»Ihr meint *uns*«, sagte Odo und stellte sich demonstrativ neben Ezra. »Ihr könnt *uns* hineinbringen.«

»Nein«, entgegnete Xaven trocken und warf ihm einen finsteren Blick zu. »Ich meine *sie.* Eine Person. Nicht mehr. Die Sonnenwächter nehmen nicht jeden in ihrem Kerker auf, Alterchen. Auch, wenn dir ein Auge fehlt. Sie suchen Hexen, Biestweiber und Diener des Dritten Turms.«

Xaven hustete heftig, schnappte röchelnd nach Luft. Für einen Augenblick sah Ezra Blut auf seinen Lippen, doch er wischte es rasch mit dem Handrücken ab. Den Rest spülte er mit dem letzten Schluck Zwiebelsaft hinunter.

»Du trägst ein verfluchtes Kind in dir«, raunte er ihr zu. »Das werde ich den Sonnenwächtern sagen. Und jetzt komm!«

Ezra mochte ihn nicht, und sein Vorschlag behagte ihr noch weniger. Aber es war der einzige Weg zu ihrem Schöpfer, zur ersten von drei Silben. Und damit zu ihrem ersten Mord …

Selbst Odo schien keine bessere Lösung parat zu haben. Wütend presste er die Lippen zusammen, schließlich schüttelte er den Kopf. Ezra hatte keine Wahl. Langsam staksend ging Xaven voran, und sie folgte ihm. Am Hinterausgang der Wachstube tauschte er den Krug gegen eine Laterne.

»Die letzte Silbe!«, rief Odo ihr hinterher. »Einfach einatmen, tief einatmen! Und frag ihn nach dem dritten Namen. Ich warte auf dich … beim Hochzeitsschal!«

»Verflucht seid ihr!«, kreischte die alte Frau hysterisch. »Verflucht seid ihr alle beide – beim Auge, der Hand und dem Herzen!«

Ezra war froh, als die Tür hinter ihnen zuschlug und die Stimmen nur noch dumpf an ihr Ohr drangen. Xaven und sie durchquerten einen kleinen Hof. Die Häuser standen so dicht beisammen, dass selbst ihre leichten Schritte verräterisch laut hallten. Und es kam ihr umso lauter vor, da die Nacht über dem Palast hereingebrochen war.

Xaven redete nicht mit ihr. Im nächsten Torbogen hielt er jedoch an und verband ihr die Augen mit seinem Halstuch. Der Stoff roch nach Kräutersalben und Eiter.

»Wie soll ich denn den Weg hinausfinden, wenn ich nichts sehe?«, beschwerte sie sich und wollte sich schon das Tuch vom Kopf reißen.

»Ohne verbundene Augen kommt niemand in den Bleikeller«, röchelte er. »Also, was ist?«

Ezra ließ die Arme sinken, und ehe sie sich versah, hatte Xaven ihr Handschellen angelegt. Die schweren Eisenfesseln waren offensichtlich für gröbere Gelenke gemacht, denn sie hatte reichlich Spiel. Mit genügend Zeit würde sie sich aus ihnen befreien können.

Einmal machte Ezra den Fehler zu blinzeln. Fortan brannten

ihr die Reste der Salbe so stark in den Augen, dass sie sich kaum auf den Weg konzentrieren konnte. Sie bekam nur mit, dass sie ein langes Stück geradeaus gingen. Dabei überquerten sie zwei weitere Höfe und durchschritten zwei weitere Torbögen – wenigstens glaubte sie das am Echo zu erkennen. Auf jeden Fall verlief ihr Weg die ganze Zeit eben.

Erst als Xaven sie stöhnend und fluchend eine steile Treppe hinaufführte, ließ das Brennen nach. Auf einmal wehte ihr eine frische Brise entgegen, und der Boden war weich und erdig. Gras streifte ihre Beine, und ganz in der Nähe rauschten Bäume im Wind – Kiefern, wenn der Nadelduft sie nicht trog. Irgendwo vor sich hörte sie Stimmen, dann ein Rufen.

»Halt! Wer geht da?«

»Wachtmeister Xaven mit einer Überstellung«, krächzte ihr Begleiter. »Das Weib hier soll in den Bleikeller. Die Teufelsbuhle trägt ein verfluchtes Kind aus.«

Selbst durch den Stoff hindurch spürte Ezra, den warmen Schein einer Blendlaterne auf ihrem Gesicht.

»Gut«, kam die zackige Antwort. »Wir übernehmen.«

»Soll mir recht sein«, erwiderte Xaven gleichgültig.

Verdammt! Der Verräter wollte sie ausliefern. Sie versuchte, die Fesseln abzustreifen, drehte panisch die Handgelenke hin und her. Gleich war sie so weit ... Da traf sie ein Stoß in den Rücken. Ezra stolperte vorwärts, fing sich und blieb stehen. Plötzlich wurde sie gepackt. Eine gepanzerte Hand schloss sich um ihren Oberarm, fest wie ein Schraubstock.

»Hiergeblieben, du Hexe!«, befahl ihr die fremde Stimme.

»Seht euch vor«, warnte Xaven die Männer, »und atmet nicht zu tief ein. Ich glaub, sie hat die Marde.«

»Die Marde?«, stieß der Fremde entsetzt aus und ließ sie los. »Bei allen Sechs Sonnen, das sagt Ihr uns erst jetzt?«

»Wenn Ihr den Auftrag habt, sie zu überstellen, dann führt ihn gefälligst selbst aus und lasst uns nicht Eure Arbeit machen!«, mischte sich ein zweiter Mann ein.

»Na dann, schließt schon auf«, keuchte Xaven scheinbar verärgert.

Ezra spürte, wie er wieder hinter sie trat und ihr die Hand sanft, aber bestimmt auf die Schulter legte. Ihr Herzschlag beruhigte sich. Das alles war nur ein Schauspiel gewesen, begriff sie. Aber was, wenn es nicht aufgegangen wäre? Diese Frage wollte sie sich lieber nicht beantworten.

Währenddessen hörte sie, wie ein Balken beiseitegeschoben und ein Schlüssel ins Schloss gesteckt wurde. Kurz darauf klackte es leise, und eine Tür schwang quietschend auf. Warmer Moderhauch schlug ihr entgegen.

»Den sollten sie am besten auch gleich unten behalten«, flüsterte einer der Männer. Ob Xaven das gehört hatte? Zumindest ließ er sich nichts dergleichen anmerken.

»Vorsicht steil!«, raunte er ihr zu, als er sie durch die Öffnung schob.

Dahinter begann ein langer Abstieg. Der Treppengang musste schmal und die Decken niedrig sein, denn ihre Stiefel verursachten kaum ein Echo. Immer wieder stieß sie mit den Schultern an raue Felswände. Am gefährlichsten waren jedoch die Stufen. Keine glich der nächsten, ihre Länge und ihr Gefälle veränderten sich mit jedem Schritt. Ein ums andere Mal trat Ezra ins Leere. Schon bald hatte sie gelernt, sich behutsam vorzutasten und kam so schnell voran, dass Xaven sie bremsen mussten.

Nach einer halben Ewigkeit spürte sie zum ersten Mal keine weiteren Stufen mehr unter ihren Füßen. Sie hielten an. Xaven zwängte sich an ihr vorbei und klopfte an eine Tür.

Sie hörte das Schaben von Holz auf Holz. Ein Guckfenster wurde aufgeschoben. »Was gibt's?«

Xaven hüstelte. »Sei gegrüßt, Kerkermeister. Ich soll eine Gefangene überstellen. Eine Teufelsbuhle.«

Mehrere Atemzüge verstrichen. Ezra spürte, dass sie gemustert wurde. Schließlich sog der Kerkermeister scharf die Luft ein. »Endlich mal ein Weib, hä, hä! An der wird unser Folterknecht seine Freude haben. Aber warum bringst *du* sie runter?«, fragte er misstrauisch. »Das ist gegen die Vorschriften.«

»Die Sonnenwächter oben wollten sie nicht übernehmen, weil sie die Marde hat«, erklärte Xaven.

»Am besten gleich verbrennen«, murrte der Kerkermeister. »Das spart Ärger. Hier unten ist sowieso niemand unschuldig.«

»Noch nicht mal die Wächter«, flüsterte Xaven so leise, dass nur Ezra es hören konnte.

»Was hast du gesagt?«

»Ich kann sie in die Zelle bringen, wenn du willst.«

»Und ob du das kannst«, tönte der Kerkermeister. »Wenn sich die Sonnenwächter zu fein für die Schlampe sind, dann fass ich sie erst recht nicht an!«

Daraufhin öffnete sich die Tür, und Xaven wurde laut klappernd der Schlüsselbund in die Hand gedrückt. »Die bringst du mir wieder, wenn du sie eingebuchtet hast.«

»Wird gemacht.« Xaven führte sie ein gutes Stück geradeaus und dann eine kurze Treppe hinunter. Diesmal hallten ihre Schritte wider. Die Räume hier unten schienen um einiges größer zu sein als der Gang, durch den sie gekommen waren. Außerdem hatte Ezra beim Eintreten ein gedämpftes Murmeln vernommen. Irgendwo unterhielten sich Männer hinter einer Tür. Worüber sie sprachen, hatte sie jedoch nicht verstehen können.

Nach ein paar Schritten hielten sie abermals an. Xaven klimperte laut mit dem Schlüsselbund herum. »Verdammt! Welcher ist es denn?«

Der dritte Schlüssel schien endlich zu passen. Mit einem satten Klicken öffnete sich das Schloss. Dann zog Xaven das Gittertor auf – so erbärmlich, wie es quietschte, klang es nicht nach einer gewöhnlichen Tür. Sie waren kaum weitergegangen, als das Gitter krachend hinter ihnen zufiel. Zur Antwort gellte ein Schrei durch die Tiefen des Kerkers. Kurz und scharf wie ein Schwertstreich. Dann herrschte Stille. Ein kalter Schauer lief Ezra über den Rücken. Der Schrei kam ihr so unwirklich vor, dass sie hoffte, ihn sich nur eingebildet zu haben.

Während sie weitergingen, nahm Xaven ihr die Binde ab. »Du wolltest es so, Mädchen«, hauchte er. »Du wolltest es so. Ich hoffe, das ist es wert.«

Ezra starrte ihn an, aber sie sagte nichts. Das Fackellicht blendete sie, und seine Gesichtszüge verschwammen vor ihren Augen zu einer makellosen Maske – rot und glatt wie ihr Seidenkleid. Nach einer Weile hatte sie sich an die Helligkeit gewöhnt, und sein Gesicht war wieder genauso entstellt wie zuvor. Sie befanden sich in einem langen Gang. Hinter ihr war die Gittertür, die sie vorhin gehört hatte. Vor sich, zu ihrer Linken, sah sie mindestens ein Dutzend Zellentüren. Jede einzelne war von außen mit Bleiplatten beschlagen. Nur auf Augenhöhe gab es schmale Schlitze, die mit Klappen gesichert waren.

Xaven stakste zur ersten Zellentür und guckte hinein. Ezra meinte, dahinter ein leises Schluchzen zu vernehmen. Was auch immer er dort sah, schien ihn nicht zu beeindrucken. Vollkommen ausdruckslos schob er die Klappe wieder zu und ging zu den nächsten Türen. Bei der zweiten und dritten verfuhr er genauso, doch bei der vierten blieb er stehen.

»Da wären wir«, keuchte er. »Komm her, damit ich dir die Fesseln abnehmen kann.« Nachdem er sie von den Handschellen befreit hatte, drückte er ihr seine Laterne in die Hand. »Auch wenn das nicht wahrscheinlich ist, wenn du Valerian wiedersiehst, richte ihm aus, er soll zur Hölle fahren!«

Dann sperrte er die Zelle auf, schob Ezra hinein und schlug die Tür gleich hinter ihr wieder zu. Der Knall rang dumpf in ihren Ohren. Trotzdem konnte sie hören, wie sich seine Schritte entfernten. Abgeschlossen hatte er nicht.

Erst jetzt bemerkte Ezra, dass sie die Luft anhielt und krampfhaft auf den Boden starrte. Sie hatte Angst, Angst vor dem, was sie sehen würde. Sie atmete tief ein – roch Rauch und verbranntes Fleisch – und blickte sich um. Die Zelle war größer, als sie erwartet hatte. Gut drei Schritt breit und mindestens sechs Schritt tief. Boden, Decke und Wände bestanden aus massiven Quadern. Die Fugen waren mit Blei ausgegossen. Am Ende des Raums befand sich eine Streckbank und dahinter ein Regal mit etlichen Haken, Hämmern, Klemmen und Sägen. In einer Ecke stand ein kleines Kohlebecken. Darüber klaffte ein faustgroßes Loch in der Decke. Der Fels rund um den Abzug war rußgeschwärzt.

Was Ezra jedoch weitaus mehr interessierte, waren die beiden Männer, die an die linke und rechte Wand gekettet waren. Der eine war schlank und sehr groß. Seine Ketten waren so kurz, dass er nur aufrecht stehen konnte. Das halblange dunkelblonde Haar hing ihm in die Stirn, sein Hemd war zerrissen, und ein paar frische Striemen überzogen seine nackte Brust. Zunächst dachte Ezra, er sei bewusstlos oder schlafe. Doch dafür ging sein Atem zu flach, so als wollte er bewusst keine Aufmerksamkeit erregen. Außerdem schwangen die Ketten über seinem Kopf. Er musste sich gerade eben noch bewegt haben.

Ihm gegenüber saß ein dicker Mann auf dem Boden. Einst musste er bärenstark gewesen sein, denn unter dem Fett zeichneten sich immer noch Muskelberge ab. Er sah nicht aus wie ein Krieger, aber allein in seiner Masse lag gewaltige Kraft. Der obere Teil seines Schädels wirkte zu klein für den breiten Kiefer und das Doppelkinn. Sein Gesicht glänzte verschwitzt und rotfleckig, und seine grauen Strähnen erinnerten Ezra mehr an vertrocknetes Gras als an einen Haarschopf. Am widerlichsten waren jedoch seine fleischigen Lippen. Der Fettsack hatte die Arme vor der Brust verschränkt. Ihm fehlte die linke Hand, und die Haut an seinem Armstumpf war verbrannt, kohlrabenschwarz.

Das musste er sein: Peyslin – Magiker des Zweiten Turms, Mitglied des Zirkels der Zwölf, einer ihrer drei Schöpfer … Er war eine erbärmliche Gestalt, und das machte Ezra noch wütender. Der Gedanke, dass *er* sie erschaffen hatte, widerte sie an. Sie musste an Valerians Geschichte denken, an den Narrenturm, an all die Frauen, die Peyslin verstümmelt und ermordet haben soll. Was hatte er wohl ihrer Mutter angetan? *Mich!*, schoss es ihr durch den Kopf. Der Geschmack von Blut füllte plötzlich ihren Mund. Sie musste sich auf die Zunge gebissen haben.

Wutschnaubend ging Ezra auf ihn zu und baute sich vor ihm auf. Hinter ihr rasselten Ketten. Sie spürte die Blicke des anderen Gefangenen in ihrem Rücken. Peyslin schien sie jedoch nicht einmal wahrzunehmen, obwohl sie direkt vor ihm stand. Stumpfsinnig wippte er vor und zurück.

»He!«, fauchte Ezra und verpasste ihm einen Tritt in die Seite.

Er hielt inne und blickte sie an. Schweiß rann ihm in Strömen über die Wangen und sammelte sich in der Falte seines stoppligen Doppelkinns. Dabei war es in der Zelle alles andere als warm. Ezra senkte die Laterne, damit er ihr Gesicht besser sehen konnte. Mit offenem Mund starrte er sie an. Die Luft, die seine Lungen verließ, stank nach Schwefel. Jeder seiner schnaufenden Atemzüge war ihr zuwider. Doch sie musste sichergehen, dass er wirklich der Richtige war.

»Bist du Peyslin, der Magiker?«

Ein Ausdruck von Furcht huschte über sein Gesicht. Doch dann hellte sich seine Miene auf, und er sah sie an, als ob er sie erkennen würde.

»Du bist es ... Du bist es«, flüsterte er immer wieder. »Du bist gekommen.«

»Wer bin ich? Sag es mir!« Ezra wollte es aus seinem Mund hören.

»Du ... Du bist du.«

»Wer?«, schrie sie und schlug ihm ins Gesicht. »Wer bin ich?«

Peyslin beugte sich vor und versuchte ihr die Füße zu küssen, doch Ezra wich angewidert zurück.

»Sag ihnen, dass ich sie nicht verraten habe!«, flehte er sie mit weinerlicher Stimme an. »Ich habe nichts gesagt. Kein Wort. Kein einziges. Sag es ihnen, bitte, sag es ihnen.«

»Dann sag mir, wer ich bin!«, herrschte sie ihn an.

»Haar wie Sand … Und diese Augen«, flüsterte er staunend. »Du bist perfekt geworden, einfach perfekt. Genau wie Bandrabash es prophezeit hat.« Peyslin krabbelte ihr hinterher, bis ihm der Ring um seinen Hals ins Fleisch schnitt. Seine Augen quollen hervor. Er gurgelte, hustete und versuchte trotzdem weiterzukriechen. Wie ein ausgehungerter Hund zerrte er an seinen Ketten.

Bandrabash, dachte Ezra, das musste ihr dritter Schöpfer sein. Währenddessen zog sie das zusammengeknüllte Kleid unter ihrem Hemd hervor und ging in die Hocke. Von Angesicht zu Angesicht saß sie dem Fettwanst gegenüber. Sein Gesicht glühte geradezu. Und wieder schlug ihr sein saurer Atem entgegen. Ob das der Geruch von K'vizzt war? Sie wunderte sich kurz, wie er im Kerker an das Gift herangekommen war. Doch das war unwichtig. Es gab andere Dinge, die sie wissen wollte.

»Wer bin ich?«, fragte sie wieder, aber dieses Mal mit sanfter Stimme. Dabei kraulte sie ihm mit einer Hand den Hinterkopf, während sie mit der anderen begann, das rote Kleid auszurollen.

Ein Grinsen trat auf seine Lippen. »Die Tochter des Berglöwen«, röchelte er. »Du bist die Tochter des Berglöwen.«

Die Haut an seinem Hals spannte sich einladend, als er sich nach ihr reckte. Sein Adamsapfel trat hervor. In einer fließenden Bewegung befreite Ezra ihr Messer aus dem roten Stoff und zog es Peyslin einmal quer über die Kehle.

Blut spritzte ihr entgegen. Panisch versuchte Peyslin, die klaffende Wunde zuzudrücken, aber der Schnitt war zu tief und zu lang. Er gurgelte abgehackt und stürzte nach vorne. Sein eigenes Gewicht trieb den Halsring tiefer in die Wunde und riss sie noch weiter auf. Immer mehr Blut quoll hervor, bis sein Körper erschlaffte. Zuletzt zuckten nur noch die Finger seiner rechten Hand.

»Gag … gag …« Peyslins Röcheln wurde langsamer und immer leiser. Es war so weit. Ezra beugte sich über ihn und holte tief Luft, immer dann, wenn er ausatmete. Sie inhalierte seinen vergifteten Atem bis zum letzten Hauch. Und als sich seine verzerrte Fratze endlich entspannte, ebbte auch ihr Zorn ab. Benommen sank sie zurück.

Hatte sich irgendetwas verändert? Ezra horchte in sich hinein. Sie fühlte keine Wandlung, nur unendliche Leere. *Du hast deinen Schöpfer getötet!*, fauchte es in ihrem Kopf. *Nein, nur einen wehrlosen Mann*, hörte sie ihre Mädchenstimme erwidern. Das helle Echo klang nach, bis es zu einem metallischen Rasseln anwuchs. Ezra schreckte auf. Der andere Gefangene, schoss es ihr durch den Kopf.

Sie drehte sich um und sah, wie der Mann an seinen Ketten zerrte.

»Was hast du getan?«, fragte er laut. »Und wer bist du?«

Wenn er weiter so schrie, würden die Wachen kommen, noch bevor sie einen Fluchtplan hatte. Und das konnte sie nicht zulassen. Ezra wischte die Messerklinge an Peyslins Hose ab und stand auf. Für einen kurzen Moment wankte sie, dann hatte sie ihr Gleichgewicht wiedergefunden. Ihre Unterlippe fühlte sich seltsam taub an, und ihre Zunge brannte. Sie betastete ihren Mund und sah Blut an ihren Fingerspitzen, Peyslins Blut. Angewidert schüttelte sie sich und spuckte aus. Ihr Speichel war hellrot.

»Wachen! Waaachen!«, rief der Mann.

Ezra stürzte sich auf ihn und hielt ihm den Mund zu. Sie drückte sich mit ihrem ganzen Gewicht gegen ihn. Doch erst, als sie ihm zur Warnung die Spitze ihres Messers in die Achselhöhle bohrte, hörte er auf, sich zu wehren.

Erleichtert schnaufte Ezra durch. Dabei stellte sie überrascht fest, dass ihr Kopf auf der nackten Brust des Gefangenen ruhte. Für zwei oder drei Atemzüge lauschte sie seinem pochenden Herzen. Dann wich sie zurück. Er war ähnlich groß wie Espen, allerdings nicht so breit gebaut. Die Gesichtszüge unter seinem Dreitagebart waren klar und kantig, seine Lippen voll. Trotz der Anspannung hatte etwas Weiches in seiner Stimme gelegen – etwas Beruhigendes gar, dachte sie erstaunt.

Ezra sah ihn eindringlich an. »Nicht schreien!«, hauchte sie.

Der Mann erwiderte grimmig ihren Blick und nickte. Darauf nahm sie die Hand von seinem Mund und trat einen Schritt zurück. Noch immer spürte sie die Wärme seines Körpers auf ihrer Haut.

Der Fremde pustete sich eine Strähne aus der Stirn und musterte sie. »Warum hast du ihn umgebracht?«

»Das geht dich gar nichts an!«, zischte sie. »Ich bin keine Mörderin.«

»Eine kühne Behauptung für jemanden, der gerade einem Menschen die Kehle durchgeschnitten hat. Findest du nicht?«

Ezra funkelte ihn wütend an. »Du weißt nicht, was er getan hat. Er hat es verdient.«

»So, glaubst du das? Hier unten kriegt man eine Menge mit, mehr als du denkst. Wer hat dich überhaupt geschickt, Mädchen?«

»Niemand«, entgegnete sie knapp.

»Und warum hast du ihn dann zum Schweigen gebracht? Wohl kaum aus Rache«, mutmaßte der Fremde. »Alles, was ihn hier unten erwartet hätte, wäre weniger gnädig gewesen als der Tod, den du ihm bereitet hast.«

»Das ... Das ist mir egal«, stammelte sie.

»Mir aber nicht!«, entgegnete er ruhig, aber bestimmt. Dann beugte er sich vor, so weit es seine Ketten zuließen, und raunte ihr zu: »Du bist keine Meuchlerin der Drei Türme, sonst hättest du mir schon längst die Kehle durchgeschnitten. Aber rächen wolltest du dich auch nicht. Trotzdem kamst du hier reingeschlichen und hast ihn getötet. Und jetzt sitzt du in der Falle. Also, wofür das Ganze? Wer bist du?«

»Seine Tochter«, platzte es aus Ezra heraus, ohne dass sie es hatte sagen wollen. Das Wort klang falsch in ihren Ohren, und dennoch stimmte es auf gewisse Weise. Peyslin war einer von ihren drei Schöpfern.

»Also doch Rache«, murmelte der Mann und kniff die Augen zusammen. Er schien nachzudenken. Aus einer anderen Zelle war ein lautes Wimmern zu hören, das sich immer wieder in spitzen Schmerzensschreien entlud. »Mach meine Ketten los«, drängte er sie.

»Warum sollte ich?«

»Weil du alleine nicht hier rauskommst.«

»Die Tür ist offen«, erwiderte sie und deutete hinter sich.

»Ja, und dahinter sind zwei weitere Türen, die verschlossen sind, und mindestens ein halbes Dutzend Sonnenwächter«, bemerkte er trocken. »Also, willst du hier unten verrecken?«

Ezra schüttelte den Kopf.

»Dann mach mich los!«

Als die Schreie nebenan verstummten, hatte sie ihre Wahl getroffen. Sie huschte zur Folterbank und griff sich Hammer und Meißel. Hastig setzte sie das Werkzeug an und begann auf die Kette einzuhämmern, aber ihre Glieder waren zu stark. Bevor sie die Fessel gesprengt hätte, würde man sie hören. Draußen fiel derweil eine Tür donnernd ins Schloss.

»Der Folterknecht!«, raunte er ihr zu. »Du musst ihn abfangen. Er hat die Schlüssel!«

Ezra ließ das Werkzeug fallen. Dann eilte sie zur Zellentür und drückte ein Ohr von innen dagegen. Durch die Bleiplatten gedämpft hörte sie Schritte und ein leises Pfeifen. Es war ein einzelner Mann. Als er vorüber war, stieß sie die Tür auf, schlich in den Gang und sprang kraftvoll ab. Vier Schrittlängen flog sie durch die Luft und landete mit voller Wucht auf dem Rücken des Folterers, der sich gerade die Hände an seiner Lederschürze abwischte. Hilflos stolperte er vorwärts und fiel – und Ezra, sich an seine Schultern klammernd, mit ihm. Sie krallte die linke Hand in sein Haar, riss seinen Kopf zurück und schlug ihn gegen den harten Steinboden. Reglos blieb der Mann liegen. Für ein paar Herzschläge beobachtete Ezra fasziniert, wie Blut aus einer Platzwunde an seiner Stirn floss.

Dann nahm sie dem Folterer den Schlüsselbund ab und sprang auf. In Windeseile flitzte sie zurück in die Zelle und befreite den Gefangenen von seinen Ketten. Der Mann rieb sich kurz die Handgelenke, dann streckte er ihr die Rechte entgegen.

»Ich heiße Mandrid.«

»Und ich bin Ezra«, antwortete sie, ohne seine Hand zu nehmen.

»Gut, Ezra, dann wollen wir mal«, sagte er und ging los. Als sie den Gang betraten, hielt er abrupt inne. Sein Blick fiel auf den leblosen Folterknecht und die Blutlache rings um seinen Kopf.

Mandrid beugte sich zu dem Mann herunter. »Er atmet«, stellte er erleichtert fest und schnappte sich den Knüppel des Bewusstlosen. »Auf der Flucht keine Toten, verstanden?«

Ezra nickte, obwohl sie sich fragte, wie er das anstellen wollte, wenn sie den Sonnenwächtern geradewegs in die Arme liefen. Wenigstens war er aber leiser als Xaven. Schon der erste Schlüssel passte in die Gittertür. Dahinter erstreckte sich ein verwinkeltes Gewölbe mit mehreren Ausgängen. Durch die Tür geradezu war sie hereingebracht worden. Doch gleich links davor stand eine weitere Tür halb offen. Mehrere Stimmen drangen durch den Spalt. Dort mussten die Sonnenwächter ihr Lager haben.

Auf Zehenspitzen schlichen sie in Richtung Ausgang. Sie waren erst ein paar Schritte weit gekommen, als der Kerkermeister aus einer Nische hervortrat. Den Blick hatte er nach unten gerichtet. Er war damit beschäftigt, sich den Hosenstall zuzuknöpfen.

»Na, fertig gefoltert?«, fragte er lachend.

»Ja«, erwiderte Mandrid knapp und ließ den Knüppel auf seinen Schädel sausen. Der Mann brach augenblicklich zusammen. Im letzten Moment schaffte Ezra es, ihn aufzufangen und zu Boden gleiten zu lassen.

»Schnell!«, flüsterte Mandrid. »Zur Tür!«

Die Männer in der Wachstube schienen sie nicht bemerkt zu haben. Sie redeten weiter, als sei nichts geschehen. Und ein weiteres Mal hatten sie Glück, dachte Ezra kopfschüttelnd. Schon wieder passte der erste Schlüssel, den Mandrid ausprobierte. Die schwere Holztür knarrte verräterisch, als er sie öffnete. Für einen Augenblick hielten sie den Atem an, dann liefen sie hindurch, so schnell ihre Füße sie trugen, und zwängten sich den engen Treppengang empor. Jetzt lagen nur noch eine Tür und ein paar Sonnenwächter zwischen ihnen und der Freiheit.

Oben, auf dem Treppenabsatz angekommen, verschnauften sie für einen Moment.

»Wenn die Tür aufgeht«, flüsterte Mandrid, »rennst du los, so schnell du kannst und ohne dich umzusehen! Verstanden?«

»Ja!«

»Lauf den Hügel runter in das Kiefernwäldchen hinein und dann immer geradeaus, bis du zu einer Mauer kommst. Dort wartest du auf mich. Aber wenn ich nach dreißig Atemzügen nicht da bin, gehst du ohne mich weiter.«

Ezra wollte ihm sagen, dass sie noch nie bis dreißig gezählt hatte. Doch da klopfte er schon an der Tür – zweimal lang und zweimal kurz. Draußen knirschte es, als der Balken beiseitegeschoben wurde. Dann wurde die Tür geöffnet. Ezra schoss los und sprang an den zwei völlig überraschten Sonnenwächtern vorbei. Der Jahreszeit entsprechend waren sie in rote Mäntel gehüllt.

»He!«, riefen sie ihr hinterher, doch dann hörte sie nur noch ihren eigenen Atem. In vollem Tempo rannte sie den Hügel hinab und hatte schon bald den Schutz des Kiefernwäldchens erreicht. Erde spritzte unter ihren Stiefeln auf, Zweige peitschten ihr ins Gesicht. Im Zickzack lief sie zwischen den Bäumen hindurch und kam schließlich an eine Mauer. Dort kauerte sie sich in einem dunklen Winkel zusammen und verschnaufte.

Sie hatte keine Ahnung, wie dieser Mandrid mit den Sonnenwächtern fertig werden wollte. Eigentlich konnte ihr das auch egal sein. Zumindest drangen weder Schreie noch Kampfeslärm durch das Wäldchen, stellte sie beruhigt fest. Während sie ihre Atemzüge zählte, blickte sie nach oben. An dieser Stelle war die Mauer nur an die fünf Schritt hoch. Der Stein war jedoch spiegelglatt, und nirgendwo war eine Treppe auszumachen.

Ezra hatte gerade zum dritten Mal bis zehn gezählt, als sie ein Rascheln vernahm. Zwischen den Bäumen tauchte ein einzelnes Licht auf. Ein bewaffneter Mann leuchtete mit einer Laterne die Umgebung ab. Ezra duckte sich noch flacher auf den Boden und kniff die Augen zusammen, um gegen den Lampenschein etwas zu erkennen. Es war tatsächlich Mandrid. Offensichtlich hatte er die Sonnenwächter überwältigt und ihnen sogar ein Schwert abgenommen.

»Hierher«, raunte sie ihm zu und stand auf. »Ich bin hier drüben!«

Außer Atem kam er bei ihr an. »Sehr gut!«, sagte er und deutete an der Mauer entlang in Richtung des Palasts. »Wir müssen in diese Richtung.«

»Zu viele Menschen«, protestierte Ezra. »Wir könnten gesehen werden. Warum klettern wir nicht einfach über die Mauer?«

Mandrid klopfte gegen den nackten Stein. »Siehst du hier irgendwo eine Treppe oder eine Leiter?«

»Nein, aber wenn du an einem Seil hochklettern kannst, dann …«

»Wir haben auch kein Seil«, entgegnete Mandrid ungeduldig.

»Noch nicht«, sagte Ezra schmunzelnd. Ohne Vorwarnung nahm sie Anlauf und sprang an der Mauer hoch.

Mit den Fingern krallte sie sich an einer Schießscharte fest und zog sich zwischen zwei Zinnen hinauf. Einen Moment lang genoss sie die Aussicht von der Mauerkrone. Auf der anderen Seite erstreckte sich Oriza mit seinen sternhellen Straßen, so weit das Auge reichte. Am Fuße des Schlossbergs ragten die Drei Türme finster in den Nachthimmel, und dahinter floss der Ôr in seinem weiten Bett. Ezra atmete noch einmal tief durch, dann nahm sie ihr Seidenkleid zur Hand und riss es in Streifen, die sie zu einem behelfsmäßigen Seil zusammenband. Als sie damit fertig war, knotete sie es an einer Zinne fest und ließ es zu Mandrid hinunter.

15

TOTER WURM UND ZARTE BANDE

23 JAHRE SPÄTER
UNTER DEM EWIGEN BERG, PURPURSONNE, JAHR 24 N.D.U.

Šurr und Ekšamad waren auf dem Weg zu ihrem Auftraggeber, beladen mit den Schicksalstafeln, die sie im Laufe des letzten Sonats ausfindig gemacht hatten. Wie schon zuvor waren die Lasten auch diesmal ungleich verteilt. Während Šurr die schweren Steinplatten schleppte, trug Ekš lediglich die Abschriften in seiner Manteltasche bei sich, wo sie mit jedem Schritt leise knisterten. Sie bogen gerade in den Nebenstollen 719 ein, als Šurr sich zu ihm umdrehte. »Meine Ur-Großtante Elümli hat einmal gesagt: *Wer langsam geht, der will nicht ankommen*«, schnaufte er und warf ihm einen vielsagenden Blick zu.

In der Tat schlurfte Ekš seinem älteren Freund eher lustlos hinterher. Die Aussicht, die Platten und die Abschriften einfach nur vor dem Geheimgang abzulegen, machte ihn schwermütig. Anklopfen und gleich wieder Verschwinden war ihm zu wenig. Er wollte Inǰi wiedersehen; er vermisste das sanfte Schwingen ihrer weinroten Ohrpuschel und ihr munteres, geradezu freches Geschnatter. Nur konnte er das schlecht sagen. Šurr würde ihm den Kopf abreißen, und schlimmer noch: Sicher hätte er auch eine weitere Lebensweisheit seiner Tante parat, was die Ruchlosigkeit der Tauscher betraf.

»Ich hoffe, deine Sinne sind wacher als deine Füße«, brummte Šurr. »Sonst hätte ich dich nicht zum Schmieregehen mitnehmen brauchen.«

»Es heißt Schmiere *stehen*«, erwiderte Ekšamad aus Reflex. Er hasste es, wenn Leute die Sprache mit Füßen traten!

»Aber du *gehst* nun mal«, erwiderte Šurr mürrisch. »Auch, wenn man es fast nicht glauben mag, so langsam, wie du die Beine bewegst.«

Ekšamad entschied sich, lieber den Mund zu halten, und widmete sich seiner Aufgabe mit demonstrativer Aufmerksamkeit. Er huschte bis zur nächsten Biegung vor und leuchtete mit seiner abgedunkelten Laterne in den Tunnel. Heimlich hatte er gehofft, Inǰi zu erblicken, aber die Luft war so rein wie eine nackte Schicksalstafel.

Ein paar Dutzend Schritte weiter und sie hatten die Geheimtür mit der Oger-Inschrift erreicht. Aus purer Gewohnheit überflog Ekšamad die Tafel. Wenig überraschend erstickte der Menschenfresser wie immer an dem Taubenknochen, doch dieses Mal stockte auch Ekš der Atem. Aus dem oberen Türspalt, der für das bloße Auge kaum sichtbar war, ragte ein Zettel hervor. Sein Herz schlug schneller. Er wollte das winzige Blatt gerade an sich nehmen, als Šurr stöhnend zu ihm aufschloss. Ekšamads Hand zuckte zurück. Dann wirbelte er herum und richtete sich zu seiner vollen Größe auf, um die Sicht auf den Zettel zu verdecken.

»Hör zu, ich wollte dich nicht so anpflaumen«, schnurrte der alte Gremlin in versöhnlichem Ton. »Die letzten Tage waren einfach anstrengend. Unsere tägliche Arbeit ... Dazu noch unser eigenes kleines Unterfangen hier ... Und damit sind wir noch lange nicht fertig. Das war einfach alles ein bisschen viel. Ich bin halt keine sechzig mehr.«

»Ja, ja«, erwiderte Ekšamad abwesend. »Geht mir genauso.«

Er wartete, bis sich Šurr endlich vorbeugte, und die Platten mit einem lauten Poltern absetzte. Dann schnappte er sich blitzschnell den Zettel und ließ ihn in seinem Ärmel verschwinden.

»Ich gehe mal ein Stückchen weiter vor und sehe nach dem Rechten. Von dort ist Keřek ja das letzte Mal gekommen ...«

»Nicht nötig«, raunte Šurr. »Wir sind eh gleich wieder weg.«

Doch Ekš hatte sich schon mit seiner Funzel hinter die

nächste Ecke verkrochen und faltete mit zitternden Fingern den Zettel auf, auf dem stand:

kom in eina schtunde wida
wen du mich seen wilst
I

Sieben Fehler in einem Satz – Großschreibung und Satzzeichen außer Acht gelassen – eine stolze Summe. Ekš schmunzelte. Normalerweise hätte sich ihm bei einer derart groben Vernachlässigung der vom Rat der Enthüller festgelegten Rechtschreibung der Magen umgedreht. Genau genommen tat es das auch jetzt, nur aus einem anderen Grund. Die Nachricht war von Inĵi! Und das wog alle Rechtschreibfehler der Welt wieder auf.

Er schnupperte an dem Papier. Es roch nach Honigwachs, bemerkte er versonnen, so wie ihre Kerzen, so wie ihre Hände. Abwesend hörte er das dumpfe Pochen, als Šurr an die Geheimtür klopfte und kurz darauf zischte: »Bist du eingeschlafen? Komm endlich, ich hab die Platten abgestellt und das Zeichen gegeben. Wir können wieder zurück!«

Ekš dachte fieberhaft nach. Wenn er jetzt den ganzen Weg mit Šurr zurückging, würde er nicht rechtzeitig zum Treffen wieder hier sein. Bis zu ihrer Ader lief man mindestens eine Stunde durch den Berg, und das war nur die einfache Strecke. Zum ersten Mal in seinem Leben war Ekš enttäuscht darüber, dass ihm das Lügen und Betrügen nicht lag.

Sie waren bereits in den Hauptstollen eingebogen und hatten ein gutes Stück des Weges zurückgelegt, da grübelte er immer noch. Doch ohne Erfolg. Außerdem lenkte ihn dieses ständige Knistern in seiner Tasche ab. *Das Knistern!*, fuhr es ihm durch den Kopf. Das war die Rettung!

»Ich muss noch mal zurück«, flüsterte er aufgeregt.

»Was?« Šurr blieb stehen und sah ihn verdutzt an.

»Ich Trottel hab vergessen die Abschriften hinzulegen! Was, wenn man uns damit erwischt?«

»Wo bist du bloß mit deinen Gedanken?«, tadelte ihn Šurr. »So was passiert doch sonst nur mir. Na los, lass uns zurückgehen.«

»Oh, du brauchst nicht mitzukommen«, wiegelte Ekšamad ab. Er packte seinen Freund sanft an der Schulter und drehte ihn um. »Du musstest schon so schwer schleppen. Geh lieber heim und ruhe dich aus!«

»Sicher?«

»Ja, klar!«

»Na gut, dann bis später, du wandelndes Sieb«, sagte Šurr. »Aber ich kann dir nicht versprechen, dass ich dir was von dem Raupenkompott übrig lasse.«

Ekšamad schnaufte erleichtert durch. Scheinbar gemütlich schlenderte er los, doch als Šurr außer Sichtweite war, nahm er die Beine in die Hand. Er hatte keine Ahnung, wie sehr Pünktlichkeit unter Tauschern geschätzt wurde, aber er gedachte nicht, sich zu verspäten. Es war ein Rennen gegen die Zeit. Wenn er allerdings eine Abkürzung nahm, dann sollte er es schaffen.

Schon kurz nachdem er Nebenstollen 717 betreten hatte, bereute er es. Der Tunnel war eine Beleidigung für jeden Enthüller. An manchen Stellen war er so eng, dass man den Bauch einziehen musste, und an anderen hätten acht Gremlins bequem im Reigen tanzen können. Hier mussten wahre Stümper am Werk gewesen sein. Es würde ihn nicht wundern, wenn sie den ein oder anderen Zeitensturm in Royum ausgelöst hatten.

Der Stollen wirkte vernachlässigt. Ein grauer Staubfilm bedeckte den Boden, und einige Tafeln an den Wänden waren bereits bis zur Unlesbarkeit durchlöchert. *Felswurmfraß*, dachte Ekš missbilligend, während er die Inschriften im Vorbeigehen überflog. Andererseits, wen interessierte es schon, ob Bauer Gardebrods Vogelscheuchen zu den hässlichsten in ganz Windfall gekürt worden waren, oder ob Schwester Swinhilds Blähungen sich rechtzeitig zum neunzehnten Kordelia-Konvent gebessert hatten. Vielleicht hatten die Felsenwürmer Royum sogar einen Dienst erwiesen, als sie diese Erinnerungen auslöschten.

Zügig schritt er weiter. Es war nicht mehr weit bis zu dem schmalen Stichgang, der ihn zu seinem Ziel – Nebenstollen 719 – bringen würde. In Gedanken war er schon so sehr bei Inǰi, dass er die Stimmen und die Lichter am Ende des Tunnels fast zu spät bemerkt hätte …

»Ich sage doch, ich habe ihn hier gesehen!«, ertönte eine knarzige Stimme.

»Wo denn, du Blindschleiche?«, fauchte jemand wütend zurück.

Ekš verbarg rasch seine Lampe unter dem Mantel und verschanzte sich hinter einem Felsvorsprung. Wer bei allen Sechs Sonnen hatte sich nur hierher verirrt? Er legte die Ohren an und lugte vorsichtig um die Ecke. In der Mitte des Ganges sah er zwei langhalsige Gremlins stehen. Einer von ihnen war Keřek. Während sein Kumpan sich bückte und nach Spuren suchte, stützte sich der berüchtigte Zänker auf sein *skriit* und scharrte ungeduldig mit seinen eisenbewehrten Krallen. Das Spinnenrohr in seiner Hand war über einen Schritt lang und trotzdem schmaler als alle anderen, die Ekš je gesehen hatte. Selbst in den Trichter am Ende des Rohrs würden noch nicht einmal zwei Daumen passen. Einer Schlange gleich schwenkte Keřek den Kopf hin und her und starrte in die Finsternis. Immer wieder … hin und her … Und hielt an. Er stierte genau in seine Richtung!

Ekš duckte sich im letzten Moment noch tiefer. Sein Herz hämmerte in seiner Brust.

»Hey, der Wurm ist wirklich da hinten!«, knurrte Keřek. »Scheuch ihn auf, damit ich ihn erwische!«

Ein Lichtkegel tanzte über Ekšamads Kopf hinweg. Die Zänker hatten zwar gute Augen, dachte er innerlich fluchend, aber seit wann konnten sie um die Ecke gucken?

»Und jetzt stillhalten!«, hörte er Keřek triumphierend flüstern. »Ich hab ihn im Visier.«

Im nächsten Augenblick ertönte ein metallisches Klicken. Eine Feder surrte, und ein silberner Blitz zischte an Ekš vorbei. Mitten im Flug faltete sich der Silberstrahl auseinander und sank als feinmaschiges Netz zu Boden – direkt hinter Ekš schlang es sich um einen dicken Felsenwurm.

Das Untier war dicker und länger als ein Menschenbein und mindestens ebenso hässlich. Steinsplitter schienen in seinem durchsichtigen Körper zu schweben. Nur die Fühler und das breite Maul mit den spitzen Dornen waren gut zu erkennen. Klatschend wand der Wurm sich hin und her – doch nicht lange. Das silberne Geflecht begann sich immer enger um ihn zusammenzuziehen, schnitt schmatzend in seinen blassen Leib und zerstückelte ihn schließlich in hundert Teile.

»Hurra, das neue Spinnenrohr ist eine Wucht!«, jubelte Keřek. »Stell dir erst mal vor, was es mit Fleisch und Knochen anrichtet.«

»Matsch!«, gluckste sein Kumpan einfältig.

Bei dem Gedanken musste Ekšamad würgen. Verzweifelt presste er sich eine Hand auf den Mund und hielt die Luft an. Erst als die Zänker das Netz eingeholt hatten und von dannen gezogen waren, beruhigte er sich allmählich. Zur Sicherheit wartete er noch eine Weile in seinem Versteck. Dann sprang er schließlich auf und hastete zurück. Die Abkürzung war zu riskant, also hüpfte er über den zerfetzten Wurm zurück in Richtung Hauptstollen.

Mit langen Schritten eilte er bis zur Kreuzung und bog in den Nebenstollen 719 ein. Er rannte, was seine krummen Beine hergaben. 100 Schritte ... 200 ... 300. Die ganze Zeit verfolgte ihn das schmatzende Geräusch, mit dem der Wurm zerteilt worden war. 1000 Schritte ... 2000 ... 2096! Endlich war er da.

Die Kerze in seiner Laterne war schon fast abgebrannt, stellte Ekš besorgt fest. Es war also schon mehr als eine Stunde vergangen. Außer Atem klopfte er an der Geheimtür und wartete. Nach einer gefühlten Ewigkeit knirschte Stein auf Stein, und ein Spalt tat sich auf. Inǰi linste hindurch und grinste breit.

»Da bist du ja schon!«

»Tut mir ... so leid«, schnaufte Ekš. »Ich bin aufgehalten worden. Dabei habe ich ... extra eine Abkürzung genommen, aber dann kamen zwei Zänker. Und dann auch noch ein Felsenwurm!« Erst als er Luft holte, wurde ihm bewusst, was Inǰi gesagt hatte. »*Schon?*«, fragte er. »Aber die Stunde ist doch längst rum.«

»Ach ja? Ich habe gar nicht gemerkt, dass schon so viel Zeit vergangen ist, seit ich die Platten geholt habe. Aber jetzt steh nicht so dumm rum. Komm rein!«

»Ich weiß nicht«, druckste Ekšamad und inspizierte seine Zehen. Die Aussicht mit der Tauscherin allein in einem Geheimgang zu sein, bereitete ihm mit einem Mal ein flaues Gefühl – in so ziemlich jedem seiner Körperteile. »Ich sollte eigentlich gar nicht hier sein.«

»*Eigentlich*«, entgegnete Inǰi belustigt. »Aber du bist nun mal hier. Also, komm schon rein. Sonst wäre dein ganzes Abenteuer ja umsonst gewesen.«

»Das war kein Abenteuer«, antwortete er, während er eintrat. »Ich hatte Angst und habe mich versteckt. Und die ganze Zeit musste ich mich fragen, was würde Ezra jetzt wohl tun?«

»Sie scheint eine sehr mutige Frau zu sein.«

»Ja, das stimmt. Mutig und zu allem entschlossen. Vielleicht ein bisschen blutrünstig für meinen Geschmack«, sagte Ekšamad und rümpfte die Nase. »Ein echter Wildfang eben. Als Freundin würde ich sie nicht haben wollen, aber als Feindin noch viel weniger.«

»Ich finde, das klingt aufregend«, seufzte Inǰi und zupfte verträumt an ihren Ohrpuscheln.

»Weißt du denn gar nichts über sie?«

»Nein«, erwiderte sie kleinlaut.

Einen Moment lang war Ekš verwundert, aber dann dämmerte es ihm. Sie konnte die Schicksalstafeln nicht lesen, schließlich war sie eine Tauscherin, keine Enthüllerin. Er überlegte kurz und kramte dann die Abschriften aus seiner Tasche hervor. Behutsam faltete er das aus Nachtfarnfaser und Nachtfalterflügeln gewirkte Papier auseinander und warf ihr einen fragenden Blick zu.

»Möchtest du vielleicht, dass ich dir etwas von ihr vorlese?«

»Ja«, sagte sie und strahlte ihn an. »Das wäre ganz famos.«

16

HARPYIENBLUT

ORIZA, ALTE BLUTSONNE, JAHR 1 N.D.U.

»Du hast diesem Kerl gesagt, wo wir sind?« Wild gestikulierend schritt Odo durch die Kammer und blieb dann abrupt stehen.

Seine Worte hallten noch lange nach. Der Raum im zweiten Geschoss war ebenso leer wie der Rest des Gebäudes. Ezra blickte besorgt zum Fenster, wo immer noch Mirryls Hochzeitsschal flatterte. So wie der Wind stand, drang Odos Stimme sicher durch das geborstene Glas bis auf die Straße. Mit etwas Pech würde man ihn gegenüber im Ordenshaus der Staubklingen hören. Es war vielleicht nicht besonders schlau gewesen, sich hier zu treffen, aber es war der einzige geheime Ort in Oriza, den sie beide kannten.

»Ja, ich hab's ihm gesagt«, entgegnete Ezra nach kurzem Zögern. »Mandrid muss nur noch ein paar Dinge erledigen und kommt dann hierher.« Sie rieb sich müde die Augen und sah dabei zu, wie Odo den Schal losband und in seinen Rucksack stopfte. »Wo willst du hin?«

»Zumindest nicht hier warten, bis er die Sonnenwächter hergeführt hat.«

»Aber warum sollte er das tun? Er war auch gefangen, und er hat mir bei der Flucht den Rücken freigehalten!«

»Ist das dein Ernst?« Odos Stimme überschlug sich beinahe.

»Was?«

»Er hat einfach nur die Gelegenheit genutzt! Und glaubst du wirklich, dass er ein gewöhnlicher Gefangener war?«

Ezra zuckte mit den Schultern.

»Ich hab mich umgehört«, presste Odo zwischen den Zähnen hervor. »Im Bleikeller sitzen nur die finstersten Gestalten. Zauberer, die Menschen geopfert haben. Und die eine oder andere Chimäre.«

»Aber Mandrid ist weder noch«, wandte Ezra ein.

»Richtig. Und genau das macht mich stutzig. Du hast gesagt, er hatte keine ernsten Verletzungen oder sonst irgendwelche Folterspuren. Außerdem kannte er den Fluchtweg ... Und was glaubst du, wie er an den Wachen vorbeigekommen ist und ihnen noch ein Schwert abgenommen hat?«

»Ich bin auch an ihnen vorbeigekommen«, entgegnete sie trotzig und verschränkte die Arme.

»Ja«, stöhnte er, »aber du hattest die Überraschung auf deiner Seite, und du bist eine Chimäre, verdammt noch mal! Du springst aus dem Stand höher als ein Gaukler mit zehn Schritten Anlauf!«

Ezra stutzte. Könnte Odo recht haben? Plötzlich kamen ihr einige Dinge seltsam vor, die sie während ihrer Flucht nicht weiter beachtet hatte. Der Schlüsselbund des Folterers war äußerst dick gewesen, aber Mandrid hatte zu jedem Schloss sofort den passenden Schlüssel gefunden. Außerdem war er erstaunlich erleichtert gewesen, als er bemerkte, dass der Folterknecht nicht tot war. Und am Ausgang musste er das Klopfzeichen der Sonnenwächter gekannt haben. Sonst hätten sie die Tür wohl kaum so arglos entriegelt. Irgendetwas schien faul an der Sache zu sein – und damit auch an Mandrid.

Odo atmete einmal tief durch, dann schüttelte er verständnislos den Kopf. »Dieser Mandrid ist kein Magiker und eine Chimäre schon gar nicht. So viel steht fest. Und falls er kein Spitzel der Sonnenkirche ist, dann möchte ich nicht wissen, was er verbrochen hat, um im Bleikeller zu landen.« Mit diesen Worten schnürte er seinen Rucksack fest zu, schulterte ihn und öffnete die Tür zum Laubengang. Draußen ertönte das harte Echo von Schritten über den Innenhof.

»Er kommt«, wisperte Ezra. »Allein.«

Odo sah sie an, sein Gesicht war aschfahl. »Eines Tages wirst du uns noch beide umbringen«, flüsterte er und setzte den Rucksack wieder ab. »Wollen wir hoffen, dass es nicht heute ist.«

»Was hast du vor?«

»Ich bleibe bei dir. Ich kann dich ja wohl schlecht mit ihm allein lassen.«

Ein warmes Gefühl machte sich in Ezra breit, und für einen Moment hatte sie das Bedürfnis zu schnurren wie eine Katze, die gerade gestreichelt wird. Es war gut, Odo an ihrer Seite zu wissen. Sie glaubte zwar nicht, dass Mandrid ihr etwas Böses wollte, doch Odo hatte sie mit seiner Geschichte beunruhigt.

Gemeinsam spähten sie durch den Türspalt. Ihr Blick glitt über den Laubengang und durch eines der offenen Bogenfenster hinab in den Innenhof. Ein dunkler Schemen huschte durch die Toreinfahrt und verschwand dann im Schatten des Hauses. Kurz darauf war zu hören, wie jemand die steinernen Stufen erklomm.

Tapp ... tapp ... tapp. Die Person schritt über den Laubengang im ersten Geschoss bis zum nächsten Treppenabsatz und kam zu ihnen hoch. Ein Kopf schien mitten aus dem Boden des Gangs zu wachsen, ein geduckter Oberkörper folgte. Mit gezücktem Schwert sah sich die Gestalt um.

»Ezra?«

Umgehend verflog ihre Anspannung. Es war Mandrids Stimme, und sie klang angenehm sanft – wie ein Sommerregen, nur ohne nass zu sein. Sie schob ihre gezückten Klingen zurück in die Scheiden, jedoch ohne die Hände von den Griffen zu nehmen. Dann trat sie hinaus auf den Laubengang. Odo hingegen blieb im Schutz der Kammer zurück. Es dauerte einen Augenblick bis Mandrid sie in der Dunkelheit erkannte.

»Ein düsteres Plätzchen hast du dir als Treffpunkt ausgesucht«, bemerkte er trocken.

»Angst?«

»Nein«, antwortete er und steckte ebenfalls sein Schwert weg.

»Ich bin nicht allein.«

»Nicht?«, erwiderte Mandrid. »Nun ja, ich schätze das ist gut in dieser Gegend hier.«

»Ein Freund begleitet mich auf meiner Reise«, erklärte Ezra, während sie auf Mandrid zuging und mit der Hand über das Geländer des Laubengangs strich.

»Und wohin führt dich deine Reise … Ich meine, euch?«, korrigierte er sich. »Wo ist eigentlich dein Freund? Willst du ihn mir nicht vorstellen?«

»Alles zu seiner Zeit.« Ezra blieb zwei Fensterbögen vor ihm stehen. Weit genug entfernt von einem ausgestreckten Schwertarm, aber nah genug für einen schnellen Sprung. »Vorher würde ich gerne wissen, warum du im Kerker warst.«

Mandrid verschränkte die Arme. »Was auch immer du glaubst, ich bin unschuldig. Ich bin eigentlich gekommen, um meine Entschädigung einzufordern.«

»Wie bitte?«, platzte es aus ihr heraus. »Was soll ich dir denn schulden?«

»Zwei Leben.«

»Zwei Leben?«

»Ganz Recht – ich suche Peyslins Komplizen. Ich weiß, dass er zwei hatte. Soviel hatte ich bereits aus seinem wirren Gebrabbel herausgehört. Nur jetzt, da er tot ist, werde ich ihre Namen wohl nie mehr erfahren … «

Ein paar Schritte hinter sich hörte sie die Tür quietschen. Sie konnte förmlich spüren, wie Odo ihr ein Loch in den Rücken starrte. Kurz darauf umspielte ein eisiger Lufthauch ihre Füße, wand sich an den Waden hoch bis zur Hüfte und weiter zu ihrem Gesicht.

Lass uns verschwinden, wisperte eine körperlose Stimme in ihr Ohr. *Er weiß zu viel.*

Ezra zuckte vor Schreck zusammen und klammerte sich an der Balustrade fest.

»Alles in Ordnung?«, fragte Mandrid.

»Ja!«, fauchte sie. »Aber wenn du nur gekommen bist, um irgendwelche Forderungen zu stellen, dann kannst du gleich wieder verschwinden!«

»Wie du willst, *Tochter des Berglöwen*«, sagte er mit einem seltsamen Unterton. »Wenn du und dein Freund dieses Haus verlasst, dann gebe ich euch hundert Atemzüge Vorsprung. Doch dann muss ich mich wohl an eure Fersen heften und mir holen, was mir zusteht.« Trotz der Drohung klang Mandrid keineswegs zornig, vielmehr unglücklich. Er machte einen halben Schritt auf sie zu. »Ich könnte dich auf deiner Reise begleiten«, schlug er vor. »Dich und deinen Freund, wenn es den überhaupt gibt. Führe mich zu Peyslins Komplizen – das ist alles, was ich will. Als seine *Tochter* wirst du doch bestimmt seine Spießgesellen kennen.«

»Was bist du? Ein Kopfgeldjäger?«

»Nein«, antwortete er. »Eher ein Seelenjäger. Und die deine scheint auf dem richtigen Weg zu sein …«

Ich habe es dir gesagt, erklang wieder das warnende Säuseln in ihren Ohren. *Er ist ein Sonnenwächter … ein SONNENWÄCHTER!*

Ein kalter Schauer lief Ezra über den Rücken. Sie konnte den Seelenfrost spüren, der von Odos Zauberei ausging. Doch diesmal war sie darauf gefasst und zuckte nicht mehr zusammen.

Mandrid kam auf sie zu, die Arme leicht erhoben, die Handflächen leer. So lässig wie er daherschlenderte, erinnerte er sie an Valerian. Fast erwartete sie dasselbe Lächeln, doch Mandrid blickte sie nur ernst an. Ein blasser Schimmer fiel auf sein Gesicht, als er sich neben sie an die Balustrade stellte und hinab in den Hof starrte.

»Tochter des Berglöwen«, sagte er nachdenklich. »Was hat Peyslin damit gemeint?«

Ezra hatte nicht vor, ihm zu antworten, zumal sie das Gefühl hatte, dass er die Antwort bereits kannte.

Er wartete eine Weile stumm ab, doch schließlich räusperte er sich. »Gut … Dann werde *ich* eben reden. Peyslin saß im Kerker, weil er Chimären erschaffen hat. Er hat Mädchen und Frauen verstümmelt und anschließend Gliedmaßen von Tieren an ihre Leiber genäht. Andere hat er mit wilden Bestien gepaart. Ich erspare dir die blutigen Einzelheiten, aber die meisten Frauen sind bei den Versuchen gestorben. Das Besondere in Peyslins Fall ist dabei, dass er dem *Zweiten* Turm angehört. Die Zauberer des Zweiten Turms sind als rationale Männer bekannt, die sich der Naturkunde und den elementaren Kräften verschrieben haben. Mit der Blutmagie des Dritten Turms sollte er sich eigentlich gar nicht auskennen. Er muss also mit anderen Magikern zusammengearbeitet haben.« Mandrid rieb sich gedankenverloren die Handgelenke. Ezra konnte noch die wunden Stellen erkennen, die die Fesseln des Bleikellers hinterlassen hatten. »Wie ich schon sagte«, fuhr er fort, »ich war im Kerker, weil ich auf der Suche nach Antworten war. Ich wollte herausfinden, wer seine Komplizen sind. Aber er war kaum ansprechbar, und wenn doch, dann hat er nur Irrsinn gefaselt. Sein Körper hat geglüht von dem ganzen K'vizzt, das er geschluckt hat. Irgendjemand muss ihn heimlich mit dem Gift versorgt haben. Er hatte nicht die geringsten Entzugserscheinungen, als ich ihn das erste Mal sah, und da saß er bereits seit einigen Sonaten im Kerker. Doch seitdem ich bei ihm war, wurde ihm nichts mehr zugesteckt. Er war schon fast wieder klar und hätte sicher bald geredet. Aber dann kamst du …«

Ezra trat einen Schritt von der Balustrade zurück und betrachtete Mandrid. Er war in einen gewachsten Umhang von schlammbrauner Farbe gehüllt. Zwei beinerne Knöpfe hielten ihn vor der Brust zusammen. Der Stoff spannte sich über einen Rucksack, und an der Seite lugte das Schwert hervor, das er dem Sonnenwächter abgenommen hatte. Er trug Stiefel aus gut gefettetem Leder und wirkte marschbereit.

»Du siehst tatsächlich aus, als wolltest du auf Reisen gehen«, stellte Ezra fest.

»Ich gehe dorthin, wo ich gebraucht werde. Immer.«

Ezra konnte nicht sagen warum, aber sie mochte ihn. Vielleicht war es seine Ruhe und Ernsthaftigkeit oder einfach nur seine Stimme, die sich um sie legte wie ein wärmendes Tuch. Doch das wollte sie ihn nicht spüren lassen. »Warum bist du Peyslin und den anderen eigentlich auf der Spur?«

»Weil es meine Aufgabe ist.«

Ezra verzog die Mundwinkel. Das war keine befriedigende Antwort. Derweil stöhnte der Wind auf und pfiff kalt durch den Laubengang, doch in der Bö erkannte sie Odos Stimme.

Nun gut, lass ihn mitkommen, flüsterte sie leise, nicht mehr als ein gehauchter Gedanke. *Ich habe ihn lieber an meiner Seite als in meinem Nacken.*

Ezra nickte zum Zeichen, dass sie Odo verstanden hatte. »Du hast recht«, fuhr sie an Mandrid gewandt fort, »ich kenne die Namen von Peyslins Komplizen. Komm mit uns in den Aschenbelt, und ich werde dir ihre Leben auf dem Silbertablett servieren.«

Mandrid musterte sie mit eindringlichem Blick. Ob er etwas von Odos Zauber bemerkt hatte? »Du behauptest, du kennst die Namen seiner Komplizen – woher?«

»Das habe ich doch gesagt. Ich bin seine Tochter.«

Mandrid rieb sich das Kinn. »Stimmt, das hast du gesagt. Nur macht es keinen Sinn. Peyslin hatte nämlich weder Frau noch Familie.«

»Ich habe auch nie behauptet, dass er meine Mutter geheiratet hat«, fuhr Ezra ihn an.

»Ganz gleich, ob ehelich oder unehelich«, entgegnete Mandrid ungerührt. »Peyslin konnte keine Nachkommen zeugen. Seit einem Unfall, den er als Zauberlehrling hatte, fehlten ihm gewisse dafür notwendige Teile. Wenn du also nicht seine Tochter bist, dann bist du …«

Ezra funkelte ihn wortlos an. Sie meinte zu fühlen, wie ihre Augen golden aufflammten vor Zorn.

»Ein Biestweib«, endete Mandrid trocken und schien dabei keine Furcht zu empfinden. »Allerdings auf dem Weg eine Frau zu werden. Hast du nicht deshalb Peyslins letzte Silben in dich aufgesogen? Weil du seinen Fluch brechen willst?«

»Was verstehst du schon davon?«, fauchte sie und ballte die Fäuste bis sich ihre Fingernägel in die Handflächen bohrten.

»Genug um zu erkennen, dass wir am gleichen Strang ziehen«, entgegnete Mandrid ruhig. »Wenn wir Peyslins Komplizen finden, kannst du deine Seele retten, und ich kann zwei Mistkerlen das Handwerk legen.«

»Ob wir das Gleiche wollen, bleibt abzuwarten«, warf Odo in dem Moment ein und trat aus der Kammer hinaus auf den Laubengang.

Mandrid wirkte für einen Augenblick überrumpelt, doch dann deutete er eine steife Verbeugung an. »Sehr erfreut! Um ehrlich zu sein, habe ich nicht damit gerechnet, dass es Euch wirklich gibt. Aber um auf Eure Bedenken einzugehen – die werde ich wohl nur zerstreuen können, wenn ihr mich auf die Reise mitnehmt.«

*

WESTLICHES ÆSTARYA, ALTE BLUTSONNE, JAHR 1 N.D.U.

Das Marn-Gras knirschte unter ihren Füßen, mal trocken wie Sand und dann wieder feucht wie frisch gefallener Schnee. Seit ein paar Tagen hatten sie Oriza hinter sich gelassen und wanderten gen Westen. Das Hochland von A'Un war ein schier unendliches Feld. Dicht an dicht stand der Marn, doch nur selten wuchs das Wildgetreide höher als vier Handbreit – dafür sorgte der Wind, der ständig über die Ebene peitschte und jeden Halm umknickte, der es wagte, sich aus der Masse zu erheben. Schon auf wenige Schritte Entfernung verkam das Gras mit seinen mageren Ähren zu einem graugrünen Teppich. Kein Wunder, dass die Æstaryaner so ein mickriger Menschenschlag waren, wenn das alles war, was sie zu essen bekamen. Zierlich, blass und bleiches Haar – so hatten die meisten Leute in Oriza ausgesehen.

»Was für eine Heidenarbeit«, dachte Ezra laut. »Wie viele Halme man bloß braucht, um ein einziges Brot zu backen?«

»Man braucht die Ähren«, korrigierte Odo sie. »Nicht die Halme.«

Mandrid warf ihr ein verschwörerisches Lächeln zu, während sie durch das Gras wateten. Normalerweise war er das Opfer von Odos Spitzfindigkeiten, seit sie gemeinsam aufgebrochen waren.

»Ist doch egal«, wehrte Ezra ab. »Die Mühe ist die gleiche.«

»Stimmt«, räumte Odo ein. »Für eine ertragreiche Landwirtschaft tragen die Ähren tatsächlich zu wenig Korn.«

»Deswegen wird die Ernte auch von Wanderarbeitern verrichtet«, mischte Mandrid sich ein. »Ich meine, *echte* Wanderarbeiter – Männer und Frauen, die über die Ebene ziehen, den Marn ernten und dann zu den Windwaltern in die Windtürme bringen.«

Er deutete auf den schlanken Turm, der sich in der Ferne am Abendhimmel abzeichnete. Auf ihrem Weg hatten sie bereits viele solche grazile Bauwerke passiert. Mit ihrem von grünen Flechten überwucherten Stein erinnerten sie an übergroße Grashalme. Der einzige Unterschied waren die breiten Räder, die wie Kronen auf ihren Häuptern ruhten. Mit Schaufeln und Segeln wurde der Wind eingefangen und so die Mühlsteine im Innern der Anlage in Bewegung gesetzt.

»Woher weißt du das alles?«, fragte Ezra erstaunt. »Du siehst nicht aus wie ein Æstaryaner.«

»Nein, ich stamme nicht aus der Gegend, aber ich bin viel herumgekommen.«

Odo starrte finster zu ihnen herüber, als ob er sich beschweren wollte und es sich nur aus Höflichkeit verkniff.

»Die Leute«, fuhr Mandrid fort, »die mindestens einen Sack Marn zu den Windtürmen schaffen, erhalten das Dreirecht: einen Laib Brot, einen Krug Bier und eine Bettstatt. Alle anderen müssen für die Unterkunft zahlen.«

Zu letzterer Gruppe hatten auch sie gezählt. Schon viele Nächte hatten sie in den ummauerten Mulden, die zu jedem Windturm gehörten, Zuflucht gefunden. Dabei waren sie nur wenigen Wanderarbeitern begegnet, was jedoch nicht verwunderlich war. Zwar konnte man das Wildgetreide das ganze Jahr über ernten, doch die beste Zeit dafür war die Alte Goldsonne. Die Männer und Frauen waren nicht unhöflich, aber sehr zurückhaltend gewesen. Erst nach dem zweiten Humpen Marn-Bier, das angenehm leicht und krautig schmeckte, waren sie aufgetaut. Dann hatten sie ihre Langpfeifen und Handharfen hervorgeholt und zu musizieren begonnen. Feste Lieder schienen den Æstaryanern fremd zu sein, und doch hatten die Melodien immer wieder zueinandergefunden – so unvorhersehbar wie der Wind über der Ebene.

Der heutige Tag war besonders stürmisch gewesen. Das ständige Sausen ließ Ezras Augen tränen und schmerzte in ihren Ohren. Sie war froh, wenn sie die schützende Mulde endlich erreichen würden. Doch dieses Mal bot sich ihnen ein anderes Bild als an den Abenden zuvor: Dem Turm fehlte seine Windkrone, und in dem ummauerten Rund zu seinen Füßen qualmte ein stinkendes Feuer.

»Welche Idioten hier benutzen denn feuchten Torf?«, fragte Odo.

»Idioten, die keinen *trockenen* Torf haben«, antwortete Mandrid lapidar.

Plötzlich unterbrach ein Kreischen den heulenden Wind. Ezra

hielt sich die Ohren zu. Trotzdem löschte der schrille Schrei alle anderen Geräusche aus – zumindest für einen Herzschlag.

»Was war das?«, rief sie, um das Klingeln in ihren Ohren zu übertönen.

»Eine Harpyie!«, brüllte Mandrid und blickte suchend gen Himmel. Dort war jedoch nichts zu sehen bis auf ein paar Wolken, die der aufziehende Sturm über die Ebene trieb.

»Ich glaube, der Schrei kam von dort«, rief Odo und deutete in Richtung Turmspitze.

»Nein«, widersprach Ezra vehement. »Er kam aus der Mulde.«

»Aus der Mulde?« Mandrid schüttelte den Kopf. »Harpyien, die ihr Lager auf dem Boden aufschlagen und dann auch noch Feuer machen. Das kommt mir merkwürdig vor. Ich sehe mal nach.«

Mit diesen Worten zückte er sein Schwert und eilte los. Im weiten Bogen näherte er sich dem runden Gemäuer. Von außen war der Wall kaum höher als zwei Schritt. Eine Rampe führte durch einen Torbogen hinunter in die windgeschützte Mulde.

Ezra schickte sich an, ihm zu folgen, aber Odo hielt sie zurück. »Es reicht, wenn einer von uns gefressen wird. Und dann lieber er als du.«

Für einen Augenblick wollte sie sich losreißen, doch dann gab sie nach. Gebannt verfolgte sie, wie Mandrid in dem Durchgang verschwand. Die Schreie waren verstummt, nur der Wind toste weiterhin unablässig.

»Harpyien, die fressen, kreischen nicht«, bemerkte Odo zynisch.

Ezra brachte ihn mit einem bösen Blick zum Schweigen.

»Komm, es wird ihm schon nichts passiert sein.«

»Aber was, wenn doch?«

»Dann verschwinden wir so schnell uns unsere Beine tragen«, erwiderte Odo, »und hoffen, dass sich die Harpyien bei dem Sturm nicht in die Luft trauen.«

Kurz darauf erschien Mandrid wieder im Durchgang und winkte sie zu sich. »Kommt rüber! Hier ist alles in Ordnung, und etwas Warmes zu Essen kriegen wir auch.«

Ezra ließ sich nicht lange bitten und lief zu ihm. Missmutig schulterte Odo seinen Rucksack und folgte ihr.

Als sie gemeinsam die Rampe hinuntergingen, fiel ihr auf, dass reichlich Unkraut zwischen den Pflastersteinen wucherte. Anscheinend war der Windturm schon länger nicht mehr bewirtet, oder seine Bewohner waren zu faul, um Ordnung zu halten. Dichter Qualm füllte das gut dreißig Schritt durchmessende Rund. Der böige Wind drückte den Rauch, der von dem Lagerfeuer in der Mitte aufstieg, immer wieder in die Mulde zurück.

Plötzlich tauchte ein riesiges Ross zwischen den dunklen Schwaden auf. Auf dem Kopf trug es eine wattierte Haube, die auch die Ohren bedeckte. Mit stoischem Blick verfolgte das Pferd ihre Bewegungen. Ezra war überrascht, dass es nicht vor ihr scheute oder wenigstens unruhig mit den Hufen scharrte. Anscheinend war es gut ausgebildet.

Hinter dem Zugtier stand ein zweiachsiger Käfigwagen. Die Gitter bestanden aus armdicken Holzstäben, die an den Kreuzstellen und Enden mit Eisen verstärkt worden waren. Lange Federn und sogar ganze Schwingen schmückten das Dach des Wagens. Mindestens sieben Flügelpaare waren dort festgenagelt. Unter den Trophäen befanden sich auch Schädel und verweste Köpfe. Ihre spitz zulaufenden Kiefer waren mit Hornplatten anstelle von Zähnen bewehrt. Sandfliegen krabbelten in den leeren Augenhöhlen herum. Soweit zu erkennen, waren die verzerrten Gesichter allesamt weiblich. Es waren Harpyien.

In dem Käfig kauerte eine Gestalt mit genau derselben Fratze, nur dass ihre Augen orange und noch lebendig waren. Der Oberkörper des Biestweibs war nackt. Ihre Brüste hingen herunter wie leere Säcke. Kopf und Rücken waren von einem graubraunen Flaum bedeckt, und ihre spindeldürren Waden endeten in Vogelklauen. Nur zwei blutige Stümpfe an den Schultern kündeten noch von ihren Schwingen. Eines der amputierten Flügelpaare musste ihr gehören.

»Chimärenjäger«, raunte Mandrid ihr zu. »Kein angenehmes Völkchen, aber immer noch besser als die Nacht in Wind und Wetter zu verbringen.«

Ezra blieb stocksteif stehen.

»Keine Sorge«, versuchte Odo sie zu beruhigen. »Sie werden dich nicht erkennen. Nicht so wie du aussiehst.«

Rund um die Feuerstelle hatte sich die eigenartigste Truppe zum Abendessen versammelt, die Ezra je gesehen hatte. Dabei waren die fünf Krieger noch der gewöhnlichste Anblick. Ihre Köpfe wirkten übergroß, denn ihre Lederhelme verschmolzen geradezu mit den braun gebrannten Gesichtern. Neben ihnen lagen schwere Armbrüste und Piken, die über hässliche Widerhaken verfügten. Auf die Harpyienjagd waren sie offensichtlich bestens vorbereitet.

Ihr Anführer thronte auf einem Feldstuhl, ganz dicht am Feuer. Er war ein untersetzter Mann mittleren Alters. Seine rote Lederweste spannte sich über dem muskelbepackten Körper, und ein kurz geschorener Bart bedeckte sein Gesicht, das umso rundlicher wirkte, da ihm die Ohren fehlten. Wie es schien, waren sie einer seltsamen Hautkrankheit zum Opfer gefallen. Erst auf den zweiten Blick erkannte Ezra, dass die Pusteln in Wahrheit Wachsflecken waren, da er seine Gehörgänge verstopft hatte. Die rechte Hand des Mannes ruhte auf dem Kopf eines Morgensterns; die linke hatte er um eine hünenhafte Frau geschlungen, die gemütlich auf seinem Schoß saß. Stehend mochte sie ihn wohl um zwei oder gar drei Köpfe überragen. Das borstige Haar hatte sie zu kurzen Zöpfchen geflochten, die in alle Richtungen abstanden. Irgendwie wirkte sie einfältig, fand Ezra, wie ein zu groß geratenes Kind. Ihre schwarzen Augen saßen tief in den Höhlen, und ihr Mund war so breit, dass er fast von Ohr zu Ohr reichte, selbst wenn sie nicht grinste.

Der graue Fetzen, in dem sie steckte, war an sich ein züchtiges Tempelkleid. An ihr platzte es jedoch aus allen Nähten, sodass ihre speckigen Schenkel hervorblitzten. Das Bizarrste war jedoch, dass sie dem Anführer mit einem Bündel Harpyienfedern frische Luft zufächelte, um den Qualm von seiner Nase fernzuhalten.

»Werter Kabarl, das sind meine Reisegefährten«, stellte Mandrid sie vor. »Odo Ondorian, Färber aus Bendrahim, und Ezra, ein Söldner, so wie ich.«

»Wohl eher eine Söldner*in*«, erwiderte der Chimärenjäger mit donnernder Stimme. Er brüllte, wie es die meisten Schwerhörigen zu tun pflegen. »Eine Frau unter Waffen, ein seltener Anblick. Ein bisschen mickrig fürs Kämpfen, was? Aber was rede ich da? Ein Kabarl Svint mag zwar ohrlos sein, aber ehrlos ist er nicht. Kommt, setzt euch zu uns, wenn euch das Mistvieh nicht zu laut ist.«

Ezra blickte über die Schulter. Die verstümmelte Harpyie hatte sich inzwischen noch weiter zusammengekauert. Seit ihrer Ankunft hatte sie nicht mehr geschrien. Ezra bezweifelte, dass sie überhaupt noch die Kraft dazu hatte. Die Männer rückten ein wenig zur Seite und nickten ihnen wortlos zu, als sie sich setzten. Doch schon gleich darauf schlürften sie weiter aus ihren Schüsseln.

Kabarl Svint kniff seiner Gespielin in die Seite. »Sieh zu, dass unsere Gäste auch was zu beißen kriegen«, brummte er, während er auf sie deutete und eine kauende Geste machte. »Und schneid etwas Speck rein«, fügte er lachend hinzu und klatschte ihr auf den prallen Hintern. »Wir wollen ja nicht geizen!«

Für ein paar Augenblicke beobachtete er grinsend, wie sie ungeschickt den Räucherspeck aufschnitt und die Suppe servierte. Dann wandte er sich wieder ihnen zu.

»Ach, die gute H'Rill. Eine Taubstumme mit Ogerblut ist das Beste, was einem passieren kann. Die hält was aus und gibt keine Widerworte. Aber nun zu euch: Wohin geht die Reise?«

»In den Aschenbelt«, antwortete Mandrid knapp und nickte H'Rill dankend zu.

»Ha, ha!«, rief Kabarl aus. »Wenn das kein Zufall ist. Da kommen wir gerade her, von der Harpyienjagd.«

»Erfolgreich, wie es scheint«, sagte Mandrid, ohne eine Miene zu verziehen.

»Seht selbst«, tönte Kabarl und machte eine ausladende Handbewegung in Richtung des Käfigs. »Wir haben sieben von den Biestern erlegt, und eine haben wir am Leben gelassen.«

»Warum?«, zischte Ezra und spuckte dabei etwas Suppe aus. Neben ihr zuckte Odo zusammen und sah sich nervös um.

»Warum?«, wiederholte Kabarl ihre Frage und sah sie verwundert an. »Weil wir einen Beweis brauchen, verfluchte Scheiße noch mal! Sonst drücken sich die Fürsten um das Kopfgeld. Und die Sonnenwichser machen es genauso. Die wollen uns über den Tisch ziehen und behaupten noch, wir hätten ein paar Geiern die Flügel abgeschnitten oder ein Kriegsgrab ausgehoben. Ich würde die Schädel ja bei einem Windwalter abgeben, aber die bezahlen nur in Marn. Gold gibt es nur in Oriza. Apropos Marn – wo bleibt das Bier?«

H'Rill schien ihm den Wunsch von den Lippen abzulesen, denn sie eilte zu einem kleinen Fass und begann damit, mehrere Humpen zu füllen.

Odo räusperte sich und beugte sich ein Stück weit vor, damit ihn der Chimärenjäger besser verstehen konnte. »Streng genommen ist *eine* lebende Harpyie kein Beweis für die Authentizität der anderen Kadaver.«

»Was?«, schrie Kabarl Svint und hielt sich eine Hand an seinen mit Wachs verstopften Gehörgang.

»Ich meine, die Echtheit der Kadaver!«, erklärte Odo mit lauter Stimme.

»Sag das doch gleich, du Klugscheißer. H'Rill, gib ihm nur eine halbe Portion!«, rief er und deutete mit den Fingern einen kleinen Becher an.

»Danke«, erwiderte Odo trocken. »Für mich ohnehin nichts.«

»Na dann, das Doppelte«, feixte Kabarl, und seine Männer fielen in sein Lachen mit ein.

Kurz darauf stand H'Rill vor Ezra und drückte ihr einen Humpen Bier in die Hand. Sie wollte ihn ihr abnehmen, doch die Halbogerin hielt den Henkel fest. Ihre Nasenflügel blähten sich wie die Nüstern eines Pferdes, gerade so, als würde sie sie beschnuppern. Nach ein paar Atemzügen ließ sie endlich los. Dann drehte sie sich um, gab Kabarl ein Handzeichen und hielt sich die Nase zu.

Der Jäger musste schallend lachen. »Das ist aber nicht die feine Art, H'Rill!«

»Wieso, was ist?«, fragte Ezra barsch.

»Sie sagt, du stinkst nach Katzenpisse.«

Odo warf ihr einen beunruhigten Blick zu. »Oger riechen ziemlich gut«, raunte er ihr ins Ohr. »Geh besser rüber zum Wagen. Die Harpyie sollte deinen Geruch überdecken.«

Ezra stand ruckartig auf und kehrte den Männern den Rücken.

»Oh!«, rief Kabarl mit gespieltem Mitleid. »Jetzt hast du sie beleidigt.«

Vor dem Käfig blieb Ezra stehen. Für einen Augenblick glaubte sie, die Harpyie sei tot, doch ihr Brustkorb hob und senkte sich, wenn auch kaum merklich. Das Biestweib lag in seinem eigenen Kot und Blut. Sie selbst könnte an ihrer Stelle sein, schoss es Ezra durch den Kopf, jederzeit. So wollte sie auf keinen Fall enden. Nur wie lange würde sie ihr Wesen noch verbergen können? Lange genug, bis sie den Fluch besiegt hatte? Sie wendete sich ab und lehnte sich an das Wagenrad. Gedankenverloren nahm sie einen Schluck von dem Bier und beobachtete die Männer durch den Qualm. Auf einmal kam sie sich ganz unwirklich vor, als wäre sie nicht Teil dieser Welt. Sie genoss den Zustand, sich unsichtbar und unbedeutend zu fühlen. In kleinen Zügen trank sie das Kräuterbier aus und döste vor sich hin. Wie aus weiter Ferne drangen die Gesprächsfetzen vom Lagerfeuer zu ihr herüber.

»Sind die Schädelberge eigentlich voll von Harpyien?«, hörte sie Mandrid fragen.

»Komplett verseucht«, prahlte Kabarl. »Und wir machen die ganze Drecksarbeit.«

Um seine Aussage zu unterstreichen, schwang er seinen Morgenstern im Halbkreis vor sich her und ließ ihn krachend zu Boden fahren. »Ohne uns wäre die Gegend noch viel gefährlicher. Aber wenn der Voxant Toz'Vian erst mal zum Vizefürsten ernannt hat, müssen wir wenigstens nicht mehr nach Oriza reisen. Dann können wir das Kopfgeld gleich im Aschenbelt einstreichen.«

»Toz'Vian?«, rief Mandrid ungläubig aus. »Der Meister des Dritten Turms als Vizefürst? Bis es dazu kommt, wird die Sonne noch viele Male die Farbe wechseln.«

»Da wäre ich mir nicht so sicher«, entgegnete Kabarl und rieb sich die Hände. »Vor drei Tagen habe ich den Herold des Voxanten noch am Fuß der Schädelberge gesehen. Er hat auf eine Eskorte aus dem Aschenbelt gewartet. Das hat mir die Frau des Windwalters geflüstert. Ich sage euch – wenn da mal nicht was Großes im Busch ist.«

»Und er ist unter dem Wappen des Voxanten gereist?«, fragte Mandrid.

»Aber ja. Der tänzelnde Rappen zwischen sechs Kronen. Ohne seinen Wappenrock hätte ich den Herold ja wohl kaum erkannt. Schon seltsam, dass Kriegsverbrecher wie Toz'Vian und sein Totenbeschwörerpack so schnell begnadigt werden sollen. Aber solange ich ihre dürren Hände nicht küssen muss, soll's mir egal sein. Gold stinkt nicht. Deshalb zieht ihr doch auch in den Aschenbelt – um euch zu verdingen, oder nicht?«

»Doch, doch«, versicherte Mandrid, aber er klang besorgt dabei. »Ich dachte nur nicht, dass die Pläne des Voxanten schon so weit vorangeschritten sind.«

»Ich kann mich ja auch täuschen«, räumte Kabarl ein. »Noch zahlen sie auf jeden Fall in Oriza am besten.«

»Da schmeckt der Wein auch süßer«, rief einer der Männer dazwischen.

»Und die Huren auch«, blökte ein anderer und zeichnete weibliche Kurven in die Luft. »Wer will sich schon von einem wandelnden Gerippe flachlegen lassen?«

Das nahm H'Rill zum Anlass, um ihr Kleid zu lüften und stolz ihren prallen und haarigen Hintern zu präsentieren. Der Chimärenjäger und seine Mannen grölten vor Begeisterung. Noch mehr Bier floss in die Krüge und anschließend ihre Kehlen hinab.

Inmitten des Trubels erklang plötzlich ein unheimliches Krächzen – so leise, dass es die Jäger nicht zu bemerken schienen. »Töte mich.«

Für einen Moment glaubte Ezra, sie hätte geträumt, doch dann hörte sie erneut die heisere Stimme: »Töte mich!«

Sie fuhr herum. Umhüllt von Rauchschwaden kroch die Harpyie in dem Käfig auf Ezra zu. Mit ihrer schnabelförmigen Schnauze zog sie sich an dem Gitter hoch und drückte ihre Brust dagegen. Das Orange ihrer Augen war fast erloschen. »Töte mich!«, flehte sie.

Ehe sie sich versah, hatte Ezra ihr Harpyienschwert gezogen. Ihre Hand zitterte. Die Finger, mit denen sie die Waffe umklammerte, kamen ihr auf einmal ganz schmal vor, wie die eines kleines Kindes. Sie zögerte und blickte in die Augen der Harpyie, die sie leidvoll anstarrte. Als sie das nächste Mal ausatmete, stach sie zu – durch das Gitter, mitten in ihr Herz. Das Biestweib stöhnte, doch es klang wie Erleichterung. Sie senkte den Blick, und als sie den geflügelten Schwertgriff sah, schloss sie die Lider und lächelte, als wäre sie zu Hause angekommen.

Im Lager brach ein Tumult aus, als die Jäger hörten, wie die Harpyie zusammenbrach. Sie fingen an zu schreien, sprangen auf und griffen zu ihren Waffen.

»Die Kleine ist verrückt geworden!«

»Was hat sie getan?«

»Unser Gold!«

»Packt sie!«

Die Männer stürmten los, die Piken auf sie gerichtet. Dem Ersten warf Ezra ihr Messer ins Bein, worauf er fluchend zu Boden ging. Den Spieß des Zweiten schlug sie mit dem Schwert beiseite, und unter dem des Dritten duckte sie sich hinweg. Im Rücken der Angreifer konnte sie sehen, wie Odo seinen Kristall hervorkramte. Doch im Vorbeirennen rempelte Kabarl ihn an, und das Auge landete im Staub.

Ezra tänzelte hin und her. Zu ihrem Leid waren die Männer jedoch gut aufeinander eingespielt. Schon nach wenigen Atemzügen hatten sie sie umzingelt. Lieber tot als im Käfig, schoss es ihr durch den Kopf.

»Kommt her, wenn ihr euch traut!«Ihre Stimme hallte wie ein Donnergrollen in dem steinernen Rund wider.

Mit ängstlichen Mienen wichen die Kämpfer zurück.

»Los, spießt sie auf!«, peitschte Kabarl seine Männer an, und sie rückten wieder vor, bereit zum entscheidenden Stoß.

»Halt!«, rief da plötzlich eine klare Stimme.

Mandrid drängte sich an den Männern vorbei und stellte sich schützend vor Ezra. Dann zog er einen Ring aus dem Stiefelschaft und reckte ihn in die Höhe. Ein violetter Schimmer ging von dem Schmuckstück aus und färbte den Qualm um sie herum, als würde sich die Purpursonne darin brechen.

»Im Namen der Sonnenkirche«, verkündete Mandrid, »ich quittiere euch, dass ihr leibhaftige Harpyien gefangen habt! Zehn an der Zahl. Das sind zwei mehr, als ihr belegen könnt.« Dabei drehte er sich im Kreis, sodass alle den Ring sehen konnten. Zuletzt verharrte er mit Blick zu ihrem Anführer.

Kabarl starrte ihn mehrere Atemzüge lang an, dann begann er herzhaft zu lachen. »Männer, senkt die Waffen! Wir haben Grund zu feiern.«

17

HARPYIENFLUG

AM FUSS DER SCHÄDELBERGE, ALTE BLUTSONNE,
JAHR 1 N.D.U.

Ezra und Odo blickten Mandrid hinterher. Schweigend sahen sie zu, wie er die Anhöhe erklomm und hinter der Umfriedung des Windturms verschwand. Das graugrüne Gemäuer war die letzte sichere Herberge auf ihrem Weg. Dahinter begannen die Schädelberge. Ganz im Widerspruch zu seinem Namen wirkte das Gebirge nicht besonders Furcht einflößend. Den Hügeln fehlten lediglich ein paar grüne Tupfer, um sie in eine idyllische Landschaft zu verwandeln.

Sie waren zum ersten Mal unter vier Augen, seit sie das Lager der Chimärenjäger verlassen hatten. Es gab viel zu bereden, aber Odo stand nur stocksteif neben ihr – wie immer, wenn ihn etwas beschäftigte, mit dem er nicht rausrücken wollte.

»Na los«, forderte Ezra ihn auf. »Sag es schon.«

»Was soll ich sagen?«

»Dass du die ganze Zeit recht hattest. Dass Mandrid ein Sonnenwächter ist, und dass ich töricht war, ihm zu vertrauen«, zählte Ezra auf. »Aber weißt du was? Es ist mir egal.«

Odo hüstelte. »Nun ja, streng genommen hatte ich gar nicht recht.«

»Nicht?« Ezra sah ihn überrascht an. Es kam selten genug vor, dass Odo Fehler machte, und noch seltener, dass er sie auch eingestand. Aus dem Augenwinkel sah sie, wie Mandrid wieder zurückkam. Odo schien davon nichts mitzubekommen. Vielleicht war das die Gelegenheit, ihren mysteriösen Begleiter aus der Reserve zu locken.

»Glaubst du, Mandrid ist ein Schwindler?«, fragte sie so laut, dass er es hören musste.

»Nein, ganz und gar nicht«, erwiderte Odo kopfschüttelnd.

»Was dann?«

»Er gehört zu den Nachtsonnen, einem Geheimorden der Sonnenkirche. Daher auch sein Ring. Die Purpursonne ist ihr Zeichen. Sie unterstehen nicht dem Deuter des Lichts und sind auch nicht an seine Auslegungen gebunden. Sie berufen sich allein auf ihren eigenen Kodex und das Wort des Sonnenvaters. Aber wenn du mich fragst, sind sie ein Haufen Fanatiker.«

»Du bist erstaunlich gut informiert«, sagte Mandrid, der nun herangekommen war.

Odo fuhr zusammen vor Schreck. Dann warf er Ezra einen verärgerten Blick zu – ein stummes: *Warum hast du nichts gesagt?*

»Wir sind das Licht, das nicht gesehen wird«, fügte Mandrid hinzu und öffnete die Arme. »Und Fanatiker ist übrigens ein hässliches Wort. Es stimmt, wir haben unsere eigenen Überzeugungen. Doch die beruhen auf Einsichten, die älter und allumfassender sind als die Lehren der weisesten Weisen.«

»Leeres Gerede«, brummte Odo und winkte ab. »Vermutlich könnt ihr die Inschriften des Ewigen Berges noch nicht einmal selbst entziffern, geschweige denn deuten.«

»Beruhigend, dass du so viel über unsere Schriftgelehrtheit weißt«, entgegnete Mandrid und schien zum ersten Mal kurz davor zu sein, die Fassung zu verlieren. Und genau das war es, was Ezra wollte.

Odo verschränkte die Arme und musterte ihn abschätzig. »Du willst ein Mann der Feder und des Schwertes sein«, stichelte er. »Aber wahrscheinlich beherrschst du weder das eine noch das andere.«

»Finde es heraus«, forderte Mandrid ihn auf und machte einen Schritt auf ihn zu. »Was darf es denn sein? Die Feder oder das Schwert?«

»Genug, ihr beiden!«, ging Ezra dazwischen.

Die beiden Männer funkelten sich wütend an, doch sie ließen voneinander ab und hielten den Mund.

»Mich interessiert nur eins«, sagte Ezra und starrte Mandrid an. »Warum hast du mir geholfen? Warum hast du mich nicht an die Sonnenkirche ausgeliefert?«

»Weil ich keine Chimären jage. Ich will die Männer zur Strecke bringen, die sie erschaffen haben ... Magiker, die Frauen quälen und ihnen so etwas antun.«

»So etwas?« Ezra lachte verächtlich. »Du meinst so etwas wie mich?«

»Nein«, antwortete Mandrid. »Du bist anders, du bist nicht verloren.«

»Und wenn ich eine Harpyie gewesen wäre – zusammengenäht aus Mensch und Tier? Was dann?«, drängte sie ihn. »Hättest du mich dann getötet?«

»Ja«, erwiderte er tonlos. »Dann hätte ich dich erlöst. Weil es keine Rettung für dich gäbe.«

Ezra sah ihn an und war sprachlos. Ein Schauer lief ihr über den Rücken. Zum ersten Mal seit sie sich begegnet waren, hatte sie den Impuls, ihre Klingen zu zücken und sie Mandrid in den Leib zu bohren. Doch sie wartete einige Atemzüge, und ihre Wut ebbte wieder ab.

Mandrid blickte zur Seite. »Glaub mir, ich bin froh, dass es nicht dazu gekommen ist«, murmelte er.

Ezra erwiderte nichts. Für einen Moment hoffte sie, dass der Wind seine Worte erfassen und davonwehen würde, doch sie hingen zwischen ihnen wie eine düstere Wolke.

»Der Herold ist übrigens immer noch da«, sagte Mandrid schließlich, während er seinen Waffengurt richtete. »Anscheinend hat ihn die Delegation aus dem Aschenbelt noch nicht abgeholt. Wenigstens etwas.«

»Wenigstens etwas?« Odo musterte Mandrid skeptisch. »Was meinst du damit?«

»Fürst Vaaran braucht Rückendeckung. Er ist nur zum Voxanten gewählt worden, weil sich der Herzfürst und der Hohenfürst nicht einigen konnten. Herzfelden und Hohenbaldacht sind sich immer noch spinnefeind. Nur weil die Waffen ruhen, heißt das nicht, dass sich daran etwas geändert hätte. Die Stimmen aus Athanor und Rukkenschwing muss er sich teuer erkaufen. Und in der Sonnenwart wurden die Sternenfürsten noch nie geliebt. Dass man es in Æstarya mit dem Glauben nicht sonderlich genau nimmt, ist ja ein offenes Geheimnis.«

»Und das«, stichelte Odo, »geht euch Sonnenpriestern so richtig gegen den Strich, nicht wahr? Wie konnte das nur geschehen? Ein Ungläubiger auf dem Thron als Nachfolger des letzten Kaisers.«

»Ob du es mir glaubst oder nicht«, erwiderte Mandrid ernst. »Mir ist egal, woran der Voxant glaubt, solange er den Frieden wahrt. Wir hatten zu viele Jahre Krieg. Wie dem auch sei … Windfall hat Fürst Vaaran schon zum Vizefürstentum erklärt, und der Aschenbelt soll nun folgen, wie es scheint. Das würde ihm auf der nächsten Reichsversammlung zwei wichtige Stimmen für seine Wiederwahl zum Voxanten einbringen.«

»Ich glaube kaum, dass die anderen Fürsten dem zustimmen würden«, zweifelte Odo. »Windfall schön und gut, aber der Aschenbelt unter der Herrschaft des Dritten Turms? Wohl kaum.«

»Das habe ich zuerst auch gedacht«, gestand Mandrid. »Aber wenn man die Verantwortung für ein ganzes Reich trägt, dann ist das Angebot von Toz'Vian nur schwer auszuschlagen – die Vernichtung aller Chimären, wenn er der Fürst vom Aschenbelt wird!«

»Harpyien, Wolfsweiber, Schlangenfrauen«, wandte Odo ein. »So viele gibt es doch gar nicht mehr. Zumindest tun sie den Menschen weniger Leid an als die ganzen Söldnerhaufen, die immer noch plündern und brandschatzen.«

»Das weißt du, und das weiß ich«, stimmte Mandrid ihm zu.

»Aber die Menschen haben nun mal Angst vor dem, was sie nicht kennen, und Angst führt zu Gewalt, und Gewalt verursacht Kriege. Dreh und wende es wie du willst, die Chimären sind keine Kinder des Sonnenvaters, die Menschen wollen sie tot sehen. Und im Gegenzug muss Fürst Vaaran dem Dritten Turm noch nicht einmal groß entgegenkommen. Er überlässt den Magikern lediglich einen Flecken Erde am Rand der Welt, wo er sie darben und dursten lassen kann.«

»Wenn jemand einen Weg findet, im Aschenbelt zu überleben, dann die Männer des Dritten Turms«, sagte Odo trocken.

Für eine Weile blickten beide in Richtung der Schädelberge. Die Blutsonne ging unter und tauchte die karge Hügelkette in einen schillernden Bronzeton. Der Wind, der von den Anhöhen herabwehte, war angenehm warm auf ihren Gesichtern.

»Der Dritte Turm«, seufzte Mandrid und schüttelte den Kopf. »Von Geächteten zu Geachteten. So schnell wendet sich das Blatt dieser Tage. Wir müssen Xharril auf jeden Fall erwischen, bevor der Herold seinen Meister zum Vizefürsten vom Aschenbelt ernannt hat. Andernfalls stehen der Totenbeschwörer und seine Gefolgsleute unter dem Schutz des Voxanten. Dann gäbe es einen handfesten Skandal, wenn sein engster Vertrauter ermordet würde – und dann auch noch mithilfe eines Agenten der Sonnenkirche. Nur solange Toz'Vian nicht gekrönt ist, sind die Magiker des Dritten Turms vogelfrei.«

»Worauf warten wir dann noch?«, rief Ezra aus und begann den Hügel hinaufzustapfen. »Zeit, Xharril einen Besuch abzustatten.«

Odo folgte ihr, und wenige Schritte später machte sich auch Mandrid auf den Weg.

Das Rad auf der Spitze des Turms surrte im Abendwind, und in seinem Innern hörte Ezra die Mühlsteine knirschen. Sie ließen den Windturm jedoch links liegen und traten durch den Steinwall hinab in die geschützte Mulde. Dutzende Segel waren über dem weiten Rund gespannt und knatterten jedes Mal, wenn eine Bö sie erfasste. An einigen Stellen waren sie aufgeschlitzt und nur notdürftig geflickt worden. Trotzdem war die Wärme des Tages immer noch unter dem Dach gefangen und vermengte sich mit der Hitze des Lagerfeuers. Sehnsüchtig blickte Ezra zu der Bergziege, die über den Flammen röstete, und sog die Luft ein. Der Duft von gebratenem Wild und Thymian ließ ihr das Wasser im Munde zusammenlaufen.

In der Mitte der Mulde stand ein buntes Zelt. Davor saß ein älterer Mann im Schlafrock, und zu seinen Füßen hockte ein Knabe und nähte. Zwei Soldaten lehnten lachend an einem Mauervorsprung und spielten Karten. Das hier, dachte Ezra verträumt, war der heimeligste Ort, an dem sie seit Langem gewesen war. Und dafür hatte sie so weit reisen müssen.

Erst jetzt bemerkte sie die junge Frau, die ihnen entgegengeschlichen kam. Das von Mehlstaub weiße Haar hatte sie zu einem unordentlichen Zopf gebunden, und in dem Tuch auf ihrem Rücken schlief ein winziger Säugling.

»Willkommen«, begrüßte sie sie mit einem matten Lächeln. »Ich heiße Jiraumee. Mein Mann ist der Windwalter hier, aber er ist gerade im Turm beschäftigt. Wir haben nämlich gestern frischen Marn bekommen.«

»Seid gegrüßt«, erwiderte Odo und nickte auch den Männern vor dem Zelt zu.

»Ein süßes Töchterchen habt Ihr«, sagte Mandrid einfühlsam.

»Das seht Ihr?«

»Nun, sie ist Euch wie aus dem Gesicht geschnitten.«

»Danke, aber so nehmt doch Platz«, forderte Jiraumee sie auf und deutete auf eine Bank bei der Feuerstelle. »Ihr seid sicher erschöpft von der Wanderung. Wenn ihr wünscht, könnt ihr euer Gepäck gleich ablegen. Die Schlafnischen sind alle frei.«

Ezra ließ den Blick durch das weite Rund schweifen. Gleich neben dem Eingang lehnte eine gespannte Armbrust an der Wand. In der Mauer selbst war eine Reihe schmaler Öffnungen zu erkennen. Aus einigen von ihnen lugten Decken und Strohmatten heraus.

»Der Braten riecht aber gut«, bemerkte Mandrid. »Seid doch so gut und bringt uns ein paar Scheiben und etwas Bier, um das Ganze runterzuspülen.«

»Verzeiht«, antwortete sie beschämt. »Aber der ist für den hohen Herrn aus Oriza und sein Gefolge.« Verstohlen zeigte sie in Richtung des Zelts, auf dessen Plane ein Rappe und sechs Kronen prangten, das Wappen des Wahlkönigs.

Der Mann in dem Schlafrock hatte ihre Unterredung offenbar mitbekommen. »Nein, nein, gute Frau«, rief er lachend. »Gebt den Herrschaften ruhig etwas von dem Gamsbraten ab. Ich denke, wir werden alle satt. Aber vergesst nicht, ihn ordentlich abzulöschen.«

»Und ihr«, fuhr er an Ezra, Odo und Mandrid gewandt fort, »schnappt euch die Bank und setzt euch schleunigst zu mir. Keine Widerrede!«

Odo und Mandrid trugen die Bank zum Zelt hinüber und nahmen mit einem erleichterten Seufzen Platz. Missmutig folgte Ezra ihnen. Sie war müde, und ihr Magen knurrte. Nach einer Unterhaltung stand ihr jedenfalls nicht der Sinn. Aus dem Augenwinkel nahm sie wahr, dass die beiden Soldaten sie prüfend musterten. Anscheinend sahen sie in ihnen jedoch keine Gefahr, denn schon bald hatten sie wieder ihr Kartenspiel aufgenommen.

Ihr erster Blick hatte Ezra nicht getäuscht. Der alte Mann trug tatsächlich nur ein Nachthemd. Ansonsten machte er jedoch alles andere als einen liederlichen Eindruck. Sein weißer Bart war sorgfältig gestutzt, seine Fingernägel sauber und der dicke Siegelring frisch poliert. Für einen Æstaryaner reinen Blutes schien er ein wenig zu stark gebräunt zu sein. Aber wahrscheinlich, vermutete Ezra, war sein dunkler Teint nur den vielen Reisen geschuldet.

»Mein Name ist Gverin, Gverin von E'Rapal«, stellte er sich

vor. »Eigentlich bin ich ein Herold des Voxanten. Zumindest, wenn ich meinen Wappenrock trage«, merkte er augenzwinkernd an und klopfte dem Knaben auf die Schulter.

Der Junge war gerade damit beschäftigt, einen blinkenden Knopf an den Mantelkragen zu nähen und schien seine liebe Müh und Not damit zu haben, die Nadel durch den festen Stoff zu drücken.

»Aber für den Augenblick bin ich wohl außer Dienst, und das heißt, ich bin ein einfacher Mann, den es nur nach Bier und gewöhnlichen Geschichten dürstet. Also verratet mir, wen habe ich vor mir?«

Er mochte nicht im Dienst sein, dachte Ezra, aber er sprach immer noch mit der volltönenden Stimme eines Herolds. Mandrid übernahm es indessen, sie der Reihe nach vorzustellen. Auch dieses Mal spann er die Geschichte von Odo, dem Färber aus Bendrahim, und ihnen beiden als seinen Wachen. Dieses Mal schmückte er die Erzählung jedoch um einige blumige Details aus. Es erschrak Ezra, mit welcher Leichtigkeit Mandrid log und dabei stets überzeugend klang.

»Wir sind auf der Suche nach Goldechsen«, berichtete er, ohne mit der Wimper zu zucken. »Mit ihrem Gift kann man Stoffen einen güldenen Glanz verleihen. Mehr darf ich allerdings nicht verraten, nicht wahr, Herr Ondorian?«

Odo nickte nur und tat so, als müsste er an einem besonders trockenen Stück Braten kauen.

»Herr Ondorian, vielleicht könnt Ihr Euch diesem Toz'Vian andienen«, schlug Mandrid scheinheilig vor. »Man hört ja allerhand, dass er demnächst viele Uniformen und Flaggen brauchen könnte als Fürst vom Aschenbelt.«

»Ha«, rief Gverin lachend aus. »Ist das Geheimnis so schlecht gehütet? Aber nun mal im Ernst«, er kratzte sich nachdenklich den Bart, »sich ihm andienen? Das halte ich für ein wenig verfrüht. Meines Wissens nach ist noch nicht einmal die Wahl bezüglich der Residenz gefällt. Immerhin lebt Toz'Vian mit seinem Gefolge zurzeit noch in einem Zeltlager mitten in der Wüste. Nicht gerade sehr fürstlich, wenn ihr mich fragt.«

Von da an wurde die Unterhaltung immer dröger. Ezra schlang das gebratene Fleisch so schnell herunter, wie sie konnte, ohne daran zu ersticken. Als sie endlich den letzten Bissen heruntergeschluckt hatte, stand sie auf und entschuldigte sich. Dann suchte sie sich die höchstgelegene Nische in der Mauer, kletterte hinauf und rollte sich auf der Strohmatte zusammen. Kurz darauf war sie eingeschlafen.

*

Es war noch früh am Morgen, als Ezra erwachte. Sie lag allein in ihrer Schlafnische. Der Wind war aufgefrischt, und die Mühlsteine über ihnen knirschten wieder laut vor sich hin. Ob der Windwalter überhaupt ein Auge zugetan hatte? Gestern Abend hatten sie ihn zumindest nicht zu Gesicht bekommen.

Hinter dem Knattern und Rascheln der Planen glaubte Ezra Stimmen zu hören. Sie stand auf und streckte sich, bis ihre Wirbelsäule ein lautes Knacken von sich gab. Dann krabbelte sie hinaus und sah sich vorsichtig um. Es war dunkel in dem weiten Rund. Nur in dem Eingang zur Mulde war ein Licht auszumachen, das im Takt der Böen tanzte. Jenseits des Walls schienen sich mehrere Leute zu unterhalten – allerdings so leise, dass sie kein Wort verstand.

Ezra lag immer noch vor ihrer Nische auf der Lauer, als Jiraumee mit einer flackernden Laterne durch den Eingang kam. Ihre Augen waren weit aufgerissen. Die Frau des Windwalters blickte sich ängstlich um, während sie zum Zelt des Herolds eilte. Mit einem lauten Räuspern machte sie sich bemerkbar. Kurz darauf wurde die Plane beiseitegeschlagen, und eine der Wachen lugte hervor.

»Sie sind da«, flüsterte die junge Frau.

Der Soldat verschwand wieder im Innern des Zelts. Es verging einige Zeit, bis schließlich der Herold erschien – gähnend und nur halb bekleidet.

»Was gibt es denn?«

»Die Delegation aus dem Aschenbelt ist da«, erwiderte Jiraumee.

»Um aller Sonnenwillen, und das sagt Ihr mir zu dieser nachtschlafenden Stunde?« Gverin E'Rapal klang gleichermaßen ungeduldig wie verärgert. »Richte ihnen aus, wir können das Nötige morgen früh besprechen.«

»Herr, verzeiht«, hakte sie zaghaft nach. »Sie sagen, sie wollen nicht rasten, sondern gleich weiterziehen.«

»Wie bitte?« Dieses Mal überwog eindeutig die Verärgerung in seiner Stimme.

»Sie sagen, die Harpyien seien wachsam. Sie wollen in den Bergen sein, bevor die Sonne aufgeht.«

Der Herold schlug die Hände über dem Kopf zusammen und grummelte etwas Unverständliches vor sich hin. Schließlich gab er seinen Männern jedoch den Befehl, das Zelt abzubauen und die Pferde zu beladen.

»Sie sagen auch, dass Ihr die Tiere hierlassen sollt«, merkte Jiraumee kleinlaut an.

»Jetzt reicht's!«, fluchte Gverin. »Wo sind die Herrschaften überhaupt? Bring mich sofort zu ihnen, ich möchte mit ihnen reden!«

»Natürlich, ganz wie Ihr wünscht«, sagte sie mit einer Verbeugung und führte ihn nach draußen.

Ezra kletterte flink an der Innenmauer empor, schlängelte sich zwischen zwei Sonnensegeln hindurch und lief geduckt über den Wall, bis sie die Gesandtschaft aus dem Aschenbelt ausmachen konnte.

Die Gruppe bestand aus zwölf Personen – ob Männer oder Frauen, war schwer zu sagen, denn sie waren in weite Gewänder gehüllt. Leicht gebeugt standen sie da. Einige von ihnen hielten grünlich schimmernde Laternen in den Händen, andere waren mit Eisenstangen bewaffnet, die in schlanken Klingen endeten. Feuerrohre, dachte Ezra. Selbst hier oben konnte sie das Schwarzpulver riechen. Die Waffen mussten vor Kurzem abgefeuert worden sein.

Als Gverin auf der anderen Seite der Mauer erschien, löste sich eine Gestalt aus der Gruppe und kam ihm entgegen. Im Gegensatz zum Herold hatte sie es jedoch nicht eilig. Sie bewegte sich mit einer Trägheit, als gelte es, jede Anstrengung zu vermeiden. Irgendwie erinnerte sie Ezra an eine Echse, die ein Sonnenbad genommen hatte und sich nur regte, um auch ihre andere Flanke bescheinen zu lassen.

Ezra presste sich flach auf die Mauerkrone, um den Fremden unbemerkt zu beobachten. Es war ein Mann. Seine Haut war sonnengegerbt und die Finger, mit denen er die Laterne umklammerte, waren dünn wie Knochen. Die Augen in seinem schmalen Gesicht wirkten matt und leblos. So dünn, wie er war, grenzte es fast an ein Wunder, dass ihn der Wind nicht umblies.

»Seid gegrüßt, edler Gverin von E'Rapal«, begrüßte er den Herold mit einer Stimme, die so welk war wie seine Haut. »Wenn ich mich vorstellen darf …«

»Ihr dürft«, unterbrach Gverin ihn ungeduldig. »Aber dann erklärt mir bitte umgehend, was dieser nächtliche Aufruhr soll!«

Der Mann legte den Kopf schräg, als bräuchte er einen Moment, um die hastige Begrüßung zu verarbeiten. »Mein Name ist Xharril«, fuhr er schließlich mit geübter Höflichkeit fort. »Engster Vertrauter des ehrenwerten Toz'Vian.«

Ezra stockte der Atem. Ihr zweiter Schöpfer stand vor ihr, nur wenige Manneslängen entfernt! Ganz deutlich konnte sie seinen schlanken Hals und den zerbrechlichen Nacken erkennen. Sie spürte, wie sie ihre Muskeln anspannte und die nackten Füße in den Felsen stemmte. Ein weiter Satz und dann vielleicht noch zehn Schritte, und sie wäre bei ihm. Er wäre ein leichtes Opfer, vollkommen wehrlos.

N-e-i-n, hörte sie ein lang gezogenes Säuseln in ihrem Kopf. Ein Luftzug wehte ihr die Haare ins Gesicht, und irgendwo weinte ein Kind – Jiraumees Tochter. Ezra wischte die Strähne beiseite, und ihr Blick fiel auf die Feuerrohre, die im Sternenlicht blitzten. Nein, jetzt war nicht der richtige Zeitpunkt. Und mit der Einsicht fiel auch die Anspannung von ihr ab, doch eine innere Unruhe blieb. Erst jetzt bemerkte Ezra, wie sie unbewusst die Zähne gefletscht hatte. Irritiert leckte sie sich über die Lippen und belauschte die Unterhaltung weiter.

»Ich bin hier, um Euch zu empfangen und sicher zu Meister Toz'Vian zu geleiten. Und das ist am besten im Schutz der Dunkelheit getan.«

»Schön und gut«, erwiderte Gverin leicht verstimmt. »Aber warum sollen wir unsere Pferde nicht mitnehmen? Wir haben einiges an Gepäck, und die flachen Hügel werden sie ja wohl noch hinaufkommen.«

»Unser Lager befindet sich mitten im Aschenbelt, weit hinter den Bergen«, erklärte Xharril unbewegt. »Die Wüste ist nichts für schwere Tiere. Der Sand ist trügerisch, außerdem würden sie innerhalb kürzester Zeit verdursten. Meine Leute werden Euer nötigstes Gepäck übernehmen. Sie sind unermüdlich.« Er winkte vier seiner Männer heran. Im trägen Gleichschritt kamen sie näher und verschwanden schließlich durch den Tunnel im Innern des Walls.

Gverin blickte irritiert drein. »Das erscheint mir alles etwas seltsam«, stammelte er, während er sich die Stirn massierte.

»Aber das ist der einzige Weg«, erwiderte Xharril. »Vertraut mir.«

Plötzlich hörte Ezra hinter sich Geräusche. Jemand kletterte die Mauer hoch, an derselben Stelle wie sie zuvor. Schon legten sich zwei Hände auf die Mauerkrone, doch sie entspannte sich, als der Geruch von Mandrid ihr in die Nase stieg. Ein paar Atemzüge später hatte er sich hochgezogen und sich bäuchlings neben sie gelegt.

»Sie sind da«, raunte sie ihm zu. »Und Xharril ist dabei.«

»Ja, ich weiß, ich habe es gehört.«

»Sie wollen gleich aufbrechen«, flüsterte sie aufgeregt. »Wir müssen schnell unsere Sachen packen und hinterher!«

»Ja, das werden wir«, antwortete Mandrid und legte ihr kurz eine Hand auf die Schulter. »Aber wir sollten ihnen ein bisschen Vorsprung geben. Hier im Vorland haben wir keine Deckung.«

*

Mit der Morgensonne im Rücken brachen sie endlich auf. Ungeduldig war Ezra vor der Mulde auf und ab gelaufen und hatte beobachtet, wie Xharril und die anderen am Horizont verschwunden waren.

»Eine Gruppe von der Größe verlieren wir nicht«, hatte Mandrid sie mehrfach zu beruhigen versucht. Mit mäßigem Erfolg.

Zum Abschied hatte Jiraumee ihnen noch etwas Marn und kalten Braten mitgegeben und ihre Trinkschläuche mit Zisternenwasser gefüllt. Mandrid hatte ihr im Gegenzug drei Golddragonen zugesteckt.

»Für eine einfache Unterkunft und etwas Verpflegung hast du ganz schön viel Geld springen lassen«, bemerkte Ezra, als sie den Windturm hinter sich gelassen hatten.

»Jiraumee kann es brauchen«, erwiderte Mandrid, »schließlich muss sie allein für sich und ihre Tochter sorgen.«

»Allein?« Ezra sah ihn verständnislos an.

»Ich hatte auch schon so meine Zweifel, was mit ihrem Mann ist«, meinte Odo und schlürfte etwas Wasser aus seinem Schlauch.

»Ihr Mann ist tot«, sagte Mandrid trocken. »Von Harpyien getötet.«

»Das hat sie dir gesagt?«, fragte Ezra.

»Nein, aber ich habe eins und eins zusammengezählt. Sie selbst mahlt das Mehl, sonst wäre ihr Haar nicht so weiß und staubig. Außerdem würde kein anständiger Kerl seine Frau und sein neugeborenes Kind in dieser Wildnis allein lassen. Und ich glaube nicht, dass ihr Mann ein solcher Tunichtgut ist, sonst hätte man ihn nicht zum Windwalter bestimmt. Und die restlichen Zeichen lesen sich leider genauso eindeutig: Die gute Jiraumee schien mir schreckhaft zu sein, und die Armbrust stand ständig geladen bereit. Kein Wunder, denn das Zeltdach über der Mulde wies Risse und Kratzspuren von Klauen auf – Harpyienklauen, der Größe nach zu urteilen.« Mandrid blieb stehen und blickte von Odo zu Ezra. »Ihr seht, die Sache ist klarer, als sie auf den ersten Blick erscheint.«

»Aber … warum behauptet sie dann, dass ihr Mann da ist?«, wollte Ezra wissen.

»Vielleicht, weil sie unter Schock steht und es nicht wahrhaben will?«, mutmaßte Odo.

»Nein«, widersprach Mandrid. »Der Grund ist viel banaler. Sie würde den Windturm verlieren und damit ihr Auskommen. Nach gängigem Recht dürfen Frauen nämlich kein Amt ausüben, auch nicht das des Windwalters.«

»Das ist doch dumm!«, schimpfte Ezra. »Sie ist fleißig und tapfer obendrein.«

»Zweifelsohne«, stimmte Mandrid ihr zu. »Aber das ändert leider nichts an dem Gesetz.«

Den ganzen Morgen über kamen sie gut voran. Das Gelände war frei, nur ab und zu brachen ein paar Büsche und Gräser durch den knochenfarbenen Sand. Es war nahezu windstill und recht warm für einen Spätwintertag. Schon nach kurzer Zeit schwitzte Ezra so sehr, dass sie ihr Hemd aufknöpfen musste. Für einen Moment glaubte sie, Mandrid dabei zu ertappen, wie er sie beobachtete, doch dann beschleunigte er seinen Schritt und führte sie weiter den flachen Anstieg hinauf.

Den Blick auf den Boden gerichtet, folgte Ezra ihm. Sie versuchte sich auf das vorzubereiten, was vor ihr lag: die zweite Silbe! Sie malte sich aus, wie sie sich ungestört an Xharril anschlich – aber dann drängte sich immer wieder Jiraumee und ihr ungerechtes Schicksal in ihre Gedanken.

Warum sollte sie nicht den Windturm ihres Mannes führen dürfen, wenn sie doch mindestens ebenso tüchtig und mutig war wie er? Und das ließ sie sogar an Gevta denken. So wenig sie das Straßenmädchen auch ausstehen konnte, es war tapfer und kampfbereit gewesen – und die Staubklingen hatten ihr nicht mal die Gelegenheit gegeben, sich zu beweisen. Weder Handwerk noch Waffengang standen Frauen offen. Es gab keine Priesterinnen in den Sonnentempeln und keine Magikerinnen in den Drei Türmen. Wer bestimmte eigentlich, dass alles nichts wert war, sobald man als Mädchen geboren war?

Ezra wurde aus ihren Gedanken gerissen, als die anderen beiden plötzlich vor ihr anhielten. »Was ist«, fragte sie, »haben wir sie verloren?«

»Nein, nein«, erwiderte Mandrid und machte eine beschwichtigende Geste. »Aber sie machen eine Pause. Siehst du da hinten? Da brennt ihr Lagerfeuer.«

Er stellte sich neben sie, streckte den Arm aus und deutete an ihr vorbei in die Ferne. Für einen Herzschlag spürte sie seine Wärme. Ein leichter Schauer lief ihr über den Rücken, doch sie verdrängte das Gefühl und folgte seinem Fingerzeig. Dort erstreckte sich ein Meer von Felsnadeln, und dazwischen verlief ein Netz von engen Schluchten. Manche der Felsen ragten über vierzig Schritt in den Himmel, und hinter einem von ihnen stieg tatsächlich Rauch auf.

»Was ist denn das?«, keuchte Odo überrascht, der ein gutes Stück vor ihnen gegangen war.

Er untersuchte einen hüfthohen Wall, der sich Ton in Ton in die Landschaft schmiegte. Die Mauer erstreckte sich quer über die Anhöhe, doch sie bestand nur zum Teil aus Steinen –

viele der Lücken waren mit Totenschädeln gefüllt. Ihre leeren Augenhöhlen blickten allesamt in Richtung des Felsenlabyrinths.

»Das ist der Schädelwall«, erklärte Mandrid, während er seinen Rucksack absetzte. »Die Menschen aus der Gegend haben früher geglaubt, dass hier der Eingang zur Unterwelt liegt. Kein Wunder, wenn man den Aschenbelt mal gesehen hat. Und damit sich die Toten auf der Reise ins Jenseits auch nicht verirren, wurden ihre Schädel hier aufgereiht – mit dem Blick in die richtige Richtung.«

Ezra war seinen letzten Ausführungen nur mit geteilter Aufmerksamkeit gefolgt. Sie beobachtete einen Kardinal, der auf die Mauerkrone gehüpft war. Der kleine Vogel plusterte sein rotes Brustgefieder auf und beobachtete sie – die menschlichen Eindringlinge – abschätzend. Dann begann er nervös zu tschilpen und flatterte davon. Ihre Nackenhaare stellten sich auf. Irgendwo lauerte Gefahr ... Sie sog tief die Luft ein, doch sie konnte keine Veränderung feststellen. Einer Eingebung folgend blickte sie nach oben. Hoch über sich konnte sie vier fliegende Gestalten ausmachen – menschliche Leiber mit breiten Schwingen und langen Beinen.

»Harpyien!«, rief Ezra. Sie duckte sich und schlich zur Mauer, den Blick weiter nach oben gerichtet, um den Flug der Wesen zu verfolgen. Mandrid und Odo taten es ihr gleich.

Doch ihre Sorgen waren umsonst, denn die Chimären hielten geradewegs auf die dünnen Rauchschwaden zu. Sie flogen zum Lager der Aschenbelter. Das war ihre Gelegenheit! Mit etwas Glück wären Xharrils Männer abgelenkt, und Ezra könnte unbemerkt zuschlagen. Nur eines durfte nicht passieren: Die Harpyien durften ihn nicht töten, bevor sie da war.

Noch ehe sie wusste, was sie tat, war Ezra über die Mauer gesprungen und rannte auf das Felsenlabyrinth zu.

»He, warte!«, brüllte Mandrid und setzte ihr nach.

»Lass sie! Du holst sie eh nicht ein«, rief Odo ihm hinterher, und er sollte recht behalten. Schon bald hatte sie ihn abgehängt.

Ezra hetzte den Hang hinauf, wich Felsen aus und sprang über Sträucher. Die ganze Zeit über fixierte sie den Himmel. Ihre Beine bewegten sich intuitiv, schneller und schneller, ohne zu straucheln oder zu stolpern.

Nach einem langen Sprint hatte sie die ersten Felsnadeln erreicht und lief in das Labyrinth hinein. In den engen Schluchten verlor sie die Harpyien immer wieder aus den Augen. Doch wenn sie schon dachte, die Chimären wären endgültig verschwunden, tauchten sie plötzlich wieder auf. Ezra eilte weiter, vorbei an steilen Felsformationen. Sie bog mal links, mal rechts ab, je nachdem, in welche Richtung die Harpyien flogen. Sie konnte nicht mehr weit vom Lager entfernt sein, denn die Chimären hatten zu kreisen begonnen.

Plötzlich ertönte ein Schuss. Weitere folgten. Ihr Knall hallte von den Wänden der Schlucht wider und rang scharf in ihren Ohren. Sie blieb stehen und beobachtete, wie die Harpyien höher und höher stiegen.

Ein einzelner Schuss zerriss abermals die Stille. Für einen Augenblick geschah nichts, doch dann geriet eines der Biestweiber ins Trudeln. Zweimal schlug sie noch mit ihren grauschwarzen Schwingen, ging in einen unkontrollierten Sinkflug über und war bald nicht mehr zu sehen.

Aufgeregt rannte Ezra wieder los. Sie versuchte zu erahnen, wo die Harpyie aufgeschlagen sein musste. Als sie um die nächste Ecke bog, blickte sie in einen Felsspalt, in dem dichtes Buschwerk wucherte. Dahinter wurde die Schlucht breiter und öffnete sich zu einem freien Platz, der von fünf Felsnadeln umgeben war. Zwei von ihnen ragten so schräg in die Höhe, dass sie sich fast in der Mitte trafen – dort, wo auch das Lagerfeuer brannte.

Die sechzehn Männer, darunter auch Xharril und der Herold, standen im Kreis mit dem Rücken zu den Flammen. Die Hälfte von ihnen war mit Feuerrohren bewaffnet. Zwei der Schützen hatten die Enden ihrer langen Schusswaffen in den Boden gebohrt und zielten mit der Mündung schräg nach oben. Die Kameraden zu ihrer Rechten hielten glühende Holzscheite bereit, um die Rohre anzuzünden. Mit zurückgeschlagenen Kapuzen suchten sie den Himmel ab. Die Haut ihrer Gesichter war dunkel und trocken wie verbranntes Leder. Ihre Jochbeine und Kieferknochen zeichneten sich deutlich ab. Der Aschenbelt musste ihnen wahrlich die letzten Tropfen Feuchtigkeit aus den Körpern gebrannt haben.

Die sechs anderen Schützen luden derweil ihre Feuerrohre nach, in langsamen, aber geübten Bewegungen. Nein, von hier gab es kein Herankommen an ihren Schöpfer. Ezra fluchte innerlich.

»Ihr zwei«, befahl Xharril in dem Moment, »geht die Chimäre suchen! Sie muss hier irgendwo abgestürzt sein.«

Die beiden Angesprochenen schulterten sofort ihre Waffen und zogen los – in ihre Richtung! Ezra versteckte sich hinter den Büschen und hielt den Atem an. Urplötzlich hörte sie jedoch ein Rascheln aus dem Gestrüpp. Direkt vor ihr lag die Harpyie, verdeckt zwischen trockenen Blättern und Zweigen. Benommen versuchte das Biestweib, die schwarzgrauen Flügel anzulegen.

Ezra musste etwas tun, sonst würde man sie entdecken. Kurzerhand griff sie einen Stein und schleuderte ihn so hoch und weit sie konnte. Mit einem lauten Klacken prallte er hinter den Männern gegen eine Felswand.

»Nicht bewegen«, zischte sie gleichzeitig der Harpyie zu.

Die Chimäre drehte ihr den Kopf zu. Statt Haaren hatte sie einen grauen Federschopf, und ihr Mund endete in einem kräftigen Schnabel. Sie blutete aus einer winzigen Wunde unter dem linken Flügel. Ansonsten war sie bis auf ein paar Kratzer unverletzt. Sie folgte Ezras Warnung und blieb reglos liegen. Für eine Weile fixierten sie sich gegenseitig durch das dichte

Gezweig, dann wandte die Harpyie den Blick ruckartig ab, um nach den Männern zu sehen.

»Bist du sicher, dass sie hier abgestürzt ist?«, fragte der eine, während er sich nach allen Seiten umsah.

»Ja, ich hab schließlich selbst geschossen«, schimpfte der andere.

»Aber hier ist nichts. Komm, lass uns da hinten nachsehen.«

Die Männer entfernten sich langsam. Als sie hinter ein paar Felsen verschwunden waren, rappelte sich die Harpyie auf und befreite sich aus dem Gestrüpp.

Ob sie sie angreifen wollte? Zur Sicherheit wich Ezra ein paar Schritte zurück. »Ich will dir nichts tun«, sagte sie mit einem schnurrenden Unterton und zog trotzdem ihren Katzbalger.

Das Biestweib schwang indes prüfend die Flügel. Zunächst vorsichtig, dann immer kräftiger. Der Wind, den sie verursachte, drückte die Zweige um sie herum zu Boden. Staub wehte Ezra ins Gesicht. Sie konnte hören, wie die Schwingen über die Wände der Felsspalte schabten. Dann sah sie, wie die Harpyie schwerfällig abhob, sich mit den Klauen vom Fels abstieß und an Höhe gewann.

»Da hinten, da hinten!«, rief der Bursche des Herolds und fuchtelte aufgeregt in der Luft herum.

Die Schützen brachten ihre Feuerrohre in Anschlag, doch da war die Harpyie schon um den Felsfinger herumgeflogen und außerhalb ihrer Sicht.

Ezra ging rasch hinter dem Gebüsch in Deckung. Sie hatte nicht vor, als Ersatzziel herzuhalten. Dann steckte sie das Schwert weg und krabbelte das erste Stück auf allen vieren zurück. Hinter einem Felsvorsprung richtete sie sich auf und fiel in einen leichten Trab. Ohne sich zu verlaufen, fand sie den Weg zurück. Noch bevor sie das Felsenlabyrinth verlassen hatte, konnte sie den flachen Hang und den Schädelwall erkennen. Außerdem vernahm sie ein angestrengtes Schnaufen, und es war nicht ihr eigenes.

Ein schriller Schrei ertönte, zwei weitere folgten. Ezra hatte das Gefühl, jemand hätte ihr mit der flachen Hand auf die Ohren geschlagen. Ihr Atem und ihre Schritte klangen plötzlich dumpf, so als wäre ihr Kopf unter Wasser getaucht worden. Für einen kurzen Moment verlor sie das Gleichgewicht, dann taumelte sie weiter, ohne zu fallen.

Als sie aus der Schlucht ins Freie trat, sah sie eine große braunflügelige Harpyie mit schnabellosem Kopf und langen Vogelbeinen. Sie schwebte knapp über dem Boden und trieb Mandrid mit wilden Flügelschlägen und ausgestreckten Klauen vor sich her.

Das Schwert schützend vors Gesicht gehoben, versuchte er, die Harpyie auf Distanz zu halten. Seine Klinge hatte bereits Blut geleckt. Einige Federn lagen schon auf dem Boden. Aber auch Mandrid hatte ein paar Hiebe abbekommen. Etliche Kratzspuren zeichneten sein Gesicht, und sein Mantel war zerrissen. Odo versuchte derweil mit Steinen nach dem Biestweib zu werfen, doch er hatte zwei linke Hände. Der eine Wurf geriet zu kurz, der nächste zu lang und der dritte traf beinahe Mandrid selbst.

»Zurück in die Schlucht!«, brüllte der und setzte zu einem Ausfall gegen die Harpyie an. Nur mit Mühe konnte er gegen den Windstoß ihrer Schwingen ankämpfen.

Odo wich jedoch nicht zurück, sondern lief vor, um weitere Steine zu sammeln. In dem Moment spürte Ezra einen Luftzug von oben. Sie legte den Kopf in den Nacken und sah, wie sich zwei Harpyien vom Felsen über ihnen herabstürzten und auf Odo zuschossen.

»Achtung!«, schrie sie.

Doch zu spät – die Biestweiber waren schon fast heran, und Odo tat im Schreck genau das Falsche. Anstatt sich flach auf den Boden zu werfen, lief er davon.

Die Harpyien packten ihn mit den Klauen an den Schultern und rissen ihn im vollen Schwung in die Lüfte. Ezra rannte los und eilte ihnen mit weiten Sätzen hinterher. Zum Glück flogen die Harpyien schwerfällig, denn Odo war keine kleine Beute. Als sie fast unter den gefiederten Biestweibern war, sprang Ezra ab. Fünf Schritt in die Höhe. Für den Bruchteil eines Wimpernschlags berührte sie seine Stiefel mit den Fingerspitzen, doch das Leder war zu glatt, und sie rutschte ab.

Mit voller Wucht landete sie auf dem Boden, blieb kurz liegen und stemmte sich wieder hoch. Mandrid stand mittlerweile neben ihr und reichte ihr die Hand, doch Ezra schlug sie beiseite.

»Ich brauche keine Hilfe!«, fauchte sie.

Gemeinsam starrten sie den drei Harpyien hinterher und mussten hilflos mit ansehen, wie sie an Höhe gewannen und Odo davontrugen.

»Wollen wir hoffen, dass sie ihn nicht fallen lassen«, murmelte Mandrid bitter.

Doch Ezra schwieg. Sie war sich nicht sicher, ob das wirklich das schlimmste Schicksal für Odo wäre.

18

HARPYIENFALL

IN DEN SCHÄDELBERGEN, ALTE BLUTSONNE, JAHR 1 N.D.U.

Lautlos schlich Ezra zurück zum Schädelwall und sammelte dort Odos Sachen zusammen. Mandrid folgte ihr und setzte sich vor die Mauer. Schweigend reinigte er seine lange Klinge, begutachtete sie im Licht der Blutsonne und steckte sie in die Scheide.

Ezra trank in kleinen Zügen von ihrem Wasserschlauch. Doch nach jedem Schluck fühlte sich ihr Mund nur noch trockener an. Schließlich stand sie auf, schulterte ihren Beutel und ging ohne ein Wort zu sagen los. Mandrid erhob sich und musterte sie verwundert, als er sah, dass sie auf das Felsenlabyrinth zusteuerte.

»Wohin willst du?«, fragte er.

Ezra hielt kurz inne und deutete auf die verzweigte Schlucht. »Ich sehe keinen Rauch mehr. Sie sollen nicht noch mehr Vorsprung kriegen.«

»Ist das dein Ernst? Du willst Odo einfach seinem Schicksal überlassen?«

»Du hast selbst gesagt, wir müssen Xharril erwischen, bevor Meister Toz'Vian zum Vizefürsten ernannt wird.«

»Ja«, erwiderte Mandrid. »Wegen der politischen Verwicklungen. Aber das ist mein Problem, nicht deins.«

»Wir dürfen ihre Spur nicht verlieren«, erwiderte Ezra betont kühl, denn sie hatte Angst, die Beherrschung zu verlieren. »Der Aschenbelt ist groß, und wir haben keine Ahnung, wo die verfluchten Magiker ihr Lager aufgeschlagen haben.«

Mit forschen Schritten marschierte sie weiter, doch Mandrid

überholte sie und baute sich vor ihr auf. Ezra versuchte erst links, dann rechts an ihm vorbeizugehen, aber er ließ nicht locker und versperrte ihr den Weg.

»Was ist?«, fauchte sie ihn an.

»Ich kann nicht glauben, dass du ihn einfach so im Stich lässt!«

»Soll ich mir Flügel wachsen lassen und hinterherfliegen?« Ezra funkelte ihn wütend an. »Du kennst Odo doch gar nicht. Er hätte es so gewollt.«

»Das glaube ich dir sogar«, erwiderte Mandrid leise. »Odo würde alles für dich tun.«

Ezras Miene versteinerte sich. Was erlaubte Mandrid sich, was sollte diese Gefühlsduselei? Darüber konnte und wollte sie jetzt nicht nachdenken. Sie wollte einfach nur weitergehen, so wie sie es die letzten Tage getan hatte.

»Lass mich raten«, meinte Mandrid mit einem bitteren Lächeln. »Du ahnst es noch nicht mal, oder?«

Ezra weigerte sich aufzublicken und ihm in die Augen zu sehen, und sie war dankbar, als er schwieg. »Bis wir ihn gefunden haben, ist er längst tot«, flüsterte sie schließlich.

»Woher willst du das wissen? Wir müssen es wenigstens versuchen. Komm«, sagte er mit sanfter Stimme und griff nach ihrer Hand.

Doch Ezra zuckte zurück.

Er starrte sie an. »Wie du willst. Aber ich lasse keinen Kameraden im Stich. Wenn du mich suchst, ich bin da lang.«

Mit diesen Worten machte Mandrid sich auf den Weg, am Fuß des Felsenlabyrinths entlang – in die Richtung, in die die Biestweiber mit Odo geflogen waren.

Ezra blieb stehen und blickte ihm wortlos hinterher. Die beiden Männer konnten sich noch nicht einmal ausstehen, und trotzdem war Mandrid bereit, Odo zu helfen. Warum nur fiel es ihr dann so verdammt schwer? *Weil dir nie ein Mann geholfen hat,* tönte es in ihren Ohren, *dein Stiefvater nicht … der Dorfälteste nicht … und deine Schöpfer auch nicht!*

»Aber Odo schon«, murmelte sie mit Tränen in den Augen und folgte Mandrid.

Den größten Teil des Nachmittags liefen sie schweigend nebeneinander her, ohne auch nur eine Harpyie am Himmel zu sehen. Sie wussten noch nicht einmal, wonach sie Ausschau halten sollten. Hausten die Chimären in Höhlen oder hoch oben in Nestern? Das würde sich nur schwer feststellen lassen, denn so hoch, wie die Felsnadeln waren, blieben die Spitzen ihren Blicken verborgen.

Immer wieder wehte ein warmer Wind aus den Schluchten den Hang hinab und mit ihm ein feiner knochenfarbener Sand. Lange Zeit veränderte sich die Landschaft kaum. Geröll und trockenes Buschwerk wechselten sich ab. Nur wenige Sträucher trugen Blätter. Der Schädelwall wurde zu ihrem Wegweiser, und sie folgten ihm, bis er irgendwann, am späten Nachmittag, abrupt endete. Die Schluchten zu ihrer Linken waren inzwischen schmaler geworden und die Felsnadeln massiver.

Am frühen Abend gelangten sie an ein kleines Gehöft. Das Gutshaus und die Nebengebäude waren aus Lehmziegeln erbaut und vollkommen intakt. Vor dem Stall stand ein großer Wagen. Das Geschirr lag griffbereit auf dem Bock, so als hätte jemand vor, jeden Moment die Tiere einzuspannen. Doch der Hof war verlassen. Nirgendwo fand sich ein Lebenszeichen der Bewohner oder des Viehs.

Während Mandrid das Wohnhaus durchsuchte, kletterte Ezra aufs Dach, um Ausschau zu halten. Weiter unten in der Ebene wiegte sich das Marngras im Wind. Hangaufwärts überblickte sie das monotone Labyrinth aus Felsnadeln. Eine Erhebung stach jedoch heraus; sie überragte die anderen zwar kaum, aber ihre Spitze schimmerte auffallend rötlich.

Ezra wollte gerade vom Dach springen, als sie nahe der roten Felsspitze zwei winzige Punkte am Himmel ausmachte. Wo ihre Augen versagten, half ihr Instinkt weiter, und der sagte ihr, dass es Harpyien waren. Um nicht gesehen zu werden, drückte sie sich eng an die Ziegel. Dann robbte sie zur abgewandten Dachschräge und ließ sich dort langsam hinuntergleiten. Dann schlich sie auf die Veranda und stahl sich ins Haus.

»Hier ist nichts zu finden«, stellte Mandrid fest, während er mit dem Finger eine Linie in den Staub auf der Anrichte zeichnete. »Rein gar nichts. Als wären die Leute einfach verschwunden.«

Ezra sah sich in der Stube um. Die Fensterläden klapperten im Wind, und in den Ecken hatte sich Sand angesammelt. Trotzdem war der Raum behaglich, mit bunt bemalten Wänden und fein geschnitzten Möbeln. Zwei Bänke säumten den Kamin, dessen Asche längst erkaltet war. Der lange Tisch war gedeckt und das Geschirr in den Küchenschränken ordentlich gestapelt. Nur eine Suppenschüssel lag zerbrochen auf dem Boden.

»Die Kammern sind leer«, sagte Mandrid und deutete auf zwei schmale Holztüren. Dann hob er einen umgefallenen Stuhl auf, um sich zu setzen, doch stattdessen bückte er sich abermals und stieß einen leisen Pfiff aus. »Was haben wir denn da?«

Er hielt eine große braune Feder in der Hand.

Ezra beschlich ein ungutes Gefühl. »Wie gut sind eigentlich die Augen von Harpyien?«, fragte sie.

Mandrid blickte zu ihr auf. »Nun, ich vermute so ähnlich wie die von Adlern oder Geiern. Warum fragst du?«

»Dann sollten wir besser abhauen. Es könnte sein, dass sie mich gesehen haben, als ich auf dem Dach war.«

»Nein«, entgegnete Mandrid und schüttelte den Kopf. »Hier drinnen sitzen wir vielleicht in der Falle, aber das ist allemal besser als auf freiem Feld. Und wer weiß, vielleicht sehen sie bei Sonnenuntergang ja doch nicht so gut.«

Draußen hatte tatsächlich die Dämmerung eingesetzt. Doch Ezra glaubte nicht, dass sie unentdeckt geblieben war. Dabei fürchtete sie sich gar nicht so sehr vor den Harpyien. Sie hasste es einfach nur, wenn sie die Überraschung nicht auf ihrer Seite hatte.

Unter lautem Klappern begann Mandrid damit, die Fensterläden zu verbarrikadieren. Ezra trat währenddessen auf die Veranda hinaus und blickte nachdenklich in den schwarzroten Himmel. Ob Odo noch lebte? Sie verdrängte den Gedanken, denn sie wusste nicht, ob sie mehr Angst vor seinem Tod hatte oder davor, dass er ihr nichts ausmachen könnte. Ein kalter Schauer lief ihr über den Rücken. Der milde Tag hatte darüber hinweggetäuscht, dass immer noch Spätwinter war. Die Temperaturen waren schlagartig gefallen, kaum, dass die Blutsonne hinter den Felsen verschwunden war. Ein letztes Mal blickte Ezra in die Ferne, dann trat sie zurück in die Stube und zog die Tür hinter sich zu.

»Ob wir es wagen können, ein Feuer zu machen? Ich würde gerne etwas Warmes trinken.«

Mandrid zuckte mit den Schultern. »Wenn es nicht zu hell brennt und stark raucht, habe ich nichts dagegen.«

Kurz darauf knisterte ein kleines Feuerchen im Kamin. Gemeinsam hockten sie davor, knabberten von dem kalten Gamsbraten und schlürften gerösteten Marn-Tee. Nach dem zweiten Becher rollte Ezra ihre Decke aus und machte es sich vor den Flammen bequem. Mandrid nahm derweil mit angewinkelten Beinen auf der Bank Platz und wünschte ihr eine gute Nacht.

»Gute Nacht«, murmelte Ezra verschlafen zurück, und innerhalb weniger Augenblicke war sie eingeschlummert.

*

Mitten in der Nacht wurde sie wach. Das Feuer im Kamin war heruntergebrannt und in der Stube war es stockfinster. Nicht der geringste Lichtschimmer drang durch die Ritzen der Holzläden. Ezra fror. Sie stand auf, streckte sich und ging ein paar Schritte auf und ab, doch auch das konnte die Kälte nicht vertreiben. Mandrid auf seiner Bank hingegen wirkte verführerisch warm. Prompt schlich sie zu ihm hinüber, hob die Decke an und legte sich zu ihm, ehe sie es sich anders überlegen konnte. Im Halbschlaf legte er den Arm um sie. Ein angenehmes Kribbeln lief ihr den Rücken hinunter. Sie räkelte sich und schmiegte sich an ihn, bis sie mit Schultern und Hintern seinen Körper berührte. Ezra spürte, wie er wärmer wurde – und kurz darauf etwas Hartes in ihrem Kreuz.

Mandrid stöhnte im Schlaf und fuhr plötzlich hoch. »Was ist?«, stieß er alarmiert aus. »Und was machst du hier?«

»Dich wecken – anscheinend«, schnurrte sie leise.

»Warum? Was soll das?« Mandrid schlug die Decke zurück und setzte sich auf.

Ezra schmiegte sich an ihn und ließ den Kopf auf seine Schulter sinken. Im Dunkeln roch er noch besser, und seine Stimme klang noch weicher. »Mir war kalt«, hauchte sie, »und bei dir war es so schön warm.«

»Verstehe. Hast du das bei Odo auch so gemacht?«

Wütend sprang sie auf und begann, durch den dunklen Raum zu tigern. Dabei stieß sie gegen einen Stuhl, doch sie hielt ihn fest, bevor er umkippen konnte. »Ich dachte ... es würde dir nichts ausmachen. So wie du mich ansiehst.«

Für mehrere Herzschläge herrschte Stille.

»Ich ... ich weiß nicht«, erwiderte Mandrid schließlich.

Doch es war egal, was er sagte. Seine warme Stimme beruhigte sie und fegte ihren Ärger hinfort wie ... wie etwas, für das sie keine Worte fand. Ezra ging zu ihm zurück, kniete sich vor ihn und strich ihm über die Wange. Er griff nach ihrer Hand, hielt sie fest.

»Soll ich mich zu dir legen?«

»Nein, das geht nicht.«

»Warum? Hast du ein Keuschheitsgelübde abgelegt?«

Mandrid schob sie sanft von sich. »Nicht, solange du noch nicht du selbst bist.«

»Solange ich ein Biestweib bin, wolltest du sagen. Aber ich *bin* ich selbst«, fauchte sie. »So oder so! Du bist nur zu feige.«

Sie verpasste ihm einen Stoß vor die Brust, sprang auf und machte auf dem Absatz kehrt. Wutschäumend warf sie sich ihren Mantel über und legte den Waffengurt an. Dann riss sie die Tür auf, trat auf die Veranda – und blieb wie angewurzelt stehen.

Auf dem Dach des Stalls gegenüber sah sie zwölf mannsgroße Schatten. Harpyien! Ihr Gefieder raschelte leise im Wind, und sie tuschelten aufgeregt miteinander.

»Da ist sie …«

»Klein ist sie.«

»Und ohne Flügel.«

»Wie kann sie so hoch gesprungen sein?«

»Ich hab es selbst gesehen!«, zischte ein Biestweib mit kahlem Kopf.

Im Gegensatz zu ihren gefiederten Schwestern hatte sie geradezu menschliche Züge – eine dünne Hakennase, straffe kupferfarbene Haut und schmale Schlitze als Augen. Es war die große Braune, gegen die Mandrid gekämpft hatte.

»Sie muss eine Hexe sein«, krächzte sie laut. »Zweifelt ihr an meinem Wort?«

Die anderen Harpyien verstummten.

Ezra stellte sich breitbeinig hin und streckte sich, um größer zu wirken. »Wo ist Odo? Was habt ihr mit ihm getan?«

»Du meinst den einäugigen Zauberer? Der ist in Sicherheit – noch. Aber schon bald wird ihn das gleiche Schicksal treffen wie die anderen Jäger und Schwarzherze.«

»Und die Bauern, die hier gewohnt haben?«, rief Mandrid, der zu ihr auf die Veranda getreten war. »Die habt ihr doch sicher auch abgeschlachtet! Wehrlose Frauen und Kinder.«

»Krah, krah, krah!«, lachten die Harpyien im Chor.

»Ja, ihr Fleisch war besonders zart«, rief die große Braune und sprang mit ausgebreiteten Schwingen vom Dach. Sie hüpfte ein paar Schritte auf sie zu und blieb auf dem Platz zwischen Gutshaus und Stall stehen. Auch die anderen Biestweiber spreizten kurz ihre Flügel, blieben jedoch sitzen.

Ezra griff nach ihren Klingen, doch Mandrid hielt sie am Handgelenk fest.

»Wenn du da rausgehst und sie angreifst, bist du tot«, raunte er.

»Oh, keine Angst«, spottete die Braune, die offensichtlich gute Ohren hatte. »Ihr werdet den nächsten Sonnenaufgang erleben, versprochen. Auch wenn das Versprechen nicht von mir ist. Nirriib ist auf dem Weg hierher. Sie will dich sehen, Mädchen, bevor wir dich und die beiden Männer dem Wind übergeben.«

»Nirriib?«, fragte Mandrid. »Ist das eure Anführerin?«

Die Harpyien auf dem Dach raschelten nervös mit den Federn, aber hielten abrupt inne, als die Braune zu reden ansetzte.

»Nicht für jede von uns«, sagte sie mit verzerrtem Mund und entblößte dabei ein Paar spitze Fangzähne.

Ezra blickte nach links und rechts. Außer den Häusern und dem Wagen gab es nirgendwo Deckung. Wenn sie jetzt losrannten, wären sie den Klauen der Harpyien hilflos ausgeliefert. Mandrid schien den gleichen Gedanken gehabt zu haben, denn er beugte sich vor und flüsterte ihr zu: »Lass uns drinnen warten und darauf hoffen, dass diese Nirriib zugänglicher ist.«

Ezra nickte, und sie gingen ins Haus zurück, begleitet von einem triumphierenden Krächzen. Nachdem sie die Tür geschlossen hatten, nahmen sie den großen Tisch und schoben ihn gemeinsam davor.

Es waren nur noch wenige Stunden bis Sonnenaufgang. Ezra konnte nicht fassen, dass Mandrid sich in aller Ruhe in den Schneidersitz hocken, sein Schwert über die Schenkel legen und beten konnte. Unruhig tigerte sie in der Stube auf und ab. Immer wieder zog sie ihre Klingen, machte ein paar Schwünge in den leeren Raum hinein und steckte sie anschließend wieder zurück. Sie konnte die Harpyien draußen riechen, und ihr Geruch reizte sie. Wie konnten sie es wagen, sie zu belagern wie einen Kadaver? Sie war selbst ein Raubtier, eine Chimäre! Am liebsten wäre sie rausgestürmt und hätte dieses Federvieh mit ihren stählernen Krallen bearbeitet. Doch immer, wenn sie Mandrid in sich ruhend beten sah, entspannte auch sie sich und ihr Zorn verflog.

»Es sind zu viele«, hörte sie sich selbst flüstern. »Odo wäre damit nicht geholfen.«

Doch die nächsten Stunden verstrichen nur zäh. Anspannung und Rastlosigkeit stauten sich in ihr auf, und als die ersten blutroten Strahlen durch die Fensterläden brachen, schäumte Ezra vor Wut. Ungeduldig schob sie den Tisch beiseite, riss die Tür auf und trat ins Freie.

Die Biestweiber saßen immer noch auf dem Stalldach. Sie sahen kurz zu ihr hinunter und wandten die Köpfe dann sogleich wieder in Richtung des Felsenlabyrinths. Ezra folgte ihrem Blick. Sie konnte drei Harpyien am Himmel ausmachen, die langsam näher kamen. Ihr Flug war schwerfällig, denn zwei von ihnen trugen eine menschliche Gestalt in den Klauen.

Odo, dachte sie aufgeregt, doch sie irrte sich. Es war eine Frau – eine alte Frau, ganz ohne Flügel oder Federn. Sie trug eine schwarze Pluderhose, doch ihr Oberkörper war nach Harpyienmanier nackt. Gesicht und Leib waren faltig und vom Alter gezeichnet, die Haut an Wangen, Bauch und Brüsten hing schlaff herab, so als wäre die Frau einst kräftiger gewesen.

Ihre beiden Trägerinnen setzten sie auf dem Platz vor dem Haus ab und blieben neben ihr stehen, dort, wo die große Braune sie erwartete. Die dritte Harpyie landete ungelenk hinter ihnen, unfähig, den linken Flügel anzulegen. Ezra erkannte die schwarzgraue Chimäre, der sie in der Schlucht geholfen hatte. Sie hatte also fliehen können.

Hinter sich hörte sie, wie Mandrid ins Freie trat. »Du solltest das Reden übernehmen«, raunte er ihr zu. »Wenn sie überhaupt jemandem vertrauen, dann bestimmt keinem Mann.«

Ezra nickte abwesend und machte einen Schritt auf den Platz hinaus. Sie war aufgeregt, denn sollten sich die Harpyien entscheiden anzugreifen, wären Mandrid und sie hoffnungslos unterlegen. Doch sie hatte nicht vor, sich das anmerken zu lassen.

Leicht gebückt kam die alte Frau auf sie zu und fixierte sie mit ihrem Blick. Ihre Augen glänzten in einem milchigen Grau, die Pupillen darin waren fast verblasst.

Ezra trat nervös von einem Fuß auf den anderen. Mandrid hingegen stand felsenfest hinter ihr. Er schien die Ruhe selbst zu sein.

Drei Schritte vor ihr blieb die Alte stehen.

»Willkommen in den Schädelbergen«, begrüßte sie Ezra und nickte ihr zu. Mandrid würdigte sie dabei keines Blickes. Seltsamerweise bewegten sich ihre Lippen nicht, als sie sprach. Ihre Stimme schien direkt aus dem Bauch zu kommen. »Ich heiße Nirriib, und wen habe ich vor mir?«

»Ezra«, antwortete Ezra knapp, doch in ihre nächsten Worte legte sie Kraft und Nachdruck. »Ich weiß nicht, was ihr von uns wollt, aber ihr habt einen Freund von mir gefangen. Gebt ihn frei, und wir gehen unseres Weges …«

»Sonst was?«, krähte die Braune amüsiert. »Willst du uns etwa drohen, Menschenweib? Hier? Ihr habt uns von überall vertrieben, aber die Schädelberge gehören uns!«

»Kein Grund aus der Haut zu fahren, Svaii«, sagte Nirriib ruhig, und noch immer bewegten sich ihre Lippen nicht. »Erzähl uns lieber, was du gesehen hast, damit wir uns ein Urteil von Ezra und ihren beiden *Freunden* bilden können.«

Svaii funkelte Ezra aus schmalen Augen an, dann wandte sie sich an die versammelten Harpyien. »Sie gehört zu den Schwarzherzen, die auf uns geschossen haben. Und die beiden Kerle auch. Sie müssen dem Wind übergeben werden, alle drei!«

»So ein Unsinn«, rief Ezra. »Ich gehöre nicht zu den Magikern, ich bin auf der Jagd nach ihnen!«

»Und warum nennst du dann einen Zauberer deinen Freund?«, schrie Svaii, dass ihr der Geifer aus dem Mund flog. »Ich sage euch warum: Weil sie selbst eine Hexe ist! Man kann ihr nicht trauen. Ich habe gesehen, wie sie geflogen ist – ohne Flügel.«

Aufgeregtes Gemurmel brach aus.

»Du sprichst mit dem gleichen Eifer wie die Leute, die uns auf dem Scheiterhaufen brennen sehen wollen«, sagte Nirriib mit ernster Miene. »Und trotzdem, deine Vorwürfe sind berechtigt. Ob Hexen, Alchemisten, Zauberer oder Magiker – alle, die uns geschaffen haben und uns jetzt ausmerzen wollen wie räudiges Vieh, sind unsere Feinde. Und für die Feinde der Harpyien gibt es nur eins: den Tanz im Wind!«

Die versammelten Biestweiber krächzten im Chor.

»Lasst sie tanzen!«

»Schenkt sie dem Wind!«

»Dem Wind, dem Wind!«

Unwillkürlich blickte Ezra hoch zu der roten Felsenspitze. Sie konnte nur vermuten, was *Tanz im Wind* bedeutete, und ahnte nichts Gutes.

»Aber sie sagt die Wahrheit«, raunte da die schwarzgraue Harpyie aus dem Hintergrund.

Svaii warf ihr einen eisigen Blick zu. Doch Nirriib nickte ermunternd.

»Sprich weiter, Tiik. Lass hören, was du zu sagen hast.«

Tiik hüpfte schüchtern vor, bis sie in der Mitte des Platzes stand. Sie sprach nur unwesentlich lauter als zuvor, sodass man die Ohren spitzen musste, um sie zu verstehen.

»Es stimmt, was Ezra sagt, sie gehören nicht zu den Magikern des Dritten Turms. Sie hat mich sogar vor den Schwarzherzen gewarnt. Ohne sie hätten mich die Männer gefunden und erschossen. Und außerdem …« Tiik stockte für einen Moment und sah sich unsicher um, als traue sie sich nicht weiterzureden. »Und außerdem hat sie ein Harpyienschwert. Das muss ein Zeichen sein, ein gutes Omen! Bestimmt ist sie gekommen, um uns gegen die Schwarzherzen zu helfen.«

Ein beifälliges Krächzen setzte ein, unterbrochen von einem lauten Aufschrei. Svaii bebte vor Zorn. »Lüge!«, spie sie aus. »Wie soll sie uns denn helfen, und vor allem warum? Sie ist noch nicht mal eine von uns. Sie ist ein hässliches kleines Menschenweib!«

Wieder zankten und hackten die Harpyien aufeinander ein.

Nirriib hob den Arm, und die Meute verstummte. »Komm her!«, forderte sie Ezra mit dumpfer Stimme auf. »Ich will dich und deine Klinge aus der Nähe betrachten.«

Ezra ging zwei Schritte vor. Sie zog das Schwert in einer fließenden Bewegung aus der Scheide und reichte es der alten Frau mit dem Griff voran.

»Das bedeutet gar nichts«, platzte Svaii dazwischen. »Jeder Mensch kann so eine Klinge führen.«

»Wenn ich euch so sehe, macht es mich nicht gerade stolz«, entgegnetet Ezra mit fester Stimme, »aber auch ich bin eine Chimäre!«

Nirriib ließ sich von dem Streit nicht aus der Ruhe bringen. Ihr Hals begann plötzlich anzuschwellen, und kurz darauf riss sie den Mund auf, so weit, dass die Kiefer knackten. Ezra traute ihren Augen nicht. Ein weißer Schlangenkopf schob sich langsam aus ihrem Rachen hervor – mit roten Äuglein und feucht glänzenden Schuppen. Die Schlange öffnete nun ihrerseits das Maul und begann mit der Zunge über den Schwertgriff zu züngeln.

Es kostete Ezra Überwindung, nicht zurückzuweichen. Die Harpyien waren inzwischen mucksmäuschenstill. Wie gebannt beobachteten sie den Schlangenkopf, der das züngelnde Ritual nun vor Ezras Gesicht wiederholte.

»Da ist ein seltsamer Geruch an dir«, stellte die Schlange zischelnd fest. »Ein Geruch, den ich nicht zu deuten vermag. Vielleicht sprichst du die Wahrheit … Vielleicht aber auch nicht.« Darauf verschwand der Schlangenkopf wieder im Rachen der alten Frau, und ihr Blick wurde wieder klar. Nirriib renkte ihren Kiefer ein und räusperte sich. »Also, Mädchen mit dem Harpyienschwert: Bist du gekommen, um uns zu helfen und unsere Freiheit gegen die Magiker und Jäger zu verteidigen?«

Ezra schüttelte den Kopf. »Nein … Aber auch nicht, um sie euch zu nehmen«, fügte sie hinzu, doch das ging im wütenden Kreischen der Harpyien unter.

Nirriib hob die Hand und wartete, bis die Biestweiber verstummten. »In dem Fall liegt es nicht an mir, das Urteil zu fällen. Tiik, du glaubst ihr, dass sie uns wohlgesonnen ist. Aber Svaii glaubt ihr nicht. Ob wir sie mit ihren Freunden ziehen lassen, liegt also allein bei euch beiden. Seid ihr bereit, das auszufechten?«

»Ja«, kreischte Svaii und schlug wild mit den Flügeln.

Tiik warf Ezra einen langen Blick zu. Dann sagte auch sie leise: »Ja.«

Ezra atmete erleichtert auf. Erst jetzt bemerkte sie, dass ihre Hände zitterten. »Warum vertraut sie mir bloß?«, murmelte sie.

»Weil du ihr das Leben gerettet hast«, antwortete Mandrid leise. »Das schafft ein Band.«

»Gut«, verkündete Nirriib. »Wenn dein Flügel verheilt ist, werdet ihr den Kampf austragen. Bis dahin sind die drei unsere Gefangenen.«

»Aber uns rennt die Zeit davon!«, rief Ezra dazwischen. »Wir sind auf der Jagd nach einem der Männer, die auf euch geschossen haben. Lasst mich an Tiiks Stelle kämpfen, wir müssen so bald wie möglich weiterziehen.«

»Nichts lieber als das«, zischte Svaii. »Dann kann ich dich selbst zerfetzen!«

Ein kreischender Jubel brach unter den Harpyien aus. Tiik legte nur den Kopf schräg und zuckte ratlos mit den Flügeln.

»So denn«, verkündete Nirriib. »Du sollst deinen Kampf bekommen. Aber du musst selbst dorthin gelangen, wo das Duell ausgefochten wird.« Sie drehte sich um und zeigte auf die rötliche Felsennadel. »Ihr werdet auf der Blutspitze kämpfen. Heute Mittag. Wenn du nicht da bist, gilt der Kampf als verloren, und deine Freunde werden dem Wind übergeben. Und jetzt ergreift ihn!«

Drei Harpyien sprangen auf Mandrid zu. Zwei packten ihn mit den Klauen bei den Schultern, die dritte zog ihm mit dem Schnabel das Schwert aus der Scheide. Geduldig ließ er die Festnahme über sich ergehen, ohne auch nur ein Anzeichen von Furcht zu zeigen.

»Ich glaube an dich, Ezra!«, rief er ihr zu, als die Harpyien mit ihm abhoben und langsam höher flogen.

Dann schwangen sich auch die anderen Chimären in die Lüfte und nahmen die Schlangenfrau mit. Als Letztes blieb nur Tiik bei Ezra zurück.

»Du bist mutig«, krächzte sie heiser. »Aber du hättest warten sollen, bis ich wieder gesund bin. Die Blutspitze ist nichts für Flügellose. Svaii wird versuchen, dich hinunterzustoßen. Wenn du hinaufkletterst, dann versuche es im Norden. Die anderen Seiten haben größere Vorsprünge, aber dafür ist der Fels bröckelig.« Für einen Augenblick musterte sie sie aus ihren gelben Vogelaugen. »Ich glaube, das Schicksal hat uns zusammengeführt.«

»Ich habe keine Ahnung, wovon du sprichst«, erwiderte Ezra, »aber was ich dir versprechen kann, ist, dass ich auch eine Chimäre bin. Die Magiker sind auch meine Feinde.«

Tiik nickte. »Weißt du, Ezra, keine von uns hat das Glück, unerkannt unter den Menschen wandeln zu können so wie du. Das muss doch etwas bedeuten. Meinst du nicht?«

Die schwarzgraue Harpyie warf ihr einen Blick zu, der so hoffnungsvoll war, dass Ezra sich nicht traute ihr zu sagen, dass sie dabei war, ihr Chimärendasein abzustreifen wie eine zweite

Haut. Einen *Fluch* hatten Odo und Mandrid ihren Zustand genannt. Und sie hatten recht damit – ein normales Leben unter Menschen würde ihr immer verwehrt bleiben, wenn sie ihr tierisches Erbe nicht ablegen konnte. Sie ließ den Blick über die kargen Berge und die trockene Steppe schweifen. Nein, hier wollte sie weder leben noch sterben – am Rande der Gesellschaft, am Rande der Welt.

»Harpyien, Schlangenfrauen, Wolfsweiber«, fuhr Tiik fort. »Wir alle haben für die Fürsten gekämpft, haben für sie geblutet. Oft genug standen wir uns gegenüber. Aber es gibt eine Sache, die uns vereint: Wir sind ein sterbendes Volk, die Letzten unserer Art. Doch den Zeitpunkt, an dem wir abtreten, wollen wir selbst bestimmen! Bis dahin werden wir uns allen widersetzen, die uns nach dem Leben trachten – egal, ob Sonnenwächter, Schwarzherzen oder Chimärenjäger ... Nur können wir nicht ewig kämpfen. Wir brauchen die Leute aus der Gegend, ihre Unterstützung. Sie müssen uns nicht mögen, aber sie sollten wenigstens nicht unsere Feinde sein. Und da kommst du ins Spiel, mit deinem Gesicht. Du könntest für uns sprechen, Ezra, Verbündete gewinnen. Dich werden die Menschen anhören ... Denn eines solltest du wissen«, sagte Tiik und deutete mit dem Schnabel zum Gutshaus. »Nicht alle von uns überfallen wehrlose Bauern.«

Damit wandte sie sich um, nahm einen langen Anlauf und hob ab in die Lüfte.

Ezra schaute ihr nach. Für die Harpyien sprechen, dachte sie und schüttelte den Kopf. Selbst wenn sie ihnen helfen wollte, wie sollte das aussehen? Sie war keine gute Rednerin. Sicher würde sie alles nur noch schlimmer machen. Ganz abgesehen davon, bezweifelte sie, dass die Menschen mit sich reden ließen. Wenn der Krieg sie eines gelehrt hatte, dann war es, Angst vor Biestweibern zu haben.

Bis zur Mittagsstunde war noch genügend Zeit, stellte Ezra beruhigt fest, als sie zur Sonne hinaufsah. So sie sich nicht verlief, würde sie rechtzeitig bei der Blutspitze ankommen. Nur wie es mit der anschließenden Kletterpartie aussah, vermochte sie nicht abzuschätzen. Sicher bot der zerklüftete Fels besseren Halt als die Häuserfassaden in Bendrahim und Oriza – andererseits war er auch wesentlich höher als diese.

Sie ging zurück ins Haus und warf einen Blick auf Mandrids Sachen. Nach kurzem Überlegen nahm sie nur seinen Wasserschlauch an sich, prüfte ihre Waffen und machte sich umgehend auf den Weg. Auf ihrem kurzen Marsch zum Felsenlabyrinth versuchte sie, sich die ungefähre Lage der Blutspitze einzuprägen. Denn einmal in den steinernen Irrgarten eingedrungen, würde sie die rote Felsnadel aus den Augen verlieren. Ein warmer Windhauch empfing sie, als sie in eine der schmalen Schluchten trat. Wasser hatte feine Rillen in den Felsboden gezeichnet, doch davon war längst kein Tropfen mehr zu sehen.

Ezra hatte vor, möglichst lange geradeaus zu gehen. Darum schlängelte sie sich durch das dichteste Gestrüpp und zwängte sich durch die schmalsten Spalten, nur um nicht vom Weg abzukommen. Je weiter sie in das Felsenlabyrinth vordrang, desto weicher wurden ihr die Knie. Ezra hasste es, Verantwortung zu übernehmen, und bei dem Gedanken daran, dass Odos und Mandrids Leben in ihrer Hand lagen, zog sich alles in ihr zusammen. Was, wenn sie Svaii unterlag? Sie war zwar kleiner als die Harpyie, dafür aber wendiger und besser bewaffnet, versuchte sie sich zu beruhigen. Nur fliegen konnte sie nicht, schoss es ihr durch den Kopf, als sie zu den windumspielten Felsnadeln aufblickte. Ezra schluckte. Wäre es nicht leichter umzudrehen und einfach ihres Weges zu gehen? Doch sie schritt weiter grimmig voran.

Nach einer Weile, die ihr wie Stunden vorkam, erreichte sie die Nadel mit der blutroten Spitze. Der Felsen neigte sich leicht nach Norden, sodass die anderen Seiten tatsächlich einfacher zu erklimmen schienen. Doch wie Tiik gesagt hatte, war der

Stein nur auf der Nordseite so hart, dass er einen Kletterer gefahrlos tragen würde.

Sie legte den Kopf in den Nacken und starrte nach oben. Gut sechzig Schritt ging es steil bergauf. Es gab nur einen nennenswerten Vorsprung, einen breiten Sims auf zwei Drittel der Höhe. Dafür boten viele kleine Spalten Halt für Finger und Füße. Oben auf der Spitze der Felsnadel konnte sie jetzt auch Bewegungen ausmachen, und wenig später sah sie mehrere Harpyien landen.

Ezra stellte sich breitbeinig vor der Nordwand auf und atmete tief durch. Dann streckte sie ihren Rücken durch, so als würde sie eine Armbrust spannen, und schnellte los.

Das erste Stück legte sie problemlos zurück. Im Rhythmus ihrer Atemzüge erklomm sie die Felswand, sprang mehr, als dass sie kletterte. Sie schaffte es immer wieder, Halt zu finden, und blickte kein einziges Mal nach unten. Doch noch bevor sie den breiten Felsvorsprung erreicht hatte, begannen ihre Muskeln zu brennen. Die Kraft in ihren Armen und Fingern ließ nach. Lange würde sie das Tempo nicht mehr durchhalten. Sie stellte sich vor, dass Xharril höchstpersönlich dort oben auf sie wartete, und biss sich auf die Unterlippe, bis sie Blut schmeckte. Das half. Mit frischem Schwung machte sie einen weiteren Satz und erklomm den Sims.

Sie hatte noch nicht lange dort gesessen und verschnauft, als ein heiserer Ruf ertönte: »Sie kommt!«

»Ja, ja, ich komme«, keuchte Ezra vor sich hin und schaute nach oben. Eine Harpyie segelte hoch über der Blutspitze und hielt nach ihr Ausschau.

Ab jetzt war die Wand weniger steil, stellte Ezra mit Genugtuung fest. Sie rieb sich noch einmal die Hände trocken, dann kletterte sie das letzte Stück hinauf. Dieses Mal nahm sie sich jedoch Zeit, sie musste Kraft sparen für das Duell.

Die Sonne stand schon fast im Zenit, als Ezra das Plateau erreichte. Gut zwanzig Schritt durchmaß der Gipfel des Felsenturms. Sie nahm kaum wahr, dass ein Haufen kreischender Harpyien auf sie wartete. Auch Mandrid und Odo schenkte sie nur einen kurzen Blick. Ersterer war immer noch von seinen zwei Bewacherinnen flankiert, Letzterer stand schweigend neben Tiik. Dann hatte sie allein Augen für ihre Gegnerin.

Svaiis Haut glänzte kupfern in der Blutsonne. Ihre Gesichtszüge waren starr und ebenmäßig – eine perfekte Schönheit. Die Harpyie fixierte sie mit hartem Blick. Das geflügelte Biestweib war um einiges größer als sie, vor allem breiter dank ihrer Schwingen. Ezra sah dabei zu, wie ihr zwei ihrer Gefährtinnen halfen, Sensenblätter an die Beine zu binden. Mit ihren Schnäbeln zurrten sie die Lederriemen fest. Nun waren die Klauen noch tödlicher, aber das machte Ezra nichts aus. Sie musste sogar grinsen, weil ihr plötzlich Espens Worte durch den Kopf gingen.

Einen Gegner schaltest du spielend aus, aber dann? Nimm die verdammten Scheuklappen ab, Kindchen! Das echte Leben besteht nicht aus Zweikämpfen!

Heute schon, dachte Ezra, und das machte ihr Mut, denn keine der Staubklingen hatte sie je im Duell bezwungen. Jetzt gab es nur noch sie und Svaii. Alles andere um sie herum schien zu verschwimmen. Koste es, was es wolle: Sie musste siegen – für Mandrid, für Odo und für sich selbst.

»Bist du bereit?«, rief Ezra der braunen Harpyie entgegen.

»Bereit dich zu töten? Jederzeit!«, zischte Svaii und blickte zu Nirriib.

Noch bevor die Schlangenfrau den Kampf eröffnen konnte, brüllte Ezra so laut, dass es durch die Schluchten hallte. Sie spürte, wie einige Harpyien vor Schreck zusammenzuckten. Der Schrei schien ihnen durch Mark und Bein zu gehen, grollend tief, wie der einer aufgebrachten Löwin. *Gut so!* Ezra schnellte vor und riss ihre Klingen aus den Scheiden.

Svaii war so überrascht, dass sie in die Höhe hüpfte wie ein aufgeregtes Huhn. Eines der Sensenblätter war noch nicht ganz befestigt und baumelte lose an ihrem Bein. Für einen Herzschlag geriet sie deshalb fast aus dem Gleichgewicht.

Ezra musste sich mitten im Sprung strecken, um der wild schwingenden Sense zu entgehen. Bäuchlings schlitterte sie über den Boden, auf Svaii zu. Sie spürte, wie ihr die krumme Klinge über den Rücken strich, und hörte den Stoff ihres Mantels reißen. Einen Schmerz verspürte sie jedoch nicht.

Die Menge stob auseinander und bildete einen weiten Kreis um die Kämpferinnen.

Mühsam schwang sich Svaii in die Lüfte – mit leichter Schräglage, um das Gewicht des baumelnden Sensenblatts auszugleichen. Mit der Klaue würde sie nicht mehr gezielt angreifen können.

Ezra sprang auf, doch die Harpyie war schon zu hoch, außerhalb der Reichweite ihres Schwertes. Sie musste sie irgendwie zu Boden bringen … Svaii kreiste einmal über der Blutspitze, dann schoss sie im Sinkflug herab, die lose Klinge ein tödliches Pendel an ihrem Bein.

Ezra ging in Abwehrhaltung. Erst im letzten Moment hechtete sie zur Seite. Als Svaii gerade an ihr vorbei war, wirbelte sie herum, hieb nach dem Sensenblatt und brachte es zum Schwingen – so sehr, dass die Harpyie die Balance verlor und mit einem Flügel den Felsboden streifte. Ezra sprang vor, streckte die Arme aus und ließ die Klingen niedersausen – geradewegs in die rechte Schwinge der Harpyie.

Svaii brüllte auf vor Schmerz, riss sich los und begann wild um sich zu schlagen. Ihre Flügel waren so lang, dass sie Ezra im Gesicht erwischte, härter als ein Faustschlag. Benommen sank sie zurück und schüttelte sich. Svaii stieß einen triumphierenden Schrei aus und machte einen Satz auf sie zu.

Ezra rollte mühelos zur Seite und Svaiis Angriff mit der Klaue ging ins Leere. Nun war sie im Rücken der Harpyie und setzte zum entscheidenden Sprung an. Ein ängstlicher Aufschrei erklang. Es war Tiiks Stimme. Einen Wimpernschlag lang war

Ezra irritiert, doch dann sah sie, was drohte: Sie hatte ihren hinteren Fuß gerade abgesetzt, um sich abzustoßen – und trat ins Leere. Sie stürzte. Panisch ließ sie die Waffen los, um sich im Fels festzukrallen. Ihre Beine baumelten bereits in der Schlucht.

Svaii drehte sich zu ihr um und entfesselte einen Orkan mit ihren Schwingen. Immer weiter trieben die Windstöße Ezra in Richtung Abgrund. Zwischen den Beinen der Harpyie konnte sie sehen, wie Mandrid versuchte, sich von seinen Bewacherinnen loszureißen. Vergeblich.

Doch Tiik ließ Odo gewähren. Der schlaksige Zauberer stürzte vor, zu Svaiis Überraschung. Vergeblich nach dem Kristall in seiner Tasche tastend, rannte er an der Harpyie vorbei und warf sich vor dem Abgrund auf den Bauch. Er streckte Ezra die Hand entgegen. Sie griff danach, aber rutschte ab. Ihre Finger waren zu feucht.

Mit einem teuflischen Grinsen auf den Lippen trat Svaii an den Abgrund heran. Sie hob eine Klaue und holte aus, um nach Ezras Hand zu hacken. Nur ein Wunder konnte sie jetzt noch retten … Oder ein Zauber!

»Greif meine Kette!«, rief Ezra und lehnte sich nach hinten. Dabei entblößte sie ihren Hals, in der Hoffnung, dass Odo das Richtige tat. Sie vertraute ihm.

Seine Hand schnellte vor und umklammerte die Kette. Im gleichen Moment trat Svaii nach ihr, doch da hatte Ezra schon losgelassen. Im Fallen griff sie nach dem Lederriemen von Svaiis loser Sense.

Ezra stürzte in die Schlucht und riss die Harpyie mit sich.

Die Kette um ihren Hals gab jedoch nach, und Odo hielt ihre Muschel in der Hand. Hoffentlich schützte sie ihn vor dem Seelenfrost des Zaubers.

Svaii versuchte die Flügel auszubreiten, aber Ezra schwang zu wild hin und her. Kreiselnd sausten sie in die Tiefe. Die Harpyie schlug nach ihr. Doch mit jedem Hieb trudelten sie nur umso schneller abwärts.

Rückwärts fallend sah Ezra nach oben. Sie konnte erkennen, wie Odo sich über den Abgrund beugte und etwas rief, eine Faust um die Muschel geballt. Urplötzlich erfasste Ezra ein warmer Wind und bremste ihren Fall. Trotzdem hielt sie Svaii weiter fest. Die Harpyie kreischte, ohnmächtig vor Angst und Wut. Ezra blickte nach unten.

Noch zwölf ...

Noch sechs ...

Noch drei Schritte.

Dann ließ sie los, stieß sich von der Harpyie ab und drehte sich um die eigene Achse. Geradezu sanft kam sie auf allen vieren auf. Neben ihr gab es einen dumpfen Aufprall, als Svaii mit voller Wucht zu Boden krachte und leblos liegen blieb. Die lose Klinge hatte sich durch ihre Brust gebohrt.

Ezra atmete schnaufend aus und kam langsam auf die Beine. Odos Zauber hatte sie gerettet. Erst jetzt spürte sie, dass ihr Hemd durchnässt war. Behutsam betastete sie ihren Rücken, dort, wo die Sense sie gestreift hatte. Der Stoff war sauber zertrennt und ihre Hand rot von Blut, als sie sie betrachtete. Aber das machte ihr nichts aus. Sie hatte Svaii besiegt. Espen hatte recht behalten – in Zweikämpfen war sie unbezwingbar.

19

DIE ZWEITE SILBE

IN DEN SCHÄDELBERGEN UND IM ASCHENBELT, NEUE GOLDSONNE, JAHR 2 N.D.U.

Es war Nacht, und der Wind heulte unablässig durch die Schlucht. Ezra und Mandrid hatten sich im Schutz einer Felsnadel zusammengekauert, zu ihren Füßen prasselte ein kleines Feuer. Im unsteten Schein der Flammen beäugte Ezra einen gedörrten Leguanschwanz. Sie wendete ihn zweimal mit ausgestreckten Fingern, dann warf sie ihn wieder in den Beutel zurück. Der Proviant der Harpyien war mehr als gewöhnungsbedürftig. Mit einem Seufzer lehnte sie sich zurück.

Der nackte Fels war angenehm kühl in ihrem Rücken. Die Schnittwunde war nicht mehr als ein langer Kratzer, aber sie brannte, wenn sie sich bewegte oder schwitzte. Mandrid hatte darauf bestanden sie mit heißem Wasser auszuwaschen. Odo war nämlich nicht dazu in der Lage gewesen, eine seiner heilsamen Tinkturen anzurühren. Besorgt musterte Ezra ihren Gefährten. Er lag dicht am Feuer und schlief. Als sie ihn das erste Mal nach dem Zweikampf mit Svaii gesehen hatte, war sie erschrocken, denn sein Gesicht war totenblass und die Hand, mit der er die Muschel umklammert gehalten hatte, war von Frostbeulen überzogen.

»Alles in allem haben wir mächtig Glück gehabt«, sagte Mandrid leise.

Ezra fuhr aus ihren Gedanken hoch. »Was?«

»Wir können froh sein, dass Nirriib uns hat gehen lassen. Die Harpyien müssen doch gemerkt haben, dass Odo in den Kampf eingegriffen hat. Und er hat dir nicht bloß die Hand gereicht …«

»Na und?«, erwiderte Ezra trocken. »Sein Zauber hat den Kampf nicht entschieden. Svaii wäre auch so gestorben. Er hat nur dafür gesorgt, dass ich sanfter lande.«

»Aber hättest du dich überhaupt fallen lassen, wenn du nicht gewusst hättest, dass er dir hilft?« Mandrid musterte sie mit hochgezogenen Brauen. »Odo ist kein Meister seines Fachs, nicht mal ein richtiger Lehrling. Und ohne einen echten Talisman zu zaubern, ist für jeden Magiker der reinste Wahnsinn. Der Seelenfrost war zu stark für ihn. Einen Marsch durch den Aschenbelt wird er nicht überleben, nicht in dem Zustand.«

»Und was heißt das?«, fragte Ezra. »Willst du ihn etwa den Harpyien überlassen?«

»Sicher nicht«, antwortete er und warf ein paar trockene Zweige ins Feuer. »Nicht alle sind so weise wie Nirriib oder so hilfsbereit wie Tiik. Ihn zu Jiraumees Turm zurückzubringen, dauert aber zu lange. Von daher denke ich, es ist am besten, wenn wir ihn hier mit ausreichend Proviant zurücklassen und auf dem Rückweg abholen.«

Ezra merkte, wie Mandrid sie schweigend musterte. Offensichtlich wartete er auf ihre Entscheidung. Frustriert kniff sie die Lippen zusammen. Es waren zwei sonnenverdammte Übel, zwischen denen sie wählen musste: Odo so gut wie wehrlos zurücklassen oder ihn den Strapazen des Aschenbelts aussetzen. Schließlich nickte sie, denn sie wusste, dass Mandrid recht hatte.

»Ich möchte, dass du eins weißt«, raunte er zur Antwort – so leise, dass es kaum zu hören war. »Ich freue mich darauf, wenn diese Reise hinter uns liegt und du deinen Fluch besiegt hast.« Dann griff er seinen Mantel und stand auf. »Ich gehe noch mal eine Runde und sehe nach dem Rechten«, sagte er und verschwand in der Schlucht.

Ezra starrte ins Feuer und ließ sich von den Flammen hypnotisieren. Der Gedanke Odo zurückzulassen, beschwor beunruhigende Bilder in ihr herauf. Mandrid war ein Krieger, stark und aufrecht, aber Odo … war Odo. Als hätte er sie gehört, gab er ein schwaches Husten von sich.

»Lasst euch ja nicht einfallen … mich hierzulassen«, röchelte er. »Wer soll dann bitte auf dich aufpassen? Dieser verkappte Sonnenwächter?«

Ein angenehm warmer Schauer lief Ezra über den Rücken. Sie war froh, dass Odo wieder bei Bewusstsein war. »Ich danke dir«, flüsterte sie und griff nach seiner Hand. »Du hast mich gerettet.«

Odo lächelte matt und erwiderte den Druck. Dann fischte er ihre zerrissene Kette aus der Manteltasche heraus und reichte sie ihr. »Ich fürchte, ich habe sie zerdrückt.«

Ezra blickte hinab. In seinen Fingern hielt er die Muschel; die Schale war in der Mitte auseinandergebrochen. »Hat sie denn geholfen?«

Odo nickte kurz und schloss die Augen. Nur zu gern wollte Ezra ihm glauben. Mit sanftem Druck schloss sie seine Finger um die Muschel.

»Jetzt musst du sie behalten, als Dank und als Andenken an mich.«

»Nein, das kann ich nicht. Sie gehörte doch deiner Mutter. Sie ist das Letzte, was du von ihr hast.«

»Aber nun ist sie entzwei. Behalte wenigstens eine Hälfte.«

»Ja«, erwiderte er. »Ich denke, das geht.«

Ezra steckte die Kette samt einer Muschelhälfte in die Tasche, die andere beließ sie in Odos Hand. Dann wandte sie sich ab. Ein Kloß saß ihr plötzlich im Hals. Was war nur los mit ihr? Odo war der einzige Freund, den sie hatte, und dennoch hätte sie ihn beinahe den Harpyien überlassen.

Aber das hast du nicht, widersprach ihr eine Flüsterstimme, die klang wie ihr jüngeres Ich.

Aber nur, weil Mandrid mich überredet hat!

Dann ist er vielleicht auch ein Freund, und die Wahl deiner Freunde sagt mehr über dich aus, als du denkst.

Die Stimmen in ihrem Kopf wurden von einem lauten Rauschen unterbrochen.

Tiik landete in der Schlucht, machte ein paar hüpfende Schritte und kam zum Stehen. Ihr linker Flügel schien schon wieder seinen Dienst zu tun. »Ich habe sie gefunden«, krächzte sie und sah sich suchend um. »Wo ist Mandrid?«

»Hier«, antwortete er und trat aus dem Schatten »Wo hast du sie gesehen?«

»Die Aschenbelter haben ein Lager aufgeschlagen. Auf einem Höhenpass nicht weit von hier«, sagte sie. »Für euch heißt das allerdings einen guten Tagesmarsch.«

»Nur ein Tagesmarsch!«, rief Ezra erfreut.

Tiik stieß einen Krähenlaut aus und nickte. »Sie schleichen langsam wie immer, und diesmal rasten sie auch noch. Wenn ihr euch beeilt, könnt ihr sie einholen, noch bevor sie zu tief in den Aschenbelt vorgedrungen sind.«

»Wie? Rasten sie sonst nicht?«, fragte Ezra erstaunt.

»Nein«, entgegnete Tiik. »Diese Aschenbelter sind zwar langsam, aber unermüdlich. Nur sind dieses Mal auch andere Menschen dabei, auf die sie Rücksicht nehmen müssen.«

Odo setzte sich auf und hielt sich die Brust. Er krümmte sich, als ihn ein Hustenkrampf schüttelte. »Die Macht des Dritten Turms ist dunkel«, sagte er, als er wieder zu Atem kam. »Ich habe Magiker gesehen, die mehr als 200 Jahre alt waren. Sie waren zwar nur noch ein Schatten ihrer selbst, aber sie schlichen immer noch durch die Gänge der Akademie.«

»Ich kann mich erinnern, dass die Sonnenwächter mal einen von ihnen befragt haben«, fügte Mandrid hinzu. »Um ihn zum Reden zu bringen, haben sie ihn dursten und hungern lassen. Einen Winter, einen Sommer und noch einen Winter lang hat er ohne Wasser und Brot ausgehalten. Dann ist er einfach eingeschlafen.«

Für eine Weile schwiegen sie alle. Die dünnen Zweige brannten rasch herunter, und es wurde dunkler in der Schlucht. Ezra machte sich Gedanken. Ob ein Mann wie Xharril überhaupt noch sterben konnte? Und falls nicht, wie sollte sie ihm dann die letzte Silbe entlocken?

»Danke für alles, Tiik«, sagte Mandrid schließlich. »Du fliegst besser zurück, bevor deine Gefährtinnen misstrauisch werden.«

Tiik nickte ruckartig mit dem Kopf. Dann lehnte sie sich vor und zwickte Ezra mit dem Schnabel in die Schulter. »Kommst du zu uns zurück, wenn du diesen Zauberer gefunden hast?«

»Ich weiß nicht ...«, begann Ezra zögerlich. »Meine Reise geht danach noch weiter.«

»Aber danach, dann wirst du zu uns kommen, nicht wahr?«

»Wir werden sehen«, erwiderte Ezra, unfähig der Harpyie in die Augen zu blicken.

»Du bist bei uns jederzeit willkommen.«

Odo sprang für Ezra ein, als sie nichts erwiderte. »Danke«, sagte er. »Ezra ist euch ganz gewiss dankbar. Sie ist nur sehr erschöpft von dem Kampf. Wir sehen uns bestimmt wieder. Also auf bald, Tiik!«

»Ja, auf bald!«, rief die Harpyie und breitete ihre Schwingen aus. Dann ließ sie sich von der nächsten Bö erfassen und stieg mit ein paar Flügelschlägen in die Luft auf.

»Ich kann für mich selbst sprechen«, fuhr Ezra ihn an, als Tiik außer Sicht war.

»Verzeihung, aber das schien mir eben nicht so.«

»Dann hatte ich wohl auch nichts mehr zu sagen«, knurrte sie.

»Aber sie sehen etwas Besonderes in dir. Zumindest einige von ihnen. Wenn ich Tiik recht verstanden habe, dann glaubt sie, dass du zwischen ihnen und den Menschen vermitteln kannst. So viel Vertrauen, bedeutet dir das denn gar nichts?«

Ezra sprang auf und warf die letzten Zweige mit solcher Wucht in die Flammen, dass Funken aufstoben. »Nein, es bedeutet mir nichts! Denn mich hat nie jemand gefragt, ob ich so sein will, wie ich bin!«

»Nun, du bist ja dabei, das zu ändern, hast dein Schicksal in die eigene Hand genommen. Und das ist gut so. Aber was willst du eigentlich machen, wenn du erst mal eine ganz normale Frau bist?«, hakte Odo nach. »Zurück in dein Dorf gehen und warten, bis dich irgendein Bauerntölpel heiratet?«

»Was weißt du schon?«, fauchte Ezra. »Vielleicht schließe ich mich einer Söldnerkompanie an. Ich habe viel von den Staubklingen gelernt. Espen hat große Stück auf mich gehalten, wie du selbst gehört hast. Auf jeden Fall muss ich dann keine Angst mehr haben, gejagt und am nächsten Baum aufgeknüpft zu werden. Das wäre doch schon ein Anfang, oder?«

»Sicher«, entgegnete Odo spöttisch. »Nur bezweifle ich, dass dich irgendein Söldnerhaufen aufnimmt. Als Frau – ohne die Chimäre in dir – bist du für sie nicht mal die Hälfte wert. Oder hast du Gevta vergessen? Denkst du, du bist besser als sie? Aber glaub mir, es gibt andere Möglichkeiten als das Schwert, um dich zu beweisen …«

Ein gefährliches Funkeln in Ezras Augen brachte Odo zum Schweigen. Er hatte einen wunden Punkt getroffen. Ohne ihre Chimärenkräfte würde sie nur irgendeine Frau sein, würde sich als Wäscherin die Hände wund spülen oder als Schankmaid besoffene Kerle bedienen. Zumindest wäre sie keine Kämpferin mehr. Sie ballte ihre linke Faust um den Griff ihres Harpyienschwerts, bis die Knöchel weiß hervortraten. Plötzlich meinte sie neben dem Rauch des Feuers noch einen anderen Geruch zu wittern: Angst. Odo fürchtete sich … doch nicht *vor* ihr … eher davor, sie zu verlieren.

»Hey, es reicht jetzt«, versuchte Mandrid sie zu beruhigen. »Schont lieber eure Kräfte – alle beide.«

Odo warf ihm einen verächtlichen Blick zu. »Was ist überhaupt deine Rolle in dem Ganzen? Schon interessant, dass du dich so bereitwillig mit einer Chimäre zusammentust. Höchst ungewöhnlich für einen Sonnenwächter, will ich meinen. In euren Augen sind Biestweiber doch nichts wert, oder?«

»Es reicht, habe ich gesagt!«

Doch Odo ließ nicht locker. »Müsstest du Ezra nicht den Kopf abhacken oder sie wenigstens verbrennen?«

Mandrid stieß ein gepresstes Stöhnen aus. »Ich habe dir gesagt, dass ich kein Sonnenwächter bin! Ich gehöre zu den Nachtsonnen, und ich kann sehr wohl selbst entscheiden, wem ich mich verbunden fühle oder wem ich helfen will. Und sicher, manchmal kann das zu ungewöhnlichen Bündnissen führen.«

»Also doch wie jeder andere«, zischte Odo. »Der Zweck heiligt die Mittel. Du brauchst Ezra doch nur so lange, bis du die Magiker erwischt hast – die, die du ohne sie nicht finden kannst. Aber weißt du was? Du wirst mich nicht los, egal, wie sehr du dich anstrengst. Ich werde dich im Auge behalten.«

»Wenn es dir Freude bereitet.« Mandrid machte eine wegwerfende Handbewegung. Dann ging er in die Dunkelheit.

Ezra wollte ihm hinterhereilen, doch ihr Blick fiel auf Odo, der wie ein Häufchen Elend in sich zusammengesunken war.

»Ich will doch nur dein Bestes«, schnaufte er erschöpft.

Sie blieb stehen. Ihr schwirrten zu viele Fragen durch den Kopf. Wem konnte sie trauen – Mandrid oder Odo? Und was wollte sie sein – Frau oder Raubtier? Sie wollte, sie musste jetzt einfach allein sein.

»Nur damit du es weißt«, brummte sie schließlich. »Es war Mandrid, der dich unbedingt vor den Harpyien retten wollte. Und außerdem hat er recht. Du bist zu schwach für die Reise in den Aschenbelt. Aber wenn du unbedingt mitkommen willst, ich werde dich nicht aufhalten.«

*

Am nächsten Morgen brachen sie auf. Alle drei. Schon bald hatten sie das Felsenlabyrinth hinter sich gelassen. Statt enger

Schluchten erstreckte sich nun ein weites Hügelland vor ihnen. Die Luft am Horizont war staubig trübe. Sie gingen bergauf und hielten auf einen Pass zwischen zwei langen Kämmen zu. Fast versandete Bäche gurgelten träge abseits des Weges, und immer wieder wehte ein warmer Wind von den Höhen herab. Die Blätter an den wenigen verkrüppelten Bäumen knisterten trocken in der Brise. Ihre Kronen spendeten viel zu wenig Schatten.

Ezra tupfte sich den Schweiß von der Stirn. Mandrid und sie hatten schon lange ihre Mäntel abgelegt. Odo hingegen hatte sich immer tiefer in seine Decke gehüllt, bis nur noch sein blasses Gesicht hervorlugte. Gebeugt schlich er hinter ihnen her.

Kurz vor Sonnenuntergang erreichten sie endlich das Lager der Aschenbelter. Sie hatten ihnen kalte Asche und eine zugeschüttete Latrinengrube hinterlassen.

Ezra ging in die Hocke und schnüffelte. Noch heute Morgen hatte sich hier jemand erleichtert. Der Platz war nicht schlecht gewählt. Er lag windgeschützt zwischen ein paar Felsen und war nur von der Hangseite einsehbar. Einem Harpyienauge konnte man jedoch auch hier nicht entgehen. Einmal glaubte Ezra sogar einen Schatten am Abendhimmel auszumachen, aber es mochte auch nur eine schnell vorbeiziehende Wolke gewesen sein.

Odo legte sich wortlos hin – ohne etwas zu essen oder zu trinken – und war sofort eingeschlafen. Mandrid gab ihr mit einem vorwurfsvollen Blick zu verstehen, was er davon hielt, dass sie ihn hatte mitkommen lassen. Aber er sagte nichts. In aller Stille nahm er sein Abendmahl ein und rollte sich dann ebenfalls in seinem Mantel ein.

Ezra hingegen starrte noch lange zu den Sternen hinauf. Nie hatten sie ihr ferner erschienen als in dieser Nacht – glanzlos, hinter einem diesigen Schleier verborgen. Stunden vergingen, doch sie fand keinen Schlaf.

Gegen Mitternacht fällte sie ihre Entscheidung. Sie ging und nahm nur das Nötigste mit: ihre Waffen, etwas zu essen und zwei der drei Trinkleder. Mit einem Wasserschlauch würden es Odo und Mandrid sicher zurück zu Jiraumees Windturm schaffen; ihr damit in die Wüste zu folgen, wäre jedoch hoffnungslos, und *das* war der Plan.

Das erste Stückchen schlich sie geduckt vom Lager weg. Doch sobald sie außer Sichtweite war, richtete sie sich auf und eilte den Pass hinauf. Sich durch die nächtliche Hügellandschaft zu bewegen, war für sie ein Kinderspiel. Die Gipfel waren nicht annähernd so schroff wie die des Tahlat und das Gelände nicht halb so unwegsam. Sie kam gut voran. Schneller als mit Odo, so viel war sicher.

Wann immer sie die Möglichkeit hatte, füllte Ezra ihren Wasservorrat auf, denn auf der anderen Seite der Schädelberge wartete der Aschenbelt auf sie, und das bedeutete Sand, so weit das Auge reichte. Sie legte die Schläuche in sumpfige Löcher und sah dabei zu, wie sie sich glucksend mit der braunen Brühe füllten. Die Luftbläschen waren noch das Lebendigste in dieser Gegend, und sie war noch nicht einmal in der Wüste angekommen.

Um wenigstens den gröbsten Schmutz herauszufiltern, riss sie einen Zipfel von ihrem Hemd ab und stopfte ihn in die Öffnung. Es dauerte eine halbe Ewigkeit, bis sich die Trinkleder füllten. Ungeduldig sah Ezra sich um, doch niemand schien ihr zu folgen. Vielleicht waren sich Odo und Mandrid an die Gurgel gegangen – oder sie waren einfach nur froh, sie los zu sein. Auf jeden Fall fühlte sich ihr Weg nun leichter an: Niemand würde ihr mehr reinreden oder in die Quere kommen, schließlich war es ihr Schicksal, um das es hier ging, und nicht das von Odo oder Mandrid.

Es war kurz nach Sonnenaufgang, als Ezra den Scheitelpunkt des Passes erreichte und hinunter in den Aschenbelt blickte. Ein dichter graugrüner Wolkenteppich hing über der Ebene. Nur an wenigen Stellen schien die Goldsonne hindurch. Die Landschaft sah karg und öde aus, als wäre ein Zeitensturm über sie hinweggefegt. Zu Ezras Linken, wo sich das verwaschene Licht in unendlichen Wassern brach, glitzerte es gülden. Ehrfurchtsvoll hielt sie den Atem an. Die Giftige See war das erste Meer, das sie je zu Gesicht bekam.

Odo hatte ihr erzählt, dass die Alchemisten von Athanor all ihre misslungenen Gebräue in die See schütten würden. Ezra zweifelte keinen Augenblick daran. Selbst hier oben, mehrere Hundert Schritt über dem Meeresspiegel, lag ein scharfer Geruch in der Luft. Sie suchte in der Ferne nach Anzeichen von Xharril und seinem Gefolge. In einer Senke am Fuß der Berge wurde sie schließlich fündig. Eine einsame Rauchfahne zog dort träge gen Himmel. Die Aschenbelter hatten wohl gerade ihr Feuer gelöscht und brachen auf. Jetzt war keine Zeit auszuruhen! Ezra spritzte sich rasch etwas Wasser ins Gesicht – eine Verschwendung, aber sie brauchte einen klaren Kopf. Dann schüttelte sie sich und begann mit dem Abstieg.

Der Wind war ihr größter Feind. Solange er vom Meer her wehte, brachte er giftige Wolken mit sich, und sollte er zu einem Sturm anschwellen, würde er außerdem die Spuren der Aschenbelter verwischen. Ezras Augen brannten bereits, als sie unten ankam. Jedes Mal, wenn sie einatmete, hatte sie das Gefühl, Sand zu schlucken. Schon nach kurzer Zeit waren ihr Rachen und ihr Hals wund. Ganz gleich, wie viel sie trank, ihre Kehle blieb ausgedörrt. Sie musste sich zusammenreißen, um die Schläuche nicht in einem Zug zu leeren.

In einer Senke fand sie eine Feuerstelle und erneut eine zugeschüttete Latrinengrube. Das Lager am Fuß der Berge unterschied sich nicht von dem am Pass, bis auf ein Detail. Es gab ein tiefes Loch mit einem leeren Fass darin. Ein versteckter Wasservorrat. Ezra folgte der Fährte in den Aschenbelt. Sechzehn Fußpaare konnte sie ausmachen, sechs der Abdrücke waren dabei tiefer als die anderen. Vermutlich gehörten sie zu den Trägern und den gerüsteten Wachen des Herolds.

Es war nicht besonders heiß, und dennoch fühlte Ezra sich

bald wie ein Stück Dörrfleisch. Mit jedem Schritt kam sie sich leichter und leichter vor. Hohl wie ein trockener Zweig.

Schweiß und Staub verklebten ihr die Lider. Die dunstige Luft und der Sand vermischten sich zu einem grauen Nebel. Ezra befürchtete schon, die Spur zu verlieren, wenn sie nicht achtgab. Hastig wusch sie sich die Augen aus, tränkte ein dünnes Tuch mit dem letzten Schluck Wasser und band es sich vors Gesicht. Durch den Stoff konnte sie nun besser sehen als vorher, auch wenn sie nur Schemen erkannte. Aber das genügte, denn die Spuren waren breit und zahlreich. Für eine Weile konnte sie sogar ohne zu husten atmen.

Später am Tag stieß sie wieder auf ein ausgegrabenes Fass. Ezra fluchte leise vor sich hin. Ihre Kehle brannte, und sie konnte das Wasser noch riechen, auch wenn kein einziger Tropfen mehr übrig war. Sie kniete sich hin und leckte an dem restfeuchten Holz. Die Männer mussten noch vor Kurzem hier gewesen sein. Eins war gewiss – das nächste Wasserdepot musste sie vor ihnen erreichen, sonst würde sie nicht lange überleben. An den Rückweg brauchte sie erst gar nicht denken. Mit letzter Kraft zog sie das Fass aus dem Boden, drehte es um und stieg darauf.

Ezra schaute sich um. Am Horizont erblickte sie einen düsteren Streifen. Für die Dämmerung war es noch viel zu früh, wunderte sie sich, doch dann begriff sie, was sie dort sah: einen Sandsturm. Sie spürte, wie sich bereits eine dünne Staubschicht auf ihrer Haut niederlegte – ein Vorbote des Sturms.

Plötzlich ertönte ein heller Knall, und in weiter Ferne stach eine dünne Feuerlanze in den Himmel. Darunter meinte Ezra viele schwarze Punkte auszumachen. Die Männer aus dem Aschenbelt suchten verzweifelt nach Deckung. Wie es schien, hatten sie den Schuss abgegeben. Als Signal? Sie hatte vor, es herauszufinden.

Mit langen Schritten lief Ezra los. Sie näherte sich den Aschenbeltern in einem weiten Bogen. Dieses Mal sollte der

Wind nämlich ihr Verbündeter sein. Mit dem aufgewirbelten Sand im Rücken würden die Männer sie nicht kommen sehen. Sie drapierte das Tuch noch einmal gründlich vor Mund und Nase und atmete tief durch. Dann schloss sie die Augen und rannte geradewegs in den Sturm hinein.

Mit einem Schlag war es stockfinster um sie. Es toste und brauste so laut, dass sie nicht mal ihren eigenen Atem hören konnte. Ezra biss die Zähne zusammen. Die Sandkörner schossen ihr wie tausend Nadeln in die nackte Haut, und jede Bö presste ihr die Luft aus den Lungen. Das Sandtreiben wurde immer dichter. Sie konnte die Augen gerade lange genug offen halten, um nicht die Richtung zu verlieren. Die Männer vermochte sie jedoch nirgends auszumachen, dafür war die Sicht zu kurz. Hoffentlich verfehlte sie sie nicht.

Wie aus dem Nichts wurde sie von einer Windhose gepackt und durch die Luft geschleudert. Erst nach etlichen Schritten landete sie rücklings auf einer Düne. Sie wollte aufstehen, doch der Wind war zu stark. Immer wieder wurde sie zu Boden gedrückt. Überall war Sand. Sie bekam keine Luft mehr. Panisch riss sie den Mund auf und schluckte Staub. Sie musste raus aus diesem Sturm … Hustend krabbelte sie bergauf und ließ sich die Düne runterrollen.

Die Welt begann sich um sie zu drehen. Über sich sah sie, wie der Wind einen schlanken Schemen durch die Luft wirbelte – der junge Bursche des Herolds. Sein Kopf und seine Gliedmaßen waren merkwürdig verdreht. Sie hoffte für ihn, dass er nichts mehr spürte. Dann ebbte der Wind ab, und sie verlor ihn aus den Augen.

In plötzlicher Stille kam sie zum Liegen. Sie war im Auge des Sturms angekommen. Mit wackligen Beinen stand Ezra auf. Alles, was sie fühlte, war eine unnatürliche Kälte, die ihr bis tief in die Knochen drang. Sie fuhr sich übers Gesicht und wischte sich den Sand aus den Augen. Vor sich sah sie den Herold. Keine zehn Schritte entfernt von ihr hockte er auf dem Boden.

Er hatte sich in seinen bunten Mantel gehüllt und den Kopf unter den Armen vergraben.

Neben ihm stand Xharril, die Kapuze zurückgeschlagen. Sein Gesicht war eine ledrige Maske, seine Augen funkelten eisig. Die linke Hand hatte er aufs Herz gelegt, und sein Brustkorb hob und senkte sich so heftig, als wollte sich irgendetwas aus ihm befreien. Eine unbeschreibliche Kälte ging von ihm aus – und dunkle Schwaden, die langsam emporstiegen. Ezra blinzelte, doch das änderte nichts an dem Anblick. Das hier war nicht das Auge des Sturms, schoss es ihr durch den Kopf. Xharril sprach einen Zauber, um das Unwetter fernzuhalten.

»Mein Gefühl hat mich also nicht getrogen«, raunte er plötzlich, ohne sie anzusehen. »Zu einer anderen Zeit hätte ich mich gefreut, dich zu sehen … zu sehen, was aus dir geworden ist, *Tochter*! Aber jetzt kommst du ungelegen. Du wirst sterben müssen. Sonst ist das Abkommen mit dem Voxanten hinfällig, bevor die Tinte darunter trocken ist. Und *das* kann ich nicht zulassen.«

Es kam Bewegung in das bunte Stoffbündel zu seinen Füßen. Gverin E'Rapal linste vorsichtig unter seinem Mantel hervor, bibbernd und mit blauen Lippen. Feine Eiskristalle hingen in seinem Bart.

»Du irrst dich«, entgegnete Ezra, den Herold ignorierend. »Ich bin es, die *dich* töten wird. Aber vorher wirst du mir sagen, wo ich Bandrabash finde!«

»Bandrabash? Den findet niemand. Er ist ein Schüler des Ersten Turms mit den Fähigkeiten eines Meisters. Er spielt mit deinen Augen und deinem Verstand, so wie es ihm beliebt.«

Dann war der Magiker wieder abgelenkt. Offensichtlich hatte er alle Mühe, den Wetterzauber aufrechtzuerhalten. Ezra nutzte die Gelegenheit. Verborgen hinter ihrem Rücken zog sie Schwert und Messer. Sie spürte, wie Gverin sie anstarrte, doch sie warf ihm nur einen kurzen Blick zu.

»Nur für den Fall, dass du lange genug lebst«, sagte Xharril amüsiert, »vielleicht ist Bandrabash ja neugierig und findet *dich*. Schließlich war der Berglöwe seine Idee.«

Ezra hob die Klingen und ging auf den Magiker zu. »Ich werde nicht auf ihn warten. Sag mir, wo ich ihn finde, oder ich schneide dich in Streifen!«

»Haha!« Xharrils Lachen klang trocken, wie raschelndes Laub. Für einen Moment schien ein schwarzes Licht aus seinem Mund zu scheinen. Dann breitete er die Arme aus, als wollte er sie umarmen. Er war eindeutig unbewaffnet, und nirgendwo waren seine Männer zu sehen. Warum nur fühlte er sich so verdammt sicher?

»Kein Wort bekommst du von mir zu hören. Ich bin nicht so schwach wie Peyslin, das fette Goldhändchen. Ich brauche kein K'vizzt, um Schmerzen zu ertragen.«

»Das werden wir sehen!« Ezra sprang auf ihn zu.

Sie war überrascht, dass Xharril nicht auswich, und prallte mit voller Wucht gegen ihn. Er stolperte rückwärts und fiel hin, Ezra landete auf ihm. Auf einen Schlag wurde das Heulen des Windes lauter. Sie hatte den Wetterzauber unterbrochen. Die schützende Glocke löste sich auf; Wind und Sand peitschten erneut auf sie ein.

Ezra ließ sich davon nicht abhalten. Sie drückte Xharril das Messer an die faltige Kehle. Doch er lag nur regungslos da – so unfassbar kalt, als wäre er aus Eis und nicht aus Fleisch und Blut. Nachwirkungen des Seelenfrosts, versuchte sie sich zu beruhigen. Wenigstens stank er nicht nach Aas und Fäulnis, so wie sie befürchtet hatte – eher nach Räucherwerk.

»Wo ist Bandrabash? Los, sag's mir!« Erst beim Brüllen bemerkte Ezra, dass sie ihre Stimme gar nicht zu heben brauchte, denn der Sturm flaute ab.

»Nein«, hauchte Xharril und sah sie mit toten Augen an.

Ezra holte mit dem Katzbalger aus und stach die Klinge neben seinem Kopf in den Sand, keinen Daumenbreit von seinem Ohr entfernt. Er zuckte kein bisschen.

Sie packte ihn am Kragen. »Was hast du mit meiner Mutter gemacht? Was hast du ihr angetan?«

»Nichts anderes als mit den anderen auch«, antwortete er gleichgültig. »Sie war nur eine Hure. Eine von vielen ...«

»Und du bist nur ein Magiker. Einer von vielen.« Ezra packte sein rechtes Handgelenk und drückte es in den Sand. Dann nahm sie ihr Messer und schnitt ihm den kleinen Finger ab. »Du hast noch neun weitere, und ich habe Zeit!«

Doch Xharril starrte sie nur aus seltsam leeren Augen an. Er schrie nicht, zeigte nicht die geringste Regung. »Komm schon.« Er wackelte mit dem Zeigefinger. »Schneid mir noch einen ab, dann vergeht das Warten schneller.«

Das Warten worauf?, fragte sich Ezra. Konnte er seinen eigenen Tod nicht abwarten?

»Ah, da sind sie schon«, stellte er mit einem kalten Lächeln fest und blickte über ihre Schulter.

Die anderen! Ezra fuhr herum. Vom Herold ging keine Gefahr aus. Er war darum bemüht, möglichst unauffällig davonzukriechen. Doch gut zwanzig Schritt hinter ihm waren zwei von Xharrils Männern aufgetaucht. Der eine war in die Knie gegangen, der andere hatte sein Feuerrohr auf der Schulter seines Kameraden abgelegt und zielte auf sie. Er hielt einen gleißenden Kristall an die Zündschnur, die sogleich funkensprühend abbrannte.

Dann explodierte das Feuerrohr. Eine schwarze Staubwolke schoss aus der Mündung hervor – aber nichts geschah. Das Rohr war versandet.

Ezra brach fast in Lachen aus. Die beiden Schützen lagen leblos am Boden, doch ein gutes Stück hinter ihnen kämpften sich bereits weitere Männer durch den Sand. Schon bald wären sie bei ihr. Sie brauchte die zweite Silbe *und* Bandrabashs Aufenthaltsort und das schnell.

Aus dem Augenwinkel nahm sie eine Bewegung wahr. Xharril zog ihr Kurzschwert aus dem Sand und stach nach ihr, doch

Ezra wich spielend aus. Sie rollte zur Seite und sprang auf. Ansatzlos trat sie ihm die Klinge aus der Hand. Dann bückte sie sich langsam, hob die Waffe auf und wandte sich Xharril mit einem grimmigen Lächeln zu. Es war Zeit herauszufinden, ob der Aschenmann sterben konnte.

Sie stürzte sich auf ihn. Und dieses Mal versuchte er sich zu wehren. Doch mühelos schlug sie seine dürren Arme beiseite und rammte ihm das Schwert mit voller Kraft in den Hals. Kein Schrei ertönte. Kein Blut spritzte. Xharrils Lebenssaft schien bereits in seinen Adern geronnen zu sein, als wäre er ausgetrocknet. Ezra beugte sich dicht über ihn, in der Hoffnung er würde mit seinem letzten Atemzug doch noch das Versteck ihres dritten Schöpfers verraten. Sie bohrte und drehte die Klinge in seinem Fleisch, bis Xharril den Mund öffnete. Aber es war nur ein kalter Hauch, der seine Lippen verließ. Sie sog ihn ein, so tief sie konnte. Wie schon im Kerker verspürte sie nichts. Keine Erleichterung, keine Veränderung. Ob Odo überhaupt recht hatte? Konnte sie den Fluch auf diese Weise brechen?

In dem Moment hörte sie einen Schuss und schreckte auf. Sechs von Xharrils Männern stürmten mit klingenbewehrten Feuerrohren auf sie zu. Zeit, die Beine in die Hand zu nehmen! Ezra rannte los, doch ihre Füße versanken in dem tiefen Sand. All ihre Leichtigkeit war plötzlich dahin. Zum Glück erging es den Aschenbeltern nicht anders.

Mit letzter Kraft hastete sie eine Düne hinauf. Sie hatte gerade den Gipfel der Anhöhe erreicht, als sie einen Schatten über sich bemerkte. Ezra blickte nach oben. Eine schwarzgraue Gestalt schoss im Sturzflug auf sie herab. Es war Tiik! Dankbar ließ sich Ezra von ihr ergreifen und in die Lüfte heben. Mit kräftigen Flügelschlägen schraubte sich die Harpyie in die Höhe, und schon bald waren die Männer unter ihnen verblasst. Die Schüsse aus ihren Feuerrohren klangen wie leere Drohungen, die man einem zu flinken Dieb hinterherruft.

20

IM NETZ DER SPINNE

23 JAHRE SPÄTER

UNTER DEM EWIGEN BERG, PURPURSONNE, JAHR 24 N.D.U.

Ekš zuckte zusammen. Für einen Augenblick war ihm, als hätte er tatsächlich einen Schuss gehört, so wie Ezra in der Wüste. Alles nur Hirngespinste, dachte er, schüttelte den Kopf und blickte zu Inǰi hinüber. Ihre Kerze war fast heruntergebrannt, aber sie hockte immer noch dicht neben ihm und sah ihn erwartungsvoll an.

»Was ist?« Sie deutete auf den bunten Papierstapel in seinen Händen. »Du bist doch noch gar nicht fertig.«

Das wusste Ekš natürlich, aber ihm war plötzlich ganz flau im Magen. Nicht wegen der tausend Vorschriften, die er missachtet hatte – kein Faulenzen, keine Schicksalstafeln stehlen und vor allem, sich nicht mit Tauschern einlassen –, nein, das Gefühl der Beunruhigung saß wesentlich tiefer. Und es beunruhigte ihn umso mehr, da er es nicht benennen konnte.

»Ach, du liebe Raupe«, stellte Inǰi bestürzt fest. »Du bist ja ganz blass um die Ohren. Bestimmt hast du Durst nach dem langen Vorlesen! Warte, ich hole dir was zu trinken.«

Sie wollte aufstehen, doch Ekš hielt sie fest. »Nein, lass gut sein. Ich denke, für heute ist es genug, ich bin schon ziemlich lange weg. Besser ich gehe zurück, bevor Šurr sich Sorgen macht oder die Zänker nach mir suchen.« Damit stand er auf und trat durch die Geheimtür in den Stollen, zurück in den Ewigen Berg.

»Man könnte meinen, ihr zwei seid verheiratet«, rief Inǰi ihm nach und begann ihm zu folgen.

Er drehte sich zu ihr um. »Was wird das?«

»Ich begleite dich, zumindest ein Stückchen, oder dachtest du, dass ich dich in dem Zustand alleine lasse? Du siehst aus, als könntest du kaum geradeaus gehen.«

Ekš wollte protestieren. Er wollte ihr sagen, dass das gegen die Vorschriften verstieß und die Zänker ihn einmauern würden, wenn sie sie erwischten. Aber er brachte es nicht übers Herz, denn wenn er ehrlich war, genoss er Injis Gesellschaft einfach zu sehr. Also zuckte er scheinbar gleichgültig mit den Schultern und wandte sich wieder um.

Gemeinsam huschten die beiden durch die Stollen. Sie waren Ekš nie düsterer vorgekommen als an diesem Tag, und nie leerer. Inji hielt sich ein knappes Stück hinter ihm. Auch sie war verdächtig still. Das einzige Geräusch waren ihre Schritte, die ihm wie ein sanftes Echo folgten. Und die ganze Zeit über nagte dieses namenlose Unbehagen an Ekš. Das letzte Mal, als es ihm so ergangen war, war er aus der Schule der Enthüller gekommen. Es war sein erster Tag gewesen. Voller Stolz hatte er seinen Eltern berichten wollen, was er alles gelernt hatte: wie man sanfte Gefälle erkannte und, nicht zu vergessen, das erste Tausendstel des streng geheimen Marmor-Alphabets. Doch seine Mutter hatte ihn mit hängenden Ohren empfangen, ihn fest in die Arme genommen und auf ihn eingeredet. Er hatte zuerst nicht verstanden, nicht verstehen wollen, was sie ihm sagte. Dann war seine Welt eingestürzt – so wie der Tunnel über seinem Vater. Bis heute lag er dort, unter Felsen begraben in Nebenstollen 44. Er war nicht einmal für das eigene Schicksal gestorben.

Plötzlich spürte Ekš, wie Inji ihn von hinten an der Schulter packte und in eine Felsnische zog.

»Was ist?«

»Pst!«

Dann hörte er es: Ein Pfeifen und Trampeln hallte durch den Gang. Eine Kolonne Enthüller zog durch den Tunnel, die Hackstöcke geschultert und ein Feierabendlied auf den Lippen. Ekš hielt die Luft an. Fast wäre er blindlings in sie hineingelaufen. Alleine wäre das kein Problem, aber mit einer purpurohrigen Tauscherin im Schlepptau hätte es jede Menge Ärger gegeben. Injis Atem kitzelte ihn in seinem Ohr. Erst jetzt bemerkte er, dass sie seine Hand hielt.

»Dein Kopf ist irgendwo anders. Willst du mir nicht sagen, was los ist?«, fragte sie, als die Kolonne vorüber war.

»Ich ... mache mir Sorgen um Šurr.«

»Ich glaube, das alte Schlitzohr kann ganz gut auf sich selbst aufpassen.«

»Schlitzohr?«, entfuhr es Ekš. Er war drauf und dran, seinen alten Freund zu verteidigen. Doch wenn er darüber nachdachte, musste er sich eingestehen, dass Šurr für einen Enthüller tatsächlich ein listiger Geselle war.

Inǰi sah ihn erwartungsvoll an. »Führst du mich zu seiner Höhle?«

»Wenn überhaupt, zu *unserer* Höhle. Wir wohnen zusammen.«

Sie grinste breit. »Also doch ein altes Ehepaar.«

»Enthüller arbeiten *immer* als Zweiergespann«, erklärte Ekš mit dem gebührenden Ernst.

»Schon gut, schon gut. Ich freu mich ja. So sehe ich auch mal, wie du wohnst.«

Wenn Ekš genauer darüber nachdachte, wollte er eigentlich gar nicht, dass Inǰi seine karge Höhle zu Gesicht bekam. Er hatte weder einen Salzbrunnen noch bunte Teppiche an den Wänden. Nichts, womit man eine junge Gremlindame beeindrucken konnte.

»Mir geht's schon viel besser«, sagte er deshalb hastig und ein wenig zu barsch. »Du kannst umdrehen, ich bin eh schon fast da ... Natürlich nur, wenn du den Weg zurückfindest.«

Zum Glück schien Inǰi aber nicht sauer zu sein. Sie wiegte nur den Kopf hin und her und lächelte. »Ich denke, dafür ist es zu spät.«

»Was? Wieso?«

Zur Antwort deutete sie hinter ihn. Ekš drehte sich um. Šurr kam auf sie zugewatschelt, wie immer leicht gebeugt und mit einem schiefen Grinsen auf den Lippen, von dem man nie genau wusste, ob es wohlwollend, spöttisch oder vielleicht doch missbilligend gemeint war. Ekš freute sich so sehr, seinen Kameraden wohlbehalten zu sehen, dass er sogleich auf ihn zusprang. Erst dann fiel ihm ein, dass er gerade mit Inǰi in flagranti erwischt worden war, er bremste ab und blieb kurz vor Šurr stehen.

»Hallo. Das … äh … das ist …«

»Deine Liebste«, beendete Šurr sein Gestotter. »Ist schon klar.«

»Was? Nein! Wir sind … Freunde«, stammelte Ekš.

»Nun krieg dich mal ein, Kleiner, ist doch nichts dabei!« Šurr zuckte mit den Schultern. »Endlich gibt es ein Wesen unter dem Berg, das dich dazu bringt, etwas Unvorhergesehenes zu tun. Das sollte man lieber feiern. Wobei, etwas beleidigt bin ich schon. Ich muss mir den Mund fusselig reden, damit wir ein bisschen früher von der Arbeit verschwinden, und sie wackelt nur einmal mit den Ohren und du machst Männchen.«

Hinter sich hörte Ekš Inǰi laut kichern. »Ach seid doch leise, alle beide! Sonst hört man uns noch.«

»Keine Sorge«, beruhigte Šurr ihn und deutete den Gang hinunter. »Das war die letzte Brigade. Wir sind ganz unter uns.«

»Ich fass es nicht, dass du so gut gelaunt bist.«

»Sei versichert, das liegt nicht an eurem jungen Glück. Sieh nur, was ich wiederhabe!« Er öffnete seinen Mantel, zog ein kleines braunes Fläschchen hervor und hielt es triumphierend in die Höhe.

»Du bist doch nicht etwa wieder die Notrutsche runtergekrabbelt?«, fragte Ekš.

Šurr winkte ab. »Wo denkst du hin? Erinnerst du dich nicht, was ich dir von Tante Elümli erzählt habe?«

»Ja, ja. Man soll immer da zuerst suchen, wo man etwas als Letztes vermutet.«

»Stimmt genau! Nur das Verrückte ist: Ich habe noch nicht einmal gesucht und die Flasche trotzdem gefunden. Gerade eben auf dem Weg zurück habe ich sie dort hinten an der Kreuzung liegen sehen.«

»Und das ist auch gut so«, ertönte eine knarrende Stimme hinter Šurr.

Erschrocken wirbelte er herum. Eine Gestalt löste sich aus der Wand, so als wäre sie zuvor mit ihr verschmolzen gewesen. Sie war groß, hatte einen wurmförmigen Hals und war mit einem dünnen Spinnenrohr bewaffnet. Zu ihren Füßen schlüpfte ein weiterer Gremlin aus dem Fels. Seine Ohren waren zerfleddert, und die dürren Daumen hatte er um eine lange Signalpfeife gelegt.

Es waren Keřek und sein Helfer.

»Wenn das nicht der alte Šurr ist«, knurrte der Zänker. »Da ist uns ein dicker Fisch ins Netz gegangen, was? Ich habe dir doch gesagt, dass wir die olle Flasche nur an die Kreuzung legen müssen. Der Richtige wird sie schon aufheben.«

»Ja, das ist meine Flasche«, sagte Šurr voller Stolz. »Oglo hat sie mir geschenkt, meine Frau. Und?«

»Wie rührend. Deine Frau? Du meinst die, die dich hat sitzen lassen?«

Šurr ballte die Fäuste um seinen Hackstock, dass die Knöchel knackten.

»Herr, soll ich Verstärkung rufen?«, fragte Keřeks Handlanger und steckte die Pfeife in den Mund.

»Nein. Wir regeln die Sache jetzt und hier. Die anderen Zänker sind zu weich dafür. Die wissen nicht, wie man mit Abweichlern umzugehen hat. Eine Made im Stollen verdirbt den ganzen Berg. Und *das* ... können wir nicht zulassen!«

»Das ist eine Sache zwischen dir und mir, Keřek«, entgegnete Šurr. »Die beiden haben nichts damit zu tun. Lass sie gehen.«

»Das hast du dir so gedacht! Dein kleiner Kamerad ist ein Verräter. Er hat das Tauscher-Flittchen mit in den Berg geschleppt.«

»Nimm das zurück!« Ekš wollte vorpreschen, doch Šurr hielt ihn davon ab.

»Verschwinde!«, befahl er mit bebender Stimme. »Das ist meine Angelegenheit.«

Ekš trat einen Schritt zurück, blickte in Šurrs entschlossenes Gesicht und dann in die Mündung des Spinnenrohrs. Das Ganze würde kein gutes Ende nehmen ...

»Aus dem Weg, alter Mann«, knurrte Keřek. »Verräter werden erschossen!«

Doch Šurr bewegte sich keinen Fingerbreit. Der Zänker zögerte einen Moment – dann drückte er ab.

Ekš schloss die Augen. Er wollte Šurr nicht als zappelnden Wurm in Erinnerung behalten, nicht sehen, wie er von dem Netz zerstückelt wurde. Gleichzeitig spürte er, wie Inǰi ihn nach hinten riss. Er stolperte ihr hinterher in die Dunkelheit, das laute Trillern aus der Pfeife von Keřeks Handlanger in den Ohren.

Inǰi hielt ihn fest an der Hand und führte ihn zielsicher durch die Finsternis, um etliche Ecken und durch etliche Stollen. Fast hätte man glauben können, dass der Berg ihr Zuhause war.

»Wo sind wir?«, schnaufte Ekš.

»Keine Ahnung, Hauptsache weg von diesen Wahnsinnigen. Ich habe die Kerze ausgepustet und dich hinter mir hergezerrt. Die zwei waren wohl damit beschäftigt zuzusehen, wie der arme Šurr vom Netz zerteilt ...« Sie brach ab. »Es tut mir leid, Ekš, unendlich leid.«

Er schluckte und schloss abermals die Augen, versuchte, die Bilder zu vertreiben. Sein ältester Freund hatte sich für ihn geopfert ... Šurrs Tod und ihr gemeinsames Unterfangen, all das sollte nicht umsonst gewesen sein. Dann fuhr Ekš sich mit den Händen über das Gesicht und atmete einmal tief ein. Die Luft war abgestanden, und wenn er die Arme ausstreckte, konnte er beide Tunnelwände gleichzeitig berühren. Das hieß, sie waren in einem Nebenstollen auf einer der unteren Ebenen.

Er griff in seine Manteltasche und kratzte den letzten Leuchtsand heraus. Das sollte genügen. Er brauchte nur für ein paar Augenblicke Helligkeit, um herauszufinden, wo genau sie waren. Danach fände er sich auch im Dunkeln zurecht. Schließlich musste er nur mit seinem *wizkirglan* die Schritte abzählen. Ekš rieb Finger und Daumen aneinander, als würde er eine fade Suppe nachsalzen. Der Leuchtsand rieselte zu Boden und glühte auf.

Inǰi stieß einen erschrockenen Schrei aus. Doch schon im nächsten Augenblick war es wieder dunkel, nur, dass ihre Augen nun die Schwärze zu durchdringen vermochten.

»Du hättest mich wenigstens warnen können«, zischte sie. »Ich hab mich ganz schön erschrocken.«

»Tut mir leid«, erwiderte er halbherzig. Er brauchte seine ganze Konzentration, um sich zu orientieren. Auf der Tafel vor ihm stand etwas über die Witwe eines Seilers, die ihren vorletzten Zahn verlor. Ekš hatte nie von ihr gehört. Gleich daneben war jedoch ein äußerst sonderbares Schicksal in den Stein gebrannt: Ein Landgraf aus einem Dorf namens Bühlenkraut hatte zwei Mägde geschwängert, die ihm am gleichen Tag Zwillinge schenkten.

»Aha!«, stieß er aus. »Jetzt weiß ich, wo wir sind. In Stollen 711 bei Schritt 215. Das ist gar nicht so weit weg vom Geheimgang. Da habe ich dich schnell hingebracht.«

»Und was ist mit dir? Du kannst doch unmöglich hierbleiben.«

Sie hatte recht, und die Erkenntnis traf Ekš wie ein Schlag. Er würde fliehen müssen, denn bestimmt suchten die Zänker bereits überall nach ihm. Nur wohin sollte er gehen? Ohne ein ganzes Schicksal entschlüsselt zu haben, konnte ein Enthüller den Ewigen Berg nicht verlassen – das hatte Šurr selbst gesagt.

Eben darum hatten sie ja nach Ezras Schicksalstafeln gesucht. Ekš seufzte. Die Suche war hiermit zu Ende, und das hieß, er würde den Rest seiner Tage im Niemandsland zwischen Berg und Oberwelt feststecken. Er müsste sich in stillgelegten Stollen und entlegenen Höhlen verstecken. Bei der Aussicht wurde Ekš ganz schwer ums Herz.

»Gut, ich komme mit dir«, sagte er schließlich. »Aber vorher müssen wir noch einen kleinen Umweg machen.«

*

Ekš schnaufte heftig. Seine Füße waren müde und seine Arme noch viel mehr. Er hatte das Gefühl, sie würden länger und länger werden. Noch einmal verlagerte er das Gewicht der Platte. Zumindest halbwegs damit zufrieden, wie sie in seinen Händen lag, ging er weiter.

»Willst du nicht mal kurz absetzen?«, fragte Inǰi.

»Nein. Ich darf nicht aus dem Takt kommen, sonst verirren wir uns noch. Und das wäre dumm, so kurz vor dem Ziel.«

Auf ihrer Flucht hatte er sie zu dem Gang am Ende der Notrutsche geführt – dorthin, wo die Schicksalstafel gewartet hatte. Die eine Tafel, die schilderte, was Ezra im Kerker widerfahren war; die einzige Tafel, nach der Sunay verlangte. Eine ganze Weile hatte Ekš die Platte mit seinem Hackstock bearbeitet, bis er sie endlich aus dem Fels hatte lösen können. Eigentlich hatte Šurr diese Tafel ihrem Auftraggeber vorenthalten wollen – so lange, bis sie Ezras ganzes Schicksal aufgedeckt hatten und frei waren, dem Ewigen Berg den Rücken zu kehren. Bis dahin waren sie allerdings auf Sunays Gold angewiesen, um die Zänker zu schmieren – alle außer den unbestechlichen Keřek.

Das alles war für Ekš nun jedoch ohne Belang. Sein Schicksal war besiegelt, sein Wunsch, eines Tages unter den Sechs Sonnen zu wandeln, würde unerfüllt bleiben.

Doch das war kein Grund, jemand anderem seinen Wunsch

zu verwehren, fand Ekš. Er hatte sich entschieden: Sunay sollte erfahren, was damals im Kerker mit Ezra geschehen war.

Inǰi riss ihn aus seinen Gedanken. »Weißt du, was da draufsteht?«

»Worauf?«

»Na, was denkst du? Auf der Tafel, die du da gerade schleppst!«

»Nein.«

»Hm, das ist aber schade. Ich hätte zu gerne gewusst, was mit Ezra passiert ist.«

Ekšamad zuckte die Achseln, was im Dunkeln jedoch nicht zu sehen war. Daraufhin liefen sie schweigend durch den Stollen. Ein paar Mal konnte er hören, wie Inǰi sich räusperte und zu reden ansetzte. Doch es dauerte, bis sie endlich die Frage herausbrachte.

»Was hast du jetzt eigentlich vor?«

»Ich weiß nicht.«

»Na ja, ich dachte ... vielleicht möchtest du ja mit mir mitkommen.«

»In den Geheimgang?« Ein winziger Funken Hoffnung begann in Ekšamad aufzukeimen.

»Das könnte auf Dauer schon ein bisschen eng werden«, entgegnete Inǰi. »Ich meinte eigentlich mit nach draußen, über Tage.«

»Das geht nicht. Wir Enthüller können den Berg nie ganz verlassen; nicht, bevor wir ein komplettes Schicksal entschlüsselt haben.«

»Und das glaubst du wirklich?«

»Oh ja. Šurr hat es mir haarklein erklärt.«

»Was für ein ausgemachter Blödsinn«, stellte Inǰi fest. »Du kannst doch einfach durch diese Geheimtür gehen, die Stufen hinauflaufen und bist frei.«

»Wenn das so einfach wäre, dann wären sicher schon eine ganze Menge Enthüller verschwunden.«

»Sind sie ja auch. Ein paar leben in Hohenbaldacht, aber die meisten sind ständig auf Achse. Sie müssen sich ja vor den Sonnenwächtern verstecken. Aber das ist nicht weiter schwer. Die Menschen können uns sowieso kaum auseinanderhalten. Die meisten glauben sogar, dass ich ein Bube bin.«

»Was?«, entfuhr es Ekš.

Er konnte nicht glauben, was er da hörte. Enthüller, die den Ewigen Berg einfach so verlassen hatten und unter den Menschen lebten? Das konnte nicht wahr sein. Dann wäre ihr ganzes Unterfangen umsonst gewesen … und Šurrs Tod ebenso. Vor Schreck hatte er glatt vergessen, die Schritte weiterzuzählen.

»Inǰi, könntest du bitte die Kerze anzünden? Wir müssten bald da sein. Eigentlich würde ich die Inschriften an den Wänden abtasten, aber mit der Platte geht das schlecht.«

»Na klar.« Keinen Atemzug später ratschte ein Glühstäbchen über die Stollenwand, und ein kleines Licht flammte auf.

Ekš zuckte innerlich zusammen. Wie konnte man nur so mit den Marmortafeln umgehen? Womöglich hatte sie gerade ein Schicksal ausgelöscht, doch ihm stand nicht der Sinn danach, sie zu tadeln. Dafür fühlte er sich viel zu leer.

Inǰi führte indes das Glühstäbchen an den Docht und entzündete die Kerze auf ihrem Handrücken. Als sie brannte, pustete sie das Hölzchen aus. Ekš atmete tief ein. Er mochte es, wie sich der Schwefelgeruch und der Honigwachsduft vermischten, es beruhigte ihn. Und für einen kleinen Augenblick schaffte er es, an absolut gar nichts zu denken. Dann öffnete er wieder die Augen. Sie waren bereits in Nebenstollen 719 und hatten nur noch wenige Schritte zu gehen. Der Oger empfing sie genauso geduldig wie jedes Mal.

Inǰi öffnete die steinerne Geheimtür und führte ihn den Stichgang hinunter bis zum Gemach ihres Auftraggebers. »Ich denke, Meister Sunay wird nichts dagegen haben, wenn wir uns hier ein bisschen ausruhen«, sagte sie. »Immerhin waren wir in seinem Auftrag unterwegs.«

Ekš setzte die Platte ab und lehnte sie gegen die Höhlenwand. Ein letztes Mal fuhr er mit den Fingern über die Schicksalstafel, und als er sie losließ, hatte er das Gefühl, auch Šurr loszulassen. Mit einem Kloß im Hals drehte er sich um. Der Raum verschwamm vor seinen Augen, aber er versuchte nicht, die Tränen wegzublinzeln. Nur beiläufig nahm er wahr, dass Inǰi ihn zum Salzbrunnen bugsierte, ihn auf eine Kiste setzte und seine Füße in dem prickelnden Wasser badete.

»Das wird dir guttun«, sagte sie. »Und jetzt werde ich dich ein bisschen ablenken.«

Geschickt fischte sie das Nachtfalterpapier aus seiner Manteltasche, faltete es auf und begann – zu seinem Erstaunen – daraus vorzulesen. Sicher gab sie die Geschichte nicht Wort für Wort wieder, und manchmal stockte sie auch, aber es half. Ekš lauschte ihr, und er erfuhr, wie Ezra ihre dritte und letzte Silbe fand.

21

DIE GRÜNEN SCHWESTERN

SCHÄDELBERGE UND ISTIA, NEUE GOLDSONNE, JAHR 2 N.D.U.

»He, aufwachen!«, kreischte Tiik gegen den Wind.

Ezra spürte, wie sich die Klauen der Harpyie scharf in ihre Schultern bohrten. Über sich hörte sie das Rauschen der mächtigen Schwingen. Sie blickte vorsichtig nach unten. In der Dunkelheit konnte sie die Landschaft mehr erahnen als sehen. Sie flogen über weites Hügelland, und Ezra konnte nicht fassen, dass sie tatsächlich eingeschlafen war, wie ein Kleinkind in den Armen seiner Mutter.

Andererseits war es auch nicht verwunderlich. Sie fühlte sich leicht und schwerelos – und das nicht nur, weil sie durch die Lüfte glitten. Ezras Leib war vollkommen ausgezehrt, und obwohl sie fror, war sie durstiger als unter der heißesten Hellsonne. Ihre Zunge war wie ein Fremdkörper in ihrem Mund, ein Stück trockenes Leder.

»Ich werde dich möglichst nah über dem Boden absetzen«, schrie Tiik ihr zu.

»Das wäre großartig«, schaffte Ezra zu krächzen.

Das schien der Harpyie als Antwort zu genügen. Sie begannen zu kreisen und sanken immer tiefer, bis Ezra ein Lagerfeuer ausmachen konnte. Zwei Gestalten saßen dicht bei den Flammen. Die beiden Männer schienen sie nicht zu hören und sahen erst auf, als Tiik einen spitzen Schrei ausstieß.

Ezra hätte es sich denken können. Odo und Mandrid hatten die Harpyie in den Aschenbelt geschickt, um nach ihr zu suchen. Sie hatten ihr das Leben gerettet, auch wenn sie sich das nur ungern eingestand.

Tiik flog eine spitze Kehre und ging in den Sinkflug über. Schon streiften Ezras Fußspitzen das Gesträuch, dann das Gras und schließlich die Erde. Die Harpyie öffnete ihre Klauen und ließ sie los.

Aus vollem Flug landete Ezra auf dem Boden. Sie rollte sich ab und blieb ächzend auf dem Rücken liegen – nicht bereit, gleich wieder aufzustehen. Ihre Schultern schmerzten, die Arme waren eingeschlafen und kribbelten. Aus dem Augenwinkel sah sie, wie Tiik hangaufwärts landete. Aus der anderen Richtung hörte sie schnelle, sich nähernde Schritte.

»Wie geht es dir?«, fragte Mandrid im nächsten Moment.

»Bist du verletzt?« Odo beugte sich über sie, die Stirn in Sorgenfalten. »Hast du ihn gefunden? Ist er tot?«

»Und die Silbe, was ist mit der Silbe?«

Die beiden plapperten auf sie ein wie zwei Waschweiber. Wenn ihr Mund nicht so trocken wäre, hätte Ezra ihnen eine Antwort verpasst, die sich gewaschen hatte.

»Ja, ja und ja«, kreischte Tiik an ihrer Stelle. »Und jetzt bringt ihr etwas zu trinken und wickelt sie in eine Decke! Sie ist mir in der Luft fast erfroren.«

Jemand setzte ihr einen Trinkschlauch an den Mund, doch ihre Lippen waren verklebt. Das Wasser lief an ihrem Kinn hinunter und hinterließ eine schmutzige Spur. Im zweiten Anlauf schaffte sie es, einen tiefen Zug zu nehmen. Sie trank so gierig, dass sie sich fast verschluckte. Ein paar Augenblicke später fand Ezra sich zitternd am Lagerfeuer wieder, ohne sich daran erinnern zu können, wie sie dorthin gekommen war. Sie konnte die Blicke der anderen spüren – abwartend, besorgt.

Ezra quälte sich ein Lächeln ab. »Es ist getan … Ich habe Xharril getötet.«

Dann rückte sie mit letzter Kraft näher an die Flammen, bis ihre Füße fast die Glut berührten. Ehe sie sich versah, war sie in sich zusammengesunken, und begraben unter Mandrids und Odos Decken fiel sie in einen tiefen Schlaf.

Es war noch dunkel, als Ezra aufwachte. Sie hatte nicht das Gefühl, dass viel Zeit vergangen war. Trotzdem fühlte sie sich schon wieder halbwegs bei Kräften. Sie streckte sich und setzte sich auf.

Mandrid und Tiik starrten sie erstaunt an. Nicht jedoch Odo, er kannte sie besser.

»Wie eh und je«, sagte er. »Du bist wirklich nicht totzukriegen. Hast kaum ein Stündchen geschlafen.«

Ezra ließ vorsichtig die Schultern kreisen. Ihr war immer noch kalt. Stumm nahm sie einen Becher Marn-Tee entgegen. Für ein paar Atemzüge inhalierte sie die bitteren Dämpfe, dann nahm sie einen Schluck und seufzte, als sich eine wohlige Wärme in ihrem Bauch ausbreitete.

»Solche Alleingänge«, begann Mandrid ernst, »das solltest du nie wieder tun. Zu deinem eigenen Wohl. Wir haben diese Jagd gemeinsam begonnen, und wir sollten sie auch gemeinsam zu Ende bringen.«

»Es hat auch gut ganz ohne euch geklappt«, entgegnete sie. »Aber danke, dass ihr Tiik geschickt habt.«

»Hör zu«, sagte Mandrid, »es mag sein, dass wir unterschiedliche Gründe haben, aber im Namen der Sechs Sonnen: Ich will diese Verbrecher genauso zur Strecke bringen wie du! Und außerdem hatte ich gedacht, dass uns eine gemeinsame Hoffnung verbindet«, fügte er so leise hinzu, dass es die anderen nicht hören konnten, »... dass du eine Frau wirst.«

Sie spürte, wie Odo sie beobachtete und löste den Blick von Mandrid.

»Hast du eigentlich irgendetwas gespürt, als du Xharrils letzten Atemzug aufgesaugt hast?«, fragte er.

Ezra schüttelte den Kopf. »Nein. Und so langsam zweifle ich daran, dass die Silben wirklich helfen, meinen ... Fluch aufzuheben.«

»Ich kann dir nur sagen, was ich weiß«, erwiderte Odo. »In den alten Folianten der Akademie stand, dass die letzten Atemzüge eines Magikers mächtig sind und ihnen die Kraft innewohnt, ihre Flüche zu brechen. Möglich, dass einige der Schriften inzwischen überholt sind. Gewissheit wirst du nur haben, wenn du es zu Ende bringst.«

»Ich habe nicht vor, auf halbem Weg aufzuhören. Ich werde Bandrabash finden.«

»Großartig!« Mandrid klatschte in die Hände. »Du hast also von Xharril erfahren, wo Bandrabash steckt.«

»Nein, habe ich nicht.«

»Was? Ich dachte …« Mandrid fluchte und trat einen Stein beiseite. »Dann haben wir nichts, rein gar nichts! Einen Magiker des Ersten Turms zu finden ist schon schwer genug. Aber ohne den kleinsten Hinweis? Unmöglich! Sie haben zu viele Gesichter, beherrschen jede Art von Verschleierungszauber.«

Schweigen setzte ein. Mandrid ging unruhig auf und ab, und Odo vergrub sein Gesicht in den Händen. Währenddessen musterte Tiik sie mit ihren Vogelaugen. Ezra war froh, dass sie nicht zu wissen schien, von welchem Fluch die Rede war. Sicher hätte die Harpyie wenig Verständnis dafür, dass sie sich von ihrer Chimärennatur befreien wollte. Verrat, dachte Ezra, war es das, was es in Tiiks Augen wäre?

»Nun«, brach Odo plötzlich die Stille, »es gibt da vielleicht einen Hinweis, dem wir folgen könnten. Eigentlich wollte ich es nicht ansprechen, aber anscheinend haben wir keine andere Möglichkeit.«

»Spuck's schon aus!«, verlangte Mandrid. »Welche Spur meinst du?«

»K'vizzt«, sagte Odo knapp. »Wer hat Peyslin im Kerker mit dem Gift versorgt? Es muss jemand gewesen sein, der Interesse daran hatte, dass er den Mund hielt – trotz Folter.«

»Bandrabash«, raunte Ezra.

»Das wäre eine Möglichkeit«, stimmte Odo zu. »Doch um sicherzugehen, müssten wir die Spur des K'vizzt zurückverfolgen.«

Ezra sprang auf. »Na los, sag schon, woher kommt dieses Gift? Wo gibt es K'vizzt?«

»In Istia.«

»Das ist ein gefährlicher Ort«, murmelte Mandrid. »Die Alchemistenkartelle stehen unter dem Schutz des Schwefelfürsten, sind straff organisiert und absolut gnadenlos. Und vor allem dulden sie keine Fremden.«

»Aber außer ihnen verfügt nun mal niemand über die Rezeptur und Ingredienzien, um K'vizzt herzustellen«, erwiderte Odo. »Sie sind unser einziger Anhaltspunkt.«

Mandrid musterte sie eindringlich. »Ich warne euch, wir werden mit unseren Fragen so viel Staub aufwirbeln, dass wir leicht in einem Sack auf dem Meeresboden landen könnten.«

»Du kneifst?«, fragte Ezra.

»Nein, das habe ich nicht gesagt. Aber ich weiß gerne, worauf ich mich einlasse. Und das solltest du besser auch.«

»Er hat recht«, sagte Odo mit fester Stimme. »Genau deshalb wollte ich den Vorschlag nicht machen, solange es andere Möglichkeiten gibt. Nur wie es scheint, ist das unsere einzige Spur.«

Ezra musste nicht lange nachdenken. Sie hatte nicht mit Harpyien und Sandstürmen gekämpft, um jetzt die Segel zu streichen.

»Erzähl mir von den Alchemisten, Odo. Warum sind sie so gefährlich?«

»Nun, wer sich mit den Alchemisten anlegt, legt sich auch mit Fürst Emerald Thelius an. Die Fürstenfamilie selbst steht dem größten Kartell vor. Und so weit ich weiß, beherrschen die Kartelle alles in der Stadt. Sie haben ihre Augen und Ohren überall. Noch bevor wir die ersten Fragen zu Bandrabash gestellt haben, wissen die schon, was wir zum Frühstück gegessen haben.«

»Das ist wahr«, meinte Mandrid. »Es wird schwer, in Istia unerkannt zu bleiben. Aber ich kenne ein ruhiges Plätzchen vor den Toren der Stadt, wo wir unterkommen könnten. Eine Flussinsel. Die Grünen Schwestern führen dort ein kleines Kloster im Namen der Sonnenkirche. Sie sind barmherzige Frauen – ein paar Wanderer, die Zuflucht suchen, würden sie sicher nicht abweisen.«

»Das klingt doch nach einem Plan«, sagte Ezra und trat entschlossenen Schrittes auf die Harpyie zu. »Sag, Tiik, würden du und zwei deiner Gefährtinnen uns vielleicht nach Istia bringen?«

Tiik legte den Kopf schräg und musterte sie. »Nun, einige von uns glauben, dass wir mit den Bauern und Hirten Frieden schließen müssen, wenn wir überleben wollen.« Sie ließ einen Atemzug verstreichen. »Wirst du zu uns zurückkommen und uns dabei helfen?«

Ezra dachte nach. Tiik mochte sie auch als Menschenfrau akzeptieren, doch die anderen Harpyien würden es sicher nicht. Zu ihnen zurückzukehren, nachdem sie ihren Chimärenfluch gebrochen hatte, wäre also der reinste Selbstmord.

»Ich werde kommen«, log sie daher und legte Nachdruck in ihre Stimme. »Wenn ich diese Sache hinter mich gebracht habe, werde ich zurückkommen zu euch. Versprochen.«

»Dein Wort soll mir reichen, Ezra. Ich werde sehen, ob meine Gefährtinnen auch bereit sind, dir zu glauben. Bei Sonnenaufgang werde ich wieder hier sein – mit Verstärkung oder allein, wenn es sein muss.«

Mit diesen Worten sprang sie den Hang hinunter, die Flügel weit ausgebreitet, und glitt in den Nachthimmel. Odo, Mandrid und Ezra schauten ihr hinterher, bis sie verschwunden war – ihnen blieb nur zu hoffen.

*

Der nächste Morgen begann mit einem kargen Mahl. Sie knabberten an gedörrten Leguanschwänzen und tranken Marn-Tee, der genauso erdig schmeckte wie das trübe Wasser aus ihren

Schläuchen. Ezra hasste es zu warten. Sie warf ein paar grüne Zweige ins Feuer, und sofort bildete sich dichter Qualm. Tiik sollte sie auf keinen Fall übersehen.

Odo hustete und wedelte den Rauch beiseite. »Diese Grüne Schwesternschaft, woher kennst du sie, Mandrid?«

»Warum fragst du?«

»Na ja, ich habe noch nie von ihnen gehört und frage mich, ob wir ihnen trauen können.«

»Das können wir. Dafür lege ich meine Hand ins Feuer. Sie sind zwar nur ein Laienorden, aber ohne ihre Opferbereitschaft wäre Istia längst in seinem eigenen Gift erstickt.«

Odo nickte und musterte Mandrid weiterhin fragend. »Und?«

»Und ich habe vor einiger Zeit mit einer ihrer Schwestern zusammengearbeitet. Schwester Nevelin – eine weise und mutige Frau. Sie hat uns geholfen, einen gefährlichen Mann ausfindig zu machen.«

Mehr war Mandrid anscheinend nicht bereit zu verraten. Ezra lauschte dem Gespräch ohnehin nur mit einem Ohr. Sie war damit beschäftigt, in den Himmel zu starren. Ein mulmiges Gefühl beschlich sie. Wenn die Harpyien nicht kämen, müssten sie den Landweg rund um die Giftige See nehmen, und das würde sie Zeit kosten – sehr viel Zeit. Doch schon wenige Augenblicke später konnte sie diesen Gedanken beiseiteschieben: Ein kleiner Harpyienschwarm kam aus dem Norden in ihre Richtung geflogen.

Angeführt von Tiik landeten die Biestweiber bei ihrem Lager – es waren sechs an der Zahl. Ezra hatte den Eindruck, dass sie allesamt noch sehr jung waren, ihre Gesichtszüge waren feiner, und ihre Leiber wiesen nur wenige Narben auf. Einige von ihnen sah sie zum ersten Mal, anderen glaubte sie schon auf der Blutspitze begegnet zu sein.

»Danke, dass ihr gekommen seid!«, begrüßte sie die Harpyien.

Tiik verneigte sich. »Man muss weggehen, um wiederkehren

zu können. Das verstehen wir. Heute beginnt der letzte Abschnitt deines Weges. Und auch wenn er dich ins Ungewisse führt, so wirst du bei deiner Rückkehr stärker sein – stärker für uns.«

Normalerweise hätte sie Tiiks Worte als Geschwafel abgetan, aber hinter ihren Floskeln schien eine Ahnung zu stecken. Ezra wusste nicht, was sie darauf erwidern sollte, und war froh, als die anderen Biestweiber zu tuscheln anfingen.

»Wo ist denn das Schwert?«

»Ich würde es zu gern sehen …«

Ezra verstand dies als Aufforderung. Sie drehte ihren Waffengurt so, dass Klinge und Griffstück gut zu sehen waren.

Staunend betrachteten die Harpyien den blanken Knauf.

»Sieht ein bisschen aus wie du, Zarii«, flüsterte eine von ihnen ihrer üppigen Kameradin zu.

Daraufhin gackerten die Biestweiber und schlugen mit den Flügeln. Ezra musste schmunzeln. Sie mochte die Harpyien, zumindest einige von ihnen. Sie waren Chimären wie sie und doch ganz anders. Sie scherzten, lachten, hatten einander – und das war der Unterschied: Ezra war immer allein gewesen.

»Wie lange fliegt man denn bis nach Istia?«, fragte sie, als sich die Harpyien beruhigt hatten.

»Keinen ganzen Tag«, antwortete Tiik. »Wir sollten vor Sonnenuntergang dort sein, wenn wir uns jetzt auf den Weg machen.«

»Wir sind bereit.« Ezra rückte ihren Waffengurt wieder zurecht.

Tiik beobachtete, wie Odo und Mandrid ihre Rucksäcke schulterten.

»Nur das nötigste«, ermahnte sie die beiden. »Und runter mit den Mänteln! Oder wollt ihr, dass sie sich in unseren Flügeln verfangen?«

»Ja, runter mit den Mänteln!«, frohlockten Zarii und ihre vorlaute Freundin.

Ezra musste sich erneut ein Lachen verkneifen, und die Harpyien blinzelten ihr verschwörerisch zu, als sie damit begannen, die Männer von ihren Kleidern zu befreien.

Zu guter Letzt standen Odo und Mandrid nur noch in Hemd und Hose da und sahen alles andere als glücklich aus. Fast ihr gesamtes Gepäck mussten sie zurücklassen. Nur schweren Herzens trennte Odo sich von seinem Apothekerkoffer. Die nötigsten Kräuter und Tinkturen konnte er jedoch retten und in ein Beutelchen stopfen, das er sich um den Hals band und unter das Hemd steckte. Mandrid behielt nur sein Schwert. Allein für Ezra war es keine große Herausforderung. Sie besaß ohnehin nicht mehr als das, was sie am Leib trug.

Ein letztes Mal inspizierte Tiik ihre Fracht strengen Blickes, dann konnten sie endlich aufbrechen. Erst jetzt, da sie bei vollem Bewusstsein war, bekam Ezra mit, wie schwierig sich das Ganze gestaltete. Eine Harpyie packte sie bei den Schultern, eine zweite an den Waden. Die Biestweiber mussten heftig mit den Schwingen schlagen und büßten einige Federn ein, bis sie endlich abgehoben hatten.

Lange Zeit flogen sie über Hügelland. Unendliche Weiten von knochenfarbenem Sand folgten. Irgendwann – sie waren schon eine ganze Weile unterwegs – kam eine frische Brise auf, und Ezra blickte besorgt nach vorn. Sie hielten auf eine grünliche Wolkenwand zu. Ihre Augen begannen zu tränen – ob von dem Wind oder dem beißenden Geruch, der plötzlich in der Luft lag, vermochte sie nicht zu sagen. Sie wollte den anderen etwas zurufen, doch ihre Stimme ging in dem Tosen unter.

Nicht so die der Harpyien. Mit spitzen Schreien verständigten sie sich und stiegen höher auf, bis der gefährliche Dunst weit unter ihnen lag.

Ezra zitterte inzwischen am ganzen Leib. Eine Eiseskälte schnitt ihr in die Haut. Sie schloss die Augen und versuchte, sich den Tag ins Gedächtnis zu rufen, an dem Ewil und sie beim Drill der Purpursonne getrotzt hatten. Und mit einem Mal kam es ihr nicht mehr so kalt vor, und sie musste lächeln. Tatsächlich vermisste sie die raue Gesellschaft der Staubklingen – Espens gebrüllte Befehle ebenso wie Valerians dumme Scherze. Sie bereute, dass sie sich nicht mehr bei ihnen blicken lassen konnte. Angeblich hatte sie ja einen der ihren hinterrücks angegriffen. Diese Lüge hatte sie selbst in die Welt setzen müssen, um die Namen ihrer Schöpfer in Erfahrung zu bringen. Nur ein weiteres von vielen Opfern, dachte sie bitter.

Mit der Goldsonne im Rücken und einer salzigen Brise im Gesicht flogen sie weiter. Immer öfter brach die Wolkendecke nun auf und gab den Blick auf endlose Wassermassen frei. Ab und zu konnte sie sogar Segelschiffe in dem weiten Blau ausmachen. Ezra ärgerte sich, dass sie dieses Mal nicht erschöpft genug war, um einfach einzudösen, denn zwischen der ständigen Kälte und dem Magenknurren schien die Zeit kaum zu verstreichen.

Und dennoch kamen sie schließlich an.

Gegen Abend brachen sie durch die Wolkendecke und sanken tiefer. Endlich war wieder Land in Sicht. Unter ihnen schlängelte sich ein brauner Fluss durch eine flache Landschaft, bis er ins Meer mündete. Das Südufer schien kaum bevölkert zu sein, doch nördlich des Stroms reihten sich Häuser dicht an dicht. Zwischen ihren Spitzdächern ragten riesige Kupferschlote auf. Einige Schornsteine glänzten noch jungfräulich rot in der Abendsonne, andere waren vom Sockel bis zur Mündung von Grünspan überzogen. In aberwitziger Höhe stießen sie giftigen Rauch in die Luft, sodass er sich erst weit jenseits der Stadtgrenze wieder absenkte. Hier in Istia wurden Elixiere und Toxine für ganz Royum gebraut. Das fiel Ezra nicht mehr schwer zu glauben. Immer wieder konnte sie grünliche Strömungen im Fluss ausmachen, dort, wo Abwässer eingeleitet wurden.

Noch bevor sie die Stadt erreichten, gingen sie weiter in den Sinkflug über. Sie steuerten auf einen Werder mitten in der Flussmündung zu, blattlose Bäume säumten sein Ufer. Auf den ersten Blick sah Ezra nichts, was lebendig wirkte. Ein düsteres Gemäuer mit vergitterten Fenstern nahm den Großteil der Insel ein. Auf einer Landzunge im westlichen Teil war ein kleiner Sonnentempel errichtet worden. Vom Lichtspiel seiner Kristallkuppel angezogen, näherten sie sich ihrem Ziel.

Kurz über dem Boden ließen die Harpyien sie los. Ezra rollte sich ab, doch der Aufprall war heftig. Ihre Gliedmaßen – halb erfroren von dem langen Flug – schienen zu zerbersten. Den Schmerz wollte sie sich jedoch nicht anmerken lassen. Sie biss die Zähne zusammen, stand auf und schüttelte sich. Ein paar Schritte weiter hörte sie Odo jammern und Mandrid fluchen. Dem Klagen nach schienen sie noch unsanfter aufgekommen zu sein. Wahrscheinlicher war jedoch, dass sie einfach nichts aushielten.

Die Harpyien waren indes weitergeflogen und gewannen bereits wieder an Höhe. Nur Zarii landete neben ihnen auf der Insel. Sie beugte sich über den sichtlich mitgenommenen Odo und half ihm auf. Dabei machte sie sich einen Spaß daraus, ihm ihre prallen Brüste vor die Nase zu halten, und brachte ihn zum Erröten.

Ezra schüttelte grinsend den Kopf und blickte nach oben. Tiik kreiste über ihnen am Himmel. »Möge deine Jagd erfolgreich sein!«, rief die Harpyie ihr zu. »Wir werden auf den Tag deiner Ankunft warten.«

»Auf bald!«, erwiderte Ezra und wandte sich rasch ab. Es machte sie traurig, dass sie Tiik angelogen hatte – hatte anlügen müssen. Und selbst wenn sie sich wiedersähen, wäre das Band zwischen ihnen nicht mehr dasselbe, denn dann wäre Ezra kein Biestweib mehr.

»Und vergiss nicht die beiden Leckerbissen mitzubringen«, krächzte Zarii feixend. Dann nahm sie Anlauf und schwang sich am Ende der Landzunge in die Lüfte. Das Wasser kräuselte sich unter ihren Flügelschlägen und beruhigte sich erst wieder, als sie schon weit oben war.

»Diese Harpyien sind schon etwas Besonderes«, bemerkte Odo, während er Zarii nachsah.

»Ja«, erwiderte Mandrid, »verflucht sind sie. Verlorene Seelen.«

Ezra musterte ihn scharf. Das war es also, was er von ihr dachte? Dass sie eine *verlorene Seele* war, die er retten musste? Doch ihr blieb keine Zeit, mit ihm einen Streit anzufangen, denn hinter sich hörte sie Schritte. Blitzschnell wirbelte sie herum.

Eine hochgewachsene Frau trat aus dem Schatten der Kapelle hervor. Sie mochte etwa doppelt so alt sein wie Ezra. Ihre Haut hatte einen seltsam grünlichen Stich, und rund um den Mund herum war sie von einem nesselartigen Ausschlag befallen, ebenso an den Händen und den nackten Füßen. Ihr weißes Kleid klebte klitschnass an ihrer Haut, und das schüttere Haar hing in feuchten Strähnen herab. Fast hatte es den Anschein, sie sei soeben dem Fluss entstiegen. Ein widerwärtiger Gedanke bei dem faulen Gestank, der von dem Wasser ausging.

»Wer wagt es, unser Eiland zu betreten?« Die Frau lallte ein wenig, als wäre sie betrunken.

»Bitte entschuldigt unser plötzliches Erscheinen«, erwiderte Mandrid. »Es lag nicht in unserer Absicht Euch zu ängstigen.« Während er sprach, kramte er seinen Purpurring hervor und hielt ihn der Frau hin. »Ich bin ein alter Vertrauter von Schwester Nevelin. Könntet Ihr ihr ausrichten, dass Mandrid von Stern hier ist, um für sich und seine Gefährten um Unterkunft zu bitten?«

»Ich fürchte, das liegt nicht in meiner Macht. Dort drüben ist ihr Grab.«

Die Grüne Schwester deutete auf eine Reihe runder Steinplatten, gleich hinter der Kapelle. Ein Friedhof, dachte Ezra. Die Grabsteine waren in den unterschiedlichen Farben der Sechs Sonnen bemalt, um Geburtstag und Todestag der Verstorbenen festzuhalten.

Mandrid verschlug es die Sprache. Die Frau nutzte den Moment der Stille, um sie abwägend zu mustern. In ihrem Blick lag jedoch weder Feindseligkeit noch Missbilligung. Zuletzt glaubte Ezra sogar ein mildes Lächeln auf ihren Lippen zu erkennen.

»Ihr könnt von Glück reden, dass Schwester Nevelin bis zum letzten Tag äußerst redselig war. Sie hat viel von Euch gesprochen, Mandrid ... hat Euch in den höchsten Tönen gelobt.« Ein Hustenanfall unterbrach die Worte der Grünen Schwester.

»Was ist mit ihr geschehen? Bitte sagt es mir, Schwester ...«

»Pristin«, antwortete sie und rang nach Atem. »Ich heiße Pristin. Aber gewöhnt Euch nicht zu sehr an mich. Unsere Leben fließen schneller davon als der Fluss. Das wusstet Ihr doch, oder nicht?«

Während sie sprach, war die Schwester näher getreten. Von Angesicht zu Angesicht gab sie ein noch erschreckenderes Bild ab. Ihre Lippen waren verätzt, und wenn sie sprach, war ihre Zunge zu sehen – schwarz und geschwollen. Ezra hatte eine dunkle Ahnung, woran das lag.

»Aber kommt herein«, sagte Pristin und blickte gen Himmel, in die Richtung, in der die Harpyien verschwunden waren. »So, wie ihr angereist seid, scheint ihr nicht zu wollen, dass man euch in der Stadt sieht.«

Mandrid nickte. Daraufhin machte Pristin kehrt und führte sie zu dem großen Gebäude. Mit seinem rostigen Eisentor und den vergitterten Fensterschlitzen erinnerte es Ezra an ein steinernes Ungeheuer mit riesigem Maul und unzähligen Augen.

»Sieht aus wie ein Gefängnis«, murmelte sie.

»Das war es auch«, erwiderte Pristin mit einem bitteren Unterton. »Bis der Schwefelfürst es unserer Schwesternschaft vermacht hat. Als Zeichen seiner Dankbarkeit. Im Namen der Kartelle.«

Auf halbem Weg blieb Mandrid plötzlich stehen. »Verzeiht,

aber wenn es Euch nichts ausmacht, dann würde ich gerne für einen Augenblick bei Nevelins Grab verweilen.«

Schwester Pristin hielt inne und warf ihm einen strengen Blick zu. »Die Schwestern sind mitten in der Andacht am Flussufer und dürfen nicht gestört werden.« Doch schließlich nickte sie. »Gut, kommt nach, wenn Ihr so weit seid.«

Mit einem kurzen »Danke« auf den Lippen verbeugte Mandrid sich und ging zurück Richtung Friedhof.

Ezra sah ihm nach. Es war jedoch etwas anderes, das ihr Interesse weckte. Jenseits der Gräber, unten am Ufer, sah sie tatsächlich die Grünen Schwestern. Und ihre Ahnung bestätigte sich: Die Frauen standen bis zu den Knien in dem verseuchten Fluss, nur in leichte Leibchen gekleidet. Dort verharrten sie im stillen Gebet. Zwischendurch schöpften sie immer wieder Wasser aus dem Strom und tranken es aus der hohlen Hand. Kein Wunder also, dass sie todkrank waren.

»Das Wasser zu trinken ist doch Wahnsinn!«, stieß sie hervor.

Rasch warf Odo ihr einen mahnenden Blick zu. Schwester Pristin hingegen schien an ihrer Bemerkung keinen Anstoß zu nehmen.

»Womöglich«, antwortete sie gleichmütig. »Aber so wird die Stadt von ihren Sünden reingewaschen.«

»Haben die Alchemisten wirklich so viel Barmherzigkeit verdient?«, fragte Odo.

»Es ist nicht an mir, darüber zu urteilen.« Pristin schritt weiter, schob das Eisentor auf und betrat die Vorhalle des ehemaligen Zuchthauses. Ihre Stimme hallte laut von der Decke wider. »Was ist mit dem einfachen Volk? Mit den Tagelöhnern, den Greisen und den Kindern? Sollen wir sie leiden lassen, wenn es doch in unserer Macht steht, ihnen zu helfen?«

Odo und Ezra schwiegen. Wenn die Schwestern tatsächlich daran glaubten, den Menschen durch ihr Opfer zu helfen, wer waren sie, das infrage zu stellen? Ezra selbst war nicht besonders gläubig. In ihrem Dorf hatte es noch nicht mal einen Priester oder Tempel gegeben. Die meisten Leute hatten Berggeister angerufen, wenn sie mit ihren Ziegenherden hinauf in den Tahlat gezogen waren oder hatten versucht, die beste Zeit für die Aussaat aus dem Vogelflug zu weissagen. Aber vielleicht gab es den Sonnenvater tatsächlich, und er ließ sich durch die Opferbereitschaft der Grünen Schwestern besänftigen.

Pristin führte sie unter einem verrosteten Fallgitter hindurch in einen langen Gang hinein. Zur linken wie rechten Seite befanden sich eisenbeschlagene Türen, deren Riegel jedoch entfernt worden waren.

»Am Ende des Flurs findet ihr ein Wasserfass«, erklärte sie. »Nicht wundern, es ist rot und schmeckt nach Eisen. Aber ihr könnt es beruhigt trinken, es kommt nicht aus dem Fluss. Die Mahlzeiten werden bei Sonnenaufgang verteilt. Falls ihr noch hungrig seid, dann kann ich euch etwas Waffelbrot bringen.«

»Danke, nein«, sagte Odo. Und auch Ezra schüttelte den Kopf.

Nach ein paar Schritten blieb Pristin schließlich stehen. »Hier wären wir«, verkündete sie und öffnete eine der Türen.

Ezra spähte hinein: Fenstergitter, eine steinerne Pritsche und ein Nachttopf – die Zellen hatten nichts von ihrem Zuchthauscharme eingebüßt.

»Die Männer können die Kammern nebenan beziehen. Alles Weitere besprechen wir morgen früh.«

»Habt vielen Dank, Schwester«, sagte Ezra und wollte noch fragen, was genau früh am Morgen hieß, doch sie wurde unterbrochen.

»Schwester Pristin, Schwester Pristin!«, hallte es aufgeregt durch den Gang. Eine junge Frau kam auf sie zugeeilt. Ihre bloßen Füße klatschten über den nackten Steinboden. Wasser tropfte von ihrem Kleid herab, die Haut war blass und nahezu unversehrt, nur das blonde Haar hatte einen leichten Grünstich. Sie war schon fast heran, als sie – von Odos und Ezras Anblick überrascht – stehen blieb. »Draußen bei den Gräbern ... da ist ein Mann.«

»Er ist unser Gast«, beruhigte Pristin sie. »Und das hier sind seine Begleiter.«

»Gestatten, Odo Ondorian.« Odo versuchte sich an einer galanten Verbeugung. »Färber aus Bendrahim.«

»Und ich bin Ezra.«

»Was gibt es sonst noch, Schwester Tenia?«, fragte Pristin.

»Die Schwestern ... Sie sind mit der Andacht fertig.«

»Gut, dann können wir in die Stadt aufbrechen. Hol die grünen Mäntel aus der Kleiderkammer und verteil sie.«

»Ausgezeichnet!«, rief Mandrid, der soeben den Gang entlanggeschritten kam. »Schwester, wärt Ihr wohl so gut uns auch ein Paar Mäntel zu geben? Nur geliehen, versteht sich. Dann könnten wir uns Eurer kleinen Prozession anschließen und kämen unauffällig in die Stadt.«

Pristin musterte ihn mit unbewegter Miene. »Seht Euch vor«, warnte sie ihn. »Ich weiß nicht, was Ihr vorhabt, aber Istia ist ein gefährlicher Ort. Und ich möchte nicht, dass Ihr meine Schwesternschaft in Verruf bringt.«

»Aber nein, Schwester, ich verspreche Euch, wir wollen nur den Kartell-Spitzeln am Stadttor entgehen und uns ein wenig umhören. Und das alles in einer sonnengefälligen Sache.« Er bekreiste sich. »Mein Ehrenwort!«

»In Ordnung«, erwiderte Pristin. »Du hast es gehört, Tenia. Hol drei Umhänge mehr und achte darauf, dass sie lang genug sind.«

»Nein, zwei sollten reichen. Ezra wird uns nicht begleiten.« Mandrid warf ihr einen kurzen Blick zu.

»Das kann nicht dein Ernst sein ...« begann Ezra, doch Odo zog sie am Arm zu sich.

»Er hat recht«, raunte er ihr ins Ohr. »Falls Bandrabash in Istia ist, darf er dich nicht zu früh entdecken. Wir sollten die Überraschung auf unserer ... auf deiner Seite haben.«

Ezra spürte ein tiefes Grollen in sich aufsteigen, doch sie hielt es zurück. Odo hatte recht, sie musste Ruhe bewahren. Vielleicht war sie ihrem dritten Schöpfer schon ganz nah ...

»Na dann los!«, trieb Pristin die junge Frau an. »Was stehst du noch hier rum? Und ihr beiden«, sie wandte sich an Mandrid und Odo, »könnt gleich mit mir kommen. Wir sind spät dran.«

»Ruh dich aus«, sagte Odo und klang dabei selbst ganz müde. »Vielleicht kann ich auch noch was zu essen für dich auftreiben.«

Mandrid nickte ihr zu. »Bis nachher.«

Ezra war immer noch wütend, also wandte sie sich wortlos von ihm ab und lauschte den sich entfernenden Schritten. Mandrids Duft hing jedoch wie eine Wolke im Gang. Sie hatte ihn immer gemocht, und nun, zur Mitte des Sonats, wenn die Sonne am intensivsten strahlte, roch sie ihn am stärksten.

Als sie endlich allein war, ging sie zu dem Fass, das am Ende des Flurs stand. Mit einer Kelle schöpfte sie etwas Wasser und trank davon. Tatsächlich schmeckte es nach Eisen, wie verdünntes Fischblut. Sie spuckte es aus und nahm noch einen Schluck, um ihren Durst zu stillen. Dann zog sie sich in ihre Zelle zurück. Für einen Augenblick setzte sie sich auf die Pritsche. Doch sie war unruhig, und schon kurz darauf sprang sie wieder auf und begann in der viel zu kleinen Kammer auf und ab zu tigern.

Schließlich blieb sie am Fenster stehen und schaute durch die Gitterstäbe hinaus. Ihr Blick fiel auf einen Kräutergarten, eingefasst von einer kahlen Hecke. Wenn sie sich streckte, konnte sie dahinter sogar den Fluss ausmachen. Soeben zogen die Schwestern über einen Knüppeldamm, der zur Stadt hinüberführte. Sie gingen im Gänsemarsch – vorsichtig, als wäre das Holz glatt oder morsch. Mandrid bewegte sich genauso geschickt wie die Frauen, so dass Ezra nicht ausmachen konnte, unter welcher grünen Kutte er sich verbarg. Odo hingegen erkannte sie sofort, denn er stakste ungelenk wie eh und je.

Ezra verweilte noch lange am Fenster, selbst als die Prozession schon am anderen Flussufer verschwunden war. Im Stehen döste sie mit halb geschlossenen Augen vor sich hin und sah den Büschen dabei zu, wie sie sich im Abendwind bewegten. Ihre Zweige raschelten leise. Ab und an war auch ein Knacken zu hören. Erst nach einer ganzen Weile wurde Ezra bewusst, dass sich eine gebückte Gestalt zwischen den Sträuchern zu schaffen machte. Sie trug eine grüne Schwesternkutte und jätete Unkraut. Den zupfenden Bewegungen wohnte etwas Beruhigendes inne. Die Frau ging ihrer Tätigkeit mit äußerster Sorgfalt und Muße nach. Dabei summte sie leise vor sich hin, immer wieder dieselbe Melodie.

Ezra spitzte ihre feinen Ohren, um zu verstehen, was sie sang.

»Gänsefuß und Hühnerhirse, Löwenzahn und Giersch. Ausgerupft und abgehackt, sonst werd ich noch wirsch.«

Plötzlich hielt die Frau inne und blickte zu ihr auf. Ihre Haut war grün und voller Falten. Das schwarzgraue Haar hing ihr tief in die Stirn, sodass nur eine Gesichtshälfte zu erkennen war. Aber das eine Auge, aus dem die Alte sie anstarrte, war deutlich zu sehen. Und es lag Wahnsinn, purer blanker Wahnsinn, darin.

Ezra schrak zurück. Ihr Herz pochte wie wild, als sie sich im Dunkel der Kammer versteckte. Sie musste an die verrückte Alte denken, die Odo und sie in der Wachstube in Oriza verflucht hatte. Aber das hier konnte unmöglich dieselbe Frau sein. Trotzdem musste sie sich vergewissern. Vorsichtig schlich sie wieder zum Fenster und spähte hinaus in den Garten. Doch die Frau war verschwunden.

Ezra wirbelte herum, stieß die Zellentür auf und rannte den Gang hinunter. Am Ende des Flurs angekommen, riss sie das Eisentor auf, und Tenia stolperte ihr völlig überrascht in die Arme.

Ezra packte sie. »Die Alte in eurem Garten. Wer ist sie?«

Die junge Schwester sah sie verängstigt an. »W-welche Alte?«

»Na, das Großmütterchen, das dort Unkraut zupft und vor sich hin singt. Los, raus mit der Sprache!«

»Aber ... außer uns beiden ist niemand auf der Insel.«

Ezra spürte, wie ihr schwindlig wurde. Sie ließ das Mädchen los und hielt sich am Torflügel fest. »Ich habe sie doch gesehen«, murmelte sie. »Draußen, unter meinem Fenster. Sie hat ein Lied gesungen.«

»Bei uns gibt es keine Alten«, erklärte Tenia. »Keine von uns wird alt. Und selbst wenn, reden könnten wir dann bestimmt nicht mehr. Der Fluss verätzt uns die Kehle. Auch Schwester Pristin verliert schon langsam ihre Stimme, und sie ist kaum dreißig.«

Ezra trat einen Schritt hinaus und sah sich um. Konnte es sein, dass sie sich die Alte nur eingebildet hatte? Dann wandte sie sich wieder an Tenia und musterte sie misstrauisch.

»Warum bist du eigentlich hiergeblieben?«

»Weil ich noch nicht so weit bin.«.

»Wofür?«

»Zum Vorkosten.«

»Vorkosten?«

»Ja«, erklärte Tenia, »die älteren Schwestern verdingen sich in der Stadt als Vorkosterinnen. Irgendwoher muss der Orden ja sein Silber kriegen. Fürs Beten werden wir leider nicht bezahlt. Aber zum Glück sind die Alchemisten ein paranoider Haufen. Und das nicht zu Unrecht. Die Kartelle sind sich spinnefeind, und nicht für jedes Gift haben sie auch ein Gegenmittel. Unsere Körper dagegen sind abgehärtet – durch das Flusswasser. Uns wird vielleicht übel, wenn wir vergiftet werden. Aber sterben tun wir daran nicht so schnell. Wir siechen langsam vor uns hin.«

»Verstehe. Was für ein Segen«, entgegnete Ezra trocken, doch tatsächlich war sie fassungslos. Was für ein Dasein führten diese Frauen – weihten sich selbst dem Tode, damit andere leben konnten? Wie konnte Tenia dabei nur so ruhig bleiben? Gab es für ein Mädchen wie sie denn keinen anderen Broterwerb und keinen anderen Weg, seinen Glauben zu leben?

Sie nickte Tenia kurz zu, dann ging sie zurück in ihre Zelle. Wut und dumpfe Verzweiflung machten sich in ihr breit, und sie stellte sich eine schmerzhafte Frage: Was hätte *sie* als gemeine Frau vom Leben zu erwarten?

*

Dies war eine von den Nächten, in denen Ezra ihren leichten Schlaf verfluchte. Jedes Mal, wenn sie Schritte auf dem Gang hörte, fuhr sie von ihrer Pritsche hoch. Und dann dauerte es lange, bis sie wieder eingeschlafen war.

Fackellicht drang vom Flur unter der Tür hindurch, und trotz der steinernen Wände hörte Ezra die Schwestern miteinander flüstern. Während sie wach lag, gesellten sich die einzigen anderen Bewohner der Insel zu ihr: Sumpfmücken. Ihr Surren machte Ezra rasend. Für jeden Blutsauger, den sie erschlug, kamen zwei neue dazu. Schon bald hatte sie sich damit abgefunden und versuchte die Plagegeister zu ignorieren. Wo blieben nur Odo und Mandrid? Ob ihnen etwas zugestoßen war? Ezra wälzte sich hin und her und wartete – mal wachend, mal dösend. Elendig langsam kroch die Zeit voran.

Sie musste gerade erst eingenickt sein, als sie wieder Schritte hörte, dieses Mal jedoch schwerere. Als kurz darauf die Türen zu ihren Nachbarzellen quietschten, war sie sich sicher: Ihre Gefährten waren zurückgekehrt. Die Erleichterung währte jedoch nur kurz. Fortan war Ezra noch unruhiger. Sie konnte keinen Schlaf mehr finden, denn sie wollte unbedingt hören, was die beiden erfahren hatten – aber das war nicht alles.

Ezra spürte eine innere Hitze in sich aufsteigen. Sie hatte das Gefühl, keine Luft mehr zu bekommen. Schließlich sprang sie auf und trat ans Fenster, doch draußen ging kein Wind. Die Nächte zur Sonatsmitte hin waren schon immer die schlimmsten gewesen, so wie damals in der Gasse in Bendrahim. Bilder von Ratte, dem toten Straßenmädchen, schossen ihr durch den Kopf, und dann, wie sie Valerian lüstern in denselben Torbogen gezerrt hatte. Sie wollte die Erinnerungen verbannen, doch in der stickigen Kammer kam sie nicht zur Ruhe. Diese verfluchte Insel war ein todgeweihter Ort, aber Ezra wollte leben. Sie musste raus hier! Dies war vielleicht ihre letzte Nacht als Chimäre.

»Als Biestweib«, wisperte sie vor sich hin. Mit einem Mal gefiel ihr der Klang des Wortes und all das, was er verhieß: Schnelligkeit, Zähigkeit und scharfe Sinne. Freiheit. Einmal noch wollte sie über die Dächer balancieren und es genießen, dass die Welt ihr zu Füßen lag.

Ezra ging zur Tür, schob sie einen Spaltbreit auf und wollte hinaushuschen. Doch Odo stand direkt vor ihrer Zelle.

»Oh«, sagte er. »Das trifft sich gut. Ich wollte gerade zu dir.«

»Ach ja, was gibt es?«

»Nun, ich weiß, dass es spät ist, aber ich dachte, du willst vielleicht hören, was wir herausgefunden haben. Um ehrlich zu sein, war ich ganz froh, dass Mandrid dabei war. Istia ist wirklich eine gefährliche Stadt. Aber … wir hatten Erfolg …«

Ezra hielt es kaum noch aus in ihrer Kammer, und auch auf dem Gang wehte kein Lüftchen. »Na los, was habt ihr rausgefunden?«

»Er ist da … Bandrabash. Er ist hier in Istia. Nicht unter seinem Namen, aber er ist es, ganz sicher. Ein einäugiger Ganove ist vor einem Jahr hier aufgetaucht. Er kam aus dem Osten, und er nennt sich Bars Baraan. Klingt der Name nicht ähnlich?«

»Und weiter?«

»Das ist natürlich nicht alles. Er hat das Ruul-Kartell übernommen und hat es zur mächtigsten Organisation der Stadt gemacht. Alles mit dem Segen des Schwefelfürsten. Und dieses Kartell ist der größte K'vizzt-Händler in ganz Royum.«

Ezra schwirrte der Kopf von so vielen Neuigkeiten. Alles, was Odo sagte, schien zu passen. Sie war kurz vor ihrem Ziel … In ihr brodelte es. Sie wischte sich eine schweißnasse Strähne aus dem Gesicht. Diese Hitze war unerträglich.

»Ist alles in Ordnung mit dir?« Odo legte ihr eine Hand an die Stirn. »Du glühst ja richtig.«

»Es ist nichts«, wehrte sie ab. »Ich lege mich gleich wieder hin. Aber danke für die Neuigkeiten.«

»Ja, schlaf dich am besten gut aus. Morgen ist ein wichtiger Tag, dein Tag. Ach, und noch etwas«, fügte er hinzu, »dieser Bars Baraan … er hält sich Berglöwen. Aber nun, genug für heute, gute Nacht.«

Ezra schloss die Tür und lehnte sich von innen dagegen. Ihre Fingernägel bohrten sich in das dunkle Holz, ihr Herz raste. Mit geschlossenen Augen lauschte sie an der Wand und wartete, bis Odo sich zurückgezogen hatte. Dann endlich: Stille.

Wie im Rausch stürzte sie aus ihrer Zelle und hetzte den Gang hinunter. Vor einer rostigen Eisentür, die nur angelehnt war, blieb sie stehen. Ein leichter Windzug kam durch den Spalt. Das musste der Weg hinauf zum Dach sein. Ezra schmiss sich gegen die Tür, wuchtete sie auf und stolperte ins Treppenhaus. Die Luft schmeckte abgestanden. Spinnweben hingen von der Decke und überall an der Wand war Moder. Sie eilte hinauf, nahm immer zwei Stufen auf einmal. Nach zwei Treppenfluchten hörte sie bereits das Rauschen des Windes, am Ende der dritten sprang sie durch eine offene Luke aufs Dach. Keuchend rannte sie zum Rand, beugte sich über eine flache Mauer und konnte endlich den Wind auf ihrem Gesicht spüren … und frei atmen.

»Eine klare Nacht, nicht wahr?«

Ezra fuhr herum. Mandrid sprang von einem Schornstein, auf dem er gesessen hatte, und kam langsam auf sie zu.

»Ich habe dich gar nicht gesehen.«

»Kein Wunder, du bist ja wie eine Furie hier rausgeschossen.«

»Sind wir alleine?« Ezra sah sich gehetzt um.

»Ich denke schon«, erwiderte Mandrid und stellte sich neben sie. »Warum fragst du?«

»Nur so.«

Für eine Weile standen sie schweigend Seite an Seite und ließen die Blicke schweifen. Auf der anderen Seite des Flusses lag Istia. Die Schornsteine der Alchemistenpaläste ragten spitz in den Nachthimmel – wie die Finger von Skeletten. Immer wieder stießen sie grüne Flammen aus und tauchten die Stadt für einen Augenblick in gespenstisches Licht.

»Morgen könnte es so weit sein«, sagte Mandrid schließlich. »Wir haben …«

»Bandrabash gefunden«, unterbrach sie ihn. »Odo hat es mir erzählt.«

»Und, bist du aufgeregt?«

Ezra lachte. »Natürlich, was denkst du denn?«

»Ich auch.«

Überrascht musterte sie ihn aus dem Augenwinkel. So kannte sie Mandrid gar nicht. Sonst war er immer kontrolliert, unterkühlt geradezu – ein Mann der Sonnenkirche eben, dessen Aufgabe es war, Chimären und abtrünnige Magiker zu jagen. Sie neigte sich zu ihm hinüber – ganz leicht nur – und sog die Luft ein. Tatsächlich: Er roch nervös, beinahe besorgt, nur nicht um sich selbst, wie ihr schien. Ihr Herz, das sich gerade erst beruhigt hatte, begann wieder heftig zu schlagen. Ob er es hörte?

Er sah zu ihr herüber, zog die Augenbrauen hoch und grinste. »Deine letzte Nacht als Chimäre also hier oben auf dem Dach?«

»Ja.« Ezra trat auf ihn zu, legte ihm die Hände auf die Wangen und schaute ihm tief in die Augen. Dann krallte sie sich in seinem Nacken fest, zog ihn zu sich und küsste ihn lang und innig. Und dieses Mal stieß er sie nicht zurück …

22

DIE DRITTE SILBE

ISTIA, NEUE GOLDSONNE, JAHR 2 N.D.U.

Die Kupferspäne glühten in der Pfanne. Ezra hielt sich die Nase zu und beobachtete Odo dabei, wie er einen Krug Essig über das Metall goss und das Ganze mit Meersalz auffüllte. Ein lautes Zischen war die Antwort.

»Bist du sicher, dass das klappt?«, fragte sie und fächelte den sauren Dampf mit der Hand beiseite.

Odos Antwort klang dumpf durch seinen Mundschutz hindurch. »Grün wie ein Apfel wirst du sein.«

»Es gibt auch rote Äpfel.«

»Vertrau mir«, entgegnete er. »Es wird grün.«

Odo würde schon wissen, was er tat. Das genaue Abmessen und Mischen der richtigen Zutaten gehörten schließlich ebenso zu seinem Beruf – dem Färben – wie Feuer, Qualm und Gestank. Schwester Pristin hatte ihnen erlaubt, die Küche zu benutzen, auch wenn ihr nicht gefiel, was sie vorhatten: Sie wollten Ezra in eine Grüne Schwester verwandeln und sie als Vorkosterin bei Bars Baraan einschleusen. Und dafür benötigte sie einen grünlichen Teint, wie er allen Schwestern eigen war, die aus dem giftigen Fluss tranken.

»Oder hast du Angst?«, fragte er mit einem Augenzwinkern.

»Wovor denn? Wer wünscht sich nicht, einen gesunden Teint zu haben und die Vorkosterin für einen Ganoven zu spielen, der ganz Istia beherrscht.«

»Das meine ich nicht.« Odo winkte ab. »Sie werden dir deine Rolle schon abnehmen, und die Farbe wäscht sich mit der Zeit aus. Und was Bars Baraan betrifft, habe ich auch keine Zweifel, du wirst bestimmt mit ihm fertig. Ich meine Angst vor dem, was danach kommt – die Normalität, das Menschsein. Heute könnte dein letzter Tag als Chimäre sein.«

Ezra betrachtete das Schwarze unter ihren Nägeln – Mandrids getrocknetes Blut. Gestern Nacht hatte er ihr dieselbe Frage gestellt, nur hatte sie ihm nicht mit Worten geantwortet. Nach all den Strapazen stand ihre Verwandlung endlich bevor, doch sie verspürte keine Erleichterung. Im Gegenteil, auf ihren Schultern lastete mit einem Mal eine bleierne Schwere. Sie spürte Odos Blick auf sich ruhen – abwartend, abwägend – und schluckte.

»Ich kann es kaum erwarten«, hörte sie sich schließlich sagen.

»Gut«, erwiderte er. »Und mach dir keine Sorgen. Selbst nach 33 Jahren weiß ich manchmal noch nicht ganz, was es heißt, ein Mensch zu sein.« Er streckte die Hand aus. »Dann wird es jetzt ernst. Sei so gut und gib mir das Tuch.«

Ezra reichte Odo den hellen Ballen und sah ihm dabei zu, wie er ihn in die brodelnde Flüssigkeit tunkte, die immer noch rot war. Er musste mit einem Kochlöffel nachhelfen, bis der Stoff ganz untergetaucht war. Dabei wirkte er hoch konzentriert. Schweißtropfen bildeten sich auf seiner Stirn. Beinahe wie im Fieberwahn rührte Odo in der Pfanne, bis sich endlich ein zufriedenes Grinsen auf seine Lippen stahl und er den Löffel zur Seite legte.

»Das muss nun etwas einwirken«, sagte er schließlich. »Geh ruhig noch mal an die frische Luft, ich rufe nach dir, wenn ich fertig bin.«

*

Ezra hatte einen schrecklichen Tag hinter sich. Odo hatte sie am späten Vormittag in die nassen Stoffbahnen eingewickelt, bis sie aussah wie ein roter, triefender Kokon. Nur für Augen,

Nase und Mund hatte er schmale Schlitze freigelassen. Der Stoff hatte nach Essig gestunken und das Salz auf der Haut gebrannt. Zunächst war ihr noch angenehm warm gewesen, doch schon bald hatte sie sich gefühlt, als hätte sie eingenässt – nicht einmal, sondern dutzendfach.

Nur kurz war sie in einen unruhigen Mittagsschlaf gefallen, in dem sie ein düsterer Traum heimsuchte: Sie war auf einer winzigen Insel gestrandet, und rings um sie herum stieg das Wasser. Zwei Männer kamen auf sie zu gerudert. Odo von der einen Seite und Mandrid von der anderen. Doch es waren keine Boote, in denen sie saßen, sondern die Hälften ihrer zerbrochenen Muschel. Beide streckten die Arme nach ihr aus, doch noch bevor sie sie berühren oder an ihr zerren konnten, war Ezra aufgewacht – nass und frierend.

Zitternd hatte sie bis zum späten Nachmittag ausgeharrt. Odo hatte sie ermahnt, die Tücher nicht vorher abzustreifen, sonst wäre alle Müh vergebens gewesen. Also hatte sie sich daran gehalten, und das Wunder war geschehen: Ihre Füße, Hände und Arme, auch ihr Gesicht … ihr ganzer Körper war grünlich eingefärbt.

»He, hast du mir überhaupt zugehört?«

Mandrids Stimme riss sie aus den Gedanken und holte sie zurück in die steile Gasse, in der sie sich befanden. Er sah sie erwartungsvoll an.

Ezra hatte keine Ahnung, wie lange er schon auf sie eingeredet hatte, und schüttelte den Kopf. »Nein, tut mir leid.« Nervös fuhr sie mit der Hand über den Ärmel ihres Schwesternmantels, wobei ihr eine Stickerei am Saum ins Auge fiel. Es war ein Name, den sie mühsam entzifferte. »Ne-ve-lin … Das ist ja der Mantel von Schwester Nevelin! Woher kanntest du sie eigentlich?«

Mandrid holte tief Luft. »Das ist eine lange Geschichte, und dafür haben wir jetzt keine Zeit. Also können wir noch mal den Plan durchgehen?«

Ezra nickte, auch wenn Mandrids Reaktion ihre Neugier geweckt hatte.

»Gut. Also, wie gesagt, ich gehe jetzt runter zum Palast und mische mich unter die Gäste. Wenn ich nicht zurück bin, wenn die Sonne hinter dem Palast steht, dann ist Bars Baraan da und du kannst mir folgen. Verstanden?«

»Verstanden.«

»In Ordnung. Und ab jetzt konzentriere dich, die Sache wird nicht einfach. Der Palast ist ein tödliches Pflaster. Es muss alles stimmen. Odo wird außerdem versuchen, sich ins Kesselhaus zu schleichen und dort ab Mitternacht für Verwirrung zu sorgen. Das sollte unseren Rückzug erleichtern.«

Mandrid deutete auf eine kupfergedeckte Halle. Aus ihrem Schornstein stieg weißer Dampf auf. Ezras Blick blieb jedoch an dem Nachbargebäude hängen, Bars Baraans Palast. In seinem Schatten wirkte das Kesselhaus geradezu winzig. Mit den runden Mauern und der gewundenen Bernsteinkuppel erinnerte der Sitz des Ruul-Kartells an ein Schneckenhaus. Auf dem Dach waren zudem vier riesige Windräder angebracht, eines in jede Himmelsrichtung ausgerichtet. Die Blätter drehten sich rasend schnell und sorgten für eine Glocke aus klarer Luft inmitten der ansonsten diesigen Umgebung.

Ezra beobachtete, wie sich ein Strom aus Menschen, ähnlich einer Ameisenstraße, in das Gebäude vorarbeitete. Bereits jetzt, kurz vor Sonnenuntergang, trafen die ersten Vergnügungssuchenden am Palasttor ein.

»Also dann … wir sehen uns in der Höhle des Löwen«, sagte Mandrid und strich ihr kurz übers Haar. Dann bekreiste er sich, setzte einen gehörnten Schlangenhelm auf und ging den Treppenpfad hinunter.

Ezra wunderte sich, wo er diesen protzigen Helm aufgetrieben hatte. Aber er passte gut zum restlichen Aufzug – Lederrock, Schwert und Sandalen. Den nackten Oberkörper hatte er sich mit Öl eingerieben, sodass seine Muskeln glänzten. Er sah von Kopf bis Fuß aus wie ein Grubenkämpfer, in der Menge würde er so kaum auffallen. Seit Bars Baraan das Kartell anführte, war der Palast nämlich für seine Orgien und Schaukämpfe berüchtigt; das hatte Schwester Tenia ihr verraten. Die Striemen auf Mandrids Rücken fügten sich daher gut ins Bild, dachte Ezra und konnte ein Schmunzeln nicht unterdrücken.

Mandrid hatte Glück. Er musste nicht lange warten. Als er unten am Palasttor ankam, wurde gerade ein Schwung Gäste eingelassen. Ezra blickte gen Himmel. Es würde noch eine ganze Weile dauern, bis die Sonne hinter der Kuppel verschwunden war, sie würde sich also gedulden müssen. Unruhig trat sie von einem Fuß auf den anderen und beobachtete, wie immer mehr Menschen aus den Gassen Richtung Palast strömten. Allerlei zwielichtiges Volk war darunter: listig wirkende Händler mit grimmigen Wachen und laut prahlende Glücksritter in Begleitung knapp bekleideter Damen. Wann immer eine Schar grölender Kerle an ihr vorbeizog, griff Ezra reflexartig nach ihrem Gürtel. Aber dort hingen weder Schwert noch Messer. Sie war unbewaffnet, denn ihre Klingen hätten sie verraten. Die meisten Nachtschwärmer schenkten ihr ohnehin keine Beachtung – in ihrer grünen Schwesternkutte war sie wie Luft für sie. Nur ein Mal kam ein Trunkenbold auf sie zu und drückte ihr einen halben Denar in die Hand.

»Der Allsehende mit Euch, Grüne Schwester«, lallte er, bevor er weiter die Gasse heruntertorkelte.

Dann endlich war es so weit. Die Goldsonne ging hinter der Silhouette von Istia unter. Stadtschlösser, Kesselhäuser und Kupferschlote erstrahlten in einem warmen Licht. Und schließlich legte sich ein Strahlenkranz wie eine gelbrote Krone um die Kuppel von Bars Baraans Palast.

Das war der vereinbarte Moment. Mandrid war nicht zurückgekehrt, das hieß, sie konnte ihm folgen – Bars Baraan war anwesend. Einmal atmete sie noch tief durch, dann marschierte sie raschen Schrittes auf das Palasttor zu, vor dem erneut eine Handvoll Leute wartete. Einige gaben sich schweigsam, andere lachten und ließen Weinschläuche kreisen. Niemand wagte es jedoch, sich zu beschweren, denn die Wachen in den schwarzen Kettenhemden blickten finster drein. Sie schienen nur darauf zu warten, dass ihnen jemand dumm kam, um endlich ihre Knüppel schwingen zu können.

Ezra unterdrückte den Impuls, nach einer Stelle Ausschau zu halten, an der sie die Palastmauer heimlich erklimmen könnte. Nicht auffallen, ermahnte sie sich, stellte sich brav in die Reihe der Wartenden und senkte den Blick.

Schon kurz darauf wurde das Tor geöffnet. Ein Mann mit stechend grauen Augen steckte den Kopf durch den Spalt und blickte sich suchend um. Als er sie sah, stieß er den Torflügel auf und stolzierte auf sie zu. Von seinem ansonsten kahlen Schädel baumelten zwei dicke rote Zöpfe an den Seiten herunter und wippten im Rhythmus seiner Schritte.

»Da bist du ja endlich!«, rief er mit einer Mischung aus Ärger und Erleichterung. »Wo hast du so lange gesteckt? Bars Baraan ist schon ganz außer sich vor Durst und Hunger.« Seine Schneidezähne waren vergoldet und blitzten, als er sprach. »Bist wohl neu, was?«

Ezra war dankbar für die letzte Frage und nickte.

»Trotzdem, kein Grund unpünktlich zu sein!«, schnauzte er sie an, während er sie an den Wartenden vorbeischleuste. »Na los, nimm die Beine in die Hand!«

Ihr Gesicht in den Tiefen der Kapuze verborgen, folgte Ezra ihm in den Palast. Bars Baraans Diener legte ein gehöriges Tempo vor. Im Stechschritt führte er sie einen gewundenen Gang entlang. Sie liefen über Marmorböden und Mosaike aus funkelnden Edelsteinen. Weihrauch qualmte in schwebenden Schalen vor sich hin, der Dunst rot gefärbt vom Licht gedimmter Lampen. Überall im Flur standen Gäste, scherzend in Gespräche vertieft. Wasserschmuggler mit Stulpenstiefeln und viel zu großen Klunkern, stinkende Alchemisten, lustige und stille Zecher – sie alle machten Platz, als der Diener mit seinem silbernen Glöckchen läutete.

»Guten Abend, werter Geldouk«, begrüßten ihn die Leute. »Das verspricht ein unterhaltsamer Abend zu werden.«

»Ganz recht«, erwiderte er im Vorübergehen. »Die erste Darbietung wird sogleich beginnen.«

Sie eilten weiter durch den Rundgang, vorbei an zahlreichen Alkoven. Ab und zu gelang es Ezra, einen Blick durch die seidenen Vorhänge zu erhaschen. In einigen Nischen wurde gewürfelt oder Karten gespielt, in anderen spielte man Spiele, die weit weniger Kleidung erforderten. Mehr als einmal wäre Ezra fast in einen Bediensteten gerauscht. Die emsigen Burschen und Küchenmädchen balancierten voll beladene Tabletts vor sich her, mit dampfenden Schalen und gut gefüllten Karaffen. So plötzlich, wie die Diener erschienen, musste es im Palast eine Menge versteckter Türen und Abkürzungen geben. Nur konnte Ezra weder auf den ersten noch auf den zweiten Blick auch nur eine einzige entdecken.

Nach ein paar weiteren Windungen mündete der Gang in eine große Halle. Sie hatten das Zentrum des Palasts erreicht. Ezra sah sich staunend um. Fackeln erhellten das weite Rund – so viele, dass sie, trotz ihrer flackernden Flammen, für ein gleichmäßiges Licht sorgten. An den Wänden, links und rechts des Eingangs, führten breite steinerne Stufen in die Höhe, hinauf zu einer Empore am fernen Ende des Saals. Unter der rußgeschwärzten Kuppel hing ein halbkugelförmiges Gitter. Der Korb war an schweren Eisenketten befestigt und schmiegte sich eng an die Decke.

Ezra fühlte sich wie in einer überdachten Stadt. Der Gestank und Lärm der Massen füllte die Halle. Die Leute drängten sich auf den Treppen, plauderten, tranken und rauchten. Gelangweilt sahen sie einer nackten Tänzerin dabei zu, wie sie, von den Trommeln der Spielleute angetrieben, über die Tanzfläche wirbelte. Oben auf der Empore glaubte Ezra, ein Kissenlager zu erahnen und darauf eine sich rekelnde Gestalt.

All das nahm sie wahr, als sie Bars Baraans Halle zum ersten Mal betrat. Sie wollte den Blick noch weiter schweifen lassen, doch sie wurde abgelenkt. Ein tiefes Knurren ließ sie herumfahren. Am Fuß der rechten Treppe hockten zwei Berglöwen. Die Raubkatzen starrten sie mit glühenden Augen an. Ein Zucken ging durch ihre muskulösen Leiber, ihr Fell sträubte sich. Die Tiere begannen an ihren Ketten zu zerren, aber ihre Bändigerin ließ die Peitsche knallen und rief sie mit einem scharfen Kommando zurück. Mit bloßer Körperkraft wäre es ihr sicher nicht gelungen, sie festzuhalten – dafür war sie viel zu zierlich. Ezra ertappte sich dabei, dass sie die Frau hinter der täuschend echten Katzenmaske neugieriger beäugte als die Berglöwen. Und sie hatte das Gefühl, dass die Bändigerin ihren Blick erwiderte.

»Hier entlang«, ermahnte Geldouk sie und zerrte sie zur linken Treppe. »Wir haben keine Zeit zu verlieren.«

Widerstandslos ließ Ezra sich hinterherziehen, doch sie blickte über die Schulter zurück. Das sandfarbene Fell der Berglöwen hatte tatsächlich denselben Farbton wie ihr Haar, stellte sie fest.

»Platz da! Platz da!« Rufend und klingelnd bahnte Geldouk ihnen einen Weg durch die Menge. Sie hatten die Treppe bereits zur Hälfte erklommen, als Ezra ein Mann in die Quere kam und in sie hineinlief. Wein spritzte aus seinem Kelch.

»He, Weib«, fluchte er, »pass doch auf!«

Seine Stimme klang blechern, und Ezra erkannte sie erst, als sie den gehörnten Schlangenhelm sah. Erleichtert machte sie einen Schritt zur Seite und öffnete die Fäuste, die sie instinktiv geballt hatte.

»Wo bleibst du denn?«, trieb Geldouk sie an. »Komm schon!«

Sie eilte ihm weiter hinterher. Auf der vorletzten Stufe standen schließlich zwei Wachen mit gespannten Bogenschleudern. Bereitwillig machten sie ihnen Platz und ließen sie passieren.

Ezra war auf der Empore angekommen, und vor ihr saß – beziehungsweise *lag* – ihr dritter und letzter lebender Schöpfer. Er musste es sein, denn eine samtene Klappe verdeckte sein linkes Auge – die Stelle, an der die Männer des Ersten Turms ihren Kristall trugen.

Bandrabash, oder Bars Baraan, wie er sich jetzt nannte, fläzte sich auf einem Lager aus bunten Kissen, auf dem eine ganze Ogerbande Platz gefunden hätte. Zu seinen Füßen ruhte ein ebenholzfarbenes Tablett auf goldenen Löwenpranken. Darauf befanden sich Dutzende Schälchen und Pokale mit Speisen und Getränken, alle unangetastet.

Geldouk kündigte sie mit einem Klingeln an. Dabei hatte er die hohle Hand um die Glocke gelegt, um den schrillen Klang etwas zu dämpfen.

»Herr«, sagte er ehrerbietig und verneigte sich. »Ich bringe Euch die Grüne Schwester.«

»Wird auch Zeit«, knurrte Baraan. »Bin schon fast verhungert. Am liebsten würd ich sie den Löwen zum Fraß vorwerfen. Nur komm ich so auch nicht schneller zu meinem Essen.« Er lachte heiser auf. »Aber wer weiß, vielleicht holen wir's nach, wenn ich satt bin.«

Sein boshaft funkelndes Auge verriet, dass das kein Scherz war. In ihm lag eine Grausamkeit, wie sie Ezra selten erspürt hatte. Nicht die eines Raubtiers oder brutalen Schlägers, sondern die eines Mannes, der jedes Leben außer dem eigenen verachtete. Sein rosiges Gesicht war weder rund noch besonders kantig. Er war von mittlerer Größe, und hätte man ihn reizen wollen, hätte man ihm bloß sagen müssen, wie gewöhnlich er wirkte. Daran änderten auch seine Hirschlederweste und die silberbestickten Pluderhosen nichts. Nur der diamantenbesetzte Schlagring, den er über Zeige-, Mittel- und Ringfinger gezogen hatte, war tatsächlich auffällig und aufsehenerregend.

»Komm schon rüber!«, befahl er und winkte sie heran. »Und

nimm gefälligst deine Kapuze ab. Ich will sehen, ob du auch wirklich schluckst.« Wieder lachte er hämisch. Dann deutete er auf drei Schälchen: »Das, das und das da!«

Ezra kniete sich vor das Tablett und schlug die Kapuze zurück. Erst jetzt bemerkte sie die Kriegerin, die im Halbschatten hinter Bars Baraan stand. Die Frau mit dem kahl rasierten Schädel war in einen engen Brustpanzer gezwängt. In ihrem Gürtel steckte ein breites Kurzschwert. Der lederumwickelte Griff der Waffe war dunkel vom Schweiß vieler Kämpfe. Indessen ging ein seltsamer Glanz von ihrem Hinterkopf aus, der metallisch golden im Fackellicht schimmerte.

Die Leibwächterin – etwas anderes konnte sie nicht sein – taxierte Ezra mit kühlem Blick und verfolgte jede ihrer Bewegungen, die Hand stets am Heft der Klinge. Solange sie und die anderen Wachen da waren, sah Ezra keine Möglichkeit, Bars Baraan anzugreifen und die letzte Silbe zu rauben.

Also nahm sie sich das erste Schälchen vor, in dem irgendein marinierter Braten lag. Bisher hatte sie keinen Gedanken daran verschwendet, dass die Speisen tatsächlich vergiftet sein könnten, doch jetzt zögerte sie einen Moment, bevor sie zubiss. Was wäre es für eine Ironie, wenn *sie* für ihren letzten Schöpfer sterben würde ... Das Fleisch schmeckte köstlich nach Wild und jeder Menge Knoblauch. Sie bemühte sich, sich den Genuss nicht anmerken zu lassen.

»Müsst Ihr nicht vorher irgendein Gebet aufsagen?«, fragte Bars Baraan beiläufig, die Lippen zu einem verächtlichen Grinsen verzogen.

»Das hab ich im Stillen getan«, log Ezra und senkte demütig den Kopf.

Die Antwort schien Baraan zu genügen, denn er richtete sein Augenmerk wieder auf das Treiben im Zentrum der Halle, wo sich die Tänzerin mittlerweile auf dem Boden rekelte.

Als Nächstes probierte Ezra von den gepfefferten Orangenfilets. Angeekelt von der Säure, verzog sie das Gesicht und musste plötzlich husten – so heftig, dass sie kaum noch Luft bekam. Bars Baraan fuhr hoch, das eine Auge vor Schreck geweitet. Seine Leibwächterin verzog indes keine Miene.

»Ist nur … der Pfeffer«, brachte Ezra zwischen zwei Hustern hervor.

Bars Baraan entspannte sich. Er lehnte sich wieder zurück, aber sein Blick blieb an ihr kleben. Zum ersten Mal, so schien es, nahm er sie wirklich wahr.

»Hier«, sagte er und reichte ihr einen Kelch Wasser. Sie griff danach und wollte trinken, aber er hielt ihre Hand fest und starrte sie lüstern an. »Hast ein hübsches Gesicht«, stellte er fest. »Und keinen Ausschlag. Wie kommt's, Mädchen?«

Ezra befreite ihre Hand aus seinem Griff und nahm einen kleinen Schluck von dem Wasser. »Ich bin noch nicht lange bei den Grünen Schwestern.«

»Dafür ist sie schon ganz schön grün«, bemerkte die Leibwächterin.

»Ach, Karvi«, spottete Baraan. »Du wärst selbst misstrauisch, wenn dir eine gebratene Wachtel in den Mund fliegt.«

»*Gerade* dann wäre ich misstrauisch.«

Rasch kostete Ezra von dem letzten Schälchen, auf das Bars Baraan gezeigt hatte. Das Rosenblütengelee schmeckte zuckersüß, perfekt, um irgendein Gift darunterzumischen. Doch ihre Nase hatte ihr schon vor dem ersten Bissen verraten, dass auch diese Speise vollkommen harmlos und genießbar war.

»Gibt es noch was, Geldouk?« Bars Baraan wandte sich seinem Diener zu.

»Der Kampf, Herr. Natürlich nur, wenn es Euch beliebt.«

»Ach ja, die beiden Schuldner. Wie viele Mahnungen haben sie verstreichen lassen?«

»Zwei, Herr.«

»Zwei zu viel. Sorge für ein ordentliches Gemetzel, sonst denken die Leute noch, ich wäre weich.«

»Sehr wohl, Herr«, erwiderte Geldouk und verbeugte sich.

Während des kurzen Gesprächs hatte Ezra die Gelegenheit genutzt, um Bars Baraan genauer zu mustern. Sie wunderte sich, dass dieser Mann ihr Schöpfer sein sollte. In seinem ganzen Gebaren wirkte er mehr wie ein neureicher Räuber als wie ein Magiker oder Alchemist. Aber vielleicht gehörte genau das zu seiner Verkleidung? Plötzlich meinte sie, noch einmal Xharrils trockene Stimme zu hören.

Bandrabash ist ein Schüler des Ersten Turms. Er spielt mit deinen Augen und deinem Verstand, so wie es ihm beliebt.

Ein hell tönendes Klingeln riss sie aus ihren Gedanken. Geldouk stand am Rand des Balkons und läutete mit dem Glöckchen. Die Menge verstummte und sah zu ihm auf.

»Lasst das Gitter herunter!«, verkündete er mit erhobenen Armen. »Es ist an der Zeit, Schuld mit Blut zu begleichen.«

Quietschend und rasselnd wurden die schweren Ketten in Gang gesetzt. Der Eisenkorb senkte sich langsam herab, bis er fast den ganzen Boden der Halle einnahm. Die Gäste hatten indes auf den Stufen Platz genommen und blickten neugierig hinunter. Lediglich die Löwenbändigerin und ihre beiden Katzen waren im weiten Rund verblieben.

Eine Tür in dem Gitter wurde geöffnet und zwei Männer – ein bärtiger Kerl und ein langhaariger Jüngling – wurden von den Wachen in die Manege eskortiert.

»Ah, da sind ja die Betrüger!«, rief Geldouk und deutete theatralisch auf die beiden Männer. »Falsche Seelen, die die Gastfreundschaft und Großzügigkeit unseres ehrenwerten Bars Baraan schamlos ausgenutzt haben. Aber heute Abend erfahren sie ihre gerechte Strafe. Durch ihre eigene Hand werden sie gerichtet!«

Ein aufgeregtes Murmeln setzte ein.

»Doch der Herrscher des Ruul-Kartells kennt auch Milde«, fuhr Geldouk fort und die Menge verstummte abermals. »Demjenigen, der den anderen tötet, schenkt er sein Leben und die Freiheit.«

Auf dieses Stichwort hin warfen die Wachen den Männern zwei schartige Klingen vor die Füße und verließen den Käfig. Gut zehn Jahre mochten die Gefangenen trennen, doch sie ähnelten einander sehr. Keiner von beiden machte Anstalten, die Waffen aufzuheben. Während der Jüngere immer wieder ängstlich zu den Berglöwen blickte, starrte der Ältere trotzig nach oben.

»Ich kämpfe nicht gegen meinen Bruder!«, rief er und trat die Klingen weg.

Die Menge grölte und schimpfte.

»Weicheier!«

»Feiglinge!«

Geldouk drehte sich kurz zu Bars Baraan, der ihm einmal zunickte. Daraufhin gab der Diener ein Zeichen in die Manege – und die Frau ließ die Löwen von der Kette. Brüllend sprangen die Tiere los und stürzten sich auf die Männer. Der Ältere trat schützend vor seinen Bruder und wurde niedergerissen. Blutige Fetzen flogen, als die Katzen ihn zerfleischten, und schrill gellten seine Schreie durch die Halle.

Der Jüngling kauerte sich zusammen, das Gesicht in den Händen vergraben. Die Bändigerin versuchte, die beiden Löwen anzutreiben, sich auch auf den zweiten Mann zu stürzen, aber die kämpften noch knurrend um ihre Beute.

»Beim Allsehenden!«, fluchte Bars Baraan. »Das ist ja nicht auszuhalten. Nicht mal das einfachste Spektakel kriegt man hier geboten. Ich esse in meinem Gemach zu Ende. Und du«, befahl er Ezra, »nimmst das Tablett und kommst mit!«

Mit diesen Worten stand er auf, schob einen Wandteppich beiseite und verschwand in dem dahinter verborgenen Gang. Karvi trat schützend an seine Seite und folgte ihm. Die Leibwächterin hatte tatsächlich eine goldene Platte im Hinterkopf, stellte Ezra fest, als sie ihnen folgte. Das Stück Metall war unregelmäßig geformt, so als wäre ihr der Schädel einst an der Stelle gespalten worden.

»Und macht dem unwürdigen Treiben ein Ende!«, rief Bars Baraan aus dem schummrigen Gang zurück.

Ezra hörte nur noch das Surren der Bogensehnen.

*

Bars Baraans Gemach lag versteckt in den tiefsten Tiefen des Palasts – ohne Fenster, dafür mit zahlreichen bunten Wandbehängen. Handgeknüpfte Teppiche aus der Region fanden sich ebenso darunter wie schimmernde Seidentücher aus Æstarya. Sie alle zeigten ähnliche Motive: Seen, Wälder und üppig bestückte Fabelwesen, die es mit Jungfrauen trieben. In der Mitte des Raumes stand ein prunkvolles Himmelbett mit einem blauen Zeltdach und goldenen Kordeln.

Bars Baraan knöpfte seine Weste auf und ließ sich auf die Bettstatt fallen.

»Wein!«, brüllte er und streckte die Hand aus.

Ezras Herz begann schneller zu schlagen. Erst jetzt realisierte sie, dass sie nur noch zu dritt waren. Ihr Schöpfer, seine Leibwächterin und sie. Sie stellte das Tablett am Fußende des Betts ab, schnupperte prüfend an den Karaffen und schnappte sich die, die nach Wein roch. Eilig goss sie einen Becher ein und kostete davon. Dann reichte sie Bars Baraan das Gefäß.

»Erstaunlich, wie makellos deine Haut ist«, murmelte er versonnen, als er von dem Wein schlürfte.

»Nicht an den Händen«, entgegnete Karvi. »Solche Schwielen haben nur Feldarbeiter … oder Kämpfer.«

»Ich muss viel putzen«, stammelte Ezra. »Das ist die Aufgabe für uns Neulinge.«

»Du meinst Novizen«, korrigierte Karvi sie und warf ihr einen misstrauischen Blick zu. »Nur warum sind deine Knie dann nicht geschunden?«

»Hör auf zu quatschen!«, fuhr Bars Baraan seine Leibwächterin unwirsch an. »Dafür bezahl ich dich nicht. Und du, grünes

Mädchen, zieh dich aus! Du kannst deine Unpünktlichkeit wiedergutmachen.«

Ezra rührte sich nicht von der Stelle.

»Na los, mach schon!«, schrie er. Seine Stimme schnitt wie ein Peitschenschlag durch die Kammer.

Ezra legte den grünen Mantel ab. Dann knöpfte sie ihr Unterkleid auf und ließ es zu Boden gleiten. Splitternackt stand sie da – vor ihrem Schöpfer. Ihre Aufmerksamkeit galt jedoch allein der Leibwächterin. Sie war die einzige Gefahr. Mit ihm würde sie spielend fertig werden; er war angetrunken und unaufmerksam. Aus den Augenwinkeln suchte sie den Raum ab, doch sie entdeckte nichts, was sie als Waffe hätte nutzen können.

»Weißt du, warum die Alchemisten zur Zeit des Ophium-Syndikats so paranoid waren?«, fragte Baraan lüstern grinsend.

Ezra hatte nicht die leiseste Ahnung.

Er bedeutete ihr mit einem Fingerzeig näher zu kommen. Ganz offensichtlich genoss er die Situation. Sie konnte seine Erregung riechen.

»Warum?«, fragte sie schließlich und machte einen Schritt auf ihn zu.

»Weil die Hurensöhne vom Ophium-Syndikat auf eine geniale Idee gekommen waren. Sie haben ihren Lustknaben irgendein Mittel verabreicht, das ihren Saft in ein tödliches Gift verwandelt hat. Und all die anderen Alchemisten, die sich mit den Knaben vergnügt haben, sind daran jämmerlich krepiert.« Bars Baraan machte sich an seinem Hosenlatz zu schaffen, ohne den Blick von ihr abzuwenden. »Meinst du, du würdest es schmecken, ob mein Saft giftig ist?«

Saft, dacht Ezra und hatte plötzlich eine Idee.

»Ich weiß nicht, Herr«, antwortete sie zögerlich. »Ich müsste ihn wohl probieren, vermute ich.« Aufreizend langsam beugte Ezra sich vor und hob die Kristallkaraffe auf. »Ihr solltet vorher noch einen Schluck trinken, um Euch zu stärken.«

»Gute Idee, Kleines.« Grinsend hielt Baraan ihr seinen Becher hin.

Ezra reckte die Karaffe in die Höhe, als wollte sie ihm einschenken. Aber stattdessen stürzte sie sich auf Karvi, die neben dem Bett stand. Die Leibwächterin hatte gute Reflexe. Zum Schutz riss sie den linken Arm mit der Lederschiene hoch, und mit der Rechten zog sie ihre Klinge. Ezra war jedoch so hoch gesprungen, dass sie einfach über die Frau hinwegsetzte. Noch im Sprung zerschmetterte sie die Karaffe auf ihrem Hinterkopf, gleich neben der goldenen Platte. Splitter flogen, Blut spritzte, und Karvi konnte nur noch ungläubig die Augen aufreißen, bevor sie in sich zusammensackte. ... Das Ganze hatte nur einen Atemzug gedauert.

Ezra wirbelte herum. »Und jetzt zu uns, mein Hübscher.«

Bars Baraan starrte sie an, als ob er noch nicht begriffen hätte, was gerade geschehen war. Im nächsten Moment griff er jedoch zwischen die Laken und holte eine Dornenkeule hervor. Schwerfällig kam er auf die Beine und schwang sie ... doch zu ungestüm. Der Knüppel verfing sich im Dach des Himmelbetts und riss die Stoffbahnen herunter. Durch den Widerstand fiel Baraan nach hinten, begraben unter den Vorhängen.

Ezra reagierte blitzschnell und warf sich auf ihn. Dabei riss sie eine Kordel ab und wickelte sie um den Stoff, dort, wo sie seinen Hals vermutete. Ihr Schöpfer trat um sich, versuchte sich von den Stoffbahnen freizustrampeln, doch Ezra hielt dagegen. Plötzlich nahm sie aus dem Augenwinkel ein Glitzern wahr. Bars Baraan hatte einen Arm befreit und seine beringte Faust raste auf sie zu. Ezra duckte sich. Trotzdem streifte der Diamantring ihr Gesicht. Ihre Wange glühte und für einen Moment wurde ihr schwarz vor Augen. *Nicht nachlassen!* Bevor er nach der Kordel greifen konnte, rammte sie ihm das Knie in die Schulter. Dann lehnte sie sich nach hinten und zog die Schlinge zu – fester und fester.

Ein Zittern durchfuhr Baraans Körper. Sein Widerstand wurde schwächer, bis schließlich sein Arm heruntersank und nur noch seine Finger zuckten.

Der letzte Atemzug! Ezra krallte ihre Nägel in den schweren Stoff und riss ihn auf. Baraans Gesicht war blau angelaufen. Er atmete nicht mehr. Verzweifelt schlug sie ihm gegen den Brustkorb. Dann beugte sie sich vor, drückte ihm die Kehle zu und empfing sein letztes Stöhnen mit weit geöffnetem Mund.

23

ABSCHIED

ISTIA, NEUE GOLDSONNE, JAHR 2 N.D.U.

Die plötzliche Stille raubte Ezra den Atem. Erst nach ein paar Herzschlägen merkte sie, dass sie die Luft anhielt – aus Angst, die letzte Silbe könnte ihr durch Mund oder Nase entweichen. Ihr wurde schwindlig, und sie ließ sich neben ihren toten Schöpfer aufs Bett fallen. Alles fühlte sich leicht an: ihr Kopf, ihre Arme und auch ihre Hände, mit denen sie nicht mehr zudrücken musste. Sie konnte nicht fassen, dass es wirklich geschehen war. Sie wollte diesen Moment nicht loslassen, ihn für immer in sich tragen, nie wieder atmen.

Ein Klopfen ließ sie aufschrecken. Wie ein Schwimmer, der zu lange unter Wasser gewesen war, tauchte sie aus ihrer Trance auf und schnappte nach Luft. Erneut klopfte es.

»Herr, ist alles in Ordnung?«, drang die Stimme von Geldouk durch die Tür. Er klang besorgt.

Flach atmend setzte Ezra sich auf die Bettkante. Sie hoffte, dass er umkehren würde, sonst könnte es rasch einen Aufstand geben. Denn sicher waren auch noch andere Wachen in der Nähe.

Doch Geldouk war hartnäckig. Abermals pochte er an der Tür. Dieses Mal lauter. »Herr, ich würde Euch nicht stören, wenn es nicht dringend wäre. Im Kesselhaus brennt es! Noch besteht keine Gefahr für den Palast, aber …«

Noch während er sprach, wurde die Tür vorsichtig aufgeschoben. Ezra sprang hoch, hob Karvis Schwert auf und versteckte sich neben dem Eingang – alles in einer leisen, fließenden Bewegung.

Geldouk steckte den Kopf herein und spähte in den Raum. »Herr?«, rief er, als er Bars Baraan und seine Leibwächterin regungslos daliegen sah. »Was ist gesch–?«

Doch weiter kam er nicht. Ezra trat vor und zog ihm das Schwert über die Kehle. Blut zischte aus dem tiefen Schnitt, und seine roten Zöpfe segelten sauber abgetrennt zu Boden. Geldouk stürzte mit einem Gurgeln vorwärts und brach zusammen, ohne zu begreifen, was ihm widerfahren war. Im Fallen sah Ezra das Glöckchen in seiner Hand aufblitzen. Sie streckte den Arm aus und fing es auf, bevor es auf dem nackten Stein aufschlagen und die Wachen alarmieren konnte.

Benommen blickte sie an sich herab. Ihre Hände zitterten – die blutige Klinge in ihrer Rechten, die kleine Glocke in ihrer Linken. Etwas stimmte nicht. Wie hatte sie so schnell reagieren können, wenn sie keine Chimäre mehr war, sondern eine gewöhnliche Frau? Auch ihre Sinne waren weiterhin scharf. Sie roch das Blut ihrer Opfer und Baraans weingetränkten Schweiß mit aller Deutlichkeit – so wie vorher. Sie warf das Kurzschwert aufs Bett und die Klingel hinterher. Nichts hatte sich geändert, rein gar nichts! Odo hatte sie belogen und Mandrid ebenso. Sie hatte drei Männer getötet – ihre angeblichen Schöpfer – und viele mehr. Und das alles für nichts und wieder nichts!

Um sich zu beruhigen, atmete sie tief ein und aus … und hielt abrupt inne. Da lag etwas in der Luft – der Geruch von Feuer! Er strömte durch die offene Tür herein. Wie es schien, hatte Odo tatsächlich das Kesselhaus in Brand gesteckt. Flink zog Ezra den diamantenbesetzten Schlagring von Bars Baraans toten Fingern. Dann warf sie sich ihr Kleid und den grünen Mantel über und schlich auf den Gang hinaus. Sie hatte nicht vor, in diesem Palast zu verbrennen.

Für einen Moment schloss sie die Augen und versuchte, sich an den Weg zu erinnern, den sie gekommen waren. Doch schnell bemerkte sie, dass es aussichtslos war, so verquer wie die Gänge verliefen. Also schlich sie einfach drauflos – treppauf, treppab, vorbei an zahlreichen Kreuzungen. Von Wachen war weit und breit nichts zu sehen. Anscheinend hatten sich schon alle in Sicherheit gebracht.

Bald hatte Ezra sich hoffnungslos verlaufen. Ihr blieb nichts anderes übrig, als ihrer Nase zu folgen. Sie bog dort ab, wo sie einen frischen Windhauch spürte oder wo es weniger nach Rauch stank. Die Gänge, durch die sie irrte, waren wie ausgestorben. Manchmal hörte sie Stimmen oder Schritte, gedämpft durch die steinernen Wände. Doch sie bekam weder Wachen noch Diener oder Besucher zu Gesicht.

»Ezra!«, hörte sie plötzlich einen erstickten Ruf hinter sich. »Ezra!«

Sie drehte sich um, doch am Ende des Flurs war nichts zu sehen, außer wallendem Rauch. Auch die kurze Abzweigung zu ihrer Linken war dunkel und verwaist. Ezra ging weiter geradeaus. Die Decke des Gangs wurde immer höher. Schließlich schritt sie durch ein Gittertor und gelangte in die große Halle, nur kam sie diesmal aus der anderen Richtung. Als sie nach oben blickte, sah sie über sich gebogene Gitterstäbe und darüber die Empore. Sie befand sich in dem Käfig, der immer noch heruntergelassen war, sie musste ihn nur durchschreiten und auf der anderen Seite verlassen, dann könnte sie dem gewundenen Gang folgen und käme ins Freie.

Doch sie war nicht allein in dem weiten Rund. Die Löwenbändigerin stand dort, mit einer Peitsche in der Hand, als hätte sie auf Ezra gewartet. Ihre Raubkatzen saßen friedlich neben ihr, nicht angekettet. Ein leises Knurren entwich ihren Kehlen, so tief, dass Ezra es in ihrem Brustkorb spürte. Nur eine Blutlache erinnerte noch an den Mann, den sie vorhin hier zerfleischt hatten. Die Bändigerin griff nach zwei Ketten, die über ihr von der Decke baumelten, und zog an ihnen. Krachend fuhren die beiden Fallgitter herunter – und der Käfig war verschlossen.

»Da wären wir«, sagte die Bändigerin und klang dabei sehr zufrieden. »Nur du und ich.«

Für einen Augenblick bewunderte Ezra ihre kunstfertig bemalte Katzenmaske. Sogar Schnurrhaare ragten aus dem Leder heraus. Doch dann übermannte sie der Zorn.

»Geh mir aus dem Weg«, sagte sie und fletschte die Zähne. Ihre Augen begannen zu glühen. Sie spürte die Raubkatze in sich, stärker als je zuvor. Trotzdem, ihr Einschüchterungsversuch musste geradezu lächerlich wirken. Sie trug eine Kutte der Grünen Schwestern und war unbewaffnet, wohingegen die Frau, die ihr gegenüberstand, zwei abgerichtete Berglöwen bei sich hatte, die sie jederzeit auf sie hetzen konnte.

»Oh, du missverstehst«, antwortete die Löwenbändigerin in einem sanften Tonfall. »Ich bin nicht hier, um dich aufzuhalten.«

»Nicht?«, entfuhr es Ezra skeptisch. »Auch nicht, wenn ich dir sage, dass ich deinen Herrn getötet habe?«

»Bars Baraan? Noch so ein Missverständnis. Das war nicht mal sein richtiger Name. In der Kaschemme, wo ich ihn aufgegabelt habe, schimpften sie ihn Doppelkorn. Glaubst du wirklich, Abschaum wie er wäre in der Lage, ein ganzes Kartell vor dem Ruin zu bewahren und an die Spitze der Unterwelt zu führen? Nein.« Sie lachte leise. »Er war *mein* Diener, *meine* Marionette. *Ich* bin es, die du suchst!« Die Bändigerin nahm die Maske ab und sah sie ernst an – aus nur einem Auge, denn das andere war ein blanker Kristall. »Ich bin Bandrabash! Deine Mutter.«

Ezra starrte die Frau vor ihr mit offenem Mund an. Sie glaubte zu spüren, wie der Boden unter ihren Füßen zu wanken begann. Irgendwo, hinter vielen Mauern, hörte sie Flammen lodern. Wurde es wirklich wärmer oder war das nur der Schock? Sie wischte sich eine Strähne aus der schweißnassen Stirn. Ihr Blick glitt über die sandgelben Silhouetten der Berglöwen, von ihren breiten Tatzen über die sehnigen Beine hoch zu den leuchtenden Katzenaugen, und dann hinüber zu der Frau.

Ihr schwarzgraues Haar war zu einem dicken Zopf zusammengebunden. Kleine Fältchen um Mund und Augen betonten ihre scharfen Gesichtszüge. Sie war weder jung noch alt. Und doch erinnerte sie Ezra an die verrückte Greisin aus Oriza und gleichzeitig an die Schwester aus dem Kräutergarten. Anscheinend war ihr anzusehen, was sie dachte.

»Ja«, sagte die Frau, die sich Bandrabash nannte, und nickte. »Wir sind uns bereits begegnet, wenngleich ich anders ausgesehen haben mag.«

Ezra schüttelte den Kopf, doch kein Wort kam ihr über die Lippen. All das konnte nicht wahr sein – oder doch? Sie sah sich um, suchte nach einem Ausweg. Sie wollte einfach nur noch raus hier ...

»Ezra!«, erschallte es da plötzlich hinter ihr.

Kurz darauf rüttelte jemand an den Eisenstäben. Sie blickte kurz über die Schulter und sah, dass es Mandrid war. Vergeblich stemmte er sich gegen das Fallgitter.

»Komm her«, rief er, »nimm mein Schwert!«

Aber Ezra reagierte nicht, und auch die Löwenbändigerin ignorierte ihn.

»Ich weiß, warum du hier bist«, sagte sie und machte einen Schritt auf Ezra zu. »Du hast einen langen Weg hinter dir, willst deine Natur auslöschen; alles, was dich besonders macht. Deshalb hast du die anderen getötet. Peyslin im Kerker in Oriza und Xharril im Aschenbelt. Und jetzt ... willst du auch mich töten.«

»Ich glaube dir nicht! Du lügst!« Ezra spuckte die Worte geradezu aus. »Du kannst nicht Bandrabash sein. Drei Magiker haben mich erschaffen, aber du bist eine Frau. Und die Türme dulden keine Frauen.«

Die Berglöwen brüllten, doch Bandrabash ließ ihre Peitsche knallen. »Still!«, befahl sie, und die Katzen zuckten fauchend zurück. »Ich war eine Schülerin des Ersten Turms«, fuhr sie in ruhigem Ton fort. »Die Beste meines Jahrgangs. Und die Beste musste ich auch sein, damit ich dort bestehen konnte. All die Jahre, mit einem falschen Gesicht.«

Während sie redete, wurde ihre Stimme plötzlich tiefer, und Bartstoppel begannen an ihrem Kinn zu sprießen. Ein Täuschungszauber! Ezra traute ihren Augen kaum.

»Glaub mir, Ezra, ich weiß, was es heißt, unsichtbar sein zu müssen, sich selbst zu verleugnen. Es zerfrisst dich von innen, bis du nicht mehr weißt, wer du bist.«

Ezra machte einen Schritt zurück. Zum ersten Mal seit Langem verspürte sie Furcht und gleichzeitig Bewunderung. Diese Frau hatte sich durchgesetzt, wo die meisten aufgegeben oder es gar nicht erst versucht hätten. Diese Frau war gefährlich – gefährlicher als Chimärenjäger, Sonnenwächter oder die Totenbeschwörer vom Aschenbelt. Und doch würde Ezra sie töten müssen, wenn sie ihren Fluch aufheben wollte.

»Na dann, *Mutter*«, fauchte sie. »Komm schon, bringen wir es zu Ende. Hetz ruhig deine Löwen auf mich!«

»Warum sollte ich das tun? Ich bin stolz auf dich, sehr stolz. Du bist vollkommen geworden. Mein eigenes Fleisch und Blut.«

»Nein, meine richtige, meine leibliche Mutter liegt begraben unter Felsen im Tahlat.«

»Gut, sie hat dich vielleicht ausgetragen, aber *ich* habe dich erträumt. Ich …« Bandrabash hielt inne, als wäre sie von ihren Gefühlen überwältigt. Und in ihrem Gesicht war etwas zu lesen, das Ezra mehr schockierte, als es Hass oder Ablehnung getan hätten – Liebe.

In dem Moment rüttelte Mandrid erneut hinter ihr am Gitter. »Zieh an der Kette und lass mich rein!«

»Nein«, erwiderte Ezra tonlos. »Das ist mein Kampf.«

»Dann nimm wenigstens mein Schwert, damit du dich gegen diese Hexe und ihre Bestien wehren kannst!«

Ezra hörte, wie Stahl über den Boden schlitterte. Dem Klang nach blieb das Schwert dicht hinter ihr liegen. *Bestie. Ist es das, was ich auch für dich bin?*

»Ich wünschte nur, du würdest unsere Begegnung nicht als Konfrontation empfinden«, sagte Bandrabash und öffnete die

Arme. »Ich habe jahrelang in den Freudenhäusern und Tavernen von Oriza gearbeitet und den Magikern ihre Geheimnisse entlockt, bis ich den Täuschungszauber perfekt beherrschte und als Jüngling durchgehen konnte.« Abermals verwandelte sich ihr Gesicht und nahm wieder weibliche Züge an. »Und dann in den Türmen gab es keinen Tag ohne Angst. So wie du auch, musste ich jeder Zeit damit rechnen, entdeckt zu werden. Und sie hätten mir auch noch das zweite Auge ausgestochen für meinen Schwindel. Nicht nur eins, wie bei deinem Freund Odo.« Bandrabash hielt inne, um sie weiter zu mustern. »Aber wenn ich dich so ansehe, dann hat sich all das gelohnt! Du bist wunderschön geworden. Meine Tochter.«

»Ja«, rief Mandrid dazwischen. »Nur hast du ihr keine Wahl gelassen! Woher nimmst du dir das Recht, Leben nach deiner Vorstellung zu erschaffen? Das ist wider die Natur und wider den Sonnenvater. Du hast eine Bestie erschaffen!«

Ein dumpfer Knall unterbrach ihn. Kurz darauf ertönte ein zweiter, und Putz regnete von der Decke. Vielleicht hatten beide recht, dachte Ezra, und sie war wunderschön und eine Bestie zugleich. Doch wie sollte sie so weiterleben? Zerrissen. Sie drehte sich um, und ihr Blick fiel auf Mandrids Schwert, das zwei Schritte hinter ihr auf dem Boden lag.

»Ich kann deinen Zorn verstehen«, sagte Bandrabash, die ihren Blick anscheinend bemerkt hatte. »Und wenn du meinst, mich töten zu müssen, um deine Wut zu stillen, dann verstehe ich auch das. Nur um eines will ich dich bitten: Nimm dir ein paar Atemzüge Zeit und gehe in dich. Wenn ich deine Fähigkeiten besäße, würde ich alles dafür tun, sie zu behalten. Und wenn du willst, kann ich dich unterrichten und dir beibringen, unentdeckt zu bleiben. Dann werden weder Chimärenjäger noch Sonnenwächter dir je gefährlich werden.«

»Hör nicht auf sie!«, brüllte Mandrid. »Heb das Schwert auf und tu das, wofür du hergekommen bist. Dann wirst du eine Frau sein und kein Ungeheuer!«

Bandrabash lächelte. »Oder willst du es etwa für *ihn* tun? Der Macht, die ich dir gab, entsagen, nur um der Vorstellung eines Mannes zu genügen?« Sie neigte den Kopf. »Willst du wirklich gewöhnlich werden?«

Ezra presste die Hände an ihre Schläfen. Sie konnte nicht mehr klar denken, und ihr Kopf fühlte sich an, als würde er unter dem Druck platzen. Ein wütendes Grollen stieg von ihrem Brustkorb die Kehle hinauf.

Die Raubkatzen antworteten mit einem tiefen Knurren.

Im selben Moment erblickte sie Odo auf der anderen Seite des Käfigs, hinter Bandrabash und den beiden Löwen. Wie aus dem Nichts war er aufgetaucht, schweißgebadet, das Gesicht rußgeschwärzt. Schweigend sah er sie durch das Gittertor an. Es war der erste Blick an diesem Abend, den sie gerne ertrug – weder überheblich noch fordernd. Er nickte ihr nur entschlossen zu. Und dieses Nicken verriet, dass er hinter ihr stand. Ganz gleich, was sie im nächsten Augenblick tun würde. Ezra senkte die Arme und atmete tief durch. Sie war froh, dass er da war.

Währenddessen kraulte Bandrabash ihre Löwen, die ihr genussvoll die Köpfe entgegenstreckten. Scheinbar beiläufig fragte sie: »Hast du dich eigentlich nie gefragt, warum es keine männlichen Chimären gibt? Die Sonnenkirche behauptet natürlich, es läge an der Verderbtheit der weiblichen Seele.« Sie schmunzelte. »Aber ich sage dir die Wahrheit: Die Türme haben es versucht. Dutzendfach. Hundertfach! Schließlich wollten die Kriegsfürsten kein Weibsvolk in ihren Armeen. Aber sie wurden enttäuscht. Die meisten Jungen kamen tot zur Welt, und die wenigen, die das Wiegenalter überlebten, waren verkrüppelt oder schwachsinnig. Verstehst du, Ezra? Männer sind zu schwach! Doch sie wollen uns das Gegenteil weismachen, dass *wir* das schwache Geschlecht sind!«

»Ezra«, rief Mandrid erneut, »befreie dich von ihrem Fluch! Du darfst nicht auf sie hören!«

Ezra hasste es mit einem Mal, wie er ihren Namen aussprach. Sie wollte selbst entscheiden, dies war ihr Weg! Sie spürte das Blut in ihren Adern kochen, ihr Atem ging stoßweise. Ansatzlos rollte sie sich nach hinten ab, hob das Schwert auf und stürmte los – auf Bandrabash zu.

Die Magikerin schien unbeeindruckt und ließ die Peitsche knallen. »Fasst sie!«, befahl sie ihren Löwen. Und die Raubkatzen griffen an, mit langen kraftvollen Sätzen.

Ezra umklammerte den Griff von Mandrids Schwert. Sein Stahl lag elend schwer in ihrer Hand. Sie sehnte ihre kurzen Klingen herbei, die leichter waren und die sie wie Krallen schwingen konnte. Noch ein Sprung, und die Löwen wären bei ihr ... Ezra blieb stehen und zog die Schwertspitze funkenstiebend über den Marmorboden. Dabei brüllte sie, dass es wie Donner von der Decke hallte.

Die Katzen stoppten und sahen sie an. Für einen Herzschlag trafen sich ihre Blicke aus goldgelben Augen. Ezra starrte sie nieder. Die stolzen Tiere duckten sich mit angelegten Ohren weg und traten leise fauchend den Rückzug an. Der Weg zu Bandrabash war frei, der Weg zu ihrer letzten Silbe.

»Deine Kätzchen sind wohl doch nicht bereit, für dich zu sterben, was?«, rief Ezra spöttisch und wartete keine Antwort ab. Mit ausgestreckter Klinge sprang sie vor – zu schnell für die Magikerin. Mühelos glitt das Schwert in ihre Brust, zwischen Rippen hindurch, hinein in ihre Lunge.

Bandrabash wollte etwas sagen, doch sie brachte nur ein Gurgeln hervor und spuckte blutigen Schaum. Dann ging sie in die Knie. Sie begriff, dass sie ersticken würde, ohne noch einmal gesprochen zu haben, und starrte Ezra unverwandt an. Eine kalte Liebe lag in ihrem Blick – und fast so etwas wie Stolz.

»Du hattest recht«, flüsterte Ezra. »Ich musste mich verstecken, so wie du. Doch nur einen Teil von mir. Aber das ist nun vorbei. Biest oder Weib? Ich werde beides sein, so wie es mir passt. Denn ich schulde niemandem irgendetwas – weder dir noch dem Sonnenvater.« Indem sie sprach, zog Ezra das Schwert aus Bandrabashs Brust, und die Magikerin kippte nach hinten. »Ich brauche deine Hilfe nicht«, zischte sie.

Bandrabash blieb auf dem Rücken liegen, den Blick an die Decke geheftet. Ihre Augenlider zuckten. Rote Bläschen platzten vor ihren Lippen, als sie nochmals zu atmen versuchte. Ezra beugte sich nicht über die sterbende Frau. Ihr Atem war wie Gift für sie, ihre letzte Silbe konnte ihr gestohlen bleiben. Erhobenen Hauptes stieg sie über Bandrabash hinweg und hängte sich mit ihrem ganzen Gewicht an die hintere Kette. Über ihr rasselte und ratterte es, als das Fallgitter vor ihr hochgezogen wurde; das, vor dem Odo gestanden hatte. Scheinbar ungerührt schritt sie auf ihn zu und dann an ihm vorbei, ohne sich noch einmal umzudrehen. Erst als sie in dem gewundenen Gang verschwunden war, hörte sie Mandrid hinter sich, der zu begreifen schien, was soeben geschehen war.

»Komm zurück! Ezra, komm zurück!«

Sie konnte den Schmerz in seiner Stimme hören und hielt inne. Doch in dem Moment legte Odo eine Hand auf ihre Schulter und schüttelte langsam den Kopf. »Es ist zu spät, Ezra. Du kannst deine Natur jetzt nicht mehr aufheben. Und er wird dich nie so akzeptieren, wie du bist.«

Mandrids Rufe wurden verzweifelter – und wütender. »Ezra! Ich werde dich finden! Dich jagen und finden!«

Schweigend gingen sie weiter. Ezra kam sich vor, als wandelte sie durch einen fremden Traum – ihr ganzer Körper fühlte sich taub an. Sie folgten dem Gang, hindurch unter goldenen Bögen und vorbei an verwaisten Nischen. Überall zeugten umgestoßene Tische und Schemel davon, wie eilig die Gäste aufgebrochen waren. Speisereste, Spielkarten und Splitter von geborstenen Karaffen lagen quer über den Boden verteilt. Je weiter sie vorankamen, desto heller erstrahlten die Wände in einem feurigen Schein. Eine trockene Hitze schlug ihnen entgegen und immer wieder Wolken von beißendem Qualm. Ezra hatte Mühe zu atmen und hielt sich den Mantelkragen vor Mund und Nase. Eines war sicher: Das Feuer versperrte ihnen den Weg.

»Wir können dort nicht lang!«, rief sie Odo zu.

»Aber von dort bin ich gekommen. Es ist der einzige Weg.«

»Nein, nicht der einzige«, ertönte eine helle Stimme zu ihrer Rechten.

Ezra und Odo fuhren herum. Karvi, die Leibwächterin, stand in einer Nische, ihr Schwert in der einen Hand und eine Lampe in der anderen. Das Blut aus der Platzwunde an ihrem Kopf war getrocknet und zierte ihre ganze linke Gesichtshälfte. Ezra ging in Abwehrhaltung, doch Karvi senkte die Waffe.

»Ich will nicht mit euch kämpfen. Ich kann euch hier rausbringen. Ich kenne Geheimwege.« Sie deutete auf eine schmale Öffnung in der Wand hinter sich.

»Und warum solltest du das tun?«, fragte Ezra misstrauisch.

»Weil du mir genau genommen einen Gefallen getan hast. Ich hab diesen Mistkerl Baraan nie gemocht … Und außerdem ist mein Ruf als Leibwächterin jetzt dahin, zumindest in Istia. Immerhin habe ich den Anführer des Ruul-Kartells sterben lassen. Wie du siehst, sitzen wir im selben Boot.«

»Ein guter Punkt«, stimmte Odo zu. »Also mir reicht es, um ihr zu vertrauen. Und nun los!«

Erste Flammen züngelten bereits um die Flurbiegung. Ezra kniff die Augen zusammen und musterte die Frau kurz. »Gut«, sagte sie schließlich und nickte. »Wir folgen dir!«

Karvi wandte sich um, zwängte sich durch den Spalt hinter ihr und führte sie in einen dunklen Gang. Die Luft war feucht und stickig, aber immer noch besser zu atmen als der Rauch in den oberen Geschossen. Wie ein goldener Wegweiser schimmerte das Metall in ihrem Hinterkopf in der Dunkelheit.

»Vorsicht, Decke!« oder »Vorsicht, Stufe!«, warnte die Leibwächterin sie ein ums andere Mal, als sie durch den abschüssigen Tunnel hetzten. Nach einer Weile gelangten sie an eine enge Wendeltreppe und machten sich an den steilen Aufstieg.

Erst nach etlichen Stufen schob Karvi eine schwere Platte beiseite und schlüpfte hinaus ins Freie. Sie folgten ihr.

Anscheinend befanden sie sich nun im Garten des Palasts, gleich hinter einem Marmorpavillon. Der Nachthimmel über ihnen war hell erleuchtet. Um sich einen Überblick zu verschaffen, kletterte Ezra auf das Dach des Pavillons und blickte zum Palast. Flammen züngelten aus all seinen Fenstern, und dahinter brannte das Kesselhaus lichterloh. Menschen rannten durcheinander und schrien um Hilfe. Wachen brüllten Befehle – ihre Gesichter mittlerweile genauso schwarz wie ihre Kettenpanzer –, und Diener eilten mit Eimern vom Brunnen in Richtung Palast. Das Wasser, das sie in die Flammen schütteten, verpuffte jedoch wirkungslos in dem Höllenfeuer.

»Komm da runter«, zischte Karvi. »Wir müssen weiter. Jeder weiß, dass wir als Letzte bei Baraan gewesen sind.«

»Sie hat recht«, sagte Odo und sah sich beunruhigt um. »Machen wir uns aus dem Staub!«

Doch in dem Chaos hatte niemand Augen für eine Grüne Schwester, auch wenn sie mit wehendem Mantel und dem Schwert eines Sonnenwächters in der Hand auf einem Pavillondach stand. Gebannt betrachtete Ezra den brennenden Palast. Beinahe andächtig verfolgte sie das Spiel der Flammen und beobachtete, wie ihre letzte Silbe mit dem Rauch gen Himmel stieg. Dann sprang sie herunter zu den anderen und drehte der Feuersbrunst den Rücken zu. Unbemerkt verließen sie den Garten. Weder Odo noch sie verloren ein Wort über Mandrid – für lange Zeit.

EPILOG

WIEDERSEHEN

FESTE EULENSTEIN, PURPURSONNE, JAHR 7 N.D.U.

Berolf saß auf seinem alten Pferd und trabte hinunter ins Tal. Arix war noch ein echtes Schlachtross und keine dieser dürren Mähren aus den Gestüten in Æstarya, die allein für die leichte Kavallerie gezüchtet wurden. Im Gegensatz zu ihnen war der Schimmel in der Lage, einen Reiter in voller Rüstung zu tragen, ohne gleich unter ihm zusammenzuklappen. Nur wurden Ritter immer seltener gebraucht, dachte Berolf verdrossen – Feldkanonen und Arkebusen waren auf dem Vormarsch. Der Kommandant machte eine besorgte Miene. Arix' Hufe klapperten plötzlich außer Takt über den Feldweg. Ob er lahmte? Anscheinend nicht, denn das stolze Tier fiel in einen leichten Galopp, nur hatte Berolf es gar nicht dazu angetrieben.

»Brr, ruhig, mein Weißer!«, rief er und zog die Zügel an.

»Herr Kommandant, Herr Kommandant. Es eilt leider …«

Seit wann konnte Arix reden?

Berolf fuhr hoch und blickte sich in seiner halbdunklen Kammer um … er hatte geträumt. Draußen heulte der Wind, und ein kleines Feuer knisterte noch im Kamin, aber es verbreitete nicht mal einen Furz an Wärme. In seinen Händen hielt er keine Zügel, sondern ein zerschlissenes Bärenfell. Er konnte sich einfach nicht von dem alten Ding trennen, auch wenn es weniger Haare besaß als ein Jüngling am Sack. Die Gründe waren nostalgischer Natur, schließlich hatte er das Ungetüm selbst erlegt. Nicht mit Armbrust oder Flinte, sondern wie ein echter Kerl mit der Saufeder. Mehr als dreißig Jahre war das nun her, damals im Herzwald.

Wieder klapperte es leise – *klopfte*, korrigierte Berolf sich. So zaghaft, wie angepocht wurde, konnte nur ein ganz bestimmter Mann vor der Tür stehen.

»Nun kommt schon rein, Fenthaim«, forderte er seinen Adjutanten auf und gähnte.

Der junge Mann drückte gegen die – zugegeben schwergängige – Tür und stolperte durch den Schwung etwas ungestüm in die Kammer. Er war in einen Schaffellmantel gehüllt, unter dem noch sein Nachthemd hervorlugte. In der Hand trug er eine kleine Laterne und auf dem Kopf einen zu großen Helm, der ihm bei jeder zweiten Bewegung in die Stirn rutschte. Es war ein jämmerlicher Versuch Kampfbereitschaft zu demonstrieren, anscheinend war die Angelegenheit wirklich dringlich.

Fenthaim, dachte Berolf und schüttelte den Kopf. Am liebsten hätte er gelacht, wenn ihn der Kerl nicht so wütend machen würde. Er gehörte zu der Sorte Mann, die in letzter Zeit am Hofe des Voxanten zuhauf ausgebrütet wurden – allesamt Bürschchen, die das Schlachtfeld nur von Planspielen mit Zinnsoldaten kannten. Und doch musste er ihm mit einem Mindestmaß an Höflichkeit begegnen, da er aus irgendeinem ach so wichtigem Adelshaus stammte.

»Herr Kommandant«, keuchte Fenthaim, der offensichtlich gerannt war, »sie ist weg!«

»Wovon sprecht Ihr?«, brummte Berolf, indem er sich aufrichtete.

»Die Gefangene, Herr Kommandant. Sie ist weg. Geflohen!«

Auf einen Schlag war er hellwach. »Verdammt, dann nehmt Euch ein paar Männer und verfolgt sie!«

»Bei dem Schneesturm?«

»Wenn sie unbewaffnet und nur in ein paar Lumpen gehüllt da draußen ist, dann werdet Ihr das bisschen Wetter ja wohl auch aushalten.«

»Nun ... Nun ja«, stammelte Fenthaim. »Unbewaffnet ist sie

nicht wirklich. Sie hat den Kerkermeister erschlagen und die Rüstkammer aufgebrochen.«

»Verfluchte Scheiße!«, brüllte Berolf und schwang sich aus dem Bett. »Muss man hier alles alleine machen? Na los, steht nicht dumm rum und bringt mir meinen Rock!«

»Aber wie wollen wir ihre Fährte bei dem Schneesturm finden?«

»Ich höre immer nur Schneesturm! Ist sie ein Biestweib, oder was? Geht runter in den Kerker, kratzt ihren Dreck zusammen und haltet ihn den Bluthunden unter die Nase!«

»Jawohl, mein Herr«, antwortete Fenthaim und schlug die Hacken zusammen. Dann wirbelte er herum und verschwand mit wehendem Schaffellmantel.

Gestiefelt und gespornt fand Berolf sich kurz darauf im Burghof ein. Fenthaim erwartete ihn bereits mit vier Soldaten und einem Jäger samt Hunden. Sieben Verfolger, schoss es ihm durch den Kopf, eine verfluchte Unglückszahl.

»So Männer, dann werden wir uns da draußen mal ordentlich die Eier abfrieren. Die brauchen wir hier am Arsch der Welt eh nicht mehr. Also los!«

Mit diesen Worten schwang er sich in den Sattel und ritt auf Arix zum letzten Mal aus der Festung hinaus. Er ahnte nicht, dass keiner von ihnen lebend zurückkommen würde.

*

17 JAHRE SPÄTER
UNTER DEM EWIGEN BERG, PURPURSONNE, JAHR 24 N.D.U.

Sunay blickte von der Schicksalstafel auf, vor der er hockte. So schnell, wie er gelesen hatte, konnte er sie bestenfalls überflogen haben.

Ekš hatte Inji gedrängt, ihren Meister herbeizuholen. Es war wichtig, und es eilte. So viel ahnte er, auch ohne den Inhalt der

Platte zu kennen, die er gerade eben noch durch die Stollen geschleppt hatte. Selbst durch den dicken Stoff der Robe konnte er sehen, wie sich der Brustkorb des Mannes hob und senkte. Sein Atem ging stoßweise, so als hätte er Mühe, Luft zu bekommen. Und – das machte Ekš besonders neugierig – irgendetwas blitzte und funkelte immer wieder unter seiner Kapuze.

»Danke«, sagte Sunay mit Grabesstimme. »Aber ihr zwei verschwindet jetzt besser. Sie wird jeden Moment hier sein.«

Ekš und Inǰi sahen ihn an und stellten alarmiert die Ohren auf. Von wem sprach er? Keinen Atemzug später hörten sie schon ein Gurgeln und Zetern, dann einen Schlag und einen dumpfen Aufprall. Die Geräusche kamen aus dem Gang, der in die Oberwelt führte. Im nächsten Augenblick wurde der Wandteppich beiseitegerissen. Ein kleiner Körper flog im hohen Bogen herein und blieb reglos liegen. Es war ein übel riechender Gremlin mit einer riesigen Beule am Hinterkopf. In seiner schwarz-weißen Fellweste sah er aus wie ein halb gehäutetes Stinktier.

Gerade noch rechtzeitig gingen Ekš und Inǰi hinter dem Salzbrunnen in Deckung, als eine schlanke Gestalt über den bewusstlosen Gremlin in die Kammer sprang. Suchend sah sie sich um, zwei kurze Klingen in den Händen. Sunay hatte sich indessen nicht gerührt. Er saß immer noch mit gebeugtem Haupt vor der Schicksalstafel.

»Wer ist das?«, wisperte Ekšamd aufgeregt und deutete auf den Gremlin.

»Robek, einer meiner Männer.«

»Einer deiner Männer?«

»Ts!«, zischte Inǰi und machte eine energische Geste. »Später.«

Die bewaffnete Frau – Ezra, daran hatte Ekš keinen Zweifel – näherte sich Sunay von hinten.

»Schon auf dem Richtblock?«, fragte sie mit einem Schnurren in der Stimme. »Das macht es einfacher.«

»Ja«, antwortete Sunay und schlug die Kapuze zurück. Zum Vorschein kam ein kahler Schädel und ein Gesicht mit einer krummen Nase – so stellte Ekš sich einen Geier ohne Flügel vor. Dieser Geier war jedoch einäugig, wenn man den Kristall nicht gelten ließ, der in seinem linken Auge prangte. Ekšamad musste nicht lange überlegen. Er wusste, wen er vor sich hatte.

»Ich nehme an«, krächzte Odo, »du möchtest wissen, warum?«

»Warum du mich verraten hast? Nein, seitdem sind so viele Jahre vergangen. Ich will die Sache einfach nur bereinigen, solange ich noch die Kraft habe, ein Schwert zu schwingen.«

»Dann bring es zu Ende.« Odo blieb sitzen und neigte den Kopf noch weiter vor, um ihr seinen Nacken anzubieten wie einem Henker.

Ezra baute sich hinter ihm auf und hob die Klingen, bereit sie niederfahren zu lassen.

»Eins noch«, rief Odo und zog einen kleinen Samtbeutel aus seinem Mantel hervor. »Hier, deine Muschel.«

»Behalte sie. Sie ist zerbrochen und besudelt durch deinen Verrat!«

Odo betrachtete das halbe Muschelstück, dann sah er noch ein letztes Mal auf. »Schon seltsam. Du hast mir nie erzählt, was an dem Tag geschehen ist, als wir uns auf dem Bergpass getroffen haben.«

»Viel seltsamer ist doch, dass du mich nie danach gefragt hast«, entgegnete Ezra. »Und obwohl du es geahnt haben musst, hast du mich trotzdem bei dir aufgenommen.«

»Ja, das habe ich. Und ich würde es wieder tun.«

Ezra ging leicht in die Knie, wie eine Löwin kurz vor dem Sprung. Dann schnellte sie vor, und ihre Hände zitterten nicht, als sich die Klingen links und rechts zwischen Schlüsselbein und Hals in Odos Leib bohrten. Leblos sackte er zusammen und blieb liegen.

»Nein!«, schrie Inǰi und sprang auf.

Ekš wollte sie aufhalten, doch sie war zu flink für ihn. Mit gezücktem Stoßdolch rannte sie auf die Chimäre zu. Ezra holte aus und schlug ihr mit der Breitseite des Schwerts gegen den Kopf. Inǰi fiel hin und landete auf dem Hosenboden. Ekš atmete erleichtert auf, als Ezra ihr den Dolch aus der Hand trat, aber nicht nachsetzte.

»Warum hast du Sunay getötet?«, fragte die Tauscherin benommen und rieb sich den Schädel.

»Dein Meister war nie *Sunay*«, raunte Ekšamad ihr zu. »Es war Odo. Die ganze Zeit über.«

Ezra musterte die beiden Gremlins. »Ganz recht. Er wollte wohl wissen, was aus mir geworden ist, nachdem er mich an die Obrigkeit ausgeliefert hat.« Sie sah sich in der Höhle um, und ihr Blick fiel auf die Stapel mit den Schicksalstafeln. »Offensichtlich hat er keine Kosten und Mühen gescheut, um herauszufinden, ob er ruhig schlafen kann oder nicht.«

»Ich weiß nicht«, entgegnete Inǰi. »Auf mich hat Meister Sunay, ich meine Odo, die ganze Zeit über eher einen traurigen Eindruck gemacht. Wie ein Mann, der einen Fehler begangen hat und nicht weiß, wie er ihn gutmachen soll.«

Ekš seufzte. Er bewunderte Inǰi für ihren Mut, der Chimäre die Stirn zu bieten – erst mit der Klinge und nun auch mit Worten. Aber es war auch verdammt gefährlich.

»Ja«, erwiderte Ezra schließlich, »ich bin mir sicher, dass Odo ein schlechtes Gewissen hatte. Aber es gibt Dinge, die nicht wiedergutzumachen sind. Glaubt mir, das steht nicht in den Tafeln, das müsst ihr am eigenen Leib erfahren … Und der Verrat durch den besten Freund gehört dazu.«

Ohne sie eines weiteren Blickes zu würdigen, ging die Chimäre zum Salzbrunnen und säuberte ihre Klingen darin, bis sich das Wasser rotbraun färbte. Auf ihrem Gesicht zeichnete sich dabei weder Trauer noch Genugtuung ab, nur absolute Leere. Dann steckte sie die Waffen in ihre Scheiden und schickte sich an, die Kammer zu verlassen.

Ein letztes Mal blickte sie über die Schulter und lächelte müde. »Ganz gleich, wie gut man seine Freunde zu kennen glaubt … Man sollte ihnen nie zu lange den Rücken zuwenden.«

Mit diesen Worten verließ sie die Höhle und ließ die beiden Gremlins zurück. Stumm betrachteten sie Odo, der ohne sich zu wehren in den Tod gegangen war.

»Was ist nur zwischen den beiden vorgefallen?«, fragte sich Inǰi laut. »Wir sollten ihr hinterherschleichen und es herausfinden.«

»Nein«, erwiderte Ekš und strich mit der Hand über eine der Schicksalstafeln, die nun blutbesudelt vor ihm lag. »Das ist viel zu gefährlich. Aber wir haben einen Geheimgang, der in den Ewigen Berg führt, nicht wahr? Dort finden wir mit Sicherheit die Antwort auf deine Frage.«

ANHANG I

VOM LAUFE DER SECHS SONNEN

AUSZUG AUS DEM WERK DES RUBEN VOM TAAL,
STERNENDEUTER UND MAGIKER DES ERSTEN TURMS,
NIEDERGESCHRIEBEN IM JAHR 886 V.D.U.

Um ein für alle Mal mit dem aberwitzigen Irrtum aufzuräumen, der das Mysterium der Sechs Sonnen wie ein träger Nebel umgibt, sei vorangestellt, dass es sich nicht um ein halbes Dutzend Gestirne, sondern nur um ein einziges handelt, welches zweifelsohne sonderbar anmutet, da es in festen Abständen die Farbe wechselt, so wie das Hermelin seinen Pelz. Seit Anbeginn der Zeit machen sich Menschen, Gremlins und sogar die tumben Oger diesen natürlichsten aller Zyklen zunutze, um mit seiner Hilfe den Lauf der Tage, Sonate und Jahre zu berechnen.

Die kleinste Einheit stellt hierbei der Wechsel zwischen Licht und Dunkel dar, der in den verschiedenen Regionen Royums für unterschiedlich lange Tage und Nächte sorgt – vom Immerdunkel im Land der Nullten Stunde bis zur Gluthölle im Land der Vierundzwanzigsten. Als am bekömmlichsten für die Menschheit gelten gemeinhin die Gegenden zwischen der zehnten und vierzehnten Stunde, aber auch in den Landstrichen bis zur sechsten respektive achtzehnten Stunde sind Ackerbau und Viehwirtschaft möglich, wenn auch teils unter erschwerten Bedingungen. In die Regionen jenseits dieser Zone verirren sich wohl nur besessene Entdecker, gierige Schatzsucher, Vogelfreie und Verbannte.

Die nächstgrößere Einheit sind die sechs Sonnenphasen Junge Goldsonne, Hellsonne, Alte Goldsonne, Junge Blutsonne, Purpursonne und Alte Blutsonne, die je 61 Tage andauern und dabei den Sonaten Ondril (Frühsommer), Dûn (Hochsommer), Trîn

(Spätsommer), Quartember (Frühwinter), Quintember (Tiefwinter) und Sextember (Spätwinter) entsprechen. Ihre Klimax erreichen die Phasen jeweils am 31. Tag, wenn die Sonne am farbenprächtigsten erstrahlt – entweder gelb, weiß, rot oder violett. Während die beiden Gold- und Blutsonnen der Haut und dem Auge gefällig sind, warten die Hell- und die Purpursonne mit beachtlichen Unannehmlichkeiten auf. Im grellen Licht der Hellsonne ersterben nämlich sämtliche Farben und werden durch Schattierungen von Grau ersetzt. Das Licht der Purpursonne hingegen zeichnet sich nicht nur durch seine geringe Helligkeit aus, sondern auch dadurch, dass sich seine Strahlen mit einer gnadenlosen Kälte in Fleisch und Knochen brennen.

Gemeinsam machen die sechs Sonnenphasen beziehungsweise Sonate oder Jahreszeiten das royumsche Jahr aus, das 366 Tage dauert und stets mit dem 1. Tag der Jungen Goldsonne beginnt und mit dem 61. Tag der Alten Blutsonne endet.

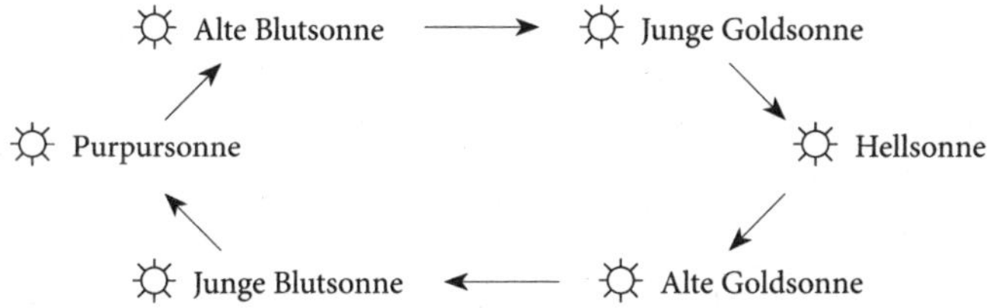

ANHANG II

VOM EWIGEN BERG UND DER GREMLINSCHEN ANOMALIE

ANMERKUNGEN ZU DER TOTENSCHAU EINES UNBEKANNTEN KRISTALLGREMLINS, VORGENOMMEN DURCH VERGALIS, MAGIKER DES DRITTEN TURMS UND VERURTEILTER LEICHENSCHÄNDER, NIEDERGESCHRIEBEN IM JAHR 599 V.D.U.

Wenn die Totenschau des vorliegenden Leichnams eine Erkenntnis gezeitigt hat, dann jene, dass das Blut beim Kristallgremlin oder sogenannten Enthüller zwar von hellerer Farbgebung als das beim gemeinen Menschen ist und auch – wie vom Untersuchenden erwartet – einen stärkeren Eisengeruch verbreitet, aber keineswegs – wie von Ythelbert Sond und Magnus Larbrandt in ihren Traktaten zur gremlinschen Anatomie vertreten – Quecksilber zum Hauptbestandteil hat.

Somit lassen sich aufgrund der Beschaffenheit des beschauten Leibes keine Rückschlüsse ziehen, warum der Gremlin im Allgemeinen und der Kristallgremlin im Besonderen gegen die unheimlichen Kräfte, die im Ewigen Berg wirken, gefeit ist – Kräfte, die, wohlgemerkt, bei Mann wie Weib neben einem Beklemmungsgefühl auch Kurzatmigkeit und Ohrensausen verursachen sowie, bei längerem Aufenthalt unter Tage, zu weitaus schwereren Gebrechen führen, nicht zuletzt zu Schwachsinn und, im ernstesten Fall, zu einem verfrühten Ableben.

Hieraus ergib sich, dass es der Menschheit weiterhin unmöglich bleibt, ihr eigenes Schicksal zu schauen, das nach den Lehren der geschätzten Sonnenkirche vom Allsehenden am Ersten Tag für alle Wesen in den Fels des Ewigen Berges gebrannt worden sei und das für alle Zeit gelten soll, sich aber nur entfalten könne, wenn es von den emsigen Kristallgremlins Tag für Tag, Sonat für Sonat und Jahr für Jahr enthüllt werde – unbesehen des Geschlechts und Standes des Individuums oder seiner Bedeutung für Royum.

Uns allen sind die Schicksalsschläge nur zu geläufig, die uns immer wieder heimsuchen – von Trauerfällen und Herzeleid, über Missernten und Hungersnöte bis hin zu ausgewachsenen Zeitenstürmen – doch wir lassen uns davon trösten, dass sie vorübergehen, nur Fehler der Enthüller sind, die beim Graben im Ewigen Berg säumig waren, weiterhin unfähig den Sonnenpriestern die Deutungshoheit über unser Schicksal zu entreißen und es in die eigene Hand zu nehmen.

DANKSAGUNG

Bücher sind Welten.

Manchmal sind sie schwer zu erreichen, doch war man einmal dort und hat Freunde gefunden, dann tut es weh, sie wieder zu verlassen. Wenn ich als Kind ein Buch zum letzten Mal aus der Hand gelegt und dabei eine Träne verdrückt habe, war das immer ein sicheres Anzeichen für eine Geschichte, die mich in ihren Bann gezogen hatte. Meist, weil Menschen, Tiere oder Fabelwesen in ihr vorkamen, bei denen ich mich wohlgefühlt habe, bei denen ich sein und bleiben wollte.

In meiner Jugend, als viele meiner Freunde ihr Taschengeld in Musik- und Klamottengeschäfte trugen, habe ich mich am liebsten in Buchläden herumgetrieben, zwischen meterhohen Regalen voller bunter Rücken und Wühlkisten mit Fehldrucken. Stöbern, blättern, überfliegen und schließlich kaufen und die Beute stolz nach Hause tragen. Zu meiner Schande muss ich gestehen, dass ich nicht alle Bücher auch (zu Ende) gelesen habe. Manchmal hat es mir genügt, sie aufzuschlagen und an den frischen Seiten zu riechen oder sie einfach nur in meiner Nähe zu wissen.

Viele Orte, an denen ich diese Welten entdeckt habe, existieren nur noch in meiner Erinnerung. In der alten Berliner Buchhandlung Kiepert am Ernst-Reuter-Platz habe ich zum ersten Mal den subtilen Horror von H.P. Lovecraft erfahren und bei meinen New-York-Besuchen wurde ich bei Borders im Erdgeschoss des World Trade Centers immer fündig, wenn ich auf der Suche nach neuen Comics oder Rollenspielpublikationen war.

Einige Buchhandlungen, wie das Otherland (ehemals UFO),

wechseln ihren Namen, andere wie die Morgenwelt bzw. Beutelsend den Ort (vom rustikalen Neukölln ins bürgerliche Steglitz). Aber sie bleiben, um euch, liebe Leser, und mich mit unserem Lebenselixier zu versorgen: Welten voller Abenteuer und Wunder.

An der Schöpfung der Welt, die ihr in diesem Buch vorfindet, waren zahlreiche Personen beteiligt. Zuvorderst möchte ich die Erfinder des Hackstocks nennen, die Antiquare Stephan und Harald vom Auktionshaus Bassenge. Gleichzeitig muss ich die beiden um Entschuldigung bitten, da sie mich unwissentlich und ungefragt zu zwei Figuren inspiriert haben, deren Namen ich hier nicht nennen möchte.

Elisa, Franzi, Jutta, Lisa, Luzia und Samuel – dem Stammpersonal der Bibliothek des John-F.-Kennedy-Instituts – gilt mein Dank für Jahre der Gastfreundschaft, stets offene Ohren und eine schier endlose Versorgung mit Filmen und TV-Serien – auch über die offiziellen Leihfristen hinaus.

Vielen Dank sage ich auch meinem Dungeon Master Dirk (klingt schmutziger, als es ist) sowie meinen Mitspielern Daniel, Leo, Norman und Valeska, die mir ermöglicht haben, einen Prototyp von Ezra im Rollenspiel zu erproben.

Regina sei gedankt für ihre kritischen Anmerkungen zu meinem Exposé, die erst wehtaten und dann Wunder wirkten. Hoffentlich ist sie mit dem Ergebnis zufrieden.

Glücklich gemacht hat mich auch meine Frau Olina, eine eingefleischte Langsamleserin, indem sie mir durch ihre rasche Lektüre des Manuskripts konkludent zu verstehen gab, dass es ihr gefällt.

Last but not least möchte ich meine Lektorin Sabine Biskup nennen, die mir bei der Wahl des Titels und des Titelbilds ihr Vertrauen geschenkt hat und die – um es mit Aleš Šteger zu sagen – *mit der Ausdauer eines Boxers und der Begabung zum Zen-Buddhismus* das Beste aus Ezra und mir herausgekitzelt hat.

Denjenigen, die sich die Danksagung als Erstes zu Gemüte führen, wünsche ich nun viel Spaß beim Lesen. Alle anderen beglückwünsche ich dazu, dass sie bis hierher vorgedrungen sind. So schlecht kann die Geschichte also nicht gewesen sein.

Trechtingshausen, den 30. März 2016